Denmark Police's Mystery

懸案密碼

Denmark Police's Mystery

懸案密碼

BEST 嚴選

奇幻基地出版

懸案密碼：3
瓶中信

FLASKEPOST FRA P

猶希．阿德勒．歐爾森 著
管中琪 譯

Jussi
Adler-Olsen

BEST嚴選

緣起

在繁花似錦的奇幻文學花園裡，你或許還在門外徘徊，不知該如何抉擇進入的途徑；也或許你已經置身其中，卻因種類繁多，或曾經讀過不合口味的作品，而卻步、遲疑。

BEST嚴選，正如其名，我們期許能透過奇幻基地對奇幻文學的瞭解，以及對讀者的理解，站在出版者與讀者的雙重角度，為您精選好作家與好作品。

他們是名家，您不可不讀：幻想文學裡的巨擘，領域裡的耀眼新星。
它們最暢銷，您怎可錯過：銷售量驚人的大作，排行榜上的常勝軍。
這些是經典，您務必一讀：百聞不如一見的作品，極具代表的佳作。
奇幻嚴選，嚴選奇幻。請相信我們的眼光，跟隨我們的腳步，文學的盛宴、幻想世界的冒險，就要展開。

首集媒體及名人好評

粉絲們別惋惜「千禧三部曲」僅只曇花一現，一部規模宏大但架構縝密的北歐驚悚作品已經問世。

——美國《科克斯書評》

新一代北歐犯罪小說家。

——英國《泰晤士報》

深入人心、緊扣心弦的一本書。警告：請小心上癮！

——Dr. Soul 心靈集團負責人莊凱迪

綁架案爲犯罪類別中最具指標性之案件，本書深刻描述被害人與歹徒間之錯綜複雜，猶如一份眞實的犯罪偵查報告，而不只是單純的犯罪小說。

——新北市副市長侯友宜

對讀者而言，系列小說最煎熬的並不是書的厚度，而是出版的速度。看完《籠裡的女人》後，一定會讓讀者們有種欲罷不能的渴望，期待早日看到「懸案密碼」第二集的上市，看來，出版社眞要加把勁了！

——新聞評論員范立達

偵辦過程中沒有流一滴鮮血，但卻刺激得讓人喘不過氣。

——《上帝的黑名單》作者盧春如（RUBY）

本書精彩之處，在於將難以破解的懸案，透過細心的辦案及犯罪偵查技巧，掌握加害者的心理及被害人的背景，達到發掘眞相的目的，是一本值得推薦的好書。

——前中央警察大學校長蔡德輝

以陰暗晦澀的氣氛爲基礎，夾雜著無可名狀之驚悚感，爲一流暢好讀之作。

——推理文學愛好者余小芳

丹麥不僅有童話，也有引人入勝的犯罪推理小說。

——推理小說作家藍霄

此案之「懸」不只是出自調查者先前的束手無策或此刻的重新展開，還包括了受害者同樣莫名所以的茫然疑惑，間接得靠警方的調查爬梳出雙重眞相。

——推理評論人冬陽

序幕

這是他們來到這裡的第三個早晨，身上的衣服已散發出海草與焦油的氣味，船屋木造地板下的碎冰緩緩搖晃，不時撞在撐起船屋的木樁上，以前平凡而美好日子的記憶也越發鮮明清晰。

他從廢紙堆成的床舖盡可能抬起上身，想看清楚弟弟的臉。那張睡夢中的臉龐因爲受凍與折磨糾結成一團。

他很快就會清醒。醒來後會先一臉困惑的四下張望，然後察覺到緊綁在手腕和身上的皮帶，聽見讓他動彈不得的鎖鏈發出嘎啦嘎啦的聲響。他將會透過塗著焦油的木板之間的縫隙，看見日光與冰雪爭先恐後向他們逼近。

他無數次看見弟弟眼睛中閃現絕望，即使貼在嘴上的膠帶讓他快喘不過氣來，他仍不斷啜泣著祈求耶和華的慈悲。

不過，他們兩人都知道耶和華不會賞他們一眼，因爲他們喝了血。那個人先將血滴在水杯裡強迫他們喝下去，等到喝光後，才告訴他們喝下了什麼：摻了禁忌之血的水。現在他們得永遠受到詛咒了。從今以後，比起口渴，羞愧將使他們更加煎熬痛苦。

你覺得他會對我們怎麼樣？弟弟恐懼的眼神曾經如此詢問。但是他怎麼會知道？直覺告訴他，一切很快就會結束了。

他躺了回去，眼睛依靠著微弱的光線把整個空間重新搜尋一遍。他的目光掃過天花板的椽梁與密布其上的重重蛛網，將屋簷、牆角等結構銘刻於心；又隱約看見藏放於斜柱後面腐朽的槳與舵，以及自許久以前最後一次使用過便棄置一旁的爛漁網。

最後，目光落到他身後的瓶子。一抹日光掠過淡藍色瓶身，將瓶子照耀得閃爍發亮。

瓶子幾乎就在他身後，但因為卡在厚實的木製地板的夾縫間，不容易拿到手。

他把凍僵的手指伸進木板夾縫，嘗試握住瓶頸。若能使勁拽出瓶子，他會打破它，用玻璃碎片割斷手腕上的皮帶。皮帶斷了之後，麻木的雙手便能解開身後的扣環，撕掉嘴上的膠帶，扯下身體與大腿上的皮帶。只要固定住皮帶的鎖鏈不再將他牢牢綁住，他就能脫身解開弟弟的束縛，緊緊抱住他，直到兩人的身體不再顫抖。

然後他將蓄積力量，一鼓作氣拿起玻璃碎片鑽磨門框的木頭，挖掉鉸鍊周圍的木材。若是在他完成之前發生了可怕的事或是有汽車駛近，那麼他打算把斷掉的瓶頸拿在手裡，在門後埋伏等待那個男人出現。是的，他會這麼做。

他往前傾，冰凍的雙手在身後合十，請求耶和華寬恕他邪惡的思想。之後他繼續又抓又刨，試圖將瓶子弄出來。他一直抓、一直挖，最後瓶子有點鬆動，能夠抓得住瓶頸。

他豎耳傾聽。

那是引擎聲嗎？沒錯，不可能聽錯。聽起來像是大型車輛強而有力的引擎聲音。車子會開過來嗎？還是單純經過這兒要到別處去？轟隆隆的聲音逐漸增強，他發狂似的拉扯著瓶子，手指關節喀喀作響。接著聲音變小了，是外頭轆轆轉動的風力發電機發出的呼嘯聲嗎？

他呼出的溫暖氣息在臉前形成一團霧氣。他其實並不害怕，一想起耶和華與祂的慈悲憐憫，便渾身充滿力量。他咬緊牙關繼續幹活。

瓶子終於拔出來了。他大力地將瓶子往木板敲下去，嚇得弟弟猛地抬起頭，驚惶的四下張望。他不斷在木製地板上敲瓶子，但是雙手被綁在身後無法使力，最後手指再也握不住瓶子鬆了開來。他使勁向後扭過頭，眼神空洞的瞪著落在一旁的瓶子。

屋梁上的灰塵輕輕飄落。他沒有辦法打破那個該死的瓶子，可笑的小瓶子。爲什麼他就是辦不到？因爲他喝了禁忌之血嗎？所以耶和華遺棄了他們？

他看向將自己捲在被子裡慢慢躺回床舖的弟弟。弟弟一句話也沒說，黏在膠帶底下的嘴巴完全沒有發出喃喃之語。

他花了很長的時間蒐集所需要的東西。在被綁住的情況下，盡可能伸長身體用指尖刮下木板之間的焦油。這是最爲困難的一環，其他東西都在他可及之處：瓶子、木製地板剝落的木片，還有屁股底下的紙張。

他掙脫掉一隻鞋，將木片深深扎進手掌，痛楚讓眼眶瞬間泛起淚光。他把血滴入鞋子裡，持續了一、兩分鐘，然後撕下一大張紙，將木片浸在血裡。接著，他用盡全力扯著鎖鏈轉過身子，以便能看見自己寫的字。用這種姿勢寫字非常困難，但是他仍盡可能寫下他們的困境。寫完後，他在最底下簽上名字，將紙張捲起來塞進瓶子裡。

他花了點時間將焦油塡入瓶頸中，然後強力搖晃，多次確認瓶子是否已牢牢封好。

才剛完成手邊的工作，引擎噪音再次傳來。這次絕對沒錯。他心痛的望著弟弟半晌，接著使出吃奶的力氣，將身體移向一道從牆上較寬的裂縫透進來的光，以便將瓶子從縫口擠出去。

門打開了，一團白色的雪花中，出現一道巨大的陰影。

寂靜無聲。

接著，撲通一聲。

瓶子掉出去了。

第一章

卡爾這次醒來的狀況已經算是比較好了。

他首先感覺到的是湧進食道裡的胃酸，於是張開眼睛，想找些能舒緩不適的東西。沒想到旁邊枕頭上竟出現一張女子的臉，唇邊還印著口水的痕跡，眼上的睫毛膏全都糊了。

你眞該死，卡爾心想，她是西賽兒啊！他拚命回憶前一晚究竟幹了什麼。偏偏是鄰居西賽兒那個老菸槍，講話像機關槍而且就要從阿勒勒市政府領「傑出女性」退休金的女人！

他腦中浮現一個可怕的念頭，然後緩緩掀開被子，發現自己還穿著內褲不禁鬆了口氣。

「眞要命！」他呻吟了一聲，移開西賽兒放在他胸前那隻青筋暴露的手。維嘉搬離後便不再發作的頭疼如今又痛了起來。

「拜託，別說得太詳細。」他在廚房裡對莫頓和賈斯柏說。「只要簡單告訴我那個女人爲什麼躺在我樓上的枕頭上就好了。」

「嘿，那老太婆應該有一嘛重吧。」繼子賈斯柏打斷他的話，隨手打開一瓶果汁，大口灌下去。即使是大預言家諾斯特拉姆斯（注）也無法預言賈斯柏哪天才學得會將果汁倒在杯子裡飲用。

「抱歉，卡爾。」莫頓說。「她找不到鑰匙，你反正也醉得不省人事，所以我就想……」

這絕對是我最後一次參加莫頓的烤肉派對。卡爾暗自發誓，然後望了一眼放在客廳裡的哈迪的床鋪。

自從十四天前將哈迪安置在家中之後，卡爾再也感受不到舒適的居家氣氛了。並不是因爲病床占據了客廳四分之一的面積，遮住眺望花園的視野，也不是因爲掛著各種藥袋的支架讓人不舒服，或者是哈迪癱瘓的身體散發出難聞的氣味。都不是這些原因，而是始終糾纏不去的愧疚感改變了一切。他對於自己能夠發揮雙腳的功能隨時開溜感到內疚，伴隨著愧疚感興起的是想要補償的欲望，他覺得自己必須陪伴在哈迪身邊，爲這個癱瘓的男人做點事情。

在幾個月前，他們還在斟酌將哈迪從霍內克脊椎中心醫院接回家裡有何優缺點時，哈迪已經先發制人說道：「別擔心。我躺在這兒一個星期見不到你一次。我若是住到你家，至少能幫你省下幾個鐘頭關注我的時間。」

不過事實上，即使哈迪總是像現在這樣一個人靜靜打著盹，無論是身體、精神或是日常生活作息，仍然很難忽視他的存在，連說話也要變得小心謹愼。這樣的日子令人神經緊繃，然而在家裡實在不應該這麼緊張才是。眞是他媽的要命。

更別提生活上的瑣事了：洗衣服、換床單、幫身材壯碩的哈迪翻身擦洗、採買、和護士與政府機構打交道、煮飯。雖然大部分都是莫頓在打理，不過仍然不是全部。

「睡得好嗎，老傢伙？」他走近哈迪的床旁問道。

他的前同事睜開眼睛，擠出微笑。「哎，不就是這樣嘛。卡爾，休假結束了，工作在召喚了。這兩個星期過得眞快啊。不過莫頓和我應付得來，不會有問題的。重要的是別忘了幫我向其

注 Nostradamus（一五〇三年～一五六六年），法國籍猶太裔預言家，留下以四行體詩寫成的預言集《百詩集》一部。有研究者從這些短詩中「看到」法國大革命等歷史事件，以及飛機、原子彈等重要發明的預言。

他同事問好，好嗎？」

卡爾點點頭。哈迪一定他媽的很難受，難受得要命。要是能和他交換一天該有多好。

只要給哈迪一天就好。

除了警衛室裡的值勤員警之外，卡爾沒有看見其他人影。警察總局的中庭空蕩蕩一片，迴廊籠罩在冬天般的灰濛之中，感覺有點異樣。

「見鬼了，這兒怎麼回事啊？」他走在地下室走廊大叫。

卡爾原本期待迎接他的是吵吵鬧鬧的氣氛，空氣中會飄散著阿薩德的薄荷茶味，或者至少是蘿思用口哨吹奏出的偉大古典樂，但是地下室卻冷清空無一人。難道在他請假將哈迪安置在家的十四天內，所有人全部離職了嗎？

他走進阿薩德的小辦公室東張西望，滿腦子困惑不解。沒有老阿姨們的照片，沒有跪毯，沒有裝著黏糊糊糕餅的罐子，甚至連天花板的日光燈管都沒亮。

他走到自己的辦公室。這兒是他的安全領域，可以盡情吞雲吐霧，無須理會蘿思的臉色。他在此至少偵破三件案子——但過程中有兩件不得不放棄。懸案組經手的陳年舊案，依照他自己的可靠系統整齊的分爲三疊，井然有序的暫時擺在辦公桌上。

然而打開辦公室燈後，他卻陡然呆住。他幾乎認不出那張抛光過的光禿桌子，桌面上一塵不染，也沒有累的時候可以放腳、之後再揉掉丟進垃圾筒裡寫得密密麻麻的Ａ４紙。總而言之，這兒沒有半點生氣。

「蘿思！」他扯開喉嚨咆哮道。

聲音在地下室各個房間迴盪著。

他就像是《大地英豪》裡最後那位摩根戰士、《小鬼當家》裡的凱文，是願意拿整個王國交換一匹馬的國王（注）。

他抓起話筒按下樓上凶殺組麗絲的號碼。二十五秒後電話被接了起來。

「祕書室。」索倫森——對卡爾敵意最重的女同事——的聲音響起。

「索倫森。」卡爾語氣討好的說。「我是卡爾．莫爾克。我現在一個人孤伶伶坐在地下室。請問發生什麼事了？妳知不知道阿薩德和蘿思在哪兒？」

話音落下不到一秒，那隻愚蠢的母牛喀一聲就把電話掛了。

他無奈的從椅子站起來，沿著走廊往後走到蘿思的領地，消失的檔案或許放在那兒。但他才剛踏進她的辦公室，心臟便突地頓了一下，所有檔案果然迎面躍入眼簾。不過十四天前仍擺在他桌上那成堆的檔案，現在卻像壁紙釘在隔開阿薩德與蘿思辦公室那面牆的木板上，釘著檔案的木板至少有十片，幾乎遮蔽了整個牆面。

一把松木材質的淡黃色梯子清楚顯示最後一件案子被釘在何處。那是他們第二件不得不放棄的案子，懸而未解的案件。

卡爾退後一步瀏覽這處檔案文件地獄。搞什麼東西，他的檔案為什麼會在這兒？難不成阿薩德和蘿思把保險絲燒壞了？所以腳底抹油溜掉了？沒用的膽小鬼。

三樓也一樣毫無人跡，甚至連櫃台後面的索倫森位置上也不見人影。組長辦公室、副組長辦

注 語出莎翁劇作《理查三世》「A horse, a horse! My kingdom for a horse!」

公室、茶水間、會議室，全部連個鬼影也沒有。

他媽的這兒究竟怎麼回事啊？難道發布炸彈警報了嗎？還是這段時間內，警察改革徹底成功，於是解僱了所有人員，準備將這棟建築物賣給出價最高的人？或者新來的司法部長大開殺戒了？

他搔搔後腦杓，拿起話筒打電話到警衛室。

「我是卡爾．莫爾克。所有同事究竟都跑到哪兒去了？」

「大部分都到紀念中庭集合了。」

「紀念中庭？爲什麼？據我所知，丹麥警察的拘留紀念日（注）九月十九日才會舉行，還有半年多的時間，大家現在聚到紀念中庭做什麼？」

「司法部長希望向幾個部門說明改革調整內容。發布通知的時候你應該在請假。我們以爲你知道。」

「我確實是請假沒來。不過我剛剛和索倫森通過電話，她一句話也沒吭。」

卡爾搖搖頭，眞是徹底瘋了。等他到達中庭，司法部八成又會宣布改了什麼雞毛蒜皮的無聊事。他瞧著凶殺組組長那張單人沙發，柔軟得惑人，躺在這兒小寐一下，至少無須擔心被其他同事看見。

十分鐘後他醒了過來，因爲凶殺組副組長羅森．柏恩拍拍他的肩膀，將他搖醒。阿薩德眼神稚氣的大眼睛露出笑意，距離他的臉只有十公分。

平靜的時間結束了。

「來吧，阿薩德。」他從沙發上一躍而起。「我們快回去地下室，把文件從牆上拿下來。蘿思人到哪兒去了？」

阿薩德搖搖頭說：「不行，卡爾。」

卡爾將襯衫塞進褲子裡。該死，這個男人在說什麼？當然可以。發號施令的人是他卡爾吧？

「快把蘿思帶來，現在就去。」

「地下室馬上就要關閉了。」說話的人是羅森。「絕緣管的石棉不斷掉落，庶務組已經派人去看過了。」

阿薩德點點頭。「沒錯。我們必須將東西拿上來。搬到這間辦公室來雖然不是特別舒適，不過我們幫你弄了張時髦的椅子。」他補充說，彷彿那是種安慰。「啊，對了，目前只有我們兩個。蘿思沒興趣搬到上面來，所以周末多請了幾天假。之後她就會回來上班了。」

他們乾脆踩在他尊貴的老二上算了。

注 一九九四年九月十九日，德軍占據丹麥警察崗哨，奪去丹麥警察職務，將重要的警官押送到德國。

第二章

她瞪視著火焰，直到蠟燭燒盡，整個人被黑暗籠罩。他經常就這麼離去，但在結婚紀念日離開卻是第一次。她深深吸口氣站起身。這段日子以來，她漸漸習慣邊倚窗等待，邊在玻璃上呵出一層霧氣，寫上他的名字。

當初兩人認識的時候並非沒有警訊。她的朋友小心翼翼地表達心中疑惑，母親則是直接了當說他年紀太大，而且眼中閃爍邪惡光芒，讓人看不透，不是可以託付終身的人。所以，她很久沒有和母親與朋友見面了。想要重拾聯絡的渴望越大，絕望也相對越深。她應該找誰談談？身邊已經沒有可以聽她說話的人了。

她緊抿著嘴唇，坐在潔淨的空蕩房間裡，淚水逐漸在眼眶裡打轉。兒子忽然動了一下，發出些許聲音。她正了正色平復情緒，用食指拭去滴落鼻尖的淚水，然後做了兩次深呼吸。若是她丈夫欺騙她，也別想指望她會永遠不變。

人生絕對還有更多事情值得期待。

她丈夫悄無聲息地進入臥房，安靜得只有投射在牆上的影子洩漏了他的存在。他的肩膀寬闊，雙臂壯碩，全身散發熱氣。他一絲不掛在她身邊躺下，將她拉向自己。

她期待聽見柔情蜜語，聽他道歉哄她，心裡卻害怕聞到陌生女子的微弱香味，害怕他因爲良心不安而猶豫躊躇，但他一言不發抱住她，飢渴熱情的將她翻過身來，脫掉衣裳。他的臉浸淫在月光下，讓她也不由得亢奮起來。漫長的等待拋諸腦後，擔憂與懷疑消逝於無形。

他們上次溫存恩愛已是半年前的事了。

謝天謝地，一切又回復到過往。

「親愛的，我待會兒要出遠門。」隔天吃早餐時他毫無預警的說，一邊摸摸小孩的臉龐，心不在焉的樣子彷彿那句話不具任何意義。

她雙眉緊蹙，噘起嘴唇，讓想要脫口而出的疑問多停留一會兒，然後把叉子放在盤子上，愣愣盯著炒蛋與培根。雖然距離昨夜的溫存已有一段時間，但她仍感受得到下體的悸動，他的溫柔與充滿愛意的目光餘韻未退，讓她留戀不已。但這一切都到剛才為止。三月的太陽像個不速之客闖進屋裡，將事實照亮得無所遁形：她先生只是回來一會兒。又來了。

「你為什麼從來不談你的工作？我是你的妻子啊。」

他手裡本已拿著刀叉準備進食，這時停了下來，眼睛變得陰鬱晦暗。

「我是認眞的。」她又繼續說。「這一次又要多久時間你才會像昨夜那樣？難道我們已經走到我對你不再了解、不知道你在做什麼的地步了嗎？即使你人就在眼前，心卻不在我身邊？」

他直直看著她的眼睛。「妳不是打從一開始就知道我不可以談論我的工作嗎？」

「是沒錯，但是……」

「那麼就別再嘮嘮叨叨問個不停。」

他把刀叉丟在盤子上，轉頭對兒子勉強一笑。

她刻意放慢呼吸，讓自己平心靜氣，可是絕望的感覺始終在腦內喧鬧不休。他在結婚前確實說過絕對不准談論自己的工作，大概是因為涉及到諜報任務或者諸如之類的內容，她也記不太清楚了。然而就她所知，有些從事特務的人除了工作之外，也過著堪稱正常的生活啊，但是她的生活卻一點兒也不正常。還是說，外遇之類的另類任務也屬於情報人員的職責範圍？因爲不管怎麼左思右想，幾乎沒有其他的可能。

她收拾著碗筷，心裡一邊盤算是否要對丈夫下最後通牒。要冒著他可能大發雷霆的風險嗎？她害怕他勃然大怒，也不清楚他的怒氣會爆發到何種程度。

「什麼時候會再看見你？」她問說。

他微微一笑。「下星期三應該就回來了。沒有意外的話，這個工作大概持續八到十天。」

「噢，所以你趕得及回來參加保齡球賽。」她的語氣有點尖酸。

他站起身，從身後將她擁入懷中，雙手在她胸部下方交握。一感覺到他的頭靠在肩窩，她的身體不禁滿足的一陣哆嗦。

「是的。」他說。「球賽時我人會在。到時候我們又能像昨晚一樣溫存。同意嗎？」

引擎聲隨著他開車離去逐漸消失，她雙手抱胸久久呆滯出神。寂寞是一回事，但是不知道必須爲此付出何種代價又是另外一回事。要證實她先生這種男人外遇通姦的機會微乎其微，雖然她從未嘗試行動，但心裡非常清楚。他的工作範圍很廣，而且相當謹言慎行，兩人的共同生活在在證明了這一點。退休金、保險、門窗、行李……所有事情他全部要確認兩遍，桌子永遠條理有序，皮包裡或抽屜中不見凌亂的發票或紙條。他是個不會留下太多痕跡的男人，就連他離開房間後不過才幾秒，他的氣味便也隨之消散無痕。她該如何證明他有外遇？除非找私家偵探調查。但是，她哪來的錢支付費用？

她下唇往前努起，慢慢的往臉上呼出氣息。只要緊張或者必須做出重要決定，這個動作就會不經意跑出來。當年購買參加堅信禮的服裝、騎馬躍過最高的障礙物、答應先生的求婚……有時候甚至只是走在街上，想看看外頭世界柔和燈光下的生活是否不一樣時，她都會做這個動作。

第三章

心地善良、體型魁梧的大衛．貝爾下士偷得浮生半日閒，獨坐在岸邊凝視浪花拍岸，濤聲驚天。太陽在蘇格蘭最北端的約翰峽角只賞臉半天，但景致卻有雙倍之美。這兒是大衛出生之地，如果可以，他希望日後也能在此安息。

洶湧狂暴的大海是貝爾下士生命中最重要的元素，他爲什麼要將時間浪費在十六英哩外的南方，枯坐在威克市班克黑路上的派出所裡？想都別想，那座了無生氣的港都對他而言什麼都不是，他也毫不掩飾這種想法。

因此只要北部地方有人滋事，主管便會派他過去處理。他開著巡邏車前往當地，威嚇被罩固酮驅使的鬧事傢伙若再不安分，就請印威內斯的警官過來，這招往往有立竿見影的效果。因爲在蘇格蘭的最北方，居民不太歡迎陌生人插手管事。接著，他們會將豹尿威士忌加入好喝的老奧克尼劈顱者啤酒裡，開懷暢飲。拜開往奧克尼的渡輪所賜，他們眞的已經受夠外來的旅客。

波浪在一旁靜靜等待他紛雜的思緒沉澱下來，若說有什麼值得貝爾下士花時間在上面的事物，那就是緩緩翻騰的波浪。

貝爾下士對大海的熱愛至深，簡直就是種傳奇，但若沒有這份愛，瓶子也不會落到他手中。那天這位下士身穿新熨好的制服坐在礁岩上，享受微風輕揚髮梢，吹拂帽簷，別人才得以好整以暇的把瓶子交給他。

他們也的確這麼做了。

當拖網船收起捕滿漁獲的漁網時，瓶子就卡在網眼上隱隱閃爍。瓶子經過海水長時間沖浸，表面已有些晦暗不清。「醜狗號」船上最年輕的漁夫一眼就察覺那不是個尋常的瓶子。

「丟回海裡去，塞穆斯！」船長一發現瓶子裡的紙條，馬上大喊。「這種瓶子會帶來霉運，我們叫作瓶瘟。魔鬼在墨水裡等待被釋放，你又不是不知道這種事！」

但是年輕的塞穆斯不知道這類故事，最後決定將瓶子交給貝爾下士。

貝爾下士回到威克市時，有個當地的酒鬼在派出所裡鬧了老半天，所裡的同僚早已沒有力氣將鬧事的白痴制伏在地，於是貝爾脫掉制服外套往旁一丟，趕緊上前支援同事。脫衣時，瓶子不小心從口袋裡飛了出去，他急忙撿起放在窗台上，然後壓制住醉鬼的胸膛，想讓對手稍微無法喘息。但是貝爾萬萬沒料到，自己面對的是一位來自開斯內斯，如假包換的維京人後代，對方出乎意料的往他的生殖器重重一踹，痛得他頭暈目眩、眼冒金星，也將瓶子的事拋到九霄雲外。

瓶子擺在直接受陽光曝曬的窗台角落好久、好久，完全無人注意，也沒人關心陽光和逐漸在瓶內玻璃上形成的冷凝水，正一點一滴損耗著裡頭的紙張。

紙上的內容漸漸模糊褪色，始終沒有半個人花時間去閱讀第一行字，所以也就沒有人詢問「HJÆLP」這個字是什麼意思。

一直到有個沒用的傢伙因爲車子停錯地方收到罰單，一氣之下駭進派出所讓電腦中毒後，瓶子才又有機會回到人們手中。派出所打電話給電子資料處理專家米蘭達．麥卡洛克，請她前來處理。每當戀童癖將儲存在電腦裡的無恥行徑加上密碼、駭客要遮掩在網路銀行的交易紀錄，或者被解僱的員工刪除掉公司的硬碟資料時，大家就會求助於米蘭達。

米蘭達受到宛如女王一般待遇，她有自己的辦公室，保溫壺裡總是裝滿熱騰騰的咖啡，窗戶大大敞開，廣播也調到蘇格蘭ＢＢＣ頻道。

由於風將窗簾吹起，所以她到達辦公室的第一天就發現了瓶子。

好漂亮的小瓶子，她心想。瓶裡的暗影讓她微微詫異，不過她沒多想便著手處理入侵程式的一大串數字序列。第三天，她終於成功辨識出病毒類型，滿意的從座椅上起身走到窗邊，然後拿起了小瓶子，沒想到瓶子竟比想像中還要沉，而且摸起來很溫暖。

「裡頭究竟是什麼東西？」她問隔壁的祕書。「是封信嗎？」

「啊，天啊，那個瓶子。」對方回答說。「那個瓶子應該是大衛．貝爾放在那兒的。我猜應該沒錯。怎麼了，裡面有什麼嗎？」

米蘭達拿起瓶子對著光察看。紙條上好像有字？但瓶子內壁凝結著水珠，所以看不清楚。她將瓶子翻來覆去一會兒。「那個大衛．貝爾人在哪兒？也在派出所裡嗎？」

祕書搖搖頭。「很遺憾他已經不在了。幾年前大衛和同僚追蹤一輛肇事逃逸的汽車，結果不幸在威克外圍地區喪生了。那是場可怕的意外，大衛真的是個好人。」

米蘭達漫不經心的點點頭，說話的這段時間，她越發確定紙上有字。不過引起她注意的並不是那個，而是沉在瓶底的汙漬。

見鬼了，凝結成一團的東西看起來就像血跡。

「我可以把瓶子拿走嗎？是否需要先請示某個人呢？」

「問問愛默森，他是大衛多年的搭檔。不過他一定會答應的。」祕書轉身面向著走廊喊：「喂，愛默森。」聲音幾乎震得玻璃作響。「過來一下。」

米蘭達眼前出現一位看起來脾氣溫和的結實男子，不過眼神似乎有些悲傷。

「妳問我是否可以把瓶子拿走嗎？當然沒問題，我完全不想和那東西牽扯上關係。」他說。

「爲什麼這麼說？」

「唉，說起來或許很愚蠢，但是大衛遇難之前，正好又想起了那個瓶子，認爲必須想辦法把它打開。瓶子來自村裡一位年輕漁夫，但那年輕人卻在幾年後因爲漁船翻覆，落海遇難。大衛可能覺得虧欠他，所以打算好好檢查瓶裡的東西，但是還來不及打開瓶子就死了。那顯然不是個好徵兆，不是嗎？」愛默森搖搖頭。「拿走吧，不過我也必須警告妳那瓶子會帶來噩運。」

那天傍晚，米蘭達坐在位於愛丁堡郊區的格蘭頓住處中盯著瓶子瞧，那只瓶子約莫十五公分高，淡藍色，有點扁平，瓶頸很長。有可能是個香水瓶，不過卻又似乎太大，或者是年代已經相當久遠的古龍水瓶子。她敲敲瓶身，玻璃非常密實。

米蘭達笑了起來。「親愛的，你究竟藏了什麼祕密啊？」啜飲一口紅酒後，她拿起開瓶器動手挖掉塞在瓶頸中的東西。那團物質聞起來像焦油，不過因爲長時間泡在海水裡，很難判定原來是什麼東西。

她試著把裡頭的紙條弄出來，但是徒勞無功，於是搖晃瓶子，敲敲瓶底，不過紙張依舊分毫未動。最後只好將瓶子拿到廚房用肉槌敲了幾下。總算有用。瓶子裂成淡藍色碎片，宛如爆裂的冰塊般穿過廚房。她凝視著躺在砧板上的紙張，眉頭逐漸深鎖，接著目光掃過玻璃碎片，做了個深呼吸。

她剛才的舉動或許不是很明智。

「是的。」鑑識部門的同事道格拉斯證實。「妳判斷得沒錯，那毫無疑問是血。血吸附在紙上的方式非常特殊，尤其是底下這兒，簽名的地方模糊不清。此外，顏色也相當獨特。」他謹愼的拿鑷子將紙攤開，用藍光探照檢驗。整張紙上沾滿血跡，每個字在藍光照耀下都出現反應。

「字是用血寫成的嗎？」

「百分之百，不用懷疑。」

「你也認爲標題是求救的意思嗎？至少看起來是如此？」

「沒錯，我和妳的看法一樣。不過我懷疑除了標題之外，還能辨識出其他字跡。這封信損毀得很嚴重，而且已經有些年分了。首要之務是先將信處理過後好好保存，或許之後能進一步確認日期。當然，還得找人告訴我們紙上寫的是哪種語言。」米蘭達點點頭，其實她心裡已經有底。她覺得那應該是冰島語。

第四章

「卡爾，庶務組的人來了。」蘿思站在門邊說，似乎沒打算讓開。

庶務組的人個頭矮小，穿著一身熨燙得平整硬挺的西裝，腋下挾了個小型棕色公事包，自我介紹叫作約翰．史杜嘉，整個人看起來非常值得信賴。他臉上堆起親切的笑容，大方伸出手來，但是一開口，原先的好印象全部幻滅。

「上次檢查時，在走廊及天花板的管線空間裡發現了石棉粉末，基於這個理由，必須封閉管道，好讓人員能夠在管線空間安全工作。」

卡爾望向天花板。可惡爛管道。整個地下室就爲了一件區區小事，搞得人仰馬翻。

「我看見你在地下室設置了一間辦公室。」庶務組的紙老虎繼續說，「這符合警察總局的使用章程與防火規定嗎？」他從公事包抽出一疊紙，當中很明顯已經有他問題的答案了。

「什麼辦公室？」卡爾問道。「你指的是檔案資料存放室嗎？」

「檔案資料存放室？」男子一時之間似乎面露困惑，但隨即恢復官僚臉孔。「雖然不知道時間多長，不過警察總局的同仁顯然上班時間多半在此度過，處理與警察事務相關的工作內容。」

「莫非你是因爲咖啡機而有此猜想？那個機器隨時弄走都沒問題。」

「不是。我指的是這兒所有的配備。辦公桌、白板、公布欄、架子、掛鉤、裝有文件的抽屜與辦公用具、影印機。」

「原來如此，原來如此，你應該很清楚從這兒到三樓之間有多少階樓梯吧？」

庶務組來的男子沉默不語。

「那麼你或許不知道警察總局長期人手不足，若是我們每次只爲了要影印檔案室的文件，不斷在樓梯間跑上跑下，將會花掉我們大半天時間。還是你寧願讓凶手逍遙法外而不要我們完成調查工作？」史杜嘉正要開口反駁，卻被卡爾硬生生阻止。「你說的石棉在哪兒？」

史杜嘉皺起眉頭。「我不打算和你討論這個。經過確認，這兒的確遭受石棉汙染，而石棉是種致癌物，沒辦法用抹布簡單拭淨。」

「蘿思，上次檢查的時候妳在嗎？」卡爾問。

她指著走廊底說：「他們在那兒發現了粉末。」

「阿薩德！」卡爾吼得震天價響，史杜嘉不由自主後退了一步。

「蘿思過來，指給我看在什麼地方。」阿薩德一出現，卡爾便對蘿思說。

「過來，阿薩德，拿著水桶、抹布和你那雙漂亮的綠色橡膠手套，我們有東西要打掃。」

接著他們走了十五步來到走廊尾端，蘿思指著躺在她黑長靴之間的白色粉末說：「這裡！」

史杜嘉阻止他們，試圖解釋那樣做無法完全清除石棉，一點意義也沒有。而且不管是理智上或是法規上，都必須依照規定才能將粉末移除。

卡爾對那番論述充耳不聞。「阿薩德，清掃完那些髒汙後打電話給木匠，請他在這個區域和檔案資料存放室之間搭設一道牆，畢竟我們不希望有毒物質距離我們太近，你說是吧？」

阿薩德緩緩搖頭。「卡爾，你說什麼室？再說一次。檔案資……」

「你擦乾淨就是了，阿薩德。這位先生趕時間。」

史杜嘉惡狠狠盯著卡爾。「我們會再見的。」他丟下這句話便轉身快速離開，腋下緊緊挾著小公事包。

是的，會再見的！儘管放馬過來。

「現在你可以告訴我，爲什麼我的檔案會釘在牆上了，阿薩德。」卡爾說。「我希望你釘上去的不過是影印稿。」

「影印稿？卡爾，如果你想要影印，我可以把文件拿下來，要印多少有多少，完全沒有問題。」

卡爾吞了一口口水。「你是在斬釘截鐵告訴我，釘在上面的都是原始文件嗎？」

「沒錯。不過卡爾，你看看我弄得多有系統、多麼井然有序啊！但如果你沒有和我有同樣感覺，儘管說沒關係，我不會因此對你不高興的。」

卡爾頭往後一仰。什麼？什麼鬼東西啊？他只不過離開十四天，同事們竟然精神失常了。難道是石棉讓腦筋興奮過頭了嗎？

「你看一下，卡爾。」阿薩德欣喜的遞給他兩綑包裝繩。

「好、好，我看見你弄來兩綑包裝繩，一綑藍白色、一綑紅白色，你可以拿來綁一大堆包裹。聖誕節的時候，也就是距離現在九個月後！」

阿薩德揍了卡爾肩膀一拳。「哈、哈、哈，卡爾，很好！那個老卡爾又回來了。」

卡爾搖搖頭。老天爺啊，離他退休還有多久？

「你看這個。」阿薩德拉開一截藍白色的包裝繩，用透明膠帶把包裝繩一端黏在一件發生在六〇年代的案子，然後拉起包裝繩橫越一堆其他案件，最後剪斷繩子，將另一端黏在一件八〇年代的案件上。「很棒，對不對？」

卡爾雙手支在頸後交叉，彷彿不得不把頭撐住似的。「令人嘆爲觀止，阿薩德，眞的！安迪·沃荷果然沒有白活了。」

「什麼安迪？」

「阿薩德，這麼做是什麼意思？你是想把兩件案子連結在一起嗎？」

「沒錯。你想想看，只是假設而已噢，如果兩件案子真的有關聯，透過這種方式，便能清楚看出兩者的關係。」他又指著藍白色繩子。「正是這個！藍白色繩子！」他手指一彈。「這表示兩件案子之間有類似的地方，可以說它們是平行案件。」

卡爾深吸了一口氣。「啊哈！那我猜得出來紅白包裝繩的用途了。」

「沒錯，是吧？只要我們知道兩件案子經過證實彼此有關的話，就用紅白色的。一目了然的歸類系統，不是嗎？」

卡爾再次深深吸口氣。「是的，阿薩德。不過現在這些案子彼此間並沒有任何關係，所以或許把它們擺在我辦公桌上，讓我們可以翻閱一下會更好。」

這件事雖然不容爭辯，不過阿薩德還是回說：「好的，老大。」一邊前後晃動腳上已經穿鬆的愛步（ecco）鞋。「十分鐘後我會開始把所有文件影印起來，然後把正本給你，影本我再釘上去。」

凶殺組組長馬庫斯·雅各布森忽然蒼老許多。最近這段時間，許多案件詭異的落到他辦公桌上，其中最嚴重的是諾勒布羅與附近郊區的幫派衝突和槍擊事件。除此之外，還發生了幾起惱人的縱火案，造成重大的財物損失，有幾個人也很遺憾的因此喪生火窟。由於這幾起火災總是發生在半夜，如果馬庫斯上星期每天晚上能睡三小時已經算有睡飽了，基於這個緣故大家應該遷就他，他想做什麼都該隨他去。

「怎麼回事，頭兒？爲什麼要我搬上來？」

馬庫斯手裡玩弄著老舊的菸盒。可憐的男人，他根本應付不來戒菸的辛苦。「卡爾，我知道你的部門搬到樓上可以使用的空間不大，但嚴格說來，我不能讓你們待在地下室。庶務組的人打電話來說你違抗指示。」

「馬庫斯，我們在下面完全沒有問題。我們在中間立起一道牆，還有門，什麼都有。髒東西已經被隔離了。」

馬庫斯的黑眼圈感覺變得更深了。「我就是不想聽到這種事，卡爾。」他說。「你、蘿思，還有阿薩德全部搬上來，不爽庶務組也沒辦法。你應該知道我最近壓力有多大，看看這個。」他指向牆上那台小液晶電視，TV2台的新聞正在播報幫派衝突的結果，要求讓受害者在哥本哈根街道出殯的聲音越發煽動起群眾的情緒。報導說警察必須趕快找出犯人，再次讓街道恢復安全。

沒錯，馬庫斯的確承受不少壓力。

「好吧，如果你要我們上來，那就表示懸案組玩完了。」

「別逼我，卡爾。」

「而且你也拿不到每年八百萬的補助。那八百萬不就是給懸案組運作用的嗎？哎呀呀，大家還眞捨得爲我們花錢啊！辦公器材、家具、汽車、影印機、碳粉、紙張——對了，當然還有蘿思、阿薩德和我的豐厚薪水。八百萬，眞是瘋了。」

凶殺組組長嘆了口氣，他眞是進退維谷。若是沒有批准給懸案組使用的八百萬，他自己的部門每年至少會短缺五百萬。這叫作資源彈性分配，每個地方組織都會動這種合法的手腳。

「那有什麼解決方案？」馬庫斯說。

「我們搬上來後要坐哪裡？」卡爾問。「廁所嗎？還是昨天阿薩德坐的窗台？抑或是你的辦公室？」

「外面走廊有空間。」看得出來馬庫斯在隨口搪塞。「那只是權宜之計，很快會幫你們找其他地方。」

「好，很棒的解決方式，我同意。那麼，給我們三張新的辦公桌就可以了。」卡爾主動站起來把手伸向馬庫斯，表示一言爲定。

凶殺組組長拒絕握手。「等一下，這個提議感覺有點詭異。」

「詭異？你們去想辦法弄來三張新辦公桌，庶務組的人若是來了，我會要蘿思上來你們這兒，坐在空蕩蕩的辦公桌前裝飾一下。」

「行不通的，卡爾。」馬庫斯頓了一下。即使如此，他似乎已經上鉤了。「算了，我母親常說：船到橋頭自然直。坐下來吧，卡爾，有個案子你應該看一下。你還記得我們三、四年前支援過的蘇格蘭警察嗎？」

卡爾點點頭，有點躊躇。他的主管難道準備讓吹蘇格蘭笛的人來占領懸案組嗎？要讓吹管音樂和羊腸香腸進到他的地下室？那可不行，只要他還有資格說話就別想。偶爾讓挪威人來參訪已經夠糟了，更何況是蘇格蘭人！

「我們把韋斯特墓園裡一個蘇格蘭人的ＤＮＡ寄給他們。你應該記得，那是巴克的案子。他們因此偵破一樁謀殺案，所以對我們印象很好。愛丁堡有個叫吉立安．道格拉斯的警方鑑識人員把這個包裹寄給我們，裡頭是一封原本裝在瓶子裡的信。他們諮詢過語言專家，確定信上寫的是丹麥文。」他從腳邊拿起一個棕色包裹。「如果我們查到了什麼，他們希望能夠了解怎麼回事。麻煩你囉，卡爾。」

他把包裹放到卡爾手裡，然後示意要他離開。

「要我做什麼？」卡爾問。「爲什麼不把東西交給丹麥郵局就好？」

馬庫斯一笑。「很搞笑。因爲郵局只會郵寄包裹，不會解謎破案。」

「我們手上的事情已經忙不過來了。」

「是的、是的，卡爾，這點我毫不懷疑。不過看一眼也無妨，沒什麼大不了，何況這件事也符合懸案組的調查原則：年代久遠、懸而未解，而且其他人沒有時間也沒有興趣調查。」

又是一件阻礙我把腿抬放在辦公桌上休息的案件，卡爾一邊想，一邊拿著包裹走下樓梯。無所謂。如果他先小睡個一兩小時，應該不會傷及蘇格蘭與丹麥之間的友情。

「我明天就會搞定所有檔案，蘿思願意幫我的忙。」阿薩德宣布說，同時思索著手中的案子原本是歸類在卡爾三堆檔案系統的哪一堆。

卡爾滿腹牢騷咕噥著，蘇格蘭包裹就躺在他面前的桌上。以他過往的經驗，不好的感覺到最後大部分都證明是對的，這個貼著海關膠帶的紙盒眞的散發不祥的氣息。

「是新案件嗎？」阿薩德的眼睛緊盯著棕色紙盒。「誰把盒子給打開了？」

卡爾用大拇指比向上面。

「蘿思，過來一下。」卡爾朝著走廊大喊。

五分鐘後她才姍姍來遲，這五分鐘明白昭示誰才是決定事情優先順序的人，尤其是做事的時間。這點大家必須習慣。

「妳個人的第一件案子，蘿思，妳覺得如何？」他輕輕把紙盒推向她。

他看不清她擦上濃密黑色睫毛膏底下的眼睛，不過感覺似乎不是很開心。

「我想大概是兒童色情片或是販賣婦女之類的案子吧，卡爾？你自己八成不想沾手。不必了，謝謝。你若是沒興趣調查，就丟給我們那個趕駱駝的矮子去處理，我還有別的事要做。」

卡爾嘴角揚起露出微笑。沒有咒罵，沒有踹門框，看來蘿思的心情似乎不錯。他又把盒子再往她推近一點。「裡頭是一封塞在瓶子裡的信，我還沒看過，我們可以一起打開來看看。」

蘿思皺起鼻子。懷疑是她忠心不二的同伴。

卡爾打開包裹紙盒，將裡頭的泡沫塑料球撥到一旁，撈出檔案夾放到桌上。然後又在泡沫塑料球中翻找，終於挖出一個塑膠袋。

「裡面有什麼東西？」

「我猜是瓶子的玻璃碎片。」

「他們把瓶子打破了？」

「不是，他們只是將瓶子進行拆解，檔案夾裡有說明書，解釋怎麼把瓶子組合好，對妳這種天賦異稟的女子來說不過是雕蟲小技。」

她吐了吐舌頭，在手中掂掂塑膠袋的重量。「不是特別重。瓶子有多大？」

他把檔案夾遞給她。「自己看。」

然後蘿思留下紙盒，人消失在門外走廊上。

寧靜降臨。再過一個小時，一天就結束了，他將搭乘開往阿勒勒的電車，買瓶威士忌讓自己和哈迪麻醉一下，一杯威士忌裡插上吸管，另一杯裡則是放點冰塊，應該能度過一個恬適的傍晚時光。

卡爾閉上眼睛，但還不到十秒鐘，阿薩德便現身眼前。

「卡爾，我查到了一些東西。你來看一下，就在外面牆上。」

卡爾發現人如果完全脫離現實世界，即使只有幾秒，平衡感也會變得有點怪異。他昏昏沉沉的靠在走廊的牆壁上。阿薩德自豪的指著牆面上方的文件。

卡爾強迫自己回到現實。「你再說一次，阿薩德。我剛剛在想別的事情。」

「我只是在想，凶殺組組長調查哥本哈根最近的縱火案時，是否應該參考一下這件案子。」

卡爾感覺自己的腿不再搖晃不穩後，稍微走近阿薩德用食指指著的牆上文件。那是一起發生在十四年前的火災，有人因此喪生。案發地點在洛德雷境內的丹胡司德，很可能是件縱火案。由於屍體被火燒得面目全非，完全無法查出死亡時間、性別，也採集不到ＤＮＡ，加上沒能找到可能與死者相符的失蹤人口，使得案情更加棘手，最後不得不將此案歸檔束之高閣。這件案子卡爾記得非常清楚，那是安東森經手的案件。

「憑什麼認為這起案件和目前如戰亂肆虐的火災有所關聯？」

「戰亂？」

「就是造成許多損失、奪走人命的火災。」

「原來如此！」阿薩德指著骨頭殘骸的細部照片說。「因為這個人的小指頭骨頭上有個環形凹痕，而這兒也有。」他取下檔案夾，翻到報告中的相關頁面。「這裡記錄著：『小指頭兒多年來彷彿一直戴著戒指』，一圈環形的凹痕。」

「所以呢？」

「小指頭兒啊，卡爾。」

「好，所以呢？」

「我從樓上祕書室得知，第一個火災受難者整隻小指頭兒不見了。」

「噢。題外話，講『小指』兩個字就好，阿薩德。」

「好。還有最近一樁火災，屍體的小指上有一圈環形凹痕，和這個一模一樣。」

卡爾的眉毛往上高高挑起。

「我認爲你應該上去三樓，告訴我們的頭兒你剛剛說的那番話，阿薩德。」阿薩德整張臉散發光采。「若不是那張照片釘在眼前，我可能完全不會注意到這點。很讚吧，對不對？」

蘿思那身由龐克黑的傲慢所建構的堅硬盔甲，似乎因爲新任務而出現了一道裂痕。至少她不再像以前那樣啪一聲把文件丟在卡爾桌上，而是先將菸灰缸移開，再謹愼甚至近乎恭敬的放下。

「看得清楚的字不多。」她說。「信顯然是用血寫的，而血又因瓶裡的冷凝水變得模糊，此外，筆跡看起來笨拙扭曲。不過第一個字毫無疑問是『救命』。」

卡爾心不甘情不願往前傾身，審視著其他的字母。這張紙以前大概是白色的，現在已經變成棕色，邊緣不只一處參差不齊，很可能是從海裡撈上來後打開時弄壞的。」

「他們做過什麼樣的檢驗，附函中有提到嗎？什麼時候發現的？」

「他們在奧克尼附近發現的，瓶子就掛在漁網上。附函上記錄的時間是二〇〇二年。」

「二〇〇二年？他們那時竟沒想到把東西轉交出去。」

「瓶子放在窗台上被人遺忘。可能也是這個原因，瓶中的冷凝水才會這麼多，因爲瓶子直接曝曬在陽光下。」

「那些酗酒過度的蘇格蘭人。」卡爾忍不住發了一下牢騷。

「報告中附上一份沒有用的ＤＮＡ報告，以及幾張紫外線照片。他們盡量將信修復，這個就是嘗試重建後的文字，有幾個字還是能辨認得出來。」

卡爾進一步察看影本，決定收回他批評蘇格蘭人耽溺酒精的言論，因爲將原始的信件與嘗試重建後的結果比較之下，著實讓人印象深刻。

他看著紙條發愣。人總是嚮往能送出瓶中信，在地球另一端被人從海裡撈起閱讀，希望藉此展開一段意想不到的冒險旅程。但是，浪漫的幻想絕對不是這封瓶中信的動機，信裡的內容也並非抒發思慕之情，或與白沙灘和蔚藍的大海有關；相反的，紙條上飽含著嚴肅的痛苦，寫信的人絕對不是玩笑，而是慎重傳達出信中承載的訊息。

一聲絕望的呼救聲。

第五章

離開家門的那一刻，他便卸下了原本的身分。他行駛了二十公里的路程，最後抵達菲斯勒夫一處小農舍，農舍約莫位於羅斯基勒的家和峽灣旁的船屋中間。他將停在倉庫中的貨車開了出來，再將賓士車停進去。鎖上大門後，他快速沖了個澡，把頭髮染成其他顏色，並換掉一身衣服，最後在鏡子前花了十分鐘整裝打扮。他從櫃子裡找出必需品，然後拿著行李走去駕駛每次出手時開的那台雷諾車。這輛車沒有特別顯著的特徵，車身不大也不小，車牌雖然不是很髒，卻也不太能看清楚車號，是輛絕對不會引人注意的交通工具。車子登記在他取得小農舍時使用的名字底下，兩者都是爲了完成工作而準備的。

每到這種時刻，他總是精心做好準備，不漏掉任何細節。透過網路以及多年來經常在戶口登記處網站諮詢請教，他設法蒐集了與潛在受害者有關的重要資料，並且永遠身懷鉅款，加油或過橋時全用大鈔付費，盡可能避開監視錄影器，處心積慮和引人側目的事物保持距離。

此次他選定中于特蘭作爲狩獵區。那兒的宗教氣息相當濃厚，而且距離他上次在此區下手已經多年，應該沒人認得他。是的，他花了許多心思在此散播死亡。

他事先多次前往此區勘查狀況，每次只待個兩、三天。第一次住在哈易斯勒夫一個女人那兒，最後兩次住在一處叫作勒納的小地方，用不著擔心之後在維堡附近出沒會被人認出。

名單上有五個家庭供他挑選，兩家是耶和華見證人這個宗教組織的成員，一家隸屬於新使徒教會，另外一家是摩門教，還有一家則是聖母教會。目前他偏好最後一家。

晚上八點左右他抵達了維堡，離實行計畫的時間可能早了一點，尤其是在這種規模的城市。不過，沒人有辦法預料可能會發生什麼事。

他必須先找到一家酒吧，好整以暇的挑選適合扮演東道主角色的女子。他選擇酒吧的原則始終不變：不能太小，不可坐落於眾所周知的地區，最好不要有太多老主顧上門，也不能骯髒汙穢，以免將年齡三十五歲到五十五歲的獨身女子擋在門外。這個年齡條件對他最爲理想。

第一家店名叫尤歷斯酒吧，但裡頭場地狹隘，燈光過於昏暗，還擺放了多台遊戲機，牆上設置了許多飛鏢靶。第二家稍微好一點，舞池不大，除了一屁股在他旁邊椅子坐下、幾乎貼到他身上的男同志之外，客人的水平在中上程度。只是，他若找到了合適的女子，即使客氣婉拒了男同志，保證對方一樣記得他。如此一來風險太大。

他第五次才找到符合條件的理想酒吧，從吧台上方的牌子就看得出來這家店非常適合：「會咬人的狗不會叫」、「外頭的世界不錯，但『終點站』更讚」、「這兒有最棒的奶子」。終點站雖然晚上十一點打烊，時間有點早，不過沉浸在搖滾樂聲中的客人們興致高昂，氣氛十分歡樂。此店符合他所有的條件，一定會有人上鉤。

他看上眼的女人坐在入口附近的遊戲機旁，他剛走進來時，她獨自一人在狹小的舞池中扭擺雙臂舞動，雖已年過半百，然而風韻猶存。不過，她絕對不是容易得手的獵物，而是經驗老到的情場高手，清楚知道自己要找的是值得信賴的男人，願意付出下半輩子每天在他身邊醒來。但是此時此刻她並沒有打算在此找到眞命天子，純粹是度過緊張的一天後來這兒和同事放鬆心情。就這樣，遠遠就看得出來了。

兩個身材姣好的女同事在吸菸區裡咯咯笑著，其他人散坐在不同的桌子。這些女人應該喝了好一陣子，他估計幾個小時以後她們便無法描述出他的長相。

他與自己選定的目標四目相交約莫五分鐘後，走過去邀請她共舞。她仍舊保持清醒。這是個好徵兆。

「你不是這附近的人，對吧？你來維堡做什麼？」

她身上散發香氣，眼神直勾勾的看著他，很明顯在等他回答。他應該告訴她自己經常到這城市來；他很喜歡維堡；他受過良好教育而且單身。他也確實這麼說了，說得沉穩緩慢，井然有序，讓一字一句滲入她的思緒慢慢產生效果。

兩個小時後，兩人已躺在她家床上。他看得出來自己讓她欲仙欲死，心想要在她家停留幾星期應該不成問題，而且她也不是會拿一堆問題煩他的女人，當然「你眞的喜歡我嗎？你愛我嗎？你想要我嗎？」這類問題除外。整個程序大致如此。

他特別留心不讓她有機會對他產生期望，而且還會故作靦腆。若是在回話時偶爾顧左右而言他或者猶豫不決，就容易被歸類爲害羞的緣故。

隔天清晨五點半，他按照計畫起床，漱洗完畢、穿好衣服後，在床上的女伴醒來前悄悄翻箱倒櫃，希望能找出洩漏她背景的資訊。她離婚一事他已經知道；孩子都已成年，離家獨立多年；在政府機關中有個不錯的職務，有升遷的可能，他希望這工作能奪走她所有精力；她五十二歲，仍想擁有一個童話般的生活。

他先拉開窗簾，讓她一睜開眼就看見他清新的笑容，然後把放著咖啡和吐司的餐盤擺在她旁邊的床上。她溫順的依偎著他，露出嫵媚燦笑，伸手輕撫他臉頰，想要親吻他的疤痕。不過他已先一步輕輕抬起她下巴問道：「我需要在皇宮旅館訂個房間，還是今晚再來妳這兒？」

她的手指向鑰匙的位置，回答了他的問題，隨即又深情款款與他共赴巫山。完事後，他悠閒從容的駕著貨車離去。

他挑中了一家可以迅速支付一百萬贖金的家庭，即使目前時機不佳，對方或許必須賣掉一些股票，但對他們來說這個數目依舊無傷大雅。全球經濟危機讓他弄到可觀贖金的難度越來越高，不過他挑選受害者向來非常慎重，所以至今爲止還有路可走。此次他評估那家人不僅有能力，之後也會願意滿足他的要求，而且絕對會暗中進行不讓外人知道。

他對這家人的調查相當深入。不僅親自走訪他們居住的區域，和雙親聊起教堂禮拜，知道他們成爲教會成員的歷史，也清楚他們如何累積財富、孩子的名字，還大概掌握了他們一天的行程。

這家人住在道勒拉普邊陲地區，有五個小孩，介於十到十八歲之間。全家人住在一起，全部是聖母教會活躍的教友。

最大的兩個是男孩，在維堡上中學，其他孩子則在家自學，由年紀約莫四十五歲的母親教導。她曾經是創建於七〇年代的蒂溫德特殊學校的教師，由於生活缺乏其他目標，因而全心奉獻給上帝，在這個家中，她才是一家之主，負責主持家務，決定宗教信仰。她的丈夫比她年長二十歲，是本地最富有的企業家，先前他將一半收入捐獻給教會，備受教友推崇，不過剩餘的財產仍然綽綽有餘。

這個目標家庭只有一個問題：老二。他本身是個合適的目標，但偏偏最近學起了空手道。雖然這個瘦弱的男孩還不至於構成威脅，無須過度緊張，不過卻有可能破壞下手的時機。

如果事態發展不如預期，時機就是成功與否的關鍵因素。可說成也時機，敗也時機。

撇開此點不談，老二和他第二個妹妹，也就是兄弟姊妹中的老四，具備讓他完成計畫不可或缺的特質。他們活動力強，是家中最漂亮的兩個孩子，而且堅持自己最受母親疼愛。他們經常做禮拜，卻同時也有點野，通常在這種孩子身上只會出現非此即彼的結果，因此這兩個孩子日後若非成爲最高神職人員，就是被逐出教會。他們信仰虔誠但又像狂野的大黃蜂。完美的結合。

他之所以如此清楚，或許是因爲自己曾經也是那樣的小孩。

他將貨車停靠在稍遠處的樹木間，坐在車裡透過望遠鏡觀察孩子們休息時的模樣。他們正在農莊旁的庭園玩耍，被他選中的女孩一個人在角落的樹底下忙了一會兒，遮遮掩掩不讓人看清楚她在做什麼。這個舉動讓他更加確信她是絕佳的選擇。

她做的事情一定不討母親喜歡，而且違反教會規定。他邊想邊點頭。測試神的，永遠是羊群中最優秀的羊，十二歲的瑪德蓮娜顯然也不例外。

他又在貨車裡繼續坐了兩個小時，觀察位於道勒拉普彎道前的農莊，小女孩的行爲模式在望遠鏡中看得一清二楚。每次下課活動時，她總是獨自蹲在庭園角落，等到母親叫喚下一堂課開始才把某樣東西遮起來。

對於生活在虔誠的聖母教會家庭的青少女而言，一定處處面臨許多嚴格的規定與禁忌，例如舞蹈、音樂、印刷製品——當然教會的出版品除外——酒精、與非教會人士接觸、絨毛玩具、看電視、上網等等，什麼都遭到禁止。一旦踰矩，嚴厲的懲罰隨即接踵而至：逐出家庭與教區。

他心情愉快的在兩個大兒子回家前駕車離開。那家人絕對是他的目標。現在他打算確認男主人的公司業績與稅務狀況，隔天再開車過來觀察孩子們的一舉一動。

因爲出手的時機即將來臨。一思及此，他不禁亢奮陶醉。

他的東道主名叫伊莎貝兒（Isabel），不過她本人的異國風味還不及名字的一半。從家中櫃子上擺著瑞典偵探小說和丹麥歌手安妮．琳內特的CD來看，可以知道她不是個會無端涉入陌生領域的人。

他看看時鐘，心想房子的主人大概半個小時後才會到家，所以還有時間檢查是否有會造成麻煩的東西。他坐在她的書桌前打開筆記型電腦，看見螢幕出現要求輸入密碼的頁面時，不禁抱怨了一下。他嘗試輸入兩組密碼都不對，於是翻開寫字墊，果然發現底下有張寫了各種密碼的小紙條，從網路交友到網路銀行都有。像伊莎貝兒這種女人不外乎使用生日、孩子及寵物的名字、電話號碼，或者簡單數字順序作爲密碼，要不然就是把密碼記下來以免忘記，而且紙條通常極少放在距離鍵盤半公尺以外的地方，因爲一般人懶得站起身去拿。

他登入她的網路交友頁面，閱讀其中的訊息，心滿意足的確定她認爲自己是尋找多時的理想男人。或許比她預期年輕了幾歲，不過哪個女人會對此說不呢？

接著他瀏覽了電子郵件，發現她經常與一個叫作卡斯滕．雍森（Karsten Jønsson）的男人聯絡。可能是她兄弟，也可能是前夫，不過那不重要，比較麻煩的是，郵件的網址結尾是丹麥警察局「polite.dk」。

該死！他心裡咒罵了一聲。她在交友欄的個人訊息中寫到，男人若是粗暴無禮、惡言相向，或者將髒衣服到處亂丟等邋遢行爲，都會讓她失去興趣。未來若有必要，他可以利用這幾點保護自己。

他從口袋中拿出隨身碟插進插槽，將Skype帳號、頭戴式耳機程式、聯絡人資料等全部存進電腦，然後按下妻子的手機號碼。

她每次都在這個時間採買購物。他想請她買瓶香檳，先把酒冰起來。

當電話響到第十聲時，他不由得皺起眉頭。她從來不會漏接他的電話。若說他妻子有什麼東西永不離身的話，那就是手機了。

他又撥了一次，還是沒人接聽。

他身子微微往前傾，瞪著鍵盤，臉頰逐漸漲熱。

她要是沒有提出信服他的解釋試試看！她若是想讓他知道她另一面性格，就得冒著認清他的風險。

相信她絕對不會願意如此的。

第六章

「我不得不說阿薩德的假設促使我們好好思考了一番，卡爾。」馬庫斯手中已經拿著皮夾克，也許再過十分鐘，他就會置身西北區的街角，檢查前一晚槍擊事件的血跡，而這一點都不令人羨慕。

卡爾點點頭。「所以你和阿薩德想法一樣，認爲縱火案彼此有關聯囉？」

「三名罹難者中有兩人的小指骨頭上有同樣的凹痕。是的，這點確實需要深入思考、調查。不過，我們再觀望看看。目前法醫正在勘驗屍體等物證，必須等待他們的檢驗報告。不過，我的鼻子，卡爾……」他敲敲臉上特別顯眼的傳奇鼻子。沒有多少人的鼻子能像馬庫斯一樣嗅聞到那麼多腐朽的案件。沒錯，阿薩德和馬庫斯是對的，那些案子的確相關，卡爾自己也注意到了。

卡爾故意把話說得有些急迫。不過這並不容易，因爲兩人交談還不到十分鐘，時間還早。

「那麼我想那件案子就交給你們了。」

「暫時就這樣。是的，暫時就先這樣吧。」

卡爾點點頭，直接走向地下室，將懸案組那樁陳年縱火案給註銷掉。

算是爲統計學貢獻了點心力。

「卡爾，過來一下，蘿思有東西要給你看。」一陣如雷的聲音隆隆響起，彷彿有一群吼猴入侵地下室。阿薩德的聲帶沒有發炎，這點完全無庸置疑。

他笑得一臉燦爛，手裡拿了疊影印紙站在那兒。就卡爾看得見的部分，那疊影印紙和任何案件都沒有關係，只是某些說不出來是什麼東西的放大影本。

「你看看她靈光一現想到的點子。」

阿薩德指著走廊尾端，那道木工剛架設好用來保護他們免受石棉危害的隔離牆。說得精確一點，他指的地方原本應該是那道牆，但是現在卻看不到牆的影子了。牆壁上貼滿無數張影印紙，密密麻麻一張接著一張，連牆上的門也被貼住，如果有人想開門進去，得先拿把剪刀來。

從十公尺外的距離就可以看出那些紙張是瓶中信的超放大版本。

「救命」兩個字橫跨地下室走廊上方。

「六十四張A4紙，了不起吧？我手中是最後五張。高二百四十、寬一百七十公分。你說她的頭腦是不是很靈光啊？」

卡爾往前走了幾步，蘿思屁股翹得老高，正把阿薩德影印好的紙張貼在下面角落。

卡爾先盯著她的臀部，然後才望向她的作品。放大這麼多倍的影本，一眼便可看出有好也有壞。字跡被紙張吸收掉的區塊看起來模糊得要命，但其他寫得歪歪斜斜不是很清楚、被蘇格蘭人嘗試修復到某種可視程度的部分，反而突然間產生了意義。

簡言之就是：眼前一下子至少出現二十個可辨識的字母！

蘿思轉過來看了他一秒，對他舉起來想要打招呼的手視而不見，然後把梯子拿到走廊。

「爬上去，阿薩德，我會告訴你要在哪些地方畫上記號，懂嗎？」

她把卡爾推到一旁，分毫不差的站在他剛才的位置上。

「別寫得太用力，阿薩德，到時候還要擦掉。」

阿薩德站在梯子上往下點頭，鉛筆已拿好在手中。

「從『救命』底下那行開始，就在『我』的後面，我覺得該在那兒畫記號。你認爲呢？」

阿薩德和卡爾望著像卷積雲般籠罩住「我」的汙漬。然後阿薩德點點頭，在汙漬處標記。

卡爾往後退一步。的確沒錯，在清楚無誤的「救命」兩個字正下方，看得出來有兩個汙痕。前面那團痕跡是稍微明顯一點的「我」，後面的字則被海水與冷凝水浸汙得模糊不清，字跡全滲透到紙張裡。

卡爾在一旁觀察蘿思指揮阿薩德畫線。這是項耗時緩慢的工作，要花無數的時間拆解無數的謎團，而這一切是爲了什麼？瓶中信或許已有幾十年的歷史，搞不好只是個惡劣的玩笑，那拙劣至極的字跡就像出自孩子之手，或許只是幾個童子軍將手指割了一小道傷口寫出來的。應該是這樣沒錯。還是說，並非如此呢？

「蘿思，我不是很清楚，」他謹慎挑選語詞，「或許我們應該放棄，別管這案子了，畢竟還有其他堆積如山的案件等著我們。」

他清楚看見自己的話語所造成的影響。蘿思的身體抖了起來，背部顫動，別人或許會以爲那是即將爆發的大笑前兆，但是卡爾了解蘿思，所以他不由得往後退。雖然只退了一步，但已足以不被火花四濺的滔滔罵聲給正面波及。

沒錯，她討厭別人插嘴，他的理解力還沒那麼遲鈍。

卡爾點點頭。就像剛才所說，他們有很多案件要處理，光是用想的就想到了好幾件可以好好翻閱的厚重檔案，偶爾瞌睡蟲上身時，還可以將臉掩藏在公文裡頭。這段時間其他人就去研究他們的童子軍把戲吧。

目露凶光的蘿思慢慢轉過身時，察覺到了卡爾的退縮。

「說眞的，蘿思，這個點子很周到，眞的很好。」他急忙想要彌補，可惜蘿思不吃這套。

「你有兩個選擇，卡爾。」她怒不可抑的吼道，阿薩德站在梯子上眼珠骨碌骨碌轉。「一是閉上狗嘴，一是我回家去，然後把我的雙胞胎姊姊送來。而且你知道嗎？」

卡爾緩緩搖頭，完全不確定自己是否真想知道。「她會帶著三個孩子和四隻貓過來，」他猜測說，「外加四個轉租房客和一個下流胚子，這樣對吧？可是妳的辦公室就會該死的擠得要命，答案是這個嗎？」

她雙手扠腰，朝卡爾步步逼近。「我不知道誰灌輸你這些東西。伊兒莎（Yrsa）和我住在一起，既沒有養貓，也沒有什麼轉租房客。」抹著濃重煙燻妝的眼睛簡直要射出「白痴」兩個字。

卡爾舉起手防禦，辦公室的椅子正輕柔的呼喚著他。

「她的雙胞胎姊姊是怎麼回事，阿薩德？蘿思之前拿她姊姊威脅過人嗎？」

卡爾感覺雙腳如鉛般沉重，舉步維艱，反觀走在身邊的阿薩德卻蹦蹦跳跳步上樓梯。「哎呀，卡爾，別想得太嚴重啦。蘿思就像駱駝背上的沙子，有時候會搔得屁股癢，有時候又沒事，完全看你的皮有多厚。」他轉過來看著卡爾，露出兩排潔白整齊的牙齒。如果這段時間內有誰屁股上的皮變得肥厚，絕對非他莫屬。

「她有和我聊過那個姊姊。她叫作伊兒莎，我之所以記得住，是因爲那名字和伊兒瑪很像。不過我不相信那兩個人感情很好。」阿薩德補充說。

伊兒莎？現在還有人叫這個名字嗎？卡爾心想。他們走到三樓後，他感覺自己的心臟瓣膜正大舉狂跳西班牙的方丹戈舞。

「哈囉，小伙子。」櫃台的另一邊傳來美妙的熟悉聲音，麗絲又回來上班了。她那保養得宜的四十歲嬌軀和同樣靈活的大腦細胞，是所有感官的美好饗宴，與索倫森天差地別。索倫森對阿薩德燦爛一笑，但一看見卡爾就抬頭用鼻孔看人，像尾挑釁的響尾蛇。

「麗絲，告訴卡爾妳和法蘭克去美國有多好玩。」索倫森帶著好鬥的笑容說。讓人不舒服的老女人！

「晚點再說。」卡爾快步離開。「我們和組長有約。」

他拉著阿薩德的手要走，只可惜白費力氣。

該死的阿薩德，卡爾心裡忿忿唸著。麗絲紅豔的嘴唇動個不停，大談四個星期的美國之行。她那個快要乾癟的先生，顯然在旅行房車中的雙人床上恢復如野牛般的原始力量。卡爾用盡全力想將那些景象連同自己非自願性的禁慾想法逐出腦海。

索倫森怎麼不去死啊，他心想。他媽的阿薩德和那個占有麗絲的該死男人，還有把位於他欲望震央的夢娜，誘拐到非洲去的可惡無國界醫師。

「那個心理醫生到底什麼時候回來，卡爾？」他們經過會議室時，阿薩德問。「她叫什麼？我是說除了名字是夢娜之外，她姓什麼？」

卡爾打開馬庫斯辦公室的門，不理會阿薩德一臉挖苦的賊笑。凶殺組所有成員幾乎全坐在這兒了，人人累得猛揉眼睛。他們已經連續好幾天受到大眾輿論的撻伐，幸好阿薩德的發現多少幫助他們減輕了一些壓力。

馬庫斯花了十分鐘向底下各組組長做簡報。他和羅森．柏恩似乎相當振奮，阿薩德的名字多次被提起，許多雙眼睛也好幾次投向阿薩德那張自豪的臉。那些眼睛毫不掩飾驚訝之情，訝異這個趕駱駝的清潔工怎麼會忽然之間成了他們的重要人物？

不過沒有人敢將心裡話說出來。畢竟發現目前的縱火案和一樁陳年舊案有關，讓調查工作有所進展的人是阿薩德。在縱火案中找到的屍體，左手小指上幾乎都有凹痕，唯一的例外是整隻小指完全不見的那名受害者。參與檢驗的法醫雖然各自發現了小指凹痕，卻沒有人聯想起這幾件案件或許彼此相關。

根據驗屍報告，所有跡象指出有兩名受害者的小指上長期戴著戒指，不過根據法醫的解釋，小指骨上的凹痕與火災造成金屬過熱無關，而是死者從青少年初期就戴著戒指，以致於在骨頭組織上留下痕跡。這類戒指或許具有某種文化意涵，就像中國人纏小腳一樣，也有其他同事推測不排除是某種儀式。

馬庫斯點點頭。嗯，朝這個方向應該沒錯。看來是某種類似兄弟會的形式：戒指一旦戴在手上，永遠不會摘下。並且若考慮到羅難屍體的其他手指也並非完整無損，這些案子又多了一處共同點，至於造成傷害的原因據推測有各種可能。

「目前就剩下找出動機和凶手。」羅森爲簡報做出結尾。

多數人點頭附和，有幾個則是嘆了口氣。是啊，動機和凶手，應該沒那麼難才對吧。

「懸案組若是找到更多類似案例，會盡快通知我們。」凶殺組組長說。有個應該沒有參與縱火案調查的同僚拍了拍阿薩德的肩膀。

卡爾和阿薩德走出辦公室，站在走廊。

「哎，卡爾，你和那個夢娜．易卜生進展如何了？」阿薩德這個混蛋絕不輕易善罷甘休。

「你不應該在你的小丸子變得像砲彈那麼重之前要她趕快回來嗎？」

地下室中景況依舊。蘿思拖了張板凳放在貼著瓶中信的那面牆前面，人蹲坐在上面苦思出神，從後面幾乎可以看見她額頭上的皺紋。

她顯然遇到瓶頸了。

卡爾打量著那些放大的影印紙。研究這些文字也不是簡單的任務。絕對不是。

她用黑色油性筆將現有的語詞寫得更清楚一些。那樣做或許有點笨，卻能大概看出端倪，所以他完全能夠理解她的做法。

她猛然用手撥弄黑色的鳥窩頭，看似有點賣弄風情。被油性筆弄髒的指甲，由於同樣也是黑色，恰好可以搭配她的風格，之後她會擦上一層黑色指甲油，她總是這麼做。

卡爾一個個唸出牆上的字，這時她開口問道：「看得出來是什麼意思嗎？解讀得出意義嗎？」

上面的字寫著：

救命
我○在○○○○○兩○○○○○○假了——
在○○○○的○○羅○○共○○——
○男人○○一百八十○○ ○○○法
○○○○○○○○ 右○○○有○○痕——
○開○○○○藍○○○車——
○○○父母認○他——
他○做佛○迪、布○○的——
○威○○○ ○○○○○○○○——
○要殺○○們——
他先○○○○○○我的○ ○○○○我弟弟○——

我們開了○一個小時的○ ○○○在靠○海○的○○地方——
○○○風○○○○——
這○○臭——
○○○們——○點——
我○○○○○里○費 ○○歲——
○○○○○ ○○○——
保○ ○○

沒錯，這是封求救信。除此之外，也指出有某名男子、有父母、還有個兄弟，以及距離某處大約一小時的車程，最後署名是「保」開頭的名字。就只有這些了。沒有，解讀不出什麼意義。究竟發生了什麼事？地點、時間與原因呢？

「我非常確定這個人是寫信者。」蘿思用油性筆指著「保」說。她並沒有笨得無可救藥。

「而且保證他的姓和名字各是兩個字組成。」她敲敲阿薩德先前用鉛筆畫線的地方。

卡爾將目光從她畫上黑色油性筆的指甲移到信上鉛筆畫線之處。他是不是應該去做個視力檢查？她怎麼能如此篤定姓和名字各是兩個字？就因爲阿薩德在幾處汙痕上面畫上一些記號嗎？他認爲應該還有眾多可能性一樣具有說服力。

「我和原來的信比較過了。」她說。「也和蘇格蘭的鑑識人員談過，我們一致同意姓和名字各由兩個字組成。」

卡爾點點頭。哎喲，蘇格蘭的鑑識人員！他認爲她八成是和來自雷克雅未克某個用紙牌占卜的紅髮算命師談話。在他眼裡，不管別人怎麼說，那些純粹是潦草的字跡。

「我相信這封信出自男性之手。原因就在於，這種情況下沒人寫信時會簽下暱稱，而我找不到以『保』開頭、兩個字的的丹麥女性名字。拋開丹麥名字不論，我只找到保嘉、保菈、保保、保蕾、保雅、保麗、保娜、保萍、保莉、保茜、保絲等女姓名字。」

她劈里啪啦講出一大串名字，完全不用看著筆記本。這個蘿思真是他媽的很特別。

「很少女生會用保保這個名字。」阿薩德咕噥說著，臉上寫滿問號。沒有人陷入沉思時的神情能像這個粗壯的沙漠之子一樣入迷。他集中精神凝望著牆上文字。「除了保黎，我想不出其他名字，但那是個伊朗名字。」

卡爾嘴角往下撇。「嗯哼，而丹麥沒有伊朗人。好吧，那麼署名的男性就叫保羅或是保魯好了，知道這一點後真讓人鬆了口氣，接下來只要一盞茶的時間就能找到他了。」

阿薩德額頭上的皺紋皺得更深了。「『怎樣』就能找到他？你剛才說什麼？」

卡爾深深吸口氣。他一定要把這個矮小的助手送到前妻那兒，包他眨眼間學會一堆成語，稚氣的大眼睛只來得及骨碌骨碌轉。

卡爾看看手錶。「所以他的名字就叫保魯，我們要不要就這麼定了？我稍微休息個十五分鐘，這段時間你們一定可以找到寫信人是誰。」

蘿思故意不理會他說話的語氣，但是鼻孔卻明顯歙張。「是啊，保魯是個好的開始。要不然就是保特或保畢，畢業的畢，或者是保哈，哈哈大笑的哈，或叫保忒。也不排除叫保德或保爾。可能性很多，卡爾。我們生活在一個多種族的社會，因此出現了許多新名字，保寇、保契、保鄂、保吉、保西、保德、保褌、保兒、保洛、保加利亞……」

「嘿，蘿思，妳冷靜一下！我們這裡又不是姓名大全。更何況妳說保加利亞是什麼意思啊？那是個該死的國名而不是人名……」

「還有保帝、保平、保諾、保祿……」

「保祿？現在教皇也來攪和了。只要……」

「保司、保朗、保塔、保克、保利。」

「妳夠了沒有？」

她沒有搭理他。

卡爾又望向牆上那個簽名。除了得知寫這封信的人名字是「保」開頭之外，幾乎不可能看出其他訊息。這個「保」究竟是誰？

「蘿思，這也可能是個複名。妳確定這兩個字中間沒有一條橫線嗎？」他指著模糊的汙痕說。「例如像保羅—艾利、保寇—保吉或保利—保平之類的名字。」他想逗蘿思笑，但這種幽默感她完全不買帳。唉，可惡。

「我們就先把這封放大得漂漂亮亮的信放著，繼續去做其他事情吧。這樣一來，蘿思也會有時間把那難看的指甲塗上黑色指甲油。反正我們時常經過這兒，有的是機會看這堆狗屎一眼，或許能因此靈光乍現想到什麼。就像放在廁所裡的塡字謎遊戲，蹲馬桶時可以拿來塡塡看。」

蘿思和阿薩德雙眉緊蹙瞪著他。廁所裡的塡字謎遊戲？看來這兩個人不會在廁所裡蹲太久。

「此外，我想我們不應該把信貼在隔離牆上，畢竟很多人在地下室來來去去。你們應該知道，牆上那道門後面也屬於檔案室的一部分，放置了陳年舊案，你們聽說過吧？」卡爾轉身走向辦公室裡正在等待他的舒適座椅，但才走了兩公尺，蘿思尖銳的聲音就像把匕首刺中他背部。

「給我回來，卡爾。」

他緩緩轉過身，看見蘿思站在那兒指著她身後的藝術作品。

「你若是覺得我的指甲很醜，我也愛莫能助。但有一件事，你看見最上面的字了嗎？」

「看見了，蘿思，事實上，那是我唯一能確定的字。上面清楚寫著『救命』。」

只見她那被油性筆弄髒的食指像武器似的對著他。「你要好好記住。因爲你若是移走任何一張紙，那將是你第一個想到，而且會扯破喉嚨大叫的字。聽清楚了嗎？」

她的眼睛閃爍著叛逆的眼神。

卡爾示意阿薩德跟他走。

或許是該讓她瞧瞧這裡究竟誰才是主子的時候了。

第七章

她注視著鏡中的自己，發現生命特別厚愛她。童年在堤勒荀唸書時大家幫她取了「蘋果肌」和「睡美人」的綽號，也自動成為她的形象，有時她脫掉衣服，看見自己的身軀也不禁讚嘆。不過光是這樣對她來說並不足夠，當然不夠。

她和丈夫之間的距離越來愈遠，彷彿再也看不見他了。

等他這次回來後，她要告訴他不准再離開她，他一定可以找到其他工作。她想要了解他的事情，知道他的工作性質，希望每天早上能在他身邊醒來。

嗯，她一定要堅持住。

位於托夫特丘街尾端的精神病院後方曾經是座小型的垃圾場，後來破舊木棉床墊和鏽裂的床架慢慢消失，如今成了一座小綠洲，是視野毫無遮蔽，能直接眺望峽灣與市區的高級住宅區。

她喜歡在這裡靜靜坐著凝望遊艇碼頭與蔚藍峽灣。

置身在這樣的地方，沉浸在浮盪的情緒中，對於生命的意外會變得比較沒有招架之力。或許這就是為什麼她會答應那個步下自行車，邀請她喝咖啡的年輕男子。他也住在同一區，有時候兩人買東西時遇到會點個頭打招呼，現在他就站在那兒。

她看看手錶，兩個小時後要去托兒所接兒子，所以還有點時間，去喝杯咖啡也無妨。

然而，人算不如天算。

傍晚，她像個老太太般坐在搖椅上前後搖晃，手擺在胸前想安撫激烈跳動的心臟。她做了難以理解的事。她究竟怎麼了？就像是被那個親切的年輕人催眠，坐下來喝咖啡才不過十分鐘，她便將手機關機，敘述起自己的故事。而他只是專心聆聽。

「米雅（Mia），好美的名字。」他說。

她已經很久沒聽到自己的名字了，久得感覺有些陌生。她丈夫從來不叫她的名字。

年輕人非常直爽，他問了幾個問題，對她的提問也有問必答。他叫作肯尼士（Kenneth），是個軍人，有雙迷人的眼睛。即使可能被其他約莫二十位客人目睹，他的手依舊覆住她的，愛慕之意昭然若揭。他先是輕輕按了按她的手，然後整個握住。

而她沒有把手抽走。

之後她急忙衝到托兒所，一路上都感覺到他就在附近。

天色已暗，然而時間與夜色始終無法安定她激烈的脈搏，她不得不一直咬著嘴唇，想辦法冷靜下來。關掉的手機就躺在茶几上，似乎正用指責的眼神瞪著她。她擱淺在一座看不見未來的島嶼上，沒有人能給她忠告，一個也沒有，也沒有能讓她尋求寬恕的人。

未來該怎麼繼續走下去？

黎明破曉，她依然心神不寧坐在搖椅上。剛才她發現昨天和肯尼士聊天時，丈夫打了電話過來。螢幕顯示三通未接來電，所以她欠他一個解釋，而他肯定會再打電話質問她為什麼沒接電話，到時不管她的理由多麼有說服力，他都能識破她的謊言。他比她聰明、比她年長，生活經歷也比她豐富。他會知道她在說謊。一思及此，她忍不住渾身打顫。

他通常習慣在七點五十七分打電話回來，就在她要帶班雅明出門之前。今天她打算改變一下計畫，晚點再出門。應該給他機會提問，但不能被他逼得太緊，否則會露出馬腳。

然而在她抱起兒子時，茶几上的手機正好響起，但她卻本能轉過身去，這個動作洩漏了她的心情，那扇通往外界的門始終在伸手可及之處。

「喂，親愛的！」她語氣故作輕快，但是脈搏卻鼓跳如雷。

「我打電話找了妳好幾次，妳爲什麼沒有回撥？」

「我正要打給你。」她沒多想就脫口而出。糟糕，這話露出了馬腳。

「但是妳馬上要帶班雅明出門了，再一分鐘就八點了，我很清楚妳的作息。」

她屏住呼吸，輕輕將兒子放在地上。「他有點不舒服。你也知道，小孩要是流鼻涕，托兒所的人便不希望他過去。我想他發燒了。」她緩緩吸氣，然而身體卻尖叫著渴求氧氣。

「噢，這樣啊。」

然後是一陣停頓。她感覺很不舒服。他期待她說什麼嗎？難道她忘了什麼事？她凝神靜氣專注於窗外的世界，將心思放在隨風輕搖的庭院門，放在光禿禿的枝椏上和趕著上班的路人身上。

「妳聽見我剛說的話嗎？我昨天打了好幾次電話。」他質問道。

「噢，對。很抱歉，親愛的，我的手機沒電了。我想可能要買個新電池了。」

「我星期二才將兩個電池充好電。」

「是啊，眞的很奇怪。一般來說，我的電池用得比較久。」

「所以現在妳自己充好電了嗎？妳自己搞定了？」

「是啊。你想想看嘛，」她盡力笑得自在，但聽起來仍有點做作，「我常看你充電啊。」

「我以爲妳不知道充電器放在哪裡。」

「我知道。」她的雙手抖了起來。他感覺到不對勁了，接下來就會問她在哪兒找到該死的充電器，而她完全沒有頭緒充電器放在哪裡。

思考！用力想！快點！她的腦中快速掠過許多念頭。

「我……」她提高聲調。「噢，不行，班雅明。不行，不可以！」情急之下她用腳踢了小孩一腳，想讓他叫出聲來。她看著淚眼汪汪的班雅明，又踢了他一次。

就在她先生開口問：「妳在哪裡找到充電器？」班雅明終於放聲大哭。

「啊，對不起，我們晚點再講。」她故意讓聲調顯得激動。「班雅明剛剛撞到頭了。」

她掛斷手機蹲在兒子面前，脫掉他的連身服，不斷親吻他的臉頰安撫他。「小寶貝，對不起，原諒媽媽。媽媽不小心踢到你了，對不起。會痛嗎？你要不要吃餅乾？」

小男孩吸著鼻子原諒了她，一臉哭相困惑的點點頭。她拿出繪本給他翻閱時，一股毀滅感緩緩在體內擴散：這個家有三百平方公尺，充電器可能放在任何一個只有拳頭大的地方。

一個小時後她翻遍了一樓所有的抽屜、家具、架子。

忽然間，她猛然想起：要是家裡只有一個充電器怎麼辦？如果他把它帶走了呢？他的手機廠牌和她的一樣嗎？她一點概念也沒有。

她眉頭深鎖的坐在班雅明旁邊餵他吃東西。老天爺啊，她心想，他將充電器帶走了。

她搖了搖頭，用湯匙將食物送進班雅明嘴裡。不會的，買手機時都會附帶充電器，所以裝著說明書的手機盒裡應該還有一個未使用過的充電器，一定放在某個地方，只是不在一樓這兒。

她望向通往二樓的樓梯。

這棟房子裡有她未曾涉足過的房間，並非因爲他不允許，不是這樣的，只是自然而然就沒進去了。就像他也沒到過她的縫紉室，夫妻兩人有各自的興趣，需要擁有自己的世外桃源與時間，只不過他對這方面的需求基本上比她高。

她抱起兒子走上樓梯，在丈夫書房門前猶疑不定站了一會兒。她若是在他某個抽屜或櫃子裡找到裝著充電器的盒子，又該如何解釋自己翻了他的東西？

她把門打開。

她的房間就在這間書房對面，但兩個房間的氛圍卻截然不同。這裡缺少能量，缺乏像她房間那種難以界定的色彩魅力與創意，整個空間只有米色和灰色，此外無他。

她打開所有的壁櫥，發現裡頭有點空。若是她的櫥櫃，早就放滿日記、相簿、不値錢的東西，以及在那些無憂無慮日子裡，和朋友共同蒐集來的紀念品。

架子上只有幾本書，顯然是和他工作有關的專業書籍：槍砲、警務工作等諸如此類的主題。其中也有介紹宗教派別的書，如見證人耶和華、上帝的孩子、摩門教，還有一些她沒聽過的內容。眞不尋常，她暗忖。然後踮起腳尖，想看看最上層的架子有什麼。

沒什麼値得說嘴的東西。

她把班雅明抱好，用空出來的手將書桌抽屜一個個打開。除了一塊像她父親用來磨利魚刀的灰色磨刀石之外，沒有其他特別的東西，只有紙張、印章和幾盒已經不再使用的簇新磁碟片。

她關上門，全身所有的感受似乎瞬間凍結住。在這一刻，她既不認識自己，也不了解她丈夫，一切顯得如此可怕又虛幻不實。這是她頭一次經歷這種感受。

班雅明的頭垂到她肩膀，脖子上感覺到男孩沉穩的氣息。

「啊，寶貝，你就這麼睡著了啊？」她把他放到嬰兒床時喃喃自語著。她現在要特別注意別讓事情失去控制，一切必須如常運作。

她做了幾次深呼吸，然後拿起電話按下托兒所的號碼。「班雅明感冒了，我今天想讓他在家休息，以免傳染給大家。很抱歉現在才通知你們。」她機械式的說著，完全忘記要謝謝對方祝班雅明早日康復。

然後她轉向走廊，盯著介於書房和臥室之間那道狹窄的門，之前搬家時，她曾幫他把數不清的箱子抬進去。夫妻兩人有個很大的不同之處，那就是各自帶過來的行李數量。她只從學生宿舍搬了幾件ＩＫＥＡ家具，他卻把過去二十年間累積的物品全部帶過來，因此各個房間裡擺放著時期迥異的家具，而那道窄門後面，則放滿她不知道內容物的箱子。

她打開門往內瞧，先前鼓起的勇氣頓時消散無痕。這個房間不到一點五公尺寬，但足以依次擺放四排往上疊高的箱子，從箱子上方望去，勉強可以看見斜屋頂上的天窗。這兒至少堆放了五十個箱子。

主要是我雙親和祖父母的東西，他那時候說。那些東西不是應該隨著時間慢慢淘汰嗎？反正他沒有兄弟姊妹需要一起商量這種事。

她注視著箱子堆砌出來的那道牆，立刻打消了念頭。在這兒找充電器一點意義也沒有，不過是一個塵封起過往的房間。

即使如此，她還是忍不住打量放在最後面的箱子，上頭擺著捆成一堆的翻領大衣，而衣服中間似乎凸了起來，搞不好底下藏了東西？

她竭力把手伸長，但是仍然摸不到衣服，於是攀上紙箱山跪著往前爬，然而在她翻起大衣後發現下面什麼也沒有，難掩內心失望。就在此時，她的膝蓋忽然壓穿紙箱的蓋子，陷了下去。

眞要命，她心想。他會因此看出她來過這間房間。

她往後退，將紙蓋往上扳平，確認不會再出現問題。

就在這時她發現了剪報。怪異的是，剪報並沒有老舊得像是來自公婆那個年代，所以顯然是她丈夫自己剪下來的。也許是爲了工作？或者純粹是興趣使然？

「眞奇怪。」她喃喃自語。爲什麼要蒐集耶和華見證人的剪報？

她翻看著剪報，內容並不像第一眼以爲的大同小異，其中摻雜著不同教派的文章，也有股票交易、犯罪學報導與DNA鑑定分析，甚至還有宏斯鄉十五年前的度假屋販售廣告，大多是他應該不需要的東西。或許她該找一天問他要不要將這房間清出來，將此處改爲更衣室。哪個女人不會想要有自己的更衣室呢？

她從箱子上滑下來，感覺大大鬆了口氣。腦中有個想法逐漸成形。

爲了安全起見，她又環視一次那些箱子，剛剛踩穿的凹陷不是特別顯眼。不，他應該完全不會注意到。

然後她關上了門。

剛才湧現的想法非常棒：拿平常瞞著先生省下來的家用買個新的充電器。等下就跳上自行車衝到艾爾格購物中心去買。等買回來後，稍微混在班雅明沙箱裡的玩具中，充電器看起來就會像用過的舊物一樣，最後放進走廊上擺著班雅明帽子和手套的籃子裡，等她先生回來問起在哪兒找到充電器時，就可以隨手一指。

他絕對會納悶充電器的來源，到時她就裝出一臉訝異，奇怪他竟然那麼驚訝，然後說出應是某個訪客忘了帶走的推測。他們的訪客不多，上次有人來訪已是好一陣子前的事，不過總是有人會來。例如之前的鄰居聚會，還有護士也來過。這件事聽起來當然有點奇怪，畢竟誰會帶著充電器到別人家，但是，並不是沒有可能發生這種事。

趁著班雅明午睡，她可以趕快買好新的充電器。一想到先生要看充電器在哪兒，而她順手從手套籃拿出來時他臉上的訝異表情，她就不由得笑了出來。她不斷練習說著：「啊，那不是我們的充電器嗎？眞奇怪。那麼一定是某個人忘記帶走了。也許是爲班雅明舉行洗禮儀式那時候？」這樣到時候說出這些句子時，聲調聽來才會正常且有分量。

嗯，這個解釋很有說服力。如此簡單卻又如此不尋常，反而更顯得滴水不漏。

第八章

若說卡爾曾經懷疑蘿思是不是個說到做到的女子，現在他絕對不會再犯這個錯誤。他都還沒來得及提高嗓門批評蘿思過度沉溺在瓶中信，她已經杏眼圓瞪，不屑呸了一聲，告訴他最好他媽的別再來煩她，自己把爛瓶子的碎玻璃塞進屁眼。

他尚未出言抗議，她已把袋子往後丟，轉身大步離去。阿薩德正伸長脖子要咬下葡萄柚，被她的舉動嚇了一大跳，整個人僵立不動。

兩人呆若木雞，沉默不語好一陣子。

「她現在是不是要把雙胞胎姊姊送來了？」

「跪毯在哪兒？」卡爾嘟囔著。「去祈禱那件事不要發生。若能辦到，你就是個出類拔萃的人了。」

「拔什麼的人？」

「意思是說非常厲害的人，阿薩德。」

卡爾示意他的助手走到巨大的信前面。「她既然不在，我們就把隔離牆上這些影本拿下來。」

「我們？」

卡爾點點頭。「嗯，阿薩德，你是對的。你把那些紙拿下來，貼到那面用包裝繩將案子串起來的牆上。記得中間空出個幾公尺，好嗎？」

卡爾凝神審視著瓶中信正本。這幾年來信件雖然輾轉經過多人之手，也不是所有人都把它當成重要證物，但他不會因此就不戴上棉手套，畢竟紙張是如此腐朽易脆。

他將信件放在面前打量，似乎能感覺到其中透露出幾許詭異，卡爾對這種不尋常的感覺總是特別敏銳，馬庫斯把這種感覺叫作「卡爾的鼻子」，老巴克說是「肚子裡的靈感」，他的前妻則簡單稱之爲「本能」。總之，這封要命的信上有某些東西讓卡爾心癢騷動，而背後的眞實性也無庸置疑。信件是在極爲倉促的情況下完成的，寫的時候或許是壓在凹凸不平的表面上，用血和某種不明的工具書寫。會是拿著羽毛沾血寫下的嗎？不會，不可能。字的筆劃不均，力道控制不好，有的地方似乎寫得太用力，有些地方卻又完全看不見顏色。卡爾將放大鏡拿到眼前，想要看清楚字跡的凹陷和彎曲之處，但是這封信受損太嚴重，曾經凹曲之處也可能因爲潮濕而膨脹。

他的腦海中浮現蘿思望著影本陷入苦思的臉，他將信擺到一旁，決定明天告訴她若是眞的有必要，這個星期結束前可以研究這封信，不過之後就得投入調查其他案子。

他斟酌著是否要叫阿薩德泡一杯甜得要命的飲料，但是從外頭走廊傳來的哀傷曲調推斷，阿薩德應該忙著將梯子掀開、折疊、搬來搬去、爬上爬下，將影本取下再貼到另外一面牆上。或許他應該告訴阿薩德總務處還有一把梯子，不過他完全提不起興致這麼做。

卡爾拿起那樁記錄洛德雷陳年火災案的檔案。等他看完後，打算把它放到馬庫斯桌上，而且是堆得最高的那疊公文最上面。

檔案中寫道：洛德雷的火災發生於一九九五年，一棟位於丹胡司德一家進出口公司的多層樓建築，其新近鋪設的磚瓦屋頂在坍塌成兩半不到幾秒後竄出火焰，將最上面一層燒得精光。大火被撲滅後，在火場中發現了一具男性焦屍，公司負責人不認識死者，但鄰居指出他們看見頂樓一扇窗戶整夜透著燈火。由於屍體的身分無法辨識，推測可能是遊民從未完全封死的屋頂潛入了大樓，將那兒當成棲身之所，然後忘記關上茶水間的瓦斯開關釀成災害，但這個推測在HNG瓦斯公司通知瓦斯開關並未開啓後遭到駁斥，並由洛德雷警察暴力犯罪小組接手調查。然而這案子後來卻逐漸在檔案櫃中發霉，因爲懸案組成立才有機會重見天日。如果不是阿薩德注意到屍體左手小指上的凹痕，此案只能繼續在櫃子裡陳舊腐朽。

卡爾抓起電話撥給馬庫斯。索倫森的聲音才傳進耳中，卡爾的失望水位已經升到最高點。

「索倫森，我只想簡短問一下，」他說，「多少案子……」

「莫爾克？是你？我馬上幫你轉給某個不會讓你覺得尷尬的人。」

他早晚要在她屁股下面放隻蠍子。

「喂，親愛的。」話筒那端響起麗絲的溫暖聲音。

喲，索倫森或許還眞有點同情心？

「妳可以告訴我最近的縱火案中，已經確認了多少死者的身分？對。還有，究竟發生了幾件火災？」

「你是說最近發生的案件嗎？一共有三件，不過我們只找到一個受害者的名字，但是目前仍然無法肯定。」

「仍然無法肯定？」

「因爲我們在死者脖子上發現一條垂飾項鍊，上面有個人名。但誰知道那是不是他自己的名字啊？」

「嗯。火災發生的地點分布在哪裡？」

「你沒看檔案？」

他重重吐了口氣。「我們發現洛德雷有具屍體，那是在一九九五年。你們的是……」

「上個星期六發現的屍體是在奧司特布洛區的斯德哥爾摩街，隔天在安德魯普，最後一具是在西北區。」

「斯德哥爾摩街，這個聽起來最重要。妳知道哪一件縱火案燒毀的程度最輕微？」

「我想應該是西北區那件，就在竇提亞路。」

「這幾件案子之間有沒有共同點？譬如屋主身份？最近有沒有改建？鄰居是否看見夜裡有燈光？任何有關縱火的線索？」

「就我所知應該是沒有。不過我們投入了許多警力，你可以問問其中一位同事。」

「謝了，麗絲。那其實不是我的案子。」他故意說得洪亮，希望在她心中留下深刻的印象。

卡爾把檔案放到桌上，心想縱火案顯然持續發生，接著外面走廊傳來講話聲，大概又是庶務組那個滿口白痴石棉的迂腐傢伙。

「是的，他在裡面。」阿薩德的聲音在辦公室外響起。

卡爾盯著一隻在辦公室裡亂飛的蒼蠅。只要算準時機，就能將蒼蠅打在對方的腦袋瓜子上。

他站在門後，手高舉著洛德雷檔案欲乘機打下。

但門口卻出現一張陌生的臉。

「您好。」對方向他伸出手來。「我叫余鼎，菲斯坦警局的副警官。警局在艾柏斯倫鎮，這你已經知道了。」

卡爾點點頭。「余鼎？這是你的姓還是名？」

那男子只是用微笑代替回答，或許他自己也不是很清楚吧。

「我是爲了最近發生的縱火案來訪。一九九五年時我是安東森警官的助手，馬庫斯希望聽取口頭報告，並要我和你談一談，讓你介紹你的助手給我認識。」

卡爾鬆了口氣。「你剛剛已經和他說過話了。外面梯子上那位就是他。」

余鼎眼睛瞇成一條縫。「外面那位？」

「是的，有什麼不對嗎？難道他不夠優秀嗎？他曾經在紐約接受過警務助理訓練，並在蘇格蘭警場學習DNA與圖像分析。」

余鼎印象深刻的點點頭。

「阿薩德，過來一下。」卡爾叫道，然後趁介紹兩人認識之前的空檔，用檔案揮打蒼蠅。

「你全部貼好了嗎？」他問說。

阿薩德的眼皮沉重的像鉛塊一樣，答案已呼之欲出。

「馬庫斯提到洛德雷案的原始檔案在地下室這兒。」余鼎解釋說，然後和阿薩德握手。「你們知道檔案放在何處。」

阿薩德指向卡爾正要舉高的手說：「就在這兒。還需要什麼嗎？」看來他今天的心情不太好，蘿思的爛攤子消耗了他的精力。

「馬庫斯問了我一個細節，但我已經印象模糊了，方便看一下檔案嗎？」

「請便。」卡爾嘴裡咕噥。「很抱歉，但我們有急事要處理，請你見諒。」

卡爾拉著阿薩德走進他的辦公室，一屁股坐在桌上，就坐在一座土黃色廢墟複製品下方，上面寫著「拉薩法」(注)，或者隨便高興叫什麼名字。

「你那壺裡有喝的嗎，阿薩德？」他指著俄式茶壺問。

「你全部喝光，我再給自己煮新的。」他笑得一臉燦爛，眼睛彷彿說著「剛才謝了」。

「等那位先生離開後，我們兩個出門一趟。」

「去哪裡？」

「到西北區檢視一棟幾乎被燒毀的房子。」

「好的。不過那不是我們的案子，卡爾，這麼做會惹其他人不高興喲。」

「是的、是的，不過無論如何都得跑一趟。」

阿薩德似乎不太信服，接著表情一變說：「我又從牆上解出一個字母了。不過，心裡有不太舒服的懷疑。」

「那是……」

「我先不說，你只會笑我。」

那聽起來是個好消息。

「謝謝。」余鼎在門口出現，看著卡爾手拿大象跳舞圖案的杯子。「我可以將檔案拿到樓上馬庫斯那兒嗎？」

兩個人同時點頭。

「對了，有個老朋友要我向你打聲招呼。我剛才在樓上餐廳遇見他，就是鑑識組的勞森。」

「湯馬斯．勞森？」

「正是他。」

卡爾皺起眉頭。「他說過再也受不了要命的死人，所以中了一千萬彩卷後就離職了。他在這兒做什麼？難道又披上工作袍了嗎？」

「雖然鑑識組絕對會善待他，但可惜不是。他披上的，或者應該說繫上的是圍裙。他在餐廳

注 Rasafa，位於現今敘利亞境內。

裡工作。」

「眞是太令人驚訝了！」卡爾眼前浮現那個強壯的英式橄欖員穿上圍裙的樣子，可能還會繡上「大師掌廚」的愚蠢座右銘。「發生什麼事了？他不是投資了許多有潛力的公司嗎？」

余鼎點點頭。「沒錯。但是投資失利，所有錢都賠光了。眞是愚蠢的舉動。」

卡爾不禁搖搖頭。對於像他這種老是設法保持理性的人來說，這種事多少讓人感到安慰，或許過於謹慎的後果就是一毛錢也沒有，但沒錢可損失並非什麼愚蠢的事。

「他在這兒多久了？」

「他說約莫一個月左右。你從來沒到過上面餐廳嗎？」

「你瘋了？到餐廳至少要爬一千萬級階梯。電梯八百年前就故障了。」

矗立在六百公尺長的竇提亞路上的企業與機構說不上是最優秀的公司，除了一家定位不清的諮詢顧問公司和錄音室之外，還有一所駕訓班、一處所謂的文化會館、數家文化協會與其他幾個商家。看來這兒是一處不會消逝的老舊工業用地，除非像法蘭森．恩洛斯公司一樣毀於火災之中。

現場清理工作大部分已結束，但警方調查人員的任務仍然持續進行，不過同事們早已懶得和卡爾打招呼。

他站在曾經是法蘭森大門入口的位置，目光緩緩掃過燒毀之處，建築物受損不值得可惜，不過那道鍍鋅的鐵欄杆卻引人注目——應該是最近才搭設的。

「我在敘利亞也看過類似的房子，卡爾。煤油爐若是太熱的話，就會砰！」阿薩德的雙臂像風車翼一樣旋轉。

卡爾看向二樓。屋頂看似曾經被炸飛，之後又落回原來位置，屋頂排水管下方湧出的煙霧將上方的石棉水泥板燻得一片漆黑，天窗碎片則飛散各處。

「嗯，沒錯。」他說，心裡思索著爲什麼有人願意住在這麼偏僻荒涼的地方。

「我是卡爾·莫爾克，懸案組。」一個比較年輕的調查人員經過時，卡爾自我介紹說。「我們可否上樓看一下？鑑識人員的採證工作結束了嗎？」

調查人員聳聳肩，發著牢騷說：「要等這爛地方全部拆掉後才會結束。進去時請小心腳步，以免摔下來。不過我也無法保證這樣就會安全一點。」

「法蘭森·恩洛斯究竟進口什麼東西？」阿薩德問他。

「與印刷相關的貨品，是家非常正派的公司。」調查人員回答。「他們顯然不知道有個遊民或是某個人潛入了大樓，公司職員也受到很大的驚嚇。幸運的是，並非一切全都付之一炬。」

卡爾點點頭。依照規定，這類型態的企業距離最近的消防局不得超過六百公尺，這家挺走運的，正好在消防局的活動範圍內，也幸好當地的消防隊在荒謬的歐盟委外潮流中倖存了下來。

二樓果然如預期般已經完全燒毀，斜牆上的木纖板遭到拆解，一面面牆壁如鋸齒狀的塔樓聳立，讓人想起九一一後的世貿大樓遺址。一片灰黑的殘垣風景。

「屍體在哪兒發現的？」卡爾問一個年紀稍長的男子，對方表明自己的身分是保險公司的起火原因調查人員。

保險公司的人指向地板上一塊汙漬。

「爆炸的力量相當猛烈，前後兩次，間隔很短。」他解釋道。「第一次爆炸引發火災，第二次爆炸卻抽走了空間中的氧氣，熄滅了火勢。」

「所以並沒有出現悶燒的狀況，導致死者因爲吸入一氧化碳中毒身亡？」

「沒有。」

「你認爲死者是死於爆炸或者是窒息身亡後屍體才被燒毀？」

「不清楚。屍體幾乎被燒光，所以無法判定。找不到死者的呼吸道，就不能得知肺部和氣管中的煤煙濃度有多高。」他搖搖頭。「不過屍體在如此短暫的時間內被燒成這種程度，實在令人費解。這點我也告訴過你們安德魯普的同事。」

「什麼？」

「也就是說，我認爲這場火災只是種障眼法，爲了掩飾受害者實際上是死於另外一場火災的事實。」

「你是說屍體被移動過？那些鑑識人員怎麼說？」

「我相信他們的看法和我一致。」

「所以說這是謀殺了？那個男人被人殺死、焚燒後，然後被移動到另外一處火場嗎？」

「現在就此斷言還有點言之過早。但是，沒錯，我認爲死者十之八九被移動過。因爲即使火勢猛烈，仍然難以想像屍體在這麼短的時間就被燒得只剩骨頭。」

「三個火災現場你都勘查過了嗎？」阿薩德問。

「理論上三處現場我都可以去察看，因爲我爲不同的保險公司服務。不過，斯德哥爾摩街是另外一個同事去的。」

「另外兩處火災現場與此處雷同嗎？」

「不一樣。另外兩處是空屋，所以才會出現死者可能是遊民的論點。」

「所以你覺得作案手法是一樣的嗎？也就是指死者分別被運送到空置的建築物中，然後再引發第二場火災。」阿薩德詢問。

保險員注視著這個外表與眾不同的警方人員。「有許多觀點可供參考。但是沒錯，我的確如此認爲。」

卡爾抬起頭，仔細察看屋梁。「我有兩個問題想要請教你，之後你可以繼續工作。」

「請說。」

「爲什麼會發生兩次爆炸？這堆東西爲何沒有迅速燒光？你是否心中已有答案？」

「對我來說比較恰當的解釋是，縱火者特意控制可能造成的損壞。」

「謝謝！第二個問題是，我們日後有問題，是否可以打電話請教你？」

保險員露齒一笑，從口袋中拿出名片。「當然沒問題。我的名字是托本·克利思藤森。」

卡爾也在口袋裡摸找著名片，不過發現名片沒帶在身上。蘿思回來後又有任務要交給她了。

「我無法理解。」阿薩德站在他們旁邊，往斜屋頂上被煤煙燻黑的地方一劃，他顯然屬於那種只要手指頭沾上一點顏色，全身衣服和整個環境就會跟著變髒的人。眼下他的衣服和臉上已經沾滿了煤黑，足以弄髒一座小城市了。「我聽不懂你們說什麼。所有事情一定有關聯。屍體小指或是不見的小指上的戒指、死者、火災等等，全都有關。」接著他突兀轉身面對保險公司的調查員問道：「對於這棟屋況糟糕的老舊建築，你們保險公司會理賠多少金額？」

克利思藤森眉頭擠出皺紋，他顯然懷疑有保險詐欺的嫌疑，不過不一定會承認。「建築物本身確實不怎麼值錢，但是公司申請了保險理賠。我指的是防火險，而非針對房屋或建材腐朽敗壞的保險。」

「那是多少錢？」

「我估計大概是七十萬到八十萬克朗。」

阿薩德恍然大悟似的吹了聲口哨。「會有人爲這麼破爛的房子翻新嗎？」

「那完全取決於保險人。」

「如果他們願意，也可以把這裡拆為平地囉？」

「是的，他們有這個打算。」

卡爾若有所思的望著阿薩德。那個保險員顯然正在積極調查此事。在他們走向汽車的時候，卡爾心頭逐漸湧現一種感覺，就像他們在彎道上即將從內側超越對手，只是這次他們的對手不僅是無賴流氓，還有凶殺組裡的偵查小組。

若是能趕在同事前頭搶得機先，那將是多麼美妙的勝利滋味！

還杵在庭院中的警員朝卡爾微微點頭，但卡爾沒興致和他們講話。他們若想找到什麼線索，就得自己去調查。而阿薩德則是站在公務車旁不動，想要近距離看清楚從剛粉刷的灰泥牆上躍然而出的綠、白、紅和黑等色彩組合而成的塗鴉。

上面寫著：「以色列人滾出加薩走道(注)。巴勒斯坦是巴勒斯坦人所有。」

「塗鴉的人不太識字。」他批評了一下，然後鑽進車子裡。

難道你就會？卡爾心想。不過無所謂啦。

卡爾開動汽車，瞥了他的助手一眼。阿薩德正盯著儀表板出神，心思飄緲無蹤。

「喂，阿薩德，你的魂跑哪兒去了。」

他眼神空洞說：「噢，在這兒，卡爾。」

回到警察總局的路上，兩人沒再交談。

注 Gaza Strip，原名為「加薩走廊」，此處應為塗鴉者故意寫錯。

第九章

教會的小窗戶燈火通明，炙亮得宛如燒得透紅的金屬。看來那群蠢蛋已經開始了。

他在玄關將外套脫下，和那些所謂不潔女子打招呼，月經來的女性只能在外面聽別人唱頌歌。然後，他穿越雙扇門悄悄步入教會。

禮拜儀式進行到教徒奉獻金錢的階段。他先前已經參加過禮拜好幾次，流程始終如出一轍。教士會穿著自己縫製的袍子站立在神壇前，準備稱之爲「生命慰藉」的聖餐，接下來穿著一身純潔白襯衫的教徒，將不分長幼聽從教士的指示起身，低垂著頭依序疾步向前走。

走到神壇的過程是儀式中的高潮，教士會化身聖母的象徵，親手將聖餐與麵包遞給教徒。之後，所有教徒將在大廳中跳起歡樂的舞蹈，口中連番讚美在聖靈耶穌基督幫助下賜與生命的聖母，爲尚未出生的孩子祈禱，或是彼此擁抱，諸如此類的讚美就這樣持續好一陣子。

就像其他很多地方一樣，這兒進行的是最沒有意義的無聊活動。

他靜靜走到後方牆壁站著，沒有參與他們的儀式，有人朝他露出歡迎來教會的虔敬微笑。當這群教徒沉浸在狂喜的情境中，可能還會感謝上天將他引領至聖母面前，成爲他們的一員。

他觀察著被他挑中的那一家人，包括父親、母親與五個小孩。在人群中，孩子顯得非常渺小。

父親頭髮已有幾許斑白，走在兩個大兒子後面，有時候會被他們遮住身影。另外三個小女孩慢吞吞走在大兒子前面，沒有綁起來的頭髮隨著步伐飛揚飄逸。母親排在最前面，置身兩個婦人之間，她的嘴唇微啓，眼睛緊閉，雙手輕輕放在胸脯上——這裡的女人一律是同樣的姿勢。其餘的人則是不住輕晃身體，一心浸淫在親近聖母的集體意識中，渾然忘我。

大部分的年輕女人都懷有身孕，其中一個即將臨盆，溢出的母奶將胸前襯衫浸濕了一大片。男人著迷的打量著那些生殖力旺盛的女子。畢竟排除月經來潮的時間，女人的軀體對聖母教會裡的年輕男人而言才是最爲神聖的。

置身祈求生育的女人當中，男人一律雙手遮著褲襠。此舉引起小男孩訕笑，跟著模仿起大人的動作，完全不知道這種動作背後的含意。在場的三十五個人完全融爲一體，這種一體感鉅細靡遺的明列在所謂的「聖母令」中。

對於聖母的信仰是一體的、信仰那位整體生命緣起的女子……這些話他已經聽到要吐了。每個派別各自有其無法理解、無懈可擊的眞理。

趁著神職人員一一分發麵包給教徒，嘴裡唸誦著模糊不清的話語時，他打量著那個家庭中的第二個女兒瑪德蓮娜。

她深深陷入自己的思緒中。是在思索聖餐所要傳遞的訊息嗎？還是想著埋在家中庭園草坪裡的東西？或者想到她成爲服侍聖母的聖童那天，會被人脫掉衣服、在身體抹上新鮮的羊血？要不然就是眾人將她帶到一個男人面前，頌揚她的子宮，祈禱子宮有旺盛生育能力的那一天？難以判斷究竟是哪一個。十二歲小女孩腦袋裡裝了什麼，這答案只有她們自己知道了。她也有可能是心生懼怕，不過那的確値得害怕。

在他的故鄉，要忍受這類事情的是男孩，爲了全體教徒，他們必須拋棄意志、夢想與欲望。當然，還有他們的身體。那些事永遠令他記憶猶新。

而在這裡，換成了女孩。

他試圖捕捉瑪德蓮娜的視線。或許她的心思仍縈繞在花園裡那個洞？比起信仰，不能說出口的事情是否在她心中喚醒更強的力量？比起站在身邊的哥哥，她很有可能更難搞定。所以這兩個人究竟誰是比較恰當的選擇，目前尚無定論。

誰將會命喪他手下？

他約莫等那家人上教堂做禮拜後一個小時才潛入他們家。在三月的夕陽西斜照射下，他只花了兩分鐘就打開窗鎖，爬入其中一個孩子的房間。

雖然房裡沒有習以爲常的粉紅色物品，沙發上也沒有擺放心型抱枕，但他一眼就看出這是最小妹妹的房間。沒有，這兒沒有芭比娃娃，沒有小熊鉛筆，床底下也不見涼鞋，房裡沒有一件物品可以反映出一個普通十歲丹麥小女孩，對自己與外在世界的看法。他之所以能看出這是小女兒的房間，是因爲那件一直掛在牆上的禮服，那件衣服由聖母授與，也用於聖母教會，必須小心保管照料，最後在適當的時間傳給下一代。在那之前，禮服必須由最小的孩子代爲收藏，週六上床前必須把禮服仔細洗刷乾淨，復活節來臨前得將衣領和花邊熨燙好。

聽說對最小的孩子而言，能保存神聖的禮服越久，便越有福氣，而且是至高無上的福氣。

他走到父親的書桌，很快就找到搜尋的目標：記載著雄厚財力的文件、聖母教會裁定個人在教區地位的最新報稅資料，最後還發現了電話簿，讓他得以了解這個教派在國內外的分布狀況。

自他最後一次盯上這個教派以來，光是在中于特蘭就增加了一百名左右的教友。

眞是令人渾身不舒服。

搜過所有房間後，他又從原來的窗戶爬了出去，把窗戶關好。他的目光落到庭園一角，瑪德蓮娜給自己挑了個不錯的地點玩耍，從屋內和庭園其他地方幾乎看不見那個角落。

他仰起頭，濃雲密布的天空逐漸轉暗，夜幕即將籠罩，他的動作得快一點了。

若是他事先不知大概的位置，很可能找不到瑪德蓮娜藏東西的地方，但草坪上的一株樹枝洩漏了地點所在。他不禁露出微笑，小心翼翼將樹枝移到一旁，然後掀開一片巴掌大的草皮。

底下的洞鋪了黃色塑膠袋，上面放著一張折起來的彩色紙。

他打開紙張，笑容又爬上臉龐。

然後將紙張收進口袋。

他仔細打量教會裡那個長髮少女和她臉上帶著倔強笑容的哥哥桑穆爾，他們和其他一無所知的教友們安然置身教會中，對很快就會面臨的夢魘渾然無所覺。

他將要加諸在他們身上的可怕夢魘。

唱完頌歌後，所有人將他包圍起來，撫摸他的頭和上身，表達對他來此尋找聖母的喜悅之情，感謝他的信任與信念，並因可以爲他指引通往永恆眞理的道路而陶醉酣喜。接下來，那群人往後退一步，攤開舉高的手掌撫摸彼此，直到有人昏厥過去，將聖母接納至其顫抖的體內才會停止碰觸。他知道這個重責大任將會落在誰身上，那個人已經因爲極度狂喜而瞳孔晶晶發亮。她是個年輕嬌小的女子，人生最大的成就是在身邊蹦蹦跳跳的三個孩子。

女子昏厥時，他和其他人一樣大叫，叫聲幾乎把屋頂掀翻。然而不同於別人爲了擺脫心中的惡魔，他卻是爲了克制住心底的魔鬼而狂吼。

教友們站在階梯上紛紛道別，這時他不著痕跡往前一步，悄悄朝桑穆爾伸出腳。男孩被絆得踉蹌不穩，一頭栽下階梯。

膝蓋撞到地面時所發出的喀喀聲聽在他耳裡像是種宣洩，或是行絞刑時脖子發出的斷裂聲。

一切按照他的計畫進行。

從現在開始，主導權握在他手中；從現在開始，一切已無法挽回。

第十章

卡爾像平常一樣傍晚時回到位於羅稜霍特公園旁的住家，電視螢幕閃爍的光線與節目嘈雜聲從水泥住宅的窗戶穿透而出，家庭主婦的身形在廚房窗戶上形成一道道剪影。每當看見這些景象，他總感覺自己像個置身無聲交響樂團的音樂家。

他想不透為何會升起這種感受，為什麼總覺得自己像個局外人。

連身高一百五十四公分的會計和手臂瘦得像牙籤的電腦怪胎都有能力經營家庭生活了，為什麼見鬼了他就是不行？

鄰居西賽兒正在廚房冷冽的燈光下煎東西，她察覺到他的存在，向他打了聲招呼。卡爾小心翼翼回覆了她。謝天謝地，經歷過星期一早晨悲慘的開始後，他終於回到了自己的天地，否則他不知道自己會做出什麼事。

他疲累的瞪著自家門牌，他和維嘉的名字旁邊貼上形形色色的名條，然而這麼做並不是因為他和莫頓．賀藍、賈斯柏與哈迪在一起會感到寂寞。再怎麼說，樹籬後面正傳來喧鬧聲，這應該也算是種家庭生活吧。

只不過並非是他夢想的生活。

平常他在玄關就能嗅出晚餐的菜色，但是現在侵入鼻孔的氣味，卻和他希望莫頓烹煮的美味食物一點關係也沒有。

「哈囉！」他朝客廳大叫。莫頓和哈迪平日習慣待在那兒耍嘴皮子互相消遣，但現在那裡沒有半個人影，反倒是外面露台上傳來動靜。走近一看，哈迪的床就放在露台中央的暖爐下方，旁邊還有點滴架和其他有的沒的東西，鄰居們身穿絨毛外套聚在一起，吃著烤香腸，喝啤酒。根據他們有點呆蠢的表情判斷，烤肉大會應該持續了一陣子。

屋內傳來一股惡臭，爲了弄清臭味來源，卡爾走進廚房，看見餐桌上擺著一個鍋子，裡頭飄來煎得焦黑黏糊的食物氣味。說得好聽一點，那味道讓人想起發臭的飼料。眞是噁心極了。

「怎麼回事啊？」卡爾走到露台問道，眼睛看向裹在四層被單下靜靜笑著的哈迪。

「你知道哈迪感受得到手臂上方一處小點，對吧？」莫頓說。

「是的，他說過，沒錯。」

莫頓看起來像個第一次翻閱裸女雜誌的青少年。「那麼你知道他有隻手的食指和中指出現輕微反應嗎？」

卡爾凝目注視著哈迪，然後搖搖頭。「現在是怎麼回事？在進行神經病學的機智問答嗎？那可以先從入門的領域開始嗎？」

莫頓露出被紅酒染色的牙齒笑說：「兩個小時前，哈迪稍微動了一下手腕關節。沒蓋你，卡爾，他眞的做到了，害我忘了吃午餐。」他興奮的張開雙臂，肥胖的身材一覽無遺，那模樣像是隨時會撲過來擁抱卡爾，不過莫頓最好有種試試看。

「我可以看一下嗎，哈迪？」卡爾就事論事說。

莫頓拉開被單，露出哈迪蒼白的肌膚。

「來吧，老友，做給我看看。」卡爾說。哈迪把眼睛閉上，咬緊牙關，隱隱浮現出下巴的肌肉線條，彷彿想透過神經線路將全身的力量灌注到成爲眾人目光焦點的手腕關節。過程中，哈迪的臉部肌肉不住顫抖，最後不得不吐出憋住的那口氣，放棄嘗試後才停止抖動。

「啊。」大家紛紛爲他加油打氣，但是手腕關節動也沒動。

卡爾對哈迪眨眨眼安慰他，然後將莫頓拉到樹籬旁。

「請你好好解釋一下，莫頓。引起這種騷動究竟有什麼好處？他媽的，你對哈迪有照護責任，那是你的工作，所以別再讓可憐的哈迪燃起無謂的希望，尤其別把他當成馬戲團的戲碼耍弄。我現在要上樓去換件慢跑褲，你負責請那些人打道回府，然後將哈迪移回原來的地方，懂嗎？」

他沒興趣聽莫頓的爛藉口，他可以把垃圾倒給其他人聽。

「再說一次。」半小時後，卡爾請哈迪重複一遍。

哈迪平靜的看著往日的同僚。即使他躺在那兒，也無損其威嚴凜然。唉，漫長無盡的苦難。

「是眞的，卡爾。莫頓雖然沒看到，不過他就站在我旁邊。手腕關節的確輕輕動了一下，肩膀還會有點疼痛。」

「那麼爲什麼無法再做一次？」

「我不清楚自己做了什麼。但是，那動作是可以控制的，並不是抽搐。」

卡爾將手放在他半身不遂的老同事額頭上。「就我所知，這種狀況不太可能發生，可是我相信你。我只是不知道該拿這件事怎麼辦。」

「我知道。」莫頓插話說，「哈迪肩膀有個地方不僅有感覺，而且還會痛。我認爲我們應該刺激那個點。」

卡爾搖搖頭。「哈迪，你覺得那是個好主意嗎？聽起來像江湖郎中的手法。」

「那又如何？」莫頓質問。「反正我人在這兒，更何況那麼做也沒有害處啊。」

「你會燒毀我們所有的鍋子。」

卡爾望向走廊。衣架上少了一件外套。「賈斯柏不一起吃飯嗎？」

「他去布朗斯霍伊區找維嘉。」

什麼？賈斯柏窩到那個冷得要命的花園小屋做什麼？他不是痛恨維嘉的新男友嗎？倒不是因爲那個小伙子戴個大眼鏡而且還寫詩，而是因爲他會朗誦詩句給他們聽，然後希望得到回應。

「賈斯柏在那兒幹嘛？那傢伙不會又逃學了吧？」卡爾不住搖頭。再過幾個月就要高中畢業考了，由於愚蠢的分數系統與可悲的高年級學制改革，賈斯柏必須再次用功唸書，或者至少裝成苦心向學的樣子。

哈迪打斷他的思緒。「別擔心，卡爾。賈斯柏每天放學後都和我一起做功課。他去找維嘉之前，我聽到他在讀書。他做得不錯。」

做得不錯？聽起來眞不切實際。「他去找他媽做什麼？」

「她打電話給他的。」哈迪回答說。「她覺得很抱歉，卡爾。她受夠了自己的生活，希望能夠搬回家來。」

「搬回家來？回這兒嗎？」

哈迪點點頭。卡爾震驚得差點全身衰竭。

莫頓得拿兩瓶威士忌來了。

過了一個無眠的夜晚與軟弱無力的早晨。卡爾終於坐在辦公室裡，但是卻比前一晚上床前還要疲憊。

「有蘿思的消息嗎？」他問道。但是阿薩德只是端來一盤不知是什麼東西的食物。看來他必須先被餵飽才行。

「昨晚我打了電話給她，不過她姊姊說她不在家。」

「嗯哼。」卡爾揮手驅趕那隻始終徘徊不去的蒼蠅，同時設法弄掉盤子上的糖漬，但怎麼也弄不掉。「她姊姊有沒有說她今天會來上班？」

「蘿思不來，但姊姊伊兒莎會過來。蘿思出遠門了。」

「什麼意思？蘿思上哪兒去了？還有那個姊姊？她要過來？究竟在搞什麼？」他終於擺脫了那坨招引蒼蠅的糖漬。

「伊兒莎說蘿思有時候會消失一、兩天，沒什麼大不了的，她最後一定會回來。她不在的這段期間，伊兒莎會幫忙代班。她說她們需要蘿思的薪水，負擔不起她丟工作的風險。」

卡爾不由得猛搖頭。「什麼？一個正職人員隨心所欲曠職，還說沒什麼大不了？開什麼玩笑！她頭腦打結了嗎？」蘿思回來上班時，可要好好說她一頓。「還有那個伊兒莎！我會讓她無法通過樓上警衛室那關。」

「啊哈，卡爾，我已經向警衛室和羅森報備過了。沒有問題的，她進得來，羅森完全無所謂，最重要的是薪水還是匯入蘿思戶頭。蘿思只要生病，伊兒莎就會來代班，樓上甚至很高興我們可以找到人手。」

「羅森？沒有問題？還有，你說生病是怎麼回事？」

「哎呀，我們不都這麼說的嗎？」

簡直是窩裡反了。

卡爾拿起電話撥了羅森的分機號碼。

「哈囉。」是麗絲。

他媽的現在又是怎麼回事？

「喂，麗絲，我應該沒有撥錯羅森的號碼吧？」

「沒錯，他的電話現在由我代爲接聽。警察總長、馬庫斯正在開會討論人事問題。」

「妳可以請他聽一下嗎？我只需要和他講個五秒就夠了。」

「和蘿思的姊姊有關，對不對？」

他臉上的肌肉皺成一團。「妳和這件事應該沒有關係吧？」

「卡爾，代班表不就是我安排的嗎？」

他完全毫無概念。

「所以妳的意思是，羅森沒有事先詢問過我，便同意了蘿思的代理人？」

「嘿，卡爾，放輕鬆點。」她彈彈手指，彷彿想讓他清醒一點。「誰要我們人手不足。在這種狀況下，羅森有什麼理由不同意呢？你應該到別的部門看看誰去解決多出來的工作。」

只可惜她銀鈴般的笑聲完全無法使眼前的情勢好轉。

法蘭森．恩洛斯是家擁有二十五萬克朗資本額的股份有限公司，但是估計價値卻高達一千六百萬，光是去年的倉庫存貨就預估有八百萬，可以說並未受到經濟危機的直接影響。然而問題在於，法蘭森公司的客戶是週刊和免費報紙，這些公司在經濟危機的風暴影響下無一倖免。根據卡爾的評估，連帶造成的訂單萎縮與停滯，將法蘭森公司打得措手不及。

而這點與安德魯普和斯德哥爾摩街上兩家同樣被燒毀的企業相較，便暴露出有趣之處。安德普魯那家貝思拉格公司年營業額二千五百萬克朗，主要供應建築木材給建築市場，去年業績應該不錯，但今年卻也衰竭不振。至於位在奧司特布洛、接受大型建築公司委託的公眾諮詢公司同樣面臨營收不佳的問題。但除了業績不振外，這三家倒楣的公司之間並沒有共同點，老闆不是同一人，客戶也沒有重疊。

卡爾用手指敲著桌面。發生在一九九五年的洛德雷縱火案又是如何呢？也牽扯到一家忽然經營不善陷入困境的公司嗎？他現在眞的很需要蘿思，他媽的眞要命。

「扣、扣。」某人在門邊低聲說話。

卡爾看看錶，心想應該是伊兒莎。時間是九點十五分，來得還眞早。

「怎麼現在這個時間才來？」卡爾背對著門問道。他最近學會一件事，自信滿滿背對別人的主管，全是統御能力強大的領袖，而這些人可是不能隨便亂開玩笑的。

「我們約好了嗎？」他聽見一個鼻音很重的男生聲音。

卡爾倏地將椅子回轉，因爲力道過猛，多轉了四分之一圈。

湯馬斯．勞森站在門口。那個曾經是警方鑑識人員和橄欖球員，贏得一大筆樂透獎金又全部賠掉，如今在樓上餐廳工作的老傢伙。

「唉呀。見鬼了，勞森，你竟然移駕到我們這兒來！」

「是啊，你那個能幹的助理問我有沒有興趣下來看看。」

阿薩德那張戲謔的臉龐適時在門旁出現。他葫蘆裡賣什麼藥啊？他眞的到樓上去了？難道味道濃郁的異國料理，和自己烹煮的那些令人反胃的食物已經滿足不了他？

「卡爾，我只拿了一根香蕉噢。」阿薩德邊說邊晃動手中黃色的彎曲食物。到最上面的樓層去就爲了拿一根香蕉？

卡爾點點頭。他老早就懷疑阿薩德某種程度上是猩猩。

他和勞森使勁握了握手，這種讓人痛得要命的握手方式仍和以前一樣充滿樂趣。

「太棒了，勞森。我最近才從艾柏斯倫鎮的余鼎那兒得知你的近況，就我得到的消息，你又回到警察總局來了。」

勞森不住搖頭。「唉，別提了，一切只能怨我自己。銀行誆哄我說先貸一筆資金再投資，這樣對我而言比較輕鬆，反正我有一大筆錢。但我現在什麼都沒有，一文不值。」

「應該把銀行埋在糞堆裡。」卡爾評論說。他曾經在新聞中聽到有人說過這話。

勞森點點頭。昔日的老同事回來了，而且是擔任最底層的餐廳員工，每天做漢堡、清洗碗盤。他可是丹麥最能幹的鑑識人才啊，眞是太浪費了。

「我過得很知足。」他說。「我遇見了許多過去的夥伴，但是不必再和他們一起出任務。」臉上的笑容一如往昔。「對我而言以前的工作毫無樂趣，卡爾，尤其是必須花整晚翻查屍塊的時候。五年來我沒有一天不興起逃走的念頭，雖然彩金最後全賠光了，但也幫我了踏出那一步。如果從這個角度來看待此事就會知道，凡事一定有它的價値。」

卡爾點頭同意。「你雖然不認識阿薩德，不過我可以肯定他不是爲了要和你討論餐廳菜單，或是幫你泡杯薄荷茶和老朋友敘敘舊，而把你拖到地下室來。」

「他已經把瓶中信的事情告訴我了。我想我應該可以幫上忙。可以看一下那封信嗎？」

當然，樂意至極！

他坐下來。卡爾小心翼翼從文件夾中拿出信件。阿薩德腳步輕盈的走進來，小心捧著手中雕花托盤上的三杯小瓷杯。

薄荷茶的香氣溢散飄揚。「你一定會喜歡這個茶。」阿薩德將茶倒進瓷杯時說。「這茶對什麼都有益，對這兒也一樣。」他飛快抓了一下褲襠，拋給他們一個曖昧的眼神。意思非常明顯。

勞森打開另一盞桌燈，將燈移近手中的信。

「知道是誰檢查修復的嗎？」

「蘇格蘭愛丁堡那邊的化驗室。」阿薩德說。在卡爾還在思考自己把文件放在何處時，阿薩德已經挖出了檢驗報告。

「這是分析結果。」阿薩德將文件遞給勞森。

幾分鐘後，勞森說：「好。就我所見，檢驗工作出自吉立安．道格拉斯之手。」

「你認識他？」

勞森看著卡爾的表情儼然像五歲女孩被問到是否認識小甜甜布蘭妮一樣，眼神不是特別尊敬，但卻引人好奇。這個吉立安．道格拉斯是何方人物？除了出生在英格蘭邊界錯誤的另一邊之外？

「我想應該不太可能再找出什麼跡證了。」勞森用兩根強壯的手指拿起小瓷杯說。「我們的蘇格蘭同事盡了全力修復這張紙，並透過各種光照技術與化學方法回復信中內容。他們找到了黑墨的微量陰影，但顯然沒有確認紙張來源，說實話，他們把大部分的物理檢驗交由我們來處理。這封信送交凡洛塞那邊的犯罪鑑識部門了嗎？」

「沒有，不過我沒料到鑑識工作尚未完成。」卡爾的語氣有點畏縮，這種失誤他責無旁貸。

「就寫在這裡。」勞森敲著調查報告最後一行。

他媽的搞什麼鬼。他們怎麼會沒看到？

「蘿思提醒過我，卡爾。不過後來她又說我們不一定要知道紙張來源。」

「那麼她真是錯得離譜了。我看一下。」勞森起身將指尖擠進褲子口袋。要將手伸進套著粗壯大腿的超緊身牛仔褲口袋中，並不是件容易的事。

卡爾之前就看過勞森口袋裡的放大鏡，上方的鏡片是小小的正方形，可以翻轉的設計方便立在物體上面，底下的部分則像小型顯微鏡。這是集郵者的標準配備，也是勞森這類鑑識人員不可或缺的工具，比較專業一點的款式還會配上最精密的蔡斯鏡片。

他將放大鏡立在文件上面，有系統的由左而右逐行檢視，口中同時念念有詞。

「你透過這種東西可以辨認出更多的字嗎？」阿薩德問。

勞森搖搖頭，一個字也沒說。

他檢查到一半時，卡爾忽然有種想抽菸的衝動。

「我出去抽根菸，很快就回來，好嗎？」

另外兩人沒有反應。

卡爾坐在外頭走廊一張桌子上，盯著擱置一旁的機器，有掃描機、印表機和一堆雜物。他心裡頭不太暢快，往後他要多讓蘿思按自己的方式做事，免得她做到一半又不見人影。眞糟糕的領導風格。

就在他有此自知之明時，樓梯忽然響起蹬、蹬、蹬的聲音，好似有顆籃球慢動作從樓梯彈下來，後面還跟了輛輪胎已經磨平的手推車。朝他迎面走來的人，宛如一位剛從瑞典郵輪下船的老太太，不僅手上拎著大包小包，腳上穿著一雙令人錯亂的高跟鞋，下半身的格子百褶裙和拖在身後那個五花八門的彩色購物車，在在散發出五十歲半老徐娘的風韻。然而身體上方卻接著一顆與蘿思極爲相似的臉孔，金髮燙得俐落俏麗，簡直讓人有種置身桃樂絲．黛(注)電影中找不到緊急出口的錯覺。

注 Doris Day，美國歌手、演員。從五〇年代至六〇年代的電影有「票房皇后」之稱。

眼前的景象讓卡爾呆住，沒有濾嘴的香菸不知不覺燒到他的手。

「操，可惡！」他大叫一聲，將菸屁股甩到地上。一身彩色的人影站到了他面前。

「伊兒莎·克努森。」對方就說了這麼一句，然後朝他伸出兩隻指甲繽紛的手指。

他這輩子絕對不會相信竟有雙胞胎長得這麼相像卻又如此南轅北轍。

雖然先前他下定決心，面對伊兒莎時必須一開始就掌控主導權，但是，他仍然聽見自己乖乖回答她的問題，告訴她蘿思的辦公室在哪裡。她一下子就發現位於文件牆後面的辦公室，牆上的紙張不住飄動著。而卡爾則是將自己本來打算說的話忘得一乾二淨——他的身分、頭銜，還有她們兩姊妹行爲違反了規則，必須盡快停止等等。

「等我安頓好，我猜應該很快就會被叫去聽取簡報。要不要就約一個小時之後？」她說完這句話後就一溜煙消失了。

卡爾走進辦公室，阿薩德開口便問：「怎麼回事？是誰？」

卡爾陰鬱的看著他。「怎麼回事？是誰？是個麻煩，你的麻煩！一個小時之後你去告訴蘿思的姊姊該做什麼。聽清楚了沒？」

「原來剛走過去的是伊兒莎啊？」

卡爾閉上眼證實阿薩德的問題。「聽清楚了嗎？等下由你向她解釋工作內容。」

然後他轉身望向勞森，檢查工作差不多已近尾聲。「有沒有什麼發現，勞森？」

如今成了炸薯條廚師的鑑識人才點點頭，指向放在一小片塑膠上面某個完全看不見的東西。卡爾的臉幾乎貼了上去。不，有東西，那是約莫髮尖大小的碎片，旁邊還有一個有點小、有點圓又有點平，而且幾近透明的物體。

「是木頭碎片。我推斷應該來自寫信人所使用的工具前端，因爲碎片就嵌在紙中。旁邊那個是魚鱗。」然後勞森站起來，轉動因爲姿勢不良而僵硬的肩膀。「我們有所進展了，卡爾。不過還是要把信送到凡洛塞去，好嗎？他們應該兩三下就查得出木頭種類，這一點我毫不懷疑。至於要確認魚鱗屬於哪一種魚的話，你就得求助海洋生物學家了。」

「眞有意思。」阿薩德說。「卡爾，我們有一位非常優秀的同事耶。」

卡爾撓撓耳朵。「還有什麼要補充的嗎？是否有其他部分引起你的注意？」

「嗯，我無法判斷寫信者是左撇子還是右撇子。這種紙張多孔透氣，照理說不該如此，一般從文字書寫的特定走向便能夠辨識出來。由此可以推測，這封信是在極爲惡劣的條件下寫成，也許是在凹凸不平的平面上，也許雙手被綁住了，也許寫信的人不太會寫字。除此之外，我敢斷定這張紙原本是拿來包魚的，紙上面的黏液絕對來自於魚類。我們都知道瓶子封得很密實，所以黏液不可能是瓶子還在海裡時沾上。至於紙上面的陰影就不太確定了，很可能並不重要，或許是在書寫之前就有霉斑，不過更有可能的情況是瓶子落海後才形成斑點。」

「很有意思！那麼你對這封信有什麼看法？值得我們繼續追查下去嗎？還是那根本只是惡作劇？」

「惡作劇？」勞森上唇一縮，露出兩顆長得歪斜的門牙。那表情絕對不是打算露出笑容，而是要人準備洗耳恭聽。「從紙上寫得比較用力的地方研判，寫下這封信的人在書寫時手抖個不停，這也讓你剛才看見的木頭尖端在字跡上造成了細微的刮痕，紙上有幾處刮痕就像黑膠唱片上的痕跡那麼清晰明顯。」他搖搖頭。「不可能，卡爾，我不相信是惡作劇。我剛才說過了，寫信的人顫抖得很厲害，原因有可能是行動不方便，也有可能正面臨死亡的恐懼。如果問我的話，我會說這件事情非常嚴重，但是當然沒人知道發生了什麼事。」

阿薩德插嘴說：「如果仔細察看那些刮痕，能不能再多辨認出一些字？」

「可以看出一些。不過只能猜出書寫工具尖端中斷以前的地方。」

阿薩德將信件影本遞給他。

「你可以補上你認爲可能漏缺的字嗎？」

勞森點點頭，又把放大鏡立在原始信件上方。他花了好幾分鐘研究前幾行後說：「好，我大概如此推測，但不敢打包票就是了。」

然後他將數字與文字寫下。信的前幾行是：

救命

我〇在一九九六年兩〇〇六日被〇假了——

在巴〇魯〇的〇特羅〇街共〇站——

〇男人〇高一百八十〇〇 〇〇〇法

好一會兒時間他們只是審視著解出的結果，最後是卡爾打破了沉默。

「一九九六年！也就是說瓶子被撈上來之前在海水裡泡了六年！」

勞森點點頭。「雖然那兩個『九』左右寫反了，但我對這幾個數字很有把握。」

「也許這就是你的蘇格蘭同事解不出來的原因。」

勞森聳聳肩。也不是沒有可能。

站在一旁的阿薩德眉頭深鎖。

「怎麼了，阿薩德？」

「眞要命，那和我猜想的一樣。眞是糟透了。」他指著四個字說。

卡爾仔細端詳信的內容。

「要是無法解出後面部分中更多的字，情況將會變得非常棘手。」阿薩德又說。

卡爾現在看到阿薩德說的那四個字了。一個在這個國家生活才幾年的人，理所當然會是第一個察覺到問題的人。簡直令人難以置信。

阿薩德先前就已經解出的四個字是「兩月」、「綁假」、「共車站」和「短法」。寫信的那個人很顯然並不熟悉正確的用字遣詞。

第十一章

伊兒莎待在後面蘿思辦公室，沒有傳來太大的動靜。這是個好兆頭。她只要繼續保持下去，三天後就不需要再來了，而到時候蘿思一定會回來上班，伊兒莎說她們不能沒有這筆收入。

由於檔案中沒查到一九九六年二月曾經發生過綁架案件，卡爾於是又回頭鑽研縱火案，並且打電話到洛德雷找安東森警官。比起余鼎那個官僚份子，他比較喜歡這個老謀深算的膽小鬼。這笨蛋當年爲什麼沒在警方報告中記錄被燒毀那間公司的經濟狀況？他的想像力馳騁翻飛，最後得出的結論仍是怠忽職守。

「喲，我何德何能竟有此榮幸和懸案達人卡爾．莫爾克講上話啊？」電話一轉到安東森手上他就如此叫道，然後是一陣嗤嗤笑聲。「你解決了奧茲（注1）謀殺案嗎？」

「沒錯，還有削剪王艾力克（注2）的案子。」卡爾回答說。「我若沒搞錯的話，我們馬上也要偵破你們一件陳年舊案了。」

安東森放聲大笑。「我了解你的意思。昨天馬庫斯和我談過，我明白你想知道一九九五年發生在我們這兒的縱火案。你難道沒看報告嗎？」

卡爾咒罵了幾句，冥頑固執的安東森也回之鄙言。「看過啦。那份報告簡直是垃圾。寫報告的是你的人嗎？」

「喂，廢話少說，卡爾。余鼎的報告沒話講。你需要什麼？」

「關於那家失火公司的背景資料。能幹的余鼎在他出色的報告中完全省略了這部分。」

「是啊，是啊，我想應該也是這類事。我們還有些資料存檔，因爲幾年後你提到的那家公司在審計時遭到檢舉，最後雖然沒有查出不法情事，不過我們多少了解公司的狀況。要我將資料傳眞過去，還是送到你的寶座前跪呈給你？」

卡爾豪爽大笑。他難得遇到有人能如此犀利的解除他酸言冷語的攻擊。

「不用了，安東森，我過去找你，把咖啡煮好吧。」

「噢，不會吧。」這是斷訊音響起前傳來的最後一句話。

卡爾靜靜坐了一下，凝視著電視上沒完沒了播報著穆斯塔法．淞尼（注3）被人無意義射殺的新聞，又是一個幫派衝突的無辜受害者。警方顯然已經許可一場在哥本哈根街上舉行的追悼遊行，他敢保證某個「紅莓奶油布丁」（注4）同胞會因爲誤解情勢，而覺得自己受到侮辱。

辦公室門口忽然傳來一聲咕噥。「很快會分派工作給我嗎？」

卡爾頓時嚇得僵立不動。通常沒有人可以在地下室走路不發出聲音，如果這個先前走起路來像群非洲牛羚踩踏過境的伊兒莎突然之間無聲無息走動，他早晚會精神崩潰。

注1 Ötzi，一九九一年在阿爾卑斯山上發現的男性木乃伊，根據研究，此具木乃伊已有五千多年的歷史。對於他的死因有許多種揣測與詮釋。

注2 Erik Klipping，一二四九～一二八六年間在位的丹麥國王，死於狩獵活動中。據聞是其他貴族特地策畫在打獵時將他殺死。

注3 Mustafa Hsownay，伊朗人，二〇〇九年二月在自家車上被人從後面開槍射殺，根據家人說法，他是被捲入移民幫派與飆車族之間的無辜受害者。三月，超過三千人在哥本哈根參加他的告別式。

注4 二戰期間，丹麥邊界士兵為了避免德國人滲透入境，要求進入丹麥者需要唸出此通關密語，確認是正確的丹麥口音和丹麥人後才會放行。

她揮揮手趕走某個東西。「啐，我最痛恨大蒼蠅，噁心死了。」卡爾的視線緊緊跟著蒼蠅。牠這幾天都躲在哪兒？他拿起桌上的卷宗準備揮打蒼蠅，這動作鐵定會打到她的大鼻子。

「我已經安頓好了。你要看一下嗎？」伊兒莎詢問。她的聲音和蘿思一模一樣，很容易搞混。

他想不想看一下她怎麼安頓自己的辦公室？門兒都沒有。

他放過蒼蠅一馬，轉過身來看著伊兒莎。

「妳說想要做很多工作，是吧？很好，那也是妳在這兒的原因。那麼就從打電話給公司遭焚毀的董事開始。法蘭森．恩洛斯、貝思拉格公司和公眾諮詢公司，向對方要過去五年的年度財務報表，檢查他們的往來信用與短期貸款情形，可以嗎？」他在紙上寫下三家公司的名稱。

她看著他的眼神好似他講了粗鄙猥褻的話。「容我冒昧說一下，最好不要。」

「為什麼？」

「因為從網路上就能輕而易舉的找到那些資料，既然如此，何必打電話詢問呢？更何況再十分鐘就下班了。」

卡爾盡量忽略他的命令忽然消失在她百褶裙的摺縫中。或許他應該給她個機會。

「卡爾，你來看一下。」阿薩德說。他站在辦公室門口，側身讓路給伊兒莎通過。

「我又研究了很久，」他接著說下去，把瓶中信的影本遞給卡爾，「確定第二行的地名是『巴勒魯普』，於是我在地圖上找了巴勒魯普所有的街道，最後發現在『的』後面的街道名稱唯一可能只有『勞特魯凡街』。所以說，寫信的人將『勞特魯凡』寫成『勞特羅凡』了。他真的不太懂得正確的寫法。」

阿薩德盯著天花板下嗡嗡飛過的蒼蠅，過了一會兒才把目光移到卡爾身上。

「你有什麼想法，卡爾？你覺得有沒有可能？」他指著信上相關的位置。影本上的內容是：

救命

我們在一九九六年兩月〇六日被綁假了——

在巴勒魯普的勞特羅凡街共車站——

那男人身高一百八十〇〇，黑〇短法

卡爾點頭表示認同。看起來十之八九錯不了，絕對是。必須馬上翻找以前的舊檔案。

「你點頭了，所以你也認爲吻合。啊，太棒了，卡爾。」阿薩德興奮叫著躍上桌面，在卡爾額頭上用力一吻。

卡爾猛然抽身往後，一臉嚴肅瞪著他。糖漿蛋糕和加了一堆糖的茶還可以忍受，但他對中東式的情感爆發敬謝不敏，完全不需要。

「所以我們現在知道，那個日期要不是一九九六年二月十六日，就是二十六日。」阿薩德正了正色，接著又凝神說：「我們知道事發地點，也得知犯案者是個男人，而且身高超過一百八十公分。這一段文字現在還缺少兩個字，和他頭髮有關的文字。」

「沒錯，阿薩德，而信後面還有百分之六十五的瑣碎部分要費心解決。」卡爾說。

不過基本上阿薩德的詮釋可信度相當高。

卡爾拿起影本到走廊，打算研究放大版的瓶中信。如果先前他相信伊兒莎會去調查公司的年度財務報表，那就實在錯得離譜了。她站在走廊正中央，完全無視於周遭環境，目光直愣愣盯著牆上的瓶中信。

「喂，伊兒莎，」卡爾叫道，「別傷神了，這個我們會處理。」但是伊兒莎一動也不動。卡爾了解手足間的行爲模式非常類似，於是聳聳肩，讓她安靜待在那兒。保持那種姿勢不動的話，她的脖子早晚會受不了。

他和阿薩德站在她旁邊，將剛才的解碼結果與牆上的信交叉比對，然後又猜出幾個之前一直想不透的可能的字。

沒錯，阿薩德提出的推測幾乎沒有破綻。

「看起來沒有什麼問題。」卡爾說，然後指派阿薩德去調查是否有任何案件涉及到一九九六年一件發生在巴勒魯普、勞特魯凡街的綁架案。

等卡爾從洛德雷回來後，他應該調查完畢了。

安東森坐在他的小辦公室裡，籠罩在混雜著雪茄和香菸的烏煙瘴氣中。辦公室禁止吸菸，所以聽說所有人下班後他仍然埋首加班的原因，是想要一個人靜靜吞雲吐霧。雖然他太太幾年前宣布他戒菸了，但是她並非凡事都一清二楚。

「這是丹胡司德那家公司的審計結果。」安東森遞給卡爾一份塑膠檔案夾。「第一頁開宗明義就說明他們是與南斯拉夫合作往來的進出口商，巴爾幹半島爆發戰爭毀掉一切時，這家公司想必度過了一段不輕鬆的重整期。

「安普森與穆亞吉克如今是家業績輝煌的企業，不過發生火災時卻是處於冰點。即使如此，當年並沒有發現任何足以讓我們相信這家公司涉案其中的跡象，就連現在我們也抱持質疑的態度。但是如果你有不同的看法——請便。」

「安普森與穆亞吉克。穆亞吉克是南斯拉夫名字，對嗎？」卡爾詢問說。

「南斯拉夫、克羅埃西亞、塞爾維亞，都無所謂，我不相信現在那家公司裡還找得到安普森或穆亞吉克這種姓氏的人。不過你若是好奇的話，可以去調查看看。」

「說實話——」卡爾在椅子上滑動了一會兒，定睛看著他的老同事。

安東森是個還不錯的警察，比卡爾年長幾歲，薪水等級也比較高。不過，他們在工作上有幾點共同之處，證明兩人有相同的性格本質。例如他們都不是那種會拍拍肩膀、逢迎拍馬、阿諛奉承的人，既不屑對政策大放厥詞，也不關心國庫狀況。若說到警察圈裡誰最不擅交際應酬，那麼非他兩人莫屬。因此安東森至今未當上警察局長，卡爾更什麼也不是。

兩人見面的理由只有一個，也就是那件該死的縱火案，而這件事讓卡爾不太高興，因為眼前有個不容爭辯的事實：當年發生火災時，安東森已經在這兒當組長了。

卡爾續道：「我認為哥本哈根最近幾件連續縱火案的破案關鍵，就在洛德雷的案子上。火場中發現了一具手指骨頭變形的屍體，而骨頭之所以變形，是因為受害者多年來一直戴著戒指。同樣的特徵也出現在哥本哈根的火災死者身上。所以我想問的是，安東森，你可以坦白告訴我，當初是否徹底調查過此案？我直接問你，你也坦白告訴我，這件事對我而言就解決了，但是我一定得弄個清楚。你和那家公司有關係嗎？或者說，你開始調查縱火案後，是否以某種方式和安普森與穆亞吉克公司有所牽連？」

「你在指控我違法犯紀嗎，卡爾．莫爾克？」安東森拉長臉，友好和善的表情瞬間消失。

「不是。我只是想不透為何當年無法釐清火災原因？怎麼會查不出死者的身分？」

「換句話說，你某種程度是指控我妨礙調查嗎？」

談話時，安東森手中一直拿著兩瓶圖柏格啤酒，這時遞給卡爾一瓶，他自己則舉起另一瓶灌下一大口。接著這隻老狐狸擦擦嘴，努起下唇。「我直截了當說吧。這案子並沒有讓我們傷透腦筋、輾轉難眠，卡爾。現場屋頂被燒壞，一個遊民死於火場，整件事就是這樣。坦白說，沒錯，我確實沒有用心辦案，不過原因並非你想的那樣。」

「究竟是怎麼回事？」

「那段時間羅拉和警局裡一個同事搞上了，我藉酒澆愁，把自己喝得爛醉。」

「羅拉？」

「是的，該死。不過你仔細聽著，卡爾，我太太和我挺過來了，現在兩個人事過境遷，相安無事。你說得沒錯，我的確應該更仔細深入追查此案，這點我願意受你非難。」

「好，安東森，我接受。我們的談話就在此結束吧。」

卡爾站起身，打量著安東森那支躺在桌上，像艘帆船擱淺在荒漠中的菸斗。不久，它將再度揚帆啓航，即使是上班時間也一樣。

「啊，等等。」卡爾一腳已經踏出門外，卻聽見安東森叫住他。「還有一件事。你應該還記得夏天發生在洛德雷一棟大樓的謀殺案件吧？那時候我曾說過，我的助手薩米爾·迦齊在你們警察總局若是沒有受到合理的待遇，我就和你們沒完沒了，而現在我聽說薩米爾已經申請調任，要回到我們這兒了。」安東森拿起菸斗輕輕撫摸。「你是否知道他這麼做的原因？他什麼也沒跟我說。就我所知，馬庫斯對他的表現很滿意。」

「薩米爾？不清楚，完全沒有概念。我幾乎不認識他。」

「這樣子啊。那麼我或許應該告訴你，凶殺組的人也不明白怎麼一回事，但我同時又聽說，這件事很可能和你的人有點瓜葛。你知道原因嗎？」

卡爾陷入思索。阿薩德該不會扯上這件事吧？從薩米爾上班第一天，阿薩德便對他避之唯恐不及了。他抿了抿上唇，嗯，阿薩德究竟爲什麼要這麼做？

「我不清楚來龍去脈，不過會打聽看看。也有可能是薩米爾單純想回來待在世界上最優秀的組長底下？不能排除這種可能。」他朝安東森眨眨眼。「代我向羅拉問好。」

卡爾回到警察總局，發現伊兒莎仍然站在貼滿放大版瓶中信的牆前文風未動，臉上表情若有所思，甚至有點恍惚。她將一隻腳抬高至裙襬下方，站姿宛如佛朗明歌舞者。撇開服裝不談，她和蘿思完全是同個模子刻出來的，簡直令人感覺毛骨悚然。

「妳調查完那幾家公司的年度財務報表了嗎？」

她心不在焉的失神望著他，一邊用鉛筆輕敲額頭。她到底有沒有意識到他人在這兒？

於是他吸了好大一口氣，感覺肺部鼓脹飽滿，把同樣的問題在她耳邊又說了一遍。她猛然吃了一驚，不過這也是唯一的反應。

他搖搖頭，無計可施，不知該拿這對奇特的姊妹怎麼辦，正打算摸摸鼻子走開的時候，卻聽到她口齒清晰的說出一字一句：「我非常擅長拼字遊戲、填字謎、音節遊戲、智力測驗和數讀，也寫得一手好詩，堅信禮、銀婚、生日、週年紀念的賀詞都難不倒我。可是這牆上的東西就是不對勁。」她終於正眼看著卡爾。「你可否別來打擾我，讓我安靜思考一下這封惱人的信？」

什麼？請再說一次？卡爾到洛德雷的這段時間裡，她一直站在這兒，而且實際花在上面的時間還不止於此，現在卻要求他別打擾她？拜託一下。她何不乾脆將熱帶水果裝進醜得要命的購物袋，穿著那身彩色格子服裝，帶上風笛和吵雜的聲音滾去凡洛塞，或者隨便任何一個屬於她的地方。

「親愛的伊兒莎，」他強迫自己說話，「接下來二十七分鐘裡，我手上得拿到附上說明的可笑年度財務報表，告訴我未來可能的調查方向，不然我會請三樓的麗絲結算四個小時其實完全不必要的薪水，開張支票給妳，但別奢望會加上退休基金。妳聽懂我的意思了嗎？」

「要死了！抱歉，原諒我口出粗言。只怪一下子出現太多字了。」她臉上綻放燦爛的笑容。

「我早就想要告訴你，那件襯衫非常適合你，布萊德．彼特也有一件。」

卡爾看了看自己身上那件從寇普超市買來的醜陋格子襯衫，忽然之間，他在地下室感覺到一種無處可去的怪異感。

他來到阿薩德那間所謂的辦公室，發現那個男人腳跨在最上層的抽屜，將話筒夾在又長出來的暗青色鬍渣底下。他面前躺著十支原子筆，估計是從卡爾如今已找不到半支筆的辦公室摸來的，筆下壓著一疊密密麻麻寫著姓名、數字的文件，上面還有一堆秀麗優美如橫飾帶的阿拉伯文字。電話中，阿薩德說得又慢又清晰，用字遣詞與文法正確得令人訝異，身體散發出權威與沉穩的氣息，大拇指與食指穩穩夾住利尼普特（注）茶杯，杯中濃郁的土耳其咖啡飄散芳香。搞不清楚狀況的人大概會以爲他是安卡拉的旅行社老闆，剛爲三十五名石油國酋長租了一艘大型噴射客機。

他皺著眉頭朝向卡爾，隨後露出微笑注視著他。

這裡顯然也是他人勿擾。那眞是最流行的傳染病。

乾脆回辦公室坐在椅子上打個盹兒算了？讓自己閉上眼，在眼瞼內側播放有關洛德雷縱火案的影片，暗地希望等到睜開眼時就能偵破案件。

但他才好整以暇坐著將腳抬高，勞森的聲音便硬生生破壞了美好計畫。

「卡爾，你們還有與瓶子有關的東西嗎？」

卡爾眨眨眼。「什麼？瓶子的？」他的目光落在勞森沾滿油汙的圍裙上，然後把腳從桌上放下來。「如果三千五百片蒼蠅大小的玻璃碎片能讓你滿意的話，那麼我這兒有一整袋。」

他把透明塑膠袋遞到勞森面前。「如何？有找到什麼東西嗎？」

勞森點點頭，指著塑膠袋最底下一片比其他碎片稍大一點的玻璃。

「我剛才和蘇格蘭那位鑑識人員道格拉斯談過，他建議我找出大一點的瓶底碎片，將黏在上面的血液送去做DNA分析。那一塊碎片就是我要的東西，用肉眼就看得到上面的血跡。」

如果可以，卡爾眞想向他借放大鏡。不過雖然血量不多，而且乾得不帶一點水分，但他確實用肉眼就辨認出來了。

「他們沒有進行檢驗嗎？」

「沒有。他說他們僅僅清理掉信上的髒汙，但他要我們別抱太大期待。」

「原因是？」

「因爲如果要進行分析的話，血量太少，更何況時間過了這麼久，再加上考量到瓶子本身的狀況和曾經浸泡在海水裡，種種因素都會對基因產生不利的影響。炎熱、寒冷，以及海洋鹽水的作用，別忘了還有不斷變化的光線，所有條件都說明很可能查不出DNA了。」

「DNA在分解過程中會改變嗎？」

「不會。DNA不會改變，只會衰減。衡量所有不利的因素，不排除出現那種情況。」

卡爾審視著玻璃碎片上的汙漬。「我們該從何著手？我們不需要辨認屍體，因爲沒有屍體；也不需要與親人的基因進行比對，畢竟要上哪兒找人？我們對寫信的人是誰毫無頭緒，那麼分析DNA究竟有什麼好處？」

注 Liliput，《格列佛遊記》中小人國的國名。

「至少可以確定皮膚、瞳孔和頭髮的顏色。多少會有點幫助吧？」

卡爾點點頭，當然要進行DNA鑑定。法醫所裡負責基因鑑定的小組人員非常優秀，這點無庸置疑。他曾經聽過該組副組長演講，想要查出受害者是否癱瘓不便、口齒不清，或者是個從吐勒（注）來的紅髮格陵蘭人，只有他們辦得到。

「拿走這堆東西。」卡爾拍拍他的肩膀後說：「我過幾天到樓上找你，吃一客菲力牛排。」

勞森嘴角一揚，笑說：「記得給自己帶一客上來。」

注 Thule，位於格陵蘭西北部。

第十二章

她名叫莉莎（Lisa），不過她自稱蕊雪（Rachel），曾和一個男人生活七年之久，但對方始終無法讓她受孕。他們輾轉在黏土蓋成的小屋裡度過徒勞無功的許多日子，先是辛巴威，而後在賴比瑞亞。雖然教室裡坐滿孩子，棕色的小臉上露出象牙般的白牙微笑，看了讓人欣慰，但是也要耗費數百個小時與當地的賴比瑞亞民主黨議員、查爾斯・泰勒（注）的游擊兵沒完沒了的交涉談判。他們無時不在心裡祈求和平與援助，在這兒，沒有時間讓剛從國際教師學院結訓的新手志工做好準備，到處是罄竹難書的陷阱與絕望深淵。不過非洲就是這個樣子。

後來她被一群碰巧路過的賴比瑞亞國家愛國陣線（NPFL）士兵強暴，而男友非但沒有插手相救，反而拋下她不管。

於是，一切都結束了。

那天傍晚她拖著被凌虐的身軀跪倒在陽台，費勁絞著血跡斑斑的雙手。在她無神論的生命中，第一次感覺到天國就在身邊。

「請寬恕我，請讓一切在此終止。」她在黝黑的夜空下祈禱。「別讓事情繼續蔓延。親愛的

注 Charles Taylors，賴比瑞亞前總統，曾經訪問過台灣。二〇〇三年以招募娃娃兵、性奴隸，以及收取「血鑽石」販售軍火等罪名被聯合國逮捕。

上帝，我向祢請求，請賜福我找到一個全新的生活，和平無虞的生活，並嫁給一位好先生，生下許多孩子。」

隔天，她正在收拾行李時，下腹忽然出血。這一刻，她知道上帝應允了她的祈禱，寬宥了她的罪孽。

有人從鄰國象牙海岸達納內一所新成立的小教會過來協助她離開，他們走上通往保利的省道跨越邊界，在與其他難民一起度過顛簸不安的兩個星期後，不知不覺來到A七〇一省道，最後在此停留。這裡的人神情柔和，看過悲慘的苦難，十分懂得傷痛需要時間治療。這一刻起，新的生命逐漸在她眼前開展，上帝聆聽了她的禱告，向她展現應該前往的道路。

一年後，她擺脫了惡魔與它的屬臣，身心靈徹底受到滌淨，而後返回丹麥，爲找尋一位能夠讓自己受孕的男子做好準備。

那名男子叫顏司，不過之後改名爲約書亞。她的嬌軀讓這個繼承家業，獨自經營農具機械出租公司的男子傾心不已。顏司透過在她雙腿間獲得的狂喜極樂，也找到了上帝之道。

沒多久，位於維堡的教區便多了兩個信徒。十個月後，蕊雪生下第一個小孩。

從此以後，聖母對待她慈悲仁愛，賦與她全新的生活，孩子們就是活生生的見證：約瑟夫，十八歲；桑穆爾，十六歲；蜜莉安，十四歲；瑪德蓮娜，十二歲；莎拉，十歲。兄弟姊妹之間不多不少各相差二十三個月。

聖母眞的確實特別眷顧他們。

蕊雪多次在教會遇見那個新來的男人。眾人唱頌詩歌、榮耀聖母時，他那雙迷人的眼睛總是注視著她和孩子們。從他嘴裡，她只聽過美好的話語，感覺爲人正直、友善，懂得體諒，是位風度翩翩又挺拔的男子，未來他或許能爲教區帶來一位適當的女性新血。

約書亞也認爲他爲人正派誠實，夫妻倆一致同意他給人的印象正面良好。

那一晚他第四次到教會來時，她十分篤定他會遷入這個地方，於是打算提供一個房間讓他落腳，結果被他婉拒了。他解釋說自己已有下榻之處，並且想找一棟未來要定居的房子。他還會在此處停留幾天，若是剛好經過他們家附近，非常樂意登門拜訪。

果然一如他們所料。這件事在教區引發了熱烈討論，女人之間尤其津津樂道。他的雙手強健有力，再加上擁有一輛貨車，應該可以幫上教區很大的忙。除此之外，他似乎也是位成功人士，服裝講究得體，爲人彬彬有禮，處世圓融靈活，未來極有可能成爲教士候選人。也許他身負著傳道的重責大任。

或許正因如此，他們對待他才會特別殷勤熱絡。

才過了一天，他便出現在他們家門口，只可惜時機不湊巧，那天剛好是蕊雪月經來潮的第一天，她頭痛欲裂，身體不太舒服，當下什麼事也不想做，只希望孩子們各自待在房間，約書亞也去處理自己的事情。

但是約書亞卻打開門，將他領到廚房的橡木餐桌那兒去。

「妳想想看，我們或許沒有多少這樣的機會。」他低聲說道，哀求她別再躺在沙發上。「只要十五分鐘就好，蕊雪，之後妳又可以好好躺著休息了。」

她一想到教會有多希望新血的加入便站起身來，用手緊按著下腹部慢慢走到廚房。她相信聖母挑出這個時間，就是要考驗她。疼痛，僅是上帝在人身上輕輕一觸，此外無他，至於噁心感不外乎只是炙熱的沙漠之沙。她必須銘記在心。身爲虔誠的信徒，必須學習不讓肉體之事成爲阻擋自己的障礙。

因此她即使臉色蒼白，仍然笑容燦爛走向客人，請他在餐桌旁坐下，接受上帝的賜福。

他啜飲了一口熱咖啡，解釋說自己剛到雷寧和艾爾斯堡等地去看了幾間農舍，後天或是星期一想前往拉文斯特普和列盛看看，那邊也有吸引人的不錯物件。

「耶穌基督啊！」約書亞驚呼一聲，隨即抱歉的看了她一眼。他知道她討厭人濫用上帝之子的名諱。

「列盛嗎？」他繼續說：「不會是在通往戍洛普大農場的路上吧？難道會是泰奧多・邦德森的產業嗎？若是如此，我可以幫忙讓你以合理的價格買到農舍，那兒至少八個月沒人住了。嗯，可能還要更久。」

男子臉上倏忽抽搐了一下。約書亞自然沒有注意到，但是她看見了，抽搐得有些突兀。

「是往戍洛普的方向嗎？」男子複述了一次，目光閃爍掃過屋內，彷彿在尋找某種堅固的依靠。「這個我不太清楚，等星期一我到了農舍再告訴你。」他臉上又綻露笑容。「怎麼沒看見孩子們？他們在寫功課嗎？」

蕊雪點點頭。他似乎不是十分健談。難道她對他的評價有誤嗎？「你目前住在哪裡？」她又回到先前的話題。「在維堡嗎？」

「是的，我有個前同事住在市中心。許多年前我們一起去過維堡。他已經提早退休了。」

「噢？這麼早就累了不想工作嗎？」她看著他的雙眼，希望能與他目光接觸。

那雙迷人的眼睛終於正眼看著她，雖然晚了一點，不過他先前或許是因爲矜持，而不好意思與她目光交會，而那絕對不是什麼糟糕的性格。

「累了？不是，他不是這種人。如果情況眞是如此，這麼說也無可厚非，但是我的朋友查爾斯是在一次交通意外中失去了手臂。」

他用掌緣一比，讓他們知道手臂被截掉了多大一截，這個動作喚起了她夢魘般的回憶。他若有所思的看著她，有好一會兒緊盯著她的目光，然後垂下眼睛。「那是一場駭人聽聞的意外，不過他撐過來了。」接著又忽地抬起頭。「對了！溫易魯普後天有空手道大會。我想問問桑穆爾是否有興趣一起去看看。不過，或許他的膝蓋受傷，目前還不適合？他的膝蓋還好嗎？摔下樓梯時有沒有折斷骨頭？」

蕊雪轉頭看著先生微笑。她的教會認同的正是這種對鄰人的同情與擔憂。「執起鄰人之手，溫柔的撫摸。」教士總是如此諄諄叮嚀。

「沒事。他的膝蓋就和大腿一樣粗壯，不過還要幾個星期腫脹才會消退。你剛才是說在溫易魯普嗎？空手道大會？原來如此。」先生摸著下巴說。他接下來說出口的話，明顯有接受的意願。「不過我們可以問問桑穆爾。妳覺得如何，蕊雪？」

她點頭附和。沒問題，若是晚上十點前能回到家就可以了。如果其他孩子有興趣，或許可以全部一起去？

男子的表情起了微妙的變化，顯得有點抱歉。「噢，我衷心希望能將他們全部帶去，只可惜貨車前座只坐得下三個人，而後面規定不准載人。不過，我可以帶上兩個小孩，其他孩子或許下次有機會再去。瑪德蓮娜如何？她會有興趣嗎？她看起來非常聰明伶俐，而且和桑穆爾似乎很親近？」

蕊雪嫣然一笑，她先生臉上也露出欣慰的笑容。他觀察得眞仔細，也表現得很貼心，好似徹底明白兩個小孩的心時時緊密相依。在五個小孩中，桑穆爾和瑪德蓮娜確實最爲親近。

「那麼就這樣吧，你說呢，約書亞？」

「好的，我們就這麼決定。」約書亞又笑了。每當孩子不在旁邊，他就會變得隨和許多。

她輕敲客人平擺在桌上的手。他的手又冰又冷，不太尋常。

「我很肯定桑穆爾和瑪德蓮娜會有興趣的。」她接著說。「他們應該什麼時間準備好呢？」

他努著嘴計算行車時間。「嗯，大會十一點開始，那麼我們約定十點？」

他離去後，一股宛如上帝般的平和寧靜降臨在屋內。先前他喝完咖啡後，自動將杯子拿去清洗，彷彿那是這世上最自然不過的事情。他含笑注視他們，謝謝他們的殷勤好客，然後告別離開。

蕊雪下腹部的疼痛仍在，不過噁心感已經消失。

這種鄰人之愛多麼美好啊！那或許是上帝送給人類最好的禮物。

第十三章

「不是好消息，卡爾。」阿薩德說。

卡爾不知道他指的是哪件事。他聽了兩分鐘丹麥電台新聞播報數十億的環境拯救計畫，早已迷迷糊糊呈現半昏迷狀態。

「什麼東西不是好消息，阿薩德？」他的聲音似乎從遙遠的地方傳來。

「我到處找過了，可以很篤定告訴你，自從巴勒魯普開闢一條叫作勞特魯凡的街道以來，並沒有人出面報案說發生疑似綁票的案件。」

卡爾揉揉眼睛。是的，他說得沒錯，果然不是好消息。而且重點是，如果瓶中信透露的訊息又確實嚴肅的話。

阿薩德站在卡爾面前，將一把磨損的馬鈴薯刀伸進寫著阿拉伯文字的塑膠桶，桶裡裝著說不清楚是什麼的物體，只見他面露微笑、滿臉期待的切下一小塊後塞進嘴裡。那隻蒼蠅在他的頭頂上嗡嗡飛繞。

卡爾往上看，心想或許應該花點精力將蒼蠅打趴在天花板上。他懶散無神的尋找適當的武器，終於在面前的桌上找到一小瓶修正液。修正液的外殼堅硬，絕對是最佳致命迫擊砲。

他暗自尋思要對準目標，接著一把將瓶子猛力扔向蒼蠅。出手的同時，才發現修正液的瓶蓋沒有旋緊。

阿薩德愕然看著白色的液體緩緩沿著牆面流下。

蒼蠅飛走了。

「眞怪異，」阿薩德一邊喃喃說著，一邊繼續咀嚼。「一開始我以爲勞特魯凡街是個住宅區，但是那兒卻只有辦公室和廠房。」

「所以呢？」卡爾忖度著塑膠桶裡該死的米色東西聞起來像什麼。是香草嗎？

「是啊，辦公室和廠房。」阿薩德又重複了一次。「那個宣稱自己被綁架的人在那兒做什麼？」

「也許是上班？」卡爾提出一個可能。

阿薩德臉上換了副表情，雖然仍不失友善，但多了幾分懷疑。「不可能的，卡爾，他的寫字能力那麼差勁，甚至連街名都寫錯了。」

「阿薩德，他也可能並不熟悉這種語言。你難道不會這樣嗎？」卡爾轉向電腦，鍵入街名後續道：「阿薩德，你看這兒有那麼多的企業、工廠，還有職業學校與專科學校，不排除摻雜了一些外國人，何況還有年輕人出入此地。」他指著其中一個地址。「例如這所勞特魯苟學校，它就是爲有情緒障礙和社交障礙的孩子設立的特殊教育學校。這整件事很有可能只是胡鬧惡作劇，我們再等等看，等到破解出信中全部內容後，大概就會發現瓶中信只是故意要刁難老師，或是諸如之類的事。」

「破解、刁難。你用的字眞少見，卡爾。如果對方在那兒工作怎麼辦？這樣的人也不少。」

「你認爲員工如果失蹤，公司不會去辦案嗎？別忘了，沒有人通報過類似瓶中信寫的情況。話說回來，在國內還有其他地方也叫勞特魯凡嗎？」

阿薩德搖搖頭。「所以你不認爲那是件眞正的綁票案嗎？」

「是的，我認爲不盡然是如此。」

「我覺得你搞錯了，卡爾。」

「嗯。等等，阿薩德，假設眞的發生了綁票事件，當年的受害者也可能被贖回了吧？不是沒有這種可能，對嗎？然後整個事件便被人遺忘了。若是如此，我們當然沒有辦法繼續調查下去，大概只有幾個知道內情的人才了解事發經過。」

阿薩德瞪著他好一陣子。「沒錯，卡爾，誰也不知道事情全貌。你說我們不應該追查下去，可是這樣我們也永遠無法得到答案，不是嗎？」

阿薩德說完後，一言不發快步離開辦公室，塑膠桶和刀子還放在卡爾的辦公桌上。眞要命，現在是怎麼回事啊？他平常總還會多聊個幾句，現在卻不說廢話掉頭就走。難道阿薩德對他評論外國移民不會寫字不高興嗎？還是因爲涉入此案太深，無法思考其他可能？

他把頭歪向一邊，側耳傾聽阿薩德和伊兒莎在外頭走廊交談的聲音。只聽到全然的抱怨、抱怨、抱怨。

他霍然想起安東森的問題，於是站起身來。

「我可以打擾兩位斑鳩一會兒嗎？」他走向彷彿腳上生了根，定在放大版瓶中信前的兩人。伊兒莎把那幾家股份公司的年度財務報表給他之後，就一直黏在那兒——這天她已在此待了四至五個鐘頭，腳邊的筆記本上尚未記下半個字。

「斑鳩？你開口之前，最好先在大腦裡思考再三後才說話。」伊兒莎撂下這麼一句後又轉頭看著瓶中信。

「阿薩德，聽著。洛德雷的警長有個和薩米爾．迦齊相關的請求。你知道薩米爾．迦齊想請調回去那兒的警局嗎？」

阿薩德不解的注視著卡爾，但卻傳達出不容忽視的防衛訊息。「爲什麼我應該知道？」

「你會迴避薩米爾，不是嗎？或許你們兩個處得不太好？」

阿薩德臉上浮現的是受傷的表情嗎？

「我不認識那個男人，不太熟。或許他只是單純想要回去老崗位。」他臉上的笑容有點明亮過頭。「會不會是這裡不適合他？我們應該尊重員工的意願啊。」

「你覺得我應該把你的話如實轉述給安東森知道嗎？」

阿薩德聳聳肩。

「我又找出幾個字了。」伊兒莎故意把話說得讓兩人聽見。

她把梯子拖到正確的位置。

「我先用鉛筆寫上，之後再擦掉。」她爬上梯子最上面兩階說。「寫好了，就是這樣。這只是個建議，尤其是『法』，我只是單憑猜測，反正寫信的人有嚴重的拼寫問題，但我覺得在某些地方那樣甚至有點幫助。」

阿薩德和卡爾面面相覷。他們沒有把先前的推論告訴她嗎？

「例如我非常肯定『○脅』應該就是『威脅』一詞。」她再次審視自己的成果。「啊，對了，我也很確定『○藍色』應該是『天藍色』，『天』字很可能不見了。不過你們自己仔細看看，我沒有改動他寫錯的字。」

救命

我們在一九九六年兩月○六日被綁假了——

在巴勒魯普的勞特羅凡街共車站——

那男人身高一百八十○○，黑○○法

○○○○○○○○右邊○○有個疤痕——

○開○○○○藍色的貨車——

我們的父母認識他——

他○做佛○迪、布○○的——

他威脅我們○○○○○○○○——

他要殺死我們——

他先○○○○○○我的○ ○○○○我弟弟○——

我們開了快一個小時的車○ ○○○在靠○海邊的某個地方——

○○○風○○○○——

這裡很臭——

○○○們——○點——

我○○○○○○里○費 ○○歲——

○○○○○ ○○○——

保○ ○○

「你們的看法如何？」她始終背對著卡爾和阿薩德。

卡爾把信看了好幾遍，不得不承認確實很有說服力。寫信者不像是故意要刁難老師或爲了捉弄把他視爲笨蛋的人而胡鬧寫下的。

即使如此，求救信的眞僞仍需交由專家來鑑定，一旦專家確認了信的眞實性，那麼信中有幾個句子不由得會讓人憂心忡忡。例如信上寫著「我們的父母認識他」，這種句子很難憑空杜撰，何況後面還有一句「他要殺死我們」。

並沒有寫上「可能」。

「我們不知道綁匪的身體上哪裡有疤痕，這點讓我覺得很煩躁。」伊兒莎雙手埋進金色捲髮裡。「身體上有太多部位的名稱是由兩個字組成，更別提寫信者無法正確拼寫文字，有可能是手臂、腳趾、足部、膝蓋等等。你們怎麼想？那個疤痕有可能是在四肢上嗎？你們還想到了什麼嗎？」

卡爾思索了一會兒說：「耳朵、寫成屁屁的屁股——如果那個人把頭髮寫成頭法的話。不過屁股大部分時間被遮住，看不到上面有疤，大腿部位也一樣。」

「在這個像冰庫一般的國家，二月時身上有哪些地方會暴露在外呢？」阿薩德喃喃自語。

「他也許會脫掉衣服啊。」伊兒莎眼睛閃爍光芒。「犯人很可能生性猥褻，或許這就是他成爲綁匪的原因。」

卡爾點點頭。這只是其中一種可能性，很遺憾。

「在寒冷的天氣裡，通常只有頭部露在外面。」阿薩德繼續說著，眼睛緊盯著卡爾的耳朵。「如果頭髮不是太長的話，可以看得見耳朵。眼睛呢？眼睛上面可能形成疤痕嗎？」阿薩德顯然努力揣想著，最後終於說：「不行，眼睛上沒辦法。」

「哎，兩位朋友，先休息一下吧。我想我們必須先取得更明確的證據，希望基因鑑定組能夠成功解析出可用的DNA，不過那需要點時間，要耐心等待。你們覺得接下來這段時間我們能怎麼做？」

伊兒莎轉過來看著他們，說：「好！吃飯時間到了！你們想來點甜麵包嗎？我甚至把烤麵包機帶來了。」

傳動裝置運作時若是嘎吱作響，就必須加點油。卡爾心想，眼下這一刻懸案組舉步維艱，停滯不前，也是該加點油的時候了。

「整件事值得再次深入研究，並且從另外一個角度切入。你們要加入嗎？」

他們點點頭，不過阿薩德或許有點猶豫。

「太好了。阿薩德，那麼你接手調查股份公司的年度財務報稅。而妳，伊兒莎，打電話給勞特魯凡所有的企業與機構。」

卡爾若有所思點點頭。沒錯，清新的女性聲音能讓辦公室那些老屁股動起來翻找資料。

「請他們行政部門的人去詢問資深的同事，是否還記得有學生或員工忽然消失沒再出現。」他說。「還有，伊兒莎，給他們一些關鍵字，方便他們馬上回憶起一九九六年二月所發生的事。可以提醒他們當時那一區才剛建設好。」

阿薩德悻悻然離去，不難猜測職務分配不合他的心意，不過卡爾才是老大，他說了算，何況那幾起縱火案還有許多謎團尚待釐清，而且最重要的是，這麼做可以刺激樓上凶殺組的同事。

在伊兒莎拖拖拉拉繼續研究瓶中信之際，阿薩德必須吞下他的不耐，捲起袖子幹活。

卡爾等到她也離開後，回到自己的辦公室，找出霍內克脊椎中心醫院的電話號碼。

「請轉接主治醫生，我只和他談。」他其實明白自己沒有權利如此要求。

五分鐘過去，醫生終於接起電話。

對方的聲音聽起來不是很開心。「是的，我很清楚你是誰。」醫生疲累無力的說。「我想你打電話來的目的和哈迪．海寧森有關吧？」

卡爾向他簡短說明狀況。

「嗯哼。」對方哼唧一聲。爲什麼醫生的薪水多個一、兩級，講話時鼻音就變得那麼重？

「所以你希望了解像哈迪．海寧森這樣的病例，神經是否有修復的可能？」醫生接著說：「哈迪．哈寧森的問題在於，我們不再每天照護、觀察他，因此無法進行應該實施的檢測，進而評估他的狀況。請你別忘了，你基於個人要求將他帶回家去了，我們不是沒有事先提醒過可能產生的風險。」

「我知道。然而哈迪若是一直住在醫院，可能早就死了。至少他現在又找回一點生存的意願，難道不值得嗎？」

電話那一頭沉默無聲。

「你們有沒有可能派人過來看看他？」卡爾繼續說下去。「或許這是個重新評估一切的機會。我指的不只是他，也包括你們。」

「你說他的手有感覺？」醫生終於讓步。「早先我們觀察到他的指關節出現抽搐反應，或許他把那感覺和這件事弄混了。有可能只是反射動作。」

「也就是說，脊椎受傷得這麼嚴重，不可能再恢復作用了？」

「卡爾．莫爾克，我們現在討論的並非哈迪日後能否再次行走，因為依照他的情況，那是絕對不可能的事。哈迪．海寧森脖子以下全部癱瘓，將終身躺在床上，這就是現實。至於他有沒有可能在癱瘓的手臂上感覺到什麼，又是另外一回事了。我認為除了小小痙攣收縮之外，我們不應該期待太多。」

「手臂有可能會動嗎？」

「我沒有辦法想像。」

「那麼你們不能過來幫他檢查一下嗎？」

「我沒說過這句話。」電話那端響起翻閱紙張的聲音，大概是行事曆。「什麼時間方便？」

「越快越好。」

「我看看我能做些什麼。」

卡爾稍晚經過阿薩德辦公室，裡面不見人影。唯獨桌上有張紙條寫著：數字在這兒。底下非常正式簽上「哈菲茲．阿薩德」。

「伊兒莎，」卡爾朝著走廊大叫，「妳知道阿薩德在哪兒嗎？」

沒有回應。

山不轉路轉，卡爾心想，接著走向她的辦公室，但頭都還沒探進去就縮了回來，彷彿鼻前掠過一道閃電。蘿思先前打造的極簡黑白風格，陡然突變成連喜歡芭比娃娃王國的十歲小女孩也無法想像的景象。眼前的辦公室一片粉紅，還擺滿各色小擺飾。

他嚥下一口口水，然後將目光移到伊兒莎身上。「妳看見阿薩德了嗎？」

「半小時前他就走了，明天才會進來。」

「他去做什麼了？」

她聳了聳肩。「我這兒有完成一半的勞特魯凡街的報告，你要拿走嗎？」

他點點頭說：「有什麼發現嗎？」

她撇撇櫻桃色的嘴唇。「什麼也沒有。有沒有人說過你笑起來就像葛妮絲．派特羅？」

「葛妮絲．派特羅？她不是個女生嗎？」

她點頭。

回到座位後，他撥了蘿思家裡的電話號碼。再和伊兒莎多相處幾天，他不敢保證不會出事，若說懸案組有什麼模稜兩可的準則需要遵守，那就是蘿思必須馬上回到她的辦公桌前聽候差遣。

電話接通了，是答錄機。

「這是蘿思與伊兒莎的答錄機，兩位女士前去謁見女王陛下，我們將在慶祝活動結束後回電給你。如果沒有其他的事情，請留下訊息。」隨後響起嗶的一聲。

天知道兩個雙胞胎在答錄機中留言的人是誰。

卡爾精疲力盡靠回椅背，摸找著香菸。好像有人告訴過他，郵局這段期間有不錯的職缺。聽起來很誘人。

一個半小時後卡爾踏進自家客廳，看見有位醫生正弓著身幫哈迪做檢查，而維嘉站在旁邊，這並沒有讓他心情好一點。

他禮貌的和醫生打招呼，然後將維嘉拉到一旁。

「妳在這兒做什麼，維嘉？想來找我應該事先打個電話，妳知道我最痛恨不速之客了。」

「卡爾，甜心。」她在他耳邊耳鬢廝磨低聲說：「我每天都想著你，所以決定要搬回來住。」一副合情合理的口吻。

卡爾聽得目瞪口呆。她毫無疑問非常認眞。

「維嘉，絕對不可能。我簡直難以置信。」

維嘉的眼皮顫動了幾下。「我卻覺得不難理解。別忘了房子有一半仍是屬於我的，老友！」

卡爾霎時火冒三丈，勃然大怒，連醫生都嚇了一跳，維嘉則是眼淚奪眶而出，哭哭啼啼作爲回應。等計程車終於將她載走後，卡爾拿著他所能找到最粗的油性筆，走到門外將門牌上「維嘉．羅斯慕森」的名字塗掉，塗得又黑又粗。他媽的，時候到了。

不管要付出什麼代價，也該是辦理離婚的時候。

這件事讓卡爾整晚睡不著覺，直挺挺坐在床上，腦海中一遍又一遍和手指深深伸進他皮夾裡的離婚律師群演練漫無止盡的對話。

他很可能因此破產。

幸好霍內克醫院派了醫生過來，讓他稍感安慰。醫生確實在哈迪手臂上測量到微弱卻明確的活動現象。

這點讓醫生感到困惑不已。

隔天一大早五點半，卡爾已經出現在警察總局的警衛室前。怎麼樣也比枯坐床上好。

「哎喲，你竟然這個時間來上班，眞是令人驚喜啊，卡爾。」值勤警衛說。「只不過我不確定你的小助手是否也如此認爲。小心點，別嚇著他了。」

卡爾一時會意不過來。「你是什麼意思？阿薩德已經來了？現在嗎？」

「是啊，他已經好幾天都是這個時間來上班了。你難道不知道？」

不知道，他完全被蒙在鼓裡。

阿薩德果然已經來了，從跪毯攤放在走廊上看來，他顯然做完了祈禱。這是卡爾第一次看到這副景象，平常阿薩德都在自己的地盤進行禮拜儀式，是屬於他私人的事情。

看起來阿薩德正在和某個有點重聽的人通電話，口中的阿拉伯語聲調不太親切。不過，這種語言也很難判斷屬於何種聲調。

卡爾走進辦公室，水壺正冒著煙，阿薩德的後腦杓上方氤氳縈繞，他面前擺著用阿拉伯語寫的筆記，畫質不清的電腦螢幕上閃現著一個頭戴龐大耳機、蓄著山羊鬍鬚的老人。卡爾這才看見阿薩德戴耳機和麥克風，原來他正透過Skype和大概來自敘利亞的親友通話。

「早安，阿薩德。」卡爾打招呼。他預料阿薩德應該會吃驚，甚至嚇一跳，畢竟他難得這麼早到辦公室，但卡爾萬萬沒想到阿薩德反應如此激烈，整個身體陡然震了一下。

與阿薩德通話的老人似乎感覺有異，往前靠近視訊的鏡頭，但在彼端的螢幕上大概只能看見卡爾站在阿薩德身後的模糊輪廓。

老人含糊不清講了幾個字，然後中斷連線。坐在椅緣的阿薩德明顯在收拾心神，恢復鎮定。阿薩德的眼神似乎迸發出「你究竟在這兒幹嘛？」的疑問，彷彿卡爾逮到他手腳不乾淨正在偷收銀機，而不只是拿餅乾吃。

「很抱歉，阿薩德，我不是故意要嚇你。你還好吧？」卡爾手放在阿薩德肩膀上，感覺到底下的襯衫冰涼而且被汗濕透。

阿薩德用手點擊滑鼠，飛快關掉螢幕上的Skype視窗，似乎不希望卡爾看見他和誰通話。

卡爾不好意思的把手移開。「不打擾你了，阿薩德，繼續做你的事吧，等下再過來找我。」

卡爾在自己的辦公椅坐下時，早已癱軟無力。才不過幾個星期前，他還將警察總局的地下室視爲可以施展拳腳的個人天地，有兩位忠心的同事和一種幾乎稱得上愉快愜意的氛圍。而現在，蘿思被另外一個同樣怪異但表現方式不同的女人取代，阿薩德也不再是原來那個他了。在這樣的情況下，想處理好層出不窮的日常瑣事恐怕是雪上加霜，例如維嘉要是不僅想要離婚，還要分走他一半財產等之類的恐怖問題。

他媽的眞要命。

卡爾抬起眼睛，目光落在他幾個月前釘在牆上的聘書頭銜——丹麥警察組長。當時他認爲這應該是正確的選擇，和只懂得卑躬屈膝、哈腰奉承的同僚共事，或是可以追求騎士十字勳章、廉價旅遊和能讓維嘉閉嘴的薪水等級，還有比這更好的工作了嗎？七十萬兩千兩百七十七克朗，再加上一堆有的沒的加給，光是要唸完這串數字，大概就得花掉一個工作天。

眞煩，當初爲什麼沒去申請？卡爾的思緒正繞著這念頭打轉，阿薩德忽然出現在他面前。

「卡爾，我們一定要談剛才的事情嗎？」

談什麼事？談他剛剛坐在辦公室裡用Skype通話嗎？還是他一大早就到警察總局來？或者他被嚇了一大跳的事？

事實上這個問題本身就不尋常。

卡爾搖搖頭，然後看了一眼時鐘，離警局規定的上班時間還有一個小時。「阿薩德，你一大早想做什麼是你的自由，我完全可以理解人總會想和不常見到面的人講話。」

阿薩德顯然鬆了口氣。這個反應同樣不太尋常。

「我已經看過洛德雷那家安普森與穆亞吉克公司的年度財務報表，還有賓提亞路的法蘭森・恩洛斯公司、貝思拉格公司和公眾諮詢公司的。」

「很好。你找到想要向我報告的事情了嗎？」

阿薩德抓抓頭。「那幾家公司資金看似雄厚穩定，至少大部分時候是如此。」

「然後呢？」

「只有在失火前幾個月出現財務不穩。」

「從何得知？」

「他們出現借貸行爲，訂單也被退了回來。」

「換句話說，他們先是訂單被退，然後資金困窘，所以去借貸嗎？」

阿薩德點頭稱是。「沒錯，就是這樣。」

「那麼之後呢？」

「後續狀況只有洛德雷那件案子可以參照，其他幾起火災才剛發生沒多久。」

「洛德雷案的後續發展如何？」

「那家公司發生火災後獲得保險理賠，隨後清償了債務。」

卡爾拿起香菸，點了一根。十足典型的保險詐欺，但是那些小指出現凹痕的屍體又該做何解釋？

「剛才提到的借貸行為是哪一種？」

「一年的短期貸款。上個星期六在斯德哥爾摩街發生火災的公眾諮詢公司，貸款的期限甚至只有六個月。」

「而現在支付期限到了，但他們沒有錢償還嗎？」

「這點我目前尚未查到。」

卡爾吐出煙霧，阿薩德不由得向後退了兩步，手不停的搧。卡爾故意視而不見，這兒是他的地盤、他的香菸。他才是老大，不是嗎？

「他們向誰貸款？」他問道。

阿薩德聳聳肩。「不同機構。哥本哈根的銀行。」

卡爾點點頭。「我需要知道名字，告訴我主事者是誰。」

阿薩德的頭微微垂了下來。

「嘿、嘿，別心急，阿薩德。等那些公司上班後再查就行了，還有兩個小時的空檔。不需要有壓力。」

然而阿薩德卻沒有因此鬆口氣，反而恰好相反。

他的兩個同事怎麼忽然變得這麼惹人厭！不僅滿口胡說八道，還明顯表露出不情願的態度。伊兒莎和阿薩德兩人相互感染，彷彿擁有分配職務的權利，若再繼續胡搞，一定要他們戴上綠色塑膠手套刷洗地板，直到光可鑑人為止。

阿薩德臉一抬，然後靜靜點頭。「那麼我不吵你了，卡爾。等你結束再過來找我，好嗎？」

「什麼意思？」

阿薩德露出詭異的微笑。他的轉變眞令人困惑。「噢，你之後一定會忙得不可開交。」他意有所指的眨了眨眼。

「什麼？老天啊，阿薩德，你究竟在講什麼？」

「當然是講夢娜·易卜生啊。你別呼攏我說不知道她已經回來了吧？」

第十四章

正如阿薩德所言，夢娜·易卜生回來了。她整個人散發出熱帶陽光的氣息，然而眼眶四周明顯的細紋卻收斂了更加嬌媚明艷的光采。

卡爾整個上午都在斟酌說詞，以便迅速卸除她可能出現的防衛機制。他不斷練習，希望她到地下室來時能被打動，用想要碰觸他的眼神溫柔的凝望著他。

然而他平靜的度過了這天上午，地下室裡唯一的女性生物只有伊兒莎。她拖著購物車鏗鏘匡啷來到地下室，五分鐘後站在走廊上，用高亢刺耳的聲音好意叫道：「孩子們，有奈托麵包店剛出爐的麵包噢！」

像這種時刻，卡爾往往可以清楚意識到，自己和樓上那些能夠自由活動的同事之間的差距。不過等他發現除非起身去找夢娜之外別無他法時，又是幾個鐘頭以後的事了。

詢問了幾個人後，他終於在樓上找到了正和助理律師親暱攀談的夢娜。她一襲黑色背心，下身穿著褪色的李維氏（Levi's）牛仔褲，完全不像是個經歷過人生大風大浪的女子。

「你好，卡爾。」就這樣，夢娜並不準備再多說幾句，專業的眼神明確表示出兩人目前沒有諮詢關係。於是卡爾除了微笑沒辦法多做什麼，反正他本來也不能有所動作。

他待在地下室靜靜舔腐朽的感情生活帶來的挫折，預料這天剩餘的時間大概會就此虛耗空轉。可是，伊兒莎卻另有打算。

「我們在清查巴勒魯普那區上似乎運氣不錯。」她壓抑不住興奮，滿臉笑容的注視著他，門牙間還卡著麵包屑。「星相說我這幾天會受到天使的眷顧。」

卡爾抬頭看著她。天使應該趕緊將她拐到大氣層去，這樣他就能安安靜靜的沉浸在自己悲哀的命運中。

「這些消息眞是得來不易。」她又接著說。「一開始，我是和勞特魯苟學校的校長談，但是他二〇〇四年才上任，接著是學校設立後就在那兒服務的老師，不過她也毫無頭緒，後來我又和學校管理員聊，他同樣什麼都不知道。然後……」

「伊兒莎！這條線索有找到任何結果嗎？有的話，拜託妳，跳過前面的長篇大論。我趕時間。」卡爾揉揉疲累的手臂說。

「好吧。緊接著我打電話到工程大學去，結果運氣不錯喲。」

這消息不知何故竟讓手臂靈活了起來。「太棒了！」他大叫一聲。「結果怎麼樣？」

「很簡單。我和一位叫作蘿拉·曼的教授通上電話，她請了很長一段時間病假，今天才回來上班。她一九九五年就在大學教書，根據她的記憶，我們詢問的事情只可能和一個事件有關。」

這時卡爾在椅子上直起身子。「哪一件？」

伊兒莎頭一偏，盯著他看。「哈，小子，喚起你的興趣啦！」她輕拍他毛茸茸的手臂。「你眞的很想知道嗎，嗯？」

見鬼了，現在是什麼狀況？

多年來，他偵辦過至少一百多件錯綜複雜的案子，現在卻坐在這兒和一個穿著草綠色褲襪的臨時工玩「你知道嗎？」的機智問答遊戲？

「那位女士想起了哪件事？」卡爾重複道，然後朝探頭進來的阿薩德點點頭。他一臉蒼白。

「昨天阿薩德打過電話到工程大學的祕書處，問了同樣的問題，所以今天上午教職員在休息時間談論起這件事的時候，無意間被那位女教授聽到。」伊兒莎繼續說下去。

阿薩德在一旁聽得津津有味，臉色又恢復正常了。

「她很快就記起那件事。當年學校有個才智過人的學生，患有某種特殊病症，那學生年紀輕輕就在物理和數學等科目上展現出優異的驚人天賦。」

「病症？」阿薩德的臉上看起來畫了個大問號。

「是的，一方面擁有某些卓越發達的天賦才能，另一方面卻又嚴重欠缺某些能力。那叫作什麼？」她皺起眉頭。「啊，對了，是亞斯柏格症，就是它。」

卡爾微微一笑。包準她對亞斯柏格症有概念。

「那個學生怎麼了？」

「他第一個學期便取得高分，但是後來卻退學了。」

「怎麼說？」

「學校放寒假前的最後一天他帶著小弟一同上學，想帶他參觀學校，不過從那之後，再也沒人見過他們。」

阿薩德不由得瞇起眼睛，卡爾臉上也是同樣表情。重點來了。「他叫什麼名字？」卡爾問。

「保羅。」

卡爾內心瞬間凍結。

「果然沒錯！」阿薩德手舞足蹈，動作像個傀儡木偶。

「教授說，她之所以清楚記得他，是因爲在她教導過的學生中，保羅．霍特（Poul Holt）最有希望成爲諾貝爾獎候選人。除了他之外，不管是之前還是以後，她從未再遇過患有亞斯柏格症的特殊學生。他眞的很與眾不同。」

「所以她才對他有印象？」卡爾問。

「是的，沒錯。而且也因爲他是個剛進大學的新鮮人。」

半小時後卡爾站在工程大學裡提出相同的問題，得到的回答如出一轍。

「是的，這種事很難忘記。」蘿拉．曼笑的時候露出一排黃板牙。「你肯定也還記得第一次的逮捕行動吧？」

卡爾點點頭。那是個倒臥在英格蘭路中央、渾身髒汙的矮子酒鬼。直到今天，卡爾還能回想起自己把那個白痴拖到安全的地方時，對方噴在他警徽上的一大坨鼻涕。沒錯，不論有沒有鼻涕，他都忘不掉第一次的逮捕行動。

他打量坐在對面的女士。她偶爾會出現在電視上接受訪問，發表有關替代能源的專家意見，名片上印著「蘿拉．曼博士」，以及一堆其他頭銜。卡爾很開心自己沒有半個頭銜。

「他患有某種自閉症，對吧？」

「是的，不過卻是屬於病症輕微的那一型。罹患亞斯柏格症的人往往天賦異稟，大部分可能會被稱爲『書呆子』，是比爾．蓋茲之流的人，小小的愛因斯坦，但是保羅也具備實用方面的才能，總而言之，他在許多方面皆卓越超群。」

阿薩德在一旁聽了不由得莞爾一笑。他注意到她臉上的玳瑁框眼鏡和髮髻，蘿拉．曼正是保羅這類學生需要的教授，可說是物以類聚。

「妳說保羅帶他弟弟到學校來的那天是一九九六年二月十六日，之後就沒人看過他們了。爲何能準確記得那天的日期呢？」卡爾問說。

「過去我們使用點名簿，只要查一下就知道他們最後出席的日期。寒假結束後他沒來上學，之後也沒再出現過。你要看看點名簿嗎？簿子就放在隔壁的祕書處。」

卡爾望了阿薩德一眼。他顯然也沒多大興趣翻看。「不用了，謝謝，聽妳說就夠了。不過，學校之後應該有和家長聯絡吧？」

「的確。不過他們有點冥頑不靈，尤其當我們提出想上門拜訪，親自和保羅談話時，更是被拒之門外。」

「妳有沒有和他通過電話？」

「沒有。我最後一次和保羅講話就在這個辦公室，大概是放寒假前一個星期。後來我打電話到他家，但他父親說保羅不想聽電話，所以我也無計可施了。他剛滿十八歲，有能力決定自己的生活。」

「十八歲？年紀不是應該再大一點？」

「不是，他很年輕。十七歲就考完高中會考了。」

「妳還有其他可以告訴我們的訊息嗎？」

她粲然一笑。她當然早就準備好了。

卡爾大聲唸出資料，阿薩德越過他的肩膀一起看著檔案。

「保羅．霍特，一九七七年十一月十三日生。柏克洛中學畢業，主修數學與物理，平均成績九點八。」

接下來是居住地址，離這兒不遠，大概四十五分鐘車程。

「對這樣一個天才來說，平均分數似乎不太高？」

「是沒錯。不過他的數理科成績高達十三分，文史科卻只有七分，那是相加平均的結果。」

「妳的意思是，他的丹麥文不太好嗎？」阿薩德問。

她露出微笑。「至少書寫不行。他報告裡常見笨拙的文筆，即使是口頭報告，對於他不感興趣的主題也會講得比較簡陋結巴。」

「這是影本嗎？可否讓我帶走？」卡爾開口詢問。

蘿拉．曼點點頭。

她若不是手指被香菸燻得發黃，皮膚油膩，卡爾應該會願意與她擁別。

「太棒了，卡爾。」阿薩德說。他們已來到保羅家附近。「我們接到一份任務，短短不到一個星期就破了案，不但找出寫信者的身分，現在還站在他家門前！」他興奮的拍打著儀表板。

「是啊。現在希望一切只是個惡作劇。」卡爾回答說。

「若證實是惡作劇，保羅就要準備好好聽取教訓了。」

「如果不是呢，阿薩德？」

阿薩德點點頭。那麼他們面前就有項新任務了。

他們直接把車停在花園門口，一眼就看到門牌上的姓氏並非霍特。

按下電鈴後半晌沒有回應，又再過了一會兒才有個坐在輪椅上的男人前來開門，對方再三重申自一九九六年以來，只有他住在這棟房子裡。頃刻間，卡爾心頭又湧現那種特殊的感覺，而那不單只是種直覺。

「你是從霍特家手中買下這棟房子嗎？」他唐突提問。

「不是，我是向耶和華見證人教會買來的。那個人應該是個教士，大房間以前是他們的聚會廳，你們要進來看看嗎？」

卡爾搖搖頭。「所以你沒看過之前住在這兒的人了？」

「沒見過。」

卡爾和阿薩德向對方道謝後告辭離去。

「你也確實感覺到這絕對不是惡作劇吧，阿薩德？」

「只是因爲他們搬家的話……」他在花園前停下腳步。「好吧，卡爾，我懂你的意思。」

「對吧？像保羅這樣的年輕人會虛構這種事嗎？兩個隸屬耶和華見證人教會的男孩會自導自演出這種戲碼嗎？」

「我是不知道啦，但我很確定耶和華見證人教會不准許說謊的行爲，至少在他們自己的圈子裡如此。」

「你認識那個教會的人？」

「不認識。不過他們那些人行事嚴謹，教友之間也很團結，有時候甚至會不計手段抵擋外界的傷害。在不得已的情況下，他們對外還是會說謊的。」

「沒錯。不過，倘若綁架案眞的是憑空杜撰，那麼就是一種不必要的謊言，這麼一來，這件事就沒有那麼單純。我認爲耶和華見證人教會也是一樣想法。」

阿薩德點點頭。這點他們看法一致。

那麼接下來怎麼辦？

伊兒莎像支走在林間小路上的螞蟻兵團，舉止詭異的在自己和卡爾的辦公室之間跑來跑去。在過去這段期間，綁架案成了她的案子，所以她要鉅細靡遺的了解所有細節，而且最好是逐一向她說明。保羅的老師看來如何？蘿拉．曼說了保羅什麼？他們住的房子如何？除了知道那家人是耶和華見證人教友，他們還掌握了些什麼？

「慢慢來，別急，阿薩德會去市公所調查看看。我們會找到他們的。」卡爾試著安撫她。

「到走廊來一下，卡爾。」她督促說，幾乎是拉著他走到貼著放大版瓶中信的那面牆前面。

她已經在最底下寫好保羅的名字，另外還找出了幾個字。

救命

我們在一九九六年兩月十六日被綁假了——

在巴勒魯普的勞特羅凡街共車站——

那男人身高一百八十○○，黑色短法

○○○○○○○○ 右邊○○有個疤痕——

○開著一輛天藍色的貨車——

我們的父母認識他——

他○做佛○迪、布○○的——

他威脅我們 ○○○○○○○○——

他要殺死我們——

他先○○○○○○我的○ ○○○○我弟弟○——

我們開了快一個小時的車 ○○○在靠○海邊的某個地方——

○○○風○○○○——

這裡很臭——

○○○們——○點——

我○○○○○里○費 ○○歲——

「他和弟弟一起遭到綁架。」伊兒莎總結說。「名字叫作保羅．霍特，信上寫著他們開了快一個小時的車，而且是前往海邊某處，我想。」她將雙手撐在狹窄的臀部上，那是準備好要大放厥詞的姿態。「這孩子若是飽受亞斯柏格症之苦，那麼我不相信他能編造『開了快一個小時的車到海邊』這種話。」她轉過來面向他。「現在呢？」

「也有可能是他弟弟做的。嚴格來說，這一點我們仍舊無法肯定。」

「是沒錯。但是說眞的，卡爾，勞森在信上可是發現了一片魚鱗噢！你眞的認爲那個弟弟爲了增加惡作劇的眞實性，特地把魚鱗塗抹在紙張上嗎？」

「搞不好他是個聰明的傢伙，就像哥哥一樣，只是類型不同。」

她大力跺著腳，走廊盡頭的圓形房間發出激烈的回聲。「卡爾，你眞可惡耶！仔細聽著，動動你渺小的灰色腦細胞！他們在哪裡被綁架的？」她對他的肩膀又拍又刷，彷彿想藉此稍微平息自己拔尖的音調。

卡爾覺得身上好像有魚鱗紛紛落下。「在巴勒魯普被擄走。」他回答。

「沒錯。那你怎麼看他們在巴勒魯普被擄走，而且還搭了將近一個小時的車到海邊這回事？他們不可能到杭德斯特，從巴勒魯普到那兒不需要該死的一個小時，頂多半個小時。」

「他們會不會到史蒂汶半島去了？」他嘀咕著。沒人樂見自己聰慧的理解能力遭到踐踏。

「正是！」她又跺起腳。他們腳底下的管線通道若是住著老鼠，現在應該正在四竄逃命。

「若是瓶中信眞是憑空捏造的話，」她接著又說，「爲什麼要搞得這麼複雜？幹嘛不簡單寫著他們開了半小時的車到海邊就好？懂得編造故事的男孩應該就會這麼寫，他會運用最容易、一下子就想到的事情。因此，我堅決相信那封信絕對不可能是杜撰出來的。麻煩你認眞看待此事的嚴重性，卡爾。」

他深深吸了一大口氣。他根本無意與她分享自己對這件案子的觀點，蘿思或許還可以，但伊兒莎門兒都沒有。

「好的、好的，」他安撫著說：「等到我們找到那家人之後，再來看看案子如何發展。」

「怎麼啦？」阿薩德的頭從他又矮又窄的辦公室伸了出來，顯然他只是想試探氣氛，看兩個人是不是在吵架。

「卡爾，我找到地址了。」他邊說邊遞過去一張紙。「一九九六年之後他們搬了四次家，目前住在瑞典。」

操他媽的！卡爾心裡罵道。瑞典。那個擁有世界上最大隻蚊子與最乏味飲食的國家。

卡爾叫說：「我的天呀！那麼他們很可能住在馴鹿到處亂跑的極北邊了？那是盧勒或者開布內峰，還是其他鬼地方？」

「哈勒布羅。那地方叫作哈勒布羅，位於布來金省，離這兒大約兩百五十公里。」

兩百五十公里，聽起來很容易就能到達。週末，再見了。

卡爾轉過頭來。「好吧，可是不管何時去，他們一定不在家。結果都是一樣的。就算事先打電話約了時間，到時候那家人也會跑得不見人影，即使他們在家好了，絕對也只講瑞典話。看在老天的份上，出身于特蘭的人誰聽得懂瑞典話呀？」

阿薩德眼睛瞇成一條縫，劈里啪啦說了一大串，聽得他差點招架不住。「我打過電話了，他們在家。」

「什麼？你幹了什麼？那麼我打賭他們明天一定不在家。」

「才怪。我沒講我是誰，一下子就把電話掛了。」

他的兩個同事眞是如假包換的音效二重奏。

卡爾拖著身子回到辦公室打電話給莫頓，簡短交代若是維嘉趁他不在時上門的話應該怎麼應付。誰知道她會變出什麼把戲。

接著指示阿薩德持續追查縱火案，並請他向伊兒莎說明她接下來要做的事情。「給她一大疊厚厚的宗教教派清單，讓她著手調查。然後到樓上請勞森打電話給法醫，DNA的分析鑑定應該要稍微加快速度了。麻煩你。」

最後他將警用手槍塞進口袋，沒人摸得清瑞典人的想法。

尤其摸不清那些原本住在丹麥的瑞典人。

第十五章

那天晚上他盡可能讓那位臨時情人欲仙欲死，好幾次差點達到高潮，但每當她的頭一挺，大口喘息，快要攀上極樂高峰時，卻又靈巧的將手指從她胯下抽出，讓她全身緊綳得如高壓電流通過般躺在那兒。

他從床上起身，讓伊莎貝兒・薤森自己想辦法釋放她過度亢奮的性慾。她一臉困惑，不過那就是他本來的目的。烏雲聚攏在房子上方，遮蔽了月亮的光芒，他全身赤裸的杵在露台上吞雲吐霧，凝望天空浮雲湧騰的奇景。

接下來幾個小時將會按照他再熟悉不過的程序進行。

一開始是爭執。她會要求他解釋爲何要結束兩人的關係，而且爲什麼偏偏是現在，免不了經歷一陣詛咒謾罵，而他會給她一個答案。然後，她將趕他去收拾行李，從此以後自她生命中永遠消失。

明天上午十點，兩個孩子就會坐在貨車的駕駛座旁邊，以爲自己將前往溫易魯普，等他們訝異車子提早轉彎時，就是他們得昏迷不醒的時候了。他早就勘查好了地形，很清楚何處可以在不受干擾的情況下進行計畫。茂密的樹林中有個隱匿之處，在他弄昏兩個孩子，把他們抬到貨車後面時，可以遮掩住車子不被人看見。

等他辦好這件事後的四個半小時，包括中間到住在菲英島的妹妹家吃午餐，就能抵達位於耶爾思普立市，諾斯孔森林旁邊的船屋。這就是他的計畫。只要走個二十步穿越灌木林，一棟屋內有鏈條的低矮船屋近在眼前，然後壓著兩個佝僂著身軀的孩子再走個二十步就到了。

在這段短短的路程上，急切懇求饒命的悲鳴總是不絕於耳，這次想必也不會例外。之後和父母交涉斡旋的戲碼將緊接著上場。

他深深吸了最後一口菸，將菸蒂丟在一小塊草坪上踩熄，在那之前，他眼前還橫亙著傷神的一夜和耗費體力的明天一整天。家裡似乎不太對勁，或許足以顛覆他整個生活，但是他現在必須暫時壓抑住心頭的疑惑。妻子若膽敢對他不忠，不啻是玩火自焚。

他聽到通往露台的門發出咯吱一聲，於是轉過身，看見伊莎貝兒臉上滿是困惑的神情，她身上只披了件睡袍，整個人簌簌顫抖，再過幾秒他就要告訴她兩人玩完了，因爲她人老珠黃、年老色衰。實際上並非如此。她的嬌軀性感撩人，甚至讓人有點欲罷不能，從許多方面來看，結束和她的關係都是件很可惜的事。不過，他早已多次演練過了。

「你一絲不掛站在外面做什麼？天氣很冷呢。」她把頭側向一旁，但沒有看著他。「你可以告訴我是怎麼回事嗎？」

他走到她面前，一把抓住她睡袍的衣領，冷酷的說：「妳對我來說太老了。」接著用力收起衣領箍緊她的脖子。

她彷彿癱瘓似的僵立原地，心中的怒火與挫敗似乎隨時會狂飆噴洩。她絕對想把他罵得狗血淋頭，那些咒罵的話語甚至已在她舌頭上大排長龍，然而他很清楚她只會沉默不語。當這種離過婚的都會粉領，家裡的露台站了一個裸身男子時，她們通常不會如潑婦罵街般大吵大鬧。

那將會引起鄰居們的非議，這點兩個人都心知肚明。

隔天上午他醒來後，她已經將他的東西收拾好塞在袋子裡。沒有泡好的咖啡，只有一連串整理過的問題，證明她尚未崩潰失神。

「你動過我的電腦。」她雖然臉色死白，但語氣仍然鎮靜。「你查過我哥哥的資料，不下五十次在我的檔案裡留下痕跡。怎麼沒再多花點力氣查詢我在政府機關中的工作內容？這失誤不僅愚蠢，也對自己失敬了吧？」

他一心只想沖個澡，隨她去挖苦。道勒拉普那對家長不會把孩子交給一個鬍鬚未刮、渾身都是做愛後精液臭味的男人。

但她接下來的話卻讓他全身的警報嗚嗚作響。

「我是維堡市的電子資料處理專員，專門從事資料安全管理與電腦問題，所以理所當然知道你動了什麼手腳。對我來說，要看出登錄到我自己筆電內的紀錄，不過是雕蟲小技。該死，你在打什麼算盤？」

她直直盯著他的眼睛，神態沉著。她剛度過第一個危機，手中握有王牌讓她遠離了自憐、淚崩和歇斯底里。

「你在桌墊下找到我的密碼，」她說，「那是我故意放在那兒的。這幾天我已經看透你了，所以想看看你打什麼主意。如果一個男人極少開口談論自己，絕對值得懷疑，通常男人最愛高談闊論自己的事情了，這點你大概不知道吧？」她發現他豎起耳朵傾聽的時候，不禁淡淡一笑。

「我問自己，爲什麼這個男人從不吹噓自己的事蹟？說實話，這點令我頗爲好奇。」

他皺起眉頭。「妳因爲我不談論自己的私事，只對妳感到好奇，所以摸清楚我這個人了？」

「好奇？嗯，可以這樣說。我能理解你對我在交友網站上的個人資料感興趣，但是，拜託，你又想從我哥哥身上找些什麼？」

「我以爲他是妳前夫。或許我只是想知道你們之間出了什麼問題。」

但是她沒有咬下餌，也並不在乎他這麼做的動機。他毫無疑問犯了個天大的錯誤。

「不過你沒有掏空我戶頭裡的錢，我不得不承認這點對你有利。」

他現在顯然不是占有優勢的那方，於是勉強擠出微笑，想藉此脫身去洗澡。但是白費力氣了。

「不過你知道嗎？」她接著又說。「我們誰也沒占便宜，我也偷看了你的東西。你猜我在你袋子裡找到了什麼？毫無所獲。沒有駕照、沒有健保卡、沒有錢包，也沒看到車鑰匙。不過親愛的，你知道嗎？就像女人總是愚蠢到把密碼藏在垂手可及之處，男人若是不想把鑰匙帶在身邊，也總會把它放在前輪上。鑰匙圈上那個保齡球吊飾眞漂亮啊！看來你會打保齡球囉？你從來沒告訴過我。球上面上面寫著『1』，所以你的球技很厲害了？」

他感覺身上慢慢滲出汗珠。他已經很久沒有失去主控權了，情況不妙。

「哎，別擔心，我又把鑰匙放回原處了，還有你的駕照、貨車行照、信用卡，全部的東西都乖乖放回車裡我找到它們的地方，好好的藏在腳踏墊下面呢。」

他的目光落在她脖子上，那並非弱不禁風的頸部，必須緊緊抓牢才行。要折斷這女人的脖子需要耗個幾分鐘，不過他多的是時間。

「妳說得沒錯，我是個拘謹寡言的人。」他往前走近一步，假裝無意將手放在她肩膀上。「伊莎貝兒，我眞的很愛妳，所以我不能告訴妳眞相。這點妳應該可以理解？老天，我結婚了，還有小孩，這裡發生的一切已非我能掌控。我眞的很抱歉，我不得不結束我們的關係，僅僅如此而已。難道妳不能諒解嗎？」

她抬起頭的姿勢高傲自負，那是種受傷但並未被打敗的姿態。他十分確定伊莎貝兒多次和有夫之婦扯上關係，而且通常換來被欺騙的下場。同樣可以確定的是，他會讓自己成爲她生命中最後一位對她說謊的人。

她甩掉放在她肩膀上的手。「你從未告訴我眞正的名字，在其他所有可能的問題上欺騙我。儘管我不知道原因何在。而現在你又想假藉已婚的事情當藉口？你以爲我會相信你嗎？」

她似乎看出他的企圖，往後退了一點，彷彿身後放了一把垂手可得的武器。

若是不得不站在浮冰上和一頭憤怒的北極熊對峙，就必須以迅雷不及掩耳的速度評估自己的機會。眼下他有四個選項：

跳進水裡游走。

跳到另外一塊浮冰上。

等待，觀察北極熊是飢餓當頭，還是吃飽了。

或是最後一個：幹掉北極熊。

所有的選項各有其優缺點，不過在目前這種時候，第四個顯然是唯一的出路。他面前的女人受到了傷害，會不擇手段捍衛自己——因爲她眞的愛上他了。他應該早點發現，根據以往的經驗，陷入這種情況的女人很快會失去理智，變得反覆無常。

由於他無法馬上估量她可能帶給他的傷害，想辦法幹掉她，再用貨車將屍體運走處理乾淨是唯一可行的方法。就像在她之前的那些人一樣。最後再毀掉她的硬碟，清除屋裡所有痕跡。

他凝視她美麗的綠色眼眸，估算著要讓那雙眼睛失去神采需要多久時間。

「我把遇見你的事情告訴了我哥哥。」她說。「也把你貨車的車牌號碼、駕照號碼、行照上的姓名與地址都用電子郵件寄給了他。當然，這種事對他而言不過是微不足道的瑣事，他有其他重要的事情要處理。但是，他天生好奇心強，如果到時候確定是你用某種方式把我給弄走的話，他絕對會不計一切找到你。聽清楚了嗎？」

他感覺全身僵硬，好一陣子無法動彈。他當然不可能使用會洩漏眞實身分的證件或是信用卡，然而即使如此，這卻是第一次有人對他的背景產生懷疑——雖然方向錯誤，而且還拿警察來威脅他。這個發展嚇得他全身麻痺，搞不懂自己爲什麼會被逼入絕境。他疏忽了什麼？哪裡做錯了？因爲他沒詢問她在政府機關裡的工作嗎？答案眞的這麼簡單？沒錯，很有可能就是如此。

他現在進退維谷。

「對不起，伊莎貝兒。」他輕聲說。「我知道自己太過分了，眞的太過分了，請妳原諒我，我只是無法自拔愛上了妳，而且至死不渝。我昨晚說的話請妳別放在心上，我只是不知道該怎麼辦，是要坦承我已婚和爲人父的身分？還是繼續欺騙妳？我若是與妳交往，就得拿自己的婚姻和家庭冒險，而眼看我就要這樣做了，打算要放棄一切。是的，我深深被妳誘惑了，所以渴望了解與妳有關的一切，我會這麼做完全是因爲克制不了自己。妳可以理解嗎？」

他絞盡腦汁思索站在浮冰上的自己能做些什麼，但她則是譏諷的盯著他。根據各種狀況研判，北極熊不會莫名將他殺掉，他若是滾得遠遠的，從此不在附近出現，她應該不至於讓她當警察的哥哥追蹤他的消息。她何苦這樣做呢？但若是他將她殺掉或是擄走，最後一定會引來警方插手偵查。即使是徹底大掃除，也很難保證可以將陰毛、精液痕跡和指紋完全清除乾淨。當然警方沒有他的犯罪紀錄，但他們終究會想辦法側寫出他的犯案模式與個人特徵。他可以將這間屋子燒毀，可是消防隊若及時趕到撲滅火勢，或是有人看見他離開現場的話怎麼辦？不行，那樣風險太大，更何況還有個名叫卡斯滕·雍森的警察握有他的車牌號碼，知道貨車款式。她甚至很有可能已經一五一十的將關於他的一切描述給兄長知道。

他陷入沉思，眼神空洞，而她則仔細觀察著他的一舉一動。他雖然是個變裝高手，擅長僞裝，但是寄給她兄長的電子郵件也許詳盡說明了他的身高、體型、眼睛的顏色，甚至是更私密的細節。簡言之，他對關於她透漏了哪些與他有關的資訊毫無頭緒，而他的處境因此相當危險。

他望向她，看著她強硬冷酷的眼神，忽然間豁然開朗。她不是北極熊，而是古老神話中的蛇怪。既是蛇，也是雞和龍，三者集於一身。傳說一旦直視蛇怪的眼睛，就會變成石頭，只要選擇了和蛇怪交錯的路線，便等於被宣判死刑，然而除了蛇怪，沒人能向世界抖出他的祕密，沒人具有這個能力。他心裡清楚只要讓這個怪物看到鏡子裡的自己，就能夠殺死牠。

於是他說：「隨便妳說什麼、做什麼，伊莎貝兒，我會永遠記得妳。妳是如此明艷動人，美麗渾然天成，要是早點認識妳就好了。我們相見恨晚。請妳原諒我，我不希望傷害妳，妳是個很好的人，很抱歉。」

他溫柔的輕撫她的臉龐。這樣做似乎有效，至少她的嘴唇短暫顫抖了一下。

「我認為你最好趕快離開，我不想再看到你。」她口是心非的說。

她將會因為這段關係結束而悲傷難過，畢竟在她這把年紀，不容易再經歷到和他在一起時所體驗到的種種。

這一刻，他跳到另外一塊浮冰上脫身了，不會有蛇怪，也沒有北極熊會追獵他。

她要他離開時，時間還不到七點。

第十六章

他像往常一樣約莫在八點左右打電話給妻子，不過沒有談及會引發爭執的問題，只是編造他並未眞正達成的成果，抒發他這一刻實際上對她沒有湧現的感情。他在維堡的對外道路上短暫停留了一會兒，使用洛夫伯超市的客用廁所稍微梳洗一番，然後開車經過哈爾德橡樹鎭，前往桑穆爾和瑪德蓮娜正在等待著他的道勒拉普。

現在不能讓別的事情絆住他。天氣還算晴朗，應該能在烏雲飄過來前抵達目的地。

新鮮麵包的香味迎面撲來。桑穆爾的膝蓋傷勢不輕，不過仍然一大早便下床復健。瑪德蓮娜的眼睛因期待而盈盈閃耀。

兩個人顯然對這次出遊雀躍不已。

「你們覺得要不要先繞到醫院，讓醫生看看桑穆爾的膝蓋呢？時間應該來得及。」他把最後一塊麵包丟進嘴裡，順便看了一下手錶。九點四十五分。他心裡有數他們會拒絕這個建議。

聖母教會的信徒除非遇上緊急的情況，否則不會上醫院。

「不用了，謝謝，只是扭傷罷了。」蕊雪把咖啡杯遞給他，指了指桌上的牛奶罐，要他自己來。

「比賽的地點在哪裡？」約書亞問。「如果有時間的話，或許我們之後可以碰頭。」

「你在胡說什麼啊，約書亞？」蕊雪拍了他一下。「你很清楚自己根本沒有時間。」

看來約書亞抽不出空檔。

「在溫易魯普大禮堂。」他回答男主人的問題。「主辦方是布久促坎同好會，網路上應該找得到訊息。」

其實網路上並沒有相關訊息，但是他有十足的把握這戶人家家裡沒有網路，因爲那又是一項目中無神的發明，聖母教會的教友拒絕使用。

他假裝嚇了一跳用手摀住嘴巴。「眞抱歉，我實在笨得可以。請見諒，你們家當然不會有網路，那是魔鬼的產物。」他故意裝出愧疚的樣子。這棟屋子裡沒有一樣不是政治正確的東西，連咖啡也不含咖啡因。「嗯，在溫易魯普大禮堂舉行。」

一家人按照順序站在位於轉角的自家房子前面，向他們揮手道別。從此刻起，住在這棟房子裡的人們將揮別往日的平和時光，雖然他們臉上掛著微笑，但很快就會發現，世界上的邪惡無法透過禮拜、祈禱，以及放棄現代的魔鬼產物而被全然驅逐掉。

他並不同情他們，畢竟是他們自願走上這條與他交叉的道路。

他看著坐在旁邊，朝家人揮手道別的兩個孩子。

「座位好坐嗎？」他問道。他們經過嚴寒光禿的田野，田野上散落著幾排棕黑色玉蜀黍殘枝，他把手伸進駕駛座車門上的置物格，確認該有的東西都在，其中有把方便拿取的電擊棒，看起來就跟刮冰刀一樣無害。那些東西絕不會引起懷疑。

孩子們點點頭，他對他們笑了笑。兩個孩子舒服的坐著，心思早已遠颺。他們不習慣出遊，平日過慣安靜、嚴格的生活，日子沒有什麼太大變化，像今天這樣的年度盛事難得一見。

嗯，接下來的事情就易如反掌了。

「這段經過芬納魯普的路程景色優美。」他邊說邊拿出小條的巧克力棒。這種行爲當然也是被禁止的，但就因爲如此，剛好可以在他們之間營造一種集體造反的默契，進而創造安全感，而安全感又將進一步幫助他順利完成工作。

「好吧，」他察覺到兩人的猶豫不決，於是又說：「我也帶了水果，還是你們想吃柑橘？」

「我想吃巧克力。」瑪德蓮娜笑得燦爛迷人，露出了牙套。沒錯，這才符合在庭園草皮下偷藏祕密的人。

接著他稱讚沿途經過的草原，告訴他們自己很開心能夠在這一區定居下來。車子行駛到芬納魯普的十字路口時，車內的氣氛正如他料想般放鬆、信任，然後他在此轉彎。

「等一下！」桑穆爾大叫，往前探向擋風玻璃。「你太早轉彎了。侯斯托布洛路還沒到啊。」

「沒錯，我知道，下一條就是了。不過我昨天去看了幾棟房子，發現了一條通往十六號國道的捷徑。」貨車繼續往前開了兩百公尺，經過削剪王艾力克的遺跡後，他又轉了一次彎，黑塞堡路映入眼簾。「我們得從這條路往上開，或許行進的速度慢一點，但眞的是條近路。」他繼續說。

「眞的嗎？」桑穆爾看著剛剛經過的牌子，上面寫著「禁止軍事車輛通行支路」。「我一直以爲這條路不通。」男孩說著又靠向椅背。

「這條不是死路。我們只要經過左手邊的黃色農莊，就會會看見右邊有棟荒廢的屋舍，之後再左轉，包你認不出那條路的。」

男孩點點頭。幾百公尺後，車道上的鵝卵石逐漸稀少，這裡的地形較多起伏，樹木被砍伐後留下許多殘幹樹墩，眼看再一個轉彎後就到達目的地了。

「不對，你看。」男孩高聲叫道，手指向前面。「我不相信還能繼續往前開。」

「眞是太蠢了。」他說。「桑穆爾，我想你是對的，我現在必須在這兒回轉。眞抱歉，我眞的以爲……」

他在路中央調轉車頭，然後把車倒進樹林中。

說時遲那時快，他一等車停好，便一個反手從車門的置物格抄出電擊棒，往瑪德蓮娜脖子一觸。這種鬼東西能瞬間放出一百二十萬伏特的電流，讓遭到電擊的人暫時動彈不得。桑穆爾被瑪德蓮娜突如其來的尖叫和抽搐嚇了一跳，儘管他和妹妹一樣，完全毫無防備，眼中滿是驚懼，但是可以看出已有戰鬥的準備。妹妹一倒在他身上，他便明白情況相當危急，體內的腎上腺素瞬間覺醒。

因此桑穆爾冷不防將妹妹推到一邊，急速抓向門把打開車門。當男孩滾出車外時，他根本來不及反應，錯失用電擊棒將桑穆爾擊昏的時機。

於是他再電擊女孩一次後，隨即衝下車去追已經連跑帶爬了一段距離的男孩。考量到他受傷的膝蓋，逮到他不過是幾秒的問題。

男孩跑到雲杉育林區時，陡然回過身來。「你想對我們做什麼？」他大聲吼叫，並祈求聖母幫忙，彷彿成排筆直的樹轉眼間就能變成一群守護天使。他跛著腳往旁邊走了一步，撿起一根枝椏斷裂的粗壯樹枝充當武器。

該死，他應該先電昏那個男孩！他媽的，自己爲什麼不依直覺行事？

「別過來！」男孩咆哮著，不斷在頭上揮舞樹枝。桑穆爾絕對會出手反抗，使用在空手道課程中學會的技巧戰鬥。

他之後一定要網購C2型電擊棒，如此一來就能在幾公尺外的地方發射電流攻擊目標，避免碰上像現在這樣，短短一秒也是勝敗關鍵的情形。雖然在他精心挑選下，此處距離最近的農舍有幾百公尺，但樵夫或農夫仍有可能不小心闖進來。更何況，小女孩也許會在幾秒內甦醒，到時候她說不定也會逃跑。

「那對你沒有幫助，桑穆爾。」即使男孩激烈抵抗，他仍然衝了過去。就在他感覺到樹枝劈打在肩上之際，電擊棒也觸及了男孩的手臂，兩個人不約而同大叫出聲。

然而這是場不公平的打鬥，再一擊後，男孩便不支倒地。

他察看被桑穆爾揮打到的肩膀。可惡，他心裡咒罵。血已經滲染到冬季外套上了。

「下次行動時，我一定要買好C2電擊棒。」他喃喃自語著，一邊將男孩搬到貨車平台上，用沾了氯仿的布摀住男孩的臉一會兒，幾秒後，桑穆爾便失去意識暈了過去。

接下來他用同樣的手法處置了妹妹。

他摀起兩人的眼睛，用封箱膠帶纏住他們的手腳，也將嘴巴貼牢。就像他以前做過的一樣。最後讓兩人穩穩側臥在厚墊上。

他換掉襯衫，穿上另一件外套後，又在原地等了幾分鐘，觀察兩個孩子不會不舒服，也不會被自己的嘔吐物給噎住窒息。確認一切都不會有問題後，他便上路了。

他妹妹和她先生住在厄魯普外緣一棟白色小農舍，那裡緊挨著國道，距離他父親最後派任的教會只有幾公里。

他永遠不可能在那個地方定居。

「這次你從哪兒來？」他的妹夫興致索然隨口閒聊，同時指著走廊上一雙穿壞的木屐。訪客進到屋內都必須換穿那雙鞋，一副地板價值不菲的模樣。

他循著聲音來到客廳，發現妹妹的身影。她獨自坐在角落裡哼著歌，時間和蛀蟲在她身上披的羊毛毯上留下了痕跡。

艾娃像往常一樣認出他的腳步聲，但是她一言不發。自從上次見面到現在她變胖許多，身體往各個方向膨脹，至少增加了二十公斤。對於往昔那個青春嬌柔、在神父花園裡開心舞蹈的妹妹的記憶，眼看很快將會煙消雲散。

他們沒有打招呼，兩人從來不這麼做，禮貌的客套話不是他們家的傳家珍寶。

「我只是過來一會兒。」他蹲在她面前輕聲說。「妳過得好嗎？」

「威利把我照顧得很好。」她回答。「等下我們就要吃午餐了，你要吃點東西嗎？」

「謝謝，我吃一點。之後我又要上路了。」

她點點頭，事實上她並不在乎。自從她眼睛見不到光明之後，對於了解周遭的人和世界發生什麼新鮮事的興趣便一點一滴消失，或許這是她得以生存的方式，或許她腦海裡填滿了太多過往的景象，雖然那些景象已逐漸蒼白。

「我帶了錢過來。」他從袋子裡拿出一個信封塞在她手裡。「這裡有三千克朗，希望可以用到我們下次見面。」

「謝謝。什麼時候？」

「幾個月後吧。」

她又點點頭，然後撐起身子。他想攙扶她的手臂，但被她避開了。

廚房的餐桌上鋪了一塊年代久遠的防水布，它的輝煌歲月或許可追溯到數十年前，桌上有個裝著廉價豬肝醬和講不清楚是何種肉片的錫盤。威利認識附近打獵的人，會把吃不完野味拿來給他們，所以家中不缺乏卡路里。

當妹婿低頭唸頌主禱文時，他如哮喘般大口喘氣。他和妹妹雖然緊閉雙眼，但是心思卻只是專注在桌前。

「你還沒找到神嗎？」主禱文結束後，妹妹那雙翻著眼白的盲眼朝著他的方向問。

「沒有。父親把神從我心中打走了。」他回答。

這時妹婿緩緩抬起頭，目光凶狠的瞪著他。以前的妹婿是個滑溜機伶的傢伙，腦袋裡塞滿荒唐可笑的念頭，成天在外面遼闊的世界拈花惹草，追逐女人，直到遇見艾娃後，才被她的敏感脆弱與溫言軟語強烈吸引。他雖然早就認識了耶穌基督，但不是個虔誠的人。是艾娃教導了他親近神。

「對岳父客氣點。」妹婿說。「他是個聖潔的人。」

他望向自己的妹妹，她臉上毫無表情。她若是打算對此發表意見，早就開口了，但她只是沉默不語，這點並不令人意外。

「所以你認爲我們的父親上了天堂嗎？」

妹婿的眼睛瞇成一道縫。那就是回答。即使他是艾娃的哥哥，罩子也得放亮一點。

他搖搖頭，回應妹婿的目光。這種人沒救了，他心想。若是威利的極樂世界眞的是天堂，天堂裡將裝滿麻木遲鈍、冥頑不靈的三流教士，那麼他會打從心底希望自己能盡快被送往另一個地方。

「別這樣瞪著我，妹婿。我剛給了你們三千克朗，這個金額讓我有權要求你在我待在這裡的三十分鐘好好克制自己。」

他望向掛在妹婿憤怒緊繃的臉龐上方的耶穌受難十字架，那個十字架比外表看起來還要沉重。

他也明確體會過那股重量。

當他駕車行經橫跨大帶海峽的橋上，隱隱感受到貨車後面傳來振動，於是在抵達收費亭前先將車停下，打開後車門，給兩個奮力掙扎的身體再噴上一點氯仿。

等後面不再有動靜後繼續上路，他火冒三丈搖下車窗，剛剛那一劑並不在計畫之中。

他抵達北西蘭島的船屋時，天色還早，不方便把孩子搬進去。海面上，今年第一群卻也是今天最後一群的帆船滑進峽灣，正要航入呂尼斯和奇格尼斯遊艇碼頭，若是有人好奇拿望遠鏡往這兒一望，整個計畫就可能泡湯。不過他真正擔心的只有貨車後面的一片死寂，如果孩子因爲氯仿過量而死亡，數個月的布局將前功盡棄。

他眺望著張狂豔紅的穹蒼沒入遠方的地平線，傍晚的雲彩如野火燎原般飄浮在落日上方。他媽的，夕陽總算落盡，他心裡想著。

他拿出手機。位於道勒拉普那個家庭一定覺得奇怪，爲什麼他還沒把孩子送回去？他事先答應約莫十點前送孩子回家，而他沒有遵守承諾。他眼前浮現那家人雙手合十圍坐在餐桌旁的畫面，桌上會點著蠟燭，母親一定正叨唸著這是最後一次讓孩子離開身邊。

而她將痛徹心扉發現自己是對的！

電話接通後，他並未報上姓名，劈頭就開口要求一百萬克朗的贖款，要舊鈔，放在小袋子裡，看到指示從火車上丟出來。他仔細說明他們必須搭上幾點出發的火車、轉車的時間及如何換車，還有應該站在車廂哪一側，並在哪個路段特別注意閃光。他會拿著閃頻器打信號。他們沒有時間猶豫，機會只有一次，確認袋子丟出來後，孩子很快便能回家去。

同時他也警告他們別想動歪腦筋。現在是週末，星期一他們有整天的時間籌錢，晚上就得搭上火車。到時候沒看見錢，孩子會沒命；去報警，孩子會沒命；交錢時若是敢耍花樣，孩子一樣沒命。

「你們好好思考一下，錢可以再賺，可是孩子一旦失去，永遠也回不來。」這時候他通常會給父母一點喘息的時間，消化一下突然降臨的驚慌失措。「而且你們不可能二十四小時保護其他的孩子。一旦讓我察覺你們舉止有異，你們未來將永遠生活在恐懼不安之中，這點你們無須懷疑，同樣可以確定的是，你們無法追蹤到這隻手機。」

然後他掛斷電話。整個過程不費吹灰之力，再過十秒，手機就會消失在峽灣海底，多次經驗下來，他早已是個擲遠高手了。

孩子們面如槁木，不過仍然活著。他將他們鍊在船屋裡，彼此隔著恰當的距離，然後撕掉嘴上的膠帶，給他們喝下飲料，小心注意不讓他們吐出來。

就和過往的那些孩子一樣，他們同樣哀鳴啜泣，吃得很少，之後他又用膠帶貼住他們的嘴巴，心情愉快的駕車離去。

他擁有這棟屋頂低矮的船屋已經十五年，除了他，沒人會到這附近來。船屋所屬的房舍隱身在樹林後面，從主屋到此之間草木叢生，唯有從水路方向才能偶爾發現小船屋的蹤影，但也不是那麼容易就能看見。畢竟有誰會想陷入海藻蔓生發臭的漁網裡？網子是他在一個肉票將某個東西丟進水裡後張設起來的。

無所謂，孩子儘管放聲哭泣吧。沒人能聽見他們的聲音。

他又看了一眼手錶。今天他不打算像平常一樣在回羅斯基勒前先打電話給妻子。爲什麼要提示她何時應該待在家裡等他呢？他風馳電掣的前往菲斯勒夫，再次將貨車停進倉庫，換成賓士車駕駛回家。不用一個小時，他將能知道妻子發生了什麼事。

到家前最後幾公里，一股寧靜平和籠罩著他。他怎麼會去懷疑自己的妻子呢？做錯事的人不是他嗎？不就是他不斷編織的謊言餵養了自己的猜疑和腐敗思想嗎？那些他生活其中的謊言。一切不都是他雙重生活所造成的後果嗎？

沒事的，我們相處得不錯。但這個念頭才剛生起，他便察覺門前車道的垂柳旁靠著一輛腳踏車，而那輛車不是他的。

第十七章

曾經，早晨和先生通電話總能賦與她能量。光是聽到他的聲音，就算一整天沒和人接觸，她也能泰然接受；光是想到他的擁抱，她便勇氣百倍。曾何幾時，她的感覺逐漸改變，魔法已然消失。

她決定打電話給母親和她重修舊好，但是時間一天天過去，在下一個早晨來臨前，她始終沒有拿起電話。

她該和母親說什麼？說她因爲與他們疏離而痛苦萬分？說她以前錯了？說她自從遇見另外一個男人後，才意識到自己的錯誤？說那個男人總是讚美她，她從此再也聽不進其他言語？她當然不能這麼告訴母親。但是，那些全是事實。

丈夫在她身上留下的無盡空虛如今被塡得盈滿充實。

肯尼士不僅一次來過家裡，她把班雅明送到托兒所後，他下一秒就即刻出現在門口。三月的氣候陰晴多變，他卻總是穿著一襲短袖襯衫和夏季緊身褲，駐紮在伊拉克八個月、阿富汗十個月的經歷，把他鍛鍊得強韌結實，室內、室外同樣刺骨嚴寒的氣溫，早已約束了丹麥士兵求取溫暖的衝動。

事情的發展令人無法抗拒，然而，卻也同樣驚駭可怕。

她和丈夫通電話，聽他詢問班雅明的狀況，聽他驚訝爲何感冒那麼快就恢復了，也聽他在手機裡講愛她，多麼期望回家，這次可能會早點回來。但他說的話，她有一大半不相信，而這正是差別所在。過去他的話語總令她萬分佩服，如今他的話只令她恐懼氣餒。

她感到害怕，害怕他的怒氣，害怕他的權力。他若是把她逐出門外，她將一無所有。好吧，或許會拿到一些，但事實上她什麼也得不到，或許連班雅明也無法留下。

他口才便給，擅長玩弄文字。誰會相信她說班雅明留在母親身邊是比較好的選擇？離開的人不是她嗎？她丈夫難道不是盡心盡力為家庭犧牲奉獻？在外出差奔波不全是為了讓他們生活無虞？她幾乎能聽到別人如何批判自己，專家將一致支持她盡職的丈夫，輕蔑的指出她的失責。

她已經預見了未來。

等我打電話給母親，她心底尋思著，我會吞下一切恥辱，向她說明現況。她是我的母親，絕對會幫助我。

時間一分一秒過去，種種思緒壓得她心頭沉重。她怎麼會變成這樣？只因和一個陌生男子認識短短幾天，就感覺比過去幾年和丈夫在一起時還要親密嗎？這點其實毋庸置疑。基本上，她對丈夫的認識只有在家共度的幾個鐘頭，除此之外她還了解他哪些事情呢？他完全不讓她過問工作、過往和那些堆放在二樓的箱子。

不過，失去他的感情是一回事，另一方面是她必須為自己的行為辯解。難道丈夫對她不好嗎？確切的說，錯的人不是她嗎？錯在她當下的蒙蔽盲目，導致什麼也看不清楚？

這些念頭不斷在腦中翻騰洶湧，於是她走上二樓，又一次站在那扇裡面擺放著箱子的房間門前。現在是跨越界線、釐清狀況的時候了嗎？從現在起，再也沒有退路了嗎？

沒錯。

她將箱子一個個搬到走廊，並且按照堆疊的相反順序擺放，這樣搬回去的時候才能恢復原狀，最後還要將大衣擺到最上方，她必須按部就班進行。

希望如此。

她打開前十個原先放在天窗下方的箱子，那些箱子驗證了她丈夫之前所言：這裡放著過去家庭留下的老舊東西。那些東西幾乎都不是他買的，全是典型的傳家之寶，和她祖父母留下來的一樣，有各色瓷器、各種股票債券、毛毯、蕾絲桌飾墊、一套十二人用的餐具、雪茄剪、座鐘與形形色色的小擺飾。

他曾經告訴過她，往昔的家庭生活景象早已沉入遺忘之流。

然而接下來十個箱子卻道出更多的細節，反而讓那幅景象蒙上一層令人困惑的面紗。箱子裡有鑲金的相框、貼著各種報導的剪報本，以及裝著紀念品的冊子，全部都是他童年的物品。所有東西瀰漫著一抹謊言、隱匿、欺瞞的氣味，因爲揭露的事實和他平時說的話明顯不符——她的丈夫並不是獨生子。從這些東西看來，他清清楚楚還有一個妹妹。

其中有張她丈夫穿著水手服的照片，他那時頂多六、七歲，皮膚柔嫩，濃密的頭髮服貼梳向兩邊。他雙手抱胸，眼神悲傷的瞧向照相機，身旁站了一個綁著辮子的小女孩，露出天眞無邪的笑容，大概是生平第一次照相。

那張照片拍得很好，完全記錄下兩個孩子南轅北轍的性格。

她把照片翻到背面，看著寫在上面的兩個字「艾娃」，本來還有更多的字，但都被原子筆劃掉了。

她一張張翻看著照片，將每一張都翻過來看，寫在後面的字被塗得一乾二淨。

沒有名字，沒有地點。

全部塗掉了。

爲什麼要將名字劃掉呢？她心裡納悶著。這樣的話，那些人將永遠消失無蹤了。

她想起曾在自己家裡看過那些沒有人名的黑白照片。

「那是妳的曾祖母，叫作達格瑪。」她母親這麼告訴她，可是照片背後始終沒有寫上名字。等到母親過世，那些名字要怎麼辦？誰還能記得照片中人出生的時間與地點？

可是這個小女孩有名字。艾娃。

她絕對是她丈夫的妹妹，眼睛、嘴型全是一個模子出來的，在兩張兩人合照的相片中，她站在哥哥身旁欽羨的望著他，相當觸動人心。

艾娃看起來是個尋常的小女孩，一頭金髮梳得整齊清爽，唯一異常的地方是她的眼神，裡頭承載的擔憂多過無畏，但和哥哥合照的兩張照片不見這種眼神，是唯一的例外。

哥哥、妹妹和父母一起拍照時，全家人緊挨著站立，彷彿將外界其他事物全數隔絕在外。他們沒有觸碰彼此，只是一個挨一個站著，有些照片中，父母站在孩子後面，孩子們雙臂下垂，母親的手放在女兒肩上，給人一種負擔沉重的感覺，父親的手則擱在兒子肩膀上，兩雙大手似乎要把兩個孩子重重壓到地上似的。

她試著去了解那個有著早熟雙眼、日後成爲她丈夫的男孩，不過並不容易。她第一次深切感受到兩人之間的年紀差異太大。

她把存放照片的箱子打包好，開始翻閱剪報本。隨著閱讀剪報內容，她漸漸感覺如果沒有和她丈夫相遇或許比較好，她該嫁的是住在五條街外的男子，眞正與他共享生活的每個層面，而不是讓她自己在這裡發現他的家人與過往一切的男人。

他從未說過他的父親生前是個牧師，不過他父親的身分隨著越來越多照片逐漸明朗。

他是個表情嚴峻，眼神自負的男子，這點與家裡女主人的眼神有著天壤之別，丈夫母親的雙眼裡空洞無物。

從剪報本裡令人納悶的內容看出，這家人的父親顯然掌控家中的一切，裡面有許多文章出自教會刊物，他在文章中厲聲斥責無神論，傳頌性別不平等的觀念，或者反對在生命中犯下蠢事或是純粹倒楣的人生存於世。沒錯，丈夫與她果然是在截然不同的環境下成長，這些文章在在清楚顯示彼此的差異。

泛黃的罵人剪報散發出一種讚揚祖國、嚴苛無情，誇頌極端保守主義和沙文主義的氛圍，讓她不由得心生反感。當然那出自她丈夫的父親之手，與她丈夫無關，不過她卻能在他身上找到同樣的特質。就在這一刻，她感受到過往歲月的詛咒如何在他心中投下陰影，唯有與她同床共枕時，陰影才會徹底消失。她進一步深思後，發現自己或許早就隱約察覺到這一點了。

總括而言，他童年時一定發生過不對勁的事情。剪報上寫著人名與地點的部分，後來都被人用原子筆塗抹掉，而且是同一隻筆劃掉的。

她打算下次到圖書館去時，上網搜尋一下班雅明祖父的資料，不過在那之前，眼前這堆過往的斷簡殘篇中，一定還能找到其他關於這個偏見根深蒂固的威權者的訊息。

也許她可以和丈夫談一談，或許能稍微緩和兩人的關係。

她打開幾個擺在某個箱子裡的鞋盒。最底下的鞋盒放著各式各樣的東西，其中有個朗森打火機，她拿起來試用看看，沒想到一下就點起火，除此之外還有袖釦、美工刀和辦公文具等，很可能來自同一個生活階段。

其餘的鞋盒揭露的是另一段時光的回憶，有剪報、手冊和與政治有關的小冊子，隨著打開這些箱子，與她丈夫有關的新片段也一一攤在陽光下，形塑出一個深受輕視與傷害的人，並且同時發展成爲他父親的影子與對立面。他是個童年時期會與老師諄諄教誨背道而馳的男孩；是個選擇採取行動而非單純給出反應的青少年；是個強烈抗議無關乎宗教極權主義的男人。當教友聚會時，他便投身繁華鬧區維斯特布洛街的喧譁中，將小時候穿的水手服換成了羊毛大衣、軍用外套和巴勒斯坦頭巾，如果情況許可，他也許很快會拿頭巾包住臉。

她現在才明白自己的丈夫是隻變色龍，準確知道何時要給自己換上什麼顏色。

她在那堆箱子前站了好一段時間，揣想是否該將箱子搬回去整理好，然後忘掉剛剛看到的一切。畢竟箱子裡的東西，她丈夫很顯然也想忘記。

他是不是希望用某種方式一筆抹去自己早年的生活？答案是肯定的。否則他早就將過去一五一十告訴她，否則他不會劃掉所有的人名與地名。

然而，她眞的能夠就此停止嗎？

如果她現在不潛入他的生命，將永遠沒有機會了解他，不會知道她孩子父親的眞面目。

於是她又繼續翻看一箱箱放在走廊上有關他生命的其他部分，也就是那些放在鞋盒裡的資料文件。所有的東西按照年代擺放，全部貼上了標籤注明。

她原本預期在經過多年的叛逆衝撞後，接下來該是暴露問題的時候了，但是顯然有某些事情讓他產生了變化，他似乎沉寂了好一陣子。

每個生命階段放在各自的透明文件夾中，月份與年份標示得清清楚楚。他念過一年法律，也念了一年哲學，有整整兩年的時間背著行囊遊歷中美洲，根據筆記本與各種傳單來看，他在酒莊、旅館或屠宰場都短暫工作過，靠微薄的收入維持生計。

回國後，他似乎逐漸轉變成她自以爲熟稔的那個人，這個階段同樣放在透明的文件夾裡，有從軍文件資料、下士教育、憲兵和狙擊軍團等相關訓練的凌亂筆記。接著，個人資料以及與過去有關的紀念品在此結束了。

再也沒有名字，沒有對於地方或是人際往來的特別說明，只有關於舊時光陰的粗略輪廓。

不同語言的小冊子和傳單說明了他當年曾經考慮發展的方向，例如比利時商船的教育訓練簡章、附上南法美麗照片的外籍軍團資料、商業進修的申請文件等等。不過這一切與他近幾年來的工作無關，充其量只是顯示一些在特定階段的想法。

她慢慢把箱子依序放回原處，一股恐懼感頓時油然而生。她知道他出差去從事祕密任務，至少他是這麼告訴她，至今也理所當然一直認爲他做的是斡旋交涉方面的工作，例如情報員、地下工作人員，或者可能爲警方效力。但是她憑什麼確定他一定是出差去了呢？她有任何證明嗎？

她唯一能篤定的是，他從未擁有過正常的生活。她的丈夫是個體制外的人，生活在社會邊緣。

此時，她雖然了解了他前三十年的生命歷程，但對這個人仍一無所知。

終於輪到原本放在最上方的箱子。有些箱子她之前稍微看過，但並未全部看完，她有系統的一一將箱子打開，忽然間，一個駭人的問題冷不防直逼而來：這些箱子爲什麼如此輕易就能讓人打開？

問題之所以可怕駭人，是因爲她清楚答案，箱子擱在此處，原因在於她丈夫料想她不會去挖掘探查，就是這麼簡單。除了他加諸在她身上的權力外，還有比這更沉重的解釋嗎？此處是屬於他一個人的領域，也是她的禁地，她不加思索便接受了這個事實。

只有眞心想施加權力的人，才會將此種權力施加在他人身上。

她的神經越來越緊繃，嘴唇抿得死緊，鼻子用力呼吸著，然後打開最上面的箱子。

箱子裡裝著滿滿的檔案盒，裡面放著A4大小的文件夾，文件夾的封面五彩繽紛，但裡頭的內容卻猶如烏鴉般漆黑。

前面幾個盒子揭露了她先生顯然想爲自己的無神信仰道歉的時期，裡頭又是一堆手冊，而且是與宗教社團有關的手冊，分門別類的裝在透明文件夾中，還有一些傳單提及神的燈永不熄滅，以及確保如何能到達神的國度。另外有些新興教區與教派小冊子自稱能洞悉人類困境的終極答案，包括印度的靈性導師賈諦·賽·巴巴、山達基教會、聖母教會、耶和華見證人、上帝之子、統一教、第四道學派、聖光團，以及其他她沒聽過的教派。不管這些教派的淵源爲何，全都宣稱自己掌握通往治療、和諧與博愛的唯一眞正道路，這條眞正的道路就像教會中的「阿門」一樣可靠。

她搖搖頭。他打算做什麼？這個人不是曾經不計一切，想抹去緊緊壓抑他的童年束縛和基督教的教條嗎？就她所知，這些五花八門的信仰從未受到她丈夫的認同。

不，在他們這棟置身羅斯基勒大教堂巨大陰影下的磚造寓所中，上帝和宗教確實不是經常掛在嘴邊的話語。

她從托兒所把班雅明接回家，和他玩了一會兒後就把他放在電視機前面。畫面時時變換的彩色螢幕可以讓他乖乖待著。

她走上二樓時，心底尋思著是否該就此住手，是否應把最後的箱子原封不動放回去，別去打開來看，讓丈夫的過往就此塵封。二十分鐘後，她很欣慰自己並未聽憑這股衝動，取而代之的是認眞考慮是否要馬上收拾行李，抓起放著家用金的錫罐跳上火車。現在的她，全身充塞著痛苦又悲慘的感受。

她早有心理準備會在箱子中發現關於兩人共同生活的東西，以及她也身爲一份子的生命階段，卻萬萬沒料到自己竟然是他計畫中的一步棋。

他曾說過初次見面時便對她傾心不已，她也確實感受到他的愛慕，但是現在她才了解一切不過是欺瞞詐騙。

既然他們第一次見面是在咖啡廳，這裡怎麼會保存著她在伯恩斯托夫公園馬術障礙賽獲得優勝時的剪報？那場比賽的舉辦時間早在他們初次相遇的幾個月前。他的剪報從何而來？若是他後來無意中發現，應該也會拿給她看才對呀。除此之外，他還收藏了她更久以前參加的比賽項目，甚至在他們不可能同時出現的地方拍下她的照片。換句話說，在兩人所謂的初次相見之前，他早已有計畫的暗中監視她好幾個月了。

他等待的只是出手的恰當時機，她是被他挑選出來的，然而就事態目前的發展來看，她一點也不覺得受寵若驚、滿心歡喜。絕對沒有。

她渾身起雞皮疙瘩。

但是，當她打開放在同一個箱子中的木製檔案盒後，全身更是止不住顫慄。乍看之下，盒子裡的東西沒什麼特別，只是一堆記錄著人名和地址的清單，對她來說也沒有意義，然而進一步深入探察後，她整個人生起不舒服的感覺。

這些訊息對她丈夫來說為什麼如此重要？她怎麼也參不透。

清單上的名字後面記錄著當事人和其家屬的資料。一開始是所屬教派和教區，接著是他們在教區中的地位，以及成為教友的時間，隨後是稍微私人一點的訊息，包括家中有幾個孩子，他們的姓名、年紀、性格特質和令人感到驚訝的事情。例如：

威勒斯．蕭，十五歲。不是母親最寵愛的孩子，但是與父親相當親密。桀驁不恭，沒有定期參加教區的聚會。冬天經常感冒，兩次臥病在床。

她丈夫取得這種訊息有何打算？那些家庭的收入狀況與他有什麼關係？他是為社會局監視他們嗎？或者被派去滲透丹麥的宗教團體，揭露亂倫、暴力與其他惡行？

但他的活動足跡遍布全國，也就是說，他並非受聘於地方機關，也不可能幫社會局服務。他絕對不能是公職人員，這點她十分肯定，因為哪一個公務人員會將這類私人資訊保存在家中的箱子裡呢？

那麼，他究竟從事何種職業？私家偵探？受僱於某個超級富豪，負責打探宗教環境？很有可能。

意識到這個「可能」後她放下心來，直到在所有家庭資料最底下發現一張寫著「一百二十萬。不准動歪腦筋」的紙。

她將那張紙揣在懷裡，坐著久久不動。這個案例同樣也涉及到一個隸屬某教派、子女眾多的家庭，與其他家庭的特徵並無二致，除了最後一行以及一個小細節：有個孩子的姓名旁邊被打了勾，十六歲的男孩，上面注明他應該備受眾人喜愛。

為什麼他的名字旁邊要打勾呢？就因為備受寵愛？

她緊咬下唇，感覺體內被掏空，腦子裡沒有計畫，也沒有任何想法，只有催促她趕快離開的聲音。然而逃開是正確的嗎？或許該把這兒所有資料拿來對付他？或許透過這種方式，她可以拿到班雅明的監護權？但是她不知道應該怎麼做。

她謹慎的將最後兩個箱子搬回原位，裡面裝的是些無關緊要的東西，在他們兩人共同的家庭中派不上用場，然後她將大衣不著痕跡放到最上面，她唯一粗心輕率的地方，是之前找充電器時一個箱子被弄凹了，儘管上面的凹陷已經看不出來。

一定不能被發現，她暗忖著。

這時，電鈴響了。

肯尼士浸淫在門前的晚霞暮色中，他一如往常的按照兩人約定的方式，手裡拿著弄皺的報紙，上門來詢問是否少了報紙。如果她的表情顯示有危險，甚至是她丈夫親自開門的話，他就會說報紙躺在路中間，送報生越來越不值得信賴之類的話。

這一次她不知道自己該露出何種表情。

「進來一下。」她只是這樣說。

她掃了一眼街道，夜幕乍臨，萬籟無聲。

「怎麼了？妳不舒服嗎？」肯尼士問道。

「不是的。」她咬著嘴唇。拿剛才的發現來煩他有什麼意義呢？兩個人暫時不要聯絡，別讓他捲入之後必然的麻煩，不才是最好的決定嗎？如果有段時間不見面，就無法能證明兩人之間的關係了吧？

她心緒起伏的點點頭。「不是的，肯尼士，我只是有點心神不寧。」

他默默凝望著她。淡色眉毛下的雙眼警醒明亮，那是一雙早已學會洞察危機的眼睛，馬上看出事情不太對勁，也看出他不想再壓抑情感後所產生的後果，捍衛的本能於是覺醒。

「拜託妳說出來，米雅，怎麼回事？」

她把他帶離門邊，領進班雅明安靜看著電視的房間。他正用小孩特有的專注盯著螢幕。

當她轉頭告訴肯尼士她必須離開一陣子，要他別擔心時，黑漆漆的前院忽然照進汽車燈光。

「你必須走了，肯尼士，從後門離開，快點！」

「我們不能……」

「立刻離開，肯尼士！」

「好吧，可是我的腳踏車放在門口車道那兒，怎麼辦？」

她緊張的腋下冒汗。要不要現在就和他一起離開？還是抱著班雅明直接從大門走？不行，她辦不到，她就是不敢。

「我會找理由搪塞他，快走吧。從廚房離開，免得驚動到班雅明！」

就在前門的門鎖轉動前不到一秒，後門正好關上。

而她已經坐在兒子旁邊的地板上，手臂環抱著他看電視。

「班雅明，聽到了嗎？」她說。「爸爸回來了。我們去換漂亮的衣服，好不好啊？」

第十八章

霧靄濃密的三月星期五，旬納的主要幹道並無值得大書特書之處。若是將房子和路標移走，和行駛在淩斯泰德與斯雷格瑟之間的地區根本沒兩樣，放眼望去是一片維護良好的平坦道路，一點也不特別。

然而警察總局裡至少有五十個同事，光是對他們講到瑞典的「瑞」，眼睛就會晶晶發亮，不禁讓人覺得他們只要穿越國界，看一眼瑞典的藍黃色國旗，所有的需求便已得到滿足。卡爾透過擋風玻璃往外看，不由得搖搖頭。他似乎缺少了一種特殊的基因，那種基因會讓人在看到「lingon」、「potatismos」或是「korv」等分別代表「蔓越莓」、「馬鈴薯泥」或「香腸」之類的普通瑞典字時，感到歡欣雀躍。

到達布來金後的風景漸漸出現變化，四周景致也讓他讚許，有人主張這是諸神當初在世界各地分散巨岩與石頭，最後來到布來金時雙手早已累得發抖的傑作。基本上這兒的景色較爲賞心悅目，但即使如此，舉目所及仍不外乎是樹林和岩石，而且這裡也還是瑞典。

這兒躺椅與金巴利酒沒有想像中多嘛，當卡爾終於到達哈勒布羅，在這個典型的瑞典小鎮市中心繞了一圈後心想。到處可見書報攤、加油站和汽車專業噴漆廠結合而成的複合式場所。

那棟房子坐落在舊康亞路上，一道石牆標示出地產範圍，燈火通明的三扇窗戶表示他們沒有因阿薩德來電而受到驚擾。

他敲敲門，屋內聽不出什麼動靜。

哎呀可惡，他心想，今天是星期五啊。耶和華見證人是否也會守安息日呢？如果猶太人會根據《聖經》記載，在星期五傍晚進行安息日儀式的話，那麼耶和華見證人更是一字不漏忠實遵守《聖經》的教導。

他又敲了一次門。他事先沒有打電話知會一聲，或許他們不會開門。安息日時任何活動都是禁止的嗎？若是如此，接下來該怎麼辦？破門而入？在這個習慣在床墊下放著一把獵槍的世界一角，顯然不是個好主意。

他四下張望了一陣，夜幕逐漸降臨，周遭一片荒涼孤寂。在這種時間，能把腳放在桌上，不再去想剛結束的一天是最好的事了。老天啊，在這個被神遺棄的偏僻角落上哪兒找地方睡覺？卡爾心裡正這麼想著，門上小窗玻璃後頓時亮起了燈光，接著門被推開一道縫，出現一張嚴肅、蒼白的少年臉龐，約莫十四、五歲。他注視著卡爾，但一句話也沒說。

「你好。」卡爾打了聲招呼。「你父親或是母親在家嗎？」

少年輕輕把門關上，甚至還扣上了門鎖。他的表情平和沉穩，顯然很清楚自己該做什麼，其中之一便是別讓不速之客進家門。幾分鐘過去，卡爾目不轉睛瞪著門瞧，這麼做偶爾有點幫助，反正一直盯著看就是了。街燈下有幾個當地人信步路過，投以猜疑的目光，每個小鎮都有忠心耿耿的看門狗。

終於，有張男人的臉出現在門上小窗後方，守株待兔策略再次成功。

門打開了，一個長相沒有特色的男子審視著卡爾，彷彿他等的是某位特定人士。

「什麼事？」他打算要卡爾先說明來意。

卡爾從口袋撈出警徽。「我是卡爾．莫爾克，哥本哈根懸案組。」他說。「你是馬丁．霍特先生嗎？」

男子打量警徽後點點頭，看得出來他感覺很不自在。

「我可以進去一下嗎？」

「有什麼事嗎？」他低聲問道，一口標準丹麥語。

「我們可否到裡頭去談？」

「不行。」他退後一步正要把門關上，卡爾趕緊抓住門把。

「馬丁．霍特，我可以和你的兒子保羅．霍特講幾句話嗎？」

他躊躇了一會兒，然後說：「不行。他人不在這兒，所以沒有辦法。」

「可否請教我能上哪兒找他？」

「我不知道。」他緊盯著卡爾，然而伴隨這句話的目光似乎太過緊迫了。

「你沒有自己兒子保羅的地址嗎？」

「沒有。現在請別來打擾我，我們正在研讀聖經。」

卡爾將一張紙塞到他面前。「這張是市公所的證明，可以知道在一九九六年二月十六日保羅從工程大學退學時，你們當時位於克雷斯登的地址住著哪些人。正如同你所見，你和你的夫人，還有保羅、梅克琳、特里格費、愛倫、亨利克。」他看了一眼。「從身分證號碼來看，這些孩子如今分別是三十一歲、二十六歲、二十四歲、十六歲和十五歲。正確嗎？」

馬丁點點頭，將好奇湊在他肩膀後面探頭探腦的男孩推開。是先前那個少年，應該是亨利克。

卡爾定睛看著少年。他的雙眼沒有活力、也缺乏意志，那種眼神通常出現在除了上大號之外，無法決定其他事情的人身上。然後他轉回目光，看著明顯嚴格控制著家人的男子。「我們知道保羅最後一次出現在工程大學時，是帶著特里格費一起去的。」他說。「如果保羅不住在這兒，你是否可以讓我和特里格費談談呢？一下子就好？」

「沒辦法。我們已經不和他講話了。」他的語調冷酷平淡。門上的頂燈映照出這個負荷沉重的男人臉上的灰白膚色。他的工作繁雜、要做太多決定，而獲得的正面經驗卻又少得可憐，造成他慘白的肌膚和無神的雙眼。門被砰一聲關上前，那雙眼睛是卡爾最後看到的景象。

一秒後，門上的燈光熄滅，走廊的燈也關了，不過卡爾很清楚那個男子仍然站在門後，等著他離去。於是卡爾小心翼翼原地走了幾步，假裝自己走下階梯。

同一時刻，他聽見門後傳來男子祈禱的聲音。

「主啊，請用韁繩拴住我們的舌頭，讓我們不會說出醜陋的言語、不眞實的話語、無法訴盡眞理的語言，或是說出殘酷無情的眞理。奉耶穌基督的名。」他用瑞典語禱告著。

他甚至放棄了自己的母語。

他說：「主啊，請用韁繩拴住我們的舌頭」和「我們已經不和他講話了」。見鬼了，他怎能這麼說呢？難道談論特里格費是種禁忌嗎？或者談到保羅也是一樣？難道這兩個兒子當年被他逐出家門？因爲他們不配待在神的國度裡？事情會這麼簡單嗎？

這案子其實和他這個丹麥公職人員無關。

現在該怎麼做？卡爾轉動思緒。看來得向卡爾斯港市的警察通報一聲，請求他們的協助？那他應該怎麼陳述整個過程呢？畢竟就他所獲知的訊息，這家人什麼事也沒做。

他搖了搖頭，然後躡手躡腳走下階梯，回到車內，然後將車倒回街上，找個稍微不會啓人疑竇的地方把車停好。

卡爾旋開保溫瓶的蓋子發現咖啡已經冰掉了。這是當然的，他還奢望什麼？上次夜間盯梢少說已經是十多年前的事，他當時就和現在一樣心不甘情不願。濕冷的三月深夜坐在車裡，沒有舒服好用的頸枕，只有塑膠杯裡冰冷的咖啡，這不是他進入警察總局打算要做的工作。然而他對接下來該怎麼做毫無頭緒，唯有依憑本能行事，盡可能在片刻間解讀對方的反應。

可以確定的是，住在小丘上那棟房子裡的男人反應很不自然。他談到大兒子和二兒子時，態度過於乖張執拗、冷漠無情又抑鬱，而且對於哥本哈根的警察爲何來到這個多岩的國度完全不感興趣。有時會引人察覺到不對勁的，並不是別人詢問的事，而是他們沒問出口的問題。眼前的狀況便是如此。

卡爾瞧向那棟房子，把咖啡杯夾在兩腿之間，想順應襲來的睡意閉目養神一下，假寐是恢復活力的生命之泉。兩分鐘就夠了，他心想。結果他卻在二十分鐘後才醒來，雙腿間的咖啡杯早已翻倒，將老二給凍僵了。

「他媽的！」他咆哮一聲撥開杯子，擦拭褲子上的咖啡漬，但不過幾秒後又開始連聲咒罵，因爲某輛車子的頭燈正從上方的房子掃過，接著轉進街道，往隆內比方向駛去。

他不再理會滲入座椅中的咖啡，趕緊發動引擎，踩下油門。這兒眞是他媽的暗得可以。一駛離哈勒布羅，隨即置身布來金遍地岩石的荒涼之中，沿路除了石頭只有前面那輛車。

他們一路開了十到十五公里，接著，前頭的車燈照亮一棟鮮黃色的房舍。那棟醜陋的房子矗立在緊鄰著街道的圓丘頂上，彷彿只要一陣強風便會被吹垮，造成嚴重的交通阻塞。

前面的車踩了煞車，轉進那棟房子的車道。卡爾在街旁等了十分鐘才將他的標致車停好，小心翼翼往房子走去。走近後，他才發現前面那輛車上坐著很多人，包括大人小孩在內一共有四個，全部動也不動，感覺幽暗陰森。

他再度停下腳步等了幾分鐘，在黑暗中，那棟房子的油漆閃閃發亮，不過除此之外毫無生氣，外頭擺放著成堆的垃圾和生鏽的器具，看起來已擱置在那兒多時，兀自荒廢。

卡爾心想，對這樣一個家庭而言，離開克雷斯登別墅區的優雅屋舍來到荒郊野外，路途並不算近。接著，他的目光循著一輛從隆內比疾駛而過的車望去，快速閃過的車燈光束掃亮停放在庭園裡的車子，電光石火之間，清楚閃現出母親哭泣的臉，後座還可見一個年輕女子和兩個青少年。所有人面容憂愁，神經緊張，一副嚇壞的模樣。

卡爾輕手輕腳走近房子，一耳貼在腐朽的木牆上。這時他才發現，房子大概只上了一層漆，外牆結構脆弱不堪。

房子裡傳來喧囂的吵鬧聲，兩個男人正在大聲爭執，從他們的叫喊與絕不妥協的強硬聲調聽來，兩人顯然對某件事意見相歧。

接著吼叫聲戛然而止，下一秒卡爾便看見馬丁將門大力一摔，快步走向等待中的車子。他坐進駕駛座的模樣，簡直像是把自己丟進去。

車子輪胎嘎吱向後倒車，隨即呼嘯而去。

卡爾做出了決定。

醜陋的鮮黃色房子似乎正對他輕聲低語。

而他將洗耳恭聽。

門前名牌上寫著「麗勒摩爾．班森」，但聽到他按電鈴後前來應門的年輕女性與「小母親」（注）的形象不符。麗勒摩爾約二十歲出頭，金髮，長得有點歪的門牙可愛迷人。

所以瑞典還是有好貨色。

注 瑞典文「Lillemor」有小母親之意。

「我想應該有人提醒過你們，我可能會出現。」他拿出警徽。「我在這兒可以見到保羅．霍特嗎？」

她搖搖頭，不過臉上掛著笑容。想必剛才發生爭執時，她讓自己待在安全距離之外。

「那麼特里格費在嗎？」

「請進。」她讓到一旁，指著屋內一道門。

「他在裡面。特里格費，」她朝房間叫著，「我要去睡覺了，聽到了嗎？」

她對卡爾露出溫暖的微笑，彷彿兩人是老朋友了，接著便留下他和自己的男友獨處。

特里格費身材高大卻非常瘦弱，彷彿整個人飽含著不幸與痛苦。不過，他又以爲對方會長什麼樣子？卡爾伸出手，對方回握的手勁強硬結實。

「特里格費．霍特。」他說。「沒錯，我父親剛才已經來這兒警告過我。」

卡爾點點頭。「我得知的訊息是你們不講話了？」

「是的，我被趕出家門了。已經四年沒和他們說過話，不過倒是經常在外面街上看見他們的車。」

他沉著的看著卡爾。由於他似乎沒有受到當下狀況或是剛才的爭執所擾，因此卡爾直接切入核心。

「我們發現了一封瓶中信。」他立刻察覺到眼前年輕男子那張自信的臉上起了波瀾。「是的，瓶子很多年前就在蘇格蘭海岸被打撈上來，但是我們哥本哈根警察十天前才拿到瓶子。」

特里格費的態度明顯被「瓶中信」三個字觸動而產生變化，彷彿那個名詞早已深深種在他的體內。或許長久以來，他始終等待著有人能將這三個字說出來；或許那是種關鍵密碼，能解開所有糾纏折磨著他的謎團。至少看起來是如此。

他緊咬嘴唇。「你說瓶中信？」

「是的，在這兒！」他遞給年輕男子一張信的影本。

特里格費瞬間縮了半截，癱軟轉過身去，不小心將伸手可及的物品掃落一地。若非卡爾反應靈敏，他可能已跌在地上。

「怎麼回事？」他女朋友的聲音剛響起，下一秒人就在門口出現。她頭髮放了下來，也換上了短袖T恤，看來已準備上床就寢。

卡爾指著那封信。她拾起信，看了一眼，然後遞過去給男友。

屋內沉寂無聲，好一會兒沒人開口說話。

特里格費終於稍稍回過神來，偷瞥了信一眼，彷彿那是尾毒蛇，但接著又抓過信一再閱讀，一字一字讀得緩慢，宛如那是唯一的解毒劑。

等他再次抬起頭望著卡爾，已非原本那個男人，瓶中信的訊息吸走了他的沉穩與自信，他的心跳劇烈，面紅耳赤，嘴唇也不斷顫抖。瓶中信毋庸置疑喚醒了他內在一個傷痕累累的回憶。

「老天啊……」他閉上眼睛，手摀著嘴結結巴巴說。

女友握住他的手說：「特里格費，你一定要走出來。現在終於要結束了，一切都會好轉。」

他抹去臉上的淚水，看向卡爾說道：「我只看見他寫信，從未看過信的內容。」

然後他拿起信又讀了一遍，拿信的手指不住抖動，一邊不斷拭淚。

「我最親愛、最聰明的哥哥。」他的嘴唇顫抖。「他只是不太會表達自己罷了。」

他將信放在桌上，雙手抱胸，微微向前傾身。「是的，他只是不會表達罷了。」

卡爾伸過手想拍拍他肩膀，但特里格費搖了搖頭。

「我們可以明天早上再談嗎？我現在沒有辦法講。今晚委屈你睡在沙發上，我會請麗勒摩爾幫你鋪床，可以嗎？」

卡爾瞧向沙發。沙發有點小，不過非常柔軟舒適。

車輪劃過潮濕地面的聲音將卡爾從睡夢中喚醒，他伸展蜷縮的身子，把頭轉向窗戶，然而即使知道時間也沒有用，外頭的天色依舊闃寂暗沉。特里格費和女友緊握雙手，坐在對面磨損破舊的宜家家具上朝他點點頭。桌上放著一個保溫壺，瓶中信就躺在旁邊。

「如你所知，這封信是我大哥保羅寫的。」特里格費看見咖啡的香氣慢慢喚起卡爾的精神時娓娓道來。

「雙手被反綁在背後的情況下寫的。」他說話的時候目光閃爍。

雙手反綁在後！與勞森的假設相當接近。

「我不知道他怎麼辦到。」特里格費又說。「不過保羅是個很頑強的人，他也擅長繪畫。」保羅的弟弟露出哀戚的笑容。「你絕對料想不到你到這兒來，還有我能拿到這封保羅寫的信，對我有多大的意義。」

卡爾注視著信的影本，特里格費．霍特在上頭填了一些字。吶，他絕對有這個資格。然後喝下一大口咖啡。若不是礙於家教及禮貌，他早就一手掐住脖子，喉嚨發出奇怪的聲音了。眞要命，那是什麼鬼東西？喝起來像是純粹濃稠的黑咖啡。

「保羅目前人在哪兒？」卡爾問道，然後同時抿住嘴，夾緊屁股。

「保羅在哪兒？」特里格費悲傷的凝望著他。「你若是在多年前問我這個問題，我會告訴你，他和十四萬四千個被挑選出來的人一起待在天堂裡了，但現在我只會說，保羅死了。他生前最後做的事情就是寫下這封信，那是他最後的訊息。」

卡爾困難的嚥了口水，而後停頓了一下。

「他把瓶子丟進水裡不到兩分鐘，就被殺死了。」特里格費低聲喃喃，幾乎聽不清楚他說話。

卡爾直起身。如果他是穿好衣服聽到這個消息，會感覺稍微好一點。

「你是說他被人謀殺了？」

特里格費點點頭。

卡爾眉頭深鎖。「綁匪殺死了保羅，卻饒了你一命？」

麗勒摩爾伸過手，拭去特里格費臉頰上的淚。他又點了點頭。

「是的。那個混帳傢伙饒了我一命，我因此詛咒他不得好死。」

第十九章

若說他有什麼特殊的才能，就是能看出不對勁的眼神與僞裝的表情。

當一家人圍坐在鋪著防水桌巾、擺上盤子的餐桌旁，低頭唸誦主禱文時，他便可知道父親是否又毆打了母親。父親非常狡猾，爲了不在教區裡落人口實，所以不會直接打在臉上，以免讓人看出母親受了傷。他的母親也一起跟著演戲，總會用深不可測的假正經表情坐在一旁，仔細注意孩子們在餐桌上的行爲舉止，盯著他們吃一口馬鈴薯就要搭配一口肉，連絲毫細節都不放過。但是在那雙安靜的眼睛底下，流淌著恐懼、仇恨和深層的軟弱無能。

他全部看在眼裡。

有時候他會看見不知多久以前便消失的純眞眼神悄悄潛入父親的眼底，但是機率少之又少，實際上他的表情萬年如一。要讓這個男子冷淡尖銳的瞳孔放大，每天在家人身上實行的肉體懲罰遠遠不夠。

是的，當年他就養成那樣的眼力，如今依然沒變。

他一走進門那刻，便發現了妻子眼中的陌生感。她的臉上依舊掛著微笑，但是笑容扭曲，目光不敢直視他的臉。

要不是她緊緊抱著孩子，而只是單純坐在地板上，他或許會認爲她應該是太累了或者頭痛的關係，但是她卻把孩子緊擁在懷裡，一副神思飄渺的模樣。

不太對勁。

「我回來了。」他出聲打招呼，呼吸著房子中的空氣。在熟悉的味道中，他隱約察覺一股陌生的芳香，那是股打破底線的麻煩氣味。

「妳喝了茶嗎？」他撫摸她的臉頰，滾燙得像發了燒。

「你好不好啊，小傢伙？」他把兒子抱到腿上望著他的眼睛，那雙眼睛清澈、無憂無慮，只是有點疲累。兒子臉上隨即綻放燦爛的笑容。

「他看起來狀況不錯啊。」他說。

「嗯，他昨天鼻水還流得很厲害，但今天早上又沒事了。你也知道孩子都這樣。」她倉促的笑了一下。他從未見她那樣笑過。

感覺好像他不在家的短短幾天內，她突然老了好幾歲。

他遵守承諾與她纏綿，如一個星期之前翻雲覆雨，不過這次持續得更久，久到她完全獻出自己，身體與思考無法連結。

事後，他將她擁過來躺在自己胸前，通常她會捲著他的胸毛，或是輕柔挑逗著他脖子上的毛髮，但是這次她什麼也沒做，只是默不作聲平穩著自己的呼吸。

於是他開門見山問道：「大門口停了一輛男用自行車。妳知道那是誰的嗎？」

她藉口睏了想睡。但是她其實沒睡著，而他也無所謂她會答覆什麼。

他雙手交疊枕在腦後，躺在床上兩個小時沒有闔眼，望著黎明的微弱曙光慢慢滑進角落，房間一點一點變得明亮。

他的思緒平靜了下來。他們之間有個問題，但是他會解決，而且一勞永逸。

等她醒來，他將剝掉一層一層剝掉她的謊言。

她將班雅明放進嬰兒床後，訊問便正式開始，一切正如他所料。

他們一起生活了四年，從未測試過彼此的信任感，看來今天是時候了。

「那輛自行車有加鎖，所以不是贓車。」他打量著她的眼神特意不帶情緒。「妳不覺得是有人故意放在那兒的嗎？」

她努起嘴，聳了聳肩。那姿勢表示她怎麼會知道，但是他移開了目光。

她感覺腋下都是汗水，背叛了故作鎮定的偽裝，不用多久額頭也會大汗淋漓了。

「只要我們願意，一定能找出自行車的主人。」他注視著她說，這次頭微微低垂。

「你這麼認爲嗎？」她故意讓聲音聽起來顯得意外，而不是吃了一驚。然後把手舉到額頭假裝抓癢，汗珠果然已經冒了出來。

他緊緊盯著她的一舉一動，忽然之間，廚房顯得非常擁擠。

「我們需要找出是誰的嗎？」她接著又說。

「我們可以問問鄰居是否看見是誰將自行車擱在那兒。」

她深吸口氣。他絕對不會這麼做，這點她深信不疑。

「好啊。」她說。「這個主意不錯。不過你不覺得車子早晚會不見嗎？我們可以把它放到路旁就好。」

他往後靠了一點，神態放鬆。她反而緊張萬分，又伸手抹了一次額頭。

「妳流汗了？怎麼了？」他問道。

她緩緩吐氣，在心裡提醒自己千萬不能亂了分寸。「嗯，我好像有點發燒，可能被班雅明傳染了。」

他點點頭，然後頭側向一邊。「對了，妳在哪兒找到充電器的？」

她拿起麵包撕成小塊送入口中。「在外面走廊，就在放帽子的籃子裡。」現在她感覺安心了一點，繼續保持下去就好。

「籃子裡？」

「手機充完電之後，我不知道要拿充電器怎麼辦，所以又放回原處了。」

他一言不發站起來。等他待會兒又坐下時，就會問充電器怎麼會在籃子裡，到時她將會按照先前編好的說法，回答充電器放在那兒很久了。

這時，她察覺到了自己的失誤。

門前那輛自行車毀了她的藉口，他一定會將兩件事串連起來，他一向如此。

她凝視著客廳裡的嬰兒床，班雅明正搖晃著床欄杆，像隻掙扎著想爬出籠子的動物。

這點他們母子倆有志一同。

充電器拿在她丈夫手裡看起來好渺小，彷彿不費吹灰之力就能捏碎。「這東西是哪兒來的？」他開口問。

「我以為那是你的。」她回答說。

他沒有任何反應，看來他之前把自己的充電器帶出門了。

「過來一下。」他說。「我看得出來妳在說謊。」

她佯裝勃然大怒，那對她來說不會特別困難。「說眞的，你怎麼能那樣說？充電器若不是你的，一定就是某個人忘記帶走了，也許是洗禮儀式那時留下的。」

然而她無法脫身了。

「洗禮儀式?妳哪來這種想法?那已經是一年半以前的事了!」他簡直想發笑，最後還是沒有笑出來。

「當時來了十二位客人，大部分都是老太太，我確定有手機的人很少，而且也沒人在我們家過夜，他們有什麼理由帶著充電器來參加洗禮儀式?一點意義也沒有。」

她正要反駁，卻被他的手勢制止住。

「所以妳說謊。」他指著窗外那輛自行車。「充電器是那個人的嗎?他是什麼時候來的?」

她感覺腋下瘋狂飆汗。

他抓住她的手，他的手又冷又濕。之前在樓上翻看箱子時，她還有點猶豫不定，可是他現在如老虎鉗般緊拽她手臂的方式，驅走了最後一點疑惑。

他要打我了，她心想，但是他終究沒有動手。見她沒有回答，他反而轉身離開，用力砰一聲關上走廊的門。

她起身走過去看他的人影是否出現在庭院小徑上，一旦確定他離開這棟房子，她就要趕緊抱起班雅明，穿過後花園，從前任屋主的小孩在樹籬中挖開的那個洞逃跑。五分鐘後他們就能和肯尼士在一起了，而她丈夫將永遠無從得知他們落腳何處。

接下來只要再從肯尼士那兒離開此地就好了。

然而庭院小徑上不見他的人影，反而是樓上傳來一聲巨響。

老天啊，她心底哀號。他做了什麼事?

她望向開心得蹦蹦跳跳的兒子。現在有辦法趕快帶著他逃走嗎?樓上的窗戶開著嗎?她丈夫聽得到他們的動靜嗎?他會不會站在窗邊觀察她的行動?

她緊咬上唇，瞪著房間一角。他在樓上做什麼?

接著她拿起皮包，把錫罐裡攢下來的家用倒進去，她不敢到走廊去拿班雅明的外套，不過沒穿外套也無所謂，只要肯尼士在家就好。

「來，寶貝。」她把小傢伙抱起來。只要後門開著，走過去樹籬那兒頂多十秒，問題是那個洞是否還在，上次看見洞是去年的事了。

那時候，洞還相當大。

第二十章

他和妹妹小時候像是生活在兩個截然不同的世界。只要父親一關上辦公室的門開始工作，他們便彷彿活了過來似的活潑有朝氣，兩人可以窩在自己的房間，無須理會和神有關的事。不過生活中也有其他時刻，例如被強迫參加讀經會，或是做禮拜時置身於高舉雙手亢奮歡騰的成人之間。這種時候，他們往往沉入自己內在的眞實世界。

他們兩人分別找到了各自的道路。艾娃關注女鞋與服飾，把自己打扮得漂亮入時，將百褶裙的摺痕撫順得閃亮有光澤。內在的她是個公主，隔離掉世界上嚴厲的目光與殘酷的話語；要不就是個背部長著透明輕巧翅膀的精靈，隨著微風輕拂，振翼飛過灰暗的現實和嚴峻的家規。

每當艾娃沉溺其中時，總是雙眼迷濛哼著曲調，一邊小碎步跑跑跳跳。他們父母把這種不尋常的舞動視爲非常個人的禮拜方式，誤以爲她當下全然置身在上帝的手中。

然而他比誰都清楚實情。艾娃夢想著鞋子與華服，夢想一個充滿鏡子的世界與溫言巧語。他是她哥哥，所以知道這些。

他自己則是夢想一個有笑聲的世界。

他們居住的地方沒有人會笑，笑紋更是住在城裡的人才有的特產，他覺得那看起來醜得要命。是的，他的生活中沒有笑聲，沒有歡樂。五歲時，父親提起他將一個福音路德教派的牧師罵出教會的情形，那是他唯一一次聽到父親大笑。他幼小的心靈經過多年之後才明白，原來笑聲除了幸災樂禍嘲笑他人之外，還包含了其他意思。

他一摸清這個道理後，從此對父親的訓斥與嘲諷裝聾作啞，而且還學會要小心提防。

他私藏著能讓自己開心的祕密，但是也感覺十分傷感。在他床底下最裡面的角落有個白鼬標本，下面壓著他的寶貝，有刊載性感圖片和色情故事的雜誌，以及郵購目錄上幾乎裸身赤體對他凝睇巧笑的女人。他也收藏了一些搞笑漫畫，每次看總會忍俊不禁；彩色印刷的書頁因爲經常翻閱沾上了汙漬，角落也有折痕，但其中的內容提供了樂趣和刺激，並且完全不要求回報。這些書報都是他趁天黑後爬窗出去時，在鄰居的垃圾桶裡找到的。他三天兩頭就會偷跑出去。

夜晚，他躲在棉被裡看書看到嗤嗤發笑，但是沒有發出一絲聲音。

在這個生命階段，他時時留心讓掩上的房門留有縫隙，如此一來才能知道其他的家庭成員在房子裡哪個角落。他學會了察言觀色，會趁人不注意時安全的將戰利品帶回家，並且懂得外出擄掠的蝙蝠傾聽四周動靜的技巧。

從將妻子留在客廳，到看著她抱著孩子從後門偷溜出去，頂多過了兩分鐘。時間在他的掌握之中。

她不是個笨蛋。或許年輕、天眞，還有點容易被看透，但是眞的不笨。她知道他起了疑心，不由得心生害怕，他從她的表情讀出恐懼，從她的聲調聽出害怕。

現在，她想逃跑。

一旦她覺得安全就會採取行動，這只不過是時間問題，這點他心裡有數。所以他心中燃燒著怒火，站在樓上窗邊跺著腳，直到她快跑到樹籬。

即使他早已習慣人類的虛僞欺瞞，卻始終對人們容易過度自信這一點感到惱怒。

他目睹妻子與兒子從樹籬的洞鑽出去，從他的生命中永遠消失。

考慮到樹籬長得枝繁葉茂，在他邁開腳步衝下樓梯，跑過庭院之前，又耐心等了一會兒。一個身穿紅襯衫、年輕貌美的女子手裡抱著小孩，很容易引人側目。儘管妻子已經在他鑽出樹籬前沿著街道跑開了，他也不能立刻尾隨跟上。她在主要大街上轉彎，經過一條建築簡陋樸實的支路，接著又溜進栽種著茂密水蠟樹的寧靜別墅區。

這點完全出乎他的意料。

妳這個白痴母牛，他心裡罵道。竟然在我的地盤上偷人？

十一歲的夏天，父親的教會在城裡的市集廣場架設了一頂帳篷，他說：「既然紅魔鬼能，那麼我們教會也可以。」

他們花了一整個上午辛辛苦苦架起帳篷，由於工作沉重，其他的小孩也必須出力幫忙。他們鋪好帳篷裡的地板後，父親摸了摸那些孩子的頭以示鼓勵。

只有他自己的孩子沒有受到鼓勵，反而還被叫去把折疊椅張開排好。

折疊椅的數量非常多。

接著，年度市集開鑼了。昏黃的光暈在帳篷入口上方灼灼照亮，中間的柱子閃耀著一顆吸引眾人目光的指路星，帳篷上方橫寫著：「接納耶穌基督——讓祂進入心中。」

教區的人全都來了，大家讚聲連連，誇獎市集的籌備布置，不過也就僅止於此。雖然他和艾娃將彩色的宣傳手冊發給了所有人，卻沒有半個教友以外的人踏進帳篷一步。

所以在沒人看到的時候，父親就會把怒氣和挫折發洩在母親身上。

「再出去一次，孩子們，」他怒火咆哮道，「這次別再把事情搞砸了！」

他和艾娃在緊鄰著各式各樣攤販旁邊的可愛動物區走散了。艾娃的注意力完全黏在兔子身上，久久無法移開。他則繼續往下走，這樣才有辦法幫助母親。

請收下小冊子，他的眼神懇求著，但是路人來來去去，沒人搭理他。如果那些人能收下小冊子，那麼他們晚上回家後，母親也許不會挨打，之後或許也不會一整晚垂淚哭泣了。

於是他站在那兒，期盼能出現一個親切的人。他想像那個人願意和別人分享自己對神的虔誠信仰，渴望聽見宣揚耶穌基督是多麼溫良和善的讚美。

然而他只聽見孩子開懷大笑的聲音。那不是校園中學生喧譁的嘻笑聲，或是他自己冒著風險，倉促站在電器行前收看兒童節目時會笑出的聲音，而是徹底扯開喉嚨的放聲大笑。路過的人這時也紛紛停下腳步，看著那些孩子。他躲在自己房間偷看書時，從未發出過這樣的笑聲，不由得深深被吸引住了。

那樣的聲音很可能爲他帶來怒火與懲罰，但他無論如何就是無法移動腳步。

有一小群人聚集在一個小攤子前，大人、小孩都有，氣氛融洽和睦。白布上寫著一排斜體紅字：「影片精采有趣——今日半價優待！」一張桌子上立著一台電視，比他看過的電視機都還小，但螢幕上的黑白影片卻惹得孩子哈哈大笑。沒多久，他也同聲暢笑了起來，笑到肚子痛，笑到他的靈魂這一刻才發現世界的美好。

「沒有人能比得上卓別林了。」有個大人說。

所有人都被螢幕上那個踮高腳尖，邊轉圈、邊打拳的人逗得樂不可支。他揮舞著手杖，要不把黑帽子微微舉高，要不用那雙塗黑一圈的眼睛對著胖女肥男擠眉弄眼，一舉一動無不讓觀眾捧腹大笑。他也跟著大家開懷暢笑，即使笑得肚子差點抽筋，卻不會有人在他後腦杓打一掌，甚至是注意到他。

說來荒謬，這種意外的美妙經驗將會永遠改變他和其他一些人的生命。

他的妻子並未四下張望，甚至可以說根本沒在看路，只是機械性的快步走過別墅區，彷彿有股看不見的力量支配著她的道路與速度。

人若是如此心不在焉，一點小事往往就會釀成重大災害，就像機翼上的小螺絲釘一旦鬆脫，或者有小水滴跑進人工呼吸器的繼電器造成短路，都可能帶來嚴重的後果。

他注意到妻子和兒子正要橫越馬路時，有隻鴿子正好停在他們上方的枝椏，同時也看見掉下來的鳥糞像幽靈的手指般啪一聲掉在人行道上。然後兒子指著糞便，妻子低頭往下看，說時遲那時快，有輛車忽然轉彎，直直朝著兩人衝來。

他大可出聲警告他們，但是他什麼也沒做，因爲在這一刻，他的情緒未興一絲波瀾。汽車緊急煞車，發出刺耳的嘎吱聲，擋風玻璃後面的影子不斷轉動方向盤，隨後整個世界一陣死寂。

他看著孩子和妻子嚇得全身顫抖，宛如慢動作般緩緩把頭轉過來。沉重的車身打滑側向一邊，煞車痕跡横切過路面，黑得就像畫紙上用炭筆畫出的線條。接著，車子重新發動往前開走，受到驚嚇的妻子呆站在路邊，他自己則站在一段距離外，雙手下垂僵立不動，任憑痛苦與溫柔的感受流貫全身，與一種特殊的恍惚亢奮相互拉扯。那種感受從以前到現在只出現過一次，當時他第一次下手殺人。不，他絕對不允許這種多愁善感。

他緩緩吐出一口氣，感覺有股暖流在體內流動。他在那兒站得太久，班雅明轉過頭想把臉埋進媽媽肩窩時，發現了他的蹤影。每次媽媽反應過於激動，他總是會像現在一樣不知所措，不過他看見爸爸後，嘴唇不再顫抖，眼睛發亮，甚至舉起手開心笑了。

她也轉過身來，臉上仍凍結著剛剛被嚇到的表情。

五分鐘後，她在客廳裡面對著他，臉撇向一旁。「隨便妳要不要回來。」他說道。「但是如果不回來，將永遠看不到兒子。」

這一刻，她的眼裡充滿著仇恨與抗拒。

除非使用暴力逼迫，否則他別想知道她打算上哪兒去。

對他和妹妹來說，那是個稀奇而美好的時刻。

若是在房間裡算好距離，快走十個小碎步就能走到鏡子前。他會把腳站成外八，頭部左搖右晃，手裡揮舞著棍棒，而在接下來十步的距離中，他便化成身了另外一個人，不再是整個小鎮向他卑躬行禮的男人之子；也不再是從羊群裡被挑選出來傳遞上帝話語、對人諄諄教誨的羔羊。除了是那個帶給眾人歡笑的矮小流浪漢之外，他誰也不是。

「我的名字是查理，查理．卓別林。」他的嘴唇在想像出來的鬍子底下一努一噘，惹得艾娃捧腹大笑，差點從父母的床上跌下來。她已經看過兩次他表演這種戲碼，每次都樂不可支。然而這次是最後一次了。

而且是她最後一次開懷大笑。

因爲就在下一秒，他便感覺到肩膀上的碰觸，只消食指輕輕一碰，便讓他頓時停止呼吸，口乾舌燥。他一回過身，父親濃密的眉毛下怒目相向，手已往他肚子揮出一拳，過程中沉默不語，只是擊出一拳又一拳。

他的腸子燒灼發燙，嗆人的胃酸湧上喉頭，最後他後退一步，眼神叛逆的直視父親雙眼。

「啊，所以你現在叫作卓別林了。」父親低聲說，目不轉睛盯著他，眼神和他在耶穌受難日向教友描述耶穌從拿撒勒前往各各他的艱難路途時如出一轍，彷彿全世界的悲傷與痛苦全落在他順從的雙肩上。接著父親再次揮拳，但這次得將手打直才能打到他。無論如何，他絕不會讓自己向頑強的孩子走近一步。

「你腦子裡哪來這種可怕東西？」

他眼光往下移，看著父親的雙腳。從現在開始，他只回答自己願意回答的問題。父親愛打多久都無所謂，他就是鐵了心不回應。

「哼，你不回答是吧，可別怪我處罰你。」

父親扯著他的耳朵把他拖進房間，推倒在床上。「待在這兒，沒我允許不准出來，聽清楚了嗎？」

他仍然默不作聲。父親震驚得嘴唇微張，愣在原地，彷彿兒子的叛逆行徑宣告了最後審判日來臨，毀滅性的洪流頃刻而至，但不久後便振作了精神。

「把你所有的東西拿到走廊。」他說。「不包括你的鞋子、衣服和寢具。其他統統拿出去。」

他將兒子抱離妻子的視線，把她一個人留下。從百葉窗透進的蒼白微光，在她臉上形成一道道陰影。

他知道如果沒有孩子，她哪兒也不會去。

「他睡著了。」他從二樓下來後說。「現在告訴我究竟發生什麼事。」

「發生什麼事？」她緩緩回頭。「這個問題應該是我問的吧？」她的眼神黯淡深沉。「你從事何種工作？爲什麼能賺那麼多錢？是不法勾當嗎？你勒索別人嗎？」

「勒索別人？妳怎麼會有這種想法？」

她別過臉。「算了，無所謂了。讓我和班雅明離開吧，我不想再待在這兒了。」

他皺緊眉頭。她竟提出問題，拋出了挑戰。他是否忽略了什麼呢？

「我說：『妳怎麼會有這種想法？』」

她聳聳肩。「為什麼不會有這種想法？你總是不在家，也不談論自己，還把成堆的箱子堆在房間裡，彷彿裡頭裝著什麼聖物。你之前說的那些關於家裡的事情都是謊言，你……」

他沒有打斷她，而是她自己噤口不語。她驚慌失措的看向地板，對如何收回那些不該說出口的話感到無能為力。

「妳動了我的箱子？」問題說得很輕，但卻燒灼著皮膚。

所以關於他，她知道了不應該知道的事。

若是無法擺脫她，他就完蛋了。

父親看著他將所有的東西放成一堆，以前的玩具、丹麥作家英維·李柏金那些有動物圖片的著作，還有其他蒐集來的小東西，包括抓背很順手的樹枝、一鍋蟹腳、海膽和章魚化石。所有東西全堆在一起。等他都搬完後，父親將床搬離牆邊，於是壓在白鼬底下的祕密全部暴露在外。那些畫冊、漫畫和無憂無慮的時刻。

他父親飛快的看了雜誌和書冊一眼，開始數起有幾本。每算一本，指尖就沾一下口水，然後再繼續數下去。每數一本，便發出一聲；每發出一聲，就是一下打。

「二十四本。我沒興趣問你這些東西哪兒來的，卓別林。現在轉過來，我要打你二十四下，之後別讓我再看見這種惡行出現在這棟房子裡，聽懂了嗎？」

他不吭一聲，只是望著那堆東西，向每本書道別。

「不回答？那麼挨打的次數再增加一倍。你下次就得學會要張嘴了。」

但是他沒有學會。儘管父親打得他背上留下一條條長長的鞭痕，脖子後面瘀血，他仍然不發一語，甚至連眼睛也沒眨，讓父親的皮帶一次次落下。

然而這一切都比不上十分鐘後，父親命令他將那堆東西搬到樓下院子裡拿根火柴點火燒掉，而他不能掉淚——這是最難熬的。

她微微俯身站在箱子前面。丈夫不斷逼問，還把她拉上樓，但是她就是不想說話，什麼也不想說。

「有兩件事情我們必須弄清楚。」他說。「把妳的手機給我。」

她從口袋拿出手機，清楚他無法從裡面得到他要的答案。肯尼士教過她怎麼刪掉通話紀錄。

他按下按鍵，緊緊盯著螢幕，但卻一無所獲。她覺得很開心，看見他沒有達到目的，讓她心裡竊喜，但他接下來打算怎麼處理心中的猜疑？

「妳該不會學會刪掉通話紀錄了吧？」

她默不作聲，從他手中拿回手機，放進褲子後面的口袋。

他指向擺滿箱子的狹小房間。「看起來很整齊，妳整理得不錯。」

她稍微能輕鬆呼吸了。他無法證明她動過這兒，最後不得不讓她和班雅明離開。

「但是還不夠好。那兒，妳看見了嗎？」

她眨著眼，努力想將整個房間的模樣收進眼底。大衣放的位置不對嗎？還是箱子上的凹陷引起注意了？

「妳看見那兒的線條了嗎？」他彎下身子指著兩個箱子的正面。一個箱子的邊緣有道小小的黑線，另外一個箱子上也有，兩條線幾乎連在一起，但是並非完全密合。

「箱子若是被搬了出來又放回去，線的位置會有所不同。妳看見了嗎？」他比著另外兩條沒有整齊密合的線。「妳將箱子搬了出去，然後又放回來了。就是這麼簡單。現在告訴我，妳在箱子裡看見了什麼？」

她搖搖頭。「你瘋了。那些不過是紙箱罷了，我為什麼要對箱子感興趣？從我們搬進來後箱子就堆在此處，或許是紙箱受潮塌陷造成的。」

說得好，她心想。這個解釋很有說服力。

但是對他而言顯然不是如此，只見他搖了搖頭。

「好吧，那麼就來檢查一下吧。」他暴躁的說完將她按在走廊牆上，冷酷的目光透露「待在這兒，否則妳會後悔」的訊息。

趁他拉出中間的箱子時，她望著儼然是死亡空間的狹長走廊：臥室門旁有張凳子，窗戶前有個花瓶，斜面屋頂下有個拋光機。若是拿那把凳子從他後腦杓打下去的話……

她吞了口口水，雙手絞在一起。要用多大的力氣才行？

這時她丈夫費力的將一個箱子搬出小房間，砰一聲丟在她腳邊。

「只要看看這個箱子，就能知道妳有沒有看了不該看的東西了。」

她在他打開箱子時直愣愣往內一看，原來是放在中間最底下的箱子，在這個墓室正中央的兩個箱子之一。其中埋藏著他最不可告人的祕密，有關於她在伯恩斯托夫公園比賽的剪報，還有裝著各個家庭地址與資料的木製檔案盒。他顯然很清楚東西擺放的位置。

她閉上眼睛，試圖平穩呼吸。如果眞有上帝，那麼祂現在一定要幫助她。

「我不懂你爲什麼要把這堆舊廢紙搬出來，那和我究竟有什麼關係？」

他跪在地上，拿出最上面那綑剪報，放到一邊。她暗自尋思，若是假裝沒看見那綑與我有關的剪報，他很有可能會認爲我是無辜的。

她也的確讓他相信了。

接著他小心翼翼拿出木製檔案盒，但沒有打開，只是把頭微微側向一邊，幽幽的說：「妳就是不能不碰我的東西，是嗎？」

他看見了什麼？她自己又疏忽了什麼呢？

她呆視著他的背，然後視線轉到小凳子，之後又移回他背上。

木盒子裡的紙張究竟有何意義？爲什麼他的手緊握成拳頭，握得指節都泛白了？

她摸向自己的脖子，脈搏跳動得非常劇烈。

他轉過來看著她，眼睛已覷成一道縫，露出憎惡的神情。她頓時覺得體內的空氣被抽光。

從她站的地方到小凳子之間還有三公尺。

「我沒有碰你的東西。」她說。「爲什麼你會這麼想？」

「我並非胡亂猜想，而是再清楚不過的事實！」

她向凳子的方向走了一小步。他沒有反應。

「這裡！」他指著木盒的正面。那兒什麼也沒有。

「什麼東西？」她問道。「我什麼也沒看到啊。」

若是下雪的同時又融雪的話，雪塊會緩緩消融下沉。誕生於空氣之中的輕柔與唯美，同樣也被空氣吸收，就像魔法轉眼之間消失無蹤。當他抓住她的腳往下拉扯時，她覺得自己就像雪塊。墜地時，她看見自己的生命消融逸去，熟悉的一切化成粉末，她沒聽見到自己砰一聲重重倒在地上的聲響，只感覺到腳仍被他緊緊的抓在手中。

「是的，盒子上什麼都沒有。但是，本來應該有東西的。」他怒聲吼叫。

血從太陽穴流下，但沒有疼痛的感覺。「我聽不懂你在說什麼。」她聽見自己這麼說。

「盒子上原本有條鐵絲。」他的頭緊挨著她的，但雙手依舊緊緊箝制住她。「鐵絲不見了。」

「放開我，讓我起來。鐵絲應該是掉了，就是這樣。你上次碰這些箱子是什麼時候了？四年前？這四年間又發生了什麼事？」她極盡所能深吸口氣，然後用盡全力大叫：「放開我！」

但是他仍然不爲所動。

他將她拖向擺放箱子的房間，她眼睜睜看著自己距離凳子越來越遠，看著地板拖出一道血痕，當他一隻腳踩上她的背部，讓她趴在地上爬不起來時，耳邊傳來連番的咒罵聲與喘氣聲。

她想要大叫，卻呼吸不到空氣。

他抬起踩在她背上的腳，雙手伸進她脅下抓緊，將她整個人拖了進去。她流著血躺在堆滿箱子的房間，整個人無法動彈，並且因爲震驚而手足無措。

她察覺到他的雙腳快速向旁邊走了兩步，將那個洩漏了她行爲的箱子高高舉在她上方。然後把箱子重重拋在她胸部上。

有好一陣子，她感覺體內所有的空氣全被擠壓出來，她本能稍微側向一邊，一隻腳跨在另外一隻腳上，但這時第二個箱子已經飛過來，將她的手臂壓向肋骨，整個身體被困住。最後，上面又壓下來第三個箱子。

三個沉重的箱子。

原本腳邊還看得見門口和一點點走廊，但是他在她的小腿壓上一堆箱子之後，又在門前的地板上擺放了幾件箱子，門和走廊隨即消失在她的視線之外。

整個過程中他始終不發一語，就連把門關上鎖住時也沒講話。

她甚至沒有辦法求救。但是又有誰能來幫她呢？

他要把我丟在這兒嗎？她心想。她的胸部因受重物壓迫感到疼痛，只能以小腹呼吸。上方的天窗流瀉進一絲微光，不過她放眼所及，只有一堆棕色的紙板。

不知過了多久，窗外天色漸暗，她褲子後面口袋裡的手機響了起來。一響再響，響了又響。最後，連手機鈴聲也停了。

第二十一章

開往卡爾斯港市的前一十公里的路程上，卡爾抽了四支菸，想抑制住特里格費．霍特那杯可怕咖啡引起的顫抖。早知如此，昨天傍晚就該把話問完，馬上開車打道回府，現在他就能在肚皮攤上一份報紙，舒服的賴在床上，鼻子裡充盈著莫頓準備的煎餅香氣。

但是，現在他卻是滿嘴苦澀噁心。

還需要三小時才能回到家裡的星期六上午，真是可憐他的屁股還需要夾緊那麼久的時間。車內的收音機裡，正在播放以挪威民間樂器哈丹格爾提琴演奏的華爾茲，這時，手機忽然振動了起來。

「喂，卡樂（Kalle），你在哪兒？」電話那端傳來這句話。

卡爾又看了一次手錶。現在才九點，這表示事情不妙。他繼子上次在星期六一大早醒來是什麼時候的事？

「發生什麼事了，賈斯柏？」

少年的聲音聽起來火冒三丈。「我受不了和維嘉住在一起了。我要搬回去。可以嗎？」

卡爾將收音機的聲音轉小。「什麼？回家？醒醒吧，賈斯柏。維嘉已經發出最後通牒，她也想搬回來。如果我不答應，她會把房子賣掉，拿回屬於她的一半。所以說，你他媽的要住在哪兒？」

「可是她不能這樣做啊，對吧？」

這少年對自己母親認識之貧瘠，著實到了令人啞口無言的地步。「怎麼回事，賈斯柏？你爲什麼又想搬回來了？你受夠了花園小屋坑坑洞洞的屋頂啦？還是你得親自洗衣服呢？」

卡爾不由得笑了起來。啊哈，一大早可以小小挖苦人，感覺挺不賴。

「從那兒去阿勒勒的中學遠得要命，煩死人了。而且維嘉一天到晚都在唉唉鬼叫，我沒興趣一直聽她抱怨。」

「唉唉鬼叫？怎麼回事？」問題一出口，卡爾馬上後悔了。幹嘛問這種白痴問題？「算了別說，賈斯柏。我完全不想知道。」

「哎呀，卡樂，別這樣啦！她身邊沒有男人的時候，就會這個樣子，而她現在剛好沒有男朋友。眞是噁心死了！」

身邊沒有男人？那個戴膠框眼鏡的詩人上哪兒去了？他找到另外一個不會喋喋不休，懂得適時閉上嘴，而且口袋更深的女神了嗎？

卡爾望向窗外濕答答的景物。衛星導航建議他行駛洛德畢和布雷納—霍畢，但是這段路多彎道，而且路面濕滑。這個國家他媽的種了多少樹啊？

「所以她才想搬回羅稜霍特公園，」賈斯柏又說，「因爲你始終在她身邊。」

卡爾搖搖頭。這個奉承怎麼聽起來怪怪的？

「好吧，賈斯柏。我清楚告訴你，維嘉想都別想要搬回我那兒！聽著，只要你能讓她打消念頭，我給你一千克朗。」

「啊哈，要怎麼做？」

「怎麼做？年輕人，這很明顯吧。幫她找個男人呀！要是你在這個週末前辦到的話，再加碼一千，一共兩千克朗，而且你還可以搬回家來。否則免談。」

一箭雙鵰。卡爾很滿意自己的提議，但賈斯柏在電話另一端聽得目瞪口呆。

「還有，你搬回來後，我不想聽到你抱怨哈迪和我們住在一起的事，如果你不中意家裡那些香味的話，請繼續住在維嘉那棟位於大草原中的小屋吧。」

接下來停頓了好一陣子。那個提議必須先通過青少年特有的濾網——自動防衛機制外加懶惰和麻木冷漠。

「兩千克朗，你說的。」賈斯柏隨後開口說。「好，我馬上去貼紙條。」

「隨你便。」卡爾懷疑這個方法會有用，倒不如邀請幾個破產的藝術家到花園小屋作客還比較實際。就說賣屋時免費附贈前任屋主，而且還是個過時的嬉皮女子，那些藝術家絕對會對小屋改裝後的工作室讚不絕口。

「你想在紙條上面寫什麼？」

「沒概念，卡樂。」他陷入沉思，一定要很特別才行。

「要不然這樣寫好了：你們好啊，我母親身上氣味清香，她想找一位味道清新的男子。壞脾氣的窮光蛋敬謝不敏。」他忍俊不住大笑出聲。「哈，沒錯。哎，也許你該好好考慮一下我的提議。」

「拜託，卡樂！」賈斯柏又出現那種平時的沙啞聲。「你現在可以到銀行去了。」這句話才剛說完，電話馬上掛了。

卡爾繼續急駛，車窗外的景致快速從兩旁飛過，維嘉的花園小屋逐漸在他腦中淡去，眼前又出現典型的瑞典風景，紅棕色的屋舍與吃草的牛群籠罩在滂沱大雨中。

手機通訊有時候會將互不相關的事情串連在一起。

卡爾走進屋時，哈迪臉上對他淺淺微笑，但似乎帶著某種陰鬱的神情。

「你上哪兒去了？」他輕聲問，莫頓擦掉他嘴邊的馬鈴薯泥。

「去了瑞典一趟，開車到布來金，在那兒過了一夜，接著今天早上被關在卡爾斯港市的一間美輪美奐的派出所門外。他們的辦事效率比我們還糟，如果你在星期六遇到犯罪事件，算你倒楣。」卡爾露出嘲諷的賊笑，但哈迪完全不買帳。

其實他說的也不完全正確。派出所門外有個電話，旁邊的牌子上寫著：「有事請按Ｂ。」他按了，但是警員回答的話他一個字也聽不懂，對方試著用帶有瑞典口音的英文再說一次，卡爾更是一頭霧水。

於是他乾脆閃人。

卡爾拍拍他房客肥厚的肩膀。「謝了，莫頓。接下來讓我來餵吧。你可以幫我煮杯咖啡嗎？拜託不要煮太濃。」

他看著莫頓的大屁股一路搖晃到廚房去。他最近幾個星期難不成狂嗑奶油起司嗎？兩個拖拉機輪胎也比不上那對臀部！

他轉向哈迪說：「你看起來不太開心。怎麼了？」

「莫頓正在慢性謀害我。」哈迪低聲說，然後張著嘴大口喘氣。「他一整天不斷餵我吃東西，好像沒有其他事情可做，我稱呼爲強迫進食，而且食物油膩到我一直想上廁所。我實在搞不懂，畢竟清理排泄物的人是他啊。你可以請他別來煩我嗎？中間稍微休息一下。」卡爾正把一湯匙的食物送到他嘴邊，他搖了搖頭。「還有，那些閒扯淡簡直讓我抓狂！派瑞絲．希爾頓（注1）、王位繼承法，還有退休金給付等一堆鳥事，從早講到晚，到底干我屁事？內容沒有一點營養，像毫無邏輯可言的泥漿。」

「你不能自己告訴他嗎？」

哈迪閉上眼睛。好吧，他顯然試過了。莫頓的個性像頭驢子一樣固執，不可能說變就變。

卡爾點點頭。「沒問題，我會和他說，哈迪。除此之外還好嗎？」他問得很謹慎，因爲這種問題一不小心就會踩到地雷。

「我有幻肢痛（注2）。」

卡爾看見哈迪的喉結因爲吞嚥而艱難的動著。

「你想喝點東西嗎？」他從床邊的支架上拿了瓶水，小心將彎曲的吸管放進哈迪的嘴裡。莫頓和哈迪若是翻臉了，這些事情誰來做？

「幻肢痛？哪裡？」卡爾問道。

「我想是在膝蓋後面，很難說得清楚。感覺就像有人拿鋼刷戳我。」

「你想打一針嗎？」

哈迪點點頭。等下他會叫莫頓來幫哈迪打針。

「手指和肩膀的感覺呢？你還可以動關節手腕嗎？」

哈迪的嘴角往下垂，答案不言自明。

「說到幻覺，你是不是曾和卡爾斯港市的警察合作過一件案子？」

「爲什麼問起這件事？那和幻肢痛有什麼關係？」

注1 Paris Hilton，美國有名的社交名媛、演員、歌手和模特兒，也是著名希爾頓酒店集團繼承人之一。

注2 某些人在失去四肢後會產生一種幻覺，他們感覺失去的四肢仍舊附著在軀幹上、並和身體的其他部分一起移動。

「沒有關係，只是聯想到一件事。我需要當地的繪圖員來畫兇嫌肖像，我在布來金有個目擊證人，他可以說出兇手的特徵。」

「然後呢？」

「情況非常緊急，但是該死的瑞典派出所，他們現在的休息時間也可以媲美丹麥警方了。就如我剛才說的，今天早上七點，我站在卡爾斯港市的艾力克—達爾柏格路一棟巨大的黃色建築物前面，有個牌子上寫著：『辦公時間上午九點到下午三點。星期六與星期天休息。』看得我整個人完全目瞪口呆。星期六耶！」

「那我該做什麼？」

「你可以請求你在卡爾斯港市的朋友幫哥本哈根懸案組一個忙。」

「你怎麼知道我的朋友還在卡爾斯港市工作？那已經是六年前的事了。」

「就算如此，他也一定還在某個地方。你只要告訴我姓名，我自己能查出來。他應該還在當警察，他不是個模範警察嗎？你只要請他拿起電話打給繪圖員就好，這事應該不難辦。如果我們的瑞典同事開口請你幫忙，你難道不會答應嗎？」

哈迪沉重的眼皮看起來不是好事。他說：「就算在你的目擊證人附近找到一個繪圖員，週末的費用也會比較昂貴。」

卡爾看著莫頓幫他把咖啡端來放在床頭櫃上。如果對他這個人不夠了解，可能會以爲他將一壺油濃縮成一杯黝黑的東西。

「卡爾，你能回來眞是太棒了。」莫頓說。「這樣我就可以離開了。」

「離開？你要去哪裡？」

「參加穆斯塔法．淞尼的追悼遊行。兩點開始，在諾勒布羅電車站集合。」

卡爾點點頭。穆斯塔法．淞尼，飆車族與移民幫派在爭奪毒品地盤的衝突中一名無辜犧牲者。

莫頓舉起手，輕輕搖晃手中不知打哪兒來的旗幟，大概是面伊拉克國旗。

「我和班上一個住在米耶納公園的同學一起去，他就住在穆斯塔法被射殺的住宅區。」

當別人說出這種過於牽強的團結言論時，或許會感到一絲猶豫，但莫頓絕非這種人。

他們幾乎是並排躺著。卡爾舒服的窩在沙發一角，腳擺在茶几上；哈迪癱瘓的碩長身體側躺在病床上，眼睛從卡爾打開電視後就一直閉著。他嘴角的苦澀似乎慢慢平復了。

他們就像對老夫老妻，在一天將盡，免不了看見濃妝豔抹的新聞主播之際，終於慢慢放鬆下來。星期六晚上該做的事只有睡覺，如果他們牽著手的話，畫面就更完美了。

卡爾強迫自己抬起沉重的眼皮，才發現他一直呆滯望著的新聞是今天最後的節目。該讓哈迪睡覺了，自己也要上床好眠一頓。

他瞪著電視螢幕。畫面中，穆斯塔法．淞尼的追悼遊行隊伍安寧莊嚴的沿著諾勒布羅街前進，數千張沉默的臉龐從攝影機前一一滑過，淺紅色的鬱金香從街道兩旁的窗戶飛落到靈車上，來自各國的移民與許多丹麥人伴隨著靈車緩緩而行，許多人手牽著手。

哥本哈根的喧囂混亂在此刻全部沉寂了下來，幫派衝突並不是全體人民的戰爭。

卡爾不由得點點頭。莫頓能去參加這次遊行非常好，阿勒勒這兒參與的人應該不多，他自己就沒出席。

「阿薩德在那兒。」哈迪輕聲說。

卡爾注視著他。他這段時間都醒著嗎？

「在哪裡？」他看向電視，一下子就在人行道的群眾中認出阿薩德。

和別人不同的是，阿薩德的眼睛並未看向靈車，而是凝視著後頭的人群。他的眼神從一頭轉向另一頭，動作細微得像是隱身在灌木叢中盯著獵物的猛獸，表情非常凝重。接著畫面就跳掉了。

「見鬼了，那是什麼？」卡爾無疑是對自己喃喃自語。

「看起來像是在進行祕密任務。」哈迪咕噥著說。

三點左右，卡爾因爲劇烈的心跳而甦醒，身上的棉被像鉛一樣沉重，感覺好似突然發起高燒，或是有群病毒定居在他身上，癱瘓他的神經系統。他用力呼吸，手抓著胸膛。我爲什麼會感到恐慌？卡爾心想，渴望身邊有隻能讓他握住的手。

他睜開眼睛，四下一片漆黑。

被汗浸濕的T恤黏貼在身上，卡爾想起以前曾經出現過類似的情形，當時崩潰的原因是亞瑪格島上發生在他、安克爾和哈迪身上的槍擊案，難道這枚炸彈仍然持續運作中？

夢娜曾建議他回想那次意外事件，唯有徹底穿透它，才有辦法與之保持距離。

於是他握起拳頭，回想哈迪被射中，而他自己被射偏的子彈擦傷額頭時地板的晃動；回憶哈迪撞在他身上，兩人一起跌倒在地，血流得他滿身的感受；想起安克爾雖然身受重傷，仍英勇撲向敵人的情形；最後，一發子彈讓安克爾的心臟血液滲入地板裡。

他一再仔細思索當時的情況，對於自己未能採取行動羞愧不已，並且記得哈迪納悶爲何會發生這一切的驚愕神情。

但是，心跳依然沒有減緩。

他媽的眞要命，他連著咒罵好幾次，然後打開電燈給自己點了根菸。明天他要打電話給夢娜，告訴她情況又惡化了。打電話給她的時候，他會盡量讓自己的聲音充滿魅力，外加一點點虛弱，這麼一來，或許除了諮詢之外，她會給他更多好處。反正愛怎麼幻想是個人自由。

一冒出這個念頭，他不禁微微一笑，深深吸了口菸，然後閉上雙眼，感覺心臟依舊猛跳個不停。他會不會眞的生病了？

他下床拖著身子走向樓梯，全身精疲力盡。倘若要命的心臟病眞的發作，他可不想一個人孤單躺在樓上。

走到樓梯時，卡爾昏了過去，等到他醒過來，看見莫頓在他的頭旁邊猛揮著伊拉克國旗。

急診室醫生的眉毛表明卡爾白來一趟。診斷結果只有簡單扼要一句話：疲勞過度。

疲勞過度！多麼汙辱人啊，更別提醫生典型的評論和幾顆讓卡爾一覺到隔天才會醒來的藥丸。他星期天醒來時，已經是下午一點半，腦中充斥著許多毛骨悚然的景象，不過心跳總算恢復正常了。

卡爾腳步踉蹌的走下樓。哈迪一看到他便說：「賈斯柏要你打電話給他。你還好吧？」

卡爾聳聳肩回答：「我的腦子裡老是有東西嗡嗡作響，完全不受我的控制。」

哈迪努力擠出微笑，而卡爾則是恨不得咬掉舌頭。考量哈迪的情況，開口前必須經過三思。

「我思考了一下阿薩德昨天傍晚的行徑。」哈迪說。「你對他究竟了解多少，卡爾？你不是早該見過他家人了嗎？是不是應該找個時間去拜訪他了？」

「爲什麼這麼說？」

「對自己的夥伴毫不關心，難道是正常的嗎？」

夥伴？阿薩德何時成了他的夥伴？「哈迪，我很了解你。你話中有話。說吧，你葫蘆裡賣什麼藥？」

哈迪垂下嘴角，露出意味深長的笑容。有人能如此了解自己，感覺很棒。

「我只是想說，在電視上看到他時，我忽然有不同的看法，彷彿我不認識這個人。你呢？你認識阿薩德嗎？」

「你乾脆問我究竟認識什麼人算了。他媽的，我到底認識了誰呢？」

「你知道他住在哪兒嗎？」

「就我所知，他住在海德斯街。」

「就你所知？」

他住在哪兒？家庭狀況如何？還眞是如假包換的盤問啊！可惜哈迪是對的，他對阿薩德幾乎一無所知。

「你剛才要我回電話給賈斯柏？」他轉移話題。

哈迪輕輕點了點頭，但顯然對阿薩德的事情意猶未盡。

卡爾拿起手機。「你剛打電話來嗎？」賈斯柏一接起電話，他就劈頭問道。

「你可以去提錢了，卡樂。」

卡爾不自主的眨眨眼睛。那語氣聽起來該死的自信滿滿。

「卡爾！我叫作卡爾。賈斯柏，你要是再叫我一次卡樂，在關鍵時刻，我會出現短暫耳聾，什麼也聽不見。我已經警告過你了。」

「好啦，卡樂。」話筒另一端傳來賈斯柏震耳欲聾的笑聲。「就讓我們來看看你的耳朵到底靈不靈。我幫維嘉找到男人了，你聽見了沒啊？」

「啊哈。這男人是眞的價値兩千克朗，還是明天一早就被洗澡水潑出去了？就像那個詩人一樣。若眞如此，你一毛也別想拿到。」

「那個男人四十歲，有輛歐寶車、一間店和一個十九歲的女兒。」

「哈，竟然有這種事。你在哪兒找到他的？」

「我在他店裡貼了一張紙條，才第一張而已噢。」

這筆錢還眞容易賺到手。

「你憑什麼認爲那個商人適合維嘉？他長得像布萊德．彼特嗎？」

「想得美，卡樂。那布萊德．彼特得在大太陽底下曬上一個星期才行。」

「你是什麼意思？他是個黑人嗎？」

「並不是眞正的黑人，但也差不多了啦。」

卡爾聽著賈斯柏鉅細靡遺的說起前因後果，大氣也不敢喘一下。對方是個鰥夫，有雙害羞的棕色眼睛，正好符合維嘉的條件。賈斯柏發現之後，立即將他拖到家中，結果那男子大力稱讚維嘉的畫廊，還失聲驚呼說這棟花園小屋是他這輩子看過最舒適的地方了。於是事情便拍板定案，現在兩人已經到城中心一家餐廳共享午餐。

卡爾搖搖頭。他不是應該感到天大的喜悅嗎？但是肚子裡反而湧起一種微妙的情緒。

賈斯柏報告完畢後，卡爾慢動作闔上手機。莫頓和哈迪像兩隻路邊的流浪狗眼巴巴看著他，彷彿在等待餵食。

「祈禱好運吧，或許我們不用露宿街頭了。賈斯柏幫維嘉撮合了一個理想的男人，看來我們應該還可以在這間屋子多住一陣子。」

莫頓興奮的大力拍手。「不會吧！」他大叫說。「維嘉的白馬王子是誰？」

「白馬王子？」卡爾想要說得好笑一點，但是不太成功。「根據賈斯柏的說法，古咖瑪．辛．帕努是赤道以北膚色最深的印度人。」

他是不是聽見兩個大男人大口喘氣的聲音？

這一天，諾勒布羅的外緣地區飄揚著一片藍與白，以及深切哀痛的表情。卡爾從未看過人行道兩旁站了這麼多的哥本哈根足球會（注）的球迷，個個像被打爛的蘋果泥。旗幟橫躺在地，啤酒瓶彷彿重得拿不到嘴邊，空氣中不見飄揚的戰歌，只聽見幾聲挫敗的號叫在街上迴盪，宛如非洲牛羚群被獅子攻擊時發出的慘叫。

他們的足球英雄以二比一輸給了埃斯比約隊，在取得十四次主場勝利後，輸給了一支整年從未在客場贏得勝利的隊伍。

整個城市一敗塗地。

卡爾將車停在海德斯街，四下張望了一會兒。與他早年在此區巡邏時相比，如今的移民店家就像田鼠丘一般大量湧出。即使是週日，這兒也熱鬧非凡。

他在一個門旁的名牌上找到阿薩德的名字，按下了電鈴。寧願白跑一趟，也不要一開始就在電話中被拒絕或是回以托詞。阿薩德若是不在家，他就去找維嘉，她現在應該可以做出決定了。

過了二十秒，還是沒人來應門。

他往後退了一步，仰望樓上的陽台，這兒和他想像中的外籍人士住宅不一樣，小耳朵數量少得驚人，也不見曝曬在外頭的衣物。

「你要進來嗎？」一個陌生的聲音響起，有個金髮女生將門打開。

「謝謝。」他低聲說道，然後踏入這棟水泥箱子。

阿薩德的房子在三樓，不同於旁邊兩家阿拉伯鄰居擠滿名字的門牌，阿薩德的名字孤單立在自己門上。然後卡爾按了幾下門鈴，但心底有數自己白來了一趟，他彎下身，從門上的信箱孔裡往內看。

屋內似乎空蕩蕩的，除了廣告傳單和幾封信之外，只看見幾張可以淘汰的老舊皮沙發。

「喂，你在幹什麼？」

卡爾轉過來，眼前出現一件寬大的白色運動褲，褲邊有條紋，褲頭上方連接一個鍛鍊有成的健壯軀幹，再往上是一頭及肩的棕色捲髮。卡爾站起身來。

「我來找阿薩德。你知道他今天是否在家嗎？」

「那個什葉派教徒？他不在家啦。」

「他的家人呢？」

那傢伙將頭微微側向一旁。「你確定你認識他嗎？你該不會是要來闖空門的卑鄙小人吧？你幹嘛從信箱孔裡鬼鬼祟祟偷看啊？」

他用堅實的胸膛將卡爾壓到一邊。

「嘿，藍波，慢慢來。」

卡爾用手抵著對方布滿肌肉的胸膛，一邊在夾克內袋摸找著警徽。

「阿薩德是我的朋友，既然你在這兒，那麼請你回答我的問題。」

那傢伙目不轉睛望著卡爾遞過去的警徽。

「誰會和拿這種爛東西的傢伙當朋友啊？」

壯漢說完轉身就要離開，卡爾趕緊抓住他的袖子。

「也許你可以好心回答我的問題，那將……」

注 F.C. Copenhagen，一支位於丹麥哥本哈根的足球隊，附屬於帕肯體育及娛樂公司，目前在丹麥超級聯賽中角逐。

「去死吧，你這個死白痴！」

卡爾點點頭。三點五秒後，他會讓這個蛋白質攝取過多，導致大腦短路的傢伙看看誰才是白痴。他已準備好要出手，但還來不及揪住對方衣領，以侮辱警員的罪名逮捕他時，就聽見後面傳來一個聲音。

「拜託，彼拉，怎麼回事啊？你難道沒看見警徽嗎？」

卡爾轉過身，一個體型更加壯碩，一看就是舉重選手的人躍入眼簾。他身上那件龐大的T恤若是購於一般商店，那家店的貨色一定很齊全。

「請原諒我兄弟的行爲，他吞了太多類固醇了。」他邊說邊向卡爾伸出宛如一座中型市鎮規模的大手。「我們不認識哈菲茲．阿薩德。我只看過他兩次，他是不是頭圓圓的、濃眉大眼，長相有點滑稽的人？」

卡爾點點頭，放開了那隻大手。

「說實話，」那個男人繼續說，「我不認爲他住在這兒。至少沒和家人住在一起。」他微微笑了一下，「一家人擠在只有一間房的屋子可不是鬧著玩的。」

卡爾開車前往維嘉的花園小屋。抵達後，他先打電話給阿薩德，但撥了兩次都沒人接，他只好下車，深深吸口氣後邁步走上庭院小徑。

「哈囉，我的天使。」維嘉滿口甜言蜜語奉承著說。

客廳裡小型揚聲器傳來他從未聽過的音樂。是有人彈奏著西塔琴，還是某種可憐的動物受苦哀叫的聲音？

「那是什麼？」他問道，用手緊緊把耳朵搗住。

「曲調很優美，對吧？」她跳了幾個舞步，有點自尊心的印度人絕不會誇獎她跳得好。「CD是古咖瑪送我的，之後還會有更多。」

「他在嗎？」在只有兩個房間的屋子提出這種問題眞是蠢到不行。

維嘉臉上散發光采。「他在店裡。他女兒必須去參加冰壺運動，所以沒辦法顧店。」

「冰壺運動？很好。印度幾乎沒有什麼典型的運動。」

她拍打了他一下。「我會說是旁遮普(注)，他是從那兒來的。」

「好吧，所以他不是印度人，而是巴基斯坦人。」

「錯，他是印度人。不過你不需要爲此傷腦筋。」

卡爾在一把老朽的安樂椅上重重坐下，讓自己陷進座椅中。「維嘉，事情不能這樣下去。賈斯柏老是搬來搬去，妳一下子威脅要這樣，一下恐嚇要那樣。我幾乎不清楚我現在住的那棟房子是否屬於我。」

「唉呀，只要和共享財產的另一半還擁有婚姻關係，事情就會這樣。」

「那正是我的意思。我們難道不能做出恰當的協議，讓我付妳一筆費用嗎？」

「恰當？」她把話音拉長，聽起來很可疑。

「是的，妳把妳那一半讓給我，我們談定一個價錢，例如二十萬克朗，之後我每個月會付給妳兩千克朗。這樣不是很妥當嗎？」

看得出來她腦中的機器正在運算著。如果金額小一點，她還可能會搞錯，但是當後面的零夠多，她反而成了運算天才。

注 Punjab，印度與巴基斯坦都有此地名。

「最親愛的朋友，」維嘉顯然沒有那麼容易讓步。「這種事不能在短短的午茶時間做出決定，或許我們可以另外找個時間談談，不過金額可能要再高一點。誰知道人生會發生什麼事呢？」她忽然無故縱聲大笑，而卡爾一如往常不明所以。

他眞希望把心一橫，鼓起勇氣建議找個律師來解決問題算了，不過他就是沒這個膽。

「不過你知道嗎，卡爾？我們是一家人，應該要互相扶持。我知道你和哈迪、莫頓還有賈斯柏都很喜歡羅稜霍特公園那兒。你們若是住不成，豈不是太遺憾了。這點我明白。」

他凝視著她，彷彿意識到她馬上會提出讓他驚嚇過度而說不出話的建議。

「所以我考慮了一下，我願意暫時不去煩你們。」

她說出口了。不過，那個什麼古咖啡的不知何時會對她不斷在耳邊碎嘴嘮叨失去耐性，到那時候該怎麼辦呢？

「但是，你也要幫我一個忙。」

從那張嘴拋出的要求很可能會釀成大麻煩。

「我想……」他還沒說完，就被硬生生打斷。

「我母親很希望你去看她。她經常提到你，卡爾，你永遠是她的最愛。我希望你每個星期抽空去看她一次。我們能達成這個協議嗎？你可以從明天開始。」

卡爾嚥下一大口口水，這種事著實會讓一個大男人口乾舌燥。維嘉的母親！那個古怪的老太婆花了四年才接受他是她的女婿耶。她終其一生認爲上帝是爲了找樂子才創造這個世界。

「卡爾，我明白你在想什麼。不過自從她患了老年癡呆後，已經沒有那麼糟糕了。」

他又深深吸進一口氣。「我不確定有沒有辦法一個星期去看她一次，維嘉。」他察覺到她臉上的線條驀地變得僵硬。「不過，我試試看吧。」

她朝他遞出手。每次當他勉強做出對她而言顯然只是權宜之計的承諾時，兩個人一定要握手。

卡爾開車到烏特斯利沼澤公園，將車停在巷子裡。他隻身一人待在公園，感覺孤單寂寞。雖然家裡熱鬧有生氣，但那並不屬於他，就算他去上班工作，也恨不得能夠離開。他沒有培養任何興趣，也不從事運動，並且討厭放假時還要和陌生人一起度過，至於上酒吧喝兩杯，他也沒渴到那種程度。

如今一個戴頭巾的男人鼓起勇氣，展開攻勢猛烈追求他未來的前妻，動作比租個色情片還快速，接著他又發現自己對於所謂的夥伴也一無所知。阿薩德根本不住在自己所說的那個地址。

他深深吸入沼澤湧現的氧氣，同時又感覺到汗飆了出來，手臂上起雞皮疙瘩。可惡！難道又要再來一次了嗎？不到二十四小時內發作第二次？

他病了嗎？

他從口袋拿出手機，直盯著螢幕上的號碼。夢娜．易卜生的號碼。打電話給她會有多危險呢？他就這麼呆坐了二十分鐘，感覺心跳逐漸加快，最後還是按下了綠色通話鍵，心裡祈禱這位心理醫師星期天晚上不會拒絕幫人看病。

「喂，夢娜。」對方接起電話後，他輕聲說道。「我是卡爾．莫爾克。我……」他正想告訴她自己很不舒服，需要找人談話，她卻沒讓他把話說完。

「卡爾．莫爾克！」夢娜打斷了他，感覺不是特別想與人接觸。「聽著，從我回來後，便一直等著你的電話。現在是時候了。」

他坐在她的沙發上，客廳裡散發著女性芳香，那種感覺和當年他趁校外郊遊和一個長腿女孩站在幾間木屋後面，讓她把手伸進褲襠裡一樣，迷惑、跨越界線，還有搔癢難耐。

但夢娜不是某個鄉下麵包師傅滿臉雀斑的女兒，他的身體反應清楚證明了這一點。每當她的腳步聲在廚房響起，他就能感覺胸前口袋附近危險的劇烈跳動，差點沒暈過去。

他們剛開始先是客套寒暄了幾句，然後談論一下他最近發作的狀況。言談間兩人喝了一杯金巴利，氣氛輕鬆一些之後，又喝了兩杯。最後他們聊起她的非洲之旅，話題開始前先吻了一下。

或許他的恐慌感和現在必然會發生的事情有關。

夢娜拿著某種三角形的東西回來，她稱之爲晚餐。但當兩人在此獨處，她穿著緊繃貼身的襯衫時，誰還有心思想到吃的？

時候到了，卡爾，他在心裡對自己說，若是有個名叫什麼古咖啡，鬍子濃密得能編成辮子的男人都辦得到，你也不會有問題的。

第二十二章

他把妻子困在用厚重箱子形成的監牢中，她將會待在那兒直到生命終了。她知道太多事情了。整整兩個小時，小房間一直傳來又刮又抓的聲音，等他後來抱著班雅明從外頭回來，還是聽得見一絲沉悶的呻吟。

直到他把小孩的東西都打包上車後，屋子裡才完全沉靜無聲。

他從後照鏡對著後座的兒子微笑，播放一片兒歌ＣＤ，上車一個小時後他就會入睡，每次開車到西蘭島都是如此。然後他打電話給他妹妹，她的聲音聽起來睡意濃重，不過聽到他說自己有多重視他們能夠照顧班雅明，整個人一下子便清醒過來。

「是的，妳沒聽錯。」他說，「我每個星期給妳三千克朗，當然這段時間我不時會過去看你們是否妥善照顧他。」

「你要一個月之前先給錢。」她說。

「沒問題，我會的。」

「你也不能斷了之前給我們的錢，要繼續給我們。」

他點了點頭，這點在他預料之中。「我不會改變的，別緊張。」

「你妻子要住院多久？」

「我不清楚，要看狀況。她病得不輕，可能需要一陣子。」

一陣靜默。艾娃沒有表達任何安慰或是同情之語，他妹妹不是那種人。

「去找你父親！」他母親聲音尖銳命令著他。她的頭髮淩亂，一身衣服似乎穿反了，看來父親又把她教訓一頓了。

「爲什麼？」他問道。「我明天要去禱告會唸完哥林多書，這是父親說的。」

他曾經天眞的以爲她會救他，擋在父子兩人中間，將他從父親令人窒息的擁抱中解救出來。卓別林只是一個好玩的遊戲，他沒有傷害別人。耶穌小時候也會玩遊戲，這點他們都清楚。

「現在就去，動作快！」母親緊抿著雙唇，抓住他的脖子。她經常這樣抓著他，將他送去挨打受辱。

「那我就說妳偷看鄰居在田裡脫內衣。」他說。

她嚇了一大跳。他們兩人都知道他說的不是事實，因爲光只是微微瞄向別人，便代表往地獄前進一步。他們從教會、從桌邊祈禱，尤其是從父親引用那本總是放在他口袋裡的黑皮書上聽見：撒旦就躲在人們的目光之中，隱身在笑容與每一個碰觸之中。一切都明白寫在黑皮書中。

他母親當然不可能偷看鄰居，但誰叫父親不分青紅皀白隨便打人？這種懷疑對誰都沒有好處。接下來，母親用冷漠的語氣說出口的話，讓兩人永遠決裂。「你這個惡魔之子，希望魔鬼將你帶回你所來的地底；希望地獄之火燒焦你的皮膚，讓你永遠痛不欲生。」她點了一下頭。「沒錯，你雖然滿臉透出驚訝之色，但是撒旦已經逮住你了。從現在開始，我們不再看顧你。」

她打開門，將他推進瀰漫著紅酒氣味的房間。

「過來。」他父親邊說邊將皮帶纏繞在手上。

窗簾全部放了下來，房裡僅透露著一絲微光。

艾娃穿著一身白洋裝，像根鹽柱杵在書桌後頭。父親顯然沒有毆打她，因爲她的袖子捲起，眼淚也差不多止住了。

「所以你仍然在扮演卓別林。」父親說得很簡短。

他從眼角餘光瞥見艾娃克制自己不往他這邊看。

看來接下來會很難熬。

「這是班雅明的身分文件。他留在你們家時，這些最好由你們保管，他生病時才用得上。」

他把文件拿給妹夫。

「你覺得他會生病嗎？」他妹妹一臉驚慌。

「當然不會，班雅明是健康寶寶。」

他從妹夫的眼神看出：他們要更多的錢。

「班雅明這個年紀的小孩吃得很多。」他妹夫指出。「光是尿布，一個月就要花掉一千克朗。」還補充說，如果他對這點有疑慮，可以上網查證。

妹夫搓著雙手的樣子宛若查爾斯．狄更生筆下的小氣財神（注）。那雙手明明白白透露著：額外再加五千克朗，一切便皆大歡喜了。

但是妹夫沒有拿到那筆錢。他們只能繼續去找那些故意忽略要支付預算給各個教區的教士。

「你和艾娃若是遇到困難的話，我會隨時調整，清楚嗎？」

他的妹夫不情願的同意，而他妹妹的心思早已飄遠，用那雙沒碰過太多好東西的手仔細撫摸

注 Charles Dickens，英國維多利亞時期的著名小說家，他的作品對英國文學發展有深遠影響。《小氣財神》為一聖誕系列小品，內容描寫一個吝嗇刻薄的守財奴史古基，如何在一夜之間因靈異經歷救贖的過程。

著小男孩幼嫩的肌膚。

「他現在的頭髮是什麼顏色？」她問著，盲目的雙眼閃耀著喜悅。

「和我在他這個年紀時一樣，如果妳還記得的話。」他注意到她黯淡的眼睛閃過畏縮的神情。「還有，別讓班雅明做該死的祈禱，懂嗎？」他繼續說。唯有如此，他才願意提供他們金錢。

他看著他們點頭，然而他們一言不發的態度讓他很不滿意。

再過二十四小時就能拿到錢，一百萬元的舊鈔，這一點他不曾懷疑。

他現在要去船屋察看那兩個孩子的狀況。明天拿到錢後，他會再去一次，將女孩殺死，男孩則用氯仿迷昏，然後星期二晚上將他丟在道勒拉普附近的田野。

事先他會指示男孩一套讓他父母心裡有底的說法。他會要桑穆爾告訴他們，殺死他妹妹的凶手布有眼線，永遠能掌握他們的所在位置；還有，家裡小孩夠多，他要再度下手是易如反掌的事，他們不能掉以輕心。若是凶手對他們可能把這件事告訴別人存有一絲懷疑，絕對會綁架另外一個孩子作爲報復。以上就是他要桑穆爾轉述給父母的內容。這些威脅不僅沒有時效性，而且他們必須知道，他時常改變自己的外表，那個他們以爲自己認識的人實際上並不存在。

這招每次都奏效。那些家庭擁有信仰，能夠從宗教中尋求慰藉，埋藏心底的哀傷。他們爲死去的孩子悲傷流淚，並致力保護活著的孩子，聖經中約伯的故事是他們的最佳借鏡。

若是有人問起不見的孩子，他們會編造理由說那個孩子違反教規。所有被害家庭全部如出一轍。在這次案件中，這個說法更加可信，因爲瑪德蓮娜與眾不同，甚至可以說是光彩過人，而在他們的教區中這不是個優點。她的父母會說他們將她送到別的地方接受管教，對教區來說，這件事就此結束。

他莞爾一笑。

過不了多少，又將少掉一個將上帝置於人類之上，用他們的盲目信仰汙染世界的人。

這個傳教士家庭終於在他過完十五歲生日幾個月後的一個冬日裡分崩離析。事發前，他身上發生了無法解釋的特殊情形，教會諄諄告誡的罪孽思想忽然煩擾著他。那天有個穿著緊身裙的女子在他附近彎下身去，當晚他的眼前便不斷浮現那景象，然後，他生平第一次夢遺了。

他感覺腋下冒出汗水，四周的聲音逐漸退去，頸部肌肉激烈抽動，蓬亂的黑色體毛四處亂竄。剎那間，他覺得自己像隻鑽出土地的田鼠，在亮晃晃的日光下不安眨著眼睛。他若是用心思考，應該能辨認出比他先經歷過這種變化的教區男孩。他不清楚那是怎麼一回事，而這種話題也無法和自稱爲「上帝的選民」的父親討論。

三年來，他的父母唯有在完全無法避免的情況下才會面對他，他們看不見他的努力，始終沒有察覺他在禱告會上多麼專注盡心。對他們而言，他只是一面叫作卓別林的惡魔之鏡，此外不管他做了什麼事，全都微不足道。

他在教會中屬於特殊分子，但不是好的方面。教友聚會禱告時，往往會祈求所有的孩子不要變得像他一樣。只有小妹艾娃始終陪在他身邊，雖然她偶爾會遺棄他，會在父親的壓迫下，吐露他在父母背後說他們的壞話，而且不想聽從上帝之類的話語。

當時父親將打擊他、折磨他視爲自己的第二項任務，終日毫無目的下指令，譏諷、責罵是家常便飯，附餐點心則是毆打與精神暴力。剛開始他還能在一些教友身上尋求慰藉，但是後來也沒有了。在這個圈子裡，上帝對於人類悲憫之心的怒火與災難逐漸聚積，將信仰虔誠之人給與的友愛染上陰影，終於他們棄他而去，決定支持另一邊，而他只能把另一邊的臉也遞過去。

正如同聖經規定的一樣。

在萬物逐漸凋零衰敗的家裡，艾娃和他的關係也逐漸萎縮。長久以來，她不斷向他道歉；長久以來，他對父親的數落裝聾作啞。但到最後，他發現連她也不再支持自己。

於是在那個冬日，不幸終於降臨。

「你吃東西的聲音簡直像豬叫。」他們在廚房餐桌旁坐下時，父親說。「你的模樣也和豬一樣。去照照鏡子，就知道自己有多醜陋、多臃腫，用你的豬鼻好好嗅一嗅你有多臭。滾，去把自己洗一洗！」

那是他表達卑劣行徑的方式，像要他去洗澡這種小事更是讓人厭惡氣惱。父親最近老是這樣，在訓完話後，便會要他去擦自己房間的牆壁，把臭味給消除掉。

何不乾脆豁出去大幹一場？

「你要我滾去用鹼液洗刷房間的牆壁是吧？要洗你自己去洗，你這個暴君！」他大吼。

他父親開始冒汗，母親則是連聲抗議。他是誰，竟敢這樣和父親說話？

他很清楚他母親會想盡辦法要他屈服，會懇求他離開他們的生活，並且毫無根據的毀謗、指控他，直到他受不了甩門離去，在外面待上大半夜。每當衝突加劇，她這種折磨人的技倆總是奏效。但是，今天沒用。

他察覺自己身子挺直，感覺頸動脈中的血流洶湧，肌肉緊繃。父親若是膽敢拿拳頭揍他，他絕對會讓他好好領教自己全新的身體。

「你這個豬玀，別來煩我！」他警告說。「我恨你！你就像噁心的瘟疫一樣！你這個雜種，離我遠一點！」

艾娃看不下去矯情虛僞的父親因爲一連串惡魔的話語而崩潰乏力，於是這朵平日穿著圍裙躲進忙碌家務中的膽怯紫羅蘭，猛地跳過來搖晃自己的哥哥，大聲喊叫不准他再像以前那樣破壞她的生活。

母親試著把兩人分開，這時父親一個箭步跨到一旁，從洗碗槽底下的櫃子抓出兩個瓶子。

「給我到樓上去用鹼液把你的牆壁刷乾淨，你這個魔鬼！」他聲嘶力竭，臉色死灰。「若是不照我的話做，我會讓你往後幾天下不了床。聽懂了嗎？」

父親呸的一聲往他臉上吐口水，然後將一個瓶子塞在他手裡，嘲諷的看著唾液從他下巴滴落。

他懸開瓶蓋，將瓶內的侵蝕性液體倒在廚房地板上。

「你這個邪惡的人，你在幹什麼！」父親大叫，急忙伸手要奪下瓶子。在搶奪的過程中，瓶內的侵蝕性液體呈拋物線噴出來灑過廚房。

父親的低沉咆哮令人感覺毛骨悚然，但仍然比不上艾娃淒厲的慘叫。

她全身不住顫抖，雙手遮在臉前面，但又不敢碰到臉龐。下一秒，強鹼侵入她眼中，永遠奪走了她觀看世界的視線。

正當母親哭天喊地、妹妹厲聲尖叫，而他被自己行爲嚇得呆若木雞時，他父親一動也不動，愣怔的看著自己的雙手，手的皮膚受到鹼性溶液的侵蝕而起水泡，臉部則先是一片通紅，接著整個發青。霎時間，他急速張大眼睛，抓著自己的胸膛，整個人往前彎折，大口喘氣，一臉不可置信的表情。等他最後跌落倒地，生命也一點一滴消逝。

「耶穌基督，全能的天父，我將在祢手中安息。」父親用最後一口氣說著，接著便斷了氣。

他在胸前交叉的雙手宛如十字架，臉上竟還帶著笑容。

他呆愣了好一陣子，眼睜睜看著父親僵硬面容上的微笑，母親在一旁呼求上帝的慈悲憐憫，艾娃則是不斷放聲尖叫。近幾年湧現的復仇欲望瞬間頓失依靠。他父親仰望著上帝、帶著唇邊一抹微笑，終於死於心臟病發。

那和他想像的不一樣。五個小時後，這個家庭完全崩解。艾娃和母親被送進歐登瑟醫院，他則進了收容所，一切後續事宜由教友幫忙處理，而他將終其一生待在上帝的陰影底下以爲報答。

如今他的生命中只剩一件事要做：讓所有人付出代價。

第二十三章

今晚夜色動人心弦，四周靜謐無聲，漆黑深沉。峽灣上的帆船燈火點點，屋外朝南的草地上，微風吹拂鮮綠的嫩草。夏天轉眼即將來臨，很快又是放牧牛群的季節。

他很中意這個地方。將來有大他要將韋伯莊（Vibehof）整頓得美輪美奐，刷新紅磚，拆掉船屋，移除目前遮蔽海景的叢生植物。

這是棟漂亮的小農舍，他希望將來在此終老。

他打開倉庫的門，一根柱子上掛著使用電池的提燈。扭開燈後，他將桶子裡約十公升的液體全部倒進發電機的油箱中。每次進行到這個步驟，轉動發電機的啓動鍵時，他的體內往往會充盈著一股即將大功告成的滿足感。

他打開天花板上的燈，關掉提燈，老舊的巨大油箱豁然矗立眼前，讓人回憶起早年的時光，而今油箱又可以派上用場。他伸長身子抬起金屬蓋，那個蓋子是他鋸掉箱子上面的部分後自己加上去的。油箱裡很乾燥，也就是說他上次清理得很乾淨，一切恰如其分。

接著，他從門上方的架子拿下袋子，裡頭的東西花了他五千克朗，不過這金額與它的價值相當。HPT夜視鏡能讓夜晚宛如白晝般光亮，是軍隊中使用的優良機種。

他將繩環套過頭，在眼睛部位調整好夜視鏡的位置後開啓。

然後他走出戶外，踏過布滿活蛞蝓及其腐爛軀體的石磚小徑，拿下掛在倉庫後面的橡皮管拉向海邊。透過眼前的鏡片，能夠輕而易舉的透視灌木叢和蘆葦看見船屋，甚至整個農舍皆可盡收眼底，包括灰綠色的建築和爲免命喪他腳下而往兩旁跳開的青蛙。

海水輕拍岸邊，他將橡皮管放進海裡時，除了發電機發出的轟轟聲之外，四下一片寂靜。

整個過程中最脆弱的環節就是發電機。以前他讓發電機整天運轉，但是不過幾年光景，保持啓動一個星期便會開始出現噪音，所以他必須多跑回屋子一次，讓它重新發動。他甚至考慮過要將發電機換掉。

反觀抽水馬達反而一點問題也沒有。相較之前他得親自挑水把油箱裝滿，現在只要半個小時，峽灣裡的水就能灌滿油箱。他心滿意足的聆聽橡皮管那端傳來源源不絕的水流聲，同時夾雜著發電機的轟轟聲。他多的是時間。

這時，他察覺到從船屋傳來的聲響。

自從買了賓士車之後，他便能不著痕跡的偷襲被銬在船屋裡的人。車子雖然昂貴，但是駕駛起來非常舒適，而且引擎幾乎不會發出聲音。他很清楚船屋裡的人不會預料到他人在現場，所以總是躡手躡腳接近。

這次也不例外。

桑穆爾和瑪德蓮娜眞的很特別。桑穆爾腦筋靈活、叛逆、暴躁易怒，讓他想起當年那個年紀的自己；瑪德蓮娜卻恰恰相反。他第一次從船屋的偷窺孔觀察她時，訝然發現她竟讓他想起以前不顧禁令愛上的女孩，以及後來徹底改變他生命的事件。是的，每當他注視著瑪德蓮娜時，那女孩的影像便栩栩如生浮現眼前。她們的眼角同樣微微下垂，肌膚白皙透明，微血管清晰可見。

他曾經兩次悄悄潛近船屋，移開塞住偷窺孔的焦油團，把頭緊緊挨著孔眼，窺探屋子裡的情況。兩個孩子相距幾公尺蹲坐著，桑穆爾遠遠蜷縮在深處，瑪德蓮娜則是靠在門邊。

瑪德蓮娜常常以淚洗面，但大多是輕聲啜泣。每當她柔弱的肩膀在微光下輕輕抖動，哥哥就會扯動自己的皮帶，引起她的注意，用溫暖的目光安撫她。

他身為兄長，願意不計一切代價只為弄掉陷進她肌膚裡的皮帶，然而實際上他束手無策，所以也只能背著妹妹偷偷哭泣。為了不讓她看見自己掉淚，他會快速將頭一撇，待心情平復後才轉回來看著她，然後繼續搖頭晃腦，擺動上身耍寶逗她。

就像當年他模仿卓別林取悅妹妹一樣。

他聽見瑪德蓮娜被膠帶貼住的嘴巴發出笑聲。她先是笑了一陣，然後再度被現實與恐懼所攫獲。

今天晚上他過來給他們喝最後一次水，還沒接近就聽到瑪德蓮娜在輕輕哼著歌。

他將耳朵貼在船屋的木牆上。雖然瑪德蓮娜嘴巴貼著膠帶，仍聽得出她的聲音乾淨清亮。他知道歌詞，這首歌陪伴了他整個童年，但他痛恨歌詞中的每一個字。

我的主，我要親近祢，
更加親近祢！
憂傷壓迫著我，人們威脅我，
儘管有十字架和苦難折磨，
然而我的聖經格言依舊是：
我的主，我要親近祢，
更加親近祢！

他小心翼翼挪開偷窺孔上的焦油團，透過夜視鏡探看船屋內部的狀況。

瑪德蓮娜頭往前彎，雙肩下垂，看起來比實際更加瘦小。她的身體隨著歌曲繞著圈子左右擺動，歌曲結束後，她靜靜坐著，發出短淺而急促的呼吸聲，讓人感覺像隻受到驚嚇的小動物，心臟必須劇烈跳動，才能應付一切挑戰，才能面對飢餓、口渴、苦思冥想，或者是對未來的恐懼。

夜視鏡讓眼前的景物鋪上一層淡綠色，他將視線移到桑穆爾身上，即刻看出他不像妹妹那樣垂頭喪氣、無精打采。他的上身沿著斜面牆來回磨動，而那絕對不是在扮小丑耍寶。

他搞錯了，原本以爲是老舊發電機發出的磨削聲，其實是來自桑穆爾的方向。

他立即明白男孩的企圖。桑穆爾正在厚木板上磨著皮帶，費盡心思要把帶子弄斷。或許他在木板上發現小小的突出物，讓他可以在上面磨擦。

男孩的臉現在看得更清楚了。他在笑嗎？難道他的計畫即將成功，所以露出笑容？女孩則是咳了幾聲。濕冷的夜晚耗盡她的體力，整個人憔悴虛弱。

她咳嗽的時候是多麼脆弱啊，他心想。忽然，貼著膠帶的嘴巴又哼起歌來。

他身體一震，整個人愣怔在原地。那是他父親主持告別式時一定會吟唱的歌曲。

天父，請留在我身邊！
傍晚降臨，深夜到來，幽暗籠罩大地。
我的主，祢若不在此處，我上哪兒尋找安慰？
請幫助無助之人：天父，請留在我身邊！
白日消退，生命怯弱，

生趣腐朽，俗世榮耀褪色，
我們生活在墮落與轉變之中。
而不變的是祢：天父，請留在我身邊。

他感覺嘔心欲吐，轉身走回倉庫，從牆上掛勾拉下兩條半公尺長的粗鍊子，再從刨台最底下的抽屜拿出兩個鎖頭。上次他就發現用來捆綁孩子的皮帶已經漸漸磨損，事實上也使用得相當頻繁了。桑穆爾若是不斷強力磨擦，就不得不強化綁住他們的工具。

當他把燈打開走向他們時，兩個孩子困惑的抬頭看著他。縮在角落的男孩絕望的一再晃動皮帶，但只是白費力氣。當他的身體被粗鍊綁住，原本的皮帶又固定在牆上時，貼了膠帶的嘴發狂似的大聲嚷嚷。但眞要起身反抗，他卻毫無氣力。數日未進食，加上身體長期處於不舒服的姿勢，早已耗盡他的體力。他坐在那兒，雙腳蜷曲側向一邊，看起來悲慘可憐。

和之前那些受害者一模一樣。

瑪德蓮娜立刻停止哼歌，他的出現奪走了她僅存的精力。她之前八成認爲哥哥的努力多少有用，但現在終於意識到自己的期待有多麼渺茫虛無。

他先將水倒在杯子裡，才撕開她嘴上的膠帶。

她大口喘著氣，但脖子早已將伸向前，張開嘴巴。生存本能仍然持續運作中。

「瑪德蓮娜，不要喝得那麼急。」他輕聲說。

她抬頭看著他好一陣子，眼神盡是困惑與恐懼。

「我們什麼時候可以回家？」她雙唇顫抖著發問，沒有反抗，也沒有破口大罵，只是提出簡單的問題，然後又大口喝下更多的水。

「還要再一、兩天。」他說。

「我想回家找爸爸媽媽。」盈眶的淚水終於滑落臉頰。

他對她綻放笑容，把杯子舉到她唇邊。

也許她感覺到他的企圖了，至少她停止喝水，睜大眼看著他，然後把頭轉到哥哥的方向。

「他要殺死我們，桑穆爾。」她的聲音顫抖。「我就是知道。」

他轉頭直視男孩，「你妹妹糊塗了，桑穆爾。」接著壓低聲音續道：「我當然不會殺死你們，事情會好轉的。你們的父母是有錢人，而且我又沒有喪心病狂。」

說完又轉回去看著瑪德蓮娜，她低垂著頭，好似生命即將走到終點。「我知道妳很多事情，瑪德蓮娜。」他用手輕柔的撫順她的頭髮。「我知道妳想要剪短髮，自己能多一點決定權。我有東西要給妳看。」他從夾克內袋拿出一張彩色紙張。

「妳認得這是什麼嗎？」他問她說。

他清楚察覺到她整個人一震，受到很大的驚嚇。但是她掩飾得很好。

「沒見過。」她淡淡的說。

「噢，才怪，瑪德蓮娜。我看過妳坐在花園角落盯著那個洞的樣子。妳經常那樣做。」

她將頭撇向一邊，覺得很丟臉。他侵犯了界線，而且做得過分了。他將紙舉到她面前，紙是從畫刊撕下來的。

「五位短髮的有名女人。」他接著唸出名字：「莎朗．史東、娜塔莉．波曼、荷莉．貝瑞、薇諾娜．瑞德和綺拉．奈特莉。有的我不認識，不過她們全都是聲名大噪的電影明星，對吧？」

他抬起瑪德蓮娜的下巴，將她的頭轉向自己。「看這種東西爲什麼會被禁止？因爲她們全都是短髮嗎？因爲你們教會不允許短髮？原因是這個嗎？」他點點頭續道：「我早就知道是這麼回事。

妳很想要有一頭短髮，不是嗎？妳雖然搖頭否認，但是我相信妳打從心底想留短髮。但是，聽著，瑪德蓮娜，我把這個小祕密告訴妳父母了嗎？沒有，我一個字也沒提。所以說，我不可能是那麼壞的人，對吧？」

他稍微往後退了一點，從口袋拿出小刀。這把刀永遠保養得乾淨又銳利。

「只要拿這把刀刷刷兩下，輕輕鬆鬆就能將妳的頭髮削短。」

他抓起她一綹頭髮削了下來。女孩再次受到驚嚇，她的哥哥在一旁猛力掙扎，扯動著鎖鏈。

「妳看！」他說。

她露出彷彿被割下一塊肉的表情。對一個從小被宗教教導頭髮是神聖之物的女孩來說，短髮是不折不扣的禁忌。他把她的嘴再黏住時，她又開始哭泣，褲子和底下的紙張已經濕了。

現在他轉向男孩，重複一次剛才的流程，撕掉膠帶，將水倒在杯裡給他喝。

「而你，桑穆爾，你也有祕密。你會偷看不屬於你們郊區的女孩。我觀察過你和你大哥放學回家的情形。你可以這樣做嗎，桑穆爾？」

「一有機會，我一定要你好看，上帝會幫助我。」嘴巴再度被膠帶黏上之前，男孩拚命大吼大叫。

事情進行得差不多了。他的決定是對的，不能留女孩活口。

顯而易見的是，她雖然擁有夢想，卻懷抱著更強烈的崇敬心，受到宗教的折磨更大，將來很有可能成為另一個蕊雪或是艾娃。

他還有必要知道更多嗎？

他承諾他們只要一拿到他們父親的贖金，就會釋放他們。在兩個孩子安心一點後，他回到倉庫。油箱已經裝滿了。他關掉抽水馬達，捲回橡皮管，將工業煮水器的插頭插入發電機，然後打開加熱棒，再讓棒子滑進油箱中。根據他的經驗，水溫超過二十度時，鹼液會作用得更加快速，而且這種季節還要考慮夜霜的影響。

裝著鹼液的桶子擺在角落的貨板上。他打開蓋子，將鹼液倒進油箱。之後得去補貨以備下次之用。

到了明天，女孩的屍體會被丟進油箱，不到一個星期便完全溶解不見，之後他得將橡皮管拖到二十公尺外的峽灣，清空裡頭的液體。在水流的幫助下，一天之內這些廢物就會排得遠遠的，然後他會把油箱清洗個兩次，徹底毀屍滅跡。

一切都只是化學的問題。

第二十四章

他們兩個站在卡爾的辦公室中，形成完全南轅北轍、突兀不相稱的景象。伊兒莎塗著藍紅色的口紅，阿薩德蓄了好鬥的短髭。

阿薩德全身上下透露著反對與指責，卡爾不記得自己看過他如此憤怒。

「那不是真的！伊兒莎說我們沒辦法讓特里格費到哥本哈根來？那份報告怎麼回事？」

卡爾眼睛瞇成一條縫。夢娜打開臥室房門的影像不斷在他的視網膜上播放，讓他心猿意馬，失去自制力。事實上，他整個上午的心思都在此事上打轉，他若是不快點振作起精神，特里格費和外頭那個瘋狂的世界就得排在等候清單上。

「什麼事？」卡爾在辦公椅上伸伸懶腰。他的身體已經幾百年沒有這麼敏感了。「特里格費？沒辦法，他住在布來金省。我請他移駕到哥本哈根，甚至說要派人去接他，但是他說自己沒有辦法，而我也不能強迫他啊！你別忘了，阿薩德，他人在瑞典。他若是不願意前來，或是沒有瑞典警方的協助，我們也沒有辦法讓他過來。更何況現在時機還太早，不是嗎？」

他預料阿薩德應該會點頭同意，但是事與願違。「我會寫份報告給馬庫斯，好嗎？到時候或許就會有進展了。還有，我不清楚接下來該怎麼做，畢竟這是件十三年前的陳年舊案，從來沒有進行調查。我們必須讓馬庫斯決定這件案子要交由誰負責。」

阿薩德眉頭緊蹙，伊兒莎跟著模仿他的表情。卡爾不會是認眞的吧？他要將我們辛苦查出的成果送給凶殺組？

阿薩德瞥了一眼手錶。「我們現在上樓去，就可以立即知道結果了。馬庫斯早上總是很早就來上班。」

「好吧，阿薩德。」卡爾坐直身子。「不過在此之前，有件事我們要先談一談。」

他看著伊兒莎。她萬分期待的擺動了一下臀部，一副「會有什麼事呢？」的表情。

「只有阿薩德和我，伊兒莎。」他用眼睛示意，「就我們兩個，妳知道的。」

「原來如此。」她向他眨眨眼，低聲說：「男人間的對話。」身上的香味在她離去後仍在辦公室裡殘留不去。

卡爾眉頭深鎖，不發一語的注視著阿薩德，心想阿薩德或許會因此先開口。但阿薩德只是看著他，臉上表情像是隨時會跑出去幫他買治療胃食道逆流的藥物。

「我昨天到你家去了，阿薩德，海德斯街六十二號。你不在家。」

阿薩德臉頰先是露出一個小淺窩，隨後即刻轉變爲笑紋。令人訝異的反應。「太可惜了。你爲什麼不先打個電話來呢？」

「我打過了，阿薩德。但是你沒有接手機。」

「眞的很遺憾，你來應該會很有意思的，卡爾。唉，或許改天吧。」

「嗯，不過不是要約在那兒，對吧？」

阿薩德點點頭，臉上擠出一抹微笑。「你是說我們約在城裡見面嗎？好啊，不錯的主意。」

「你務必帶著太太一起來，阿薩德。我也該見見她了，還有你的女兒。」

阿薩德一邊眼皮抖了一下，彷彿他最不願意帶出來拋頭露面的人就是他妻子。

「阿薩德，我和海德斯街那兒的居民談過話。」

現在連另外一邊的眼皮也顫抖起來。

「你並不住在那兒，阿薩德，而且是很久以前就不住那兒了。至於你的家人，更是從未住在裡頭。阿薩德，你家究竟住哪裡？」

阿薩德雙臂一伸。「那間房子太狹窄了，卡爾，根本不可能住進我們全家人。」

「你搬家一事難道不該向我報備嗎？你不需要想辦法將那間小房子脫手賣掉嗎？」

阿薩德神情若有所思。「你說得沒錯，卡爾。我應該這麼做。」

「那麼，你現在住在哪兒？」

「我們租了間房子，現在房子很便宜，很多人甚至有兩棟房子。房屋市場，你知道的。」

「聽起來不錯，但是在哪裡，阿薩德？我需要地址。」

阿薩德低垂著頭。「那個，我們是非法租屋，否則租金很貴。不能拿舊的地址當通訊處就好嗎？」

「在哪裡，阿薩德？」

「哎呀，好吧，在霍爾特，只是國王路旁的一間小屋。不過，你要來之前可以先打個電話嗎，卡爾？我妻子不太喜歡忽然上門的客人。」

卡爾點了點頭。他會再找機會和自己的屬下好好談這件事。「還有一件事。為什麼海德斯街的人說你是什葉派教徒？你沒告訴他們你來自敘利亞嗎？」

阿薩德翹起豐滿的下唇。「有啊，怎麼了？」

「敘利亞有什葉派教徒嗎？」

那雙濃密的眉毛忽然往上一抬。「說真的，卡爾，」他體諒的笑了笑，「到處都有什葉派教徒啊。」

半個小時後，他們和馬庫斯、羅森，以及其他十五個明顯患有星期一症候群、滿腹牢騷的同事在會議室開會。

看來沒有人對能參加這場會議感到興高采烈。

馬庫斯簡單報告了卡爾告訴他的案件內容，這是凶殺組的慣例。過程中若是有疑問，與會者隨時可提出。

「從被殺害的保羅．霍特的弟弟特里格費身上，我們得知那家人認識綁票者，或者應該稱之爲殺人犯比較正確。總之，凶手花了一段時間，加入父親馬丁．霍特在克雷斯登所屬的耶和華見證人教會，大家都期待那個男人很快就會成爲他們的一份子。」

「我們拿到他的照片了嗎？」發問的人是副警官貝蒂．韓森，卡爾以前小組中的成員。

凶殺組的副手羅森搖搖頭。「沒有。不過我們掌握了他外表的特徵描述，而且還有一個名字，佛來迪．布林克（Freddy Brink）。但是，懸案組已經查證過了，那不是他的眞名，在戶政機關的資料中，沒有登記這個名字卻又年紀相符的人。因此，我們說服卡爾斯港市的同僚派了一位繪圖員到特里格費．霍特那兒去，現在必須靜心等待結果。」

馬庫斯站在白板前面，記下關鍵字句。

「總而言之，凶手於一九九六年二月十六日誘拐了兩位少年，那天是星期五，保羅帶著弟弟特里格費到巴勒魯普他就讀的工程大學。那位佛來迪．布林克開著天藍色貨車，假裝很開心能在距離克雷斯登如此遙遠的地方意外遇見他們，於是提議順道送兩人回家。可惜特里格費無法準確描述車子的型號，只知道前面是圓的，後面是方的。

「兩個男孩坐在前面的副駕駛座。行駛不久後，布林克將車子停在路旁一處偏僻的停車場，並且電擊兩人，讓他們喪失行動能力。特里格費無法敘述對方是怎麼辦到的，不過十之八九是使用了某種電擊棒。之後他將兩人搬到貨車後面，拿了一塊布摀住他們的臉，上面應該沾了氯仿或乙醚之類的藥品。」

「我可以插個話嗎？特里格費對於前述過程不是那麼有把握。」卡爾補充得更精確。「他被電擊後有點意識不清，而他哥哥之後告訴他的經過也有限，因爲綁架者將兩個孩子的嘴巴用膠帶貼住了。」

「是的。」馬庫斯接著說下去。「但是，如果我的理解沒錯，保羅讓他弟弟有個印象，認爲車子約莫行駛了一個小時。不過這一點我們並不十分確定。保羅患有某種自閉症，儘管天賦異稟，對於現實世界卻有自己獨特的感官與認知。」

「是亞斯柏格症嗎？我想起那封信上的字句。保羅置身在可怕的情境下，還那麼重視要寫下準確的日期，那不正是亞斯柏格症患者特有的行爲模式嗎？」貝蒂問道，她一邊聽報告，一邊將內容記錄下來。

「是的，有可能。」組長馬庫斯點點頭。「結束這段車程後，兩個少年被帶進一間船屋，裡頭瀰漫著強烈的焦油味道與臭水味。船屋非常狹小，人在裡面幾乎無法站直，背部必須非常彎曲才行。那不是停靠小船或帆船的船屋，比較接近獨木舟和輕便划艇。那個叫布林克的男人殺死保羅之前，將他們在那兒關了五天。天數是特里格費提供的資訊，但別忘記當時他才十三歲，不僅處於極度恐懼之中，大部分的時間還在睡覺。」

「我們有任何關於地形的資料嗎？」維果．漢昇小組中的彼得．魏斯特維問道。

「沒有。」組長回答。「少年在眼睛蒙住的情況下被帶到船屋，所以什麼也看不見。不過特里格費提到他們聽見低沉的轟轟聲，有可能是風力發電機轉動的聲音，據說這聲音經常出現，但是有時候不會很大聲，或許是受風速與風向的影響。」

馬庫斯的目光有好一會兒時間定在面前桌上的香菸上。這段期間光是用看的，香菸就能成爲他的能量來源。恭喜他。

「我們知道，」他繼續說：「船屋緊傍著水邊，也許就蓋在樁柱上，因爲下方的水流會濺上木製地板。門大概比四周地區高約半公尺，所以必須用爬的才能進入屋頂低矮的船屋。據特里格費所說，他在某個角落看見了槳，這項證詞更加支持船屋是爲了停放獨木舟或是輕便划艇而搭建的假設。他也認爲船屋建材不是斯堪地那維亞地區常用的木材種類，相較之下，那間船屋使用的木材色澤更淺，紋路也不一樣，不過之後會有更詳盡的報告。我們鑑識部門的老朋友勞森，在瓶中信的紙張上找到一個小碎片，很可能來自於保羅拿來當筆寫字的木頭。目前碎片已經送給專家鑑定，未來或許能幫助我們了解那間船屋所使用的木材種類。」

「保羅是怎麼被殺害的？」有個站在後方的警員問。

「特里格費也不清楚。他的頭部事先被布料蓋住，只聽見打鬥的聲音。等到布被拿掉，他哥哥已經不見人影。」

「那麼他從何知道自己的哥哥被殺害了呢？」剛才那個問話的人緊接著又說。

「從聲音清楚得知。」

「什麼樣的聲音？」

「呻吟、咒罵、跌倒，還有沉悶的毆打聲，最後是一片死寂。」

「是拿重物毆打的嗎？」

「可能性很高。卡爾，接下來由你繼續？」

底下很多人不太贊同組長這個舉動，所有人全部望向他。按照他們的想法，卡爾消失得越遠越好，經過這麼多年，大家早已受夠他了。但卡爾毫不在乎，前一夜激情留下的餘韻仍在他的腦下垂體中咕嚕冒泡。根據與會者臉上無聊的表情研判，他應該是這次會議中唯一心花怒放的人。

卡爾清清喉嚨。「綁票者精確指示了特里格費應該對父母說的話：保羅已經被害了，如果他們向別人提起這件事，他絕對會再次動手。」

貝蒂的眼神引起他的注意，她是會議室內唯一對他的話語產生反應的人。他朝她點點頭。這位女士一直都很優秀。

「對十三歲的小孩來說，那鐵定是場夢魘。」卡爾繼續往下說。「特里格費被釋放回家後，才知道凶手殺害保羅前和他的父母聯絡，而且要求一百萬的贖金。他們也付了這筆費用。」

「他們付了錢？」貝蒂問說。「是在殺人之前還是之後？」

「就我所知，是在保羅被殺害前付款的。」

「我還是沒搞懂此案的重點，卡爾。你可以簡短說明一下嗎？」魏斯特維忽然提問。在場的同僚很少會眞正表現出自己沒聽懂，這個人眞是了不起。

「樂意之至。這家人認得凶嫌的長相，也曾經參與過他們的宗教集會，要他們指認凶嫌使用的車輛以及其他物品應該沒有問題。但是，凶嫌威脅他們不可以報警，這個手法看起來簡單，事實上相當殘酷。」

有幾個人靠著牆壁，思緒很明顯已經飛到辦公桌堆積如山的案件上，例如飆車族和移民幫派之間的衝突已經火燒眉毛，昨天在諾勒布羅又發生一起槍擊事件，而這已經是短短一週以來的第三起了。如今救護車不太敢開往當地，伴隨逐漸升高的威脅情勢，有越來越多的同事自己採購防彈衣，在場有幾個人的毛線衫底下便正穿著。

眼下的案件已經讓他們忙得喘不過氣了，一九九六年的瓶中信與他們何干？某種程度上，卡爾非常能理解同事的心態。然而，難道他們不用爲眼下這一團糟的現況負責嗎？由超過一半的人投票選出的政黨，不正是導致全國陷入此種混亂的幕後黑手？還不包括警察改革、錯誤的種族融合政策……是的，要怪就要怪這些愛挑剔、愛抱怨的人。他們半夜兩點在街上巡邏時，是否記得妻子躺在床上，夢見身旁有個可以依偎的男人？

「綁票者特意尋找孩子眾多的家庭下手。」卡爾環顧一圈，尋找值得將精神花在上面的臉龐後，繼續開口說道。「例如這個由耶和華見證人教徒所組成的家庭，在許多方面與世隔絕。他們有一成不變的習性，過著嚴格律己的生活；雖然不是富可敵國，但經濟狀況相當優渥。凶嫌從這樣的家庭裡，挑出狀況比較特別的兩個小孩，將其誘騙拐走。等到家長付了贖金之後，他便殺掉其中一個，釋放另一個回家，藉此讓受害家庭明白他什麼事都幹得出來。凶嫌威脅他們，一旦他懷疑他們報警或是聯絡教會，或者是想靠一己之力追查他的下落，他將無預警的殺掉他們其他的孩子。受害家庭或許少了一百萬的資產，但是爲了讓其他孩子繼續活下去，也只能選擇隱匿自己不幸的遭遇。他們保持沉默，爲的是避免凶嫌將威脅付諸行動；他們噤聲不語，希望能夠再度擁有一個正常的生活。」

「那個消失的孩子呢？」貝蒂高聲插嘴問道。「周圍的人怎麼說？一定會有人察覺忽然少了一個孩子呀？」

「是的，應該會有人覺得奇怪。但是，在這種成員關係緊密的教會中，若是有人出於宗教理由將孩子逐出家門的話，不太會遭人非議，即使這種決定理應由特別委員會共同決議才是。在特定的宗教派別中，此種驅逐的說法很容易取信於人，因爲有些教派規定不准教友與被驅逐的成員聯繫。在這個問題上，教友的態度是一致的。發生凶案後，保羅的雙親說他被逐出家門，被送到非常遙遠的他方，遠到他們從此不會再想起他，從他們的眼前、他們的意識中永遠消失，各界的疑問也頓時沉寂止息。」

「好吧，那麼教會之外的人呢？一定有人會注意到吧？」

「嗯，可以這麼推論。不過，在大部分的情況下，受害家庭除了教友之外，很少與外人往來，這也正是凶嫌挑選他們作爲下手對象的陰險之處。事實上，只有保羅的老師向父母詢問過他的下落，結果一無所悉。如果學生不願意，誰也沒有辦法強迫他來上課，不是嗎？」

四下安靜得連針掉在地上都聽得見，現在大家終於意識到事態嚴重。

「我們知道你們腦袋裡想什麼，我們也有同樣的想法。」副手羅森環視眾人說。他還是如往常般故作姿態好顯示自己的重要性。「要是這件嚴重的罪行未被舉發，而且特地找封閉的環境下手，那麼犯罪很有可能持續進行中。」

「簡直是病態！」一個新人叫道。

「是的，歡迎來到警察總局。」魏斯特維脫口而出，但被馬庫斯瞪了一眼後，馬上就後悔了。

「我要特別強調的是，我們至今尚未得出明確的結論。」組長馬庫斯說。「在進一步掌握線索之前，絕對不可以向媒體透漏一點口風，聽清楚了嗎？」

眾人全部點頭，阿薩德點得尤其激烈。

「從這家人之後的狀況來看，凶嫌確實將他們擺弄於股掌之間。」馬庫斯說，「卡爾，你要說明一下嗎？」

「好的。根據特里格費的說法，他被釋放回家後一個星期，他們就舉家遷往瑞典的倫德，從此家裡禁止再提起保羅這個人。」

「對小弟來說，一定很難熬。」貝蒂打岔說。

卡爾眼前浮現特里格費的臉。貝蒂說得確實沒錯。

「面對凶嫌威脅的行徑，這家人偏執的反應表現在每次聽到有人講丹麥語的時候。因此，他們舉家從旬納搬到諾歐斯頓，再到布來金，後來在布來金又搬了兩次，一直到目前在哈勒布羅的住所才安定下來。不過，父親嚴格規定不准讓口操丹麥語的人進屋，而且除了教友之外，誰也不能信任。」

「特里格費有提出異議嗎？」貝蒂又問。

「有的，他基於兩個原因反對：其一是，他不願意絕口不提他摯愛的兄長保羅，而且他隱約覺得保羅是爲了他才犧牲性命。第二個原因在於，他熱烈愛上了一個不屬於耶和華見證人教派的女孩。」

「於是他被趕出了家門。」羅森特意補充說。畢竟從他剛剛開口到現在，已經過了很長一段時間。

「沒錯，特里格費被趕出家門了。」卡爾緊接著說。「至今已經四年。他搬到往南幾公里的地方，不僅在戀愛關係中找到了心理支持，還在貝爾堅納一家木材行擔任助手。雖然他的工作地點就在父母家附近，但是家人從未和他互動，直到我上個週末到那兒去時，雙方才又有了接觸。是分裂之後的第一次。特里格費的父親要求他不准洩露口風，而就我的認知，特里格費自己本來也不打算透露，直到我讓他看了那封瓶中信。那封信將他徹底擊垮，或者說強迫他面對現實。」

「綁架案之後，那家人還有聽到凶嫌的消息嗎？」有個人問。

卡爾搖搖頭。「沒有，我也不認爲會發生這種事。」

「怎麼說？」

「案發至今已經過了十三年，而凶嫌還有別的事要做。」

會議室裡一片死寂，只聽見前廳傳來麗絲喋喋不休講電話的聲音，無論如何，都得有人在座位上接電話才行。

「出現過其他類似案例嗎，卡爾？你們調查過了嗎？」

卡爾感激的望著貝蒂。多年來，她是會議室裡唯一沒有出現過和他意見嚴重分歧的人，也是唯一不會汲汲追求名利的人。她天生精力充沛，而且能幹優秀。「我已請阿薩德和蘿思的代理人伊兒莎聯繫各個協助脫離教派者的組織與自助團體，或許能因此取得有關遭到驅逐或是逃家孩子的訊息。追查這條線索的成果或許有限，但若是直接上門找教會幫忙，絕對會碰釘子。」

有幾個人的目光移向阿薩德。他站在那兒的模樣看起來像剛從床上滾下來，全身裹得密密實實，引人側目。

「你們不應該將這項工作交給一些有概念的專業人員來做嗎？」有個人開口問道。

卡爾舉起手。「這話誰說的？」

有個男子往前走一步。他的名字叫作帕斯高，是個習慣悶著頭往前衝的人，工作表現令人不敢恭維，但是只要電視台的攝影機出現，馬上就會擠到鏡頭前接受採訪。他大概認爲幾年後自己將是組長接班人吧。

卡爾瞇起眼睛。「好吧，看來你應該就是那位能幹得要命的人，麻煩你與我們分享你對於丹麥宗教派別的獨特知識吧。可以請你給我們幾個教派的名字嗎？你看五個如何？」

那個人正要開口辯解，但是馬庫斯臉上那怪異的笑容不給他任何機會。

「嗯。」他環顧周遭後說：「耶和華見證人。浸信會不屬於此列，但是還有統一教……山達基教會……崇拜魔鬼的人，以及……天父之家。」他一臉勝利模樣，沾沾自喜注視著卡爾，然後朝其他人點點頭。

卡爾裝出大感折服的神情。「很好，帕斯高，浸信會當然不能算在內，崇拜魔鬼的人也是，除非你是指撒旦教會。所以你必須再說出一個替代。可以嗎？」

帕斯高嘴角往下垂，這時大家的目光紛紛落在他身上。他的腦海中掠過世界各大宗教，然後被他一一摒棄，嘴唇不斷無聲唸著各個教派名稱，終於讓他找到了一個：上帝之子。底下響起零星的掌聲。

卡爾也跟著鼓掌。「太棒了，帕斯高。接下來讓我們就此埋葬戰斧吧。丹麥的教派種類繁多，還有類似宗教的獨立教會，以及大覺醒運動等等，很難全部記在腦子裡。當然不可能辦到。」他轉向阿薩德說：「不可能記得住，對吧，阿薩德？」

矮小的男子搖搖頭。「的確辦不到，必須先做點功課才行。」

「那麼，你做功課了嗎？」

「我尚未完成，不過還想得起來幾個。要說出來嗎？」阿薩德望向馬庫斯組長，他點點頭。

「好，例如還有貴格會、降靈節活動、摩門教、新使徒教會、福音教會，以及新異教徒運動、新薩滿教運動和接神運動，還有聖母教會、第四道學派、聖光團、新門徒運動、哈里克里希納教、阿南達瑪迦、實諦．賽．巴巴、布拉瑪．庫馬利斯、超冥想、生命之道、基督會所、主之光，或許再加上主顯聖容教。」他一口氣說完後深深吸了口氣，讓自己平緩一下呼吸。

這次沒有一個人拍手，現場所有人再清楚不過，所謂的專業其實有許多面向。

卡爾匆匆一笑。「社會存在著各式各樣型態迥異的宗教社團，其中許多教派在創立之初會推崇一位教主，經過一段時間後，便形成封閉的單位。在滿足各種合適條件下，即刻成爲豐富的獵場，提供殺害保羅．霍特的凶嫌這類心理變態者潛伏獵捕的機會。」

凶殺組組長馬庫斯這時向前走一步。「現在你們已經了解了一樁以謀殺結尾的案件，雖然不是發生在我們的轄區，但是就在隔壁。針對這件案子，沒人掌握任何頭緒，明白究竟發生了什麼事。我必須再次強調，關於此案，卡爾和他的助手會繼續追查下去。」他轉向卡爾。「你們得自己請求需要的協助。」

馬庫斯又轉過來看著帕斯高。男子漠不關心的眼神又隱匿在沉重眼皮底下。「至於你呢，帕斯高，我只想說你的熱情足以爲人榜樣。你認爲我們應該派人負責這項任務，實在非常了不起。只是我們三樓必須專心偵辦現有的案件，而那些案件多到滿出來了，對吧？你的看法如何？」

那個笨蛋點點頭。他能有什麼巧思卓見？充其量只會做出更愚蠢的舉動。

「問題在於，你認爲我們比起懸案組更適合偵辦此案，或許我們應該好好考慮一下。就這麼決定好了，我們可以提供一位人手，由於帕斯高已表明對此案的興趣，因此是不二人選。」

卡爾感覺到自己的下巴快要垮掉，一口氣堵在肺部出不來。絕對不可以！他們該拿這個笨蛋怎麼辦？

馬庫斯一眼看出其中的困境，於是又說：「我聽說在瓶中信的信紙上找到一小片魚鱗。帕斯高，你可以去追蹤一下那是屬於什麼魚類，出現在哪個水域嗎？鎖定從巴勒魯普開車過去約莫一個小時的地方。」凶殺組組長對卡爾瞪大的雙眼視而不見。「還有一件事，帕斯高，你必須考慮那個水域在一九九六年時，曾經有過風力發電機或是會發出類似噪音的東西。清楚了嗎？」

卡爾鬆了一口氣，這項任務他很樂意交給帕斯高去做。

「我沒有時間。」帕斯高說。「約根和我正準備到桑比挨家挨戶訪查。」

馬庫斯望向角落一個壯碩魁梧的傢伙，對方點點頭。

「看來約根必須有兩天的時間自己一個人處理此事了。」馬庫斯說，「是吧，約根？」

那個強壯的男人聳聳肩。他沒有覺得特別亢奮，而那個最後終於找出誰殺害了自家兒子的家庭，想來也不會覺得興奮。

馬庫斯又看著帕斯高。「兩天，你應該就能解決這件小事了，是吧？」

這是組長殺雞儆猴的懲戒方式。

如果你一定要在某人腳上撒尿，就不應該逆著風做，免得偷雞不著蝕把米。

第二十五章

最可怕的事情果然發生了，蕊雪恐懼得不知如何是好。撒旦潛入她心中，懲罰她的輕率妄爲。她爲什麼要讓一個陌生人帶走兩個寶貝？而且還是在神聖的日子？他們昨天應該一起靜靜閱讀聖經，迎接幸福的感官寧靜，就像以前的安息日一樣。他們應該在休息時間雙手合十，等待聖母的聖靈降臨，賜與他們平靜祥和。

而現在呢？上帝的雙臂怒指著他們。處女瑪利亞抗拒的種種誘惑，他們全部屈服其下，他們落入諂媚奉承的謊言中，被魔鬼編織的空洞話語所誘惑。

因此他們必然遭受懲罰。經過一夜和半個白天後，可以確定瑪德蓮娜和桑穆爾落入不法分子之手，而她卻無能爲力。此時此刻，蕊雪彷彿又感受到當年被士兵強暴而沒人伸出援手的羞辱。然而，當初她可以自己處理，如今她不知所措。

「你必須去籌錢，約書亞。」她輕聲說。「不管用什麼方法，你一定要辦到！」

她丈夫的狀況也好不到哪兒去，臉色幾乎和眼白一樣蒼白。「蕊雪，我們沒有錢！妳也知道我前天把錢拿去交稅了。遠在期限到期前就付清，才不會被收取較高的利息，我們一直都是這樣做的。」他的頭埋在手裡。「我們一直都是這樣做的，奉耶穌基督的名。和平常做的都一樣啊！」

「約書亞，你聽見他電話中怎麼說的。我們若是弄不到錢，他就要殺死他們呀。」

「我們得去找教會幫忙。」

「不行！」她大聲喊叫，嚇得隔壁的小女兒放聲哭泣。「他帶走我們的孩子，你必須把他們帶回來，你聽見了嗎？而且不能讓任何一個人知道這件事。絕對不可以！否則我們再也見不到他們活著回來，這點我很清楚。」

他把頭轉向她。「妳怎麼能確定，蕊雪？或許他只是虛張聲勢罷了？或許我們應該報警。」

「報警！你不怕他賄賂警察，在警察局裡安插眼線嗎？你可以保證他不會知道我們報警嗎？」

「我只知道我們可以信任教會的朋友，他們一個字也不會洩漏出去，而且錢的事情也能一起想辦法。我們一定能籌得到錢。」

「你去找教友時，要是他人就在外面怎麼辦？或者是他在教會裡也有我們不知道的幫手呢？畢竟我們不了解他的眞面目。你怎麼知道教會裡沒有他那樣的人呢？你怎麼會知道，約書亞？」

她看向門口，小女兒哭得眼睛紅腫，緊靠在門框上，滿臉恐懼驚慌。

「約書亞，想想辦法，快點。」她懇求著站起身，走到小女兒面前蹲下，抱住她小小的頭。

「不要絕望，莎拉。聖母會照應瑪德蓮娜和桑穆爾，妳只要勤加禱告，就可以幫助他們了。若是因爲我們做了不該做的事情而發生不幸，那麼只要誠心禱告就能得到寬恕。我的寶貝，妳只要祈禱就行了，要禱告。」

她看見小女兒聽到「寬恕」兩個字時，整個人竟然嚇得抖了一下，眼睛透露出非常渴望被寬恕的神態。她心裡有事，但是嘴巴閉得很緊。

「妳怎麼了，莎拉？想要和媽媽說什麼？」

莎拉的嘴唇開始顫抖，嘴角緩緩往下垂。

蕊雪下意識屏住呼吸。「怎麼回事？說啊，快告訴我。」

小女兒被母親粗暴的語氣嚇壞，不過也因此解開了舌頭。「在你們晚上閱讀聖經時，我偷看了相簿。對不起，媽媽，我知道我不乖。」

「哎呀，莎拉。」她放開了小女兒的頭。「只是這樣嗎？」

小女兒搖搖頭。「我還看見了那個男人的照片。所以才會發生這種事嗎？如果他是魔鬼的話，我是不是不可以看著他？」

蕊雪倒抽一口氣。「他的照片？」

莎拉抽著鼻子說：「嗯，在教會前面拍的。我們去參加約翰斯和狄娜斯的堅信禮時，大家一起拍的。」

「照片在哪裡，莎拉？拿給我看，現在馬上拿過來！」

小女兒乖乖拿出相簿，指向那張照片。

唉，蕊雪心裡嘆了口氣。那有什麼用？根本派不上用場。

她厭惡的看著照片，將它從相簿中抽出來。她摸摸女兒的頭，安撫她會受到寬恕，然後把照片拿進廚房，丟到餐桌上，正好落在坐在那兒動也不動的丈夫鼻子前面。

「你看，約書亞，是那個壞人。」她指著最後一排的一個人頭。他躲在前排人後面，故意不看向鏡頭，若不是認識他，應該認不出這個人。

「明天一大早趕快去稅務局告訴他們你弄錯了，我們太早交稅了，一定要將錢拿回來，否則會破產。你聽懂了嗎，約書亞？明天一大早就出門！」

隔天清早她望向窗外，看見朝陽從巴勒魯普的教堂後面緩緩昇起，陽光在晨霧裡縹緲閃耀，上帝創造的世界浸淫在莊嚴壯麗之中。如此的永恆之美怎能逼她背負著十字架？而她又怎麼能提出這樣的質問？上帝之道深不可測，這點她不是不懂。

她緊抿著雙唇，克制不讓眼淚落下來，然後雙手合十，閉上眼睛。

蕊雪整晚沒有闔眼，不斷禱告，就像平日在教會那樣。但是這次寧靜平和沒有降臨，因爲眼前是試煉的時間，是約伯的命運時刻。她的痛苦無可度量。

約書亞前往市政府要求對方幫助克羅農具租賃公司，先將稅款拿回來時，太陽漸漸被浮雲一角遮蔽，而蕊雪已瀕臨崩潰邊緣。

「約瑟夫，你今天不用去上學，留在家照顧蜜莉安和莎拉。」她對老大說。今天她必須集中心思，沒有精力教兩個女孩功課。

等約書亞回來後——希望上帝別讓他空手而返——她還要和他商量接下來的步驟。他們必須將支票存入維斯傑斯克銀行，請銀行將部分款項匯入其他的帳戶，包括北歐銀行、丹斯克銀行、日德蘭銀行、克隆呂蘭儲蓄銀行、勞工州立銀行和通用品牌銀行。如此一來，每家銀行便可提領大約十六萬五千元的現鈔，所有過程絕不能出紕漏。倘若其中一家金融機構給的是新鈔，他們必須將紙鈔揉皺、弄舊，然後摻雜在其他舊鈔之中。

她預訂了晚上七點二十九分抵達歐登瑟的特快車，隨後又買了從歐登瑟前往哥本哈根的快車車票，接下來只等丈夫回來。她預估他大概十二點、一點會回到家，但是沒想到他十點半就回來了。

「你拿到錢了嗎，約書亞？」雖然她一眼就看出他沒有拿到錢，還是趕忙迎上前去。

「沒辦法，蕊雪。我打從一開始就知道了。」他的聲音聽起來快崩潰了。「市政府的人非常樂意協助我們，可是帳戶屬於稅務局，沒辦法那麼快把錢拿回來。眞是太可怕了！」

「你沒有施加壓力嗎，約書亞？你一定有告訴他們這件事很緊急吧？老天爺啊，我們已經沒有時間了，銀行四點就要關門了。」她完全崩潰了。「你怎麼對他們說的？告訴我！」

「我說我迫切需要這筆錢，是我這邊弄錯了，不小心把錢付了出去。我的電腦出了問題，以致於沒辦法察看確認，還有帳戶匯款應該也有錯誤，同時我系統裡的帳單不見了，所以無法計算清楚。我還說今天有供應商來催款，若是不立刻付款，將會失去重要的合作夥伴，也說了供應商因爲金融危機同樣背負極大的壓力，若是收不到錢，將被迫收回收割機，轉租給別的客戶。我告訴他們，我將會失去利基優勢，並且賠上一大筆錢。我們正處於危急關頭。」

「天啊，約書亞，有必要講得這麼複雜嗎？爲什麼要那樣說呢？」

「我就把想到的統統說出來。」他重重在椅子上坐下，將空蕩蕩的公事包放在桌上。「我精疲力盡了，蕊雪，無法清晰思考。我整個晚上沒有睡覺。」

「老天爺啊，現在我們怎麼辦？」

「我們必須向教會求助，還有其他辦法嗎？」

她緊抿著嘴唇，眼前浮現瑪德蓮娜和桑穆爾的模樣。可憐的無辜孩子，他們做了什麼？爲什麼要遭受這種苦難？

確定教士在家後，兩人穿上大衣準備出門，這時電鈴聲忽然響起。

如果是蕊雪，這種時候絕對不會隨便開門，但是約書亞已經六神無主，頭昏腦脹了。他們不認識門前那位手拿檔案夾的女士，而且也不想和她講話。

「我是伊莎貝兒．雍森，市政府的人員。」她邊說邊踏入玄關。

蕊雪又燃起一絲希望，眼前的女士應該拿了要他們簽名的文件，她終究還是把一切給安排妥當，她丈夫也沒有眞的那麼笨拙。

「請進，我們到廚房去。」她鬆了口氣說。

「你們似乎正要出門，我不希望打擾你們。如果你們方便的話，我可以明天再過來。」

他們在餐桌旁坐下時，蕊雪感覺眼前烏雲聚攏。所以她之所以上門，不是要幫他們把錢拿回來，否則應該知道他們有多焦急。

「我任職於企業諮詢小組，是電子資料處理專員。我從市政府的同事那兒得知你們的電子資料處理設備出了問題，因此要我過來看看。」她微笑著把名片遞給他們，名片上寫著「伊莎貝兒・雍森，電子資料處理專員，維堡市政府」，然而那是他們目前最不需要的東西。

「不好意思，」蕊雪插話說，她的丈夫一言不發，「妳眞是太客氣了，只是很不巧，我們正好急著要出門。」

蕊雪認爲對方聽了這番話後應該會起身告別，但是她卻宛如被釘住般動也不動，瞪大著眼睛。難道她想要干涉民眾的權益嗎？不會眞是如此吧！

於是蕊雪起身，目光嚴峻的看了丈夫一眼。「我們現在必須出門了，約書亞，我們趕時間。」然後轉向那位女士。「眞的很抱歉，我們必須請妳離開。」

但是伊莎貝兒完全沒有站起來的打算，這時，蕊雪才發現她的目光緊緊盯著莎拉拿出來的照片。那張照片一直放在餐桌上，提醒他們隨時隨地都可能出現猶大（注）。

「妳認識那個男人嗎？」伊莎貝兒問道。

他們困惑的面面相覷。「哪個男人？」蕊雪反問。

「那一個。」伊莎貝兒將指頭按在那個男人的頭部下方。

蕊雪嗅到災難的氣味，如同那天下午在保伯利的村莊遇到士兵來問路時的感受。

那樣的聲調，那樣的情況。

一切都變調了。

「我必須請妳離開。」蕊雪又重複了一次，「我們眞的趕時間。」

但是伊莎貝兒依舊文風未動，只是問道：「妳認識他嗎？」

該來的還是逃不掉。又一個被派來追捕他們的魔鬼，一個有著天使形象的魔鬼。

蕊雪站在她面前，哀求著說：「妳以爲我不知道妳是誰嗎？妳以爲我不知道是那個豬玀要妳過來的嗎？現在請妳別再坐在這兒！請妳馬上離開！妳明明知道我們已經沒有時間可以浪費了。」

蕊雪感覺體內傳來一股衝擊，所有的防衛瞬間崩垮，再也止不住眼淚潰堤，整個人被憤怒和懦弱淹沒。「滾出去！」她聲嘶力竭大叫，雙眼緊閉，兩手在胸前緊握成拳。

伊莎貝兒這時終於站起來，走到她身邊，扶著她的肩膀輕輕搖晃，直到蕊雪抬起眼望著她。

「我不知道你們發生了什麼事，可是我知道一件事。如果有人痛恨那個男人的話，絕對是我。」

蕊雪雙眼圓睜。她看得出在女子冷靜的目光中燃燒著仇恨。

「他做了什麼事？」伊莎貝兒說。「告訴我，他對你們做了什麼，然後我會告訴你們我所認識的他。」

只需看一眼便能明白，這位女士與他的交往經驗非常糟糕，但是那能幫助他們嗎？蕊雪滿腹懷疑。唯一能幫得上忙的只有錢，而且再拖下去就太遲了。

「妳了解什麼？請妳快說，我們必須趕緊出門了！」

注 Judas，耶穌的十二使徒之一，被指責為了三十個銀元的賄賂背叛耶穌，使耶穌被處死。

「他叫作馬茲‧福格，馬茲‧克里斯提昂‧福格（Mads Christian Fog）。」

蕊雪搖頭。「他告訴我們他的名字是拉斯‧梭倫森（Lars Sørensen）。」

伊莎貝兒緩緩點著頭。「好，那麼兩個名字可能都是假的。我認識他的時候，他叫作米克爾‧勞斯特（Mikkel Laust），不過我曾看過他的文件，還有一個地址，文件上的名字是馬茲‧克里斯提昂‧福格。我相信那應該是他眞正的名字。」

蕊雪呼吸急促，大口喘著氣。聖母眞的聽見她的祈禱了嗎？她直視眼前女子的雙眼，這個人眞的能夠信任嗎？

「妳說什麼地址？」約書亞顯然沒有進入狀況，他的臉色逐漸變得鐵青。

「在北西蘭島上，史基比附近一個叫作菲斯勒夫的地方。我把地址放在家裡。」

「妳怎麼知道這麼多事？」蕊雪聲音不住顫抖。她很想相信這個女人，但是對方眞的能夠信任嗎？

「星期六之前他一直住在我家，但星期六一大早被我趕了出去。」

蕊雪雙手摀住嘴巴。事情發展越來越驚人！也就是說，那個魔鬼是直接從這位女子的家中來找他們的。她神經兮兮的看著時鐘，卻又強迫自己繼續聽電子資料處理專員敘述那個瘋子是怎麼利用她，還有他是如何佯裝禮貌親切，吸引別人的好感，又是如何在轉眼間變成另外一個人。

蕊雪對於伊莎貝兒所說的一切只能頻頻點頭，等她說完後，蕊雪看著自己的丈夫，約書亞似乎有點心不在焉，彷彿嘗試從另一個角度來看整個事件，不過他後來還是點了點頭，眼神透露出他們可以信任這個女人。三人有共同的願望。

蕊雪握住伊莎貝兒的手。「我現在要對妳說的事情絕對不能讓第三者知道，好嗎？至少現在絕對不行。我們只把事情告訴妳，因爲我們相信妳可以幫助我們。」

「若是牽涉到犯法情事，我什麼也無法保證。」

「確實有關。但是，犯罪的人不是我們，而是被妳踢出家門的傢伙。」蕊雪深吸一口氣，這時她才發現自己的聲音不住顫抖。「而且發生了最糟糕的事情：他綁架了我們兩個孩子，若是妳將此事告訴別人，他會把孩子殺掉！」

二十分鐘過去，伊莎貝兒這輩子從未像這樣久久無法從震驚中恢復。整件事情的關聯再清楚不過了！這個住在她家、曾經被她視爲未來可能伴侶的男人是個怪物，任何事都做得出來。事後回想起來，她完全能感受到那雙壓上她脖子的手施了點力道，手法非常熟練，而且讓他入侵自己生活的結果，很可能導致悲慘的下場。當她想起自己宣稱握有他的資料，並打算揭發他的那一刻，不禁感到口乾舌燥。他若是馬上勒死她怎麼辦？要是她沒來得及告訴他，她已經把資料轉給哥哥的話又會如何？一旦他察覺她純粹只是嚇唬人呢？發現她根本不會把自己感情的爛攤子讓哥哥收拾呢？

她不敢繼續往下想。

如今她面對這對惶惶不安的父母，與他們同感痛苦。她對這個男人眞是深惡痛絕！她暗自在內心定下一份契約：絕不能讓他逃掉！不可以讓這個心狠手辣的人安然脫身！

「我會幫助你們。」她說。「我哥哥是警察，雖然只是個交警，但仍然是個警察。我們可以想辦法讓他發布搜索行動，如此一來，全國在短時間內就會收到通知。我知道他車輛的特徵，可以準確無誤的描述出來。」

但是坐在她對面的婦人猛搖頭。她顯然很想同意這個作法，但是沒那個膽子。「我事先說過了，不能讓任何人知道這件事，妳也答應了。」蕊雪說。「到銀行關門前只剩四個小時，而在那之前必須籌到一百萬，我們不能再坐在這兒了。」

「請妳聽我說，我們若是即刻動身，開車到他菲斯勒夫的家，並不需要四個小時。」蕊雪又搖搖頭。「妳爲何認爲他會把孩子帶到家裡？若是如此，大概會是他做過最愚蠢的舉動。孩子可能在丹麥任何地方啊！也不能排除他將孩子帶往別的國家，出了國之後，就沒人管得著了。妳懂嗎？」

伊莎貝兒點點頭說：「沒錯，妳說得有道理。」然後轉向約書亞問道：「你有手機嗎？充好電了嗎？」

他從口袋拿出手機說：「有，在這兒。」

「妳呢，蕊雪？妳也有手機嗎？」

她只是點頭。

「那麼我們現在來分配工作。約書亞去籌錢，我們兩個開車到西蘭島，現在就出發！」

這對夫妻面面相覷好一會兒。伊莎貝兒很了解這對個性截然不同的夫妻，畢竟她自己也身爲人母，雖然孩子早已獨立生活，但是她依舊會掛心，無法完全放手。若是忽然間必須做出一個攸關孩子性命的決定，那該有多駭人？

「我們沒有一百萬。」約書亞說。「公司的價值雖然不只一百萬，但是我們沒辦法就這麼到銀行請他們付錢給我們，更何況是現金。或許一、兩年前景氣不同時還可以，但是如今絕對不可能。我們必須尋求教會的幫助，雖然風險很高，卻是籌到錢的唯一機會。」他用迫切的眼神看著她，呼吸紊亂，嘴唇發紫。「除非妳能幫助我們。我相信妳有這個能力，只要妳願意。」

在這個將公司經營得有聲有色、隸屬維堡優良納稅者的商人身上，伊莎貝兒第一次看見有血有淚的靈魂。

「請妳打電話給主管。」他表情陰鬱繼續說：「麻煩他致電稅務局。請妳告訴他，我們的付款有誤，急需將錢拿回來。妳可以做這件事嗎？」

忽然間球丟到她手上了。

三個小時前伊莎貝兒去上班時，還沒從低落的情緒中恢復。她傷心難過，情緒惡劣，不時自憐自艾。而現在呢？現在那種情緒突然以光速離去，因爲在這一刻，她感受到自己湧出能夠達成心中所願的力量，即使那可能會賠上她的事業，或者付出更多代價。

「我會盡力去做。」她許下承諾。「我盡快處理，不過多少還是需要點時間。」

第二十六章

「嘿，勞森。」卡爾對前任鑑識人員說，「我們現在知道誰寫了那封信，」

「哎，這案件眞是駭人聽聞。」勞森深呼吸了幾次。「你之前提到手邊有幾樣保羅．霍特的東西，若是上面還有DNA，就能檢驗寫信的血是否和保羅有關。這點沒有問題。你也知道，雖然沒有屍體的案件通常充滿疑點，但若是他弟弟指稱自己哥哥已被謀害的說法，我們就掌握了提告的線索根據。當然了，我們必須找到一個嫌疑犯才行。」

勞森凝視著卡爾從抽屜拿出來的透明塑膠袋。

「特里格費和保羅的關係非常緊密，因此保留了保羅一些遺物，當初他被趕出家門時，也將物品一起帶走。我說服了他把東西交給我們。」

勞森拿手帕纏住自己粗大的手，從卡爾手中拿過東西。

「這些我們用不上。」他邊說邊把一雙涼鞋和一件T恤放到旁邊。「不過這個應該可以。」他仔細檢查著帽子。那是頂有藍色帽簷的白色便帽，上面寫著：「耶穌統治！」

「特里格費說他雙親不允許保羅戴這頂帽子，但是他很喜歡它，所以白天會藏在床底下，睡覺時才戴上。」

「除了保羅之外，還有其他人戴過嗎？」

「沒有，這點我自然問過特里格費了。」

「好，那麼我們就能從這兒採集他的DNA。」勞森伸出一根胖手指比向幾根卡在帽子裡面的頭髮。

「太好了！」阿薩德單手捧著一疊文件從兩人後面嚷嚷著走進來。他的頭光亮得像顆電燈泡，但是站在勞森旁邊，那顆頭的亮度還不夠看。他又發現了什麼線索嗎？

「謝謝你，勞森。」卡爾說，「我知道你在樓上餐廳光是煎肉餅和其他事情就已經忙得不可開交，但是你若能稍微向鑑識小組施加壓力，事情比較容易有所進展。」

卡爾握住他的手。該是上樓到餐廳告訴勞森的新同事，他們身邊有條好漢的時候了。

「嘿！」勞森望向空中叫了一聲。只見他擺動粗壯誇張的手臂，隨便亂抓一通，接著面露笑容握緊拳頭好一會兒，再做出類似把球丟到地上的動作。頃刻間，他大腳一跺，又露出了微笑。「噁心的害蟲。」他舉起腳說。這時卡爾才看見一隻綠頭蒼蠅被壓成了一坨爛泥。

然後，勞森便離開了。

等到勞森的腳步聲逐漸消失，阿薩德搓著雙手說：「一切進展得非常順利，卡爾。你看一下這個。」他砰一聲將那疊文件放到桌上，指著最上面那張紙。「我們在這兒找到了縱火案之間共同的分子，卡爾。」

「什麼？」

「共同的分子啊。」

「是共同的分母，阿薩德，是分母。什麼樣共同的分母？」

「在這裡。我在察看ＪＰＰ年度財務報表時發現，他們從一家名叫『ＲＪ投資公司』的私營銀行借了一筆錢。這一點非常重要。」

卡爾搖搖頭。那麼多簡稱聽得他頭昏腦脹。ＪＰＰ是什麼？

「ＪＰＰ是安德魯普毀於火災的公司嗎？」

阿薩德點點頭，手指一邊又敲著名字，然後轉向走廊喊道：「伊兒莎，過來一下好嗎？我正要告訴卡爾我們查出的線索。」

卡爾感覺皺紋刻上額頭。那個怪異的伊兒莎又丟下該做的事情，跑去調查別的東西了嗎？

他聽見走廊上傳來她咚咚的腳步聲，那威風凜凜的步伐足以引發美國海軍陸戰隊的自卑感。充其量不過五十五公斤的她究竟是如何辦到的？

她走進門，在立正站好之前已經將文件捧在手裡。「你說了RJ投資公司的事了嗎，阿薩德？」

他點點頭。

「那是在火災前不久把錢借給JPP的公司。」

「我說過了，伊兒莎。」阿薩德說。

「好。RJ投資公司資金雄厚。」她繼續說下去。「目前擁有的信用投資組合高達五億歐元，對於一家二〇〇四年才成立的公司來說，獲利不低。是吧？」

「五億歐元，現在這個時代誰沒有？」卡爾咕噥著。

也許該讓他們看看他全部的羊毛庫存。

「至少RJ投資公司在二〇〇四年並沒有那麼多資金，所以他們向AIJ有限公司貸款，這家公司在一九九五年時則向MJ股份公司借了筆創業基金，而MJ股份公司又向TJ控股公司借款。你看得出他們彼此的關聯嗎？」

她以為他是白痴還是什麼啊？

「是J吧，伊兒莎？但那是什麼意思？」卡爾幸災樂禍的賊笑，他可以給她一個下馬威了吧。

「揚科維奇（Jankovic）。」阿薩德和伊兒莎異口同聲說。

阿薩德在他面前攤開那疊文件。那是四家發生火災、並在現場發現屍體的公司相關文件，在四份一九九二年到二〇〇九年的年度財務報表中，債權人全部用紅筆畫了起來。

J債權人。

「你們是打算告訴我，這幾家公司被燒毀之前所申請的短期貸款，或多或少和這家銀行有關嗎？」

「沒錯！」又一次異口同聲。

卡爾進一步仔細察看財務報表。這真是一大突破！

「好，伊兒莎，妳盡可能蒐集這四家私營銀行的資料。你們知道這些縮寫各自代表什麼嗎？」

伊兒莎露出燦笑，宛如除了微笑什麼也不會的好萊塢明星，「RJ：拉多米爾．揚科維奇、AIJ：亞伯蘭．伊利亞．揚科維奇、MJ：蜜莉卡．揚科維奇和TJ：托米斯拉夫．揚科維奇。這是四個兄弟姊妹的名字，三男一女，女的是蜜莉卡。」

「好，他們住在國內嗎？」

「沒有。」

「那是？」

「可以說哪兒也不住。」伊兒莎的肩膀快聳到耳朵旁邊了。

她和阿薩德看起來就像兩個偷偷將幾公斤爆竹塞在背包裡的小學生。

「不是啦，卡爾，簡單來說，這四個人多年前便已經過世了。」

他們當然去世了，還有其他可能嗎？

「他們在塞爾維亞打響名號，就在戰爭爆發之際。」伊兒莎又搶著發言。「四個兄弟姊妹以天價販售武器，行徑誇張惡劣。」說完忽然咕噥了一聲，聽起來像是笑聲。

這個怪胎從哪兒找到這些資訊的？難道她還會塞爾維亞語嗎？卡爾不禁納悶。

「我想你們的意思是，有一筆非常可疑的資金被轉移到西方的合法信貸公司，是吧？但是你們兩個聽著，案情發展若眞是如此，那麼我認爲應該將此案轉交樓上的同事調查，他們對於經濟犯罪比較了解。」

「可是，你得先看看這個，卡爾。」伊兒莎在她的口袋裡翻找著。「我們找到一張四兄妹的照片。照片非常老舊，不過確實是他們四個人。」

她把照片遞給他。

「啊哈。」卡爾的第一眼印象是四個腦滿腸肥的安格斯牛。「天啊，眞是個強健的家庭啊！旁邊那位是相撲選手嗎？」

「看仔細一點，卡爾。」阿薩德說。「這樣你就知道我們的意思了。」

他隨著阿薩德的目光再次望向照片，四兄妹體面的並排坐在一桌豐盛的長餐桌旁，桌上擺設了白色餐巾和水晶杯，所有人的雙手規矩放在桌緣，好似乖乖遵照著一個不在照片裡的嚴格母親規定，而四隻肥胖的左手小指上都戴了一枚戒指，戒指深深陷入肉裡。

卡爾抬起頭，看著兩個在這棟讓人害怕的建築物中奔走的怪咖同事，他們竟將一件基本上不屬於自己的案子提升到一個全新的範疇。

他媽的，這一切也太超現實了。

一個小時後，因爲羅森一通電話，卡爾的任務分配再度被打亂。羅森一個手下到檔案室找資料時，恰好聽見阿薩德和那個新來的對話。究竟怎麼了？他們找到縱火案之間的關聯了嗎？

卡爾簡短說明原委，但電話另一端那個挖礦機，每兩個字就重複卡爾說的話，顯示他跟得上卡爾所講述的內容。

「可以請你派阿薩德到洛德雷向安東森報告案情的進展嗎？我們會繼續調查城裡的縱火案，不過你們可以繼續釐清那件陳年火災。」羅森施恩似的說。

平靜的日子結束了。

「說眞的，我不認爲阿薩德有興趣做這件事。」卡爾說。

「吶，那麼你就得親自跑一趟了。」羅森回道。

羅森這個豬玀，把他吃得死死的。

「卡爾，你不是認眞的吧？你在開玩笑，對吧？」阿薩德微笑時露出鬍鬚裡的深深酒窩，但轉眼間就消失不見。

「你開公務車去，阿薩德。行駛過羅斯基勒時要注意腳下的油門，我們的交警朋友又架設了測速照相機。」

「老實說，我覺得這眞是太蠢了。我們要不接手所有的縱火案，要不就全部別調查。」他一邊說一邊若所有思點點頭，但是卡爾沒有回應，只是逕自把車鑰匙遞過去。

阿薩德咒罵著聽不懂的話才剛離去，伊兒莎高亢的聲樂馬上就從走廊發揮了更佳的惱人效果，那快速迴轉的聲調至少有五個八度，相較之下，蘿思偶爾會出現的招牌臭臉眞是讓人想念啊！這位金髮女士又在搞什麼把戲了？

他慢條斯理的起身，走到走廊去。

她還真的又站在那面牆前，目不轉睛的盯著瓶中信的巨大影本。還會有其他的可能嗎？

「太遲了，伊兒莎。特里格費已經提供了他對這封信的說明。妳不認爲他是最適合補充信中內容的人嗎？我們現在得到的訊息還不夠多嗎？既然如此，信上還有什麼對我們的調查工作有所幫助的線索呢？沒有，對吧？所以回到辦公室，完成我們先前說好的任務。」

她等到卡爾停止說教後才不再哼唱。「過來一下，卡爾。」她把他拉進她的粉紅色樂園，讓他站在蘿思的辦公桌前，桌上有份特里格費對於瓶中信的說明。

「你看這個。前面幾行，我們的意見是一致的。」

救命

我們在一九九六年二月十六日被綁架了——在巴勒魯普的勞特魯凡街公車站——那男人身高一百八十〇〇，黑色短髮……

「你懂我的意思嗎？」

卡爾點點頭。

「接下來是特里格費建議的句子。」

有邪惡的藍色眼睛 右邊〇〇有個疤痕——

「嗯，可惜我們尚未得知疤痕在哪個部位。」卡爾忽然說。「特里格費沒有注意到疤痕，他和保羅也沒有討論過。不過特里格費說，保羅就是會將這種小事看在眼裡，或許別人身上的缺陷可以讓他面對自己的美中不足？不過，妳先繼續說下去。」

她點點頭。

他開著一輛天藍色的貨車——我們的父母認識他——他叫作佛來迪、布什麼的——他威脅我們，而且用電觸擊我們——他要殺死我們——

「這些句子給人的印象非常強烈，彷彿確有其事。」卡爾閉嘴不再說話，凝望著天花板，上頭有隻噁心的蒼蠅在飛來飛去，嘲笑著他。他定睛觀察蒼蠅，牠身上是不是有立可白的痕跡？他不解的搖搖頭。這是那隻他先前用立可白瓶子瞄準的蒼蠅嗎？見鬼了，這段時間牠都躲在哪裡？

「我們都同意，案發時特里格費人在現場，而且意識清醒。」伊兒莎不放棄繼續說。「信中這一段與凶嫌的外表特徵有關，但透過特里格費的說明，我們對於凶嫌的樣貌得以有更加具體的掌握，目前只欠缺瑞典的凶嫌肖像畫。」然後她指著下面幾行。「接下來的句子我不是很有把握，問題在於，過去發生的事實是否真如我們所想像。大聲唸出來，卡爾。」

「大聲唸出來？妳也可以自己唸啊！」他是皇室劇院成員還是什麼嗎？

她拍拍他的肩膀，還擰了一下他的胳膊。「唸吧，卡爾，這樣你對內容會更清楚一點。」

他自暴自棄的搖搖頭，然後清了清喉嚨。這隻得了失心瘋的母雞。

他先用一塊布摀住我的嘴，然後摀住我弟弟的——我們開了快一個小時的車，目前人在靠近海邊的某個地方——附近有風力發電機——這裡很臭——救救我們——快點——我弟弟叫作特里格費，十三歲——而我是保羅，十八歲——

她用手指無聲鼓著掌。

「非常好，卡爾。的確，我知道特里格費對於大部分的細節很有把握。但是關於風力發電機，難道不可能是其他東西嗎？其他詞彙也有同樣的疑問。還有，如果欠缺的文字背後有我們沒想到的可能性怎麼辦？」

「保羅和特里格費根本沒談過風力發電機的事情，嘴巴被膠帶貼著，怎麼討論？但是特里格費記得他們聽到低沉的轟轟聲。」卡爾說。「更何況特里格費相信保羅精通聲響和技術設備。但是沒有錯，那聲響有可能是別的東西。」

卡爾眼前浮現在瑞典時，特里格費哭腫著雙眼，在晨曦中靜靜讀著瓶中信的身影。

「這封信對特里格費造成很大的影響。他多次提到整封信完全符合他哥哥的作風，幾乎沒有標點符號，只有幾個破折號，而且寫出來的文句和保羅說話的方式如出一轍，閱讀這封信就像聽見他說話。」

卡爾將影像趕出腦外。明擺在眼前的一件事是，只要特里格費振作起來，他們就必須立即讓他到哥本哈根一趟。

伊兒莎蹙起雙眉。「你到底有沒有問過特里格費，他們被關在船屋那幾天是否眞的起風？你和阿薩德查閱過氣象紀錄嗎？有沒有詢問過氣象機構？」

「二月中嗎？那個時候風還很大，風力發電機應該仍在運轉。」

「哎喲，就算是如此，你們究竟詢問過沒有？」

「把這個問題轉達給帕斯高，伊兒莎，他正在追蹤風力發電機這條線索。我有其他任務要交代給妳。」

她在辦公桌邊緣坐下。「我知道你想說什麼，我應該去和各個協會和自助團體談談有關被教派驅逐出去的人，對吧？」她把自己的袋子拿過來，從中翻出一包洋芋片。卡爾還來不及開口回答，她已經扯開包裝，壓碎了裡頭一半的洋芋片。

他驚訝得目瞪口呆。

他回到辦公室，翻開丹麥氣象機構的檔案資料，發現最久只回溯到一九九七年。於是他乾脆打電話到該機構，自我介紹一番後簡單提出問題，心中預期自己得到的答案應該不會太複雜。

「妳可以告訴我，一九九六年二月十六日之後的天氣狀況嗎？」

幾秒鐘後，對方已回覆答案。

「二月十八日，丹麥全境籠罩在嚴重的暴風雪中。全國有三到四天的時間與外界斷絕交通，丹麥與德國邊境也關閉了。」電話那端的女士說。

「眞的嗎？北西蘭島也是同樣狀況？」

「全國都一樣。但是，災情最嚴重的地方在南部，丹麥北部遼闊地區的街道還能通行。」

眞是該死，他們爲什麼沒有早點查清楚氣候狀態？

「妳說暴風雪很大，是嗎？」

「是的，沒錯。」

「那麼，風力發電機在這樣的天氣中會怎麼樣呢？」

那位女士沒有馬上回答。「你想要了解暴風雪是否太過強勁，影響風力發電機的轉動嗎？」

「是的，我就是這個意思。妳認爲在此種氣候狀況中是否必須停止風力發電機運轉？」

「哎，我不是氣象專家，不過，是的，在那樣的天氣中當然一定要停止風力發電機轉動，否則葉片會整個脫落。」

卡爾點燃一支菸陷入沉思。被關在船屋裡的孩子會聽見什麼呢？他們被鍊在裡頭，挨餓受凍，看不見外面世界的狀況。他們是否能感覺到暴風雪來臨？

卡爾叫出帕斯高的手機號碼，按下按鍵。

「是。」對方說。儘管只有一個字，聽起來卻相當不友善。

「我是卡爾．莫爾克。你查過當年兩個孩子被關起來時的天氣狀況了嗎？」

「還沒有，不過之後會去詢問。」

「你可以省點力氣了。在他們被關在船屋的五天當中，最後三天丹麥有暴風雪。」

「原來如此。」

原來如此？典型的帕斯高評論。

「不用調查風力發電機了，帕斯高，因為風速非常強勁。」

「好，不過你剛說最後三天，那麼前兩天呢？」

「特里格費告訴我，五天當中他一直聽到轟轟聲，最後三天聲音較為微弱。可能是因為暴風雪的關係，風雪多少遮蔽了聲音。」

「嗯，也許。」

「我只是認為應該讓你知道這件事。」

卡爾內心竊笑。帕斯高一定因為自己沒有查出這點而氣得臉色一陣青一陣白。

「所以你必須尋找其他聲響來源，」他繼續說，「尋找另外一種轟轟聲。對了，魚鱗調查得如何？有眉目了嗎？」

「快了。魚鱗現正躺在生物研究所海洋生物組的顯微鏡底下。」

「顯微鏡？」

「是的，或者諸如此類的儀器。我已經知道那是鱒魚。現在比較大的問題是，必須辨認出是海鱒魚還是峽灣鱒魚。」

「這兩種鱒魚不同嗎？」

「不同？我不這麼認為。海鱒魚和峽灣鱒魚的不同在於，峽灣鱒魚不會游走，而是留在當地，也就是峽灣。」

又來了！卡爾心裡吶喊一聲。伊兒莎、阿薩德、蘿思，現在再加上帕斯高，對他這樣一個區區副警官來說，實在有點吃不消。

「還有一件事，帕斯高，再打一次電話給特里格費・霍特，問他是否知道他們被關起來的那幾天的天氣狀況。」

他手機還沒切斷，室內電話就響了起來。

「安東森。」對方只丟了這麼一句，但光是說話的語氣便足以讓人提高警覺了。

「你的助手剛才和薩米爾・迦齊在警衛室爭吵，隨後打起來了。如果我們自己不是警察，早就打電話報警了，麻煩你好心過來把那個瘋子帶回去。」

第二十七章

若是伊莎貝兒．雍森被要求講述生命中比較特別的事情時，總會提及自己是使用特百惠（注）產品長大的。從小她受到雙親的妥善照顧，家中擁有獨棟住宅和一輛佛賀汽車，而她的父母也受過良好的教育，視野與成天將公事包挾在腋下的上班族並無二致。呵護備至的童年、教養良好、無菌的乾淨環境，就是她的成長背景。在他們這個小家庭中，每個人都懂得拿捏自己的分際。上了餐桌，手肘不可撐在桌上，必須等父母點頭並且說「請用」以及「謝謝」才開動。伊莎貝兒從專科學校畢業後，父母向她握手道賀，而她的哥哥雖然抽到免服兵役的籤，但還是去當兵。

隨著年歲增長，從小養成的行為模式便固定下來，唯有投入一個強壯男人的臂膀，或者像現在坐在她的福特駕駛座時，才會拋開固有模式。若最高限速規定是兩百〇五公里，她的行車速度便會高達兩百一十公里。等她和蕊雪從省道轉進四十五號高速公路，就有機會證明這點。

衛星導航顯示他們會在五點五分抵達目的地，但是伊莎貝兒打算縮短時間。

「我有個建議。」她對坐在副駕駛座，手中緊緊抓著手機的蕊雪說。「但是答應我，妳不可以太激動，可以嗎？」

「我盡量。」回答的聲音很輕。

「要是我們在菲斯勒夫沒找到他或是妳的孩子，除了滿足他的要求，沒有其他辦法了。」

「是的。這點我們之前便討論過了。」

「除非我們取得更多時間。」

「妳的意思是什麼？」

伊莎貝兒在車陣中急速蛇行，引得其他駕駛人比出憤怒的手勢，但她全視而不見。

「我的意思是……拜託，妳千萬不要失去控制，蕊雪。我想說的是，即使我們交付了贖金，也不知道妳的孩子是否安然無事。這點妳懂吧？」

「我相信他們絕對安然無恙。」蕊雪將每個字說得清晰有力。「只要他拿到了錢，就會釋放他們。我們知道他太多事情了，他不敢輕舉妄動。」

「等等，蕊雪。那正是我的重點。你們若是用贖金換回孩子，之後還有什麼能阻止你們去報警？你懂我的意思嗎？」

「我確定他半個小時後就會拿著錢離開這個國家。我們之後要怎麼做，他根本不會在乎。」

「妳真的這麼想嗎？那個人又不笨，蕊雪，這點我們都明白。離開這個國家不能保證什麼，大部分的人還是很有可能落網。」

「是的，那又如何？」蕊雪在座椅上坐立不安，動來動去。「請妳開慢一點。」她輕聲請求。

「如果我們被警察攔了下來，他們會吊銷妳的駕照。」

「那樣一來就必須由妳來駕駛。妳有駕照吧？」

「當然。」

「那就這樣。」此時伊莎貝兒又超過一輛BMW，車裡坐著幾個深色皮膚的年輕人，棒球帽反戴在頭上。

注 Tupperware，美國食品保鮮容器製造商，成立於一九三八年，產品包括櫥櫃、冰箱、微波器具、密封袋等。

「我們沒有時間了。」她繼續說。「我眞正要說的是，我們不知道他拿到錢後會做出什麼事，也無法確定他若是沒拿到錢，又會怎麼做。因此，我們必須搶先他一步行動，並且取得主導權。妳懂嗎？」

伊莎貝兒雖然眼睛直直盯著公路，但是眼角餘光仍能瞥到蕊雪猛烈搖頭。

「不，我什麼也聽不懂。」

伊莎貝兒舔舔嘴唇。如果無法說服蕊雪，那就是她的責任。她此刻有種感覺，自己的所作所爲絕對是正確的，而且有迫切需要。

「如果等會兒證實我們現在前往的地址是對的，不管那個豬玀樂不樂意，我們都會比他想像的更接近他。對他來說，那將是最恐怖的夢魘，他的變態大腦會絞盡腦汁揣想到底哪個環節出了問題，所以接下來的步驟將使他嚴重不安，懂嗎？」

在蕊雪回答之前，她已經超過十五輛車。

「我們之後再討論，好嗎？目前我希望能安靜一下。」

當她們高速行駛在橫越小帶海峽的高架橋時，伊莎貝兒看了蕊雪一眼。她身旁的女人眼睛緊閉，不停動著嘴唇，卻沒發出半點聲音，緊握住手指的雙手更是把指節握得都泛白了。

「妳眞的相信神存在嗎？」伊莎貝兒問說。

一片靜默。蕊雪似乎想等到禱告結束後再張開眼睛。

「是的，我相信。我相信有聖母，祂隨時會伸出援手保護像我這樣不幸的母親。因此我向祂祈禱，而且我確定祂聽見了我的禱告。」

伊莎貝兒蹙起眉頭，沉默不語，不過仍點了點頭。

除此之外，說其他的話、做其他的動作都會顯得太殘忍。

菲斯勒夫位於伊瑟峽灣附近的田野之間，這個村落從裡到外散發出一種無憂無慮的田園風味，和她料想中應該隱匿在某個偏僻角落的景象截然不同。

隨著她們逐漸接近目標地址，伊莎貝兒注意到自己的心臟劇烈跳動。她遠遠就發現那棟被樹木包圍的房子，從街道上幾乎難以察覺。這時，蕊雪抓住伊莎貝兒的手臂。

蕊雪臉色死白，彷彿想暢通血液循環似的不斷按摩臉頰。她緊抿著嘴唇，額頭猛冒汗珠。

「在這裡停一下，伊莎貝兒。」車子開到一處樹籬前時，蕊雪大口喘著氣說。她艱難緩慢的走下車，看得出來人很不舒服，接著跌在街旁的排水溝旁邊，嘩一聲吐了起來。她每嘔一次，口中便伴隨大大的呻吟聲，一直吐到胃裡都空了才緩緩起身。這時，一輛賓士車從旁邊疾駛而過。

「妳還好嗎？」伊莎貝兒問，彷彿蕊雪的舉措還不夠明顯。

「還好。」蕊雪坐回車子裡，拿手帕擦擦嘴後說。「現在呢？」

「我們直接開到房子前面。他仍以爲我當警察的哥哥知道所有事情。如果那個王八蛋在家，只要看見我就會乖乖把孩子交出來。他絕對不敢輕舉妄動，最終也會了解自己只剩逃走一途。」

「不過妳的車子要停好，免得他認爲我們故意擋住他的去路。」蕊雪說。「他要是在走投無路之下做出蠢事，風險就太大了。」

「我覺得妳有點糊塗了。不對，應該恰恰相反。我們得將車橫著停放，這麼一來他就必須從田野小徑離開。如果他打算開車逃跑，很可能會把孩子一起帶走。」

蕊雪臉色大變，似乎又要開始嘔吐。不過她用力吞嚥了一、兩次，勉強平復下來。

「蕊雪，這點我很確定。妳不太熟悉這種事情，我也不是很懂，而且同樣覺得不舒服，但是我們不得不這麼做。」

蕊雪注視著伊莎貝兒，冷峻的目光中含著淚水。「我經歷過的事情超乎妳所能想像。」她的語氣出人意外的嚴厲無情。「沒錯，我很害怕，然而並非因為擔心自己，而是事情絕對不能出錯。」

伊莎貝兒將車子橫停在田野小徑上，然後兩人走到那棟房屋的院子察看動靜。屋頂上的鴿子咕咕叫著，一陣微風輕撫過林間的樹葉，掠過草地。除了她們兩人深沉的呼吸律動之外，院子沒有其他生氣。

老舊農舍的窗戶黑漆一片，也許是因為上頭附著髒汙，或者屋內拉上了窗簾，很難說是什麼原因。屋前牆面上掛著老舊生鏽的工具，上面的木頭材質已全部褪色，整個地方死氣沉沉，而且令人惶惶不安。

「來吧。」伊莎貝兒逕直走向大門，在門上敲了兩、三下後往旁邊退了一步，接著又敲敲一旁的玻璃，但是依舊沒有絲毫動靜。

「聖潔的聖母啊，如果他們在裡面，一定會設法回應我們。」蕊雪不再失神恍惚，忽然間，她一個衝動，拿起一把靠在牆上、握柄斷裂的鋤頭，果斷的往門旁的玻璃一擊。

看她把鋤頭挑上肩、抬起窗戶的模樣，不難想見她平日慣於操持家務；同樣顯而易見的是，若是綁票者在裡頭挾持著兩個孩子的話，她已經做好拿鋤頭對付那個惡人的準備。他最好謹慎邁出下一步。

伊莎貝兒跟在蕊雪後頭踏進屋子，一樓除了走廊放著四、五個玻璃瓶之外，只見幾件故意擺放在窗邊的家具。這麼一來從屋外透過窗簾往內看時，會以為屋子有人居住，但事實上室內除了堆積的灰塵別無他物。沒有紙張，沒有廣告傳單，沒有被單，什麼都沒有，甚至連一張衛生紙也沒看見。

這兒無人居住。

她們順著陡峭的樓梯走上二樓，一步步踏著狹窄的階梯小心拾級而上。牆壁是木頭材質，纖薄的隔間牆上糊著各色圖樣與顏色的壁紙，沒有半點品味可言，又或者是沒有錢裝潢。三間房裡只有一樣家具——一個漆成淺綠色的樸素衣櫃，櫃子的顏色脫落得差不多了，門微微半掩。

伊莎貝兒拉開窗簾，午後微弱的日光照進房內，然後她打開衣櫃門，不由得倒抽一口氣。他一定來過這兒，因爲衣架上大部分的衣服都是他住在她家時穿過的。皮夾克、淺灰色牛仔褲、Esprit與Morgan的襯衫。在這種鄉下地方絕對看不到這類東西。

蕊雪也被嚇了一大跳。伊莎貝兒知道原因何在，光是他的古龍水味道，便足以讓人感覺情緒惡劣。

她拿出一件襯衫，飛快檢查了一遍。「這些衣服沒有洗過，如果我們需要他的ＤＮＡ，這東西就能派上用場。」她指著衣領上幾根頭髮，從髮色看來不可能是她的。「來吧，我們把這個帶走。」接著又說。「雖然可能性不大，不過或許能在口袋裡找到什麼。」

她匆匆瞥往窗外，看見倉庫前面的礫石上有痕跡，之前她沒有注意到，不過從樓上望去看得一清二楚。倉庫門前的石頭被壓出兩道平行的凹陷，而且像是不久前才形成的。

她小心翼翼將窗簾拉上。

離開房子時，她們沒有收拾走廊上的玻璃碎片，不過倒是關上了大門。兩人在外頭四下張望，來回察看菜園、田野與樹林之間，確認沒有不尋常的動靜後，趕緊想辦法弄開倉庫上的掛鎖。

伊莎貝兒指著蕊雪一直扛在肩上的鋤頭，蕊雪於是點點頭。不到五秒的時間，掛鎖就被劈斷。兩人推開倉庫門時，不禁大口喘著氣。

映入眼簾的是停放其中的貨車。兩人都認出是那輛天藍色雷諾，車牌號碼也沒錯。

蕊雪低聲禱告。「親愛的上帝，請別讓我的孩子死在這輛車裡。親愛的聖母，我乞求祢，別讓他們躺在裡面。」

但是伊莎貝兒非常確定那隻獵鷹帶著獵物跑掉了。從她不費吹灰之力便打開貨車的後門看來，他根本沒打算將車門鎖上，他在自己的藏身之處感覺非常安全。然後她將手放在車蓋上。還是溫的。

她走到院子去，從樹木間望向蕊雪剛剛嘔吐的地方。他要不是一路開下去，就是開往海邊。無論如何，他才剛離開沒多久。

她們來得太遲了！就這麼一秒之差。

站在身邊的蕊雪忍不住全身發抖。長途的舟車勞頓、言語無法形容的擔憂焦慮、顯露於外的痛苦哀傷、劇烈的情緒起伏，此時全部化成一聲哀叫，這叫聲讓棲息在屋頂上的鴿子嚇得振翅四飛，而發出叫聲的人則是涕淚縱橫，嘴角冒出白沫。

綁票者不在這兒。即使她勤奮禱告，孩子依舊不見人影。

伊莎貝兒靜靜朝她點頭，整件事實在太錐心駭人了。

「蕊雪，我很遺憾。但是我相信，剛剛妳嘔吐的時候，我們看到了那輛車。」她謹慎的說。「那是輛黑色賓士車。這種車有數千輛之多。」

之後，兩人一言不發默默站著，午後的日光越見昏暗。

現在怎麼辦？

「妳和約書亞不應該交付贖金。」伊莎貝兒最後開口說。「你們不能同意他開出的條件。我們必須爭取時間。」

蕊雪注視伊莎貝兒的眼神彷彿望著一個背叛者，一個對她所堅信的一切嗤之以鼻的人。「爭取時間？我聽不懂妳在講什麼，而且我也不確定是否想搞懂。」

蕊雪看向手錶。此時此刻，兩人的心思是一樣的。

再過不久，約書亞就會拿著裝滿紙鈔的袋子在維堡搭上火車，讓蕊雪有時間去追蹤、奇襲綁票者。目前只剩下一個選項，而且很簡單：他們要交出贖金，換孩子回家。就是這樣！一百萬克朗雖然是一大筆錢，但是他們早晚會克服損失金錢的痛苦，伊莎貝兒不應該動搖她的想法。蕊雪渾身散發出堅毅的氣息。

伊莎貝兒嘆了口氣。「蕊雪，拜託妳聽我說。我們都知道他這個人，我想像不出這世上還有人比他更惡劣，只要看他是怎麼欺騙我們就知道了，他所說的一切與事實大有出入呀。」她握住蕊雪的手續道：「他利用了妳的宗教信仰和我那可笑的盲目昏頭，他利用了我們最脆弱的部分，以及我們內在對於自己的觀感，而我們相信了他。妳懂嗎？我們相信了他，但是他卻騙了我們！這點妳無法否認。妳能理解我說的意思嗎？」

她當然懂她的意思，蕊雪並不笨，但是此刻她不能承受崩潰的風險，她沒有辦法蔑視自己的盲目信仰，尤其是在這種情況下，而這一切伊莎貝兒全看在眼裡。蕊雪必須先親近惡臭蒸騰的內在，必須先下到地獄，才能恢復理智思考，並且將她的宗教世界所規定的觀念與論點拋到一邊。這是面對自我認知的可怕過程，伊莎貝兒曾與她同嘗其苦。

等到蕊雪再度睜開眼睛，可以清楚看出她已經明白問題癥結，明瞭自己的孩子或許已不在人世。早已不在了。

她深呼吸了幾次，然後按住伊莎貝兒的手。看來她已經做好心理準備。「妳有什麼計畫？」她問道。

「我們按照他說的去做。」伊莎貝兒回答說。「當他閃現燈光的時候，把袋子從火車上丟下去，就像他規定的一樣。不過，裡面不裝錢。等他撿起袋子打開一看，會發現裡頭裝的是這棟屋子裡的東西，讓他知道我們已經找上這兒了。」

她蹲下身拾起掛鎖與鐵鍊，在手裡掂了掂重量。

「我們將這些爛東西放進袋子，然後附上一張紙條告訴他，我們已經發現他的行蹤。我們知道他的藏身處，掌握了他使用的假名，監視著他的據點，還會持續封鎖他與外界聯絡，遲早會逮到他。我們在紙條上面寫道，他要錢沒有問題，但是我們必須確定孩子能夠安全無虞回家，在此之前一切免談。我們必須對他施加壓力，否則主導權會落在他手裡。」

蕊雪目光低垂。「伊莎貝兒，」她說，「難道妳忘了我們拿著掛鎖和這些爛東西置身在北西蘭島嗎？我們根本趕不上維堡出發的火車。那個歹徒在歐登瑟和羅斯基勒之間閃燈的時候，我們人不在火車上啊。」然後她將目光移到伊莎貝兒身上，直接對著她發洩挫折。「請問那麼我們該怎麼把袋子丟給他？怎麼丟？」

伊莎貝兒握著她的手，蕊雪的手非常冰冷。「蕊雪，我們會趕上的。」她的口氣非常冷靜，「我們現在就開車到歐登瑟，在月台和約書亞碰面。我們有的是時間。」

轉眼間，蕊雪彷彿變了一個人，她不再是那個孩子被綁架的母親，也不是鄉巴佬，身上已不見絲毫土氣或半點親切殷勤，簡直與先前判若兩人，變成了伊莎貝兒完全不認識的女子。

「妳想過他爲什麼要我們在歐登瑟轉車嗎？」蕊雪問。「難道沒有其他可能性嗎？我們一定遭到監視，在維堡有人，歐登瑟也有一個。」接著，她的臉色又是一變，目光退縮回自己內在的世界。她或許還能再提出問題，但是已經聽不進答案了。

伊莎貝兒思索再三後，終於開口說：「不，我不這麼認爲。他只是想給你們壓力罷了。我很篤定他是一個人犯案的。」

「妳怎麼能如此肯定？」蕊雪沒有看著她。

「因爲他就是這種人，是個標準的控制狂，精確掌握自己做的每一件事與時間，枝微末節都計算得一絲不苟。他在酒吧裡不過幾秒，就選定我爲犧牲品；之後更是在恰當的時機讓我多次達到高潮，隔天早上還準備好豐盛的早餐，說出的甜言蜜語一整天縈繞在我耳際。他的每個動作都經過精細計算，操控著實現計畫的必要一切，技巧精湛。這種人無法和別人合作，更何況贖金也不夠分配，金額太少了，他不會和別人分享。」

「妳若是弄錯的話怎麼辦？」

「是啊，怎麼辦？但是，那應該無所謂吧？因爲今晚發出最後通牒的人是我們，不是他。袋子裡的東西可以佐證我們所說的事，證實我們到過他的藏身處。」

伊莎貝兒望著眼前破舊的農舍。這個暗中監視別人的男子究竟是誰？爲何要犯下這些事？他一表人才，理解力敏銳，手腕精明，是個完美的成功典型。他畢竟還是有其他選擇的。

他的行爲實在高深莫測。

「我們要離開了嗎？」伊莎貝兒無法忍受無所事事站在這兒。「妳在路上打電話給妳先生，說明整個狀況。之後我們再口述給他要寫在紙條上的文字，最後將紙條放進袋子裡。」

蕊雪搖搖頭。「我不知道，我好害怕。我理解妳的意思，不過，這麼做若是無法逼那個綁匪就範呢？他會不會就此放棄，逃之夭夭？」她的嘴唇不住顫抖。「那麼孩子會怎麼樣？桑穆爾和瑪德蓮娜難道不會被犧牲嗎？他也許會威脅要傷害他們，或是做出更可怕的事情，這種事時有所聞。」說著眼淚滑落臉頰。「他若是傷害了他們，伊莎貝兒，我們接下來該怎麼辦？妳可以告訴我，接下來該怎麼辦嗎？」

第二十八章

「見鬼了，在洛德雷究竟發生什麼事了，阿薩德？我從未見過安東森氣得吹鬍子瞪眼，大聲謾罵。」

阿薩德在椅子上坐立難安。「你就別再管這件事了，卡爾。那只是個誤會罷了。」

誤會？法國大革命之所以爆發大概也只是個誤會？

「你必須解釋清楚，爲什麼這個所謂的誤會讓兩個成年人在丹麥警察局扭打成一團，狂毆彼此的腦袋瓜子。」

「狂毆什麼？」

「腦袋瓜子，也就是頭部的意思。天啊，拜託，爲什麼會打薩米爾·迦齊你一定心裡有數。說啊，一五一十交代清楚，阿薩德，給我一個像樣的解釋。你們在哪兒認識的？」

「哎呀，我們根本不認識。」

「別扯了，阿薩德，那又是什麼回事？不會有人無故狂扁一個陌生人。那和什麼家族團聚有關嗎？還是爲了某段強制安排的結婚關係或某種要命的榮譽感？全部說出來。我們必須釐清狀況，否則你不能留在這裡。你想想看，薩米爾是警察，而你不是。」

阿薩德顯然很傷心。「如果你覺得這麼做比較好，我可以馬上離開。」

「我是爲了你好，阿薩德。安東森看在和我多年的交情上，答應不再追究此事。」卡爾身子越過桌面。「只要我問你話，你就必須回答我，要是拒絕回答，我知道結果會不太妙，不單純只是失去工作這種問題，甚至可能影響你能否留在這個國家。」

「你打算對我展開調查嗎？」阿薩德感覺受到侮辱，臉色漲紅成豬肝色。

「這跟你和薩米爾以前的恩怨有關嗎？例如在敘利亞？」

「不是，不是在敘利亞。薩米爾是伊拉克人。」

「所以你承認你們之間有過節了？即使你們並不認識？」

「是的，卡爾。你不打算停止審問我嗎？」

「有可能。你若是不願意我親自找上薩米爾釐清經過，就必須丟出一、兩句話讓我安心。除此之外，未來不管發生任何狀況，你都得與薩米爾保持距離。」

阿薩德愣了一會兒，然後點點頭。「是我的錯，我殺死了薩米爾一個親戚。那不是我願意的，卡爾，你一定要相信我。我根本不知道。」

卡爾閉上眼睛好一會兒。

「你曾經在這個國家作奸犯科過嗎？」

「沒有，卡爾，我向你確保。」

「是保證，阿薩德，你向我保證。」

「好，我保證。」

「所以那件意外是很久以前的事了嗎？」

「是的。」

卡爾點點頭。或許改天再找阿薩德進一步好好聊聊。

「有人有興趣看一下這個嗎？」伊兒莎毫無預警衝進辦公室，一臉嚴肅的將一張紙遞到他們面前。「這是兩分鐘前從瑞典隆內比警察局傳眞過來的。所以，他長這個樣子。」

她把傳眞放在他們面前桌上。那是張犯人畫像，並非用電腦拼湊出來的合成圖，而是手工描繪的眞正圖像，臉上有陰影、皺紋等，畫風十分精細。初看見這張畫像的第一眼並無異狀，但是再定睛細看，就能看出不協調之處。

「他看起來像我表哥。」伊兒莎語氣苦澀的說。「他在蘭德斯養豬。」

「我沒想到犯人是這長相。」阿薩德補充說。

卡爾也有同樣的感覺。畫像中的人鬢角不長，上唇的鬍鬚黝黑明顯，沿著唇邊修剪出形狀；髮色有點淺，清楚側分一旁；眉毛濃密，幾乎在鼻根處連成一線；嘴唇不會太厚也不會偏薄。

「我們心裡要有個底，這張畫像很可能與實際眞人落差很大。想想看，當年特里格費才十三歲，事發至今也有多年的時間，誰知道特里格費的記憶力有多精準？以及綁架者的樣貌又改變了多少？不過話說回來，你們認爲這幅畫上的他大概幾歲？」

他們正要回答，卻被卡爾打斷。「仔細看清楚，上唇的鬍鬚或許讓他顯得比原本年紀要大一點。把你們的答案寫在這裡。」

他從筆記本上撕下三張紙，一人發一張。

「別忘了，這個人殺害了保羅。」伊兒莎說。「也就是說，這個人殺害了某人認識的人，摻有感情因素在內。」

卡爾寫下他推測的年齡，然後拿過他們兩人的紙張。

兩張紙上寫著二十七歲，一張是三十二歲。

「我們認爲他是二十七歲，但你卻覺得他還要更老一點，阿薩德，爲什麼？」

「純粹因爲這個。」阿薩德指著兩條從左右眉毛外側往下延伸的紋路。「這個不是魚尾紋。」他的臉上咧出一個大大的笑容，然後指向自己眼角最外側皺成一團的部位。「你們看這兒，皺紋直接往下延展到臉頰。然後，你們再看。」他將嘴角往下拉，那副模樣和卡爾看見自己屬下逼迫別人時的嘴臉一樣。「現在這兒是不是出現那個紋路了。」他比著眉毛旁邊。

「沒錯。」伊兒莎邊說邊嘗試模仿。「但是這點不太容易引起注意耶。」她觸摸自己眼周附近的皮膚。

「差別在於我是個快樂的人，而凶嫌不是。這種皺紋如果不是生下來就有，便是長期生活在不開心的狀態中，日積月累所形成的。我母親不是個開心的人，五十歲左右臉上就出現這種紋路。」

「你說得或許對，或許不對。」卡爾說。「不過我們一致同意他差不多就是我們猜測的年紀，特里格費推測的歲數也大致如此。也就是說，如果他還在人世，現在應該介於四十歲與四十五歲之間。」

「我們不能掃描這張畫像，然後將臉老化幾歲嗎？」伊兒莎問。「用電腦技術就可以辦得到，不是嗎？」

「沒有錯。但是此舉做有誤導辦案方向的風險，這麼一來還不如讓肖像畫保持原貌。這個男人長相俊俏，比一般人來得有魅力，而且男人味十足，但是另一方面卻又顯露出羞怯，嗯，甚至是保守，屬於上班族的類型。」

「我倒覺得他比較像個軍人或是警察之類的。」伊兒莎說。

卡爾點點頭。他可能什麼都是，也什麼都不是。接著他望向天花板，那隻該死的蒼蠅又開始到處嗡嗡亂飛。他是否應該建議總務處購買捕蠅紙？他們搞不好會覺得那樣比他開槍攻擊蒼蠅要便宜多了。

他不再胡思亂想，看著伊兒莎。「將那張畫像影印送到各個警察局去。妳知道流程嗎？」

她聳聳肩。

「還有一件事，伊兒莎。公文送出去前，先讓我過目一下。」

「什麼公文？」

他無奈的嘆口氣。她在許多方面無懈可擊，但是仍然比不上蘿思。「伊兒莎，妳必須清楚描述案情，說明我們懷疑這個男人犯下一樁殺人案。我們希望了解畫像中的男子是否曾經做過違法情事，有沒有人清楚內情。」

「這能給我們什麼線索，卡爾？其中的關聯性在哪兒，你有想法嗎？」羅森雙眉緊皺，將那張揚科維奇四兄妹的照片推過去給馬庫斯看。

「給你們什麼線索？你們若希望縱火案有所進展，就應該調查你們的犯罪檔案中是否有小指戴著戒指的塞爾維亞人，如同上面四個胖子所戴的款式。你們或許能在丹麥的檔案中有所發現，不過如果我是你們，我會緊急聯絡貝爾格勒的警察機構。」

「也就是說，你認爲我們在火災現場發現的屍體是與揚科維奇家族有關的塞爾維亞人嗎？戒指表明了成員的身分？」組長進一步詢問。

「完全正確。根據變形的小指，我認爲他們大概一出生就戴上了戒指。」

「犯罪檔案？」羅森慢半拍的追問。

卡爾以一個傻笑作爲回應。這是在苦悶的星期一中，他僅存的最後一點力氣。

馬庫斯站在羅森身邊，緊盯著眼前桌上被壓平的半空菸盒。「我們應該詢問一下塞爾維亞警方。如果事情發展如你所推測，那麼犯罪檔案中或多或少可以找出線索。你知道是誰負責調查信貸業務嗎？如果我沒弄錯的話，四個創辦人早已不在人世。」

「伊兒莎負責的。那是家股份公司，超過半數的股份掌握在揚科維奇家族名下。」

「也就是說，借人錢的是塞爾維亞的黑手黨。」

「沒錯。被燒毀的公司全部向這個家族借貸過，然而我們不清楚的是，那些屍體與此有何關係。這件事就拜託你們調查了。」卡爾咧嘴一笑，然後將另外一張照片放在桌上推到馬庫斯面前。「這是殺害保羅·霍特的可能凶手。不錯的傢伙，對吧？」馬庫斯冷淡的掃了照片一眼。他這輩子看過太多凶手了。

「我若是沒聽錯帕斯高的意思，他說今天此案有重大突破。」馬庫斯說。「所以這還是有用的，你們得到了一些支援。」

卡爾皺起眉頭。見鬼啦，馬庫斯是什麼意思？

「什麼樣的突破？」

「啊，他還沒告訴你嗎？那麼他一定正在寫報告。」

二十秒後，卡爾已經站在帕斯高那間陰暗的小辦公室裡。照理說，裝飾的一家三口合照應該襯托出一點明亮溫暖的氣氛，卻反而讓人感覺公職人員的辦公室沒什麼個性。

「你發現了什麼？」卡爾問。

帕斯高繼續敲著鍵盤。「再兩分鐘你就能拿到報告，之後我針對這件案子的調查工作便告一段落。」

兩分鐘。聽起來誇張得像個優等生，卡爾下意識舉手拒絕，不過坐在辦公椅上的帕斯高著實讓他等了兩分鐘才轉過來說：「好了。在把報告列印出來之前，你先在螢幕上看過一遍。如果有不清楚之處，可以馬上修正。」

帕斯高和卡爾大約在同一時期進入警察總局，然而卡爾並未奉承上司，卻總是被指派到比較好的工作，逐漸成爲帕斯高這類馬屁精的眼中釘。因此卡爾閱讀報告時，帕斯高即使臉上露出帶點酸味的笑容，仍遮掩不了他內心巨大的喜悅。

看完報告後，卡爾轉向他說了一句：「幹得好，帕斯高。」然後便結束了。

「阿薩德，你趕著回家嗎？還是可以多留幾個小時？」他敢打賭阿薩德一定不敢說不行。

阿薩德露出了然於心的微笑，看來他大概以爲這個提問代表和解，有關薩米爾．迦齊和阿薩德眞正的住所的話題暫時先擱置一旁，可以日後再深究。

「伊兒莎，妳也一起來，之後我會送妳回家，反正我們是往那個方向去。」

「經過史坦洛瑟嗎？不用了，老天爺，你們一定不會想這麼做的，我搭火車就行。我情願搭火車。」她扣上大衣鈕釦，將仿鱷魚皮的皮包側背在肩上。她今天服裝造型的靈感顯然來自英國老電影，腳上搭配的是鞋跟笨重的半高筒徒步鞋。

「不用，妳今天不用搭火車，伊兒莎。」卡爾說。「你們若是不反對，我希望在路上告訴你們最新的案情發展。」

伊兒莎不情願的坐進後座，翹起腳將皮包擱在大腿上，莊嚴的坐姿儼然像個被人用寒傖的四駕馬車敷衍的女王，香水味道繚繞在被燻黑的車頂下方。

「帕斯高得到海洋生物組的回覆，了解許多有趣的細節，其中之一是已經確認魚鱗屬於峽灣鱒魚。恰如其名，這種鱒魚大部分棲息在峽灣地區，而且是淡水與海水的交界處。」

「那麼黏液呢？」伊兒莎問道。

「有可能來自於貽貝或是峽灣蟹，目前無法確定。」

阿薩德坐在副駕駛座上點頭。他翻開北西蘭島街道圖第一頁，手指放在全頁圖上。「好，找到了，羅斯基勒峽灣和伊瑟峽灣。啊哈！沒想到這兩峽灣在杭德斯特上方交會。」

「不，不會吧，」後座傳來聲音。「你們兩個該不會打算搜尋這兩個峽灣吧？眞是瘋了！」

「妳說對了。」卡爾從後照鏡看了她一眼。「不過我們聯絡上一位駕駛帆船的當地人，他也住在史坦洛瑟。阿薩德，你一定還記得發生在洛維格的雙重謀殺案吧（注）？那個人就是認識被害人父親的湯瑪森。」

「啊，我記得他。他叫作克什麼的，有個很大的肚子。」

「是的，沒錯。他叫克拉艾斯．湯瑪森，隸屬尼科賓警局，對於一個有船停靠在非德里松的人來說，峽灣的熟悉程度就是像自己的背心口袋。他會帶我們繞一圈，天黑之前幾個小時都陪著我們。」

「我們要搭船嗎？」阿薩德忽然小聲問道。

卡爾故意充耳不聞。「除了峽灣鱒魚的生活區域之外，調查結果還存在其他線索，讓我們得以進一步追查位處峽灣口的船屋。我不太樂意承認，但是帕斯高確實做得很好，海洋生物學家從紙上摘取樣本後，今天一大早他就將瓶中信寄到鑑識部門，請他們檢驗紙張，尤其是勞森提到的陰影部分。結果發現那些陰影是印刷黑墨，雖然非常微量，但確實存在。」

「我以爲蘇格蘭人已經徹底檢查過了。」伊兒莎說。

「是檢查過了。不過他們檢查的是信中的文字，而不是紙張本身。嗯，總之今天上午鑑識部門的人已經查出整個紙張碎片上到處是黑墨。」

「只有黑墨嗎？還是有找到其他東西？」

卡爾不由得露出笑容。他小時候曾經和其他男孩蹲在布朗德斯勒夫的市集廣場上，盯著一個腳印瞧。儘管腳印因爲下雨的關係而有點模糊，仍然可以清楚看出與其他足跡的不同之處——它的前端刻有文字。幾個小男孩花了一段時間得知文字是顛倒反印在地上的，最後研究出那幾個字是「佩德羅」（PEDRO），不久後，附近便流傳起一則軼事：原來鞋子的主人是佩特哈博機械工廠裡的一個員工，因爲害怕唯一一雙工作鞋被偷走，才在上面刻上自己的名字。日後每當他們這群少年到布朗德斯勒夫附近的泳池遊玩，把自己的袋子鎖到櫃子裡時，總會想起那個又窮又可憐的佩德羅。

這件事情開啓了卡爾對偵查工作的興趣，現在他似乎又感受到當年那種感覺。

「他們查出那些包魚紙上的黑墨是顛倒的文字，包魚紙本身沒有印刷，一定是有份報紙壓在紙上好一段時間，然後轉印上去的。」

「我的天哪！」伊兒莎即使翹著腳，但身子仍盡量往前伸到極限。「那些字寫些什麼？」

「要不是文字夠大，應該找不出來源。不過就我所了解，在徵詢多方意見後，終於確定上頭的字來自《非德里松報》。我查出那是份免費贈閱的週報。」

卡爾以爲阿薩德應該會亢奮莫名，沒想到他卻緘默不語。

「你們沒搞懂嗎？也就是說，我們只要調查信箱裡有這份報紙的區域就可以了，調查範圍因此縮小了許多。若是沒有這項線索，船屋很可能出現在北西蘭島海岸任何一處。你們知道那有多少公里嗎？」

「不知道。」後座傳來簡潔的答覆。

卡爾自己也不知道。

注 這裡指的是《懸案密碼2：雉雞殺手》中，在洛維格遭人凌虐致死的兩兄妹。

這時他的手機響起，他看著手機螢幕，整個心一下子暖了起來。

「夢娜！」他的聲音完全變了一個調。「妳能打電話來眞是太好了。」

他察覺到阿薩德改變了坐姿。他似乎燃起希望，或許他的上司會因爲這通電話放棄上船。

卡爾想邀她今晚共進晚餐，但是她沒有接受邀約，這次來電純粹是爲了公事，她邊說邊發出清脆的笑聲，卡爾的心跳立刻劇烈狂飆。她有位同事打算前來拜訪，很樂意和卡爾聊聊他的惡夢。

卡爾雙眉皺在一起。很樂意聊聊？他的惡夢關夢娜的同事什麼事？要不是對象是夢娜，他根本不會強迫自己透露夢魘。

「我的狀況棒透了，夢娜，所以沒這個必要。」他眼前浮現她溫暖的雙眼。

她豪爽大笑。「好、好。我聽得很清楚，看來昨晚讓你心情愉快。不過在此之前，卡爾，你的狀況不是特別好，不是嗎？我也沒辦法二十四小時一直看顧著你。」

他呑嚥口水，光是想到一天二十四小時和她相依偎就忍不住渾身發抖。他想問她爲何不行，但終究還是沒開口。

「好，我們就這麼做。」他差點補上一句「親愛的」，幸好及時從後照鏡發現伊兒莎正聚精會神凝聽，眼神興奮晶亮，於是連忙提醒自己不可忘形。

「妳的同事明天過來沒有問題，不過我們有事要做，他應該不能留太久，對吧？」

但他們沒有約定何時要在她家見面。可惡！明天一定要約成。

他闔上手機，對阿薩德擠出不自然的笑容。今早照鏡子時，他還覺得自己像個眞正的唐璜，但現在那感覺早已煙消雲散。

「噢，夢娜、夢娜、夢娜，我牽起妳小手的那一天何時才會來臨？我們何時才能拋開一切？」伊兒莎在後座亂哼著歌。

阿薩德被她的歌聲嚇了一大跳。難道他沒聽過她唱歌嗎？她在地下室的時候，多的是時間這麼做。她的歌聲實在特殊得令人不敢恭維。

「我不知道妳會唱歌。」阿薩德飛快往後座看了一眼，點點頭附和後又恢復了沉默。

卡爾搖搖頭。眞是他媽的要命！若讓伊兒莎知道夢娜的事，那麼所有人都會知道。他眞不該接這通電話。

「那是誰想到的？」伊兒莎忽然冒出這句。

卡爾看著後照鏡。「什麼東西誰想到的？」他已經準備好反擊了。

「非德里松。你想像一下，那個傢伙在非德里松附近殺了保羅．霍特。」伊兒莎陷入沉思。

她的心思沒放在夢娜身上了，卡爾心想。此外，他懂她的意思，非德里松離她的住處不遠。邪惡對所有城市全都一視同仁。

「你怎麼不認爲是在南方一點的地方？那裡絕對也分送過這份報紙。」

「妳說得沒錯，或是有人將報紙帶到非德里松來。不過，我們總得有個切入點，妳說是吧？從這兒開始似乎很合乎邏輯。你不認爲嗎，阿薩德？」

他鄰座的客人緘默不語，大概已經先暈船了吧。

「這兒，」伊兒莎指著人行道說，「我在這兒下車。」

卡爾望向衛星導航器。距離畢路和艾納．提森路只有一小段路程，沒多久就會抵達她住的檀香園，爲什麼要在這兒停車？

「我們馬上就到了，不需要多走一段路。」

他本以爲她會婉謝，沒想到她先吞吞吐吐說要去購物，之後又改口說：哎呀，算了，晚點再去也沒關係。

「伊兒莎，方便的話，我等下和妳一起進屋。我想和蘿思打聲招呼，有點事情要告訴她。」他清楚看見伊兒莎那張慘白的臉皺成一團。「只要幾分鐘就好。」他趕緊補了一句，讓她沒有拒絕的餘地。

他在十九號的門前將車停好後，馬上跳下車，走到另一邊幫伊兒莎開車門，然後對阿薩德說：「你在車上等。」

「我想蘿思應該不在家。」伊兒莎踏上屋前階梯時一邊說，整個人似乎放鬆了一些，感覺就像剛考完試離開教室的學生，心裡知道自己考得不錯。

「卡爾，在外面等一下。」她開門時說，「她可能還賴在床上。偶爾會出現這種情況。」伊兒莎走進屋裡大喊著蘿思的名字。卡爾注意到門牌上只有「克努森」這個姓氏，沒有寫上家中成員的名字。

喊了幾聲後，伊兒莎又走回門口，「卡爾，看來她不在家，大概去買東西了。要不要我幫你轉達什麼訊息？」

卡爾輕輕推開門，讓自己一隻腳恰好卡在門縫間。「沒關係，我簡單寫張紙條給她。可以給我張紙嗎？」

憑藉多年工作養成的矯健身手，卡爾像隻蝸牛般，不著痕跡的在這個陌生領地往內行進，甚至看不出他移動的腳步。等到伊兒莎察覺，他們已經往屋內走了好幾公尺，想要擺脫他沒有那麼容易了。

「家裡有點髒亂。」伊兒莎帶著歉意說，身上仍然穿著大衣。「蘿思只要覺得過得去，就不會整理屋子。當她一個人待在家，尤其不會動手。」

她說得沒錯。走廊堆了幾件夾克和外套，還有用過的包裝盒和一堆舊週報。

卡爾望向客廳。這兒是蘿思的地盤嗎？這個空間和他想像中的硬蕊龐克女（注）的家天差地遠，反而像是嬉皮的房子，或是屋主從尼泊爾山區帶了一堆破爛的舊物回來。卡爾自從當年和一個來自佛洛的女孩上床後，就沒碰過能與之比擬的人。線香、刻有大象的黃銅和紫銅碗盤，以及各式各樣的巫毒娃娃，牆上掛滿蠟染的布，椅子上披著牛皮，就差一面被撕爛的美國國旗，否則將會感覺回到七〇年代。除此之外，屋內所有的物品全積滿厚厚一層灰，除了報紙和畫刊，這堆年代錯置的雜物沒有一件像是伊兒莎和蘿思這對雙胞胎姊妹的東西。

「還好嘛，沒有那麼亂。」卡爾急忙說，眼睛掃過未清洗的碗盤和披薩空盒。「你們這兒有多大？」

「八十五平方公尺。除了客廳，還有兩間房，我們兩個一人一間。也許你是對的，這兒真的沒那麼髒亂。不過，你應該先看看房間再下定論。」

她放聲大笑，但是隱藏在笑容底下的訊息可能是：他若膽敢再往前走十公分，接近她們的私密領域，她會拿把斧頭砍了他腦袋。看來伊兒莎想用自己的方式讓他理解這點，卡爾與女人交手的經驗非常豐富。

卡爾努力想找出一、兩件看起來突兀的物品。若想徹底看穿別人的祕密，一定要找出與眾不同、不合常規的東西。

他很快就發現了目標：一個保麗龍材質的光禿頭顱，通常那上面會放假髮或是帽子，此外還

注 Hardcore Punk，是龐克搖滾的一個分支，起源於一九七〇年代的英國和北美。比最初的龐克更重，更噪，更快，旋律更加簡單和混亂。

看到一個裝滿玻璃藥罐的瓷碗。他往前靠近一步，想要看清楚藥名，藥物又是給誰服用的。但是伊兒莎擋住他的去路，遞給他一張紙。

「你可以坐在那邊寫紙條。」她指著唯一一張椅背上沒有擺著換洗衣物的餐椅。「蘿思回來後，我會把紙條交給她。」

「卡爾，我們的時間只剩不到一個半小時，下一次你們應該早點過來。」克拉艾斯・湯瑪森解釋著。

卡爾點點頭，然後轉過去看阿薩德。他穿著紅色救生衣蹲在船艙裡，一臉挫敗得像隻被逼到角落的老鼠，也像因第一天上學而慌張的小孩。阿薩德完全不相信嘴邊叼著菸斗、吐著霧的胖船長，能夠拯救他免於被五公分高的波浪拉下海的必死命運。

卡爾注視透明文件夾中的地圖。

「一個半小時。」克拉艾斯・湯瑪森又說了一次。「話說回來，我們究竟要找什麼？」

「找一間距離街道可能有段距離的船屋，而且縱使位在海邊，從海上卻幾乎看不見。我覺得可以先從非德里松開始，沿路駛向古扈斯。你覺得我們有可能再往下航行嗎？」

退休員警抿了抿上唇，菸斗咬在齒間咕噥著：「唉，這又不是快艇。時速只有七節（注），我想我們的客人最能體會個中滋味，對吧，阿薩德？你在上面還好吧？」

阿薩德黝黑的皮膚現在看起來彷彿泡過雙氧水，而他們出航不過才一會兒時間。

「七節？換成車速大概每小時十三公里吧？這樣的話，天黑之前，根本沒有辦法航行到古扈斯再回轉。我本來還希望能夠抵達宏斯鄉另外一邊，甚至到歐洛再回來。」

湯瑪森搖搖頭。「我可以請我太太到另一邊的多爾比之家接我們，但是不可能再往下航行。

何況我們行駛最後一段航程時，天色就會有點昏暗了。」

「從船上望出去看得清楚嗎？」

他聳聳肩。「哎，如果今天找不到我們的目標，明天我可以再出船消遣一下。你也知道，逆風中的老警察是不會僵硬生鏽的。」

這句箴言八成是他自己發明的。

「還有一件事，湯瑪森，那兩個被關在船屋的兩兄弟一直聽到一種低沉的轟轟聲，有點像風力發電機或是諸如此類的設備。你有沒有想起什麼？」

湯瑪森拿下嘴邊的菸斗，打量著卡爾，目光宛如英國獵犬。「你所謂的『低沉轟轟聲』是一種低周波，曾經在此區引起不少麻煩。這個議題可回溯到九〇年代中期，所以他們的確可能聽到那種聲音。」

「那是什麼呢？」

「那是種低沉而且惱人的噪音，長久以來，大家都以為是馮里斯維的鋼輥廠惹的禍，一直到工廠歇業後，聲響仍然存在，才發現鋼輥廠成了代罪羔羊。」

「鋼輥廠不是位於某個半島上嗎？」

「沒錯，但是低周波可以傳遞的範圍很廣，有人說甚至遠達二十公里。至少馮里斯維、非德里松和峽灣另一頭的耶爾斯普立都有人抱怨過。」

雨滴在水面上彈跳飛舞，放眼望去，帆船、一群群海鷗、圍繞在灌木叢和樹林中的房舍、肥

注 符號kt，是一個專用於航海的速率單位，後延伸至航空方面。等於船隻或飛機每小時所航行的海浬數。一節的速度相當於每小時1.852公里。

沃的草原與田野，一片寧靜祥和。然而，在詩情畫意的水色風光中，存在一種無法解釋的低沉轟轟聲；在雅致屋舍的牆面後頭，住著腦筋不正常的人。

「我們若是無法釐清噪音來源與傳播範圍，就不知從何下手。我本來打算調查附近風力發電機的設置範圍，不過現在連是否要從此方向偵辨都還是個疑問。許多跡證指出，案發期間，所有風力發電機剛好停止運轉，因此相當棘手。」

「我們要不要乾脆回家算了？」船艙傳來聲音。

卡爾瞥了阿薩德一眼。那是和薩米爾・迦齊在地上扭打成一團的男人嗎？或是那個一腳把門踹開，曾經救過卡爾一命的人？若是如此，他在五分鐘內的轉變可真大啊。

「你想吐嗎？」湯瑪森問。

阿薩德搖搖頭。這種反應在在顯示他還不明白暈船的厲害。

「喂，拿去。」卡爾拿給他一副望遠鏡。「保持呼吸平穩規律，自然而然隨順著船隻的律動。想辦法觀察海岸線，找尋目標。」

「我沒辦法離開椅子。」阿薩德嘟囔著。

「沒問題，透過窗戶往外看就行了。」

「我認爲你們不需要將精力放在這附近的沿岸。」湯瑪森掌舵航向峽灣中央。「那兒有一小片沙灘，而且平原多半延伸至海邊。如果想要碰運氣的話，必須往北到諾斯孔才會有茂密的樹林，只不過那兒也有一些住家，船屋要不被人發現不太容易。」

他指向一條沿著峽灣海岸線建造的南北向省道，眼前盡是銜接著平坦農田的農村景致。在峽灣這一側，絕不可能會有保羅・霍特的藏身之處。

卡爾研究著地圖。「假設峽灣鱒魚的棲地就在峽灣口，而且船屋並非位於羅斯基勒峽灣，那麼一定是在宏斯鄉另一邊的伊瑟峽灣。但是會在哪裡呢？從地圖上看來，可能性並不多，畢竟那些區塊坐落著許多小農莊，而且原野直直沒入峽灣，哪裡能藏著一座船屋呢？即使是另一頭靠近霍貝克峽灣的海岸，或者往北一點的歐德鄉也完全不可能，從綁票地點巴勒魯普開車到那些地方，時間超過一個小時。」他心中忽然升起懷疑。「是嗎？」

湯瑪森聳聳肩。「不，我不這麼認爲。那段車程約莫一小時左右。」

卡爾倒吸一口氣。「那麼我們得要期望《非德里松報》這個假設正確無誤，否則會更麻煩。」

他在滿臉悲慘的阿薩德旁邊坐下。阿薩德全身微微顫抖，臉色一陣白一陣青，雙下巴隨著用力吞嚥的動作上下起伏，但是他仍然將望遠鏡緊緊貼著眼睛。

「給他一杯茶，卡爾。他若是把椅凳吐得一塌糊塗，我太太可會老大不開心喲。」

卡爾拉過裝著食物的籃子，沒有先問阿薩德要不要喝，便逕自幫他倒了杯茶。

「拿著，阿薩德，喝下去。」

阿薩德放下望遠鏡，瞪著茶，然後搖搖頭。「我不會吐的，卡爾。我只要打個嗝，就會用力把東西吞下去。」

卡爾瞪大著雙眼。

「就是這樣。騎著單峰駱駝橫越沙漠時，胃部同樣會很不舒服，但嘔吐容易流失水分，在沙漠當中這麼做是很愚蠢的事情，所以我不會吐的。」

卡爾拍拍他肩膀。「沒事的，阿薩德。你繼續搜尋船屋，其他事情我可以搞定。」

「我並沒有在搜尋船屋，因爲我們根本找不到。」

「那是什麼意思？」

「我認爲船屋隱藏得很好，而且也不一定會坐落在樹林間，有可能建築在某個碼頭底下，或者房子下方，也不排除置身灌木叢間。你也知道，那船屋不是很高。」

卡爾另外拿起一副望遠鏡。如果他的同伴因爲暈船而腦筋混沌不清，他就得自己上陣了。

「你若是不找船屋，又在找什麼，阿薩德？」

「找某種會轟轟叫的東西，風力發電機或是可能發出那類噪音的設備。」

「那並不容易。」

阿薩德瞧著他好一會兒，彷彿對這個同伴感到厭煩，接著忍不住又猛打嗝，卡爾連忙往後退，以策安全。阿薩德恢復正常後，虛弱的說：「卡爾，你知道像坐椅子一樣坐在牆上的世界紀錄超過十二個小時嗎？」

卡爾滿腦袋都是問號。

「你知道連續站立的世界紀錄是十七年又兩個月嗎？」

「不可能！」

「不過只有一次。創紀錄的人是個晚上站著睡覺的印度大師。」

「我不知道。你想藉此告訴我什麼？」

「我只是想說，有些事情比看起來困難，有些則比較簡單。」

「是嗎？然後呢？」

「先找出轟轟聲的來源，之後就不需要再考慮這個問題了。」

這是什麼錯亂的思路邏輯啊！

「好吧。不過我還是不相信那傢伙站了十七年。」卡爾眞的有點吃驚。

「好的。不過你知道嗎，卡爾？」阿薩德嚴肅的望著他，在舉起望遠鏡之前又打起嗝來。

「那就是你個人的問題了。」

他們仔細聆聽周遭的聲響，聽到了漁船與帆船引擎駛過的聲音、省道上呼嘯而過的摩托車聲，以及為了提供稅務局評估稅價而正在空中進行地產攝影的單引擎小飛機聲，然而就是沒有持續不斷的轟轟聲，也沒聽見激怒了居民，使其組織「反對低周波」團體的噪音。

湯瑪森的老婆在杭德斯特接他們。湯瑪森答應會盡全力打聽船屋，他認為諾斯孔的林務員應該會略知一二，附近區域的帆船俱樂部也同樣是個門路。由於氣象預報明天是陽光普照的好天氣，所以他會繼續搜尋。

卡爾開車往南行駛的路上，坐在副駕駛座上的阿薩德仍舊一臉悲慘。

忽然間，卡爾非常能體會湯瑪森的老婆擔心椅凳被弄髒的心情了。

「如果你覺得想吐，要提早告訴我，聽見了嗎？」

阿薩德神色恍惚點點頭。

卡爾行經巴勒魯普時，又把剛剛的話講了一次。

「或許我眞的需要休息一下。」過了幾分鐘後，阿薩德開口說。

「好，你可以再忍個兩分鐘嗎？我還有事情要處理，我們先到霍爾特一趟，然後我直接送你回去。」

沒有回應。

卡爾望著街道，天色已暗。不知道他們會不會讓他進去。

「我答應維嘉去看她的母親，她就住在附近的養老院，我得去探望她一下。」

阿薩德點點頭。「我不知道維嘉的母親還健在。她是怎麼樣的人？親切和善嗎？」

問題雖然簡單，卻不容易回答，害得卡爾差點闖紅燈。

「卡爾，你不能就讓我在派出所那邊下車就好嗎？反正你等下要往北開。派出所那兒有班公車直達我家門口。」

阿薩德果然懂得怎麼保護自己和家人不曝光。

「沒辦法，你現在不能探望阿爾辛女士，時間已經很晚了。請你明天下午兩點前再過來，最好是十一點左右，她那時候的精神最好。」值夜班的看護說。

卡爾從口袋拿出警徽。「我不是爲私事而來的，這位是我的助理哈菲茲・阿薩德，我們不會耽誤太久。」

看護目瞪口呆看著警徽，然後又望向站在卡爾身邊那個搖搖欲墜的人，這可不是美坡農莊的工作人員每天都能見到的光景。

「我想她應該睡著了，她最近身體相當虛弱。」

卡爾看向手錶。九點十分。這種時間對維嘉的母親來說一天才剛開始，眼前這女人在講什麼鬼話啊？在哥本哈根的夜生活做了五十年的服務生可沒有白費。不會，她不可能癡呆得那麼嚴重。看護半推半就的把他們帶往癡呆症病人居住的區域，走到寫著卡拉・瑪格麗特・阿爾辛的房門口。

「要離開的時候請通知我們一聲，會有人來幫你們開門，好嗎？那兒有工作人員。」看護指著走廊底端說。

阿爾辛躺在成堆的髮飾和糖果盒中。一頭未梳理的長灰髮和身上那件凌亂的和服，讓她看起來像個不願意放棄演藝事業的好萊塢老演員。她一下就認出卡爾，於是調整坐姿往後靠，嘴裡嘰嘰喳喳叫著卡爾的名字，一直說自己看到他出現有多驚訝。維嘉那種興奮若狂的行爲模式顯然其來有自。

阿薩德沒有看阿爾辛一眼。

「要喝咖啡嗎？」她問道，從沒有旋上瓶蓋的保溫壺裡倒了一小口咖啡，那個杯子之前已經用過了。卡爾抗拒不喝，卻體悟到這種反抗行爲毫無意義，於是轉向阿薩德將咖啡杯遞給他。若有人需要冷掉的咖啡，那麼肯定是他。

「妳這兒還不錯。」卡爾邊說邊打量室內的擺設：鑲金相框、弧形桃花心木家具與錦緞，卡拉·瑪格麗特·阿爾辛尊貴的領域當中，總是放滿這類物品。

「妳怎麼消磨時間？」他預料自己會聽到一番說教，抱怨電視節目有多無聊，閱讀對她來說越來越困難之類的牢騷。

「消磨時間？」她神色恍惚，「啊，除了有時候替換一下這個……」她沒把話說完，便從靠枕底下拿出一個橘色電動按摩棒，上面有各種匪夷所思的按摩顆粒。「……幾乎什麼事也不用做。」

卡爾聽到身後傳來阿薩德把咖啡杯敲到盤子上的聲音。

第二十九章

時間一分一秒逝去，她的精力也一點一滴流失。她曾在汽車聲消逝後扯開喉嚨大叫，但是每叫一次便清楚感受到，要再度將肺吸滿空氣有多麼困難。壓在沉重的箱子底下，導致她的呼吸逐漸變得微弱。

她的右手掙扎著往上挪動，好不容易終於能用指甲刮著面前的箱子，光是聽到這個聲響便令她重新燃起希望。她終究還是能做點事的。但在躺了好幾個小時後，她連最後一絲喊叫的力氣也消失了，所能做的只剩下讓自己活著。

或許，他會憐憫她。

又過了幾個小時，她回想起以前曾經歷過的窒息感受，那感受混雜了驚慌、軟弱無力。當年她還小，被父親壓在衣櫥下面，感覺肺部的空氣全被擠光。

「嘿，妳能脫身嗎？」父親笑著問她。對他來說，那不過是個遊戲；對她而言，卻是恐怖、痛苦的嚴重處境。但是，她愛自己的父親，所以什麼也沒說。

有一天他突然不在了，可怕的遊戲不再繼續，卻沒有因此讓人感到放鬆。母親說他和一個蕩婦跑了。她親愛的好爸爸和一個爛女人離家遠走，和其他的新孩子一起嬉鬧玩樂。

後來她遇見丈夫時，她告訴每一個人他讓自己想起父親。

「妳絕對不可以這麼想，米雅。」她母親訓誡說。

是的，她曾經那樣說過。

她被困在箱子底下已經超過二十四小時，心裡清楚自己死期將近。

之前她聽到走廊響起腳步聲，他似乎在房間外面駐足了一會兒，聽著房內的動靜，然後便邁步離去。

妳應該呻吟一下的，她在心裡對自己說，或許他會將事情做個了結。

她左邊的肩膀不再發疼，左臂也同樣麻木沒知覺，但是臀部上那個最重的箱子卻讓她分分秒秒飽受折磨。被困在這裡的前幾個小時，她被幽閉恐懼緊緊籠罩，害怕得汗流浹背，如今她不再冒汗，只有排泄出來的尿液流過大腿。

她躺在尿液中，奮力的想要移動，哪怕只是一公釐也可以，好讓右膝上的箱子壓力能夠稍微轉移到大腿上。雖然她最後分毫未動，但感覺上已經擺脫了沉重的壓力，正如同當年折斷手時，只能隔著石膏抓癢的感受。

她想起當初和丈夫一起度過的幸福時光，想起剛開始談戀愛時，他爲她做牛做馬，一切都順著她。可是如今他卻要置她於死地，下手毫不遲疑，冷血無情。

他之前做過類似的事情幾次了呢？她茫然毫無頭緒。

她什麼都不清楚。

她什麼也不是。

我死掉的話，有誰會懷念我呢？她心想，然後費力張開右手掌，彷彿想撫摸孩子。班雅明不會想起我，因爲他還太小。母親當然會思念我，但是十年後等她不在人世了呢？還有誰會想念我？一個也沒有。除了取走我性命的那個人，除了他，沒有別人了。啊，或許還有肯尼士。

死亡固然悲慘，但最可悲的莫過於死後不會被人記起。一思及此，她雖然口乾舌燥，仍不由得猛吞口水，儘管眼睛已經流不出眼淚，依舊不停哭泣。哭到最後，疼痛不堪的肚子開始發抖。

再過幾年，她將被徹底遺忘。

被困在房間裡的這段期間，她的手機偶爾會響起，褲子後面口袋傳來的振動讓她湧現希望。等到手機鈴聲斷掉，她又躺著傾聽外面的動靜。肯尼士現在會站在外面嗎？他若是心生疑慮，會採取行動嗎？他一定會吧。畢竟他昨天來訪時看出了她內心的動搖。

她睡了一會兒後突然驚醒，全身完全失去知覺，只剩下那張臉還有點生氣。她感覺鼻子乾得要命，眼睛四周發癢，眼睛在黑暗中不停的眨。但就只有這樣。

這時，她才明白自己爲什麼忽然驚醒。是肯尼士嗎？還是自己在作夢？她閉上眼睛集中精神聆聽。的確有人。

她屏住呼吸再次仔細傾聽。沒錯，是肯尼士。她張開嘴巴，大口喘著氣。他站在樓下大門旁的窗戶前面呼喊著她的名字，叫得四周鄰居現在應該都認識他了。她感覺到自己的嘴角上揚，露出微笑，然後聚積力氣、傾注全力最後一叫。這一叫，應該能夠拯救她的性命；這一叫，應該能夠引起樓下肯尼士的反應。

於是她用盡氣力放聲大叫。

然而，儘管她張開嘴巴，卻連自己也聽不到叫聲。

第三十章

那群士兵到來的時候天色已近傍晚，先行部隊搭乘著一輛壓凹的吉普車，其中一個士兵大喊杜伊（注1）的黨羽在村子學校裡藏匿武器，要村民說出武器位置。

士兵們各個皮膚發亮，對於她主張自己和杜伊的克蘭政權（注2）沒有關係，也不知道什麼武器的說法反應冷淡。

蕊雪，或者說得準確一點，她當時的名字叫作莉莎，莉莎和男友整天一直聽到槍聲，謠傳泰勒的游擊部隊手段粗暴血腥，因此他們已經準備要逃走了，沒有人想要留下來看白皮膚的人能否從未來政權的殘忍嗜血中逃過一劫。

她的男友到二樓去拿獵槍，士兵趁她將書拖到隔壁建築物的時候奇襲了她。那一天，士兵燒毀了許多房屋，她只想確保書不會有事。

那些男人一晃眼便站在她面前，他們殺戮了一整天，現在只想發洩累積在體內的緊繃張力。她聽不懂那些男人講的話，但是他們的眼神有自己的語言。她出現在不對的地方，在空蕩蕩的教室中很容易得手，而且太年輕。

她想要從窗戶脫身，用盡最後的力氣縱身一躍，結果卻被那些男人抓住腳踝拖了回來。他們

注1 Samuel Doe，在一九八六至一九九〇年間曾擔任賴比瑞亞總統，後被叛軍槍決，陳屍街頭。

注2 Krahn，杜伊出身自克蘭族，其所屬政權便稱為克蘭政權。

不斷用腳踩踏她，直到她不支倒地。

她看見三顆頭在面前搖晃，接著有兩個軀體撲向她，至於第三個男人太過狂妄自負，或是出於權力的優越感而將自己的衝鋒槍靠在牆邊，幫其他人將她的腳分開。男人們摀住她的嘴，歇斯底里縱聲淫笑，一個接一個在她體內衝刺，而她則是發狂似的用被按住的鼻孔奮力呼吸。忽然間，她聽到男友一聲短促的悲嘆，頓時憂懼起他的安全。那些士兵可能會聽見他的聲音而對他不利。

但是男友的嘆息聲非常輕微，除此之外，他完全沒有採取其他措施。

幾分鐘後，她躺在地板的灰塵中，看向自己不過兩個小時前才在黑板上寫下「我會跳、我會跑」等英文字，而男友已經拿著武器消失無蹤。拿槍射死那些開著褲襠、汗涔涔躺在她身旁喘息的士兵對他來說應該不難。

但是他卻沒有爲她出頭，在她跳起身一把抓住黑人士兵的衝鋒槍，猛力掃射好一陣子時，他也不在身邊。那些軀體在掃射中粉身碎骨，教室中慘叫連連，噴濺出的血液、灰塵和彈藥煙霧，化成一幅宛如來自地獄的景象。

在前途明亮，日子舒適愜意的時候，男友總是陪在她的身邊，但是，當她將支離破碎的屍體拖到糞坑，用棕櫚葉遮蓋時，他並不在旁邊；在她清洗牆上的血跡肉塊時，他也一樣缺席。

因此，她不得不離開。

從那一天之後，她開始信奉上帝，爲自己犯下的罪孽懺悔。

但是那天傍晚，她脫掉身上的衣服，一吋一吋清洗身體，洗到最後皮膚受傷時所許下的承諾，她將永遠牢牢銘記在心。

如果與魔鬼再度交會，主導權只能在她手中。

要是她因此不得不違反了上帝的戒律，那是她和祂之間的問題。

伊莎貝兒將油門踩到底，眼睛來回穿梭在街道、衛星導航和後照鏡之間，一旁的蕊雪這時忽然不再驚嚇得汗流浹背，嘴唇停止顫抖，心跳也逐漸規律。她藉由往日的回憶將恐懼轉變成怒氣，讓肌膚上再次感受到愛國陣線聯盟的士兵灼熱的呼吸，眼前浮現他們濁黃的眼珠。最後，她果決的咬緊牙關。

當年她處理得來，現在也不會有問題。

她轉向身旁開車的伊莎貝兒。「我們把東西拿給約書亞之後，換我來開車，可以嗎？」

伊莎貝兒搖頭拒絕。「不行，蕊雪。妳不熟悉我的車子，這輛車因爲使用過度的關係，很多地方都有狀況，近光燈不亮，手煞車也失靈。」

伊莎貝兒持續細數車子的缺陷，但是蕊雪毫不在意。伊莎貝兒顯然不信任坐在副駕駛座上的聖人能像她一樣操縱方向盤。那麼，她是時候要長點見識了。

兩人在歐登瑟的月台與約書亞會合。約書亞臉色死灰，模樣悲慘痛苦。

「我不贊成妳們的主意！」

「不，約書亞。依莎貝兒說得沒錯，我們就這麼做，必須讓那個男人知道我們已經逮到他了。你帶了我們說好的衛星導航嗎？」

他點點頭，眼睛紅腫充血。「我完全不稀罕錢。」

蕊雪堅毅的抓住他的手。「錢根本不是重點，再也不是。你只要按照他的指示，在閃燈時將袋子丟出車外，但裝了錢的運動袋你得自己留著。我們會一路跟著火車，你什麼也不必做，只需通知我們火車的位置就可以了，懂嗎？」

他機械式的點點頭，但看得出來並未被說服。

「把裝了錢的運動袋給我。」蕊雪又說，「我無法信任你。」

他猛力搖搖頭。她看透了丈夫的心思。

「快點，拿過來，」蕊雪大叫說，但是約書亞依然頑固拒絕，她氣得給了他一巴掌，扎扎實實打在右眼底下。在他還沒來得及反應發生了什麼事之前，伊莎貝兒已經一把搶過運動袋，蕊雪則是拿出另一個袋子塞進綁票者的東西，最上面放著掛鎖、鍊子和約書亞寫的信，但是黏有頭髮的那件襯衫沒放進去。

「拿去。按照我們講好的細節進行，否則我們永遠看不見孩子了。相信我，我很清楚。」

要緊跟著火車比蕊雪想像中還要困難。雖然離開歐登瑟後她們還領先一段路，但行駛到蘭恩森林時就變得狹隘難行，約書亞報告的火車方位聽了令人惶惶不安，而伊莎貝兒對照衛星定位所做的說明更加重了緊張感。

「蕊雪，我們得換手！妳的精神狀態沒辦法應付這種狀況！」

很少有話語能像這樣立即對蕊雪產生影響。她踩下油門，瞬間加速到極致，除了引擎聲之外，聽不見其他聲音。

「我看見火車了！」在鐵軌與E二〇高速公路交叉口處，伊莎貝兒大叫說，然後她撥打約書亞的手機號碼，馬上就聽見他的聲音。

「你從左邊的窗戶往外看，我們已經領先你一段距離，但是在前面幾公里，高速公路有個大轉彎，那時候火車會跑在我們前面一會兒時間。雖然可能有點勉強，不過我們會盡量想辦法在大帶橋趕上你。我們還必須經過收費站。」然後停頓了一下，聽著他的說明。「他打電話來了嗎？」在電話掛斷前，她加問了這句。

「他怎麼說？」蕊雪口氣急切。

「綁架者尚未聯絡他。他的聲音聽起來狀況不太好，他不認爲我們能夠及時趕到，甚至斬釘截鐵說我們有沒有趕上都無所謂。」

蕊雪緊抿雙唇。無所謂？想得美！閃頻器的燈光亮起時，她們絕對會趕上，絕對要在現場讓那個拐走孩子的精神變態理解她們的能力。

伊莎貝兒察覺到蕊雪的沉默，問道：「妳怎麼不說話？他說得不無道理。我們可能趕不上。」她的眼睛緊盯著里程表，速度無法更快了。「光是大帶橋就是個問題，那兒不僅車多，還設有一大堆測速照相機，更別忘了收費站的柵欄。」

蕊雪思索了一會兒，同時猛打大燈設法在快車道上超車。

最後她說：「別擔心，伊莎貝兒。」

第三十一章

伊莎貝兒被嚇得瞠目結舌。不僅是因爲疾駛的車速，還有自己無法阻止這一切的無能爲力。再過兩、三百公尺就是大帶橋的柵欄，但是蕊雪並未減速，很快要進入速限三十公里的路段，她們的車速卻高達一百五十公里。載著約書亞的火車跑在她們前面橫越此區，蕊雪不計一切一定要趕上火車。

「慢一點，蕊雪，慢一點！」收費站的柵欄在前方出現時，伊莎貝兒不禁大叫。「趕快煞車！」

可是蕊雪緊抓著方向盤，沉溺在自己的世界。她無論如何都要救出孩子，其他事物都沒有意義。

她們看見橋上大貨車道的警衛揮動手臂，前方兩輛車緊急閃到一旁，然後她們急速撞上柵欄，把柵欄整個撞斷，大大小小的碎片四散飛濺，砸得擋風玻璃劈啪作響。

她的福特車齡若是少個幾年，或至少車況保持得比較好，安全氣囊可能早已彈出，阻擋她們繼續前進。「安全氣囊故障了，要換新的嗎？」修車技師曾經問過她，隨後卻又補了一句說安全氣囊不便宜。伊莎貝兒之前很後悔沒有接受技師的建議，但現在恰恰相反。安全氣囊若是在急速奔馳下彈了出來，會立刻破壞她們的行動，而現在只有引擎蓋上的凹陷和擋風玻璃上龜裂的醜陋痕跡，才會讓人想起剛才破壞公共財產的違法行徑。

她們後面傳來一陣激烈騷動，看來在警方介入調查一輛登記在她名下的汽車，衝毀了大帶橋的柵欄之前，某個人依舊能睡得香甜又安穩。

伊莎貝兒重重吐出一口氣，然後又打電話給約書亞。「我們已經過橋了，你在哪裡？」

他向她說明火車的位置，伊莎貝兒對照自己的方位，兩方應該沒有相距太遠。

「我有種不好的預感。」約書亞說。「我覺得我們做的事情是錯誤的。」

她盡量安撫他的情緒，但是似乎沒什麼用。

「看到閃燈的時候，記得打電話。」她道別後就把手機掛了。

快到四十一號出口前，她們在左手邊看見了火車，列車上映照出的燈光宛如一列珍珠，滑過暗沉的黑夜，而第三節車廂坐了一位心臟承受巨大壓力的男子。

那個混蛋何時才會聯絡他呢？

她們經過黑斯森林開往四十號出口方向時，伊莎貝兒將手機緊握在手裡，手機螢幕始終沒有亮起。

「警方一定會在斯雷格瑟把我們攔下來，蕊雪。妳爲什麼要衝過柵欄呢？」

「妳現在看到火車在我們後方。但如果我先前煞車，停個二十秒的話，絕對不可能辦到。這就是爲什麼我要這麼做！」

「我看不見火車。」伊莎貝兒察看放在腿上的地圖。「該死，蕊雪。火車已經轉彎往北開了，而且會行經斯雷格瑟。他若是在佛琉和斯雷格瑟之間閃燈的話，我們毫無機會，除非我們在這裡下高速公路，馬上下去！」

伊莎貝兒才轉個身，四十號出口已經被拋在她們身後。

她緊咬嘴唇，然後說：「蕊雪，情況若是如同我所猜測的話，約書亞應該不久後就會看見閃燈。到達斯雷格瑟之前有三條省道與鐵軌交會，那兒是撿拾贖金袋的理想地點，但是我們現在下不了高速公路，剛剛已經錯過出口了。」

她發現自己某種程度擊中蕊雪的要害，因爲她的眼裡又浮現那種絕望的神色。然而幾乎就在同一刻，蕊雪緊急踩下煞車，將車開到路肩。

「我要倒車往後退。」她說。

她瘋了嗎？伊莎貝兒一拳敲下警示燈按鈕，然後做了好幾次深呼吸。

「聽好，蕊雪。」她盡可能保持語氣平穩。「約書亞會辦到的。他丟出袋子時，我們不一定要在場。約書亞說得對，那傢伙一旦發現袋子裡的東西，遲早會聯繫我們。」然而蕊雪沒有反應，伊莎貝兒很清楚她內心另有打算。

「我要從路肩倒車。」她又重複了一遍。

「不可以！」

但是她已經做了。

伊莎貝兒解開安全帶，轉過身看向後方，在她們後面的車子大燈迎面照來。「蕊雪，妳瘋了嗎？妳會害死我們的！這樣做對桑穆爾和瑪德蓮娜一點幫助也沒有！」

蕊雪沒有回應，只是急速倒車往後退，引擎發出隆隆聲。

這時，伊莎貝兒發現後方四、五百公尺外的丘陵上閃現警車的藍光。

「停車！」她高聲尖叫，蕊雪的腳頓時放開了油門。

蕊雪也理解到問題的嚴重性，馬上切換倒車檔，手底下的變速器嘎啦一響，幾秒內她們又回到一百五十公里的時速。

「祈禱約書亞不要打電話說他已經將袋子丟出去了，那麼我們或許還有機會趕上。但是妳必須從三十八號出口下去，絕對不能從三十九號！」伊莎貝兒告誡說。「那兒鐵定已經布署了抓我們的警力。走三十八號出口，然後行駛省道，那也比較靠近火車的路線。過了凌斯泰德區之後，鐵軌只經過平原，遠離了高速公路。」

伊莎貝兒繫好安全帶，前幾十公里全身僵直，眼睛緊盯著儀表板上的時速表。後頭的警車顯然沒有料到她們會飆到這種速度。

她們抵達通往斯雷格瑟市中心的三十九號出口時，市區的道路已被藍色警示燈光盤據，從斯雷格瑟調派來的警車隨時會抵達。

她的想法證實是對的。

「警方就在前面，蕊雪，盡妳所能踩下油門加速！」她大喊說，然後按下約書亞的號碼。

「約書亞，你到哪裡了？」

但是約書亞沒有回答。那代表什麼意思？他已經把袋子丟出火車外了嗎？還是發生更糟糕的事情了？那個混蛋難不成也在火車上，就坐在他旁邊？她一直沒想到這個可能性。有可能嗎？閃光燈和丟袋子難道是聲東擊西的障眼法，那傢伙已經拿到袋子，發現裡頭沒有贖金了嗎？

她回頭看著後座裝了贖金的運動袋。

那個人會對約書亞怎麼樣？

警車的藍燈出現在對向車道時，她們剛好趕到三十八號出口，車子急速轉進一五〇號省道，輪胎磨擦路面發出刺耳的聲音，還差點擦撞到另外一輛汽車，但蕊雪依然沒有踩煞車。

伊莎貝兒感覺到自己汗流浹背。坐在她身邊的女子不僅絕望脫序，根本完全喪失了理智。

「妳走這條省道沒辦法擺脫掉警察，蕊雪。他們跟著妳的後車燈就行了！」

蕊雪搖搖頭，然後油門一踩，緊緊貼著前方行駛的車子後面，近得快撞上它的保險桿。

她關掉大燈，聲調冷靜說：「現在他們就看不到我了。」

絕頂聰明！自動切換的近光燈故障這時成了優點。

透過前方車輛的後窗玻璃，她們清楚看出兩個人影激動比著手勢，顯然陷入恐慌。

「等下一有機會我就轉彎。」蕊雪說。

「到時候要把大燈打開。」

「別吵，妳專心看著衛星導航。下一個不是死巷的岔路什麼時候出現？我看見後面警察追上來了，我們必須離開這條路。」

蕊雪轉過頭往後看，就在後方四、五百公尺的高速公路出口處，果然出現警車的蹤影。

「那裡！那兒有路標！」伊莎貝兒大喊。

蕊雪點點頭。前方那輛車的大燈光束掃亮了「維畢句納」的路標，她踩下煞車，將車子一個大轉彎，在沒有車燈照路下駛入一片黑暗。

「好了。」她將車打到空檔，滑行過一座倉庫和幾棟建築物。「我們在這棟農舍後面停一下，他們看不見我們。打電話給約書亞好嗎？」

伊莎貝兒向後看，警車閃爍的藍燈讓四下景物沾染上恐怖的氛圍。

然後她打電話給約書亞，心中忐忑不安。

在電話響了兩聲後，他接起手機。

「喂。」他只說了這個字。

伊莎貝兒向蕊雪比了個手勢，讓她知道約書亞接起電話。

「你把袋子扔出去了嗎？」

「沒有。」他的聲音聽起來萬分緊張。

「怎麼回事，約書亞？你附近有人嗎？」

「這個車廂除了我只有一個人，就坐在我對面，正戴著耳機埋首工作。沒有問題。」他上氣不接下氣的說。「我只是覺得很不舒服。我一直想著孩子，這一切實在太可怕了。」

「約書亞，你得保持冷靜。」說的比做的容易，這點她自己心知肚明。「再支撐一下，很快就會結束了。現在火車行駛到哪裡了？給我座標。」

他告訴她衛星導航上的數字。「我們很快就會離開這座城市了。」他又說。

火車位置在她預料之中，她們沒有偏離太遠。

「頭低下！」蕊雪忽然命令道。但伊莎貝兒只見省道上一輛疾駛而過的巡邏車，蕊雪的反應像是以爲那樣距離外的人還看得見她們。

不過，剛才前方車輛裡的兩個人很可能隨時被攔下，告訴警方兩個不開大燈緊貼著他們車後的瘋子突然轉彎，離開了省道，那麼巡邏車將會即刻掉轉回頭。

「嘿！我看見火車了！」伊莎貝兒喊叫道。

蕊雪被嚇了一跳，說：「在哪裡？」

伊莎貝兒指著離省道有一大段距離的南邊。沒有比這更好的事了。「在後面！快開車！」

蕊雪打開車燈，以破紀錄的驚人速度加速奔馳，一口氣轉過兩個路口。忽然之間，她們看見彼端的火車燈光橫過街道而去。

「噢，天啊，我看見閃燈了！」約書亞激動的在手機那頭大叫。「噢，天父啊，請保護我們，庇佑我們！」

「他看見了嗎？」蕊雪聽到約書亞的喊叫後大聲問道。

伊莎貝兒點頭，然後蕊雪微微低頭禱唸著：「噢，聖母瑪利亞，請用祢的聖光圍繞我們，指示我們前往祢榮耀國度的道路，請把我們當成祢的孩子般接納我們，以祢的心溫暖我們。」她重重吐出一口氣，然後將油門踩到底。

「現在燈就在我的正對面閃動，我要開窗戶了。」手機裡又傳來約書亞的聲音。「我先把手機放在椅子上。噢，天啊，天啊。」

伊莎貝兒聽到約書亞在手機另一端氣喘吁吁的聲音，宛如一個老態龍鍾的遲鈍老人。她定睛觀察黑暗中的動靜，卻沒辦法看見閃燈。兇手應該是在鐵軌的另一邊。

「再往下開去有兩個地方和鐵軌交會，蕊雪。我確定他一定和我們在同一條路上。」她叫道，然後聽到手機傳來約書亞使勁將袋子從窗戶塞出去的痛苦聲音。

「我現在要放手了！」他在另一端大叫。

「他在哪兒，約書亞？你看得見他嗎？」伊莎貝兒問。

沒多久約書亞拿起手機，話筒傳來他清晰的聲音。「嗯，我看到他的汽車了，就停在樹林邊，在道路和鐵軌交會處附近。」

「你現在看另外一邊的窗戶，蕊雪會閃大燈當作信號。」伊莎貝兒說。蕊雪傾身靠著方向盤緊盯著窗外，伊莎貝兒向她比了個手勢。

「約書亞，你看到我們了嗎？」

「看到了！你們在橋的北邊，正好朝我們這邊開來。你們隨時要……」

伊莎貝兒聽到他發出呻吟，接著喀啦一聲，手機似乎掉到地上去了。

「我看見閃燈了！」蕊雪大叫。她迅速駕車過橋，繼續沿著狹窄的道路前進。只剩下幾百公尺了。

「約書亞，他在做什麼？」伊莎貝兒高聲問道，但是約書亞沒有回答。手機掉下去時大概切斷了通話。

「令人敬仰的聖母，請寬宥我的罪孽。」蕊雪飛速從兩棟房子、一處農莊和另外一棟很靠近鐵軌的房子呼嘯而過時，口裡喃喃禱唸著。下一秒，她們的遠光燈便照到了那輛車。

車子停在兩百公尺外的彎道，離鐵軌只有五十公尺，車旁站著一個男人正在翻找東西，大概是剛才丟下火車的袋子。他下半身穿著淺色長褲，上衣顏色稍微暗一點，若是不認識他的人，可能會把他錯認為迷路的觀光客。

遠光燈照到那男人時，他抬起了頭。從遠處看不清楚他的表情，但是他腦中勢必閃過許多念頭。他的東西怎麼會在袋子裡？也許他已經看到放在袋子最上面的信，或至少確定袋子裡沒有錢，現在還有朝他急速接近的大燈。

「我要撞死他！」蕊雪大叫。

這時男子將袋子丟進車內，迅速跳上駕駛座。

她們離他不到幾公尺了，但他的輪胎也打正方向，穩穩的帶他上路。

那是輛深色賓士車，正是蕊雪在菲斯勒夫嘔吐時，伊莎貝兒看見的那輛。

道路沒入茂密的林子裡，引擎的噪音在樹林下方轟隆咆哮。賓士車比福特新，想要追上並不容易，但就算追上了又有什麼好處？

「蕊雪，保持距離！」她吼道。「增派警力後，巡邏車很快就會追上我們，到時候可以求助警方。我們已經逮到他了，警察一定在某個地方設立了路障，可以一併將他攔下。」

「喂？」一直抓在她手裡的手機忽然傳來陌生男子的聲音。

「喂。」伊莎貝兒仍目不轉睛盯著前方的後車燈，注意力卻放在手機裡的聲音上。她從多年的失望與挫敗中學到，即使是小事，心裡也要有最壞的打算。為什麼講電話的人不是約書亞？

「你是誰？」她的語氣粗暴。「共犯嗎？」

「不好意思，請問剛剛和手機主人通電話的人是妳嗎？」

伊莎貝兒的額頭瞬間變得冰冷。「是的，正是我。」

坐在駕駛座上的蕊雪吃了一驚，但是仍然沒有放開油門，繼續在狹窄的路上緊跟著那輛車。即使如此，兩車之間的距離卻逐漸拉遠。

「我很遺憾不得不通知妳，和妳談話的那個人剛剛摔倒在地……」

「你說什麼？你是誰？」伊莎貝兒打斷那個男人的話。

「我只是坐在同一個車廂裡的人，事情發生時，正在處理自己的工作。我真的感到非常遺憾，但我很確定他已經過世了。」

「伊莎貝兒！」蕊雪喊叫說，「發生什麼事了？妳在和誰講電話？」

「謝謝你。」伊莎貝兒向對方道謝後掛斷手機。

她的目光從蕊雪身上移到車窗外的樹木，在高速行駛下，所有的樹木融成一片灰色。若是突然間蹦出一頭鹿，或是路上有潮濕的樹葉，她們很可能因此折斷脖子，那麼一切努力也將就此報銷。她該怎麼告訴蕊雪剛剛聽到的消息？她會做何反應？約書亞幾秒前過世了，而他的妻子像頭野獸在幽暗的樹林中急速狂馳。

在過往的生活中，伊莎貝兒經常感到沮喪消沉，寂寞也如影隨形，陰暗的冬夜時常讓她興起晦暗的念頭，但是眼下這一刻的感受截然不同。復仇與對兩條年輕生命的責任感，讓她徹底明白自己想要活著，不論這個世界多險惡，她都可以從中找到立足之地。

問題只在於，蕊雪是否也有同樣感受。

這時蕊雪轉頭看她。「說啊，伊莎貝兒，發生什麼事了？」

「蕊雪，我想妳先生剛才中風了。」她小心翼翼選擇措詞。

但是，蕊雪知道她故意把話說得曖昧不明。

「他死了嗎？天啊，伊莎貝兒，他死了嗎？」

「我不知道。」

「那個男人說了什麼？快說啊，伊莎貝兒……」蕊雪轉過來看著她，車子開始左搖右晃。

伊莎貝兒本想碰觸蕊雪的手臂，這時也停止了動作。「看著路，蕊雪。眼前只和妳的孩子有關，只有他們。」

「不！」蕊雪的身體不住顫抖。「不！那不是真的！噢，聖母啊，請告訴我那不是真的！」

她抱著方向盤啜泣。伊莎貝兒頓時有種感覺，蕊雪應該會把車子停下來，打消追人的念頭。然而沒想到她卻猛然坐正，將油門踩到底。

路邊出現「林柏格．霖格」的路標，但是蕊雪絲毫沒有減速的打算，接下來這條路先是帶她們繞一大圈經過一群房舍，然後又回到林子裡。

看得出來前面那個男子承受極大的壓力，他的車子在轉彎時打滑了一下。蕊雪懇求聖母，等會兒她若違反上帝的戒律，出於善意殺死一個人的話，請聖母原諒她。

「妳瘋了！妳竟然快開到兩百公里！」伊莎貝兒高聲尖叫，思忖著要不要直接把鑰匙拔掉。

天啊，不行，她想起這麼做會導致駕駛系統鎖死，只好用雙手抱住自己，盡可能在座椅上坐穩，心裡做好最壞的打算。

第一次撞上賓士車時，伊莎貝兒的頭往前甩，瞬間又被反作用力往後拉回，然後賓士車停了下來。

「很好！」蕊雪咆哮吼道。「你這個撒旦，想不到吧。」接著又用力撞向賓士車的保險桿，不顧她們那輛車子的引擎蓋已經凹陷。

伊莎貝兒雖然繃緊了脖子，卻忘了安全帶的強大力量。

「住手！」她叫著，感覺胸腔傳來一陣痛楚。但是蕊雪彷彿著魔似的，根本沒聽見她說話。

賓士車一度開上路肩，但是一轉眼輪胎又穩住駛回道路，一棟農舍透出的燈光照亮了幾公尺外的路面。

然後事情發生了。

就在蕊雪打算再次衝撞前車的行李廂時，那傢伙使出了驚人之舉。賓士車的車頭猛然駛向左方車道，並且緊急煞車，只聽見輪胎磨擦地面發出尖銳的嘰嘎聲，下一秒福特車便飛駛向前，反而開在前面了。

伊莎貝兒感覺到蕊雪的慌亂不安，她們的車子在失去能夠承接撞擊力道的物體後，頓時打滑失控，前輪歪向一旁。蕊雪趕緊轉正方向盤，踩下煞車，但是這麼做無濟於事。就在此刻傳來一陣金屬碰撞聲，賓士攔腰撞上了福特車。

伊莎貝兒滿臉驚恐的看向破碎的車窗玻璃和深深凹陷進後座的車門，又看見賓士車再次衝向她們。雖然下半部的臉孔隱匿在陰影中，但是她清楚認出那男子的雙眼，而且似乎感覺到雙眼裡有種安心確信的神情。

最不應該發生的事情竟然發生了。

賓士車最後一次衝撞時，她們那輛車已經完全失去控制。到頭來她只剩下痛楚，以及投向車外黑暗世界的最後一眼。

車內死寂一片。

伊莎貝兒的頭低垂在安全帶上方，漸漸甦醒過來。蕊雪躺在她身邊血流不止，脊椎彎折，看起來已無生命跡象。她想轉過頭去，但身體不聽使喚，只是不住咳嗽，並且感覺到血液流過咽喉從鼻孔冒出來。

奇怪，爲什麼不覺得痛？她心裡正詫異著。但下一秒，一股劇烈的疼痛便在體內爆裂開來，痛得她不由得想放聲大叫，卻叫不出聲音。我要死了，她心想，然後又咳出許多血。

一道陰影踩著穩定的步伐走近車子。他打算對她們不利。

她努力將目光聚焦在人影上，可是臉上冒出的鮮血模糊了視線。她眨眨眼，感覺眼皮內側好像有砂紙磨擦著眼睛。

等他走近到她可以聽見他說話的距離時，才發現他手中拿著一片金屬。

「伊莎貝兒，沒料到會在這兒見到妳，眞讓人訝異。妳爲什麼要蹚這淌渾水？看看妳自己成了什麼樣子。」

他蹲下身子，從車窗向內探看，彷彿正在斟酌從哪兒下手可以讓她一擊斃命。她想轉過頭將他仔細看清楚，但肌肉仍舊不聽話。

「還有別人認識你。」她呻吟著，下巴傳來一陣刺骨疼痛。

他微微一笑。「沒有人認識我。」

他繞過車子半圈，在另一邊彎下身觀察蕊雪的狀況。「嘿，我不需要擔心這個人了。這樣更好。」

但是說完後，他忽然挺直了上身，伊莎貝兒聽到了警笛聲，看見警車的藍光閃過他腿上。他不由自主向後退了幾步。

接著，她就失去了意識。

第三十二章

路途中不斷傳來燒焦的橡膠氣味，所以在抵達羅斯基勒前，他便開到某個停車場下車檢查情況。他撬開右前輪損壞的擋泥板，將整輛車子巡視一遍，令人驚訝的是，乍看之下損傷並不嚴重。等騷動平息後，他必須將車子送廠維修，徹底清除掉所有的痕跡。也許找基爾的技師，或是瑞典于斯塔德的也可以，視狀況而定。

他點燃一支菸，再度閱讀那封放在袋子裡的信。

通常這是他期待已久的特殊時刻：獨自佇立黑暗中，任一旁汽車呼嘯來去，心裡明白自己又完成了一件必須完成的事；明白錢就在袋子裡，接下來只要解決船屋那邊的事情就大功告成了。但是這次不同。剛才站在省道的鐵軌旁邊，發現袋子裡沒有贖金，而是裝著一封信和他自己的東西，當時受到的驚嚇仍舊啃蝕著他的骨頭。

他們欺騙了他。

他眼前浮現那輛被撞爛的福特。那個虔敬的婆娘是自討苦吃，罪有應得，但是伊莎貝兒介入此事令他火冒三丈。

事情發展至此，他全怪在自己身上。一開始就是他的錯。他要是相信自己的直覺，當初在維堡被她拆穿時就殺了她，一切不就平安無事了嗎？

但是誰又能料到蕊雪和伊莎貝兒竟會聯繫上呢？畢竟道勒拉普和伊莎貝兒位於維堡的住家相隔了好幾公里啊。他媽的，難道他忽略了什麼嗎？

他將一口菸深深吸進肺部，久久屏氣沒吐出。沒有拿到贖金，只因爲他自己的荒唐舉動，因爲一些愚蠢的錯誤和一次不幸的相遇，而如今伊莎貝兒成爲最重要的關鍵。他不清楚她目前是生是死，若是撞車後多給他十秒，他便能拿起重器敲爛她的太陽穴，那麼他就高枕無憂了。現在他只希望命運替他完成該做的事。那是場嚴重的交通事故，福特猛力撞向一棵樹，車子至少翻了十次，金屬刮擦瀝青路面發出的尖銳刺耳聲依然迴盪在耳邊。她們怎麼可能存活下來？

他抓了抓脈搏賁跳的後腦杓。那兩個混帳女人，竟敢不乖乖聽從他的指示！

他將菸頭彈到樹籬中，坐進了副駕駛座，然後把袋子放在大腿上拿出裡頭的東西。菲斯勒夫倉庫的掛鎖和鍊子，還有衣櫃裡一些舊衣服，最上面則是那封該死的信。他又把信讀了一次，信裡的內容使他大受打擊，她們實在知道太多事情了。

不過她們自認爲勝券在握便是天大的謬誤。正是這種自以爲雙方角色顚倒，換成她們逼迫他的天眞想法，使得那兩個女人剛剛付出了生命作爲代價，不過他晚點必須確認清楚才行。

目前對他造成威脅的只剩下約書亞，也許還有伊莎貝兒的警察兄長。

「也許」這個詞聽起來噩運連連。

他又坐了一會兒，思索整個狀況。路過車輛的大燈如波浪般掠過停車場。

警方可能找上他嗎？他們抵達車禍現場時，他早已駕車遠在數百公尺之外，即使他在開往高速公路的路上遇見鳴著警笛、前來支援的車輛，對方也未曾對一輛悠哉前進的賓士車產生好奇。之後他們一定會在伊莎貝兒的車上發現相撞的痕跡。不過該如何查出另外一輛車的車主？又要怎麼追蹤到他？

不，現在的首要之務是處理蕊雪的丈夫約書亞。他一定得從約書亞那兒拿到錢，除此之外還得抹去所有可能引起追查的痕跡，最後再構思整個作案計畫。

他嘆了口氣。今年有點出師不利。

他曾經希望用同樣的手法完成十次案子，也一直遊刃有餘，直到他拿前幾年得手的幾百萬去投資，雖然起初獲利豐厚，但是隨之而來的金融危機卻讓他的股票損失慘重。即使是綁匪和殺人犯也不得不屈服於自由市場的機制，現在他多多少少又得從零開始了。

他忽然想起另外一件事，不由得低聲咒罵：「他媽的混帳。」

他的妹妹要是沒和平常一樣拿到應得的錢，他的麻煩就大了。畢竟童年時期有些不堪回首的爛帳供人挖掘，也有些絕對見不得光的名字。

眞是雪上加霜。

他從感化院被釋放回家時，母親已經再嫁了，教區長老從一群鰥夫中挑選了她的新丈夫。他是個煙囪工人，有兩個和艾娃差不多年紀的女兒，新來的牧師稱呼他是個堂堂正正的男子漢，完全沒有考慮到現實層面的問題。

繼父一開始不會打人，不過一旦他母親吞下一點安眠藥，躺在床上任憑他擺布時，他的脾氣就有更大的發洩空間。

「願上帝眷顧你，賜與你平靜。」他每次毆打完自己的女兒，總以這句話結尾，而他的親生骨肉聽到這句話的頻率並不低。只要兩個女兒違反上帝的話語，他便會施以懲罰，但通常做錯事的不是她們，而是繼兄。所謂做錯事，不外乎忘記說「阿門」，或者飯前禱告時輕聲笑了一下等無聊瑣事，但是這個煙囪工人不敢碰又高又壯的年輕繼子。他始終沒有勇氣冒險一試。

最糟糕的是，他繼父會定期出現罪惡感。相較於他父親從不做讓自己後悔的事，繼父卻會爲自己的暴躁脾氣和她們繼兄的不良行爲道歉，賠罪似的摸摸女兒們的臉頰，然後到書房披上他父親稱之爲「上帝聖袍」的法衣，請求天父保護自己無辜的女兒，彷彿她們是最純潔的天使。

至於他的妹妹艾娃，繼父同樣不屑一顧，不僅從未稱讚過她，那雙白色空洞的眼睛更是讓他覺得噁心。孩子們完全不了解自己的父親，他們不理解爲什麼他痛恨的是繼子，蔑視的是繼女，然而毆打的卻是自己的親生女兒。也沒有一個孩子能夠明白，爲什麼他們的母親不曾介入？然而最令人想不透的是，爲什麼上帝顯露在這個男人的行爲舉止中，竟是如此邪惡、令人髮指，而且不忠不義？

艾娃曾經爲繼父辯護，但是當她摸到兩個繼姊妹被痛毆的嚴重傷痕後，就不再爲他說話。而她的哥哥則是置身事外，觀察情勢。他似乎正在蓄積力氣，等待早晚會有那麼算總帳的一天，等待一個出其不意的機會。

當年有四個小孩、丈夫與妻子，如今只剩下艾娃和他。

他從車子置物箱拿出裝著這個家庭資料的透明文件夾，上面有約書亞的手機號碼。

他要打電話讓這男人面對現實：他的妻子和她該死的同夥並沒有對他造成傷害，而他若不在二十四小時內將贖金拿到指定地點，他們的孩子將命在旦夕。要是又把外人扯進來的話，連約書亞自己也會小命難保。

他眼前浮現這個好脾氣父親的紅潤臉龐，他的經驗告訴自己，這個男人將會六神無主，只能乖乖遵照他的要求。

他撥了號碼後耐心等待，感覺像是等了一輩子的時間，對方才終於接起電話。

「喂？」對方開口說，他馬上聽出那不是約書亞的聲音。

「我可以和約書亞講電話嗎？」路過車輛的大燈照亮他身後的停車場。

「請問你是誰？」

「這是約書亞的手機嗎？」他反問道。

「不，不是他的。你應該打錯了。」對方回答。

他看著自己的手機螢幕。不，他沒有撥錯。發生什麼事了？

這時他靈光一現。名字！

「啊，很抱歉，他的名字是顏司．克蘿，我們都叫他約書亞。不好意思，我有時候會忘記這件事。可以請他聽電話嗎？」

他靜靜坐著，直盯著前方。電話另一頭的男子默不作聲，這不是好兆頭，那個人究竟是誰？

「嗯，請問你是誰？」對方終於開口。

「他的連襟。」他不加思索脫口而出。「可以麻煩你把電話給他嗎？」

「很遺憾，恐怕沒辦法。我是萊夫．辛德爾，羅斯基勒的警察。你剛說是他的連襟，請問你貴姓？」

警察？那個白痴報警了嗎？他難道神經錯亂了嗎？

「警察？約書亞發生意外了嗎？」

「你若是不報上姓名，恕我無法奉告。」

「我叫索倫．苟牡森。」他的遊戲規則是：永遠給警察特殊的名字，這樣才容易取信於人。他們認為自己之後大可以去查證。

「呃，索倫．苟牡森先生，可以描述一下你連襟的特徵嗎？」

「好的，沒問題。他的身材高大魁梧，頭髮半禿，五十八歲，總是穿橄欖綠的背心——」

「索倫．苟牡森先生，」警察打斷他的話，「我們剛才接獲報案，有人說顏司．克蘿倒在火車上，沒有生命跡象。我們這兒有位心臟病學家，我很遺憾不得不告訴你，剛才他已經宣布你的連襟死亡了。」

警察的話語在耳邊縈繞，過了一會兒他才開口說：「噢，不會吧。這真是太可怕了。究竟發生什麼事了？」

「我們尚未釐清狀況。根據同車廂旅客的說法，他突然就這麼倒下了。」

這會不會是個圈套？

「你們預計把他送到哪兒去？」

他聽見警察和醫生討論的聲音。「會有輛救護車將他載走，很可能需要進行解剖。」

「所以你們會把約書亞送到羅斯基勒的醫院去嗎？」

「是的，我們會在羅斯基勒下火車。」

他向對方道謝，表達自己的悲傷後掛斷電話，接著下車打算將手機擦乾淨，丟進樹叢。這支手機是這次作案專用的。

「喂！」他聽到後面有人大叫，於是轉過身去。兩個男人從剛停好的車上走下來，那是立陶宛的車牌，他們穿著老舊的運動服，臉長得特別削瘦。又是個壞兆頭。

男人們直接朝他走來，意圖相當明確：要一下子將他撂倒，搶走他的財物。那是他們謀生的方式。

他高舉起手警告對方，然後指著手機喊：「拿去！」同時間將手機丟向其中一人，並瞬間側身往前一躍，一腳踢向另一人的褲襠。那人痛得在地上打滾，彈簧刀掉落在地。他只花了兩秒便撿起彈簧刀，朝還站著的男人下半身猛刺兩刀，然後再一刀刺向另一人的腰側。

最後他撿起手機，連同彈簧刀遠遠丟進灌木叢中。

生命教會他要第一個出手。

他把那兩個血流不止的男人留在原地自生自滅，然後在衛星導航上輸入羅斯基勒火車站。到那兒只要八分鐘。

擔架抬出來前，救護車在車站外頭等了好一會兒。他躲在好奇圍觀的群眾當中，注視著蓋在被單底下那副沒有生氣的軀體，接著又看見跟隨擔架一起出現的警察，那人拎著約書亞的外套和袋子。這下可以百分之百確定了。

約書亞已經死亡，錢也飛了。

「他媽的、他媽的、他媽的！」在回菲斯勒夫的路上，他不斷咒罵。這幾年來，菲斯勒夫的房子一直是個很好的掩護地點，他的地址、姓名、貨車等與偽裝身分有關的一切都和這棟老舊農舍緊密相繫。但如今得結束了，這房子已經不再安全。伊莎貝兒知道貨車的特徵，並且把訊息告知她的哥哥，只要查出貨車的車主，就能追蹤到這處農莊。

他開著賓士車駛向樹林間的農莊，整片區域一如往常般籠罩在夜晚的靜謐中。這座村子偏僻獨立，居民這時間大概正懶洋洋的窩在電視機前面。遠處田野間，有處農莊的燈光從幾棟房子的窗戶透了出來。晚點打電話報警的，應該會是那兒的人吧，他心想。

他先察看蕊雪和伊莎貝兒進入倉庫和主屋的方式，然後逐一檢查房間，將可能不太會被燒毀的東西搬出去，包括一面小鏡子、一盒縫紉用品以及急救箱。

接著他把貨車開出倉庫，倒車繞主屋一圈後，將車尾對準客廳那扇可以眺望田野美景的落地窗，踏下油門猛力一撞。

玻璃的碎裂聲嚇得幾隻鳥振翅紛飛，但過沒多久一切便又趨於寧靜。

拿著手電筒進屋前，他在外頭繞了一圈，確認貨車的後半部和後車輪扎實卡進屋內。完美無瑕，他心想。接著他踮起腳尖，小心避開玻璃碎片打開後車門，拿出備用油箱，均勻的將汽油潑灑在客廳及廚房的地板，還有走廊和樓上。最後，他旋開貨車的油箱蓋，撕下一片窗簾，再將其撕成一半後用地板上的汽油浸濕，塞進注油孔。

他在庭院中站了一會兒，四下巡視，接著點燃另一半的窗簾，丟到走廊上被汽油灑過的地方，那裡還放著瓦斯瓶。

貨車的油箱爆出震耳欲聾的爆炸聲時，他早已駕著賓士車行駛上省道。過了一分半後，瓦斯瓶也接連爆破，爆炸的威力非常劇烈，他幾乎可以瞥見被炸飛的屋頂。等到駛離市區的購物中心，眼前出現遼闊的平原時，他才把車停到路邊往回看。

農舍冒出熊熊火光，烈焰高竄，宛如聖約翰前夕燃燒的篝火（注），數公里外都看得見。再過不久，火焰就會燒到周遭的枝椏，將一切吞蝕殆盡。

現在這兒不需要他操心了。

消防隊將會發現自己無力回天，而大家會以爲是瘋狂年輕人的惡作劇。

這種事在鄉下司空見慣。

他站在妻子被埋在箱子底下的房門前，四下死寂無聲，心中湧起哀傷與滿意的複雜情緒。他們兩人相處融洽，感情甜蜜，而她美麗溫柔，是個稱職的母親。事情發展至此，一切也都要怪

注 又稱仲夏節，在北歐是一個重要的節日，以點燃篝火為主要慶祝活動。

他。在找到另外一個共同生活的女人之前，他必須確保堆放在那房間裡的一切從地球上徹底消失。過去的種種宛如黴菌般糾纏著他的生活，未來絕不允許再犯。幹個幾票後，他要賣掉房子，遠走高飛，到別的地方過著安逸的生活。或許等待下一次時機來臨之前，他可以先練習過過那樣的日子。

他在沙發上躺了好幾個小時，腦中思索該完成的任務。他無疑會保留附帶船屋的韋伯莊，但是必須趕緊找到另一處偏僻地點替代菲斯勒夫的農舍——一處不會有人上門的地方。屋主最好是當地居民眼中聲名狼藉的外人，年齡不拘，但必須自力更生，不造成他人負擔。或許這次他該考慮往南方下手，先前勘察奈斯維德市時，注意到幾間不錯的建築，但是根據多年經驗，最後要挑出恰當的地點比登天還難。

菲斯勒夫那棟老舊農莊的屋主就是絕佳獵物。沒人關心他，他更不在乎別人，大部分時間都在格陵蘭工作，女朋友住在瑞典。若是有人在村子裡打探他的事情，得到的回答不外乎：「我知道的就這麼多了。」這種曖昧的回答提醒了他一件事——屋主是個離群索居的人，並且依靠年輕時賺的錢過活。在當地人眼中，農莊主人是個怪人，而那判決了他的死刑。

殺死那個怪人後，至今已過了十年，但他一直謹慎行事，仍會拆閱他的信，繳交所有的家用支出。幾年後，他停掉了水電和垃圾清運，從此再也沒人上門。他請維斯特布洛的一個攝影師幫他僞造身分證和駕照，名字是屋主的，但照片換成了他，並且將出生日期改成與他相符的年紀。攝影師口風很緊，將僞造視爲一門藝術，就如同要是林布蘭(注)的門生犯了錯，那也是因爲聽從大師的指示，他絕對是個不折不扣的藝術家。

十年來，馬茲·克里斯提昂·福格始終陪著他，可惜目前得結束了。

現在他又變回了卓別林。

十六歲那年，他愛上其中一個繼妹。她空靈纖細，擁有高聳的額頭和粉嫩透明的肌膚，太陽穴旁的血管清晰可見。她沒有繼承到繼父粗鄙惡劣的基因，也和他自己那個低俗的母親有著天壤之別。

他渴望親吻她、擁她入懷，讓自己沉醉在她的凝望中，但是心裡很清楚那是嚴格被禁止的。在上帝的眼中，他們是眞正的兄妹，而上帝之眼在這個家裡無所不在。

於是，他耽溺於不爲人知的罪惡歡愉中，夜晚躲在棉被底下自慰，或是躲到閣樓，從她們房間上方的木板裂縫偷看繼妹。

直到某天他被逮個正著。那天他一樣趴在閣樓地板上等待時機，準備偷看穿著睡衣的漂亮繼妹，沒想到她眼睛忽然往上一抬，發現了他。他頓時嚇得往後退，用力撞上屋椽，上頭剛好有根突出的釘子，不偏不倚刺穿了他的耳朵。

她們聽見他躺在閣樓呻吟，卻沒有揭發他。

但在一次虔敬禱告結束後，艾娃忽然向母親和繼父告狀。由於雙眼失明，她看不到自己打的小報告引發父母近乎惡意的憤怒。

一開始，父母威嚇他若不從實招來，將會墜入永恆的地獄，但是他打死也不承認。絕對不能承認他伺機偷看她們沒穿衣服的樣子，他們的威脅怎麼可能逼他招供？這種威脅他早已聽到耳朵發霉了。

注 Rembrandt，歐洲十七世紀最偉大的畫家之一，也是荷蘭歷史上最偉大的畫家，幾乎當時所有重要的荷蘭畫家都出自他的門下。

「那麼你只能怪自己了。」繼父咆哮怒罵，從後面用力撲向他，將他完全壓制住。繼父雖然沒有比他強壯，但是仍能把他的手臂扭到背後，用鋼鐵般的力量加以箝制，讓他無法動彈。

「拿十字架來，」繼父朝妻子大喊，「把他體內的惡魔打出來！用力打，消除他所有罪孽！」

他看見母親帶著瘋狂的目光，高高舉起裝飾著耶穌受難像的十字架。第一下打中時，他的臉上感覺到她陳腐的呼吸氣息。

「奉上帝的榮耀之名！」她一邊喊，一邊又舉起十字架，人中冒出許多汗珠。他被打得痛叫呻吟，但母親只是不斷重複說著：「奉全能的上帝之名！」而繼父把他抓得更緊。

母親在他肩膀和手臂上打了大約二十下後，全身精疲力盡，氣喘吁吁，於是收手往後退。

從那一刻開始，一切再也回不去了。

兩個繼妹聽到了發生的一切，嚇得不知所措，只能在隔壁房間不斷哭泣。艾娃表面上裝作什麼事情都不知道，但其實一切了然於心。她雖然不爲所動，繼續裝聾作啞，不過怎麼也掩藏不住臉上苦澀的表情。

那天傍晚，他偷偷將安眠藥放進父母的咖啡裡，等到夜色深沉，兩人沉沉睡去後，再拿了個杯子丟進所有的安眠藥，用水將藥溶解。他讓他們保持仰躺，慢慢把藥水灌進他們口中，那麼做花了不少時間，不過，他的時間綽綽有餘。

事後，他將杯子洗乾淨，把繼父的手指按在杯子上，接著又拿了兩個水杯重複同樣的動作，將父母的手指按在水杯上，最後把杯子分別放在兩人旁邊的床頭桌，並且倒了一些水進去。所有步驟完成後，他將門輕輕關上。

「你在裡面做什麼？」一個聲音響起。

眼前一片黑暗。在黑暗中，艾娃佔了絕對優勢，她是夜晚的大師，耳朵像狗一樣靈敏。

「沒什麼。我只是想要請求他們原諒我，但是兩個人睡得很沉，我想應該都吃了安眠藥。」

「那麼我希望他們睡得香甜安穩。」她只淡淡說了這句話。

隔天一早，兩人的屍體被人搬走。在這個小地方，自殺事件駭人聽聞，引起了很大的震撼。自始至終，艾娃沉默不語，或許她早就料到此次的不幸和哥哥害她失明的事件，將能保障她免於貧窮的生活。

至於那對姊妹，幾年後也去追求永恆的寧靜了，兩人手牽手一起跳湖自盡，從所有的痛苦回憶中徹底解脫。但是他和艾娃並非如此。

從二十五年前雙親身故至今，他偷襲了許多利用各種盲目信仰曲解了「博愛」一詞的人。和他們一起下地獄吧，和那些藉由上帝之名、自以爲高人一等的廢物一起下地獄去！

他對那些人恨之入骨！恨不得將他們徹底剷除！

他拔掉鑰匙圈上的貨車鑰匙和菲斯勒夫農莊的鑰匙，確認四下無人後，偷偷丟進鄰居垃圾桶中最上面的垃圾袋。

然後他走回家，拿出信箱裡的郵件。

廣告傳單馬上被丟進紙類回收桶，其他的被扔到餐桌上，有帳單、兩份報紙和一張手寫的小字條，上面有保齡球俱樂部的標誌。

報紙上當然還不可能有相關事件的報導，不過地區電台早就得知了最新狀況。電台先是報導兩名立陶宛人鬩牆內鬥，傷勢嚴重，接著是兩個女人的意外事故。新聞內容透露不多，但已經夠了。報導中說，她們瘋狂駕駛好幾個小時，衝撞了大帶橋上的收費站柵欄，最後發生了意外，甚至說明了事發地點、兩個女人的年紀，以及她們受傷慘重。但新聞沒有提到姓名，並且附帶說不排除有人肇事潛逃的可能性。

他登入網路搜尋進一步的訊息，有間報社的網站上報導兩位女子雖然經過緊急手術搶救，仍有生命危險，根據哥本哈根大學附設王國醫院一位具名的急診室醫生表示，她們的狀況很不樂觀。

然而，他依然極度不安。

他打開王國醫院的網站查詢相關資訊，最後進入顯示醫院平面圖的頁面，思索她們兩人目前可能的位置。至少他暫時掌握了那兩個女人的狀況。

然後，他拿起那張印有保齡球俱樂部標誌的字條：

LG，教皇

今天上門拜訪，但是沒人在家。星期三晚上七點半的團體賽時間，提前了半個小時，將在七點舉行。想想之後能贏得的勝利保齡球吧！還是說你的球已經夠多了？哈哈，或許你們兩人可以一起來？

他抬頭望向房間角落，那兒上方躺著他的妻子。等過個幾天再把她的屍體運到船屋，就可以一次處理掉他們三個人，反正那兩個小孩再幾天沒水喝也會死掉。嗯，就這麼辦。基本上那是他們的父母做出的決定。

眞是愚蠢荒謬。花了那麼多功夫，到頭來卻是一場空。

第三十三章

夜裡他雖然聽到樓下的騷動，卻完全沒察覺到急診醫生來過家裡。

「哈迪的肺部積水，呼吸有困難。」莫頓說明著狀況，語氣憂心忡忡，原本健康肥潤的臉彷彿瞬間消瘦下來。

「嚴不嚴重？」卡爾問。

「醫生要哈迪到王國醫院住院觀察幾天，檢查心臟等器官，肺部也有感染的風險。對哈迪這樣的病人來說，那可是非常危險的。」

卡爾點點頭。他們當然不能冒這個險。

他摸摸老朋友的頭髮。

「哎呀，哈迪，搞什麼鬼！爲什麼不叫醒我？」

「我要莫頓別叫你。」哈迪聲音微弱，神情憔悴。「我出院後，你們會再讓我回來吧？」

「當然啦，老朋友！若是沒有你，這兒會變得很無趣。」

哈迪虛弱的笑了。「我相信賈斯柏絕對不這麼想。他今天下午回來，看到客廳又恢復昔日的模樣，鐵定高興死了。」

今天下午？卡爾壓根兒忘了這件事。

「卡爾，你下班後，我就不在這兒了。我會在莫頓的陪同下前往醫院，並且受到妥善的照顧，說不準哪天就回來了呢？」他呼吸沉重，努力想擠出微笑。「卡爾，我一直在想一些事。」

「你還記得柏格．巴克那件案子嗎？他們在嵐格橋底下發現一具溺死的妓女屍體。那椿案子乍看之下像意外事故，甚至可能是自殺，但事實並非如此。」

卡爾對那案子記憶猶新。死者是個未滿十八歲的黑人女子，被發現時全身赤裸，只有腳踝上戴著銅線編織成的腳環。當時腳環沒有特別引起調查人員的注意，因爲很多非洲婦女腳上都有這種東西；手臂上的許多針孔也沒太引人關注，因爲那是妓女和毒蟲典型的特徵。對維斯特布洛的黑人女孩而言，不是什麼值得大驚小怪的事。

「被她的皮條客殺死的，是嗎？」卡爾問。

「不是，她是被把她賣給皮條客的那群人殺害的。」

「啊哈，是因爲腳踝上戴著腳環嗎？」

「這件案子讓我想到那些被燒焦的屍體。」

的確如此，他現在想起來了。

「沒錯。」哈迪眨了兩次眼，表示點頭的意思。「那個女孩不想再賣淫，想要回故鄉，但是尚未賺到足夠的費用，因此不能如願。」

「所以她被人給殺死了。」

「是的。其他非洲女孩信仰巫毒教，但是這個女孩沒有，她因此受到組織威脅，不容許她繼續活在這世上。」

「他們利用腳環來提醒其他賣淫的女孩，若是反抗主子或是巫毒教便會受到懲罰。」

哈迪眼睛又眨了兩下。「正是。有人將頭髮、羽毛和其他可能的東西編進腳環裡，其他非洲女孩看到，立刻了解隱含其中的訊息。全部的人都會明白。」

「說來聽聽。」卡爾說。

卡爾抹抹嘴。哈迪果然寶刀未老，嗅覺依舊靈敏。

馬庫斯背對著卡爾，俯視窗外街道。他需要集中心思時，經常這麼做。「換句話說，哈迪認為在火災現場發現的死者是收款人，他們顯然在思慮不周的情況下，私吞了那些有問題的公司應該繳納的利息和款項。由於遲遲不見應收帳款的蹤影，所以他們被人幹掉了？」

「沒錯。那個組織殺一儆百，好嚇阻其餘的收款人，幾家借錢的公司也可以透過保險理賠清償債務。一石二鳥。」

「如果塞爾維亞人收到保險理賠金，那麼一定會有一、兩家公司沒錢進行重建。」馬庫斯總結說。

「是的。」

凶殺組組長點點頭。很有可能就是如此簡單，如此殘忍凶暴，不過東歐與東南歐的幫派素來不是以心腸軟聞名。

「你知道嗎，卡爾？我們就根據這個推論繼續追查。」他點點頭。「我馬上聯繫國際刑警組織，請他們協助查明塞爾維亞那邊的狀況。幫我謝謝哈迪，他的狀況還好嗎？是否適應你家的生活了？」

卡爾忍不住搖頭晃腦。適應？這話中有話。

「啊，對了，還有一個小忠告。」卡爾剛走到門邊，又被馬庫斯攔下。「庶務組的人今天會到下面看看。」

「天哪。你怎麼會知道？我以為他們寧願突擊檢查，嚇我們一跳。」

凶殺組組長嘴角一揚。「沒錯。但我們不是警察嗎？這種事我們就是知道。」

「伊兒莎，妳今天坐到三樓去，懂嗎？」

她顯然沒把他的話聽進去。「我要謝謝你昨天在我們家寫的紙條，錯了，是蘿思要謝謝你。」她說。

「噢，好的。她有沒有說什麼？很快會回來上班嗎？」

「她倒是沒提到這件事。」

這話說得再清楚不過了，不過他和伊兒莎的事情還沒完。

「阿薩德人在哪兒？」他問。

「在他的辦公室裡。他試著聯繫各教派組織的前教友，自助團體與協會的部分由我負責。」

「需要聯絡的人很多嗎？」

「沒有，我很快就能完成，之後我會幫阿薩德聯絡那些脫離教派的人。」

「好主意。你們怎麼找到那些人的？」

「透過舊新聞。找到的人數綽綽有餘了。」

「妳搬到三樓的時候，順便把阿薩德也帶上去，好嗎？庶務組的人馬上就要來了。」

「誰？」

「庶務組的人，要來處理石棉。」

她的臉上沒有任何表情。

「哈囉！」他彈了一下手指。「妳還清醒嗎？」

「我才要說哈囉。請你解釋一下剛才在說什麼。石棉？之前在這裡的人是蘿思吧？」

之前在這裡的人是蘿思？

老天爺啊，連他也快要搞不清楚自己是誰了。

特里格費打電話來時，卡爾正在思索要不要把椅子推到辦公室中間，讓黏在天花板上的蒼蠅死在牠最愛的位置。

「你滿意犯人畫像嗎？」特里格費問。

「很滿意。你呢？」

「當然。不過我打電話的目的是想請你幫個忙。最近這段時間，有個叫作帕斯高的丹麥警察一直打電話給我，但我能說的都已經告訴他了，可否麻煩你好心轉達他，他讓我極度緊張，請他不要再來打擾我。」

樂意之至，卡爾心想。

「沒問題，我會請他別再打電話。不過，我同樣有幾個問題請教你，特里格費。」

特里格費的聲音聽起來不太樂意，但是也沒有拒絕。

「我們認爲你說的轟轟聲應該不是來自風力發電機，可否請你再仔細描述一下？」

「嗯，我該怎麼描述？」

「那個聲音有多低沉？」

「我眞的不清楚。」

卡爾發出一個聲音。「這麼低嗎？」

「有可能，和我印象中差不多。」

「但是這個聲音不算特別低沉。」

「那就不算吧。但無論如何，對我來說那樣的聲音就是低沉。」

「聲音清脆嗎？」

「怎麼樣叫作清脆？」

「是溫潤的聲調，還是比較堅硬一點？」

「沒有概念。大概比較堅硬。」

「所以有可能像引擎的聲音囉？」

「是，有可能。不過，聲音整天持續不停響著。」

「天氣惡劣時，聲音不會比較微弱嗎？」

「有，稍微弱一點，但是差別不大。這些我都告訴過那個叫帕斯高的了，至少大部分都說了。可以麻煩你去問他嗎？我實在無法忍受得不斷回想那件事。」

那就去找個心理醫生啊，卡爾心裡嘀咕著，但是又說：「我完全能夠理解，特里格費。」

「我打電話來還有另外一個原因。我父親人在丹麥。」

「噢？」他把筆記本拿過來。「在哪裡？」

「他去參加耶和華見證人教派位於霍貝克區的會議，似乎想要請調到其他教區。我想是因爲你讓他心生恐懼了，他沒辦法忍受那件陳年往事遭人刺探。」

老朋友，這點你們父子倆還眞是不相上下，卡爾心裡又如此嘀咕。「噢，丹麥的耶和華見證人教派能做什麼？」他問。

「能做什麼？他們可以把他調派到格陵蘭或是法羅群島之類的地方。」

卡爾眉頭皺了起來。「你怎麼會知道這件事，特里格費？你和你父親恢復交談了嗎？」

「沒有，是我弟弟亨利克偷偷對我透露的。這件事別說出去，好嗎？否則他有苦頭吃了。」

掛斷電話後，卡爾靜靜坐了一會兒，然後看了一下手錶。再過一小時二十分鐘，夢娜就會帶著那個能洞悉人心的超級心理醫生出現，她為什麼希望他對那個人掏心剖肺呢？難道她指望他會突然歡欣躍起，滿懷喜悅大叫：「我的老同事在我眼前被射殺，而我連手指頭都沒動，但是哈利路亞，讚美主，我再也不會渾身冒冷汗了！」

他搖搖頭。如果不是因為夢娜，他一定會想方法破壞那個心理醫生的諮詢樂趣。

門上響起小心翼翼的敲門聲，勞森拿著一個小塑膠袋站在門口。

「是杉木。」他劈頭就說，然後把塑膠袋丟到他桌上，裡頭裝著從瓶中信採下的碎片。「你必須找出杉木蓋成的船屋。綁票案發生之前，北西蘭島用此材質建造的船屋有多少？我可以告訴你，數量不多，因為當年大多使用的是經過加壓浸漬的防腐木材。在建材量販店還未如雨後春筍般湧現，說服丹麥人那種防腐木材品質不夠好之前蓋好的。」

卡爾看了一眼碎片。杉木？

「誰說船屋一定是用保羅．霍特拿來寫字的那種木材建造的？」

「沒有人。但是不能排除這種可能性。我認為你應該去找木材商談談。」

「幹得漂亮，勞森，我是眞心的。不過船屋可能傳了兩、三代，而且在丹麥，帳務頂多保存五年，沒有一家建材行和木材商能夠告訴你，誰在十年前買了一批數量不小的杉木，更何況那是二十年前的事了。這種事只會發生在電影當中，現實生活沒那麼簡單。」

「早知道我就省得麻煩了。」勞森笑著說。這個狡猾的老賊故意裝作不知道此一訊息已在他的老同事腦袋裡發酵，刺激他去思考該如何利用這個訊息著手調查，又該採取何種行動。

「對了，我還要告訴你，三樓的凶殺組正忙得人仰馬翻。」他接著又說。

「怎麼說？」

「他們突破了縱火案中一個公司老闆的心防，對方坦承認罪，那個人目前在樓上接受訊問。

他嚇得屁滾尿流，害怕被借他錢的公司滅口。」

卡爾花了一點時間消化這個消息。「我相信他有充分的理由擔心恐懼。」

「哈！卡爾，你會有幾天見不到我，我得去參加進修。」

「你該不會要去學習怎麼煮東西給養老院的人吃吧？」他哄堂大笑，笑聲似乎過分了一點。

「沒錯。你怎麼猜到的？」

卡爾注視著勞森的雙眼。以前在發現屍體的案發現場，多的是穿著白袍的鑑識人員時，他就注意到那雙眼睛透出的目光。

勞森刻意隱藏起來的痛苦眼神，如今又再度出現。

「怎麼回事，勞森？他們炒你魷魚嗎？」

他點點頭。「不是你想的那樣，只是餐廳經營不下去了。有八百名員工在此工作，卻沒有半個人願意到樓上吃飯，餐廳不得不關門大吉。」

卡爾不由得皺起雙眉。他自己並不屬於那種在吃魚排時被人多犒賞一片檸檬，便長年忠心耿耿到樓上用餐的精英分子。不過即使如此，他們若是收掉那個不管是叫作食堂、員工餐廳、公共餐館、高級飯店，或是其他隨便一個名字用來稱呼這個堆滿餐桌、還有會讓人撞到頭的斜屋頂的地方，情況總是很糟糕。

「餐廳要收掉嗎？」

「是啊。不過警察總長要求一定要設立餐廳，所以會委託外面的企業經營，包括我在內的其他人得幫忙塗抹麵包，直到某個傢伙打著自由主義的名義，強迫我們要嘛辭職不幹，要嘛就是從早到晚切菜、弄沙拉。」

「所以你打算先閃人嗎？」

勞森那張輪廓鮮明的臉龐擠出一抹古怪的笑容。「閃人？媽的，當然不是囉。他們提供我一個進修的機會，讓我日後有資格到那家企業應徵。眞是他媽的混蛋。」

卡爾陪勞森走上樓，伊兒莎正在三樓和麗絲嘰嘰喳喳閒聊，討論喬治・克隆尼，還是強尼・戴普比較性感。隨便是誰都無所謂啦。

「妳們工作得眞辛苦啊。」他酸溜溜的說。帕斯高這時正好離開咖啡機，走向他的辦公室。

「帕斯高，謝謝你之前做的調查。」卡爾說。「現在你不需要再協助此案了。」

帕斯高一臉猜疑的盯著他。這個人很容易以小人之心度君子之腹，自然而然以為別人都他和一樣。

「只要再完成一件任務，帕斯高，你就可以繼續和約根一起到桑比挨家挨戶按門鈴。保羅・霍特的父親，馬丁・霍特目前人在耶和華見證人教派的霍貝克區辦公室，如果你不知道地址的話這裡有。史坦胡斯路二十八號。」他看了下手錶。「我兩個鐘頭後剛好有時間，麻煩你把他帶過來。他一定不願意配合，但是畢竟這攸關一件謀殺案，而他是其中主要關鍵證人，不這麼做不行。」

卡爾說完轉身離開。他幾乎可以聽見霍貝克警方的抗議聲。眞是能幹！竟敢擅闖耶和華見證人的殿堂！不過如果馬丁・霍特懂得兩害相權取其輕的道理，就一定會自願過來，畢竟要是被他的教友發現他對於驅逐兒子一事說謊的話，後果不堪設想。要怎麼欺騙教派之外的世界，是一回事，但蒙蔽自己的教友又是另一回事了。

卡爾在馬庫斯辦公室外面的走廊上找到他的敘利亞助理，一台多年前即已丟到倉庫的老舊電腦正在他面前桌上嗡嗡作聲。為了補償他，他們給了他一支相對比較新的手機使用，這樣的工作條件眞不錯。

「阿薩德，你有什麼發現嗎？」

阿薩德舉起手示意他別說話，然後迅速寫下東西，免得剛想到的靈感一溜煙不見了。卡爾很熟悉這種狀況。

「眞是奇怪耶，卡爾，我和那些脫離教派的人交談時，大部分的人馬上認爲我要招募他們加入新教派。你不覺得我的口音應該不會讓人產生這種想法嗎？」

「你有口音嗎，阿薩德？我完全沒注意到。」

阿薩德往上看著他，眼神閃爍發亮。「哎呀，卡爾，你眞會尋我開心。」他舉起食指以示警告。「不過，我可不是那麼容易被取笑的。」

「話說回來，你沒找到有助於此案的線索了。」卡爾總結說道，然後點點頭。那不是阿薩德的責任。「唉，搞不好本來就找不到任何線索，或許那純粹只是單一事件，對吧？」

阿薩德微微一笑。「卡爾，你又在開我玩笑了。那個綁匪當然不可能只犯下一件案子，我看得出來你也有同樣的想法。」

他說得沒錯，這點毋庸置疑。一百萬克朗雖然是筆不小的數目，卻又不是那麼可觀，至少不可能單靠這筆錢生活。綁架者肯定會朝向系列犯案。

「阿薩德，你繼續打電話，反正目前沒有其他事情。」

卡爾走回櫃台，麗絲和伊兒莎還沉溺在大女人的閒聊中，這回討論的是充滿男人味的外型。他用指骨謹愼的敲敲櫃台桌面。

「伊兒莎，既然阿薩德正在打電話聯絡脫離教派的人，那麼我要交代妳新的任務。若是事情太棘手的話，妳一定會出手幫忙吧，麗絲？」

「妳不需要幫忙。」索倫森的位置上傳來晦氣的聲音。「莫爾克先生隸屬於懸案組，妳的工作內容不包括聽他差遣。」

「看狀況囉……」麗絲一邊回答，一邊勾魂的望著他。看來她和另一半那趟熱情的美國之旅讓她拋媚眼的技巧更臻完美。夢娜應該看看這種眼神，或許會多用點心思爭奪她的新獵物。

爲了保護自己免於被麗絲蠱惑，卡爾將眼睛定在伊兒莎的紅唇上。

「伊兒莎，請妳調查一下能否從地政事務所的空拍圖中找到那個船屋。仔細檢查非德里松、海司尼斯、羅斯基勒和萊爾等鄉鎮進行土地測量時，拍攝的所有空拍照片。那幾個地區的網站上一定找得到，若是沒有，請他們將照片用電子郵件寄給妳。索取照片時，順便請他們給妳一份標示出當地所有風力發電機的地圖。」

「我以爲我們一致同意因爲暴風雪的緣故，風力發電機並未運轉。」

「沒錯，不過還是要先調查看看。」

「噢，這點雞毛蒜皮的小事她自己做得來。」麗絲說。「你要交代我什麼好事啊？」她的眼神直勾勾看著他的下半身。見鬼了，大庭廣眾之下他要怎麼回答這種雙關語？

「請妳幫忙打電話給這幾個鄉鎮的建設局，詢問他們在一九九六年以前是否曾經批准在沿岸建造船屋，若有的話，是什麼時間批准的。」

麗絲扭腰擺臀說：「就這樣？還眞快就結束了哪！」然後身子一轉，把包覆在牛仔褲下的迷人臀部對著他，昂首闊步的朝電話走去。

她眞是個不容易搞定的女人。

第三十四章

阿富汗的赫爾曼德省對肯尼士來說簡直是不折不扣的地獄。沙漠的狂沙宛如一場夢魘，儘管只在阿富汗發生過一次，伊拉克兩次，但那樣已經綽綽有餘了。

離開那裡後，他的同袍天天寄信給他，裡頭提及濃厚的袍澤情誼、一起共度的美好時光，卻隻字不提實際發生的事情——每個人拚了命的想生存下來，所有事情的結果就是這樣。

對他來說，這一切已經結束了。路旁的廢鐵堆，黑暗中錯誤的地點，大白天底下錯誤的地點；還有炸彈和緊貼著瞄準器的眼睛。幸運對那時的肯尼士來說，並非預期會來臨的同伴，因此當他獨自坐在位於羅斯基勒的小房子裡，只是盡可能麻痺自己的感官，想要忘掉一切，繼續活下去。

他殺過人。這件事他誰也沒說過。那一槍又快又準，連他的戰友也沒看見。那個人陳屍在距離其他死者很遠的地方，被他一槍打中氣管。對方非常年輕，塔利班戰士令人恐懼的特點，在他臉上只是下巴和臉頰上剛冒出的細毛。

他從未將這件事告訴別人，連米雅也沒說。

畢竟當人沉醉在熱戀之中，很難第一個就想到這些事。

從他第一次看見米雅，便明白她讓自己無條件臣服了。

他握住她的手時，她深深凝望他的眼睛，從那一刻開始，他失去了自我，完全將自己獻給她。隱藏在內心深處的欲望與期待頓時湧現，他們聚精會神傾聽彼此，心底都明白那不會是兩人最後一次見面。

他想起米雅說起自己等待丈夫回家的時刻，那副微微顫抖的模樣，然而即使是她這樣一個女子，也做好展開新生活的準備。還有星期六兩人最後一次見面，他一時衝動忽然跑去找她，腋下挾著報紙，就像他們約定好的那樣。

她一個人在家，看見他來訪表現得倉皇失措，好不容易答應讓他進門，卻不願意告訴他發生了什麼事。顯然她自己也對那天可能發生的事一無所知。

如果再多個幾秒，他會乞求她收拾簡單的用品，抱起班雅明，和他一起遠走高飛。又如果不是她先生的車剛好在那個時刻開進車道，他相信她一定會答應。只要到了他家，就有時間一起解開存在於她生活中那團亂七八糟的結。但是，他卻不得不從後門匆匆忙忙逃跑，像隻膽怯的狗消失在夜色中，自行車也來不及騎走。

從此之後，他的思緒便時時刻刻糾結在這件事上。

今天是星期二，至今已經過了三天。自從上個星期六突如其來的意外後，他又多次造訪她家。儘管這麼做很可能會碰上米雅的先生，麻煩總是從天而降，但是他不害怕，只對自己心生恐懼。若是發現那男人傷害米雅，他不確定自己會做出什麼事。

不過如同前一天一樣，那棟房子裡依舊空無一人，即使如此，仍有某種力量不斷牽引他來到這裡。他的心中湧現一種預感，而且隨著時間流逝越來越強烈，這種預感就像當年有個朋友開車要駛進一條巷子前，他的直覺警告他們萬萬不可前進，而就在不到幾秒的時間，巷子裡發生十個當地人被殺死的慘案。他就是知道不能進去，就像他現在很清楚，自己若不伸出援手，隱藏在屋子裡的祕密將永不見天日。

於是他站在大門前呼喊她的名字。他們如果出門度假，她一定會事先告訴他；若是她對他失去興趣，她的雙眸絕不可能閃耀晶亮，甚至會規避他的目光。

不可能，她還是喜歡他的，只是現在人不見了，也一直沒有接手機。剛開始幾個小時，他覺得是因爲丈夫在旁邊，所以她不敢接電話。之後他又說服自己，手機被她丈夫拿走，他的身分也已經曝光。但是他又隨即安慰自己，若是那男人掌握了他的身分與地址，照理說應該要上門理論，而這將是一場不對等的抗爭。

然而就在昨天，一種感覺悄然在他心中蔓延開來，答案或許和他想的截然不同。因爲他意外聽到了一個聲響。住在他體內的士兵早已學會要回應意外的聲音，那聲音或許非常微弱，但卻可能警告你世界將在幾秒之內天地變色。若是不看重聲響發出的警告，死神下一秒就會降臨。

那個聲音是他站在大門前撥打她手機時聽到的。

屋內響起手機鈴聲，微弱得差點聽不見。

他切斷手機，側耳傾聽，四下恢復寂靜。然後又撥打一次米雅的手機，一會兒後聲音再度出現。她的手機就放在緊閉的閣樓窗戶後面。

他站了好一陣子，思索再三。

米雅當然也有可能故意將手機放在那裡，只不過他不相信這個可能性。她將手機稱之爲聯繫她與外界的生命線，而這樣的生命線絕不可能輕易被剪斷。

之後，他又去過那棟房子一次，同樣也聽見了閣樓窗戶後面傳來手機鈴聲，情形並沒有不同。但是，爲什麼不對勁的猜疑感始終揮之不去呢？是他體內的士兵嗅到了危險嗎？還是被愛情沖昏了頭，盲目到自以爲能成爲她生命中一個完整圓滿的篇章？

即使疑問重重，也存在著各種可能的答案，那股感受依舊縈繞心頭。

房子對面有一對老夫婦躲在窗簾後面觀察著他，只要他一呼喊米雅的名字，他們就會出現。或許應該去請教他們是否看見了什麼？

他等了一段時間，老夫婦才把門打開，臉上露出不樂意見到他的表情。

老太太問說，難道他不能別來打擾那個家庭嗎？

他好不容易擠出笑容，還亮出自己止不住顫抖的雙手，讓他們了解他心中的擔憂恐懼，還有他是多麼需要人協助。

老夫婦回答說最近看見了男主人幾次，至少他的賓士車停在門前，不過已經好幾天沒看見太太和小孩。

他向對方致謝，請求他們稍微注意一下對門鄰居的動靜，然後遞上自己的聯絡方式。但是等到大門在他身後關上，他很清楚他們不會打電話通知他，畢竟那不是他的妻子。

他最後一次按下她的號碼，最後一次聽到樓上房間傳來手機鈴聲。

米雅，妳在哪裡？他心裡掛念著同一個疑問，不安感逐漸蔓延擴大。

從明天開始，他要過來這兒多巡看幾次，要是不安感依舊無法消除，他就要去報警。並非因爲他掌握了什麼具體事證，而是除了這麼做之外，他還能做什麼呢？

第三十五章

步伐靈活矯健，皺紋恰如其分的分布在陽剛味十足的臉龐，身上的服飾價值不菲，然而除了以上的完美組合外，卡爾覺得自己是被一隻貓拖進屋內。

「這位就是克里斯。」夢娜向他介紹那個男人，勉強回應了卡爾的擁抱。

「克里斯和我曾一起待過蘇丹的達夫，他是戰後創傷症候群的專家，爲無國界醫生組織貢獻過許多心力，是吧，克里斯？」

她說的是：「我們一起待過達夫。」而不是：「我們一起在達夫工作。」要了解那句話的背後的含意，並不需要成爲該死的心理醫生，卡爾現在已經痛恨起面前渾身香水味的紈褲子弟了。

「我大致了解那起事件的始末。」克里斯說，露出潔白整齊到有點不切實際的牙齒。「夢娜向她的主管保證可以協助我。」

向主管保證，那是怎麼回事啊？卡爾心想。爲什麼沒有人來問我呢？

「你這邊沒問題吧？」

現在才問太遲了吧。他望向夢娜，她露出嫣然的迷人笑容回應克里斯的話。眞是夠了！

「當然，沒有問題。」卡爾回答。「我相信夢娜會做出對大家而言最好的選擇。」

他向那男人一笑，夢娜注意到了他的笑容，時機抓得正好。

「他們同意給我三十個小時，與你一起檢視那起事件。我從你的主管那兒了解到你價值連城。」男人說完輕笑了幾聲。所以他一定拿了不少諮詢費。

「你說三十個小時？」他得和這個大聲公一起枯坐兩天多的時間？這個人沒瘋吧？

「我們必須評估個案的嚴重性。不過，在大部分的案例中，三十個小時綽綽有餘了。」

「是嗎？」

這一切不會是眞的，卡爾心想。

夢娜帶著燦爛的笑容，和克里斯一起坐在他前面。

「當你一想到安克爾．荷耶爾、哈迪．海寧森和你在亞瑪格島上的小屋被槍擊的事，第一個湧現的感受是什麼？」

卡爾背脊一陣冰冷。他的感受是什麼？

恍惚、慢動作、宛如癱瘓的手臂。

「時間已過了很久了。」卡爾說。

這個叫什麼克里斯的點點頭，臉上漾起笑容，讓人清楚看見他臉上笑紋形成的過程。「你果然做好了防禦的準備。先前已經有人警告過我，但我想測試看看是否確實如此。」

去死吧，什麼鬼東西？現在是要打拳擊嗎？那一定會非常緊張刺激。

「你知道哈迪的妻子申請離婚嗎？」

「不知道，哈迪沒說過這件事。」

「就我所知，她曾經向你展現脆弱的一面，但你拒絕與她互動。我想，她說的是你應該安慰她、支持她。比起你所構築的頑強外表，這件事透露了你心裡更深刻的訊息。你有什麼看法？」

卡爾聳了一下肩膀。「看在老天的份上，爲什麼要將米娜．海寧森牽扯進來？難不成你們背著我和我的朋友談話嗎？我一點也不欣賞這種行徑。」

那傢伙轉向夢娜。「妳看到了吧，一切正如我之前的預測。」兩人相視而笑。

這混蛋若是再胡說半個字，他絕對要拉出他的舌頭在脖子上轉個三、四圈，搭配起那條V型金項鍊一定非常相稱。

「你現在想要毆打我，對吧，卡爾？我看得出來你想甩我巴掌，把我送進地獄。」克里斯直視他的眼睛，淡藍色的眼珠幾乎將他淹沒。接著男子目光一變，斂容正色說：「冷靜下來，卡爾。我是來幫你的，我很清楚你覺得自己卑鄙無恥。」他舉起手制止卡爾反駁。「此外，如果你問我現在最想和這辦公室裡上床的人是誰，那就是你。」

卡爾的下巴掉了下來。冷靜下來，他對自己說。知道這男人的性向雖然讓他如釋重負，但是這種狀況一點也不讓人安心。

確定日後的治療流程後，夢娜和那傢伙道別離去。夢娜將頭靠向卡爾，近得他雙腳發軟。

「今天晚上在我家見？十點左右。你可以溜出來嗎？還是得照顧你家那小伙子？」她在他耳邊低語。

卡爾眼前浮現夢娜的裸體，其後是賈斯柏那張叛逆嘴臉。

要做出選擇一點都不困難。

「果然沒錯，我就料到下面有人。」公事包男把手伸向卡爾，那隻手因爲長年處理文書工作的關係變得柔弱無力。「約翰．史杜嘉，庶務組。」

這傢伙以爲他老年癡呆嗎？從上次他到這兒來還沒一個星期耶。

「卡爾．莫爾克。」他也自我介紹說。「懸案組組長。我能爲你效勞嗎？」

「是的。第一件事是石棉問題。」他指著走廊盡頭那道臨時的隔離牆。「另外一件事是，這裡的空間並非規畫給警察總局的人員作爲辦公室使用，而你現在卻在這兒辦公。」

「請你仔細聽清楚了，史杜嘉，我們打開天窗說亮話吧。從你上次出現到現在，外頭街上發生了十起槍擊案，造成兩人死亡；大麻地盤爭得你死我活，完全脫序失控；司法部長調遣了我們沒有的兩百名人力，外頭有兩千人丟了工作；稅制改革榨乾了本來就沒有的東西。更別說還有老師被學生毆打；國家的年輕小伙子在阿富汗陣亡；人民破產，退休金不值錢；銀行若是不欺騙客戶就會倒閉。而這種時候總理還四處奔走，浪費納稅人的錢給自己找新工作。你該死的爲什麼要管我是在這兒，還是在一百公尺外的另一個通過許可的地下室辦公呢？難道不能……」他深深吸入一口氣。「……他媽的別管我在哪兒辦公，只要讓我可以工作就好了嗎？」

史杜嘉耐心站在旁邊聽他滔滔不絕的抱怨，等卡爾話音一落便打開公事包，拿出一張紙。「我可以坐下嗎？」他指著辦公桌前一張椅子。「我們沒辦法迴避我必須撰寫的報告。」他就事論事說。「這個國家的其他部分或許完全脫序，不過這兒最好還是按規矩來。」

卡爾不禁嘆了口氣。對方說得有道理，他心想。

「好吧，史杜嘉。很抱歉我剛剛說話的聲音大了一點，我只是壓力太大。你說得沒錯。」

公事公辦的官僚分子抬起頭注視著他。

「我很樂意與你合作。可以麻煩你告訴我，我必須做些什麼才能讓這兒取得許可，作爲辦公室使用？」

對方把筆放下。看來免不了要聽一番長篇大論，說明此事不可行，或是醫院長期以來已無法容納眾多因爲職業傷害入院的傷患，諸如此類的訓示。

「很簡單，請你的主管提出申請書就可以了。到時候會有其他人來檢查，然後發放許可。」

卡爾的頭往前一頓。這男人眞是不可思議。

「你能幫忙我塡寫申請書嗎？」卡爾的語氣比自己預期得還要謙恭。

「可以，那麼我們必須再次麻煩這個公事包了。」史杜嘉嘴角揚起，把一張表格遞給卡爾。

「庶務組的人檢查得如何了？」阿薩德問。

卡爾聳了一下肩膀。「經過我的洗腦後，他就乖乖聽話了。」

洗腦？看得出來這個說法讓阿薩德摸不著頭緒。

「你找到什麼線索了嗎，阿薩德？」

他點點頭。「我從伊兒莎那兒拿到一個名字，我曾經打過電話給同一個人，這個人以前是基督會所的教友。你知道基督會所這個教派嗎？」

卡爾搖搖頭，表示沒有概念。

「他們眞的很特別。那些人相信耶穌會乘著太空船回到地球，帶來各個世界的生命和人類交種繁殖。」

「交配繁殖。我想你要說的應該是交配繁殖。」

他無所謂的聳聳肩。「那個人說，基督會所去年流失了很多教友，引起不少麻煩與不快，不過他認識的人當中，沒有人被驅逐出教會，倒是聽說有對夫妻把自己的兒子趕了出去，大概是五、六年前的事。」

「那麼，這個消息有什麼特別之處呢？」

「那個兒子當年十四歲。」

卡爾眼前浮現繼子賈斯柏的身影，他十四歲時已經有自己的主見了。

「好的，聽起來的確不太尋常。不過，我看得出來你心裡還有事，阿薩德。」

「我不確定，卡爾，只是感覺肚子怪怪的。」他拍拍自己圓滾滾的腹部。「你知不知道，在丹麥，宗教團體驅逐教友的行爲眞的非常罕見？除了耶和華見證人教派之外。」

卡爾聳聳肩。被逐出家門或教派還是被冷淡對待有何差別？在他的故鄉，有個信仰摩門教的家庭，父母對待自己孩子的態度彷彿他是流感病毒，這樣難道不算是種驅逐嗎？

「多多少少還是會發生，只是形式不同。」卡爾說，「差別在於有沒有公然宣布，或是隱匿不講。」

「嗯，隱匿不講。」阿薩德舉起食指。「基督會所是個特別偏激狂熱的教派，會透過各種途徑威脅教徒，不過就我得到的資訊，他們本身沒有驅逐過教友。」

「那是什麼意思？」

「和我講電話的人說，是父親與母親自己將孩子趕了出去，後來那對父母受到教會的批判，但是他們無所謂。」

兩人四目相對。現在連卡爾也感覺自己的肚子怪怪的了。

「你拿到他們的地址了嗎？」

「只有舊的地址，他們已經搬家了。麗絲目前正在追查。」

一點四十五分，有個值勤員警打電話到地下室給卡爾，兩名來自霍貝克的警察依照他的請求帶了一個男人過來接受審訊。員警問他現在要怎麼處理？那個人是保羅．霍特的父親。

「把他帶下來，小心別讓他溜了。」

五分鐘後，兩個穿著綠色制服的警察帶著一個男人站在外面走廊，感覺似乎有點困惑。

卡爾朝他們點點頭，比了個手勢請馬丁．霍特坐下。「請坐。」然後轉向那兩個警察說：「我的同事在隔壁的小辦公室裡，他會很樂意請你們喝茶，我不推薦你們喝咖啡。請你們留下來，等我和馬丁．霍特談完就可以將他帶回去。」

兩個警察似乎不是很樂意留下來等候，或是喝杯茶。

相較於前幾天在哈勒布羅的家門前，那副頑固執拗的模樣，馬丁．霍特此時看起來顯得驚慌失措。

「你從何得知我人在丹麥？」這是他開口說的第一句話。「你監視我嗎？」

「馬丁．霍特，我可以想像你和家人過去十三年所經歷的痛苦。你必須知道，我們懸案組對你、夫人和孩子深感同情。我們不是要傷害你，你經歷的痛苦已經夠多了。不過，你也必須了解，我們會不計代價想辦法抓住殺害保羅的凶手。」

「保羅沒死，他人在美國。」

這個男人要是知道自己的身體已經洩漏出他在說謊，絕對寧可選擇閉嘴。他的雙手痙攣，頭部微微往後縮，講到「美國」時頓了一下，這些徵兆和其他四、五件事情，逃不過卡爾長年和不好好說實話的丹麥人民打交道訓練而成的鷹眼。

「你有沒有想過，可能有其他人和你陷入同樣的困境？」卡爾問。「是否想過殺害保羅的凶手還逍遙法外？在他犯下保羅案子的之前及之後殺了其他人？」

「我說了，保羅人在美國。我若是有他的消息會通知你。我現在可以走了嗎？」

「讓我們先把外面世界放在一旁吧。我知道你有自己的規矩和原則，不過，你只要一有擺脫我的機會，就絕對不會放過，對吧？」

「你可以請外面的警察進來了。我想這中間有很大的誤會，我在哈勒布羅已經努力向你解釋過了。」

卡爾點點頭。眼前這男人依舊恐懼不安，十三年擔憂受怕的日子，讓他即使有機會打破將他和家人禁閉其中的玻璃罩，也練就了不會動搖的決心。

「我們和特里格費談過。」卡爾說，然後將那張嫌疑犯肖像畫推到他面前。「如你所見，我們已經掌握凶手的臉部特徵。我希望你敘述一下案發經過，或許能幫助我們追查此案。」他將手指放在畫像上，動作堅決果斷，把馬丁·霍特嚇了一大跳。

「我向你保證，不會有不相關的人知道我們就要逮到他了，所以你大可安心。」

馬丁費了好大一股力氣才將眼睛從畫像上移開，直視著卡爾，他聲音顫抖的說：「你以爲向耶和華見證人教會的長老，解釋警方在眾目睽睽之下將我帶離聚會所的原因很簡單嗎？你不認爲其他人也可能了解來龍去脈嗎？你們的行動未必真的安全。」

「當時我到瑞典拜訪你時，你就應該讓我進屋，現在也不需要走這一趟了。我風塵僕僕的北上，無非希望你協助我們找到殺害保羅的凶手。」

馬丁的雙肩頹然垂下，垂頭喪氣的看向畫像。「非常接近了。」他說。「不過雙眼間的距離沒有那麼近，其他部分大致正確。」

卡爾站起身。「我想讓你看看你未曾看過的東西。」他請馬丁跟著他起身。

阿薩德的辦公室傳來開心的笑聲。西于特蘭人那種嘻笑怒罵的叫鬧聲，最早應該是爲了蓋過暴風雨中漁船的引擎聲所養成的習慣，但是，阿薩德能逗樂這兩個傢伙確實厲害。看來卡爾不需要趕時間了。

「請你看一下我們有多少懸案需要處理。」他說。馬丁的目光落在阿薩德在牆壁上設計的建檔系統。「每件案子各自代表一個可怕的犯罪事實，而從中產生的悲痛與憂傷，並不亞於你所承受的痛苦。」

卡爾注視著馬丁·霍特，但這個男人似乎完全不爲所動。這些案子和他無關，受害者也不是他教會裡的兄弟姊妹。簡而言之：耶和華見證人教會以外的一切，對他來說無關緊要，也不存在他的生活範圍中。

「你知道嗎？我們大可以偵辦其他案件，但卻選擇調查你兒子的案情，接下來我會告訴你原因何在。」

保羅．霍特的父親不情願的繼續跟著他，宛如被判決死刑的人，正走在前往絞刑架的路上。到了走廊，卡爾指著牆上放大的瓶中信影本說：「原因在此。」然後往後退了一步。

馬丁待在原地久久不動，開始讀起牆上的信。他的眼睛緩慢滑過每一行，速度慢得旁人都知道他讀到何處，讀到最後一行後又從頭看起。眼前這個稜角分明、凡事自有其原則的男人，他強悍的內在正逐漸崩塌坍倒。說到底，他只不過是個以沉默和謊言來保護其他孩子的父親。

馬丁站在那兒，一字一句讀進兒子死前所留下的最後話語，那些文字笨拙直白，立刻擊中他的心坎。忽然間，他彷彿受到什麼驚嚇似的猛然後退，伸手扶著牆壁支撐自己，以免癱在地上。他兒子的求救聲如同耶利哥城的號角（注）般響亮，然而他卻無能爲力。

卡爾讓這位父親靜靜哭泣，最後馬丁上前舉起顫抖的手，小心翼翼撫摸兒子的信。手指順著紙張往上，一字一字緩緩滑過，一直到再也上不去，然後他的頭低垂到一旁，十三年的痛苦就此解脫。

卡爾帶馬丁回到辦公室，他要了一杯水。

接著，娓娓道來他所知道的一切。

注 Posaunen von Jericho，語出《聖經．約書亞記》第六章，15-21節。上帝吩咐約書亞命人吹著號角，抬著約櫃繞耶利哥城七日，最後不費一兵一卒便攻陷耶利哥城。

第三十六章

「現在軍隊又再度整合了！」伊兒莎在走廊上大聲叫嚷，差一秒險些撞上卡爾。她滿頭捲髮翹得亂七八糟，看起來像是風塵僕僕趕回地下室。

「說吧，說你們愛我！」她興沖沖說道，然後啪一聲將一疊空拍圖摔在卡爾面前桌上。

「妳找到船屋了？」走廊另一頭，阿薩德從他那個大小像衣帽間的小辦公室提問。

「不是啦。我找到很多有房子的水域，但是沒看到船屋的蹤跡。我將照片按順序整理好了，如果我是你們，會根據這個順序進一步察看。我說的那些房子已經畫起來了。」

卡爾拿起那些照片逐一翻看。見鬼了，他心想，十五張照片，沒有半間船屋。

然後他對照了日期，大部分的照片是二〇〇五年六月拍的。

「拜託，」他說，「這些照片是保羅．霍特被殺後九年才拍的，伊兒莎。在這段期間，那一棟船屋很可能已經被拆了幾百萬次了。」

「幾百萬次？」阿薩德那張臉上畫著大問號。

「只是種說法，阿薩德。」卡爾深深吸口氣。「有年代更久遠的空拍照嗎？」

伊兒莎眨了眨眼睛，彷彿在問他是否在開玩笑？

「你知道嗎？組長先生，」她說，「如果這段期間船屋被拆了的話，那實際上也沒什麼差別了，不是嗎？」

他搖了搖頭。「不是，伊兒莎，不是這樣的。那棟船屋仍可能屬於凶手，而我們也還有機會在那兒逮到他，對吧？所以去找麗絲，弄些早期一點的照片來。」

「從這十五個地方嗎？」她指著那堆照片。

「不是，伊兒莎，所有海岸線附近的全部都要，而且得是一九九六年以前所拍攝。這事應該沒那麼難理解吧！」

她拉扯自己的捲髮，掉頭磨蹭走出辦公室，先前那股傲慢的氣勢已不復見。

「要她維持親切友善還眞是困難啊。」阿薩德一邊搧著手說，好像在驅趕什麼東西。「你看見她發現自己沒想到日期的事情而氣得要命了嗎？」

卡爾又聽見嗡嗡聲，然後眼睜睜看著一隻蒼蠅落在天花板上。又來了。

「這有什麼，阿薩德，她會冷靜下來的。」

阿薩德搖搖頭。「唉啊，卡爾，不管你多努力要在籬笆上坐好，站起來的時候屁股一定會痛。」

卡爾不由得皺起眉頭，對阿薩德想表達什麼完全沒有頭緒。

「阿薩德，」他低聲說，「你的習慣用語都和屁股有關嗎？」

阿薩德放聲大笑。「我還知道其他的，那些才糟糕。」

好吧。倘若這是敘利亞人的幽默感，哪天他要是倒霉被邀請到阿薩德家中拜訪，他的笑肌大可以安心休息了。

「馬丁．霍特在審訊時說了什麼嗎？」

卡爾拿出筆記本，上頭記載的內容不多，不過有少數派得上用場。

「馬丁．霍特和我想的不同，他並非沒有憐憫之心。」卡爾說。「你們貼在外面的信，讓他終於面對現實。」

「所以他願意談保羅的事情了？」

「是的，連續講了半小時都沒停下來，還得一邊控制自己的聲音。」卡爾從胸前口袋拿出一支香菸在手裡把玩。「媽的眞要命，那男人太需要發洩了！這麼多年來，他始終沒有提起兒子的事情，那對他來說實在過於痛苦。」

「那你的筆記本上寫了什麼，卡爾？」

卡爾點燃香菸，一臉幸福的模樣。他不禁聯想起馬庫斯無法被滿足的尼古丁需求。唉，如果不幸成了那樣的大人物，就再也做不了自己的主人了，他對那樣的重要職務一點興趣也沒有。

「馬丁・霍特認爲我們的犯人肖像相當逼眞，不過眼睛距離太近，耳邊的頭髮較長，鬍子也過於濃密了一些。」

「要修改畫像嗎？」阿薩德邊問，邊揮手驅散煙霧。

卡爾搖頭反對。特里格費的描述應該和他父親吻合，只不過每個人看的角度不同罷了。

「馬丁・霍特的陳述中最重要的地方在於，他詳細描述了交付贖金的方式與地點。裝在袋子裡的贖金是從火車上丟出去的，綁匪會用閃頻器打信號，然後……」

「閃頻器是什麼？」

「是什麼？」卡爾嘆口氣。「哎，一種閃光燈，就像舞廳見到的那種，閃動起來像閃電。」

「原來如此！」阿薩德的臉部發光。「看起來就像老電影中常見的急速顫動畫面。嗯，我知道那東西。」

卡爾看著手上的香菸。怎麼抽起來有糖漿的味道？

「馬丁鉅細靡遺的說明了交付贖金的地點。」他接著說下去。「斯雷格瑟往索羅方向，那兒有個路段距離鐵軌很近。」卡爾拿出地圖，把位置指給阿薩德看。「就在維畢旬納和林柏格・霖格之間。」

阿薩德說：「選得漂亮。這兒距離鐵道很近，離高速公路也不遠，可以迅速離開現場。」

卡爾更加仔細察看著地圖。阿薩德說得沒錯，這個地點非常完美。

「綁匪要保羅的父親怎麼到那兒去？」阿薩德問。

卡爾審視著手中的菸盒，上面沾有黏呼呼的該死糖漿。

「對方規定馬丁．霍特搭乘特定的火車從哥本哈根到高薛，然後注意閃頻器發出的閃光。他必須坐在火車頭等艙的左邊座位，一看到閃光，就把裝著錢的袋子從車窗丟出去。」

「他怎麼知道保羅被殺了？」

「怎麼知道？他接到電話指示到某個地方去找回孩子，等他和妻子到達那兒時，只看見已被氯仿或類似藥物迷昏的特里格費躺在田野上。特里格費恢復意識後，告訴父母保羅遭到了殺害，並且轉述綁匪的警告：如果他們膽敢對外人提到與綁票案有關的隻字片語，將會失去更多的孩子。霍特夫婦得知保羅的死訊後悲痛欲絕，特里格費所經歷的驚恐憂懼更令他們不安。」

阿薩德高聳雙肩，氣得發抖說：「如果是我的孩子……」然後一根手指在喉頭一劃，頭歪向一邊。

卡爾並不懷疑阿薩德講這句話的認眞程度，接著又看向自己的筆記本。「對了，馬丁．霍特最後還說了一些可能有用的線索。」

「是什麼？」

「綁架者的鑰匙圈上掛著一個小保齡球，上面有數字1。」

卡爾辦公桌上的電話聲響起，大概是夢娜打電話來感謝他的妥協配合。

「卡爾．莫爾克副警官！」克拉艾斯．湯瑪森的聲音在話筒另一端大喊。「我只是要告訴你，我太太和我今早好好善用了晴朗的天氣，將剩下的路線走了一遍。我們研判，從海面上應該什麼也找不到。不過有許多地方灌木聚生，植被茂密，不容易看清楚，這些地方我們都標示在地圖上了。」

看來他們又需要一點好運了。

「你認爲哪一個區域的機率最高？」卡爾在菸灰缸裡捻熄香菸。

「嗯……」聽得出來湯瑪森在電話線那頭使勁吞雲吐霧，他現在八成還杵在防波堤上。「或許應該專注搜尋厄斯茲可夫往下到旬納比，以及柏內斯和諾斯孔林區等地。那兒有濃密的植被林地，一直延伸到海邊。不過，就像剛才所說，我們沒發現符合的目標，之後我會和諾斯孔的林務員談談，看會不會有什麼收穫。」

卡爾將地名寫了下來，向湯瑪森道謝，並答應他會幫忙轉達他對老同事的問候。其實那些人早已離開警察總局多年，不過也不需要特別告訴湯瑪森。就這樣，客套話到此結束。

「連個影子也沒有。」卡爾轉向阿薩德說。「湯瑪森那兒沒有具體的結果，不過他說這幾個地方可能有機會。」他指著地圖上的位置。「我們必須等看看伊兒莎是否找到有用的線索，然後加以比對，這段時間你先繼續處理手邊的工作。」

卡爾將腳抬放到桌上，小憩了半小時養精蓄銳，最後被鼻子上的一陣搔癢拉回殘酷的現實。他煩躁的搖搖頭，張開眼睛，沒想到發現自己成了一群綠頭蒼蠅的萬有引力中心。那群蒼蠅顯然被甜膩的東西吸引過來，停在他的菸盒上。

「該死的蒼蠅！」他氣惱的四處揮打。

眞是夠了！

卡爾檢查垃圾桶，裡頭的垃圾雖然已經好幾個星期沒有清理，不過並沒有會引來蒼蠅的有機物。於是他來到走廊，看見蒼蠅也在這裡到處亂飛。有可能是阿薩德的異國食物讓綠頭蒼蠅絕處逢生嗎？或是他的芝麻醬長了腳亂爬？還是在聞起來有玫瑰香精臭味的土耳其軟糖中藏有蒼蠅卵，如今孵化成生龍活虎的成蟲？

「你知道這些綠頭蒼蠅是從哪裡來的嗎？」他還沒踏進像火柴盒的辦公室便先嚴詞問道。房間裡瀰漫著刺鼻的氣味，不像一般糖果的味道，反而像是阿薩德為了好玩或是其他原因，在這兒亂點打火機。

阿薩德舉起手示意他別說話，話筒緊壓在耳邊專心講電話。他一連說了好幾次「好的」，然後補充說：「我們現在不得不過去一趟，親自查驗。」聲音比平常低沉，也更有威嚴。他約好時間後掛斷電話。

「我剛才問你，知不知道那些綠頭蒼蠅究竟是從哪來的？」卡爾指著幾隻停在有單峰駱駝和沙丘的漂亮海報上的蒼蠅，把剛才的問題說了一遍。

「卡爾，我想我找到一個家庭了。」阿薩德一臉狐疑，像個看著自己的樂透彩卷，確定所有號碼都符合的人；也像個不敢相信自己一生夢想果然成眞的人。

「一個什麼？」

「一個曾經落入綁匪手中的家庭，我想應該沒錯。」

「是你之前說過的基督會所的人嗎？」

阿薩德點點頭。「是麗絲找到的，地址不同，名字也變了，但確實是他們沒錯。她比對過身分證號碼。那個家庭有四個小孩，老么叫作佛來明，五年前是十四歲。」

「你直接問他們那男孩的下落嗎？」

「沒有，我覺得這麼做不太明智。」

「那麼你剛才說我們必須親自過去查驗是什麼意思？」

「哎，我只是告訴那位太太我們是稅務局的人，因爲他們最小的兒子早已過了十八歲生日，顯然也並未移居海外，卻是他們的孩子當中唯一沒有申報納稅的人。」

「阿薩德，這樣不行。我們不可以假冒其他的政府員工。話說回來，你從何得知申報納稅這件事？」

「我完全不知道，只是隨口瞎扯。」他舉起一根手指敲敲鼻子。

這個點子很棒。對不曾犯法的人來說，再也沒有比稅務局更讓人不安的了。只不過，卡爾仍不禁搖了搖頭。

「我們要去哪裡？什麼時間？」

「那個地方叫作圖呂瑟。那位太太說他先生四點半才會回家。」

卡爾望向手錶。「好，我們一起過去。幹得好，阿薩德，確實幹得漂亮。」然後倉促笑了一下，指著海報上的蒼蠅聚落。「阿薩德，說吧，你這兒是不是有東西讓這些該死的蒼蠅定居於此？」

阿薩德伸出肥胖的短手臂。「我不知道牠們從哪兒出現的。」然後表情頓了一下。「不過這個東西，」他指向一隻比綠頭蒼蠅還小的蟲子，「我的確知道牠是怎麼來的。」那隻沒大腦的瘦弱生物，頃刻間就死於阿薩德的雙手之間。

「逮到你了！」阿薩德勝利高呼，一邊用紙擦掉手中的蛀蟲屍體，然後指向他的跪毯說：「我在那兒發現了一堆。」卡爾眼中立即露出判處跪毯死刑的目光。「可是，卡爾，現在那張跪毯幾乎沒有蛀蟲了啦。那是我父親傳下來的，我很喜歡。今早你來上班前，我已經在有石棉的那道門後面拍打過了。」

卡爾翻起跪毯的一小角。果然及時做了搶救措施，除了流蘇之外，其他什麼也沒有留下。卡爾眼前浮現擺放在石棉國度的警察檔案，沉思了一下。蛀蟲的口味要是轉移到泛黃的紙張，那麼一些罪犯死後的名聲可能將無法挽回……

「你用什麼東西噴過毯子嗎？我覺得有點臭。」

阿薩德露出燦爛的笑容。「煤油，很有效噢。」

看樣子那味道對他一點影響也沒有，或許這是成長於地底蘊藏豐富石油的國家所帶來的好處之一。如果那眞的符合敘利亞的狀況的話。

卡爾搖搖頭，離開這個氣味濃厚的地方。兩個小時之後要到達圖呂瑟，還有點空檔解開綠頭蒼蠅的謎團。

他在走道上靜靜站了好一會兒。嗡嗡聲是從天花板上的管路傳來的嗎？他抬頭一看，即刻發現了那隻最早出現、身上有立可白的蒼蠅。混帳！牠簡直是在嘲笑他。

「你在那兒幹什麼？」伊兒莎在他後面大聲喧譁，然後拉住他的袖子說：「過來一下。」

她將桌上一大堆指甲油、指甲剪、去光水和其他雜物推到一旁，那些東西差點掉到桌下。「這兒是你要的空拍照。眞是浪費時間。」她雙眉高高挑起，有那麼一個瞬間看起來就和卡爾的阿姨艾達如出一轍。「找了整個海岸只是白費力氣。太陽底下沒有新鮮事，全都一清二楚。」

這時，卡爾眼睁睁看著一隻綠頭蒼蠅忽地從敞開的門飛進來，繞著天花板下嗡嗡叫。

「針對風力發電機的調查也是一樣。」一杯喝了一半的咖啡被她推到旁邊。「如果你堅持那個低頻率的聲音在二十公里的範圍內都聽得見，這些地方對我們便沒有用了。」她指著地圖上一堆畫了叉叉的地方。

他明白她的意思。他們居住在風力發電機的國度，機器數量不勝枚舉，根本無法縮小搜索面積。

此時一道陰影掠過他眼前，那隻立可白蒼蠅飛過來停在伊兒莎的咖啡杯上。眞是得寸進尺。「滾開！」伊兒莎用血紅色長指甲將蒼蠅彈進杯子裡，但眼睛卻平靜看著別的地方，完全不受干擾。接著又繼續說道：「麗絲聯絡過周圍鄉鎮，但是在我們調查的區域中，沒有一處允許建蓋船屋。環境保護之類的原因，你知道。」

「麗絲往回推到哪一個年代？」卡爾盯著在咖啡地獄裡仰泳的蒼蠅。伊兒莎眞是太厲害了，他只會整天呆呆的盯著蒼蠅飛來繞去。

「到一九七四年鄉鎮合併。」

一九七四年！那都往前回溯一個世代了！根據杉木供應商的習慣，他根本不需要尋找那麼久以前的資料。

他看著杯中的蒼蠅進行最後的垂死掙扎，心中泛起淡淡哀愁，但至少解決了一件麻煩。

這時，伊兒莎一掌拍在其中一張空拍圖上，說：「我覺得應該從這兒開始搜查。」

卡爾看見諾斯孔林區有棟房子被圈了起來，那是棟華麗的建築，名叫「韋伯莊」，鄰近一條通往樹林的道路，不過在空拍照上，他沒有看見船屋的蹤影。此棟農莊置身濃密繁茂的樹籬與林木之間，加上林地直直沒入峽灣，無論怎麼仔細觀察，仍然看不見船屋。

「我知道你在想什麼。不過這個地方能將船屋遮蔽。」伊兒莎的手指果斷敲在照片上那片綠地的末端。「咦，噁心，什麼鬼東西……」她的頭猛然一撇，四周頓時嗡嗡飛起好幾隻蒼蠅。

卡爾一拳打在桌上，驚得她周圍的蒼蠅更是胡亂飛竄。

「你在做什麼?」伊兒莎氣得大叫,然後打死兩隻停在滑鼠墊上的蒼蠅。

卡爾把頭鑽到桌底下。他很少在如此狹小的空間中看到那麼多生物,從垃圾桶孵化出來的蒼蠅若是有志一同的話,要齊力抬起那個垃圾桶也不成問題。

「妳的垃圾桶裡都扔了些什麼啊?」他簡直要神經衰弱了。

「沒概念。我沒使用這個垃圾桶,一定是蘿思之前丟的。」

很好,他心裡嘀咕。至少他現在知道不打掃她們共同住處的人是誰了,不過前提是,如果眞有人打掃的話。

他望向伊兒莎。只見她一臉頑強,一隻手精準的忽左忽右,展示空手滅蒼蠅的高超技巧,看來阿薩德有得清理了。

兩分鐘後,阿薩德戴著他的綠色塑膠手套,拿著一個黑色的大垃圾袋,要來打包伊兒莎辦公室裡的蒼蠅和垃圾。

「噁心死了。」伊莎兒看著手指上的蒼蠅屍體。卡爾心有戚戚焉。

她拿起一小瓶酒精和棉花,清潔消毒雙手,過沒多久,她的辦公室便聞起來像是一家遭受迫擊砲攻擊的油漆工廠。卡爾只希望庶務組的人別選在今天大駕光臨。

這時,他察覺到伊兒莎右手食指和中指上的血紅色指甲油已經脫落,底下的指甲露了出來。他的下巴頓時往下掉。從桌下蒼蠅地獄脫身站起來的阿薩德,正好與卡爾的目光交會,兩個人呆若木雞。

然後阿薩德慢慢將垃圾袋綁好,卡爾飛快丟下一句:「來吧。」便一把將阿薩德拉向走廊。

「你也看見了嗎?」

阿薩德點點頭，張著嘴巴歪向一邊。那通常是肚子絞痛才會出現的表情。

「她的指甲油底下塗的是蘿思的黑色油性筆，那痕跡看來是最近才畫上去的。你看見了吧？」

阿薩德又點了點頭。

整件事只能用陰森詭異來形容。他們竟渾然未覺，完全沒有料想到。

如果在指甲上塗滿黑色並非最新的流行趨勢，那麼伊兒莎和蘿思毫無疑問絕對是同一個人。

第三十七章

「看看我給你們帶什麼來了！」麗絲順手將一大束用玻璃紙包裝的玫瑰放在卡爾桌上，卡爾那時正想拿起話筒打電話。

現在又是什麼狀況？

「妳打算向我求婚嗎，麗絲？妳終於也認清我優秀的人品了！」

她的眼睫毛搧了幾下。「是給樓上凶案組的。但是馬庫斯認爲應該要送給你們。」

卡爾眉頭一皺，問道：「爲什麼？」

「哎，卡爾，別裝蒜了，你知道的。」

他聳聳肩膀，又搖了搖頭。

「他們再次勘查火災現場，在一堆灰燼中發現了關鍵性的小指骨頭，而骨頭上有凹痕。」

「所以我們收到了玫瑰？」卡爾搔搔後腦杓。難不成他們在灰燼中發現了玫瑰？

「不是，原因不是這個。不過，讓馬庫斯自己告訴你吧。總之，這束花是托本．克利思藤森送的，負責火險理賠的保險員。警方的偵查工作幫他們省了一大筆理賠金。」麗絲說完捏了卡爾臉頰一把，動作像個想不出其他更好方式來表達讚賞的和善老伯父，然後轉身離去。

卡爾伸長了脖子，想再多看一眼那曼妙的背影。

「怎麼回事？」阿薩德站在外面走廊。「我們得馬上出發了。」

卡爾點點頭，然後按下馬庫斯的號碼。

「我只是幫阿薩德問一下，爲什麼送我們玫瑰？」一聽到組長的聲音，卡爾劈頭問道。

那是開心的表示嗎？或許可以這麼解讀吧。「卡爾，我們今天找了三家受災公司的老闆來問話，終於得到有力的供詞。你們的假設完全正確。他們受到壓力，必須接受高利息的貸款，若是付不出利息，收款人馬上翻臉不認人，要求立刻償還本金。收款人催債的行爲粗暴，先是百般刁難、電話騷擾，最後更是威脅恐嚇，無所不用其極，搞得債務人越來越絕望。因爲公司一旦出現還款不良紀錄，往後很難在別的地方貸款。」

「那麼收款人呢？他們怎麼回事？」

「目前還不清楚。不過我們相信他們被幕後黑手收拾掉了。塞爾維亞警方對此已經司空見慣。收款人若能收到錢，可以拿到很大的好處；若是一毛錢也沒拿回來，就等著刀子侍候。」

「他們的手法難道不能簡單一點，直接解決麻煩就好，不一定要殺掉手下吧？」

「當然。不過，還有另外一種說法。聽說他們把最糟糕的收款人派到斯堪地那維亞半島來，因爲這裡的市場比較容易控制。但是，一旦發現事實並非如此，就必須殺雞儆猴，也順便警告貝爾格勒的收款人。對幕後黑手來說，那些拿不回錢、不受控管或是無法信任的收款人非常危險。這就是現實。只要殺掉某個人，組織就能再度恢復秩序。」

「嗯。他們在丹麥在這個罰則較輕的國家除掉最糟糕的收款人，完事後很容易脫身。我能想像這個做法既方便又有效。」

他幾乎看見馬庫斯豎起大拇指的樣子。

「還有，卡爾。」馬庫斯說，「由於我們的調查，如今可以確定保險公司不需要支付全額理賠金。由於牽涉的金額數目龐大，因此保險經紀人送了玫瑰給我們。還有誰比你們更有資格收下花的？」

他絕對費了很大的勁才能如此坦率的將這番話說出口。

「太棒了。接下來，你們就能空出人手調查其他案子了。」卡爾說。「我認爲他們應該下來幫忙我們。」

但電話那頭只是傳來一聲輕笑，看來他老闆另有打算。「是啊、是啊，卡爾，你說得有理。不過一來縱火案尚未完全偵破，還沒抓到幕後黑手，二來我們還有幫派械鬥要處理。那些多出來的人手，我們必須先投注在此。」

卡爾掛斷電話，看見阿薩德已站在辦公室門口等候。這段期間以來，他似乎逐漸掌握了丹麥氣候變化的模式，身上穿著最厚的絨毛外套。

「我已經好了。」阿薩德說。

想忽略都難，卡爾心想。「給我兩分鐘，就可以出門了。」他的口氣顯得特別親切，然後又撥了電話給因爲吝於展現一絲溫和魅力而被人稱爲「哈爾托夫冰柱」的布朗度．伊薩克森。蘿思調派到懸案組之前待過市警局，伊薩克森對她在那裡的所有事情瞭如指掌。

「什麼事？」伊薩克森對著話筒咆哮。

卡爾解釋他打電話的目的，話還沒講完，另一頭已經快要笑死了。

「我眞的不了解蘿思是怎麼回事，不過她的確很特殊。飲酒過度，到處和警察學校的學生胡搞，這些你都知道了。她是個欠揍的厲害女人。怎麼了？」

「沒什麼。」卡爾說完掛斷電話，之後他接著登入市公所網站，在姓名旁邊的欄位鍵入「檀香園十九號」。

答案昭然若揭：畫面上的身分證字號旁邊出現「蘿思．瑪麗．伊兒莎．克努森」。

卡爾不由得搖了搖頭，暗自祈禱哪天別出現一個叫「瑪麗」的人，兩個版本的蘿思對他來說已經夠受的了。

「我的天啊！」阿薩德走到他身後，往螢幕一看。

「阿薩德，要她進來一下。」

「你該不會想直截了當責備她吧，卡爾？」

「你瘋了嗎？那我不如和一大袋眼鏡蛇共浴算了。」

阿薩德將伊兒莎拖進來時，她已經整裝完畢準備下班了，身上穿戴著大衣、手套、圍巾和帽子。他的面前站著兩個專家，各自用極具個人特色的方式，詮釋如何把自己包得比伊斯蘭婦女還要密不透風。

卡爾看向手錶。沒有問題，已是下班時間。伊兒莎正準備回家。

「我想告訴你……」但伊兒莎忽地止住腳步，眼睛盯著卡爾桌上那束玫瑰。「哇，怎麼會有這束花？好漂亮啊！」

「把花帶給蘿思，阿薩德和我送的。」卡爾把花遞給她。「我們祝她早日康復，希望她很快又能回來上班。請妳告訴她，我們眞的很想念她。」

伊兒莎整個人愣住，肩上的大衣滑了下來，一聲不響的呆站了好一會兒，顯然眞的被這個舉動打敗了。

然後，上班時間結束。

「她是不是病了？」他們行駛在高速公路上往霍貝克方向前進時，阿薩德問道。

卡爾聳了聳肩膀。他擅長的事情不少，但是對人格分裂唯一的理解，只有繼子賈斯柏在十秒內從爽朗少年轉變成死也不想整理房間的混蛋小子所出現的變化。

「不要把這件事告訴別人。」他僅僅如此回答。

兩個人各自陷入自己的思緒中，直到眼前出現圖呂瑟的路標。提到這個地名，腦中首先浮現的會是火車站、蘋果汁工廠和一位因為做錯事而在環法自由車賽中交出黃衫(注)的自由車選手。

「那裡，還有一段路。」阿薩德指著一條毫無疑問是圖呂瑟動脈的街道，說是大都市裡常見的主要大街也不為過。但是現在這種時候，路上行人卻稀稀落落，大概都卡在超市的收銀台，或者遷移到別的城市了。顯然又是一個曾見證過自身風光的舊市鎮。

「在那個廠區對面。」阿薩德指向一棟磚造建築，宛如在雪地中萎縮的蚯蚓般了無生氣。

開門的太太大概一百五十公分高，眼睛比阿薩德還要大，一看到阿薩德深色的鬍渣，嚇得連忙退回屋內玄關，大聲呼叫丈夫過來。她勢必閱讀過許多攻擊事件的報導，以為自己會遭受挾持。

「什麼事？」她丈夫說，一臉不肯妥協配合的模樣。

看來還是得搬出那套稅務局的戲碼，卡爾心想，於是繼續讓警徽躺在口袋裡。

「你有個兒子，名叫佛來明・艾米爾・馬森。就我們調查到的紀錄，他過去從未繳稅，社會局或教育局也沒有他的資料。因此，我們想就這件事親自與他談談。」

這時阿薩德插話說：「馬森先生，你本身是蔬果商，佛來明和你一起工作嗎？」

卡爾立刻理解阿薩德的策略，那男人很快會被逼到角落。

「你是回教徒嗎？」馬森反問。這問題令人意外，漂亮的一步棋。

「我想那單純是我同事私人的事情。」卡爾說。

「我的屋子裡不准有回教徒。」男人說完便打算將門關上。

卡爾這時從口袋裡拿出警徽。

「哈菲茲·阿薩德和我一起偵查謀殺案。若是你面露不屑將頭撇開，我將立刻以五年前謀殺兒子佛來明的罪名逮捕你。你有什麼話說？」

那男人緘默不語，但看得出來內心因受到驚嚇而動搖。他的驚嚇並非來自於因爲沒有做的事遭到指控，反而像個眞正罪有應得的人。

他們走進屋內，被帶到一張桃花心木製成的桌旁落坐，那種桌子在五十年前曾經是家家戶戶的夢幻名桌。桌上沒鋪桌巾，只有幾張餐具墊。

「我們沒有犯法。」太太喃喃說道，來回撥弄戴在胸前的十字架。

卡爾四下打量。橡木家具上至少擺放了三打相框，裡面的人物是他們的孩子，也有孫子，各種年紀都有，全部露出虔敬的笑容。

「那些是你其他的孩子嗎？」卡爾問。

他們點點頭。

「全都移居國外了？」

他們又點點頭。卡爾察覺他們似乎不太健談。

「全部搬到澳洲了？」這次開口的是阿薩德。

「你是回教徒嗎？」先生又問了一次。媽的，眞頑固。難道他擔心自己一看見異教徒就會變成石頭嗎？

「我是，上帝造我便是如此。」阿薩德回答說。「你呢？你也是嗎？」

男主人狹小的眼睛瞇成一條細縫，他或許習慣在別人家裡討論這類話題，但絕對不是在自己

注 環法自由車賽中，總成績第一名的選手所穿的車衣。

的地盤上。

「我剛才問，你的孩子是否全部移居澳洲了？」阿薩德重複一遍。

太太點了點頭。看來他的做法有效。

「請看這個。」卡爾拿綁匪的畫像給他們看。

「耶穌基督啊。」太太低聲驚呼，連忙畫著十字。先生則是緊抿著嘴唇。

「我們從來沒告訴過別人這件事。」先生終於細聲說道。

卡爾覷起雙眼。「你們以爲我們和那個男人有關嗎？你搞錯了，我們正在追拿這個人。你可以協助我們偵辦此案嗎？」

太太倒抽一口氣。

「很抱歉，我們太過唐突了。」卡爾連忙安撫說。「我們只是希望你們不要再保持沉默，能告訴我們一些訊息。」他輕敲那張畫像。「你能否證實這個男人綁架了你的兒子佛來明，或許還有你其他孩子，而且在你們交付了一大筆贖金之後，仍殺害了佛來明？」

先生的臉色倏地刷白。他這些年來武裝自己、保持堅強的力量，在此刻蕩然無存。那力量讓他得以欺騙教友；讓他放棄喜愛與昂貴的一切，接受錢財的損失；讓他有辦法忍受與其他孩子分開的孤獨；以及在凶手殺害了摯愛的佛來明後，還得處於隨時遭到監視的不安當中。

這股力量瞬間耗損殆盡。

他們默不作聲在車子裡坐了一會兒，最後是卡爾打破了沉默。

「我沒看過像他們兩個這樣神經衰弱、精力盡失的人。」接著又說：「他們似乎沒辦法將佛來明的照片擺出來。你認爲他死了之後，他們眞的沒再看過他的照片了嗎？」阿薩德脫下身上的絨毛外套，看來他覺得熱了。

卡爾聳聳肩，毫無頭緒。「我不清楚。不過他們一定不想讓人捕風捉影，知道他們還深愛著那孩子。畢竟表面上是他們將他趕了出去。」

「捕風捉影？我聽不懂你在講什麼，卡爾。」

「也就是要避人耳目的意思。」

「耳目？」

「算了，阿薩德。我要表達的重點是：多年來，他們將對兒子的愛埋藏在內心深處，不讓任何人知道。因爲他們已分不清對方是敵是友，也無法再相信別人。」

阿薩德默不作聲，目光掃過窗外蒼黃的田野，漫漫黃草底下已經有新生命冒出頭。「卡爾，你認爲他做過幾次案了？」

見鬼了，這種問題要他如何回答？

阿薩德搔搔深棕色的臉頰。「不過可以確定的是，我們勢必要逮到他，卡爾。對吧？」

卡爾牙根一咬。沒錯，他們絕對要緝捕他歸案。關於綁票者，圖呂瑟那對夫婦提供了另外一個名字，這次他自稱畢格．徐洛特（Birger Sloth），並且協助卡爾第三次確認了綁匪的肖像。儘管馬丁．霍特說得沒錯，凶嫌兩眼間的距離沒有那麼近，但在鬍子、頭髮、眼神等處的描述又不盡相同。最後，他們手中掌握到的線索只有：凶嫌的臉部特徵雖然明顯，同時卻又模糊曖昧，以及在兩起案件中，凶嫌都要求在同樣的鐵路沿線交付贖金，而且是介於維畢旬納和林柏格．霖格之間的路段。他們已經清楚這個地點的所在位置，因爲馬丁．霍特描述得非常詳盡。

他們頂多再二十分鐘就能抵達那兒，只可惜夜色已深。眞惱人。

所以他們明天一大早第一件要做的事情就是去勘查現場。

「我們該拿蘿思．伊兒莎怎麼辦？」阿薩德好奇問道。

「什麼也不做，想辦法適應她就好。」

阿薩德點點頭說：「她這個女人啊，是有三個駝峰的駱駝。」

「有什麼？」

「這是我們家鄉的說法，表示有點古怪、難以駕馭，但是看起來又很滑稽。」

「有三個駝峰的駱駝，嗯，這比喻很恰當。聽起來比精神分裂溫和多了。」

「精神分裂？在我出身的地方，我們用精神分裂形容站在講壇上對人微笑，但屁股朝另一個人拉屎的人。」

又來了。

第三十八章

遙遠模糊，恍如永無止盡的夢境終於有了結束，幾乎快被遺忘的母親聲音在她耳邊喚道：「伊莎貝兒，伊莎貝兒．雍森，請妳醒醒！」但她無法理解那些字的意思，只是微微蜷縮一下身子，感覺到一股濃厚的睡意，整個人飄蕩在過去與現在之間昏昏欲睡。

有人小心翼翼輕搖她的肩膀，動作溫柔體貼。

「妳醒了嗎，伊莎貝兒？」那個聲音問道。「請妳努力深呼吸。」

她感覺到臉龐旁有彈手指的聲音，但一切依舊有點混沌不清。

「伊莎貝兒，妳發生了意外。」有個人說。

她依稀知道這件事。

意外不是才剛發生嗎？先是一陣猛力打滑，然後那個冷血殘酷的男人在黑暗中走近她們。不是這樣嗎？她感覺到手臂傳來刺痛。那是眞的，或者只是在做夢？

忽然間，她感覺到血液衝向腦門，腦中逐漸拼湊出那場混亂的全貌，而她一點也不希望如此。

因爲一切又回來了。那個男人！她現在隱約能想起那個人。

她呼吸沉重，感覺喉嚨刺痛，想要咳嗽的衝動快讓她窒息。

「請妳冷靜，伊莎貝兒。」那個聲音又說。她感覺到一隻手按住自己。「我們剛才幫妳打了一針，讓妳能夠稍微清醒一點，妳現在很安全。」然後那隻手又將她壓住。

好的，她內心的聲音說。試著壓一下，伊莎貝兒，顯示妳活著，妳人還在這兒。

「妳受了重傷，伊莎貝兒。妳目前在王國醫院的加護病房。妳能理解我說的話嗎？」

她屏住呼吸，集中所有力氣想要點個頭，動作非常微弱。

「很好，伊莎貝兒。我們看見了。」她的手臂上又被人一按。

「我們把妳放在牽引床上，所以妳暫時沒有辦法移動。妳身上有多處骨折，伊莎貝兒，但是以後會復原的。目前我們有很多事情要處理，晚一點會有護士過來協助妳，之後我們會將妳送到另外的病房。妳聽懂了嗎，伊莎貝兒？」

她微微扯動喉部肌肉。

「好。我們明白妳現在沒有辦法溝通，不過妳很快就可以恢復說話了。妳的下巴斷裂，所以爲了保險起見，我們將它固定住。」

她的確感覺到頭上的夾子，臀部也被帶子緊緊包裹，整個人宛如被埋進了沙裡。她嘗試睜開眼睛，卻無法如願。

「我看見妳的眉毛在動，妳想張開眼睛，伊莎貝兒。不過我們也必須把妳的眼睛包起來，因爲眼珠裡刺進了許多玻璃碎片，但只要再過幾個星期，妳就能重見光明。」

再過幾個星期！有什麼事情似乎不太對勁？她的體內爲什麼感到一股躁動不安？是在抗議沒有時間了嗎？

安靜點，伊莎貝兒，她心中有個聲音輕輕說。她得去制止什麼事情嗎？怎麼回事？那個男人？是的，但還有什麼？

她腦中浮現很多眞實畫面：最心愛的人沒有出現，但是活在她的夢裡；她永遠爬不上老舊體育館天花板垂下的繩索……而尙未發生的事情同樣歷歷在目，太陽穴上的壓力也依舊具體。

她緩緩呼吸，傾聽那些形塑成意識的個別壓力。她先是感到不舒服，然後是不安，最後是一陣將各種面孔、聲音與話語融合成思緒的顫抖。

隨著本能起伏的沉重呼吸，她頓時理解了一切。

那些孩子。

那個同時是綁匪的男人。

還有蕊雪。

「嗯嗯嗯嗯……」她聽到自己的聲音。

「是，伊莎貝兒！」

身上的手鬆開了，臉上似乎有熱氣吹拂過。

「妳想說什麼？」聲音離她的臉很近。

「啊啊啊啊……」

「有人懂得她說什麼嗎？」聲音這時離得有點遠。

「啊啊呀呀……」

「伊莎貝兒，妳在問蕊雪嗎？」

她發出了短促的一聲，表示「是的」的意思。

「妳是說和妳一起被送進來的女士嗎？」

又是短促的一聲。

「蕊雪還活著，伊莎貝兒！她就躺在妳旁邊。」另外一個沒聽過的聲音在她的腳邊響起。

「她的傷勢比妳嚴重，嚴重得多，目前還無法確定她是否能夠度過危險期。不過她仍然活著，她的身體似乎很強壯，我們要保持樂觀，期待最好的結果。」

從他們和她說話到現在，她完全不知道過了一個小時、一分鐘，或者一天？一旁的機器發出自己微弱心跳的吱吱聲，感覺病房裡很悶熱，身上的被單又濕又黏。或許是因爲她打了某種藥劑，也或許問題純粹出在自己身上。

走廊傳來低沉的說話聲和推車移動匡啷作響的聲音。現在是用餐時間嗎？或者夜已深沉？她還是沒有概念。

她稍微發出咕噥聲，但是沒有得到回應，於是轉而將心神集中在自己的心跳和夾在中指上的儀器跳動之間的間隙。兩者的差距是千分之一秒還是一秒？這點她依舊不知道。

但是有些事情她卻漸漸清楚明瞭。標示心跳聲的儀器並非連接在她身上，因爲和自己心跳的落差太大。這一點她還意識得到。

她特意屏住呼吸，以便清楚聽見儀器的吱吱聲。吱、吱、吱，有點像是液體輕微晃動的聲音，或者是公車門自動開啓又關閉的氣閥聲。

她很熟悉這種聲音，母親拔掉呼吸器長眠之前，她在病床旁聽了無數個小時。

和她同房的另一個女病人看來無法自行呼吸，而這個人是蕊雪。他們先前不是說過嗎？

她想轉過身張開眼睛，穿透眼前的黑暗，她希望看著那個和生命搏鬥的人。

如果如果嘴巴能動，她會呼喊蕊雪的名字。即使她並非眞心如此認爲，仍舊想告訴她：「蕊雪，我們辦到了。」

或許世上已經沒有值得蕊雪清醒過來的事情了。霎時間，她清清楚楚想起蕊雪的先生過世了，至於那兩個等待拯救的孩子還在某處，而綁匪沒有理由留下他們兩個的小命。

太驚悚駭人了。但是她完全束手無策。

她感覺到眼角有液體滲出，那液體比眼淚濃稠，卻能輕易流下。同時，眼皮上綁住頭部的紗布變得更加沉重。我泣血嗎？她心想。她試著不讓自己沉溺在悲傷與虛弱中，因為哭泣於事無補，只會引起藥物也無法抑制的痛苦。

病房的門輕輕被打開，走廊的空氣與聲響滲進安靜的病房裡。接著，她聽見猶豫不決的腳步聲，緩慢得近乎躑躅不前。是主治醫生站在蕊雪病床旁邊察看儀器上跳動的曲線嗎？還是護士正在認眞考慮是否要拔掉呼吸器？

「伊莎貝兒，妳醒著嗎？」一聲低語穿透儀器的嗓音響起。

她著實嚇了一跳，卻不明白為何自己反應得這麼劇烈。

她微微點了個頭，動作輕微得幾乎難以察覺，但顯然夠清楚了。

有人握住了她的手，就像當年她在校園被人排擠時那樣，像她站在舞蹈學院前面不敢走進去時那樣。這隻手溫暖、包容，依舊如同當年那般撫慰人心。那是哥哥的手，她那個處處對她呵護備至的親愛大哥。

此刻，她終於能放下心來，情緒激動得有股想要放聲狂吼的衝動。

「沒事，沒事。」她哥哥說，「儘管哭吧，伊莎貝兒，讓眼淚將所有委屈發洩出來，一切都會好轉的，妳和妳的朋友都會沒事的。」

我們會沒事嗎？她心裡懷疑。然後費力要控制住自己的聲音、舌頭與情緒。

她想告訴哥哥：幫幫我們，去檢查我的車子，你會在置物箱中發現他的地址，從衛星導航上追蹤到我們走過的路線，你將能捕獲此生最大的獵物。又默默在心底祈求蕊雪在天堂的先生，給她一點時間開口說話，就算一、兩秒也好。

然而，她卻只能如啞巴般躺著，聆聽自己沉重的呼吸聲。話語化成了無意義的子音，子音又化成低語與齒間的唾液。

之前還有時間的時候，她爲什麼沒有打電話給自己的哥哥？爲什麼沒做應該做的事情？她眞以爲自己具備超能力，可以獨自阻擋魔鬼嗎？

「幸好開車的人不是妳，伊莎貝兒。不過即使妳是坐在副駕駛座上，也無法規避此次瘋狂駕車的法律責任，而且出院後妳得給自己找輛新車了。」她哥哥突然大笑一聲，似乎想讓氣氛輕鬆一點。但是，實際上沒有值得大笑的事情。

「究竟發生什麼事了，伊莎貝兒？」雖然伊莎貝兒無法出聲講話，他仍舊又開口問道。

她微微嘟起嘴唇。或許這樣哥哥比較能理解她的意思？

這時，蕊雪的病床旁傳來一個低沉的聲音。

「很抱歉，你不可以待在這兒，雍森先生。伊莎貝兒現在要轉送到其他病房，你要不要先到咖啡廳等一下？之後我們會通知你轉送的病房位置。或者你半個小時後再過來？」

她聽出這個聲音先前不曾在病房中出現。

等到聲音重複要求，她哥哥也站起身來碰碰她說晚點兒再過來時，她便知道事情無力回天。

因爲她已認出如今在房裡那個聲音了，那個再也熟悉不過的聲音。

前幾個星期，她以爲那聲音能帶給她值得付出一切的生活。

而如今她明白，那是多麼悲慘不幸的謬誤。

第三十九章

卡爾晚上在夢娜家過夜，整個身體一如往常感覺四分五裂，但這次夢娜並未等他說出甜言蜜語，或是發誓她是他的全部。因爲當她脫掉上衣，以出乎他意料的靈活動作，瘋狂扭動著嬌軀褪掉內褲時，兩人的心底便早已有數。

事後，他花了半個小時才搞清自己置身何處，接著又花了半個小時斟酌若是再來一次，他是否能夠倖存下來。

她不再是那個前往非洲的女人，轉眼間變得如此眞實，如此親密。每當她皺起眼睛附近的魚尾紋，他便不由得停止呼吸；每當那帶著細紋的嘴唇漾起嫣然一笑，他的腦筋就一片空白。

她再次俯身貼近他，溫暖的氣息呼在他身上，指甲輕搔著他的皮膚。卡爾心想，世上若眞存在著他命中注定的另一半，就是眼前這個女人了。

隔天一早她搖醒他時，早已梳妝打扮好，準備迎接嶄新的一天。性感，笑容可掬，似乎有點飄飄然。

如果被單已緊纏在身上，雙腳如鉛般沉重，還需要什麼證據呢？這個女人徹底征服了他。

「你怎麼了嗎？」他們坐進警車時，阿薩德問。

卡爾回答不出來。該怎麼開口？他的身體感覺像塊被敲軟的肉，睪丸像牙齦發炎般抽痛。

「接下來就是維畢句納了。」在高速公路上呆視了半個小時的分隔島後，阿薩德說。

卡爾的目光從導航器移到田野中央由一小群房舍與農莊組成的聚落，房子數量不多，有條瀝青鋪設的道路，還散落著樹林和灌木叢。這兒真是交付贖金的絕佳地點。

「你要開到那棟房子後面去。」阿薩德指著前面說。「現在要經過橋下涵洞，從這兒開始我們必須睜大眼睛看。」

他們一過涵洞，第一棟農莊映入眼簾時，卡爾即刻認出馬丁．霍特所描述的地方。街道左右兩旁都有房子，房子右後方是鐵路路基，再過去一點，有幾間獨自矗立的建築，然後是條通往鐵軌的死胡同，樹林間有條狹窄小徑，穿越一片更加濃密的林區後蜿蜒至深處。在這裡，至少有兩個被害家庭從火車車窗丟出贖金。

他們將車停在沒入鐵軌下方一個沒有出口的狹小涵洞，為了安全起見留下了警車頂燈，以免其他駕駛人在霧氣濃厚的清晨不小心發生碰撞。

卡爾吃力的往上走，正考慮要不要給自己來支菸時，阿薩德已經開始研究腳底下茂密的草叢。

「這兒有點潮濕。」阿薩德說，感覺像在自言自語。「之前下了一點雨，不過雨勢不大，但看來土地仍然變得濕軟。你看這個。」他指著兩道清楚凹陷的輪胎痕跡，一邊蹲下。「那個人開車過來時謹慎緩慢，但卻在這裡突然加速，好像有急事要趕緊離開。」

卡爾點點頭。「沒錯，但有可能是因為地面潮濕，使得輪胎打滑。」

卡爾終於給自己點了支菸，然後四下張望。他們知道有兩個男人從火車上將贖金丟到這兒，兩個人都沒看見汽車，只見到閃光，此外也沒注意到其他有助於調查的事物。

在兩起案件中，火車都是從東邊開過來，因此火車在駛近一間獨棟的建築物之前，約莫有兩百公尺的路段可以丟出裝著贖金的袋子。那棟建築物重新整修過，裡頭的住戶或許是在佛來明．艾米爾．馬森的父親交付了贖金，大概二〇〇五年之後才搬進去的。

卡爾用雙手抱住脖子，伸展了一下身體，嘴角仍叼著香菸。在溫和的三月天，煙霧與地面蒸騰而上的濕氣融合，而他的鼻子裡還繚繞著夢娜的氣味。要命了，他該怎麼保持頭腦冷靜、思路清晰？該怎麼轉移注意力，別只是渴望見她？

「卡爾，後面有輛車從那棟房子開出來了。」阿薩德指著那棟遺世獨立的建築。「要不要把車攔下來？」

卡爾將香菸踩熄在柏油路面。

他們指揮車子停在閃爍著警示燈的警車後面。駕駛座上的婦人一臉錯愕。

「怎麼回事？」她問道。「我的大燈有問題嗎？」

卡爾聳了一下肩膀。這種事他怎麼會知道？「我們只是想了解一下這片地產的狀況。你是土地的所有人嗎？」

她點點頭。「是的，一直到樹林那兒都屬於我。有什麼問題嗎？」

「你好，我叫作哈菲茲．阿薩德。」阿薩德將毛茸茸的手伸進車窗。「你是否看過有人從火車上把東西丟出來？」

「沒有。那是什麼時候的事情？」確認事情與自己無關後，她的眼神稍微友善了一點。

「曾經發生過好幾次，時間很可能是在幾年前。你是否看過車子停在這裡？」

「若是幾年前的事情，我就不清楚了，因為我們才搬過來。」她現在甚至露出了微笑。「是的，房子才剛整修完畢，後面還放了一些建築用的支架。」她指向屋子後頭，眼睛注視著卡爾。難道他看起來比阿薩德更懂支架嗎？

卡爾正想感謝她提供消息，像個海關人員退到一旁，讓婦人開車離開，然後再給自己點支菸繼續回味夢娜餘韻時，她又說：「不過，前天有輛車停在這裡。前天的傍晚。就在林柏格．霖格那樁可怕的交通意外發生之前。」

卡爾恍然大悟點點頭，難怪會有輪胎痕跡。

接著婦人的表情一變，說：「我聽說有兩輛車發生追逐，其中一輛車裡的女人傷勢嚴重。我的妹夫是一位急救人員的親戚，他說她們應該活不成了。」

是啊，卡爾心想，鄉下人開車就是愛猛踩油門，不外乎這麼回事。否則還能要他們做什麼？

「停在這裡的車子大概是什麼樣子？」阿薩德問。

婦人嘴角一撇。「我們只看到紅色尾燈，沒多久車燈就不見了。從我家客廳的窗戶可以直接看到這裡，我先生和我認爲車內大概有人在激烈熱吻。」

她來回晃動頭部，八成是想揣摩對方的動作，並且證明自己也曾經這麼做過。

「但是，一眨眼就沒再看到車子。」她接著又說，「我們還看見另一輛車的大燈，沒多久兩輛車都消失了。我先生說應該是其中一輛車發生了意外。」她露出帶著歉意的微笑。「他就是這麼誇張。」

「你說事情是發生在星期一嗎？」卡爾觀察著地上的車輪痕跡。將車停在這兒的人十分懂得運用策略，此處不僅將四周景致一覽無遺，鄰近鐵路，若是發生意料之外的事情，也能迅速駕車離開。「你剛提到車禍事故，對嗎？」他接著追問。「你說事故的地點在哪裡？」

「林柏格．霖格另一邊。我的妹妹曾經住在距離現場幾百公尺的地方。」她輕輕搖了搖頭。

「不過她現在搬到澳洲去了。」

婦人表示自己反正要往那個方向去，他們可以開車跟在她後面。

她用充其量不過五十公里的車速駛過樹林，整段路程卡爾他們幾乎緊貼在她保險桿上。

「你要不要把警示燈關掉？」行駛了幾公里之後，阿薩德開口問。

卡爾順從的點點頭。好啊，有何不可。何必開著警示燈呢？他腦袋在想什麼？這種龜速前進的護送場面一定非常荒謬滑稽。

此時太陽露出臉，驅散了清晨的薄霧。「你看。」阿薩德指著前面一段浸淫在陽光下的路面。

卡爾也看見了。對向車道上有段煞車痕跡，十公尺之外還有另外一段，不過痕跡是在他們這邊的車道上。

阿薩德靠向擋風玻璃，瞇起眼睛細看。他的腦袋裡勢必正展開一場車輛追逐，接下來應該要迅速轉動想像中的方向盤，然後用力踩下煞車。

「那邊也有！」阿薩德又指著另外一道鮮明的煞車痕大叫。

前面的婦人這時停在那道煞車痕前，然後走下車。

「這裡就是案發現場。」她指向一株樹皮因撞擊而剝離的樹幹。

他們邊走邊仔細察看，發現了大燈碎片和柏油路面上深深的刮痕，看來是場嚴重而又費解的意外事故，他們必須向交通警察局調閱更詳細的勘查資料。

「我們走吧。」卡爾說。

「要我來開車嗎？」

卡爾看著他的同事。這個皮膚黝黑的助理大膽踩下油門的畫面仍歷歷在目，怎麼可能答應讓他駕駛？絕對不可以。「我們先打電話給交通警察局。」卡爾說，然後逕自坐進了駕駛座。

他不認識負責調查此次交通事故現場的警察，但是這個人絕對不笨。

「為了進一步調查，我們將車子運到孔斯德路去了。」電話那端的警察同事說。「我們在幾處撞擊點上發現了另外一輛車子的烤漆，但是尚未深入分析。烤漆是深色的，有點像深灰色，不過經過撞擊之後，烤漆顏色會有細微差異。」

「傷者呢？還活著嗎？」

於是卡爾拿到了兩個身分證號碼，可以自己去醫院查詢。

「所以你認爲這場意外事故有兩輛車牽涉其中嗎？」

電話那頭傳來大笑。「不是，我不是『認爲』，而是『知道』，我們只是尚未公開這個線索。證據清楚顯示，事故發生前至少出現長達二點五公里的飛車追逐，完全是肆無忌憚、不顧一切飛速駕駛。兩位女士若是能夠存活下來，簡直就是奇蹟。」

「沒有肇事逃逸者的線索嗎？」

「什麼也沒有。」

「卡爾，問他那兩位女士的狀況。」阿薩德在一旁低聲說，卡爾也正打算詢問這兩人的來歷、彼此的關係等諸如之類的問題。

電話另一端的同事回答：「那兩位女士來自維堡地區。兩個來自維堡的女人行駛在南西蘭島上一條偏僻道路，最後與人相撞，光是這點就有點古怪，事實上也令人百思不解。我們已經確認她們當天曾經衝撞大帶橋的柵欄。不過，這還不是最怪異的。」

那個人停了下來，故意賣關子。典型的交通警察，卡爾心想。一有機會就要讓刑警了解，他們並非唯一從事刺激工作的人。

「最怪異的是什麼？」卡爾耐著性子問。

「最怪異的是，她們衝撞大帶橋的柵欄前後，一直想盡辦法躲避警察，以免被攔下來。」

卡爾又望向車道。整件事情實在匪夷所思。

「可以請你將調查報告用電子郵件寄給我嗎？我在車子裡可以馬上開電腦收信。」

「現在嗎？我必須先向主管報備。」

然後電話就斷了。

五分鐘後，卡爾和阿薩德閱讀著交通警察寄來的勘查報告。兩個女子以瘋狂的車速一路驚險奔馳——這可不是時常能見到的風景——兩人在同一天被雷達測速器拍下四次，而且前兩次和後兩次，坐在駕駛座上的女人並不是同一人。她們衝撞了大帶橋上的柵欄、急速行駛在E二〇高速公路上、被多輛警車追逐、在部分路段沒有開車燈，最後是發生在樹林道路上的悲慘意外。

「她們爲什麼一路從維堡全速開往西蘭島，接著到菲英島，隨後又回到西蘭島呢？你可以爲我解釋一下嗎，阿薩德？」

「沒有概念。目前我看的是這個。」

他指著雷達測速器的報告。兩個女人在不同地點被拍到，瓦爾勒南方的E四五高速公路，歐登瑟和尼柏格之間的E二〇路段，然後同樣是E二〇，最近一次是斯雷格瑟南方。

阿薩德的手指沿著報告一行行往下滑動，卡爾再一次仔細研究雷達測速器的資料。那兩個女人顯然也該在平地區域被雷達測速器給拍到，一個叫菲斯勒夫的地方。當地限速五十公里，但是她們的車速高達八十五公里。若是將她們違反的規則加總起來，至少要吊銷兩倍的駕照。

卡爾在衛星導航上輸入菲斯勒夫，然後仔細察看地圖。這個地方位於史基比外圍，大概介於羅斯基勒和非德里松的中間。他看著阿薩德把手指放在地圖上，然後慢慢往北滑向諾斯孔林區，那兒正是伊兒莎認爲可能會有船屋的地方。

這一切著實很不尋常。

「打電話給伊兒莎！」卡爾已經發動車子，打到第一檔。「要她去蒐集那兩個女人的資料。把身分證號碼給她，請她動作快。拿到她們的資料後，打電話告訴我們那兩個女人住在哪家醫院，目前狀況如何。我一想像這兒發生的一切，全身就發麻不對勁。」

他耳邊傳來阿薩德講電話的聲音，不過思緒又回到兩個女人瘋狂奔馳的畫面。一定是兩個嗑藥的毒蟲，他心底那個渺小乏味的自己說，吸毒後亢奮得昏了頭，不外乎是這類的狀況。他在心中默默點頭。當然是如此，否則怎麼會像這樣罔顧他人性命，暴君似的隨意狂飆呢？誰說一定有另外一輛車牽涉在內，而且肇事逃逸？或許只是某個嚇壞的倒霉鬼，小不心被那兩個恍神的女人撞上。一定只是某個心生恐懼，只想趕快離開現場的可憐蟲罷了。

「好的。」阿薩德喃喃一聲，掛斷了電話。

「你找到她了嗎？」卡爾問。「她明白自己的任務嗎？」

阿薩德若有所思沒講話。

「哈囉，阿薩德！伊兒莎講了什麼？」

「伊兒莎講了什麼？」他抬起頭。「我不知道。剛剛和我講電話的人是蘿思。」

第四十章

他不滿意。不，他打從心底覺得不滿意。

事故發生至今還不到兩天，根據新聞報導，其中有位傷者的情況已經稍有好轉，另外一位仍不太樂觀，不過新聞沒有指名道姓說明究竟是哪一位較好，哪一位仍然處於危險。

不管是誰，他的反擊行動都已刻不容緩。

上午他又蒐集了一個候選家庭的資訊，正考慮是否要到維堡去，侵入伊莎貝兒家中帶走她的電腦。但是，如果她將所有資料都交給她哥哥的話，這麼做又有何用？

還有一個問題是：蕊雪究竟知情多少？伊莎貝兒將一切都告訴她了嗎？

她一定說了。

不行，一定要除掉那兩個女人，永絕後患才行。這點他心知肚明。

他眺望天空。他和上帝之間的摔角搏鬥始終沒有停止，在他年紀很小時便是如此。上帝爲什麼不能放他一馬？

他將這個念頭先放到一邊，上網搜尋王國醫院急診室的電話，然後按下號碼。沒多久，一位祕書接起電話，她人很乾脆，但是無法向他透露太多細節。就她所知，兩位女士目前還躺在加護病房。

他在電話旁邊坐了一會兒，瞪著筆記本。

加護病房。ＩＴＡ四一三一。

電話：三五四五四一三一。

三個勉強湊合的訊息。對某些人來說，它們代表死亡，對他而言卻是生存。結論就是如此簡單。而在上方的萬能天國裡，上帝的雙眼仍舊嚴厲的俯瞰著他。

他登入王國醫院的網站，點擊進入加護病房的頁面。

醫院網站設計得一目了然，正如同醫院本身一般簡潔乾淨。他先點看「實用資訊」，下載了「病友家屬須知」的ＰＤＦ檔案，然後找到導覽頁面，裡頭有他必須知道的一切。他飛快瀏覽網頁。

換班時間：下午三點半至四點。

他留意到此一訊息。那時候一定特別忙亂緊張，他必須善用這個時間。

此外，這個導覽頁面上特別說明，對病患而言，親友探訪是他們最重要的安慰和莫大的支持。他臉上不禁露出微笑。從現在起，他的身分即是親友，他將會買一大束花，那應該能給與病人慰藉，當然還要換上恰當的表情。一個憂心忡忡的表情。

他繼續閱讀。醫院的網頁上甚至還注明，家人和密友不分日夜都可以探望病人。這訊息更棒了！

密友！不分日夜！

他再三思索。考慮到無從核對，冒充好友比較不會露出破綻。就偽裝成蕊雪的親密朋友吧，同一個教區的教友。到時候他會改說宛如吟唱般的中于特蘭方言，那麼就更有理由停留較久的時間，畢竟他大老遠跑來探病。

訪客導覽須知中還載明了探病注意事項，病患親友可以在交誼室裡等候，裡頭備有咖啡和茶，白天有機會也可以和醫生談話。網站上用清晰的照片介紹病房布置，並詳細描述儀器設備和院內監視系統。

他詳細觀察拍攝監視系統的那張照片，即刻明白若要下手滅口，動作一定要快，得手後也得盡速離開。加護病房中的病人一旦斷氣，所有的儀器將會響起警報，監控監視系統的人員也將在第一時間內獲知消息，數秒內趕到病房進行急救。畢竟他們是訓練有素的專業人士。

因此他不僅得眼明手快，也要讓後續的急救措施無力回天。尤其重要的是，不可讓別人在當下就懷疑她們的死因不自然。

他在鏡子前花了半個小時變裝，在額頭上拉出皺紋，戴上一頂新的假髮，改變眼睛周圍的細紋，最後滿意的欣賞自己易容的成果。眼前是個憂愁滿面的男子，年紀稍大，戴著眼鏡，頭髮中夾雜幾縷灰髮，膚質不佳，因爲悲痛而不重視儀容裝扮。

他打開藥櫃的鏡片門，拉出一個抽屜，從中拿出四個小塑膠袋，裡頭裝著常見的注射器，不需要處方籤即可在藥房購買，針頭也很普通，和每天數千個毒蟲使用的沒兩樣——感謝這個社會。

他準備得差不多了。

將注入空氣的注射器針頭刺入血管，然後推下芯桿，死亡便會快速降臨。而在警鈴響起前，他早已從一個房間溜到另一個房間離去。

一切只是時機問題。

他在王國醫院的院區圖上尋找四一三一病房區的位置。只要知道病房區的號碼，就能從圖上找到該從哪個大門進去，抵達哪個樓層、哪個區域。

所以他應該從第四入口進去，到十四樓的第一病房區。但是，電梯只到八樓。

他看了一下時間，快換班了，必須加快動作才行。

他快步趕過兩個拄著拐杖的人，大廳裡這種病患還眞不少，然後走向大門旁的詢問處。玻璃後面的男人以前應該從事過更好的工作，不過他回答問題時仍然親切有效率，不覺得有損自己的身段。

「不是，你一定看錯了。是四十一號入口，在四樓的第一病房區。請你從三號出口那兒搭電梯上去。」男人指著相關方向，爲了保險起見，還從窗口遞出一張影印紙，紙上面已經先列印好「病人的病房在……」，然後用原子筆寫下病房號碼。

原來在這裡！對方眞是到達犯案現場的完美指路人！

他在四樓步出電梯，「加護病房，四一三一」的牌子立刻躍入眼簾。順著指標走去，眼前是道闔上的雙扉彈簧門，門上掛著白色布簾，有種殯儀館的氛圍。他的嘴角不由自主揚起，某種程度上也可以這麼說。希望裡面別像走廊一樣杳無人跡，他心想。外頭四處放著空蕩蕩的推車，每走一步就會引起回聲。

他推開彈簧門。

這一區的空間看起來不小，但實際上並不大，不過裡頭生氣蓬勃，熱鬧的程度把他嚇了一跳。他原本預期這裡的工作比較需要集中心神，事實卻不是如此，至少眼下這一刻和他所預期的不同。很可能是因爲接近換班時間，才顯得吵鬧雜亂。

他走向護理站時，看見兩間提供訪客使用的交誼室，前方色彩鮮艷的曲型櫃台是個麻煩，不容易若無其事通過。

櫃台後面的行政人員向他點點頭，不過她得先處理完手上的文件。

他趁著這個機會四下觀察。

醫生和護士行色匆忙，有些在病房裡忙碌，有些坐在小房間的電腦前工作，有些則快步走向某個地方。

「我來得不是時候嗎？」他操著標準的于特蘭方言問道。

她看了一眼手錶，然後友善的看著他說：「可能有一點。你要來探望誰？」

他換上先前練習的擔憂表情說：「我是蕊雪．克蘿的朋友。」

對方的頭微微側向一邊。「蕊雪？這裡沒有蕊雪。你指的是莉莎．克蘿嗎？」然後看著電腦螢幕。「資料上登記的是莉莎．卡琳．克蘿。」

媽的，他又出錯了！他明明知道蕊雪是她的教名。

「噢，沒錯，請見諒，確實是莉莎沒錯。我們屬於同一個教會，你知道，在教會裡我們使用的是教名。在那裡，莉莎叫作蕊雪。」

行政人員臉上的表情一變，但是細微得幾乎不容易察覺。她不相信他嗎？還是她討厭與宗教有關的人？她會不會要他出示身分文件？

「對了，我也認識伊莎貝兒．雍森。」在她開口之前，他趕緊又說。「我們三個是朋友。我從你樓下的同事那兒得知她們被送到這兒來，是嗎？」

她點點頭，臉上帶著笑容。雖然覷眼皺眉，還是露出了微笑。

「是的，她們兩位在那兒。」她指著一間病房，然後說出房號。

兩人竟在同一個房間！還有比這更好的事了嗎？

「不過你必須先等一會兒。伊莎貝兒要被送到另一科去，醫生和護士正在準備轉送事宜，而且在你之前，伊莎貝兒已經有位訪客，所以你必須等到那位先生離開後才能進去看她。我們認爲一次進去一組訪客比較好。」她又指向門口旁邊的交誼室。「他就坐在那兒，或許你認識他。」

怎會他媽的這麼倒霉？

他迅速轉向交誼室。沒錯，那兒的確坐了一個雙手抱胸的男子，身上穿著警察制服。那個人絕對是伊莎貝兒的哥哥，同樣高聳的顴骨、臉型和鼻子。他媽的！

他滿臉期待望著行政人員說：「伊莎貝兒有好一點嗎？」

「就我的了解，情況應該有好轉，否則不會將她送到別的病房。」

雖然這女人說「就我的了解」，但實際上她當然非常清楚。她只是不知道什麼時候要把伊莎貝兒送走，不過應該隨時都可以進行。

天啊！而且還要等那個警察探望完畢。

「我可以和蕊雪說話嗎？她恢復意識了嗎？抱歉，我說的是莉莎。」

櫃台後面的女子搖搖頭。「不行，莉莎．克蘿目前仍然陷入昏迷。」

他低垂下頭，然後輕聲問：「不過伊莎貝兒已經恢復意識了嗎？」

「這點我不清楚，請你詢問那位護士。」她指著一位腋下挾著病歷表，滿臉倦容，正好經過櫃台的金髮女士，然後行政人員便轉向另一位走近櫃台的訪客。他的接見結束了。

「噢，不好意思。」他伸手攔下那位護士。她的名牌上寫著「梅特．佛利哥─拉絲穆森」。

「你能否告訴我，伊莎貝兒是否已經恢復意識了？我可以和她講話嗎？」

也許伊莎貝兒不是她的病人，也許她已經交班了，也許她今天不順，也許她純粹累垮了，總之，她瞇起眼睛打量著他，雖然客氣但仍難掩不耐的回答：「伊莎貝兒．雍森？啊……」她停頓了一下，看向空中。「對了，恢復意識的人是她。但是她服用了許多藥物，而且下巴斷了不太能說話，正確來說應該是根本無法與人溝通，不過以後不會有問題的。」

然後她用盡最後的力氣，對他擠出一絲笑容。他向她道謝後讓她離開。

伊莎貝兒無法與人溝通，這是個好消息，應該善用這個現狀。

他緊抿著嘴唇，沿著走廊溜到後面。等下得手後，最好的狀況是可以搭電梯離開，不過爲了安全起見，他也必須另尋逃生路徑。

他經過幾間病房，醫生和護士正在冷靜的醫治處於險境的病人，監控室中有許多穿著白罩衫的人，正全神貫注的觀察螢幕，說話時特意放低聲音。一切顯得專業又權威。

有個護理人員經過他身邊，心裡或許納悶他在這兒做什麼，然後兩人相視而笑，他繼續往下走，並未遭到阻攔。

病房內的牆面上懸掛著許多畫作，甚至還裝飾著彩繪玻璃，處處顯現生機與活力。死亡在此處不受歡迎。

他繞著一道紅牆行走，發現另一條走道和他剛才走過的那條平行，左手邊顯然是許多小辦公室，門旁掛著寫上姓名與職稱的名牌。他望向右手邊，估計若是繼續走下去，應該會走回護理站，然而定睛觀察卻發現這個方向無法通行，不過倒是有一個出口，或許能成爲他的救命活路。

接著，他來到類似洗衣房的地方，裡頭有個架子上堆著被單與各式器具，房門上掛著白袍。他一個箭步，敏捷的側身拿下白袍，掛在手上等了一下，然後走向護理站。

往回走的時候，他又向剛才遇到的護理人員點點頭，一邊確認夾克口袋裡的注射器和針頭是否還在。它們當然仍在口袋裡。

他坐在前面小交誼室裡的藍色沙發上，至於坐在另一間比較大、位置也比較後面的交誼室中的警察頭抬也沒抬。五分鐘後，警察站起身走向接待櫃台，兩位醫生和幾位護士剛走出他妹妹的病房。這段時間裡，出現了幾個新面孔的護理人員，分別前往各自的工作崗位。已經換班完畢了。

那位警察對行政人員點點頭，對方也點頭致意。沒錯，伊莎貝兒·雍森的哥哥現在可以進去看她。他看著那個男人的背影消失在病房裡，意識到很快就會有位轉送病人的護理人員過來，而那對他的計畫來說，不是個好的開始。

如果伊莎貝兒的狀況已經穩定，可以轉送到其他病房，那麼他一定沒有辦法在那之前結束她的性命，而之後或許也沒有下手的機會了。

事到如今，爭取時間才是唯一的致勝關鍵。就算這麼做有風險，而且一想到要接近她兄長就令人害怕，但他還是得想辦法盡快將她哥哥弄走。伊莎貝兒可能告訴過她哥哥有關他的事情，所以走到那個警察附近時，他必須試著把臉遮住。

他耐心等待，看到行政人員開始收拾私人物品要把位置讓給來接班的人後，便動手穿上白袍。

他準備好了。

踏進病房時，他一開始認不出那兩個女人誰是誰，後來確定窗邊那個人一定是伊莎貝兒，因爲警察就坐在那張病床旁邊，握著她的手和她說話。

那麼前面這位一定就是蕊雪了。她身上插了許多橡皮管，連接到面罩、探針和點滴架上。

她的病床後方立著一整列各種嗶嗶作響、不停閃動的儀器，面部幾乎全被包紮起來，身體也是一樣。不難看出被單底下的身體傷得有多嚴重，幾乎難以治癒。

他望向伊莎貝兒和她哥哥。「究竟發生什麼事了，伊莎貝兒？」她的哥哥正好開口問。然後他退回到那道儀器牆和蕊雪的床之間，向前俯身說：「很抱歉，你不可以待在這兒，雍森先生。」他靠近蕊雪，翻開她的眼皮，假裝檢查她的瞳孔。看來她仍陷入昏迷。

「伊莎貝兒現在要轉送到其他病房。」他繼續說。「你要不要先到咖啡廳等一下？之後我們會通知你伊莎貝兒轉送的病房位置。或者你半個小時後再過來？」

他聽見那個警察站起身，向妹妹道別。看來他是個懂得體諒他人請求的男子。

警察走出房門時，他點了點頭，特意沒有四目相交。然後他站了一會兒，打量眼前的女人，難以想像她差點又對他造成了威脅。

這時，蕊雪眼睛倏地大睜，彷彿恢復意識似的直直瞪著他。她的眼神雖然空洞，卻緊盯著他不放，害他一時無法脫身，但沒多久那雙眼睛又闔上了。他停下動作，想要看看她的眼睛是否會再次張開，但卻沒發生那種狀況，或許那純粹只是反射動作。他留心傾聽心電儀的聲音，猜想剛才心跳速度一定加快了，接著轉向伊莎貝兒。她的胸腔起伏越來越劇烈，顯然認出他的聲音，知道他來了。但是那有什麼用？她下巴被固定住，眼睛包著紗布，整個人被綁住無法動彈，全身還連接著一大堆點滴和測量儀器。不過她臉上沒有戴面罩，嘴上沒有呼吸器，應該已經脫離生命危險，要不了多久就能開口講話。

眞是諷刺啊，所有正面的生命跡象反而將她導向死亡，他暗忖道，並且往前走近了一步，在她手臂上尋找適合的血管。

他掏出口袋裡的注射器，與針頭套在一起，接著拉出芯桿，將空氣吸入針筒中。

「妳應該會滿意我幫妳準備的東西，伊莎貝兒。」他說。她的呼吸和心跳激烈加劇。

他腦中浮現監控室裡的人員。不太妙，他心想，接著緊急換到床的另外一邊，推掉她手臂底下的靠枕。

「安靜點，伊莎貝兒。」他嘗試安撫她。「妳不會有事的。我只是來告訴妳，我不會對孩子下手的。我把他們照顧得很好，等妳恢復健康，我會告訴妳孩子在哪裡。相信我，我的目的只是錢，我不是殺人凶手。」

他發現她的呼吸雖然依舊急促，不過心跳慢慢和緩下來。非常好。

然後他看著蕊雪床邊的儀器，心電儀突然發出連續不斷的嗶嗶聲，她的心跳顯然停止了。

就是現在，動作快！

他抓住伊莎貝兒的手臂，找到一條跳動的血管，然後一針刺下去，針頭宛如刺入奶油般滑進皮膚。

伊莎貝兒因爲注射太多藥物，所以根本沒感覺。

他嘗試壓下芯桿，結果沒有成功。原來他沒有刺中血管。他抽出針頭，再度刺入，這次伊莎貝兒被嚇了一大跳，明白了他的企圖，脈搏又開始劇烈跳動。他壓了下去，該死的芯桿依然沒有反應。

就在這一刻，病房門被推開。

「怎麼回事？」一個護士叫道，目光在蕊雪床後方的測量儀器和拿著注射器的陌生人之間來回游移。

他將注射器收進口袋，在護士還沒來得及明白發生何事時，他已撲過去往她脖子一砍，她頓時腿一軟倒在敞開的門邊。

一位護士從監控室裡慌張跑出來，上前檢查連接在兩個病患身上嗶嗶作響的儀器。他朝那個護士說：「請你照顧她一下，我想她疲勞過度了。」頃刻間，加護病房區變成了蟻窩，許多醫生、護士趕來聚集在病房門口。他趁亂退到電梯附近。

眞是功敗垂成！第二針只要再幾秒的時間，伊莎貝兒的命運就決定了。算她好運！再多個十秒他就能將針頭刺入血管。十秒，他就缺了這該死的十秒，害他搞砸一切。

他身後的彈簧門關上前，傳來緊急的呼救聲。電梯前坐了一個黑眼圈很重的瘦弱男子，看見他的白袍對他點了點頭。白袍在醫院的作用不就是這樣。

他按下電梯按鈕，電梯門打開之際，他正在察看逃生梯的位置。進入電梯後，他對裡頭一、兩位穿著白袍的人員，還有幾個鬱鬱寡歡的訪客點點頭，接著靠在牆上，避免別人發現他袍子上沒有名牌。

到了一樓，他差點在出口撞上伊莎貝兒的兄長。看來他沒有走得太遠。

那兩個和他講話的人明顯是他的同僚。哎，那個深色皮膚的矮個子或許不是，不過那個丹麥人毫無疑問是警察。三個人一臉沉重的表情。

碰到他們也讓他也很不舒服。

他走出戶外，看見一架直升機搖搖晃晃飛近建築物上方，應該又是爲急診室送來了棘手的病患。

儘管來吧，他心想。送來的病患越多，醫院就越無暇照顧那兩個因他而重傷住院的女人。

他在一個大停車場的樹蔭底下脫掉白袍，他的車子就停在此處。

然後，將扯下的假髮丟到後座去。

第四十一章

卡爾和阿薩德一腳還沒踏進地下室，便已察覺到變化，而且還不是好的改變。樓梯底端堆放了一些箱子和有的沒的雜物，無數的鋼架零件堆疊在牆上，走廊盡頭傳來鏗鏘匡啷的聲音，看來這一天還有得敲敲打打了。

「見鬼了，這兒怎麼回事？」卡爾在走廊咆哮。那扇隔絕石棉的門他媽的到哪兒去了？那是他們原本放檔案和放大版瓶中信的牆板嗎？

一看見蘿思的頭從她的辦公室探出來，卡爾又叫道：「究竟是怎麼一回事？」但是感謝老天，她看起來至少又是以前那個蘿思了。烏黑的黑色短髮，臉上塗得慘白一片，眼睛周圍畫著一圈的煙燻妝。看見她又和以前一模一樣，感覺眞是太好了。

「他們要清空地下室，那道牆擋了路。」她簡單扼要說。

阿薩德想說些歡迎她回來的話。「很高興再見到妳，蘿思，妳看起來……」他思索著適當的說法，然後粲然一笑說：「妳看起來像妳自己，眞的很棒。」

這不是卡爾會選用的表達方式。

「謝謝你們的玫瑰。」她說。描繪得線條分明的眉毛微微揚起，那應該可以視爲某種情感表露吧。

卡爾輕輕一笑。「感謝妳回來。我們很想念妳，但不是因爲伊兒莎表現不好。」他趕緊補充說，「總之我們很想念妳。」然後他指著走廊盡頭說：「那道牆是爲了不讓庶務組的人來找麻煩架設的。看在老天的份上，究竟是怎麼回事？妳剛才說他們要清空地下室，那是什麼意思？」

「要將所有的東西搬走，檔案、贓物庫、郵件收發室、員工喪葬基金處……只留下我們。你知道的，警察改革。前進一步，退兩步。」

那麼地下室應該會一下子多出許多他媽的空間了。

卡爾轉向她問道：「妳找到要給我們的資料了嗎？那兩位發生意外事故的女子身分，以及目前躺在哪家醫院？」

她聳了聳肩。「我還沒開始查詢，因爲必須先動手整理伊兒莎的東西。很急嗎？」

卡爾看見阿薩德偷偷揮手示意他不要發作，一不小心她又要消失了。於是卡爾在心裡默數到十。

老天啊，還要讓她繼續囂張下去嗎？

「很抱歉，蘿思。」他內心掙扎著說。「以後我們會把需求說明得更明確一點。可以麻煩妳現在著手蒐集資料嗎？因爲這件事的確有點迫切。」

他虛弱的朝興奮豎起大拇指的阿薩德點點頭。

蘿思的腦袋裡似乎有東西動搖了，她顯然不知道該如何反應。

賓果，他們學會怎麼和她相處了。

「對了，你三分鐘後和心理醫生有約，卡爾。你忘記了嗎？」她說著，然後看了手錶一眼，「嗯，你眞的要趕快出發了。」

「什麼意思？」

她把地址遞給他。「若是跑步過去，你應該不會遲到。夢娜要我向你轉達，你若能完成會面，她會感到很驕傲。」

眞是一針見血。看來逃不掉了。

安克．希果街距離警察總局不過兩條街，卻遠得讓卡爾覺得嘴巴裡好像被人塞進眞空泵，將肺葉的空氣抽乾。夢娜日後最好省下這種美意。

「你能來眞是太好了。」那個叫作克里斯的笨蛋心理醫生說。「這裡好找嗎？」

這要讓人怎麼回答？不過兩條街的距離。國家警察總局外事處就設在此處，他來這兒的次數不下三千次。難道這個心理醫生丟了什麼東西，需要到國家警察總局來？

「先不說笑了，卡爾。我知道你心裡應該很納悶，你一定想問我在這裡做什麼？外事處有很多事情需要心理醫生協助處理。你應該想像得到。」

這個男人眞是讓人感覺毛骨悚然。難道他是自己肚子裡的蛔蟲嗎？

「我只有半個小時的時間。」卡爾說。「我們正在偵查一件具有急迫性的案件。」

「好。」克里斯在他的檔案中寫下這點。「麻煩你下次盡量準時過來，好嗎？」

這是實話。

他拿出厚厚一疊檔案，若是拿去影印的話，至少要花上兩個小時。

「你知道這是什麼資料嗎？有沒有人告訴過你？」

卡爾搖搖頭，不過他想也知道。

「我看得出來你心裡有數。這兒是與你有關的資料，以及你和同事在亞瑪格島小屋遭遇槍擊的報告。因此，我必須坦言在先，這些資料不便對你公開。」

「你想說什麼？」

「我手中有哈迪．海寧森和安克爾．荷耶爾針對這起案件的報告。報告中指出，你對整起事件的了解比他們兩位更加深入。」

「啊哈，我不這麼認爲。爲什麼他們會這樣寫？我們是一起調查此案的。」

「嗯，這就是我們日後會面想要繼續探討的內容之一。我認爲你在此案中或許遭遇了某些麻煩，如果不是刻意壓抑，就是不願意說出來。」

卡爾搖搖頭。見鬼了，這個人在瞎扯什麼啊？他是在法庭上接受審訊的被告嗎？

「我根本沒有遇到什麼麻煩。」他一陣火氣上來，臉氣得漲紅發熱。「那是件很普通的案子，除了有人對我們開槍之外。你究竟想說什麼？」

「你有沒有任何概念，爲什麼過了這麼久的時間，你一提到這案子，反應依舊如此激烈？」

「如果你差一點被射殺，而且兩個好友沒像你那麼幸運逃過一劫，也會有同樣的反應。」

「你的意思是哈迪和安克爾是你最好的朋友嗎？」

「沒錯，他們是我的夥伴、我的搭檔，我的好同事。」

「我覺得那並不一樣。」

「我不曉得你是否曾經讓行動不便的人住在客廳裡，但我有。那樣你還能說我不是一個好朋友嗎？」

「你誤會了，我肯定你在許多方面確實是個好人。你對哈迪．海寧森一定感到內疚，才願意爲他做這麼多事。不過，你確定當年你們一起工作時，確實是好搭檔嗎？」

「我是這麼想的。」他媽的，這個傢伙眞夠煩人！

「但是，解剖安克爾．荷耶爾的屍體時，在他的血液中驗出了古柯鹼。你知道這件事嗎？」

卡爾頓時陷入沙發中，之前他沒察覺自己坐在什麼材質的椅子上。不，他對吸毒一事毫無所悉。

「你也吸食古柯鹼嗎，卡爾？」

那雙盯著他看的淺藍色眼睛似乎越發冷酷了。夢娜若是看到的話，一定會覺得克里斯的眼神很娘，而且光明正大向他調情，但是眼前的情況儼然是一場嚴刑逼供。

「古柯鹼？我從沒碰過那種髒東西。」

克里斯抬起手。「好，我們換個方向。哈迪的太太和他結婚之前，你們有過接觸嗎？」

現在又在上演哪齣戲碼？卡爾瞪視著眼前像個雕像等待他回答的男人。

「有的。」他說。「她是我某任女朋友的好友，哈迪和她也是因此才會認識。」

「你們沒有發生過性關係嗎？」

卡爾不由得哼笑一聲，他沒給過她這種機會。這裡進行的一切對他胸中壓力有何助益，他依然一頭霧水。

「你有點猶豫了。你怎麼說呢？」

「我要說這裡進行的治療方式還眞奇特，讓我大開眼界。你打算什麼時候拿出刑具啊？沒有，我和她只有過幾次熱吻，此外無他。」

「什麼程度的熱吻？」

「唉啊，克里斯，別太得寸進尺了，我沒興趣描述細節。除了擁吻和一點愛撫之外，什麼關係也沒有。清楚了嗎？」

他連這點也記錄下來。

接著他又抬起那雙淺藍色眼眸注視著卡爾。「根據哈迪．海寧森所謂空氣槍一案的紀錄，你很有可能與槍擊你們的人有過接觸。是這樣嗎？」

「沒有，他媽的，根本沒有這回事！一定有什麼誤會。」

「好的。」克里斯又瞄了卡爾一眼，目光中似乎散發某種親暱訊息。「不過卡爾，上床時若是屁股發癢，醒來時手指就會發臭。事情就是這樣。」

噢，親愛的上帝。這個人也開始用屁股了嗎？

「如何，你被治癒了嗎？」他回到地下室時，蘿思人正好在走廊上。她臉上帶著微笑，但笑容似乎有點燦爛過頭了。

「真好笑，蘿思。下次我若是再去面談，妳可以利用這段時間去上禮儀和說話課。」

「好吧。」她又披上保護色，縮回戰壕裡了。「你不能期待我親切友善又同時政治正確。」

親切友善？什麼時候？

「妳有那兩個女人的消息了嗎？」

她說出她們的姓名、地址、年紀。兩人差不多四十出頭，沒有任何犯罪背景，只是一般市民。

「我尚未聯絡工國醫院加護病房的人員，等下會打電話。」

「那輛發生事故的車子是誰的？」

「你沒看事故調查報告嗎？那輛車登記在伊莎貝兒．雍森名下。不過開車的是另外一個人，莉莎．卡琳．克蘿。」

「嗯，這點我知道。她們兩人支付教堂稅嗎？」

「你的話題跳躍得還眞快啊。」

「妳究竟知不知道？」

她聳聳肩。

「那麼就去查出來，蘿思。如果沒有支付，調查看看她們是否屬於其他教派。若是的話，又是哪一個？」

「我難道是熱血奔走、怒吼正義的新聞記者（注）嗎？」

就在卡爾要發作時，收發室那兒忽然傳來一聲巨響。

「出了什麼事了？」阿薩德大叫說。

「不知道。」卡爾回喊道。只見走廊盡頭站了一個強壯的男人，手中高舉鋼架的支架，隨後一個穿著制服的警察出現在旁邊走廊，撲向那個男人。男人將支架往下一劈砸，警察隨即一個踉蹌後退。

就在此時，男子發現了懸案組三名呆愣的成員，下一秒立刻轉過來，高舉支架朝他們奔來。蘿思趕緊往後退，阿薩德反而靜靜站在卡爾身邊。

「那傢伙不是由樓上警衛負責的嗎？」那個男人嚷著聽不懂的話衝過來時，卡爾問道。

阿薩德沒有回答他，只是弓起身，像個搏鬥士般張開雙手。可惜這招無法嚇退攻擊者，不過他很快就會後悔了。等到他近身，高舉支架作勢要攻擊時，阿薩德已一個箭步衝上去，空手抓住武器。擒拿的結果令人瞠目結舌。

那男人肘關節被折彎，手中的支架向後擺動，猛力喀一聲打在自己的肩膀上。骨頭顯然折斷了。

爲了安全起見，阿薩德用腳尖踩上肌肉男的腹窩。男人發出刺耳的呻吟聲，那可不是樂意讓人聽到的聲音。卡爾從未見過這樣一個大塊頭兩三下就被人收拾乾淨。

那傢伙帶著斷裂的鎖骨，在地上縮成一團，許多警察紛紛跑了過來。

卡爾這時才發現男人的右手肘上套著手銬。

「我們剛才帶著他經過四號庭院要去見預審法官。」他們重新把男子銬好手銬時，其中一個警察說。「但不知這男人是怎麼辦到的，竟然一溜煙掙脫逃跑，然後從窗口跳進收發室。」

「他逃不出我們手掌心。」另外一個警察說。卡爾認識他，一個優秀的神槍手。

那些警察拍拍阿薩德肩膀，他們一點也不介意先將犯人送到醫院去。

「那傢伙是誰？」卡爾好奇問道。

「那個人嗎？他在最近十四天中殺死了三個塞爾維亞收款人。」

這時卡爾看見了男人小指上深陷進肉裡的戒指。

卡爾搜尋著阿薩德的目光，即使是現在，他似乎也沒有特別驚訝，然後兩個警察便拖著呻吟連連的塞爾維亞人離開。

「我都看見了。」一個低沉的聲音在卡爾身後響起。

卡爾轉過身。說話的人是韋爾德，負責員工喪葬基金的退休員警之一。就卡爾所知，他應該是第二主席。

「你星期三在這裡做什麼？你們的聚會時間不是每個星期二嗎？」

對方捻鬚大笑。「是啊，不過我們昨天去了楊尼克家，慶祝他七十歲生日，你知道的。所以聚會延後啦。」接著轉過身對阿薩德說：「哎呀，同事，剛剛那一擊真讓人意猶未盡，你在哪兒學的技巧？」

阿薩德聳聳肩。「只不過受到刺激後出手回應，如此而已。」

注 rasende reporterin，此一說法有可能借自報導文學大師基希的作品《怒吼的新聞記者》（*Der rasende Reporter*），表示深入第一線追查社會現象的熱血新聞記者。

韋爾德點點頭。「過來和我們聚聚，值得敬你一杯老丹麥保藥酒。」

「保藥酒？」阿薩德滿臉疑問。

「阿薩德不喝燒酒，韋爾德。」卡爾打岔說。「但是你可以給我一杯。」

屋內坐了一整個軍團的人，主要是退休的交通警察，不過以前在後勤科的楊尼克也在其中，還有一個是前任警察總長的司機。

麵包、香菸、黑咖啡和老丹麥保藥酒，看來警察總局的退休員工日子過得挺愜意的。

「你的身體恢復健康了？」有個人問卡爾。卡爾曾經在格雷薩克瑟警局轄區和他接觸過。

卡爾點點頭。

「發生在安克爾和哈迪身上的事眞是殘忍惡毒。你釐清案情了嗎？」

「可惜還沒有。」他轉向辦公桌上方窗戶說：「你們這些幸運的傢伙，這兒有窗戶啊。眞希望我們也有。」

他忽然發現在場的五張臉全皺成一團。

「怎麼了？」

「不好意思，卡爾，不過地下室每個房間裡都有窗戶喲。」有個人回答。

「我們的辦公室沒有啊。」卡爾堅持說。

楊尼克這個老技師站起來。「我在這兒工作三十七年了，這個破房子的每個角落我都摸得一清二楚。帶我看看你的地下室，如何？我反正要走了。」

他們簡短喝了一輪便先離席。

「這裡。」一分鐘後卡爾說，然後指著掛著液晶螢幕的牆壁問道：「哪兒有窗戶？」

技師稍微往旁邊俯身，直接指著那道牆。「你說這是什麼？」

「牆啊。」

「石膏板，卡爾．莫爾克，那純粹只是石膏板。那是我們將這兒改裝成儲藏室時，我的人安置的。以前這兒擺著架子、櫃子，你那個可愛的小祕書那兒也是。他們用那些櫃子擺放特勤隊的帽舌和頭盔，但後來就到處亂放了。」他發出爽朗的笑聲。「眞不精明啊，卡爾．莫爾克！要不要我幫你打個洞？還是你寧願自己來？」

眞是難以置信！

「那麼另外那一邊怎麼說？」他指著阿薩德那間鳥籠大的辦公室。

「那個？卡爾，那不是辦公室，只是個儲物間，所以當然沒有窗戶啊。」

「好的。這樣的話，蘿思和我也可以放棄陽光。或許等日後這兒重新裝潢好，阿薩德也搬到其他地方後，再來討論窗戶的事。」

退休的老技師搖搖頭，自顧自笑了起來。

「這兒是怎麼回事啊？」他們回到走廊時，老技師問道。然後他看見了走廊盡頭那道隔離牆的殘骸占滿牆壁，於是又說：「見鬼了，你們動了什麼手腳？」

「因爲管路問題。那裡的管路會落下石棉，所以我們安置了一道隔離牆。不過庶務組的人反對我們那樣做。」

「那兒的管路，」老技師指著天花板說，「全都可以拆掉了。暖氣線路已經設置在地下槽隙，上面那些東西老早就不管用了。」然後老技師又回去和退休同事喝保藥酒，把這些事講給他們聽，震耳欲聾的響亮笑聲在地下室中迴盪。

卡爾口中咒罵不已，這時蘿思正好走進辦公室，他沒好氣的問她是否辦妥他交代的事情了？

「她們兩人都還活著，但是莉莎・卡琳・克蘿的情況很不樂觀。不過，另一個女子應該可以撐下來。」

他點點頭。好，那麼他們必須過去和她談談。

「至於她們宗教偏好：伊莎貝兒・雍森是丹麥國教徒，莉莎・卡琳・克蘿則隸屬某個自稱聖母教派的團體。我打過電話給她道勒拉普的鄰居，他們說那是個蠻奇特的協會，非常封閉。根據鄰居的說法，莉莎的先生是她帶過去的，他們甚至更改了名字，他自稱約書亞，女方則叫作蕊雪。」

卡爾做了個深呼吸。

「這還不是全部。」蘿思繼續說下去。「我們斯雷格瑟的同事在事故現場的灌木叢中找到一個運動袋，顯然是撞擊時從車上掉出來的。你們猜裡頭是什麼？一百萬克朗的舊鈔。」

「你聽到了沒？」阿薩德的聲音在卡爾背後響起。「萬能的阿拉。」

卡爾腦海中也正好浮現「萬能的阿拉」一詞。

蘿思的頭歪向一邊。「此外，我還得到一個消息，莉莎的先生星期一傍晚死於行駛在斯雷格瑟和索羅之間的火車上，時間差不多就在他妻子發生交通事故的時候。解剖後確定死因是心臟病發。」

「他媽的，眞該死！」卡爾一拳敲在桌上。整件事情到瘋狂荒唐的地步，他背脊一陣發冷，不好的預感一個個襲來。

「搭電梯上去見伊莎貝兒・雍森之前，我們先去看看哈迪的狀況。」卡爾拿出警用指示牌放在儀表板上，這樣就算隨意停車，停車場人員也不會囉嗦。「我希望你先在外面等一下，我有幾個問題要問他。」

哈迪的病房擁有絕佳景致，寬敞的窗戶將天空中變化多端的浮雲風光盡收眼底。

他堅持說自己感覺好多了。肺部的積水已經排除，各種檢查很快就可以結束。「可是，他們不相信我說我的手腕會動。」

卡爾沒有發表意見。哈迪又出現那個想法了。可以確定的是，讓哈迪擺脫那個念頭絕對不是他的責任。

「我今天去見心理醫生了，哈迪。不是夢娜，而是一個叫作克里斯的傢伙。他提到一份你之前沒給我看過的報告，據稱你在裡面寫了與我有關的事情。你還記得嗎？」

「我只寫說你在此案中獲得的資訊比我和安克爾還要多。」

「你為什麼這樣寫？」

「因為事實就是如此。你認識死者，那個叫作喬治．麥德森的老人。」

「沒有，我完全不認識喬治．麥德森。」

「才怪，你認識。你在另外一件案子中曾經傳喚過他。我忘了是哪件案子，但是你確實問過他話。」

「你記錯了，哈迪。」卡爾不禁搖搖頭。「唉，算了，反正他媽的無所謂了。我是為了另外一件案子來醫院，只是順道來看看你的狀況。阿薩德要我問候你，他人也在這兒。」

哈迪眉毛高高挑起。「你走之前，卡爾，一定要答應我一件事。」

「說吧，老友，我會看看自己能做些什麼。」

哈迪開口說之前，嚥了好幾次口水。「讓我回你家去。你若是不答應，我一定會死。」

卡爾直視他的眼睛。如果有誰能只憑意志力加速自己回老家的路，那個人肯定是哈迪。

「當然沒問題，哈迪。」他回道。

那樣的話，維嘉最好和那個頭巾男古咖瑪繼續交往下去。

他們站在三號出口等電梯，電梯門一開，走出來的竟是卡爾以前在警校時候的講師。

「卡斯滕！」卡爾大叫，連忙向他伸出手。

對方花了幾秒才認出卡爾。「卡爾．莫爾克！哎，你看起來老了好幾歲啊！」

卡爾莞爾一笑。卡斯滕．雍森，曾經前程似錦的警界生涯，最後卻結束於交通警察局。他是個明白如何避免在組織消耗殆盡的人。

他們站了一會兒緬懷過去時光，抱怨當警察不容易，最後握手道別。

卡爾的大腦尚未察覺原因，卡斯滕．雍森的手勁傳達出的情緒，便以某種方式侵入他的體內，那是種憂懼擔心和無以名狀的不安。這感覺一開始很模糊，然後逐漸轉變成清楚明朗的意識。

接著，一切忽地豁然開朗。沒錯，絕非湊巧。

卡斯滕一臉黯淡從通往加護病房的電梯出來，而且姓氏是雍森，卡爾忖度著。所有線索全都串在一起！

「卡斯滕，你是因爲伊莎貝兒．雍森而到醫院來的嗎？」

他點點頭。「沒錯，她是我小妹。你有什麼事要找她嗎？」他滿臉不解又搖搖頭。「你不是在凶殺組嗎？」

「不是，已經離開了。別擔心，我只是有些問題想請教她。」

「可能沒有辦法。她的下巴被固定住，而且使用了許多藥劑。我剛去看她，她一個字也沒說，後來他們要我先離開，看樣子是要把她送到別的病房，我得去咖啡廳等個半小時。」

「了解。不過我還是希望能先和她談一下。能見到你眞是太好了。」

旁邊的電梯門開啓，一個穿著白袍的男子走了出來。

對方陰沉匆忙的瞥了他們一眼。

接著，他們就搭乘那台電梯上樓。

卡爾到過加護病房好幾次，被送進此處的人，有不少是因爲倒霉遇上某個手持武器的笨蛋，然而顯而易見的是，在此處工作的人非常了解自己的專業，如果哪天眞的出了事情，這兒應該是世界上卡爾最想來的地方。

他和阿薩德推開彈簧門，瞬間置身摩肩接踵的醫護人員之中。這兒顯然發生了緊急情況，看樣子他們來得不是時候。

卡爾在櫃台處出示警徽，同時介紹了阿薩德。「我們有幾個問題想請教伊莎貝兒．雍森，這件事恐怕有點急迫。」

「你們目前不能見她。和伊莎貝兒同房的莉莎．卡琳．克蘿剛才過世了，伊莎貝兒的狀況也很不樂觀。除此之外，我們有個護士還受到攻擊，凶手很可能是先前意圖謀殺那兩位女士的人。但是我們也還無法確定，因爲那位護士仍陷入昏迷當中。」

第四十二章

他們在交誼廳等了半個小時，加護病房依舊忙得不可開交。最後卡爾再也忍不住了。

「你留在這裡，密切注意一切，懂嗎？」他對腳像鼓棒抖個不停的阿薩德說。「我在外面電梯那兒，可以進病房會面時過來叫我。」然後他拿出手機打電話給蘿思。「我要莉莎・卡琳・克蘿一家所有人的姓名、身分證字號以及電話號碼。還有，蘿思，請妳馬上處理，清楚嗎？」

她嘀咕了幾句，不過最後回答會看看自己能做什麼。

他按下電梯按鈕，搭到一樓。

好幾年來他經過醫院的咖啡廳不下五十次，但從未停下腳步，吃點油膩的豬肝三明治，替自己微薄的薪資增加負擔。這次情況並無不同，他肚子是餓了沒錯，不過心裡卻另有打算。

「卡斯滕・雍森！」他大喊一聲，馬上看見那個金髮男子伸長脖子看誰在叫自己。

卡爾請他過來，告訴他自他離開加護病房後發生的事情。

雍森的臉色倏地慘白。

「等一下。」他們來到四樓時，他的手機響起。「你先進去，卡斯滕。有任何事情出來叫我。」然後卡爾跪在牆前，將手機夾在耳邊，拿出筆記本放在地上。「說吧，蘿思。妳查出了什麼？」

她告訴他電話號碼，以及父親、母親連同五個孩子在內，一共七個人名和各自的身分證字號。約瑟夫，十八歲；桑穆爾，十六歲；蜜莉安，十四歲；瑪德蓮娜，十二歲，最後是十歲的莎拉。卡爾記下所有的資料。

蘿思問他還需要知道什麼事情嗎？

他搖搖頭，沒有回答她便掛斷電話。

極度緊急的訊息！

五個失去父親與母親的孩子，其中兩個很可能正面臨生命危險，與多年前的綁架案幾乎是一模一樣的模式：綁匪挑中的家庭有許多孩子，並且隸屬某種教派，但這次唯一的不同在於，綁匪將不會放過被綁票的孩子。他有什麼理由不撕票呢？

那兩個孩子十之八九處於生死關頭，這點令卡爾體內的警鈴大作，他們若想阻止更多謀殺，不讓一個完整的家庭破碎，已經沒有時間可以浪費。但是他們能做什麼？除了已過世的蕊雪，以及那個和凶嫌談過話，如今人在回家途中所以關掉手機的行政人員之外，只剩一個人可以協助他們，而她躺在彈簧門後的加護病房裡，看不見也不能說話，並且因爲過度驚嚇而生命垂危。當然還有那個遭到攻擊前曾短暫看見凶嫌面貌的護士，但她目前仍處於昏迷。眼前狀況眞是令人絕望。

他看著筆記本，然後按下道勒拉普那家人的電話號碼。他職業生涯中醜陋的一面即將出場。

「我是約瑟夫。」電話那端的聲音說。感謝老天，是老大。

「你好，約瑟夫，我是哥本哈根懸案組組長卡爾．莫爾克。我……」

對方掛斷了電話。

卡爾思索著自己哪裡做錯了。他不應該那樣介紹自己，警方一定已經通知那些孩子父親的死訊，他們肯定處於極度震驚中。

他要怎麼和約瑟夫取得聯繫呢？

於是他打電話給蘿思。

「拿起妳的袋子，蘿思，跳上計程車，在最短的時間趕來王國醫院。」

「是的，」醫生說，「實在令人感到沉痛。一直到昨晚，加護病房還有警察二十四小時站崗，因爲此處有幫派械鬥中受傷的病患。如果警察還在，很可能就不會發生這種事。可惜今天我們將最後兩位暴力犯——很遺憾，我不得不這樣說——轉到別的醫院去了。」

醫生說話時，卡爾一直注視她的臉。那張臉上沒有常見於這種職業的表面客套，只有發自內心的眞誠。

「我們充分了解警察希望能盡快確認凶手的身分，也非常樂意提供協助。不過，受到攻擊的護士傷勢仍十分嚴重。站在醫生的觀點，我們必須將病人擺在第一位。她目前處於驚嚇中，頸椎也有斷裂的可能，最快得到明天上午才可以進行訊問。我們會嘗試聯絡看見那位男子的行政人員。她住在伊斯亥。如果途中沒有繞到別的地方，二十分鐘後應該會到家。」

「爲了不浪費時間，我們已經請一位同事到她家等候。請問伊莎貝兒·雍森情況如何？」卡爾看著伊莎貝兒的兄長問醫生說。雍森點點頭。他不介意卡爾向醫生詢問自己妹妹的狀況。

「嗯，她非常躁動不安，這點可以理解。呼吸和心跳雖然還不穩定，不過我們認爲如果伊莎貝兒若能見到兄長，對她應該有幫助。再過五到十分鐘就會完成檢查，到時候你們可以進去看她。」

卡爾聽見入口傳來吵鬧的聲音。蘿思的袋子勾到門上的簾子了。

來吧，我們到外面去。他向阿薩德和蘿思比了這樣的手勢。

「你要我做什麼？」蘿思在走廊上問，從頭到腳散發出不高興的氣息。她和醫院有仇嗎？

「我有件棘手的任務要交給妳。」卡爾說。

「什麼？」她一副隨時要跳起來跑走的模樣。

「我希望妳打電話給一個少年，讓他明白他必須協助我們，而且是刻不容緩，否則他的弟弟和妹妹有可能小命不保。至少我是這麼認為。他叫作約瑟夫，十八歲，他的父親在前天過世，母親躺在此處的加護病房裡，緋堡警方一定已經通知他了。不過就在剛剛，他的母親也宣告不治，這點他應該還不知道，透過電話告訴他這個消息雖然很可能違反道德原則，但或許有其必要。妳必須自行判定，蘿思。一定要讓他回答妳的問題，想辦法讓他說話。」

她整個人呆立僵住，眼看又要開始反駁，但語話卻卡在恐懼與了解事態嚴重性之間。她看著卡爾，內心天人交戰。

「為什麼是我，而不是你或阿薩德？」

卡爾向她解釋先前那孩子一下子掛了他電話。「我們需要一個中立的聲音，一個像妳這種溫柔又清脆的女性聲音。」

如果他在別的時候這麼形容她的聲音，絕對會噗哧狂笑，但是眼下不是該笑的時候。她必須去做，就是這樣。

他指示她必須從少年口中問出何種訊息，然後自己和阿薩德退開幾步。

卡爾從未見蘿思雙手顫抖成這樣，或許伊兒莎比較適合這項任務？通常內心脆弱的人，外表越是虛張聲勢。

他們在一旁觀察蘿思講電話，她謹慎的舉起手，彷彿要阻止少年近身，也好幾次緊抿嘴唇，眼睛望向天花板，遏止眼淚潰堤。看著這樣的蘿思，卡爾也覺得於心不忍。她必須向男孩解釋他和弟弟妹妹的生活可能再也無法像以前一樣，很多東西在這一刻徹底崩塌瓦解，卡爾明白她內心正在與什麼搏鬥。

後來蘿思開始微張著嘴傾聽，手背不時拭去淚水，呼吸也變得更加深沉，當然她中間也幾度提出問題要電話另一頭的少年回答，幾分鐘後示意卡爾過去。

她遮住話筒說：「他不想和你說話，只和我說。他現在非常激動，不過你可以問問題。」

「你們兩個都表現得很棒，蘿思。妳問過他我們剛才講的事情了嗎？」

「嗯。」

「所以我們拿到有關綁匪的描述和一個名字？」

「嗯。」

「有什麼能直接引導我們找到那個人的線索嗎？」

她搖搖頭。

卡爾手撫額頭。「那麼我想應該沒有問題了。把妳的手機號碼給他，他如果想起什麼，請他打電話給妳。」

她點點頭。卡爾走了回去。

「這條線索沒有多大幫助。」他靠在牆上嘆了口氣。「時間已經不多了。」

「我們會逮到他的！及時阻止他！」阿薩德心裡一定懷有和卡爾同樣的憂慮，但是聲音卻仍充滿鬥志。

「給我點時間。」蘿思講完電話後說。

她呆愣原地，彷彿第一次看見了世界的反面，現在什麼也不想再看，然後就這樣含著淚水久久不動，一副失魂落魄的模樣。卡爾寧願看著牆上時鐘的秒針。

最後她連續嚥下好幾次口水，說：「好了，我可以了。綁匪帶走約瑟夫帶走他兩個弟妹，十六歲的桑穆爾和十二歲的瑪德蓮娜。凶手在星期六綁走兩人，父母爲此費盡心思籌措贖金，伊莎貝兒顯然想幫助他們，但是約瑟夫不清楚她的動機是什麼，因爲她星期一上午才第一次到他們家。他知道的差不多就這麼多了，他父母沒有說得很詳細。」

「那麼綁匪呢？」

「約瑟夫描述得和肖像畫差不多，四十多歲，身高或許比平均要高，沒有特別的走路方式，例如跛腳之類的。約瑟夫認爲他染了眉毛和頭髮的顏色。噢，對了，他的宗教知識相當豐富。」

然後她雙眼怒視。「要是讓我碰上那個混蛋……」她臉上的表情爲這句話畫下句點。

「誰和孩子們在一起？」

「教會某個教友。」

「約瑟夫狀況如何？」

她舉起手在臉前揮了揮，不想談這件事，至少目前不想開口。

「他還說了綁匪不會唱歌。」她接著又說，塗得黑漆漆的嘴唇開始顫抖。「在教會聚會時，約瑟夫聽了他的歌聲，聲音聽起來很怪異。而且他有輛貨車。我問過了，不是柴油車，他說至少引擎聲不像柴油車。車身是天藍色，不是特別引人注意，但是他不清楚型號或是任何特徵。約瑟夫對車不感興趣。」

「這就是全部的訊息嗎？」

「綁匪自稱拉斯．梭倫森，不過有一次約瑟夫叫他的名字時，他並沒有立刻回應，因此約瑟夫不相信那是眞名。」

卡爾記下名字。

「還有那個疤痕呢？」

「他沒有注意到什麼疤痕。」她又抿了一下嘴。「所以疤痕應該不是在很明顯的位置。」

「還有其他的嗎？」

她一副累垮似的搖搖頭。

「謝了，蘿思。明天見，妳可以回家休息了。」

蘿思點點頭，但仍然沒有動作。她大概需要一點時間恢復精神。

卡爾轉向阿薩德。「現在我們只剩下病房裡那位女士了。」

他們輕手輕腳走近病房，卡斯滕·雍森正在和他妹妹說話，一旁有個護士在伊莎貝兒的手腕附近照護。心電儀顯示她的心跳已趨穩定，人也冷靜下來。

卡爾的目光落在另一張床上，白色床單底下有個人形，如今那不再是五個孩子的母親，不再是個絕望的婦人，而是毫無生氣的冰涼軀體。在車裡發生事故後不過一眨眼的時間，她便已躺在這兒，什麼也沒留下。

「我們可以走近一點嗎？」他問卡斯滕。

對方點點頭。「伊莎貝兒想和我們說話，只是，我們要怎麼聽懂得她說的話？我們沒有辦法使用拼字板，剛剛護士想鬆開她右手的手指，但是伊莎貝兒兩隻手都斷了，很多隻手指也骨折，能不能拿得住筆都是問題。」

卡爾注視著床上的女子。除了與兄長神似的下巴部位，很多地方已經面目全非。她受到的傷害非常慘重。

「妳好，伊莎貝兒·雍森。我的名字叫作卡爾·莫爾克，哥本哈根警察局懸案組組長。妳聽得懂我的話嗎？」

伊莎貝兒發出「嗯嗯」的聲音，護士在一旁點點頭。

「我簡短說明一下我們來此的理由。」他敘述了瓶中信、其他綁票案，以及他們推測目前可能出現類似的案件。在場所有人全部看見醫療儀器上的數值隨著卡爾的話語起伏波動。

「伊莎貝兒，我很抱歉以妳現在的處境還來增加妳的負擔，但是這件事非常重要。妳和莉莎・卡琳・克蘿是否牽涉到一件與我剛才向妳報告的瓶中信類似案件當中呢？」

她虛弱的點點頭，不斷重複發出某種聲調。然後她的哥哥站起來說：「我想她說那位女士名叫蕊雪。」

「沒錯。」卡爾說。「她另外取了個名字，在他們教會中使用。這點我們知道。」

傷勢嚴重的伊莎貝兒又虛弱的點了一下頭。

「妳和蕊雪星期一是不是要趕去拯救她的孩子，桑穆爾和瑪德蓮娜，因此發生了車禍呢？」

他們全都看見她的嘴唇不停抖動。

「伊莎貝兒，我們現在把一支筆放在妳的手裡，妳的兄長會從旁提供協助。」護士要把筆放進她手中，但是她的手不聽使喚。

護士看了卡爾一眼，然後搖了搖頭。

「事情難辦了。」她的哥哥說。

「請讓我試試看。」後面有個聲音說，阿薩德同時走向前一步。「很抱歉！不過我父親在我十歲時得了失語症，腦中出現了血塊。整件事發生得很快，一夕之間，他所有的話都不會講了。一直到他過世，我是唯一能理解他意思的人。」

卡爾皺起眉頭。所以前幾天一大早和他在電腦中講話的人不是他父親了。

護士站起來，讓座給阿薩德。

「不好意思，伊莎貝兒。我叫阿薩德，來自敘利亞，是卡爾．莫爾克的助手。等下卡爾說話後，我會把耳朵湊近妳嘴邊，這樣可以嗎？」

一個不是很清楚的點頭反應。

「妳看見撞上你們的車子了嗎？」卡爾問。「車子的品牌和顏色？新車還是舊車？」

阿薩德耳朵靠近伊莎貝兒嘴邊，每聽到她口中發出一個音節，眼睛便骨碌骨碌轉。

「賓士車，有點舊，深色。」阿薩德轉譯她的話說。

「妳能記起車牌嗎，伊莎貝兒？」卡爾問道。

如果能記得這個資訊，調查就還算有希望。

「車牌很髒，天色又暗，她幾乎什麼也看不見。」阿薩德過了一段時間才回答。「但是車牌最後三個字應該是四三三。不過伊莎貝兒對三不太有把握，其中一個三可能是八，或者兩個都是八。」

卡爾陷入思索。四三三，四三八，四八三，四八八，只有四種組合，不難查證。

「你聽到了嗎，卡斯滕？深色賓士車，款式不新，車牌最後三個數字是四三三，四三八，四八三或四八八。那不正是一個交通警察局的警長應該調查的任務嗎？」

他點點頭說：「沒錯，卡爾。要查出符合這幾種車牌號碼的賓士車不用多少時間。不過，一來我們不知道確切顏色，二來丹麥街上也有不少賓士車。車號相符的賓士車可能行駛在路上，不容易搜索。」

他說得沒錯。確定車子的品牌是一回事，調查車子又是另外一回事。他們沒有那麼多時間。

「妳還知道什麼可以協助我們的線索嗎，伊莎貝兒？名字或是其他資訊都可以。」

她又點點頭。回答的過程十分緩慢，而且顯然要耗費許多精力，他們好幾次聽見阿薩德低聲請她再說一次。

然後得到三個名字：馬茲．克里斯提昂．福格、拉斯．梭倫森和米克爾．勞斯特。加上第四個他們從保羅．霍特案中知道的佛來迪．布林克，以及佛來明．艾米爾．馬森案的第五個名字畢格．徐洛特，全部加起來一共有十一個他們必須留意的姓名。情況很棘手。

「我猜所有的名字應該都是捏造的。」卡爾說。「他一定另有其名。我們對這些假名束手無策。」

阿薩德又傾身聆聽伊莎貝兒費力的發音。

「她說其中有個是他駕照上的名字，她也知道他住在哪裡。」阿薩德說明著。

卡爾站起身。「她有地址嗎？」

「嗯，還有，」阿薩德又仔細聽了一陣後補充道。「他有輛天藍色貨車，她知道車號。」

一分鐘後車號被寫了下來。

「我馬上去查。」卡斯滕起身離去。

「伊莎貝兒說，那個男人的地址是在西蘭島上的某個村子。」阿薩德說完又把臉湊近伊莎貝兒。「村子名稱我聽得不是很明白，伊莎貝兒，名稱後面的字是『呂夫』？不是嗎？那是『斯勒夫』？」

伊莎貝兒回答時，他點了點頭。

地名是「斯勒夫」結尾，但前面的字阿薩德實在聽不懂。

「我們休息一下，等卡斯滕回來好了，可以嗎？」卡爾對著護士說。

對方點點頭。目前確實需要緩一緩。

「伊莎貝兒預計今天要送到別科病房，對嗎？」卡爾問道。

護士又點了一下頭。「但是有鑑於各種狀況，我們會再觀察幾個小時看看。」

門上響起敲門聲，一位女士走進病房。「卡爾．莫爾克先生的電話。他在這兒嗎？」

卡爾舉起一根手指，接過無線電話。

「喂。」他說。

「你好，我叫作貝蒂娜．畢爾克。我聽說你在找我，我是四一三一加護病房的行政人員，下午四點之前是由我當班。」

卡爾向阿薩德打個手勢，要他過來一起聽。

「有個男人在接近換班時間過來探望伊莎貝兒．雍森，我們需要妳描述他的面容與特徵。不是那個警察，而是另外一個。妳可以協助我們嗎？」

阿薩德瞇著眼睛一起聽，行政人員說完掛斷電話後，兩人相視搖頭。

攻擊伊莎貝兒的凶手，就是他們在一樓電梯前和卡斯滕寒暄時，從電梯走出來的那男人。年齡約五十幾歲、戴眼鏡、有幾縷灰髮、皮膚蒼白，並且有點駝背，和約瑟夫描述的那個頭髮濃密，生氣勃勃的四十多歲的男人簡直是南轅北轍。

「那個男人易容了。」阿薩德簡單扼要的說。

卡爾點點頭。那張嫌疑犯肖像他們看了不下百次，但即使同樣是那張寬臉，還有那引人注意的一字眉，他們仍然沒有認出他。

「我眞想咬爛自己的屁股。」站在他旁邊的阿薩德哀嘆一聲。

這種表達方式算含蓄了。他們看見他了！很可能還碰到他的袖子！差一點便可以挽救兩個孩子的生命，只要伸出手把他攔下來就好了。

「我想伊莎貝兒還有話要告訴你們。」護士這時開口說。「此外，我認爲差不多要結束會面了，伊莎貝兒非常疲累。」她指著醫療儀器說。伊莎貝兒的精力明顯下降。

阿薩德站到床邊，再度把耳朵湊近伊莎貝兒的嘴邊。

「好。」一、兩分鐘後他點點頭說。「好的，伊莎貝兒，謝謝，我都聽清楚了。」

「出事車輛的後座有幾件綁匪的衣服，上面有他的頭髮。你怎麼看，卡爾？」

他沒有回答。這件事情很重要，但是眼下派不上用場。

「伊莎貝兒還說，綁票者的汽車鑰匙圈上有個小保齡球，上面有數字1。」

卡爾噘起下唇。保齡球！這個線索一直在他手中。至少十三年前那個男人的鑰匙圈上就有那顆球了，這個線索對他們來說至關重要。

「我拿到地址了！」卡斯滕手中拿著一張紙走進病房。「菲斯勒夫，在羅斯基勒北邊。」他把地址拿給卡爾。「屋主叫作馬茲．克里斯提昂．福格，是伊莎貝兒給的名字之一。」

卡爾跳起來說：「那還耽擱什麼。」然後示意阿薩德一起走。

「哎，」卡斯滕有點躊躇，「你們不需要那麼著急。我從史基比的消防局得到消息，房舍在星期一傍晚被燒毀得一乾二淨。」

燒毀！那個混蛋還是快了他們一步！

卡爾重重吐了口氣。「你知不知道那棟房舍是否靠近水邊？」

卡斯滕從口袋拿出iphone，將地址輸入地圖導航。一會兒後，他搖了搖頭，把手機遞向卡爾指出地點。菲斯勒夫距離海邊還有好幾公里。沒有，那兒絕對不可能有船屋，那麼船屋究竟在哪兒？

「阿薩德，我們還是應該去一趟，或許會遇見認識凶嫌的人。」然後又轉向卡斯滕。「我們之前在電梯前聊天時，你注意到從電梯出來的男人了嗎？頭髮有點灰白，戴著眼鏡。他就是攻擊你妹妹的傢伙。」

卡斯滕呆若木雞，反應不過來。「不會吧！天啊！沒有，我沒有注意到那個人。你確定嗎？」

「你不是說有人要把你妹妹轉送到其他科去，所以請你離開病房嗎？就是他。你眞的沒看見他的臉？」

卡斯滕搖頭，一臉迷惘困惑。

他們全部望向白色被單底下的人形。可怕的夢魘！

「好的，卡斯滕。」卡爾向他伸出手。「眞希望是在別的情形下見到你。但無論如何，看見你眞好。」

他們彼此握了握手。

忽然間，卡爾腦中閃過一個念頭。「等等，阿薩德、伊莎貝兒，還有一個問題！據說那個男人有個看得見的疤痕，妳知道在身體哪個部位嗎？」

他看著坐在床邊的護士，她搖搖頭。伊莎貝兒已經陷入深沉的睡眠中，要知道答案看來得再等等了。

「所以接下來我們有三件事要做。」他們離開病房時阿薩德說。「我們必須去伊兒莎圈起來的所有地點看看，或許要參考湯瑪森給的建議。其次是調查那個保齡球，將嫌疑犯肖像發送到各個保齡球協會。最後是到菲斯勒夫，找那棟燒毀房舍的鄰居問話。」

卡爾點點頭，一抬頭，發現蘿思依然失魂落魄靠在電梯前的牆壁上。

「心情仍舊無法平復嗎，蘿思？」卡爾走近她問道。

她的肩膀聳了一下，喃喃說：「告訴那男孩有關他母親的事情令人難熬。」她哭過了，睫毛膏在臉頰上留下一道痕跡。

「唉，蘿思，我很遺憾。」阿薩德上前輕輕擁抱她，兩個人就這麼定住了一會兒。然後蘿思退後，用袖子擦擦鼻子，定睛看著卡爾。

「我們一定要逮住那個爛人，懂嗎？我不回家，告訴我有什麼可以做的。我一定要那個混蛋好看。」她的眼神堅定而閃耀。

蘿思又回來了。

卡爾指示蘿思調查北西蘭島的保齡球中心，在吩咐她將肖像和凶嫌曾經使用過的名字一起傳真過去之後，便和阿薩德上了車，設定開往菲斯勒夫的衛星導航。

現在已經是下班時間，不過他們並非以朝九晚五自豪的白領階級，尤其不是在今天這樣的日子。兩人抵達被燒毀的農莊時，太陽正緩緩西下，再過一個半小時，夜色將會籠罩大地。

那場火勢一定相當猛烈，曾經是房舍的地點如今只剩外牆殘骸，籬笆也一樣淒慘。三、四十公尺外的一切無一倖免於難，樹木宛如焦黑的圖騰伸向天空，建築物四周一片死寂，一路延伸到隔壁的農莊。

難怪不只是萊爾，包括羅斯基勒、史基比和非德里松的消防車全部出動了，因為火災很可能一發不可收拾，釀成巨禍。

他們在房子周遭轉了兩圈。阿薩德在斷垣殘壁中發現被燒焦的貨車，大喊說那情況讓他想起中東。卡爾則是從未看過這樣的景況。

「我們在這兒找不到任何東西，阿薩德，那個人銷毀了所有跡證。我們開車過去鄰居那兒，詢問有關馬茲·克里斯提昂·福格的事情。」

這時手機響起，是蘿思打來的。

「你想聽聽看我找到什麼了嗎？」她劈頭就問。

「巴勒魯普、坦比、格洛斯楚普、西北區、洛德雷、希勒羅德、法爾比、阿克瑟妥夫、哥本哈根、亞瑪格島上的布呂根、史坦洛瑟市中心、霍貝克、措斯楚普、非德里松、羅斯基勒、赫爾辛格，還有你住的地方阿勒勒，這些地區的保齡球中心都是我要調查的對象。我已經先將資料傳眞過去，兩分鐘後開始打電話聯繫，一有消息盡快告訴你們。我會和這些人糾纏到底，別擔心。」

保齡球中心那些人著實值得同情。

隔壁農莊距離火災現場約莫幾百公尺，他們登門拜訪時，農莊主人正在吃晚餐，桌上有豐富的馬鈴薯和豬肉，以及其他佳餚，絕對都是自家生產的食物。屋主看起來是大方的人，臉上洋溢著笑容，生活不虞匱乏。

「馬茲·克里斯提昂？不，說眞的，我已經好幾年沒看過那個怪老頭了，他和女友住在瑞典，他人應該在那兒。」先生穿著伐木工的格子襯衫說，顯然是此種服飾的擁護者。

「某些時候我們會聽到他那輛醜陋的天藍色貨車車聲。」女主人仔細說明。「沒錯，還有賓士車。他在格陵蘭賺了錢，所以買得起賓士。你知道的，不需要付稅。」

不用付稅，她顯然很熟悉這種事。

卡爾手肘撐在厚實的桌子上。他和阿薩德若是不趕快給自己弄點吃的，追查行動很快將後繼乏力，烤得酥脆的豬肉香味讓他們差點克制不住伸手奪取別人的財產。

「你剛說他是怪老頭，我們說的是同一個人嗎？」卡爾問道，嘴裡不停湧上口水。「根據我們得到的訊息，馬茲．克里斯提昂．福格充其量四十五歲左右。」

那對夫妻哄然大笑。

「我不清楚他是否有個侄子，」先生說，「但是這種事你們花個兩分鐘就能在電腦中確認了，不是嗎？」他點點頭。「他有可能將農莊租出去了。我們之前也這樣猜想，對吧，梅特？」

他妻子點點頭。「沒錯，因為我們發現總是貨車先駛進農莊，再換賓士車駛出，而在賓士車回來，貨車又再開走之前，會有好一陣子不見兩輛車的蹤影。」她接著又搖了搖頭說：「但是無論如何，馬茲．克里斯提昂．福格的年紀比你所說要大上許多。」

「我們說的是這個人。」阿薩德將肖像拿給他們看。

兩夫妻完全不認識肖像中人。

不是，那不是馬茲．克里斯提昂。他們說他將近八十歲，而且是個邋遢鬼，但是畫中人物看起來乾淨優雅。

「好的。還有，你們看見那場大火了嗎？」卡爾問。

他們臉上堆起笑容。這對鄉下人的反應還真不尋常。

先生開口說：「我可以打包票連歐洛那邊都看得見，甚至北至西蘭島的尼科賓也沒問題。」

「原來如此。那麼你們在那天傍晚是否看見有人開車進出農舍？」

他們一起搖了搖頭。「沒有。」先生笑著說。「我們已經休息了。別忘了，鄉下人一大早就得起床，和六點才起床的哥本哈根人不一樣。」

「我們必須先在加油站停一下。」卡爾上車前這麼說。「我餓死了，你不餓嗎？」

阿薩德聳了下肩膀。「不，我都吃這個。」

他從袋子底部撈出兩個中東式包裝的東西，從上面的圖畫判斷，應該是海棗和無花果。「你要來一點嗎？」他問。

卡爾點點頭後坐進駕駛座，嘴裡嚼著食物，滿足的嘆了口氣。那些東西眞是美味可口。

「你覺得以前住在那裡的那個人發生什麼事了？」阿薩德指著火災現場問。「你若是問我，我會說大事不妙。」

卡爾又點了點頭，吞下食物後說：「我想我們必須派一些人過去。若是徹底搜索，應該會發現一副現在若還活著約莫八十歲的骷髏。」

阿薩德將腳抵在面前的儀表板上說：「我也這麼想。現在呢？」

「我不知道。我們必須打電話給湯瑪森，詢問他是否和帆船俱樂部以及諾斯孔林務局的人談過了。然後或許可以請卡斯滕．薙森調查這附近的測速照相器是否曾經拍下一輛深色的賓士車，就像伊莎貝兒和蕊雪被拍到的那樣。」

阿薩德點了點頭。「也許我們運氣不錯，交警已經根據車號找出了賓士車的下落。」

卡爾發動車子。他懷疑事情會這麼簡單。

接著手機鈴聲忽然響起。早個半分鐘打來不行嗎？他心裡嘀咕，又把車子熄火。

話筒另一頭傳來蘿思急迫的聲音。

「我打電話給所有的保齡球中心了，但沒人認識肖像中的男人。」

「他媽的。」卡爾咒罵一聲。

「什麼事？」阿薩德將腳放下來問道。

「沒錯，但這還不是全部，卡爾。」蘿思接著又說。「當然也沒人聽過那些名字，除了拉斯．梭倫森，有兩個人叫這個名字。」

「意料之中。」

「不過我和羅斯基勒一個聰明的傢伙談過話，他是協會裡的新人，所以問了幾個在旁邊豪飲的資深球手。他們今天晚上有場比賽。有人覺得那張畫和他們那邊很多人長得很像，不過最後卻另有發現。」

「很好，蘿思。發現了什麼？」眞要命，她難道不能講快一點嗎？

「馬茲・克里斯提昂・福格、拉斯・梭倫森、米克爾・勞斯特、佛來迪・布林克和畢格・徐洛特，他一聽到這幾個名字，就哈哈大笑。」

「什麼？」

「他不認識那些人，但是在他們今晚要上場的隊伍裡，不僅有拉斯、畢格，還有一個米克爾。拉斯就是他本人。幾年前也有一個叫作佛來迪的人，那時他們在另外一個保齡球中心打球，不過那個人年事已高了。至於馬茲・克里斯提昂是何方神聖沒人清楚，但這個消息總比沒有好，你認爲能派上用場嗎？」

卡爾將半包海棗放在儀表板上，剎那間豁然開朗。這不是第一次有犯人利用身邊的人姓名來取假名，他們的創造力相對有限，若不是把名字顚倒，就是取代、交換或拿掉某個字，再不然就是將名字和姓氏對調。心理學家絕對可以說明這種作法的深層動機，但是卡爾純粹覺得這些人只是缺乏想像力。

「我後來又問，他是否認識某人的鑰匙圈上有個寫著1的保齡球，那男人又放聲笑了起來。他說自己的隊伍裡每個人都有，顯然多年來他們曾在許多地方比賽過。」

卡爾直瞪著眼前車燈照出的光柱。先是雷同的名字，現在還有保齡球。

他望向衛星導航。到羅斯基勒多遠？三十五公里？

「怎麼樣，卡爾？你認爲應該要追查下去嗎？畢竟這兒沒有馬茲·克里斯提昂。」

「的確，蘿思。那個名字取自其他地方。我們已經知道馬茲·克里斯提昂的身分了——或者說掌握了更多資料。唉，但是也眞他媽的，我相當篤定妳查到的資訊非常重要，給我那個保齡球中心的地址。」

卡爾在調整衛星導航的設定時，聽到她翻頁的聲音。

「好。」他回答她。「謝謝，蘿思。是的，我晚點打給妳。」

他轉過來看阿薩德。

「羅斯基勒，哥本哈根路五十一號。」他踩下油門說。「阿薩德，把地址輸入衛星導航。」

第四十三章

仔細想清楚，他不斷對自己說。別莽撞行動，要採取正確的措施，別做以後會後悔的事。

他緩緩駛過寧靜的街道，對那些向他打招呼的人點頭示意，然後開進自家車道。剛才在王國醫院發生的事壓得他肩頸沉重，結果糟糕透頂。

他感覺自己置身於空曠之地，周遭沒有任何可供藏身的地方，猛禽銳利的雙眼大剌剌打量著他，每個人從遠處就能察覺到他任何行動。

他看了一眼鞦韆，繩索羸弱垂下。將鞦韆掛到樺樹上不過是三個星期前的事，當時他還幻想夏天來臨時，夫婦兩人幫兒子推鞦韆嬉戲的景況，如今已成枉然。沙箱裡躺著一支紅色的塑膠小湯匙，他撿起湯匙，憂傷突然排山倒海而來。上次出現這種感受時，是在他青少年時期。

他坐在庭院椅凳上閉起眼睛，好一會兒就這麼靜靜坐著。不久前，他的鼻子還盈滿玫瑰香氣，身邊有位妻子相伴，孩子圍繞在他頸子上的纖瘦手臂，吹拂在他臉頰上的沉穩氣息也記憶猶新。他想念當初的寧靜與平和。

夠了！拋掉愚蠢無謂的多愁善感！他搖搖頭，提醒自己那已是陳年往事，其他事情也一樣。

他如今的生活都要歸咎他的父母，還有繼父。但他已經報復過好幾次，多次毆打過那些性格雷同的人，還有什麼好悔恨的？

不需要。既有戰鬥，就有受害者。他必須習慣受害者的存在。

他將小湯匙丟進草叢中，然後站了起來。外面的世界還有其他女人等待著他，班雅明將會有個適合的母親。等他賣掉所有的財產，一定能在世界某個地方過著優渥的生活，至少可以支撐他到進行下一次任務、賺到錢之後。

目前當務之急是面對現實，採取相對應的行動。

伊莎貝兒仍然活著，甚至有痊癒的可能。她的兄長是位警察，沒事就會在醫院晃盪，而那對他是致命的威脅。他很熟悉這種人，他們的任務就是要逮住他。

那個被他打昏的護士應該會記得他。未來的日子裡，她只要遇到眼神令人費解的陌生人，一定會感到驚慌失措。她對別人的信任感已經出現裂痕，也永遠忘不了他，那個行政人員也一樣。不過，他並不擔心這兩個人。

畢竟她們壓根兒不知道他的長相。

他站在鏡子前卸妝，一邊打量自己經過易容的臉。

不會有問題的。若是有人能看透人類的觀察模式，那個人就是他。只要在臉上做出深刻的皺紋，別人就會記得皺紋；只要隱藏在鏡片後頭的目光呆滯無神，那麼若是沒有眼鏡，別人就認不得你；若是下巴上有個醜陋的疤痕，誰也不會漏看，然而一旦去除疤痕，將沒有半個人能認得出來。

有些特徵適合拿來偽裝，但有些則不恰當。不過可以確定的是，最好的偽裝是讓自己看起來平凡無奇，才不會引起他人注意，而他是這方面的高手。只要在正確的地方畫上皺紋，在眼周塗著陰影，或者將眉毛加工，改變一下膚色，把頭髮旁分到另一邊，讓頭髮的顏色看起來有點年紀，就會打造出截然不同的人。

今天他將自己打扮成某個男人，他們會記住他的年紀、口音和深色眼鏡。至於他的嘴唇是單薄還是豐滿，顴骨高或低，他們一定想不起來。絕對不可能。當然他們或許會對某個臉部特徵有印象，偶然會出現這種事情，但絕不足以用來指認他。

不管他們調查、詢問多少次，也找不到有用的證據。菲斯勒夫和貨車全已銷毀，他也即將離開。一個居住在羅斯基勒住宅區的普通男人，一個在這個小地方擁有一棟價值一百萬克朗獨棟別墅的男人，即將退場。

再過幾天，一旦伊莎貝兒能開口說話，他們將會知悉凶嫌這些年來所做的事情，但不會知道他是誰。他的身分只有他自己知道，也應該繼續保持下去。不過他們可能會在媒體公布訊息，提醒未來潛在的受害者留意，因此他勢必得暫停行動一段時間，低調簡樸度日，同時替自己找新的起點。

他四下打量這棟精美的房舍。雖然妻子花了一大筆費用將房子維護得井然有序、舒適美觀，考量到經濟危機拖垮了房價，現在也不是賣房子的好時機，但是，他無論如何都要賣掉房子。那是經驗教會他的，若一個人想從世界上消失，光是不與熟人聯繫並不夠；車子、往來銀行、名字、地址、交友圈等，生活中的一切都得放棄。此外，還要對周遭的人胡謅自己離開的詳細原因。例如在國外找到了新工作，薪水豐厚，氣候宜人，這種理由沒人會覺得奇怪。

簡言之，不可以貿然採取不理智的行動。

他站在堆滿箱子的那個房間前面，呼喚妻子的名字，等了幾分鐘沒有察覺到生命跡象後轉身離開。

幸好他不必親自動手。畢竟誰忍心殺害一隻備受寵愛的家畜呢？

無所謂了，那已經成爲過去，無須介意。

今晚比完保齡球賽後，他會開著裝有屍體的車子駛向韋伯莊，解決掉他妻子和那兩個孩子。

屍體會在幾個星期後溶解，油箱也將洗得乾乾淨淨。

至於他的岳母，將會收到女兒被淚水浸濕的告別信，信中透露出母女間惡劣的關係是她決定搬到國外的關鍵因素，唯有彼此的傷口痊癒那天，兩人才可能再見面。若是岳母反覆追問，甚至起了疑心，那麼他將登門拜訪，強迫她寫下自己的道別信。反正這不是他第一次在別人身上下安眠藥。

但是，在那之前他必須先銷毀裝有過去祕密的箱子，把車子修理好後賣掉，並且出售房子。透過網路要在菲律賓找到舒適的棲身之所應該不難。接著他得到妹妹那兒接走班雅明，並且向她保證會繼續金援他們。最後，再找輛破車開往保加利亞，抵達目的地後直接棄置在路邊。

用假名訂購的機票不可能追蹤到他以前的身分。完全無須顧慮。至於帶著兒子從索菲亞飛到馬尼拉的父親，也不會引起旁人側目，但若是方向相反的話，可能就會有問題。

經過十四個小時的飛行後，未來就在前方等待。

他到走廊從櫃子中拿出Enobite保齡球袋，裡頭的裝備是特別為了勝利而添購的，最近幾年也的確不負期望贏得多次比賽。他到菲律賓後若對現在的生活有什麼眷戀的，應該就是保齡球了。

只不過，他的隊友沒有一個令他看得順眼。那些人全都一個德行，樸實簡單，其中有兩個簡直是不折不扣的笨蛋，眞希望能換掉他們。他們的姓名平凡無奇、外表乏味，然而只有和這群人一起組隊，在分級比賽中才會出現卓越的表現。保齡球瓶全部倒下時發出的聲響，是勝利的號角，他們六個隊員全都這麼認為。

這才是決定性的竅門。

他們這支隊伍走上球道是為了爭取勝利，所以他每場比賽必定出席，這也是為什麼他如此熱愛這項運動。當然，也爲了他特別朋友教皇而戰。

「你們好。」他向吧台旁的隊友打招呼。「你們就坐這兒嗎？」大家朝他舉起手，他一一擊掌回應。

「你們喝什麼？」他問。每個剛來的人都以這句話開場。

他和其他隊友一樣，比賽開始前只喝礦泉水。但是對手卻非如此，而那是他們的失策謬誤。他們聊了幾分鐘對手的強項與不可預測之處，對一定能贏得基督升天日的比賽冠軍感到信心滿滿後，他開口說：「哎，你們在那之前要找個新人來頂替我了。」他滿懷歉意舉起雙手。「我很抱歉，老友。」

隊友投射過來的責備目光，指摘他是個背叛者，好一會兒誰也沒開口說話。史文德嘴裡的口香糖嚼得比平常更用力，他和畢格的表情簡直像要氣炸了。他可以理解他們爲何如此氣憤。

拉斯打破沉默說：「情況聽起來不太秒，雷納（René）。怎麼回事？和你老婆有關嗎？這種情況並不少見。」

一旁的隊友紛紛點頭附和。

「不是。」他匆匆笑了一下。「不是這樣的，眞的和她無關。我被提拔爲總經理，將被派任到的黎波里，在利比亞，是一家新的太陽能企業。不過別擔心，五年後我就回來了，合約規定頂多五年，到時候你們這個老男人俱樂部應該還會要我吧？」

沒有人笑，他也沒期待他們能輕鬆以對。因爲他褻瀆了比賽，在比賽即將開始之際，對隊伍做出最惡劣的舉動。這個消息勢必在隊友的腦子裡發酵，進而影響他們拋出保齡球時的力道。

他向大家道歉在不恰當的時機說出這個訊息，然而心裡明白情勢已經無法挽回。

他們已將他排擠在外，正如他所預期的一樣。

不過他也清楚他們眞正的心態。保齡球是這群人逃脫日常生活的出口，國外沒有總經理的位置在等待他們。在他標示出兩方彼此的差異之後，他們全都感覺自己如同補鼠籠中的老鼠，他自己也經常有此感覺，不過那已是很久以前的事情了。

如今，他已逐漸變成了貓。

第四十四章

晨光從箱子間緩緩爬移過房間。這種光景她已經看了三次，心裡很清楚應該無緣再見。她又啜泣了起來，但是全身精力盡失，一滴眼淚也流不出來。她試著想張開嘴，嘴唇卻始終無動於衷，舌頭緊緊黏著上顎。已經多久沒有唾液讓她得以吞嚥了？

死亡的念頭如今反而讓她感到解脫。就這麼永恆睡去，不再感覺痛苦，也不再孤單寂寥。

「別去阻攔面對死神的人，也不需阻擋知道自己隨時會離開的人。眼睜睜看著消毀崩滅的時刻來臨的人，就隨他去吧，讓他決定自己的生命態度吧。」她丈夫有次譏諷的引用他父親的話。她丈夫！沒有好好活過的人，怎麼敢質疑那些話？她或許隨時會離開人世——至少感覺如此——但是她畢竟活過了。是的，她活過了。

或者說，並沒有呢？

她極力回憶自己的一生，但只剩下模糊的記憶，年崩解成了週，腦中浮現零星片段，時空跳躍交錯，與不可能的情況相連。

我的頭腦將先一步死去，她心想。

她感覺不到自己的呼吸，呼吸平淺到無法察覺氣流從鼻孔通過，全身只剩沒有受到壓迫的手指不住顫抖。前一天，那幾隻手指在她頭上的箱子挖出了一個洞，碰觸到某種金屬之類的東西，她絞盡腦汁思考那可能是什麼物品，自己有沒有可能把它弄出來？而現在手指又開始發抖，上面彷彿綁著弦線，線頭另一端直接由上帝操縱著，抖個不停的指頭宛如蝶翼振翅拍飛。

神啊，祢打算拿我如何？這是祢要將我帶到身邊之前，我們之間的第一次接觸嗎？

她在心裡笑了起來，從未感覺距離上帝這麼近，也沒和哪個人如此親近過。恐懼和寂寞飄然遠去後只剩滿身疲憊，如今她幾乎感覺不到箱子的重量，只有充斥體內的疲累感。

忽然間，她的胸前傳來一陣刺痛，痛得她倏地睜大雙眼，然而四下一片黑暗，白日早已消逝。她腦中頓時閃過一個念頭：這是我生命的最後一天。她心臟四周的胸腔肌肉開始痙攣緊縮，手指抽搐僵直，面部肌肉麻痺，不由得呻吟出聲。

神啊，我很痛！噢，神啊，請趕快讓我死去吧！她再三祈求。接著，又掠過一陣更加劇烈的刺痛，最後回歸於一片沉寂。

有好幾秒的時間，她相信心臟停止了跳動，甚至開始等待黑暗將自己永遠吞噬。這時，她張開嘴急促大口呼吸，掙扎著將肺部最後一次吸滿空氣。那樣的急促喘息，蔓延至她內在僅存一絲生存本能的幽微角落。然而她仍可感覺到太陽穴的脈搏在跳動，還有小腿的抽動。身體依舊頑強健壯，不願放棄，上帝的考驗也尚未結束。

由於恐懼上帝緊接而來的下一步棋，她不斷祈求禱告，請求祂不要降臨劇烈的痛楚，希望一切盡快結束。這時，她聽見先生打開樓下大門，走到房間門前呼喊她的名字。然而這早已錯過她能夠回答的時機。即使回答了，又有什麼用呢？

她感覺到中指與食指不由自主抖動，手慢慢往上伸向箱子上的洞，指尖再次碰觸到那個小小的金屬物品，依然感覺平滑、不真實。她不斷摸著金屬物品，直到五隻手指抽搐痙攣。突然間，她發現那個平坦冰冷的物品表面有個小小的V型凸痕。

她強迫自己冷靜下來，理性思考，不讓早已停止活動的大腸、渴望水分的細胞，以及喪失感覺能力的皮膚干擾她釐清物品的圖像，思索那個有著V型凸痕的金屬物品是什麼。

但是，她漸漸打起盹來，腦袋越來越空洞，放空的頻率也越來越高。許多平坦物品一一掠過她的腦海，手機的觸控螢幕、手錶表面、廁所櫥櫃的鏡面，但轉眼間又全部消失。生活中符合條件的物品，爭先恐後的在她意識中搶奪位置，忽然間，它就站在眼前。她自己沒用過那東西，但是她記得童年時，那是能讓男人從口袋裡拿出來獻寶的珍品，顯然她丈夫以前也擁有此種象徵身分地位的物品。V字型的朗森打火機被粗心的丟在箱子裡，靜靜躺在箱底——或許它躺在此的目的就是爲了她。爲了衝撞她的思緒，甚至是促使她快速結束生命而存在。

重要的是，我必須將它弄出來！重要的是，它要能用，而且我的手指必須乖乖合作！那麼之後，他所有的財產將和我一起付之一炬。

她又在心底深處露出笑容，這個念頭某種程度上眞令人振奮。若是所有的東西都燒掉了，至少她可能因此留下一條線索，在他的生命中種下他永遠斬絕不掉的根，並且使他失去賴以犯罪謀生的資料。

惡有惡報！

她屏住呼吸，刨刮著箱子，但這時才發現箱子有多硬，簡直硬到讓人發狂的地步。她像院子裡採集木屑的胡蜂般不停的刮，好不容易稍微刮掉一點，在她臉旁掉落約莫大頭針大小的碎片。要讓打火機掉下來，洞要夠大才行，而且最好能幸運的掉在她手中。

等到洞口大得足以讓打火機移動一公釐時，她的力氣已經耗盡。

她閉上眼睛，班雅明的身影浮現腦海。他長得比現在高，容貌漂亮秀氣，會講話，手裡拿著皮球搖搖晃晃向她走來，調皮又淘氣。啊，她多想看著他成長呀！聽他正確說出第一句話，帶他第一天上學，看著他第一次直視她的眼睛說她是世界上最好的母親。她不確定這樣的情緒波動是否濕潤了眼角，總之她感覺到了淚水。想起了兒子班雅明令她激動莫名，從今以後，他的生活中將不會有她。

班雅明將和那男人一起活下去。

不行！不可以！她在心中狂吼。但是那又有何用？

這個念頭一直纏繞著她，越來越有力、越來越清晰。他將和班雅明一起生活。這該是她心臟停止跳動前最後一個念頭嗎？

於是她的手指又動了起來，中指的指尖碰到了打火機底下的紙張。她繼續奮力刨著，刨到後來連指甲都斷了。弄出打火機是她唯一的目的，她一邊與這個念頭掙扎糾纏，一邊昏睡過去。

樓下外頭街上傳來迫切的呼叫聲，她褲子後面口袋裡的手機同時響起，不過鈴聲顯然微弱了一點，電池很快就會耗盡。

是肯尼士。或許她丈夫還在家，他聽到叫聲後會開門；或許肯尼士會察覺到事情不對勁；或許……她的手指稍微動了一下，那是她爲兩人之間的接觸所能付出的最大努力。

但是大門沒被打開，也沒有爭執的聲音，唯一聽見的只有手機鈴聲微弱的聲響。就在這一刻，打火機緩緩滑出來，擦到她的手。

打火機掉在她的大拇指上，一個錯誤的動作就會滑落手臂，消失於身體底下的黑暗之中。她盡可能對肯尼士的叫聲充耳不聞，不去理會褲子口袋裡的手機震動，將所有的注意力集中在食指上頭，想辦法拿穩打火機。

她確定拿穩了打火機後試著翻轉手臂，雖然可能只轉了一公分，卻讓她振奮了精神。她感覺自己無名指和小指不再僵死。接著，她緊緊抓著打火機，打開蓋子，聽到了氣體溢出的微弱聲。

但是，她該怎麼提起力氣點燃它？

她將全身僅餘的力氣集中到大拇指上，憑著最後的意志力，想讓身邊的人看看她生前最後幾個小時的樣子，以及又是如何死去的。她用身上唯一還能動的大拇指按下了打火機，黑暗中，眼前閃現一絲星火，打火機隨即燃了起來，把四下照得光亮。

她的手臂好不容易朝箱子轉了大概一公分，將火焰湊近箱子後點燃。藍色的小火焰逐漸變黃、變大，像道光條慢慢往上燃燒，在箱子上留下黑色焦痕。接著火焰熄了。

火焰只燃燒了一小段時間，燒到箱子上半部後便只剩下一道細微的紅色紋路。沒多久，那道紅焰也不見了。

她聽著肯尼士的叫聲，心底明白一切都結束了。

她已經沒有力氣再試一次。

她閉上眼睛，想像肯尼士站在屋前街道的模樣。她有可能和他幫班雅明生個漂亮的弟弟或妹妹啊！他們可能會擁有美好的生活！

她嗅著煙霧，腦中忽然鑽進新的景象，有小時候當童子軍時到海邊郊遊的畫面，和大一、兩歲的男孩子生起聖約翰篝火的畫面，以及和哥哥還有父母到法國維托爾露營度假時聞到的氣味。

氣味越來越強烈了。

她倏地張開眼睛，一道金色光線映入眼簾，背後還摻雜著箱子上方的藍色光苗。下一秒，火焰就在她頂上閃耀燃燒。

燒起來了。

她聽說大部分喪生火災的人大多會死於有毒的煙霧，她希望自己也能這麼死去，這種死法聽起來比較仁慈，也比較不會痛苦。但是她躺在地板上，而煙霧往上飄，彷彿火焰要趕在煙霧之前先征服她。她將會被燒死。一股恐懼油然而生。

在她生前最後的、永恆的恐懼。

第四十五章

「在那裡！」阿薩德在哥本哈根路上指著斜對面一棟架設著鷹架的建築，建築物顯得衰敗欲墜。「卡爾，這裡右轉，我們必須再開一小段路。」阿薩德說。

他們最後將車停在保齡球館旁邊光線昏暗的停車場，這裡幾乎停滿了車子，至少有三輛深色賓士，但是沒有一輛有擦撞痕跡。

車子可能這麼快就修好嗎？卡爾心裡質疑。他想起了放在警察總局武器櫃裡的手槍，或許應該將槍帶來，不過誰能事先預料事情的發展呢？這是個漫長的一天，充滿不可預期的意外。

門上有幅布條寫著：「本棟建築整修中，很抱歉造成您的不便。請從後門進來。」看來從這兒是進不去的。他們繞到建築物後面，除了一面有巨大保齡球的牌子之外，沒有地方可以看出這兒是家保齡球館。

他們進入後門，迎面看見好幾排鐵櫃，看起來就像任何一個火車站的寄物櫃。牆壁上光禿一片，有兩扇不知道做何用處的門，還有一道漆著瑞典國旗顏色的階梯往下延伸，此處毫無生氣與活力可言。

「我想我們無論如何要從這兒走到地下室去。」

接著又是一道標語寫著：「謝謝您的光臨。下次在羅斯基勒的保齡球中心見！運動、樂趣、刺激。」

最後三個語詞真的和保齡球扯得上關係嗎？對卡爾來說，保齡球不是運動，也不覺得這種拋球的行爲有趣，更是一點也不刺激。他的想像力只侷限在翹臀、啤酒和難以消化的食物。

接著他們終於找到接待櫃台，櫃台後面有個男人正在講電話，四周圍繞住房須知、甜食袋和停車證說明。

卡爾四下打量。吧台那兒坐滿了人，其他人各自成群站在旁邊，運動袋隨處亂放，大概有十八到二十個球道正熱鬧活動著。原來這就是比賽啊，卡爾想。男男女女穿著柔軟的褲裝和印著各自保齡球俱樂部標誌的單色襯衫。

「我們想找拉斯．布蘭德，你認識他嗎？」卡爾見那男人掛斷電話，馬上開口問道。

他指向吧台一個男人。「那個把眼鏡戴在頭上的人。你叫他『菸癮鬼』時小心一點。」

「菸癮鬼？」

「對，我們這兒都這樣叫他。」

他們走向吧台，察覺到吧台旁那群人正打量著他們的鞋子和服裝。

「拉斯．布蘭德嗎？還是應該稱呼你菸癮鬼？」卡爾伸出手問。「我叫卡爾．莫爾克，哥本哈根警察總局懸案組組長。可以和你聊一下嗎？」

拉斯．布蘭德笑了一下，也伸出手回應卡爾。「啊，我壓根兒忘了這件事。我們剛剛得知有個隊友要離開我們，所以腦袋全被這事占據了。」

他輕拍了一下旁邊那個人的背部，看來他應該就是讓人心情不好的傢伙。

「這些人都是你的隊友嗎？」卡爾向其他五個人點頭示意。

「羅斯基勒最優秀的隊伍。」拉斯．布蘭德豎起大拇指誇道。

卡爾朝阿薩德做了個動作，要他留在這兒觀察其他五人，以免有人偷溜走。他們現在承擔不起任何風險。

拉斯·布蘭德身材頎長，但體型相對有點單薄。五官細緻，輪廓深邃，感覺一派斯文甚至帶點學究氣質，至少會覺得他是從事室內工作的人。然而無論是歷經風霜的皮膚或是粗糙有力的雙手，都指明了他從事的是勞動工作。整體給人一種困惑矛盾的感覺。

他們在牆壁旁邊站了一會兒，觀賞不同球道上的選手比賽。

「我的助理蘿思和你通過電話，」卡爾導入主題，「就我的理解，你聽到那堆人名和鑰匙圈上的保齡球覺得很有趣，不過你必須知道這不是在開玩笑。我們正在調查一件非常嚴重、迫切的案子，我有必要告知你，你所說的一切將被記錄在案。」

面前的男人似乎一下子現出可疑的神態，頭上的眼鏡彷彿稍微沉入頭髮裡。

「我有嫌疑嗎？爲什麼？什麼樣的案件？」拉斯一副被人臟俱獲的反應。眞奇怪，卡爾納悶，他根本沒提到嫌疑之類的字眼。若是這男人有鬼，爲什麼和蘿思講話時又如此毫無保留？不，那一點意義也沒有。

「嫌疑？你誤會了，我只是想請教幾個問題，好嗎？」

拉斯看了一下時鐘，然後說：「可能沒有辦法。二十分鐘後換我們上場比賽，而在比賽開始之前，我們需要彼此激勵打氣一番。雖然我也很想知道究竟怎麼一回事，但你可以等到比賽結束嗎？」

「很抱歉，沒有辦法。我們可以一起裁判桌那兒去嗎？」

拉斯一臉困惑看著卡爾，不過終究還是答應了。

裁判也同樣困惑不已，但是卡爾秀出警徽後，他們變得稍微合作一點。

然後兩人往回走向前面的牆邊，在經過幾張桌子時，聽見擴音器傳來的放送聲音。「由於一些理由，我們必須稍微調整比賽的順序。」裁判說，唸出緊接著要上場比賽的隊伍名稱。

卡爾望向吧台，五雙眼睛投以嚴肅又訝異的眼神。阿薩德站在五個男人身後，像隻鬣狗般警覺的盯著他們後腦杓。卡爾非常篤定凶嫌就在那五人之中。只要那幾個男人仍舊坐在原處，兩個孩子的性命就安全無虞。前提是他們還活著的話。

「你和你隊友很熟嗎？我聽說你是隊長？」

拉斯．布蘭德點點頭，回話時沒有看著卡爾。「這家保齡球館開張以前，我們就在洛德雷一起打球了。不過這兒離大家住的地方比較近。當時我們還有另外兩個隊友，但是由於成員大多住在羅斯基勒，所以最後決定在這兒打球。沒錯，我對他們很熟。尤其蜂窩，就是手上戴著金錶的那個。他是我哥哥約拿斯。」

卡爾覺得眼前這傢伙有點緊張。難道他知道什麼嗎？

「蜂窩和菸癮鬼，很有意思的名字……」卡爾殷勤的笑了一下，希望能夠稍微減緩對方的緊張，必須盡快引他暢所欲言才行。

這招果然奏效。拉斯也輕輕露出微笑。

「是的，對局外人來說一定覺得奇怪。不過，約拿斯和我是養蜂人，所以有那樣的綽號並不奇怪。」他回答說。「我們每個隊友都有自己的暱稱，但是你應該已經知道了。」

卡爾雖然不知道，但還是點點頭。「我注意到隊友間的身形差不多，或許你們有親戚關係？」

若是如此，他們絕對會互相掩護。

拉斯又噗哧一笑。「不是，當然不是啊，只有約拿斯和我是兄弟關係。不過，我們確實比一般人高了一點。手臂長，比較好擺動。」他說完哈哈大笑。「不是這樣的，純粹是偶然。說實話，這點我們眞沒想過。」

「待會我需要你提供身分證字號，不過在此之前，我想請問，你是否知道哪個隊友可能做過不法情事？」

拉斯震驚萬分。或許他現在才意識到事情的嚴重性。

他深吸了一口氣。「話說回來，我們沒熟到這程度。」他壓抑情緒說，但聽起來不太可靠。

「可以告訴我，你們之中誰有賓士車嗎？」

他搖搖頭。「至少約拿斯和我沒有。至於其他人開什麼車，你得自己問他們。」

他在掩護某人嗎？

「你應該知道其他人開什麼車吧？你們不是經常一起去參加比賽嗎？」

他點了一下頭。「沒錯，但是我們會先在這裡集合，因爲有些人把他們的用具放在樓上的櫃子裡。約拿斯和我有輛小巴士，位置夠六個人坐，一起分擔油錢會比較便宜。」

這個回答某種程度上聽起來沒有破綻，但是眼前這傢伙人卻活脫像個藉口。

「你可以把隊友一一指給我看嗎？」卡爾馬上收回這個問題。「不，請你先告訴我，你們的保齡球鑰匙圈怎麼來的？那是保齡球玩家通用的式樣嗎？在保齡球館就買得到？」

他搖了搖頭。「這裡買不到。我們的球上刻有數字1，因爲我們就是那麼優秀。」他略帶歉意的笑了笑。「通常球上不會有東西。如果有，充其量是標示尺寸的數字，但是不可能會有數字1，因爲沒有那麼小的球。那是一個隊友從泰國買回來送我們的。」他拿出自己的鑰匙圈遞給卡爾看。球很小、又黑，而且已經有磨損，除了數字1之外，沒有特別引人注意之處。

「除了我們之外，還有一些以前的隊友也有這顆球。」他繼續說下去。「我想他當初一共買了十個。」

「他是誰？」

「史文德。就是穿藍色運動衫、嘴裡不斷嚼著口香糖、長得像服飾商的那位。他以前也確實賣過服飾。」

卡爾打量著那個男人。他和其他人一樣，坐在那邊看著同伴和警察講話。

「好的。你們經常一起練習嗎？」

如果其中有個人定期缺席的話，他心想，很可能就值得關注了。

「嗯，約拿斯和我會一塊兒練習，其他人有時候也會加入。以前我們時常一起練球，不過現在已經沒有那麼頻繁了。」他又微微一笑。「大多只在比賽前打個幾球。或許我們應該更常在一起練習，不過這麼做似乎多此一舉。畢竟對每一回合都能打出兩百五十分以上的人而言，何必傷腦筋呢？」

「你知不知道隊友中誰身上有明顯的疤痕？」

拉斯聳了聳肩。

看來他們必須一一確認才行。

「那邊可以坐嗎？」卡爾指著一排鋪上白色桌巾的桌子，應該是餐廳的座位。

「當然沒問題。」

「那麼我到那邊坐著。可否麻煩你請哥哥過來一下？」

約拿斯．布蘭德似乎非常錯愕。怎麼回事？什麼事情這麼重要，非得要改變比賽順序不行？但是卡爾仍不急著向他解釋。「你今天下午三點十五分到四十五分之間，人在哪裡？可以請你說明一下嗎？」

卡爾緊盯著他的臉。約拿斯孔武健壯，四十五歲上下，他會是他們在醫院電梯前看見的男人嗎？那個肖像畫上的凶嫌？

約拿斯稍微往前傾身。「三點十五到四十五分之間？我不確定能記得那麼清楚。」

「啊哈，你可是有支漂亮的錶啊，約拿斯。難道你不會看一下時間嗎？」

約拿斯出人意料的縱聲大笑。「我當然會看，但是我工作時不會戴錶。這支錶價值三萬五千克朗，從我老爸那兒繼承來的。」

「也就是說，三點十五分到四十五分之間，你正在工作囉？」

「當然。」

「那麼你爲何不知道自己人在哪裡？」

「唉啊，我不知道的是，我是在工作室修理蜂箱，還是在倉庫更換蜂蜜採集器的齒輪。」

兩兄弟中腦筋比較靈活的應該不是他。還是說，其實他特別聰明？

「你從事黑市買賣嗎？」

正中目標！一聽到這個問題，他完全無法保持鎭靜。但是卡爾不關心這種事，那是另外一個部門的工作，眼下他只想要了解這個男人的底細。

「約拿斯，你有前科嗎？你知道我很容易就能查出來。」卡爾想彈一下手指，但是沒有成功。

約拿斯搖了搖頭。

「其他的隊友呢？」

「爲什麼這樣問？」

「其中有人有前科嗎？」

他猶豫了一下。「我想強尼加油、黑手和教皇或許有吧。」

卡爾的頭稍微往後一縮。什麼爛名字啊！「他們是誰？」

約拿斯朝吧台旁的男人看過去時，眼睛瞇了起來。「禿頭的那個是畢格．尼爾森，他在酒吧和餐廳演奏鋼琴，所以我們叫他強尼加油。坐在他旁邊的是米克爾，哥本哈根的摩托車技師，在我們這兒就叫作黑手。我想這兩個人應該有點不乾淨。畢格曾經非法私自釀酒，米克爾則是有偷車紀錄，將偷來的車轉售出去。不過那都是很多年前的事情了。為什麼要問這些？」

「還有一個人呢？叫作教皇，對吧？他一定就是史文德，穿藍色運動外套的那個。」

「沒錯，他是天主教徒。我對他了解不深，但我相信他在泰國可能做過什麼勾當。」

「隊伍中還有一個人，他又是誰？就是正在和你弟弟講話的那個人，他即將離開你們隊伍，沒錯吧？」

「是的，他是我們最好的選手，所以他要離開這件事著實讓人心煩。他叫作雷納．亨利克森（René Henriksen），和前國家足球隊後防球員的名字一模一樣，因此我們都叫他『三號』。」

「因為雷納．亨利克森穿三號球衣嗎？」

「至少某個時期是如此。」

「你身上有沒有帶有身分證字號的證件，約拿斯？」

他從口袋拿出小皮夾，抽出駕駛執照。

卡爾將號碼登記下來。

「對了，你知道這幾個隊友當中誰有賓士車嗎？」

他聳了聳肩。「不知道，因為我們都在這兒……」

卡爾阻止他說下去，他沒有時間聽他把拉斯剛才說過的話再講一次。

「謝謝你，約拿斯。麻煩你請雷納過來，可以嗎？」

從他自吧台椅子上起身，一直到在卡爾面前坐下，兩人的視線始終盯在對方身上。對方是位瀟灑迷人的男子，雖然說這些話有點多餘，但是他的確保養得宜，目光堅定。

「雷納．亨利克森。」他自我介紹說，坐下來前將褲子拉高。「我從拉斯那兒了解你似乎正在調查某件事，並不是他說了什麼，而是我的感覺。這件事和史文德有關嗎？」

卡爾仔細端詳著名叫雷納的男子，他可能就是他們要找的人。和肖像上的凶嫌相比，男子的臉龐或許有點瘦長，但是他的嬰兒肥的確有可能在這幾年中消失。頭髮剛剪短，太陽穴很寬，不過戴上假髮後容貌絕對截然不同。主要是那雙眼睛，卡爾一見，不由得全身起雞皮疙瘩。那男人的眼睛周圍布滿皺紋，其中不只有笑紋。

「史文德？你是說教皇嗎？」卡爾微笑說，雖然他並非眞心想笑。

對方眉毛高高挑起。

「你爲什麼問是否和史文德有關呢？」

男子的表情一變，但是他並未如預期般隨即恢復恰當的表情，反而露出後悔的神態，彷彿意識到自己說出不得體的話。

「啊，抱歉，是我不對。我不應該提到史文德的。我們可以從頭開始嗎？」

「沒問題。你要離開這個隊伍嗎？你要搬家？」

他又露出那種彷彿被迫赤裸坦承的眼神。

「是的，有人邀請我到利比亞主持一項建設工程，在沙漠蓋一座巨大的玻璃設備，目的是爲了集中發電。這是項革命性發展，或許你聽過這項計畫？」

「聽起來很有趣。那家公司的名稱是？」

「哎，眞是可惜。」他揚嘴一笑。「目前公司名稱暫時只有丹麥股份公司的商業登記號碼，他們尚未決定要使用阿拉伯名還是英文名。不過，這家公司暫時叫作七七三ＰＢ五五。」

卡爾點點頭。

「除了你之外，還有哪幾個隊友也開賓士車？」

「誰說我開的是賓士車？」他搖了搖頭。「就我所知，只有史文德有輛賓士。不過他們家離這兒不遠，所以他總是走路過來。」

「你從何得知史文德有賓士車？拉斯和約拿斯說你們總是搭乘他們的福斯小巴士一起出去比賽。」

「完全正確。不過我和史文德私下會見面，或許應該說清楚一點，我們『以前』私下會見面，但最近兩、三年我不再去找他，你應該明白原因何在。我們過去交情確實不錯，這段時間以來他應該沒有換車，至少就我所知沒有，提早退休的人沒有太多値得大吹大擂的事情。」

「你剛說：『你應該明白原因何在』是什麼意思？」

「就是他的泰國之旅。你應該是爲此而來的，不是嗎？」

聽起來像是要轉移話題。「什麼樣的旅行？我來此目的不是爲了緝毒，如果你是這麼想的話。」

他似乎有點氣餒，整個人癟了下去。不過，也有可能是高明的一步棋。

「毒品？不是，和這個無關。」他說。「啊，該死，他不應該因爲我而陷入窘境。是我的問題，是我猜錯了。」

「你可否直接了當告訴我，你在猜測什麼？否則我必須請你到警察總局走一趟。」

雷納·亨利克森把頭往後一縮。「看在老天的份上，別這樣！史文德曾經向我坦承他在泰國幹的勾當，他組織了當地的婦女把小嬰兒帶到德國來，讓生不出孩子的夫妻收養。他負責處理所有的文件資料，打從心底認爲自己做的是件好事，但是我不認爲如此，他的孩子來源可能是個問題，這就是我剛才的意思。」他的頭微微一側。「史文德是個好隊友，和他一起打球沒問題，但是自從我知道孩子的事情後，就不再私下拜訪他家。」

卡爾看向穿著藍色運動外套的男子。無風不起浪。史文德有沒有可能投下煙霧彈，故意模糊焦點？這個可能性相當高。盡可能貼近眞實，但也不能靠得太緊密。這是大部分罪犯秉持的原則。或許他根本不是飛往泰國，搞不好他就是綁匪，在進行可憎的犯罪活動時，需要給隊友一個藉口，好製造自己的不在場證明？

「你知道你的隊友當中，誰歌唱得好，誰又唱得難聽嗎？」

他的下巴差點掉出來，然後發出一陣哈哈大笑。「不知道。我們很少唱歌。」

「你自己呢？」

「我可是個優秀的歌手。以前我曾在弗陸的教堂擔任過輔祭，同時也參加教會合唱團。你想聽聽看嗎？」

「不用了，謝謝。史文德呢？他有副好嗓子嗎？」

他搖搖頭。「不清楚。不過，你來此的目的究竟是什麼？」

卡爾擠出個微笑。「你們之中誰身上有明顯的疤痕？你知道嗎？」

他對面的男人聳了聳肩。不，卡爾還不能輕易放他走。他就是做不到。

「你有身分證明嗎？或是上面有身分證字號的證件？」

他沒有回答，直接從口袋抽出一個夾子，裡頭裝了一小張塑膠卡片，拉斯·布蘭德也有類似的東西，他知道那應該是某種地位的象徵。

卡爾登記下身分證字號。四十五歲。這項特徵吻合。

「你可以再說一次新公司叫什麼嗎？」

「七七三ＰＢ五五。怎麼了？」

卡爾聳聳肩。如果這個亂七八糟的號碼是他胡謅出來的，兩分鐘後很可能就會忘記。所以，他或許說的是實話。

「最後還有一件事。你今天下午三點到四點之間在做什麼？」

他陷入思索。

「三點到四點，嗯，那時候我在聖徒街剪頭髮。明天有個重要會議，必須體面一點。」一邊說撫了撫臉上的鬢角。

確實沒錯，頭髮是剛剪的，不過在結束這裡的問話後，他們必須向美髮師進行確認。

「雷納·亨利克森，請你坐到那邊角落的白色桌子旁。晚一點我們或許還有些問題要請教。」

對方點點頭說自己會盡力提供協助。幾乎和警方談過話的人都會這麼說。

然後卡爾向阿薩德打了個手勢，要他請穿著藍色運動外套的男子過來。他們沒有時間可以浪費了。

眞不像是提早退休的人。這男人外套肩膀處緊繃飽滿，但並非八十年代流行的可怕大墊肩。臉部特徵明顯，嚼著口香糖時，下巴肌肉全部跟著動。頭很寬，兩道粗濃的眉毛幾乎快連成一字，以及頭髮剪得很短，走起路來身體有點前傾。他絕對是個表裡不一的人，不像第一眼看起來那麼單純，鐵定藏有許多不爲人知的事情。

他身上沒有什麼味道，很好。眼睛底下有嚴重的黑眼圈，使得兩眼的距離看起來比實際更近。

無論如何，値得進一步仔細觀察。

史文德坐下來時，向雷納點頭招呼。

那招呼某種程度上似乎是眞心的。

第四十六章

他意識到自己能夠嚴格掌控情緒起伏時，年紀還不會很大。他很清楚自己就是不容易被人察覺內心眞正的波動。

這種不被人看透的能力是在牧師之家形成的，因爲那兒的人並非生活在神的光亮之中，而是在祂的陰影底下，情緒往往被解讀成相反的意思：快樂就是膚淺，憤怒即爲頑強、叛逆，而每次誤解往往會帶來懲罰，久而久之，他便不再輕易表露自己的情感。

從此以後，不管他遭到多麼不公平的對待，不管他有多失望透頂，不表露情感都帶來很大的幫助。

即使現在也是一樣，面無表情是他的救星。

他看見那兩個警察走進來時，內心震驚萬分，但是臉上依然不動聲色。

他在警察走向接待櫃台的時候注意到他們，在王國醫院電梯前和伊莎貝兒哥哥聊天的正是那兩人，外表懸殊的兩個人很難讓人一下就忘記。

現在問題是，他們是否也認得出他？

他覺得可能性不大，否則他們會帶著問題直接走向他，打量他的眼光也會不同。

他四下張望。若是事態變得棘手，有兩條路可以逃到外面去。一是從機械室走到後門，那兒有逃生梯可以往上，再經過一張椅子即可，那椅子是有人故意放在那兒，以標示此路不通。眞是笑死人了。或者就大大方方走過警察助理身邊。廁所位於接待櫃台和出口中間，還有什麼比走往那方向更不啓人疑竇的？

但是如此一來，皮膚黝黑的那人勢必會看見他沒有眞的走進廁所，而且他就不得不把車子丟著離開。儘管他在這座居住多年的城市中認得不少捷徑，卻難保動作會比較快。看來最好的狀況還是想辦法把注意力從自己身上引開，轉移到別人那兒去。換句話說，他若想脫身並且掌控局勢，就必須採取極端的手段。因爲這兩個警察沒有那麼容易應付，他們非常機靈，鬼才知道他們究竟如何發現他的行蹤。

他們一定懷疑他，否則爲什麼會詢問賓士車的事？還有他的歌唱能力？而且還重複問了兩次他隨口胡謅的商業登記號碼？幸好他還記得住！

無論如何，那個警察暫時呑下了他拋出的說法，也接受他在保齡球館使用多年假名的駕照。然而問題在於，他們確實將他逼到角落了。他剛才說的謊言很容易被戳破，更糟的是，他不僅處境岌岌可危，也沒那麼容易脫身。酒吧裡的人應該可以察覺到他想要逃走。

他望向正坐在警察對面，瘋狂咀嚼著口香糖的教皇，整個人儼然充斥著罪惡感。

教皇是永遠的犧牲者。他從這個男人身上偷偷學到許多事，譬如他的外型是無名小卒的完美典範，若不想引人注意參考他就對了——教皇不管再怎麼打扮，看起來始終平凡無奇。事實上，他們兩個某些特徵眞的有點雷同：頭型、身高、體型、體重，甚至裝扮也一樣無趣。就是教皇給他靈感，把自己僞裝得眼睛距離稍近，眉毛幾乎連成一線。只要再上點粉，他的臉頰就能像教皇一樣寬。

他利用過好幾次這幾種臉部特徵。

但是撇開面相不談，教皇現在仍有其他地方很適合他拿來脫身。史文德一年飛到泰國好幾次，旅行的目的可不是爲了欣賞美麗的大自然。

刑事警察要求教皇坐到旁邊的桌子。教皇的臉色刷白，感覺深受侮辱。

接下來輪到畢格，之後剩下一人問話就結束了。他動作要快，不能再浪費時間了。

他站起來，走到教皇那一桌。如果警察想要攔阻他，他還是會執意過去坐下，然後咆哮一些警察擾民的慣用語句，進一步引發爭論，到時就可以理直氣壯離開這裡，臨走時再撂下一句他們有他的身分證字號，有事大可以上門找他。

這也是一個方法，沒有具體事由與動機，他們不能無故逮捕他。他可以肯定警察手上絕對沒有掌握到實證，這個國家雖然發生了很多變化，但除非握有不容反駁的證據，否則不可以隨意逮捕任何一位公民。伊莎貝兒絕對還沒有將那些證據交給警方。

當然，這件事早晚會發生。但是他親眼看過伊莎貝兒的狀況，所以可以確定情勢尚未發展至此。不，他們沒有證據。他們沒有找到屍體，也對他的船屋一無所知，峽灣很快就會洗刷掉所有線索，他自己也將會躲起來幾個星期避避風頭。

教皇憤怒的瞪視著他，雙手握成拳頭，脖子肌肉緊繃，呼吸又快又淺。如此反應正好適合目前情況所需，只要處理得當，三分鐘內就能搞定。

「你這隻豬，你究竟對他們說了什麼？」教皇看著他在桌旁坐下時齜牙咧嘴說。

「都是他們已經知道的事，史文德。」他低聲說。「不過說真的，他們似乎什麼都知道了。別忘了他們有你的案底。」

史文德的呼吸越來越急促。

「不過那是你自己的錯，史文德。戀童癖不是那麼受人喜愛。」他故意說得有點大聲。

「我不是戀童癖！你這樣告訴他們嗎？」史文德的聲音也忽地拔高。

「那個人什麼都知道。」現在該斟酌正確的字眼。他故意把聲調抬高，然後四下打量。

嗯，引起效果了。

警察正如預期緊盯著他。那個狡猾大師故意安排他們兩個坐到旁邊，好藉此觀察事態的發展，顯然他們兩個嫌疑重大。那個警察將頭轉向吧台，但是沒有辦法和他的同僚對上眼，換句話說，對方也看不見他。

「警察知道你的兒童色情片不是從網路上下載的，史文德，而是存在隨身碟裡，從朋友那兒弄來的。」他不為所動的繼續說。

「胡說八道！」

「是他親口告訴我的，史文德。」

「事情若是與我有關，為什麼他要問在場的所有人？你可以確定嗎？」他有好一會兒時間完全忘記要嚼口香糖。

「他們一定也問過你其他朋友，史文德。他們現在來此問話，顯然是希望你主動投案。」教皇渾身發抖。「我做的事情沒有什麼好隱藏的，在泰國就是這樣。我沒有傷害孩子，只是和他們在一起，也和性無關，我沒有做出不法的事。」

「我知道，史文德，你告訴過我許多次了。但是那個警察堅持你可能涉及販賣孩童和兒童色情片，說你的電腦裡有相關的檔案。難道他沒告訴你？」他皺起眉頭。「事情不會真有蹊蹺吧，史文德？你自己也說你在泰國時總是很忙。」

「他說我販賣孩童？」史文德警覺到自己聲音太大，驚慌的四處張望，降低音量後又說：「所以他才會問我是不是很了解文件表格之類的東西？才會問我既然提早退休，哪來的錢可以常常出國？我根本沒有提早退休！我賣掉了自己的店，這點你非常清楚，雷納。他親口說是你告訴他的！不過，我現在才真正搞清楚。」

「他正在看你。不，別轉過頭去。如果我是你，就會靜靜站起來離開。我不相信他們能把你攔下。」他一邊說一邊把手伸進口袋，將小刀打開再慢慢抽出來。「到家以後記得毀掉所有證據，史文德，所有可能讓你出醜丟臉的東西。這是老朋友的誠心建議。姓名、聯絡人、機票等，了解嗎？回家把事情處理好，讓自己脫身。馬上就走，否則我保證你難逃牢獄之災，最後爛死在牢裡。你應該十分了解監獄裡那些男人會怎麼對待你這種人吧？」

教皇瞠目結舌瞪著他好一會兒，接著把椅子往後推，靜靜站起身，似乎稍微冷靜下來。他的訊息傳遞過去了。

他也同樣起身，假裝要和教皇握手，把手伸過去。但事實上，他早已拱起手掌遮住小刀，讓刀刃半隱入袖子中。

教皇猶豫的盯著伸出的手好一會兒，然後臉上露出微笑。他是個受到欲望驅使、無法控制自己的可憐蟲，一個不斷和羞恥抗爭，肩上扛負著天主教會驅逐令的虔誠之人。如今，他的朋友在這兒向他伸出手，完全出自一番好意。

就在教皇也伸出手之際，他採取行動了。他將手塞入教皇手裡，彎折他的手指握住刀柄，就在教皇還處於錯愕不解中，他猛然將教皇的手拉向自己，刀鋒於是刺入他腰際上方的肌肉裡。被刀刺中看起來很痛，但其實不然。

「哇噢，怎麼回事？他有刀，小心！」他大吼大叫，卻又再次抓扯史文德的手臂刺了自己一刀。兩刀完美沒入腰際，血液早已浸濕腰側的襯衫。

那個警察瞬間躍起，撞翻了椅子，站在大廳另一頭的人全部轉過來看著他們。

同一時間，他把教皇推開。教皇驚覺到自己手中沾滿血時，連忙慌亂的退向一旁，整個人駭然失措。一切發生得太快，他完全不知所以。

「滾開，你這個凶手！」他按著腰際低聲說。

教皇慌張失措轉頭跑向保齡球道，途中撞翻了幾張桌子。他的隊友對保齡球館的熟悉程度就像出入自家廚房，看來教皇打算從機械室那兒逃走。

「小心！他手中有刀！」兩旁的人紛紛閃避時，他又大叫了一次。

他看見教皇撲向十九號球道，矮小的黑人警察助手如猛獸般自吧台那兒一躍而上，儼然就是一場不公平的追獵戰。

這時，他走到回球機拿起一顆球。

警察助手在球道末端追上教皇，教皇發狂似的揮舞刀子，簡直喪失了理智，但是黑人仍撲向他的小腿，將他拉倒在地。隨著一個劇烈的碰撞聲，兩個人一起跌在最外側球道的球溝中。

此時，另一位警察也急忙趕向像鬥雞般扭打成一團的兩人，但是最優秀球手推出的保齡球早已滾向最外側球道，速度比警察還要快。

保齡球撞上史文德的太陽穴，發出重擊聲，那聲響和擠壓一袋洋芋片沒兩樣。

刀子從史文德的手上滑落，掉在球道上。

原本鎖定在史文德軀體上的目光，現在全部轉過來看著他。察覺到這場騷動的每個人都知道是他丟了球，至於他按著腰側跌倒的原因，那兩個警察也看在眼裡。

一切正如他所計畫，分毫不差。

那個警察一臉震驚來到他身邊。

「事態很嚴重。」他說。「我研判史文德頭顱骨折了，需要點運氣才能活下來。幸好因為比賽，現場配備有救護人員，你只能祈禱他們的技術不錯。」他看著救護人員在球道底端進行初步急救處理。祈禱救護人員技術不錯？他才不打算這麼做呢。

有個救護人員清空史文德的口袋，將東西交給矮小的黑人助理。兩個警察顯然屬於細心的類型，他們很快就會要求進一步協助，打電話蒐集更多線索，並且查驗身分證字號和姓名，也會致電給他壓根兒不認識的美髮師，確認不在場證明。或許他們還需要點時間才會心生疑慮，不過對他而言再也不會有這段時間了。

那個警察推想他們兩人應該有所爭執，於是眉頭深鎖看著他。

「那個可能被你殺死的男人綁架了兩個小孩，而且有可能已經殺掉了他們。就算沒有，我們若是不盡快找到孩子，他們也會死於飢餓和口渴。我們會馬上到他家徹底搜查，不過或許你可以幫助我們。你是否知道他有沒有避暑別墅或是之類的房舍？房舍的地點偏僻，靠近海邊，而且附帶一棟船屋？」

他成功壓制住自己的驚嚇愕然。這個警察怎麼知道船屋的事？打死他也想不到事情竟會發展至此。見鬼了，對方究竟從何得知？

「很抱歉。」他鎮靜的說，目光看向球道尾端那個呼吸微弱的男子。「我衷心感到抱歉，我眞的毫無頭緒。」

警察搖了搖頭。「你必須了解，即使發生了這種事，我們的調查工作也不會就此停止。」

他緩緩點頭。有什麼好反駁的？事實已經擺在眼前。他很樂意表現出合作的態度，或許調查工作反而會鬆懈一點。

黑人助手搖頭走過來。

「你有什麼毛病啊？」他咄咄逼人抱怨道。「我已經逮到他了，根本不會有危險。那顆球是什麼意思？你知不知道自己做了什麼？」

他搖搖頭，舉手血跡斑斑的手說：「可是那個男人完全喪失理智，我看見他手中的刀就要刺中你了。」他又把手放回腰際，故意瞇起眼睛，讓他們看到他的傷口有多痛。接著又換上一副憤怒和受辱的表情，目光落在警察身上。

「你們應該感到開心，感謝我丟得那麼準。」

兩個警察交換了一下眼神。

懸案組組長說：「負責的警察很快就會趕到，他們會先錄口供，然後盡快安排你送醫治療。救護車已經在路上了。請你保持安靜，以免傷口出血的情形變嚴重，不過如果你問我的話，傷勢看起來還好。」

他點點頭，不再多說。

現在該是思考下一步怎麼走的時候了。

擴音器傳來廣播，有鑑於目前發生的意外，裁判不得不中止此次賽事。

他望向他的隊友，他們依舊眼神空洞坐在吧台旁，似乎沒聽進警方要求所有人員不得離開現場的指示。

是的，那兩個警察有很多事情得處理，這裡的情況徹底脫離掌控，晚一點他們可得要和主管好好解釋一番了。

他站起來，悄悄沿著牆壁走向二十號球道底端的救護人員，向他們點頭打了一下招呼便快速彎身拾起小刀，確認沒人注意到他後，急忙鑽入狹窄的通道走到機械室。

不到二十秒時間，他已置身停車場旁的逃生梯，快步往駱司市場停車大樓前進。

就在救護車的藍色警示燈閃過哥本哈根街之際，賓士車悠然滑入街道。只要再三個紅綠燈他就能脫身了。

第四十七章

沒想到事情發展至可怕駭人的結果，簡直令人毛骨悚然。他怎麼會愚蠢到讓那兩個男人坐在一起？

卡爾無奈搖了搖頭。他媽的眞要命。他太專心問話，沒有注意到旁邊兩人的狀況。不過又有誰料想得到會如此不走運呢？他只想給他們一點壓力罷了。

那兩個人都有可能是綁票嫌疑犯，但經過訊問仍無法確定，加上兩人的長相或多或少都與凶嫌肖像有些類似，他希望觀察兩人處於壓力之下會有何反應才做此決定。至少到目前爲止的警察生涯中，他始終認爲自己擅於辨認身上背負罪行的嫌犯！

但現在事情卻變了樣。擔架上躺著奄奄一息的綁匪，那個唯一能供出孩子被關於何處的人，而這都是他的錯。眞是令人費解，究竟哪兒出了問題？

「你看一下，卡爾。」

他循聲轉過去，看見阿薩德手裡拿著史文德的錢包，一臉悶悶不樂。

「什麼事？看得出來你沒有發現任何線索，也沒有地址嗎？」

阿薩德將客惟客利超商的收據拿給他。「你看一下時間，卡爾。」

卡爾感覺到腋下開始滲汗。

阿薩德是對的，眞他媽的，現在局勢完全翻轉。究竟是什麼樣的夢魘啊！

那是位於羅斯基勒的客惟客利超市的收據，列出了幾樣物品：樂透彩卷、《貝林時報》和口香糖。購買時間就在今天下午三點十五分，和伊莎貝兒在王國醫院被攻擊的時間只差了幾分鐘。如果收據果眞屬於教皇，綁匪便不可能是他。但收據既然放在他的錢包裡，怎麼不是他的呢？

「他媽的可惡！」卡爾哀嘆一聲。

「我請救護人員清空他的口袋時，在他褲子裡發現了半包口香糖。」阿薩德表情陰鬱的說，一邊打量周遭。忽然間，他的神情大變，一副崩潰的模樣大叫說：「雷納．亨利克森去哪裡了？」

卡爾的目光搜索著保齡球大廳。該死，他在什麼地方？

「那裡！」阿薩德指向通往機械室的狹窄通道喊道。

卡爾也看見了。牆上在接近腰部高度的位置有道五公分寬的痕跡，很明顯是血痕。

「要命！」卡爾吼叫一聲，沿著球道飛奔過去。

「卡爾，小心！」阿薩德在後面叫道，「球道上的刀子被他拿走了！」

拜託，希望他在裡面，卡爾擠進放著機器、工具和廢棄物的空間時心想。然而裡面異常安靜。

他經過一大堆通風管、梯子和一張擺滿噴霧罐和檔案夾的柚木桌，最後來到了後門。他憂心忡忡地握住把手往下一壓，轉眼置身於屋外的逃生梯旁，呆愣看著眼前的一片黑暗。

那個男人跑掉了。

十分鐘後，阿薩德大汗淋漓的回來，雙手空空如也。

「我在那棟停車大樓發現一塊血跡。」他說。

卡爾緩緩吐出一口氣，他自己剛才經歷了人生當中最糟糕的數分鐘。警察總局的執勤員警回覆了他先前要求查證的資料。

「沒有，很抱歉，」他說，「沒有這個身分證字號。」

沒有這個身分證字號！根本沒有雷納．亨利克森這個人！唯一能確定是，他就是他們要找的綁匪！

「好的，阿薩德，謝謝。」他口氣萎靡說。「我申請了警犬，很快就會到了，到時候牠們至少有東西可以參考。不過，那也是我們唯一的希望了。」

他向阿薩德說明警察總局的查詢結果：沒找到那個自稱雷納．亨利克森的男子相關資料，殘忍的凶手正逍遙法外。

「找出羅斯基勒當地警官的電話，他叫作丹苟德。」卡爾請阿薩德幫忙。「我來打電話給馬庫斯。」

他曾多次撥打馬庫斯的私人電話，這位哥本哈根凶殺組組長的電話線路不分日夜暢通無阻，曾許下的約定永遠有效。「在哥本哈根這樣的大城市，犯罪事件從不歇息。那麼爲什麼我要休息呢？」這是他經常掛在嘴邊的口頭禪。

不過，馬庫斯了解卡爾在下班時間打電話吵他的原因之後，聲音聽起來老大不高興。

「卡爾，你打給我沒用！羅斯基勒不是我的轄區，你得打電話給丹苟德。」

「我知道，馬庫斯。阿薩德已經去處理這件事了。不過丹苟德是你以前的同事，他在這裡只會胡搞。」

「喲，誰會想到能從卡爾．莫爾克的嘴裡聽到這種話。」馬庫斯的聲音幾近歡欣雀躍。

卡爾搖搖頭，甩掉那個想法。「記者隨時會出現，」他說，「我該怎麼做？」

「通知丹苟德，同時拚命追查下去。你讓凶手跑掉，所以他媽的必須將他緝捕歸案，要羅斯基勒那兒的同僚支援你辦案，懂嗎？晚安，卡爾，祝你逮人順利。其他的我們明天再談。」

卡爾感覺胸口升起一股輕微的沉悶感。總而言之，現在他只能靠自己和阿薩德了。

「這是丹荷德警官的私人電話號碼。」阿薩德說。

卡爾按下號碼，在等待電話被接起的空檔，胸口的沉悶感越來越重。他媽的可惡，不要是現在！

「我是丹荷德，很抱歉我目前不在家，請你留下訊息。」是答錄機。

卡爾忿恨的闔上手機。這個該死的羅斯基勒警官哪次可以讓人聯繫上呢？

他嘆了口氣。所以眼前只剩下待會出現在現場的警察可以提供協助了，或許他們其中某個人知道如何結束這兒的夢魘，前提是他們必須在西蘭島所有記者蜂湧而至前完成工作。事實上，有幾個本地的傢伙已經抵達，正拚命拍照。老天！在這個媒體泛濫的社會，謠言傳播得比事件本身還快速。數百雙眼睛看見發生的事情，數百隻手機一齊抽出，那些吸血禿鷹一刻也等不及！

櫃台的警員讓兩名當地調查人員進入現場，卡爾向他們點點頭。

「我是卡爾·莫爾克。」他出示警徽。那兩人顯然聽過這個名字，但是並沒有說什麼。卡爾費了好大的勁向他們說明案情經過。

「換言之，我們要搜索一位有能力變裝易容的男子，姓名不詳，他的賓士車是我們唯一握有的具體線索。聽起來像小孩子的遊戲。」其中一個總結說。「我們會採取他用過的杯子上的指紋，希望有幫助。報告該怎麼寫？要馬上著手進行嗎？」

卡爾拍拍那個人的肩膀說：「那個可以暫時等一下，你們隨時都找得到我。你們先找此處的工作人員問話，我過去和那四個隊友聊聊。」

他們迫不及待讓他離開。卡爾是對的。

卡爾向滿臉布滿驚懼之色的拉斯．布蘭德點了點頭。突如其來的刺傷，或是死亡案件，讓他就這麼失去兩個隊友。他的隊伍完蛋了。他自以爲認識的人，用絕不可饒恕的方式遺棄了他。

拉斯受到莫大的驚嚇，他的哥哥和兩個隊友也一樣錯愕，四個人一言不發的坐在一起。

「我們必須知道這個雷納．亨利克森的眞實身分，你們可以提供協助嗎？請你們思索一下。任何線索都可以。他的工作地點在哪兒？上哪裡購物？曾經帶來特定麵包店的蛋糕嗎？請你們回想一下！」

有三個隊友毫無反應，不過第四個人，也就是綽號黑手的技師稍微動了一下。他似乎不像其他人那麼疲累萎靡。

「我腦中好幾次閃過爲什麼他從未提起自己的工作。」他說。「我們其他人都會聊這方面的事情。」

「嗯，然後呢？」

「因爲他似乎比我們其他人還要有錢，所以一定有個不錯的工作，對吧？比賽完後，他點的啤酒常常比我們多。沒錯，他一定很有錢，看他的袋子就知道了！」

他指著自己的吧台椅子後面。

卡爾以迅雷不及掩耳的速度往後退，隨即看見一個有好幾個夾層的保齡球袋。

「那是Ebonite Fastbreak款式。」黑手說。「你認爲那個袋子值多少錢？至少一千三百克朗。你應該看看我的袋子，更別提保齡球……」

卡爾對他的話已置若罔聞。眞是難以置信！爲什麼他沒有早一點想到呢？他的袋子就在這兒啊！他將吧台椅子推到一邊，抽出球袋。那是個附有拉桿的保齡球袋，每個切面都有大大小小的口袋。

「你確定這是他的嗎？」

技師點點頭，有點訝異這個訊息竟然如此重要。

卡爾招呼羅斯基勒那兩個同事過來。「橡膠手套，快！」

其中一個給了他一雙手套。

卡爾感覺到額頭上的汗水，當他拉開拉鍊時，汗珠直接滴落在藍色的袋子上，那情景就像開啓一座久被遺忘的寶庫。

首先映入眼簾的是一顆保齡球，打亮得非常光滑，顏色出人意料相當繽紛，接著是一雙鞋、一小罐滑石粉、一小瓶日本薄荷油。

他舉高薄荷油給其他隊友看。「這個的用途是什麼？」

技師審視了瓶子一會兒後說：「他總是把那個帶在身邊。每次開賽前，他就把那東西抹在鼻孔上，像是種儀式。他認爲這樣一來能夠吸到更多氧氣之類的。你自己試試看，噁心的東西。」

卡爾這時已經打開其他夾層，其中一個裝著另一顆保齡球，一個是空的。這就是袋子裡全部的東西。

「我也可以看一下嗎？」卡爾往後退一步時，阿薩德開口問道。「前面的口袋裡面有什麼？你也找過了嗎？」

「正要看。」卡爾的思緒已經跑到別處了。

「你知道他的袋子在哪裡買的嗎？」他隨口問道。

「網路上。」三個方向齊聲傳來答案。

透過網路，當然了。眞要命！

「鞋子和其他東西呢？」他繼續追問，這時阿薩德從褲子口袋拿出一支原子筆，戳進保齡球上的一個洞裡。

「我們所有的東西都是在網路上買的，每個人都一樣。價格比較便宜。」回話的是技師。

「你們沒聊過私人的事情嗎？聊聊你們的童年、少年，什麼時候開始打保齡球之類的？沒提過何時第一次擊出兩百分以上嗎？」

給我一些訊息，你們這些只會打球的笨蛋。怎麼可能什麼都沒談過呢？

「沒有，我們只聊當下打球的狀況，有什麼好的因應戰術等等。」技師又說。「比賽結束後，討論的又是剛才打球的過程。」

「卡爾，你看。」阿薩德說。

卡爾看著阿薩德遞過來的東西。那是一個被揉得十分扎實的紙團。

「這個塞在大拇指洞底下。」阿薩德說明著。

卡爾困惑不解的看著他的同事。他的腦袋完全空白，這傢伙講的大拇指洞是什麼東西啊？

「啊，對。」這次是拉斯開口。「沒錯，雷納總是會在洞裡塞東西，因爲他的大拇指比較短，又死腦筋認爲手指一定要接觸到洞底，這樣丟出曲球的時候，手感會比較好。」

他的哥哥約拿斯打斷他的話說：「那個雷納有很多規矩，薄荷油、拇指洞、球的顏色等。他說揮動手臂丟出球的時候，彩色球可以幫助他不被球瓶分散注意力。」

「沒錯。」加油強尼也來湊一腳。這是他第一次稍微振奮起精神。「他開始打球前，總是會先單腳站立個三、四秒。他的綽號其實不應該叫作三號，而是叫鸛鳥。我們常拿這個開玩笑。」

四人爆出一陣笑聲，但是非常短促。

「這個塞在另外一顆球裡。」阿薩德又給了卡爾一團紙。「我工作的時候總是非常謹慎。」

卡爾將兩團紙攤平在吧台上，然後盯著阿薩德看。眞是要命，沒有他的話，他該怎麼辦？

「看起來像是明細表，卡爾，提款機的明細表。」

卡爾點點頭。現在有幾個銀行的人要加班了。

一張客惟客利的收據和兩張丹麥銀行提款機的明細表，一共是三張不引人注意的微小紙條。

他們又可以上路緝凶了。

第四十八章

他試圖使呼吸不穩，避免身體釋放壓力賀爾蒙，導致心跳和血壓上升。腰際的傷口血流得相當嚴重。

他把目前的情勢從頭到尾思索一遍。

逃走是當務之急。他猜不透他們怎麼有辦法找上他，但是這以後再分析也不遲，現在最重要的是密切注意後面是否有車跟過來。不過，目前沒有跡象顯示有人在後頭追捕。

警察下一步會怎麼走？

他駕駛的賓士車款有好幾千輛，光是以前的計程車數量就相當驚人，但是，如果他們在羅斯基勒四周街道設下路障臨檢，要攔下所有同款車輛也只是輕而易舉的事情，因此他必須盡速往前開。他打算先回家一趟，將妻了的屍體放進後車廂，再找出會洩漏他底細的三個特別箱子帶走，然後將房子鎖上，以最快的速度趕往位於峽灣旁的韋伯莊。

接下來幾個星期他會窩在那兒。

如果迫不得已要到附近辦事，必須經過易容喬裝。之前碰上保齡球隊贏得獎盃不得不拍照留念的時候，他總是不太樂意，最後也大多能迴避掉，但是只要警方有心，仍然找得到有他身影的照片。暫時潛居在韋伯莊是當前最好的選擇，等到屍體全數溶解後，再遠走高飛逃到地球另一端。

他必須放棄羅斯基勒那棟房子，班雅明暫時也得繼續和姑姑在一起，等時機成熟後再把他接回來。兩、三年後，他的檔案將會湮沒在警方檔案室的荒煙蔓草中。

幸好他有先見之明，在韋伯莊中儲備了必要物資，以應付像今天這樣危急的情勢。新的姓名、新的身分證明文件，以及足夠的資金。那筆錢雖然不能讓人奢侈度日，但想要在某處舒服愜意的地方離群索居，等待未來展開嶄新的人生，並不成問題。反正他需要低調生活個一、兩年。

他又看了後照鏡一眼，隨後忍不住放聲大笑。

他們竟然問他會不會唱歌。

「我當然會唱歌囉。」他大聲嚷嚷。他想起在道勒拉普教堂大廳舉辦的各種活動，所有人都記得他的歌聲有多糟糕，因爲那正是他特意爲之的結果。大家自以爲知道與他有關的關鍵性特徵，其實他們錯得離譜。他有副天籟般的好嗓子。

不過有件事情他必須優先處理：找個整形醫生除掉右耳後面的疤痕。那是當年他偷看繼妹被逮到時留下的，釘子差點刺穿耳朵。但是見鬼了，警察怎麼會知道疤痕的事？他的粉撲得不夠厚嗎？自從幾年前被他打死的那個特殊少年問起疤痕的由來之後，他每次犯案一定會撲粉遮住。那個小子叫什麼名字？多年下來，他已經分不清楚那些孩子誰是誰了。

他想將思緒擺到一邊，但是保齡球中心發生的事件始終流連不去。

他們如果以爲能在水杯上採集到他的指紋，那就大錯特錯了。他早已趁著他們審訊拉斯的時候，將指紋擦拭乾淨，就連桌子和椅子也沒留下痕跡。

一想到此，他不禁眉開眼笑。他早已把一切都設想好了。

但遺漏的保齡球袋此刻在他腦中一閃而過。該死！保齡球袋上到處是他的指紋，拇指洞裡還塞了明細表，透過這個線索，他們就能找到他在羅斯基勒的地址。

他深吸了好幾口氣，提醒自己冷靜下來，免得傷口流血的情形更加劇烈。

唉啊，他們找不到明細表的，至少不可能馬上找到。他如此安慰自己。

不，他還有點時間。或許他們一、兩天後會找上羅斯基勒那棟房子，不過眼前只要多個半小時，對他來說已經足夠。他彎進自家前面那條馬路，看見有個年輕男子站在門前草地，呼喊著米雅的名字。

他的計畫完全被打亂。

現在應該怎麼辦？他暗自思忖，一邊考慮將車子停在某條巷子裡。

他伸手觸碰放在置物格中血跡斑斑的刀子，然後冷靜的駛過門前，將頭轉向另一邊。那個男人的聲音像隻叫春的雄貓，比起自己，她眞的更喜歡這個稚嫩的傢伙嗎？

這時，他發現對面那對老夫婦正透過窗簾縫隙往外窺視。他們雖然年紀大得全身都是皺紋，好奇心卻絲毫未減。

他用力踩下油門快速通過。

他無法下手除掉那個年輕小伙子。目擊證人太多了。

如此一來，警察將會在屋內發現妻子的屍體，但那又有何不同呢？反正他們已經懷疑到他頭上了。他只是想不透自己的行跡爲什麼會敗露，不過明擺在眼前的是，事態對他而言相當嚴峻。

警方甚至可能發現裝著避暑別墅銷售廣告的箱子，不過即使如此，他們也一籌莫展，無法從中查出他最後究竟買了哪棟房子，因爲裡面完全沒有相關資料。

不用擔心，那不會對他構成威脅。他將購買韋伯莊的文件資料、錢與其他護照保存在盒子裡。沒事的，他並未覺得自己被逼上絕路。

現在要緊的是趕快將血止住，也不可在路上多耽擱，這樣一切便能順利按計畫進行。

他拿出急救箱，脫掉上衣。

傷口比他預期得還要深，尤其是第二刀。他盤算過必須用力拉扯才能讓教皇的手臂刺向自己，卻沒料想到對方竟然幾乎沒有加以抵抗，才會導致他血流不止。因此，他必須多花點時間將賓士車的前座清理乾淨，才有辦法把車脫手。

他清潔傷口，再取出注射劑和兩瓶藥水，替自己施打麻醉劑。

等待藥效發作的同時，他環顧房內，衷心希望他們不會發現這處庇護所。在韋伯莊這兒，最讓他感覺安全舒適，最有家的感覺，能夠遠離外在的幻覺假象與失望。

他將針線準備好，只等了一分鐘，便開始將針刺入傷口周圍的肌肉裡進行縫合，完全感覺不到穿刺的痛楚。

不久後又會多兩處疤痕讓整形醫生處理了，他心想，隨即爆出笑聲。

之後他審視自己的縫合技術，又是一陣大笑。雖然縫得不美觀，至少血已經止住了。之後他用ＯＫ繃固定住傷口上的紗布，躺進沙發裡。等他恢復氣力，首要任務是結束孩子的性命，屍體越早溶解，他也就能越快銷聲匿跡。

再等個十分鐘，他就要去倉庫拿鐵鎚。

第四十九章

二十分鐘後，他們查出提款者的身分，甚至還取得了地址。對方叫作克勞斯·拉爾森，居住的街道就在離此不到五分鐘的路程。

「你在想什麼，卡爾？」車子彎進連接瓦爾德馬國王路的環狀道路時，阿薩德開口問。

「我在想什麼？我感謝同僚跟在我們後面，也幸好他們隨身攜帶著武器。」

「你認爲可能會用上武力？」

卡爾點點頭。

車子轉進一條靜謐的馬路，他們遠遠就看見路燈照在門前一個激動莫名的男子身上。這個人顯然不是他們要追捕的對象，因爲他年輕許多，體型也略瘦一點。

「快點啊！趕快！上面起火了！」他一看到他們過來，旋即大聲喊叫。

卡爾瞧見後頭同事緊急煞車，打電話請求支援。不過那兩位穿著睡袍，站在對面人行道上的老人，早已報警叫消防車了。

「有沒有人在裡面？」卡爾大叫。

「我相信有人在裡頭。這房子不太對勁。」年輕人如連珠炮般一口氣往下說，「我連續好幾天來這裡，但是一直沒人應門。打我女朋友的電話時，可以聽見上面那兒傳來手機鈴聲，可是她就是沒接電話。」他指著上面傾斜屋頂上的天窗。「那兒爲什麼會起火？」他尖聲叫道，臉上滿是驚懼。

卡爾瞧見天窗底下噴竄火舌。

「你是否看見有個男人不久前走進屋內？」他問說。

對方搖搖頭，一刻也無法冷靜站著。「我要破門而入，現在就要進去。」他絕望喊說。「我可以破門進去嗎？」

卡爾望向羅斯基勒的同僚。他們點頭同意。

年輕人人高馬大，身體鍛鍊得很健壯，而且明顯知道自己該怎麼做。他邁開腳步起跑，快到門前時忽然一躍而起，在空中微微轉身，用鞋跟猛力踹向門鎖。只聽見他大叫一聲，嘴裡爆出咒罵，人便倒落在地，而門卻分毫未動。

「他媽的，門太厚實了。」他倉皇失措的轉向巡邏車。「請幫幫我！我相信米雅一定在裡面！」

忽然間，卡爾被瞬間冒出的巨響嚇了一大跳。他轉過身，正好瞥見阿薩德消失在一扇被打破的窗戶裡。卡爾立刻追上去，年輕人也緊跟在後。這是個妙招，因為阿薩德拿來擊破窗戶的備用輪胎不僅打破了雙層玻璃，也敲壞了窗櫺。

他們爬進了屋內。

「從這裡！」年輕人讓卡爾和阿薩德跟在自己後面。樓梯間的煙霧還不會太濃，但是再往上便已伸手不見五指。

卡爾用身上襯衫摀住口鼻，示意其他兩人跟著照做。阿薩德站在他後面不住咳嗽。

「蹲低點，阿薩德！」他叫道，但是阿薩德沒聽見他說話。

外頭傳來消防車駛近的聲音，但是絕望的年輕人並未因此感到安心。他一邊咳個不停，一邊沿著牆壁摸索前進。

「我相信她就在裡面。她告訴過我，她的手機從不離身。你聽！」他顯然撥打了一個號碼，幾秒後，不到幾公尺外隨即響起了微弱的鈴聲。

他摸找著門之際，後頭一扇窗戶忽然炸開，發出爆裂巨響。一定是溫度過熱的關係。

羅斯基勒其中一個警員也邊咳嗽邊走上樓梯。「我找到一個滅火器。」他叫說。「起火點在哪裡？」

年輕人這時正好打開那個有天窗的房間門，火舌立刻劈頭竄了出來。滅火器一開始只是嘶嘶幾聲，不過之後總算稍微減弱了火勢，讓視野清楚一點。

眼前火焰已經燒到屋頂，也不斷吞噬房間裡許多箱子。

「米雅！」年輕人吼叫著。「米雅，妳在裡面嗎？」

就在同一時間，從屋外射來一道水柱穿透天窗，轉眼間整個屋子裡都是蒸汽。

卡爾撲倒在地，本能的護住臉，肩膀和手臂傳來燒灼的痛楚。接著他們聽見外頭傳來喊叫聲，泡沫也應聲射進來，不到幾秒的時間，一切都被泡沫淹沒。

「我們必須將窗戶打開。」站在卡爾旁邊的羅斯基勒同事邊咳邊說。卡爾跳起來摸找著門，那同事則去找另一扇窗。

煙霧漸漸往上散去，年輕人慌亂的踩在濕滑的地板上，發狂似的將起火房間內的箱子緊急拖到走廊上。有幾個箱子還在冒煙，但是那也阻擋不了他。

而卡爾在樓梯間發現一具動也不動的軀體。是阿薩德。

「小心！」他一邊大吼，一邊將一個警察推開。

他跳下階梯，抓住阿薩德的腳拖向自己，使勁用肩膀將他撐起。

「救救他。」他喝斥兩個手拿氧氣罩站在門外草坪等待的急救人員過來。

他媽的，趕快救救他，卡爾在心裡著急想著。

二樓這時傳來喊叫聲。

卡爾並未看見他們把那位年輕女子抬出戶外，直到她被放在阿薩德旁邊的擔架上，他才察覺到有這個人。她整個人完全痙攣成一團，彷彿呈現死後僵硬的狀態。

消防人員緊接著把年輕人扶出來。他全身炭黑，頭髮多半遭到火吻，但是臉龐分毫未損，而且淚流滿面。卡爾離開阿薩德身邊，走向看起來隨時會崩潰的年輕人。

「你已經盡了全力。」卡爾強迫自己開口說。

沒想到年輕人旋即放聲大笑。一下子笑，一下子又哭了起來。

「她還活著。」他上氣不接下氣的說，同時雙腳一軟跪了下來。「我感覺得到她的心臟仍在跳動。」

卡爾背後傳來阿薩德咳嗽的聲音。

「怎麼一回事啊？」他醒來後手腳亂蹬叫道。

「請你安靜躺著。」救護人員提醒他。「你吸入太多有毒氣體，很可能危及生命。」

「有毒氣體？胡說。我只是在樓梯上跌一跤撞到了頭。煙霧濃得讓人根本看不見兩公尺外的大象屁股。」

十分鐘之後，女子張開了眼睛。急診醫生幫她掛上點滴，戴好氧氣罩，終於將她救醒。

消防人員也已完全撲滅火勢，阿薩德、卡爾和羅斯基勒兩位同事將房子大概搜索了一遍，沒有找到關於克勞斯·拉爾森，又名雷納·亨利克森的身分文件，也沒有任何資料顯示他有棟靠近海邊的房子。

他們只搜出這棟房子的買賣文件，文件上的署名又是另外一個名字——班雅明．拉爾森。並且進一步查驗了這個名字底下是否登記了一輛賓士車，但是毫無所獲。

這個男人就像狡兔有三窟一樣擁有許多身分，簡直令人無法置信。

客廳裡擺著多張新婚夫妻的照片，新娘嫣然微笑，手拿一大把花束，新郎優雅時髦，不過面無表情。原來擔架上的女人是他的妻子。大門上的名牌上寫著：米雅與克勞斯．拉爾森。

可憐的米雅。

「我們到達這兒時，幸好你人在現場，否則可能釀成大災難。」卡爾對坐上救護車正握著女子的手的年輕人說道。「你和米雅．拉爾森是什麼關係？」

他回答說自己叫作肯尼士，此外沒有再多說一句。之後一定要請其他同事仔細盤問。

「麻煩請你先讓一下，肯尼士，我有幾個問題必須請教米雅，事態急迫。」卡爾眼神詢問著醫生，對方於是舉起兩根手指。

他只有兩分鐘。

卡爾深吸一口氣，這或許是他最後的機會。

「米雅，我是警察，不用害怕，妳現在已經受到妥善的照顧了。我們正在找妳先生，是他將妳害到如此地步嗎？」

她點了點頭。

「我們必須知道妳先生是否擁有一棟靠近海邊的房子，可能是度假屋？妳清楚嗎？」

她緊抿雙唇。「大概吧。」聲音沙啞虛弱。

「在哪裡？」他費力壓抑住急切的心情。

「不知道。樓上……箱子裡……小冊子。」她透過敞開的救護車門朝房子點點頭。

這眞是項不可能的任務啊。

卡爾轉向羅斯基勒警方，向他們說明要尋找的目標：峽灣附近一處附帶船屋的莊園。如果他們在肯尼士拖到走廊上的箱子裡找到相關的廣告或是類似的物品，務必馬上與他聯絡。至於還堆在房間裡的箱子鐵定已被燒得面目全非，所以目前可以先略過不找。

「米雅，除了克勞斯．拉爾森之外，妳是否知道他有其他名字？」卡爾又問。

她搖搖頭。

然後，只見她吃力的舉起手，非常、非常緩慢的舉向卡爾的頭，最後拿手輕碰他的臉頰。她因爲過於激動而全身不停顫抖。

「請你找到班雅明好嗎？」說完手又垂落在擔架上，然後虛弱的閉上眼睛。

卡爾滿眼疑惑看著年輕人。

「班雅明是她的兒子。米雅唯一的孩子，才剛滿一歲半。」

卡爾嘆了口氣，小心輕握了一下女子的手。

她先生在這世界上製造了這麼多的苦難，究竟有誰能夠制止他？

卡爾站起身，醫生治療了他的肩膀和手臂，提醒他接下來幾天會痛得要命。唉，但還能怎麼辦呢？

消防人員收拾著水管，救護車也鳴笛開走了。

「阿薩德，你還好嗎？」

他的助手轉了轉眼珠。除了有點頭痛和一身髒汙之外，其他都沒有問題。

「他跑掉了，阿薩德。」

阿薩德點點頭。「我們現在該怎麼辦？」

卡爾聳了聳肩膀。「天色雖然暗了，不過我覺得還是應該開車到峽灣去，搜尋一下伊兒莎圈起來的幾處地方。」

「我們有帶照片來嗎？」

他點點頭從後座拿起一份文件夾，裡頭是所有峽灣沿岸的空拍照，一共有十五個地方，涵蓋不少區域。

「你覺得湯瑪森為什麼沒有回電給我們？」他們坐進車子裡時，阿薩德問。「他說要去和森林員談談的。」

「是林務員。是的，他的確說過。他那時還沒找到對方。」

「要不要我打個電話問問他？」

卡爾點點頭，把手機遞給他。

對方響了好一會兒才接起電話，接著，阿薩德的臉色沉了下來，事情顯然不太對勁。最後他將手機闔上，眼神陰鬱的看著卡爾。「湯瑪森非常意外，因為他昨天就告訴伊兒莎，林務員證實通往林務小屋的森林道路附近有棟船屋。」他停頓了一會兒，似乎對自己所說的話感到不可思議。然後又繼續說道：「他請伊兒莎將訊息轉達給你。我想應該正好是你送她花的時候，卡爾。她一定忘了要告訴你。」

忘了？豈有此理。看在老天的份上，怎麼會發生這種事？竟然遺漏這麼重要的訊息？這女人腦袋壞了嗎？

但是他暫時隱忍住不發作。「船屋的地點在哪裡，阿薩德？」

阿薩德在儀表板上將地圖攤開，指著一處畫了兩個圈圈的位置。諾斯孔區的杜納思路上的韋伯莊。伊兒莎自己都把這個地方標示出來了，眞是讓人無言！

話說回來，他們怎麼會知道好死不死正中目標了呢？又怎能預料到局勢忽然變得刻不容緩，而且還發生了新的綁票案？

好吧，至少現在他們終於聰明一點了。卡爾不禁搖了搖頭。綁匪再度犯案，一切跡證都指向有兩個孩子和十三年前的保羅與特里格費置身同樣的處境。

兩個面臨生死關頭的孩子，而且就是現在！

第五十章

他們在耶爾斯普力一處名爲「雕刻與繪畫」的紅色展覽館前轉彎，一晃眼便置身森林中。

在被雨淋濕的柏油路上行駛一段路後，一個牌子映入眼簾：「禁止通行。附近居民與訪客之外的其他車輛禁止進入！」看來這是個不會有人來打擾的絕佳地點。

他們放慢行駛速度，根據衛星導航，還得開一大段路才能抵達莊園。儘管前方的鹵素車燈將附近的景致照得一清二楚，但若是開往峽灣的途中忽然出現平坦空曠的區域，加上枝椏光禿一片，從遠處便能窺見他們的蹤跡，這麼一來勢必要關掉大燈。

「接下來那條街道你必須將車燈關掉，卡爾，因爲那條路會經過一片空地。」

卡爾指了指置物箱，阿薩德從裡頭拿出一隻大手電筒。

藉著手電筒的光線，他們慢慢滑行，大略能鎖定前進的方向。沒意外的話，他們等下會遇到一片沼澤，或許還會有牛躺在草地上。他們經過左手邊一棟小屋時，聽到裡面傳來微弱的轟轟聲。

「這是當年轟轟不停的聲音嗎？」阿薩德問。

卡爾搖頭不贊同。不可能，這個聲音太微弱，現在幾乎就已經聽不清楚了。

「你看那裡。」阿薩德指向一團暗影。下一秒，他們清楚看見那是道延伸至海邊的防風籬，圍籬後面一定就是韋伯莊園。

他們將車子緊鄰著路旁的溝渠停好，下了車之後在路旁站了一會兒，集中心神。

「卡爾，你在想什麼？」

「我問自己，在那兒等著我們的是什麼？此外，我也想到那把放在警察總局的手槍。」

籬笆後面坐落著一個有頂棚的畜欄，畜欄後面樹木參天，林地同樣也往海邊延伸，這處地產或許面積不大，位置卻相當隱密完美。在這兒，有機會過著幸福愜意的生活，或者藏匿噁心可恨的犯罪暴行。

「那裡！」阿薩德指向海的方向，卡爾也看到了一棟小屋的剪影，可能是座倉庫或者涼亭。

「還有那兒！」阿薩德這次指向樹林的方向，那裡隱約可見微弱的燈光。

他們壓低身子穿越樹籬。那是棟年代久遠的磚造房舍，似乎有點搖搖欲墜，面對街道的兩扇窗戶燈火通明。

「他應該在家吧？」阿薩德低聲問。

卡爾默不作聲。這種事他們該從何得知？

「我相信屋子後面有條車道，要不要先過去確認賓士車是否停在那兒？」

卡爾搖搖頭。「相信我，車子一定在。」

接著，他們聽見庭園尾端的倉庫傳來轟轟聲響，彷彿在平靜的海面上有艘氣艇突突駛進。

卡爾覷起眼。就是這個轟轟聲。「聲音是從倉庫傳來的，阿薩德。你看得到倉庫嗎？」

阿薩德眉頭緊蹙。「你認爲船屋隱藏在倉庫旁邊的樹叢中嗎？那兒應該就是海了。」

「不無可能。或許我們要找的人也在那兒，我實在不願意想像他在那兒幹什麼。」卡爾喃喃低語。

無論是寂靜無聲的主屋還是倉庫那兒不停傳來的轟轟聲，這兩者都讓他心神不寧，全身起雞皮疙瘩。

「我們下去，阿薩德。」卡爾吩咐。

阿薩德點點頭，把手電筒遞給他。「卡爾，你拿著這個當武器。我比較信任自己的雙手。」

他們從緊密橫生的樹叢底下鑽過去，枝椏刮過卡爾燒傷的手臂，幸好綿綿細雨弄濕襯衫和夾克，冷卻了傷口，他才有辦法咬著牙吞下痛楚。

越接近倉庫，轟轟聲越發清晰。持續不斷的低沉單一聲響，宛如剛上好油、打在最低速檔的引擎聲。倉庫門底下透出一道光，裡頭果然有蹊蹺。卡爾指向門，握好沉重的手電筒，一旦阿薩德把門打開，他會踏入屋內，做好應戰的準備。他們必須知道眼前究竟發生了什麼事情。

他們聚精會神在門前站了幾秒，然後對視一眼，接著卡爾發出訊號，門馬上一把被推開，轉眼間卡爾已經迅速衝進倉庫裡。

他四處張望，垂下拿著手電筒的手臂。裡面空無一人。除了一張板凳、刨台上幾樣工具、一個大油箱和幾條水管外，只有一架久遠前的發電機宛如古物般不停發出轟轟聲。

「什麼味道，卡爾？」

沒錯，有股相當濃烈的味道。卡爾對這個氣味十分熟悉，因為過去的松木家具和木製門需要經過浸蝕程序，刺鼻的氣味讓人不禁皺起鼻子。那是氫氧化鈉的味道，鹼液的味道。

他將板凳拉到油箱旁邊，腦袋裡充斥著可怕的景象，然後憂懼不安的站上去，掀開油桶的蓋子。他拿手電筒對準油箱內部時，心想：我可以立刻關掉手電筒。

但是裡面只有水和長約一公尺的加熱管，此外什麼也沒有。

油箱的用途並不難猜想。

他關掉手電筒從板凳上下來，看著阿薩德說：「我認為孩子還在船屋裡，也許還活著。」

他們離開倉庫之前，徹底四下察看了一番，接著在門旁等了一會兒，讓眼睛適應黑暗的環境。再三個月，這個時間的天色將如白晝般明亮，但是眼前此刻，四周的景物在峽灣對襯之下全成了模糊暗影。在低矮的灌木後面眞的會有船屋嗎？

他比了個手勢，要阿薩德跟著他。走了幾公尺，他感覺腳底下肥厚的蛞蝓被踩得稀巴爛。眞是噁心死了，阿薩德肯定無法忍受。

接著，他們走到灌木旁邊。卡爾向前彎低身子，撥開樹枝，眼前赫然出現一道離地半公尺、嵌在厚木板中的門。他碰觸木板，感覺既平滑又潮濕，還有空氣中也瀰漫著一股焦油的味道，應該是爲了塡封木板間的縫隙，與保羅密封瓶中信的材料是同一種東西。他們聽見海水拍打著木板的聲音，小屋位於海面上，底下肯定有木樁將其撐高。這就是那間船屋！

卡爾壓下門把，但是門板文風未動，於是他把手探進門栓裡小心翼翼將插銷拉出來，讓插銷隨著固定的鍊子垂下。那傢伙顯然不在裡面。

他緩緩打開門，聽到微弱的呼吸聲，接著一陣腐臭的水氣、尿味和糞便的臭味撲鼻而來。

「有人在裡面嗎？」他低聲問著。

等了好一會兒，終於聽到一個低聲的呻吟。

他打開手電筒，眼前頓時出現令人心碎的景象。

兩個距離約莫兩公尺、頹然低垂的形體，就坐在自己的排泄物當中，褲子全部濕透，皮膚髒汙不堪，儼然已經對生命放棄希望。

男孩睜大眼睛，眼神狂野的瞪著他。他蜷縮在屋頂下面，雙手反綁在背後，還被鍊了起來，全身只剩貼在嘴上的膠帶因呼吸而起伏震動，不過整個人確實散發著求救的訊號。卡爾將手電筒的光線移向女孩，她彎著身子靠在鍊子上，彷彿睡著了一般把頭歪在肩膀上，實際上女孩並未入睡，因爲她對著光線的眼睛正眨個不停，顯然只是沒有力氣將頭抬起來。

「我們是來幫你們的。」卡爾放低聲音，四肢並用往內爬。「不過，你們要小聲一點。」

他拿出手機，撥了通電話。不一會兒，就聽他要求非德里松派出所支援人手，然後掛斷了電話。

男孩雙肩垂了下來，剛才那番話似乎讓他稍感安心。

這段間阿薩德也爬了進來。他蹲在低矮的屋頂底下，撕掉女孩嘴巴的膠帶，解開她身上的皮帶，卡爾則幫忙男孩解開束縛。男孩嘴上的膠帶被撕掉時，吭也不吭一聲，然後身體一側，好讓卡爾能夠解開他背後的皮帶。

最後，兩個孩子終於能夠稍稍離開牆壁，但是纏住他們上半身的鐵鍊仍固定在牆壁上，所以他們無法移動太遠。

「鍊子是他昨天又加上的，然後用鎖頭扣在一起，之前他只有用皮帶綁住牆上的鐵鍊。鑰匙在他手裡。」男孩聲音嘶啞著說。

卡爾看向阿薩德。

「我在倉庫裡看見一支鐵撬棍，阿薩德。你去拿來。」

「鐵撬棍？」

「是的，阿薩德，他媽的。」

阿薩德當然明白鐵撬棍是什麼東西，不過卡爾看得出來他不願意再踩上充滿蛞蝓那條路。

「拿著手電筒，我自己去取。」

他往回爬出船屋。剛才應該將鐵撬棍帶在身上的，畢竟那也是把有用的武器。

於是，他一路踩著活的和死的蛞蝓走向倉庫。主屋面向峽灣那側的一扇窗戶透出些微燈光，引起了他的注意。之前那兒並沒有出現光源。

他屏住呼吸，動也不動站著，凝神傾聽周遭動靜。沒有，沒有任何活動的跡象，也並未傳來一絲聲響。

他走到倉庫前面，輕輕把門打開。鐵撬棍就放在刨台上，被壓在鐵鎚和扳手下面。他拿起鐵鎚，又將扳手推到一旁，但此時扳手不小心滑出了台緣，掉到地上，發出匡啷巨響。突如其來的金屬撞擊聲嚇了他一大跳。

他站著不動，再度專注聽著黑暗中是否出現動靜。然後他拿起鐵撬棍，再度溜出戶外。

他們看見他回來後，全都鬆了口氣。自從卡爾和阿薩德推門進來後，兩人的每個動作對兩個孩子而言都是小小的奇蹟，他們的心態其實不難理解。

他們小心翼翼撬開牆上的鐵鍊。擺脫束縛後，男孩馬上爬離斜屋頂底下，但是女孩沒有動作，只是輕聲呻吟。

「她怎麼了？」卡爾問道。「她需要喝水嗎？」

「對，她快不行了，但我們不能再待在這裡了。」

「阿薩德，你把女孩搬出去。」卡爾輕聲說道。「抓緊鐵鍊，免得製造聲響。我來幫桑穆爾。」

他發現男孩僵了一下，那顆骯髒發臭的頭轉過來後目不轉睛瞪著他，臉上的神情彷彿體內的魔鬼已然覺醒。

「你知道我的名字？」男孩露出不信任的表情。

「我是警察，桑穆爾。我知道你們的事情。」

男孩的頭往後一仰。「怎麼知道的？你和我父母談過話了嗎？」

卡爾深吸進一口氣。「沒有，我沒和他們談過。」

桑穆爾輕輕抽回手，兩手絞握在一起說：「事情不對勁。你不是警察。」

「錯了，桑穆爾，我是警察。你要看我的警徽嗎？」

「你怎麼知道我們在哪裡？你根本不可能會知道這種事。」

「我們追查綁架你們的那個人很久了，桑穆爾。來吧，沒有時間了。」卡爾請求道。阿薩德這時已經將女孩拉過木門，移到外面。

「如果你們是警察，爲什麼會沒有時間了？」男孩表現得驚慌失措，很明顯有點神智恍惚。他要昏過去了嗎？

「桑穆爾，我們必須拿鐵撬棍才能弄開鐵鍊，把你們救出去。那還不能夠證明嗎？我們沒有鑰匙啊。」

「我父母是不是發生什麼事情了？他們沒有付贖金嗎？他們怎麼了？」他猛搖著頭。「我爸媽出了什麼事了？」他叫喊的音量有點大。

「噓！」卡爾要男孩放輕聲音。

此時外頭傳來一個沉悶的撞擊聲，阿薩德好像在濕滑的庭院小徑跌了一跤。「怎麼回事？」卡爾問，然後又轉向桑穆爾。「快點，桑穆爾，我們必須動作快。」

男孩仍然滿臉狐疑。「你剛才根本沒有打電話，對不對？你們要把我們帶走，好殺死我們。這就是你們的計畫，不是嗎？」

卡爾搖搖頭。「我現在到外面去，你自己可以看看，就會相信不是那麼回事。」他說完便開始往外移動。

緊接著，卡爾聽到一個聲音，然後他的後腦杓吃了一記悶棍，眼前的世界隨即沉入一片黑暗。

第五十一章

或許是外頭的某個聲音，或許是疼痛的腰部，或許是縫合的傷口作祟，總之，他猛然醒過來，困惑的看著房間四周。然後他回想起一切，明白發生了何事。從他躺下去到醒來，至少過了一個半小時。

他仍舊睡意濃重，不過依然在沙發上坐直身子，側向一邊，檢查傷口是否還在流血。他點點頭，對自己的技術很滿意。傷口復原狀況不錯，也不再出血。第一次縫合傷口能有這樣的結果，的確非常好。

他站起來伸展四肢，先前存在廚房的箱子裡裝有食物和果汁。金槍魚的麵包再配上一杯石榴汁，對失血過多的身體有好處。吃一點食物後，他就要去船屋。

他打開廚房的燈，望向窗外一片漆黑，然後放下簾子。不能讓人從海面上看到這裡的燈光，一切得小心爲上。他忽地停下腳步，蹙起雙眉。有聲音嗎？像金屬發出的匡啷聲？他靜止不動側耳聆聽，四周仍舊靜謐無聲。

是鳥發出的聲音嗎？但是，這個時間會有鳥嗎？

他拉起簾子覷眼往外看，定睛望著他覺得聲音傳來的方向。

接著，他發現了那個男人。黑暗幾乎隱沒了他的身影，只隱隱約約看見有個人走動著。不過，確實有個人在外頭。

那個人從倉庫出來，然後邁步離開。

他迅速從窗前退開，心臟非他所願的劇烈跳動。

他謹慎拉開廚房櫃子的抽屜，找出一把又細又長的片肉刀。若是被這把刀刃刺中要害，絕對別想活命。

他穿好褲子，光著腳溜出門外，沒入黑暗之中。

現在他清楚聽見聲音是從船屋那兒傳來的，好像有人將什麼東西撬開，純粹用蠻力從木頭上撬起。他停下腳步聽了一會兒，終於搞清楚聲音的來源。他們正在撬開鐵鍊，有人正在設法弄開他釘在牆上用來固定鐵鍊的螺栓。

除了剛才那男人外，還有別人嗎？

如果是警察，那麼他們的武器絕對比較精良。不過，他熟悉這個區域，可以善用黑暗的優勢。

他經過倉庫時，立刻察覺到門底下透出的那道光比較寬。

沒錯，這扇門並未完全闔上。但是，他之前來這裡確認油箱內的溫度後就把門關好了，這點他非常確定。或許目前就有人在裡面。

他迅速退回到牆壁，思索著眼前的情勢。他對倉庫熟悉的程度就是自己身上的口袋，如果倉庫內有人，他立刻就能切斷電源，對準對方胸骨底下的柔軟部位用力刺下，一刀便可使他斃命，但爲求保險起見可以從不同方向多刺幾刀。他不能再猶豫了，要不是對方先動作，就是他先發制人。

他伸長刀子，進入倉庫，屋內空蕩蕩的沒有半個人。

但是有人來過。板凳的位置不對，工具擺放的位置凌亂無章，扳手還掉在地上。剛剛聽到的金屬匡啷聲應該就是這個。他往旁移動了一步，從刨台上拿起鐵鎚。因爲經常使用的關係，鐵鎚相對來說是比較順手的工具。

他沿著庭園小徑悄然前行，不管他怎麼走，腳底始終避不開蛞蝓，有不少擠碎在腳趾頭間。可惡的東西。等以後有時間，一定要清除乾淨。

他彎低身子，看見船屋縫隙間溢出微弱的燈光，裡頭還響起壓低音量的說話聲，但是聽不清楚內容，也不知道說話的人是誰。不過，這些完全無關緊要。

裡頭的人若是想出來，就只有眼前這條路，所以他只消衝到門前，將插銷推進門栓，他們就會被鎖在船屋裡。在他到車子拿來汽油罐，將船屋澆上汽油之前，他們絕對來不及逃出。

好吧，鄰近地區或許會看見房子起火了，但是還有其他選擇嗎？

不，這是唯一的方法。他只能燒掉船屋，趕緊收拾一切文件資料，把錢裝好，然後盡速開車越過邊界，除此沒有第二條路。因爲他的計畫而必須犧牲的人，全部下地獄去吧。

他將片肉刀插進皮帶，邁開腳步走向門口。就在這時，門竟然開了，有雙腳伸了出來。

他敏捷的往旁退了一步，正好看見兩隻腳一前一後踏出船屋。

他仔細盯著對方的一舉一動。那個人現在雙腳跪在地上，上半身還在船屋裡。

「我爸媽出了什麼事了？」裡頭忽然響起男孩的叫聲，然後是輕輕「噓」的一聲。

這時，矮小的黑人警察助手將女孩移出門外，同時朝他的方向後退一步。不就是保齡球中心那個將教皇撲倒在球道上的黑人嗎？怎麼可能發生這種事？

他們怎麼知道這裡的？

他揮動鐵鎚，一鎚敲上黑人的後頸，讓對手無聲無息倒落在地。從助理身上跌落的女孩，眼神空洞看著他，她早就喪失了求生的意志。然後女孩閉上了眼睛，只要一擊就能讓她斃命，不過這件事可以緩一下，他必須先應付另外一個警察。

那個警察的腳終於出現在門口，但是卻在那兒停留了好一會兒，因為他正在向男孩保證一切不是騙局。

「我現在到外面去，你可以自己看看，就會相信不是那麼回事。」警察說。

他馬上舉起鐵鎚打下去。

那個警察也同樣悄無聲息的落地倒下。

他把鐵鎚丟在地上，眼睛看著那兩個失去意識的人，耳邊傳來樹葉沙沙作響、雨滴落在泥地上，男孩在船屋內尋找庇護點的聲音，除此之外，四下死寂無聲。

然後他抬起女孩，兩三下把她推回船屋，再把門關上，鎖好門栓。

他站起來，觀察一下周遭狀況。除了男孩的反抗聲之外，沒聽見其他動靜。沒有警車，沒有不屬於此地的其他聲響，至少目前還沒有聽見。

他深吸了口氣。接下來他必須要面對什麼？會有更多警察來嗎？還是只有這兩個寂寞的牛仔，單槍匹馬闖進來想讓長官留下深刻的印象？他必須弄清楚這一點。

如果只有他們兩個，他將能繼續執行原訂計畫；若非如此，他就得趁早離開。無論如何，等他掌握更多訊息之後，必須要除掉這四個人。

他一個箭步快速回到倉庫，從門上的掛勾拿下繩子。說到將人鍊起來，他絕對是個中高手，不需要花費太多時間。

他走回到那兩個沒有意識的人身邊時，船屋內傳來激烈的吵鬧聲。男孩憤怒咆哮，要他放他們出去，如果他們沒有回到父母身邊，他的父母絕對不會付錢。

幹得不錯。這男孩異常頑強堅韌，現在甚至踹起門來。

他看了一眼門栓，雖然已經使用多年，不過木頭仍然相當堅固，應該承受得住他的踹踢。

他將兩個男人稍微拖離船屋幾公尺，藉由倉庫的燈光看清楚他們的臉，然後他讓比較高大的那個人坐起來。向前彎傾的身體，差點碰到地面的石板。

他跪坐在男人面前，在他的臉上打了好幾下。「喂，醒醒！」他發號施令道。

過了一會兒，警察終於轉動眼珠，眼睛連眨了好幾次後才聚焦在他臉上。

兩人四目相對。彼此的角色調換了過來，他不再是那個坐在保齡球中心的白色桌巾旁，爲自己所作所爲辯解的人。

「你眞是令人作嘔的人渣！」那個警察說。「我們會逮到你的！其他警察已經上路了，我們採取到你的指紋。」

他仔細打量眼前的警察，剛才那一擊削弱了對手的氣力，接著他往旁邊退一步，讓倉庫的燈光落在警察臉龐上，看得出他的瞳孔反應非常緩慢。或許那是他如此冷靜的原因？還是這男人不相信他有能力殺死他們？

「警察。這招不錯。」他嘲諷的說。「不過就算他們眞的出現，這兒可以望進整個峽灣直到非德里松，他們只要一駛過橋，我就可以看見警車上的藍色警示燈，等他們到了這兒，我早有足夠的時間完成應該解決的事情。」

「他們從南邊羅斯基勒過來，你看得見大便啦，白痴。」警察說。「放了我們，自己出面投案，十五年後又是一條好漢。你若是殺死我們，我告訴你，你絕對難逃一死。要不是被我們同事開槍打死，就是爛死在牢裡。結果都一樣。殺死警察在我們這個體制內別想逍遙法外。」

他冷哼一笑。「你在胡說八道什麼！你若是不回答我的問題，那麼……」他看了一下手錶，「二十分鐘後，你就將躺進倉庫中的油箱裡。你，還有兩個孩子和你的同事。而且，你知道嗎？」他的頭緊緊貼近卡爾的臉。「那時候我已經遠走高飛了。」

船屋裡的敲打聲更加大聲了，越敲越激烈，甚至響起金屬的聲音。他直覺望向剛剛把女孩推進船屋前丟下鐵鎚的地方。

他的直覺從來不會欺騙他。鐵鎚不見了。女孩趁他不注意的時候將鐵鎚撿走，而且把鐵鎚和她一起丟進船屋裡的人正是他自己。他媽的眞可惡！原來她不像他所想的那麼神智不清，這隻狡猾的小老鼠。

他慢慢抽出插在皮帶上的刀子，必須先解決掉那邊的事情才行。

第五十二章

卡爾絲毫沒有恐懼的感覺，這情況非常怪異；他完全不懷疑眼前的男人早已經喪心病狂，就算幹掉他眼睛也不會眨一下，然而一切卻是如此平和。飄過夜空的浮雲遮蔽了月亮，海浪輕聲拍岸，空氣中瀰漫著各色氣味，即使是他背後傳來的發電機轟轟聲，也有種撫慰人心的感覺。

或許是因爲剛才那一擊的作用尚未消逝，頭部劇烈的抽痛蓋過了肩膀與手臂的痛楚。

男孩仍然敲打著門，這一次敲得更加用力。卡爾看著那男人從皮帶中抽出刀子。

「你一定很想知道我們怎麼找到你的，對吧？」卡爾感覺到被綁在身後的手恢復了知覺。他抬頭眺望天空落下的綿綿細雨，雨水把繩子浸溼了，現在必須爭取時間。

那個男人的目光堅硬如石，但是嘴角快速抽搐了一下。

正中目標。這隻豬玀非常想知道他們究竟是如何識破他的詭計。

「以前有個叫作保羅的男孩，保羅．霍特，你還記得嗎？」卡爾把繩子浸入背後的水窪中。

「他有點特別。」他一邊說，一邊對那男人點點頭，免得他注意到他背後的手正忙個不停。

然後他停頓下來。不管有沒有繩索，他都不急著把故事講完，重點是時間拖得越長，他們就能活得越久。他不由得想發笑。這場角色對調的審問，多麼諷刺啊！

「然後呢？那個保羅怎麼了？」他催促說。

卡爾哈哈一笑。船屋傳來的敲擊聲間隔比較短了，不過也更精準。

「很久以前的事情了，不是嗎？你還記得他嗎？船屋裡那個女孩當年還沒出生呢。你或許不記得你的犧牲者了？當然，你一定想不起來。」

男人神色突變，那表情讓卡爾全身起雞皮疙瘩。

他一個箭步猛地將刀子架在阿薩德脖子上。「立刻回答問題，不許拐彎抹角，否則你馬上會聽見這傢伙斷氣前的濺血聲。」

卡爾一邊點頭，一邊扯動繩索。這個混蛋說到做到。

男人接著朝船屋大喊說：「桑穆爾，你若是再繼續敲下去，等下我會讓你不得好死。你最好相信我說的話。」

敲打聲停了幾秒，只聽見女孩大聲哭泣的聲音。接著敲打聲又繼續響起。

「保羅將裝了信的瓶子丟到海裡。你應該另外找禁閉肉票的地方才對，不一定要位於水面上的房子。」

男人眉頭深鎖。

卡爾這時扯鬆了繩子，有個繩圈滑脫開來。「幾年前那個瓶子在蘇格蘭被人撈了上來，最後落到我的辦公桌上。」他的手腕猛力一扯。「呿，你眞倒霉。」最後拋出這句扼要的結論。

男人的心思全寫在臉上。一個瓶子能奈何得了他嗎？這麼多年來，被關在船屋裡的孩子沒有一個知道自己置身何處，一封瓶中信又能改變什麼？

卡爾看見阿薩德的腳抽搐了一下。

躺著別動，阿薩德，你什麼忙也幫不了。他在心裡這麼說。目前唯一幫得上忙的只有努力掙脫繩索，但即使掙脫了之後，也未必保證就能安全躲開。他面前這個瘋子孔武有力，不但肆無忌憚，手上還有一把惱人的刀，反觀他自己，因爲後腦杓被打了一下，動作變得遲緩。不，他的希望不大。若是先前他打電話聯絡羅斯基勒的警方，自南方挺進或許還有機會，但是從非德里松派來的支援不可能不被發現。這一點可惜那混蛋說對了，警車只要開上橋，幾分鐘後就會暴露行蹤，而卡爾很清楚一切就完了。可惡，繩索還是非常扎實。

「我勸你趕快逃吧，克勞斯．拉爾森，如果我可以這樣叫你的話，雖然那也可能是你捏造的。」卡爾說。船屋的敲擊聲突然出現相對低沉的一聲。

「沒錯，我確實不叫克勞斯．拉爾森。」他站在阿薩德動也不動的身體旁邊。「而你永遠不會知道我眞正的名字。此外，我認爲你今晚是獨自行動的，你和你的同伴。所以我爲什麼要逃呢？你爲何認爲我會怕你？」

「還來得及之前，你快逃吧，隨便你愛叫什麼名字。遠走高飛，重新建立新生活。當然基於職責所在，我們一定會追捕你。不過話又說回來，你是個變裝大師。」

又有個繩圈鬆脫。

他直視那男人的雙眼，眼角瞥見夜空中閃爍的藍光，看來警車已經通過峽灣。終於來了！趁對方望向賦與四周景致躍動感的藍色警示燈光時，卡爾伸直背部起身，那傢伙也高舉起對準阿薩德身體的刀子，就在這時候，卡爾上半身往前俯衝，用頭撞他的腳。對手一手扶著腰側倒在地上，但是另一隻手仍緊握著刀子不放。卡爾心想，這個瘋子憤怒仇視的眼神將是我這輩子最後看見的景物了。

這時，繩子鬆脫了。

卡爾甩掉繩索，想用恢復自由的雙臂奪下刀子，但他實在不自量力，愚蠢至極！他的雙腳和布丁一樣疲軟，倉庫裡的扳手又放在拿不到的地方，他周遭的景象似乎不斷膨脹又收縮。

男人站起身，拿著刀子對準卡爾走來，卡爾踉蹌退了幾步，頭部的抽痛和心跳越來越激烈，但腦海中忽然浮現夢娜的影像。他精神一振，努力站穩腳步。庭院小徑又濕又滑，他感覺到蛞蝓又黏上了鞋底。然後他站定不動，伺機等候。

橋那頭已不見藍光閃射，五分鐘後警車將會抵達此處，他若是設法堅持一下，或許就能拯救孩子的性命。他抬頭看著小徑上方橫亙交叉的枝椏。我可以想辦法攀跳上去，他心想，於是往後跨一大步。這時，臉龐因憤怒而扭曲的男子一個箭步向前，一刀對準卡爾的胸膛，但一隻鞋子尺寸不過四十號（注）的小腳卻讓他翻倒在地。

原來是阿薩德用他的短腿踢中攻擊者的腳踝。但是，若非攻擊者正好光腳踩在滑溜的蛞蝓上也不會滑倒。只見他的臉頰重重撞在石板上，發出一聲巨響，卡爾蹣跚往前走了幾步，一腳踩住他的下體，他痛得不得不將刀子放開。

卡爾拾起刀子，費了一番勁後將刀子抵在男人的脖子上，在他身後的阿薩德試著滾到一邊，但是卻忍不住嘔吐，將阿拉伯語的咒罵連同胃裡的東西一起吐了出來。看來不太可能要求他遵守不可隨地便溺之類的規矩，不過所幸他的傷勢不算太嚴重。

「殺了我吧。」那男人齜牙咧嘴說。「我無法忍受你的嘴臉。」話一說完便猛然向前，想要自我了斷。卡爾見他衝動撲過來，立刻把刀拿開，過程中不小心在男子脖子上劃了一刀。

「我早就料到了。」對方嗤之以鼻說，鮮血沿著被雨淋濕的脖子流下。「你辦不到，你沒那個膽子。」

但是他錯了。若是再來一次，卡爾絕不會抽回刀子。阿薩德渙散的雙眼可以證明是男子自己找上死神，況且還替司法單位省了點事。

就在此刻，船屋裡的敲擊聲停了下來。

卡爾的目光越過那男人的肩膀，看見船屋的門彷彿被一隻隱形的手給打開。接著，卡爾的視野又被那變態男子的臉遮住。

「你還沒解釋清楚你們怎麼找到我的。還是我得等到法院審判，才有機會得知？」他說。

「你剛才怎麼說？我會被判多久刑期？十五年？我會撐過來的。」他將頭擺正，像是又要立刻向前躍起似的，然後放聲狂笑。

來啊，儘管將你的頭撲向刀子，卡爾在心裡說道。他交纏著手指緊握刀柄，心底十分明白情況就要變得醜陋可憎了。

忽然間，傳來一個宛如雞蛋落地的破裂音。隨著這短促的一聲，男子旋即雙腳一跪，無聲倒向一側。滿臉涕淚縱橫的桑穆爾，手裡拿著鐵鎚站在卡爾面前，看來他用鐵鎚敲壞了船屋的鎖。

卡爾丟下刀子，蹲在全身顫抖躺在地上的男人旁邊。他還有呼吸。

他剛才目睹的一幕簡直是種處決，桑穆爾不可能沒看見那個男人被他控制住了。

「桑穆爾，把鐵鎚丟掉。」卡爾說，一邊向阿薩德使了個眼色。

「阿薩德，我們都同意那純粹是自我防衛，對吧？」

阿薩德抬起頭撇著嘴，嘩一聲又吐了出來，同時仍不忘結結巴巴說：「吶，我們的意見始終是一致的，卡爾。」

卡爾把頭轉回去，看向那個瞪大雙眼躺在泥濘小徑上的男人。

「你下地獄去吧。」男子虛弱的說。

「你才該下十八層地獄去。」卡爾回答。

林子裡傳來警車逐漸接近的聲音。

「你只要招供曾經犯下的罪行，會死得痛快一點。」卡爾不由自主降低音量說話。「你殺過

注 這裡指的是歐洲尺寸，男鞋四十號相當於二十六公分。

多少人？」

他眨著眼。「很多。」

「多少？」

「很多。」

他的軀體彷彿投降似的側向一邊，露出後腦上鐵鎚造成的傷口，以及耳朵後面一長條紅色疤痕。男人開始口吐白沫。

「班雅明在哪裡？」卡爾急切問道。

他的眼皮緩緩垂下。「在艾娃那兒。」

「誰是艾娃？」

半垂的眼皮又眨了眨，這次緩慢許多。「我醜陋的妹妹。」

「給我一個名字，我需要姓氏。你眞正的名字叫什麼？」

「我叫什麼名字？」他臉上綻放笑容，說出生平最後一句話。

「我叫卓別林。」

尾聲

五分鐘前，卡爾欲振乏力的將一份檔案丟在角落那堆資料上。

解決了。結案了。不再屬於體制內的事了。

自從阿薩德在地下室將那個塞爾維亞人壓制在地，已經過了好一陣子。馬庫斯的人手負責解決三樁縱火案，不過幫派械鬥也讓他們焦頭爛額，因此一九九五年的洛德雷案就落在懸案組頭上。

塞爾維亞和丹麥兩地都有人鋃鐺入獄，但目前還欠缺兩份供詞。彷彿他們眞拿得到似的，卡爾消沉的說。至於被抓到的那個塞爾維亞人寧願在牢裡待十五年，也不願意與幕後黑手爲敵。

接下來就是檢察官的事了。

卡爾伸伸懶腰，考慮要不要躺下來睡一會兒。液晶電視上TV2台正在播放新聞，記者未經求證就大肆報導首相沒有能力跳上自行車，一定會掉下來摔斷骨頭。

這時電話響起。眞是他媽的發明！

「我們樓上這兒有訪客。」是馬庫斯的聲音。「立刻上來一下，你們三個都要。」

哥本哈根已經連下了十天的雨，在七月中這個時節，太陽竟不知消失何處。有什麼理由要他們上三樓去？那兒的陰暗天色和地下室難分軒輊。

走上樓時他完全沒和阿薩德與蘿思交談。這是個糟糕透頂的假期：賈斯柏和女友成天在家裡晃盪，莫頓和一個叫作皮列本的人單車旅遊去了，哈迪交由醫院派來的護士照顧，維嘉則和一個頭巾底下的頭髮長達一公尺半的男人前往義大利。

就連夢娜也帶著她的後輩們到希臘做日光浴，唯有他得在此堅守崗位。爲什麼阿薩德和蘿思沒有休假呢？那樣一來，至少他可以安安靜靜將腳擱在桌上，在上班時間觀賞環法自由車賽。

不，他痛恨死假期了，尤其是不屬於他的假期。

到了三樓，他朝麗絲空蕩蕩的辦公桌瞥了一眼。她又開著旅行車和熱力四射的先生去哪兒玩了嗎？如果不在的人是索倫森的話就好了，對她這種木乃伊來說，即使是最微不足道的調笑，也一定會讓她變得亢奮有活力吧。但是對於他略微友善的點頭打招呼，她只冷冷豎起一根手指回應。唉，這老太婆還眞趕得上時代潮流。

他們推開馬庫斯辦公室的門，卡爾迎面便看見一位陌生的女子。

「米雅．拉爾森，」馬庫斯坐在椅子上說，「是爲了她先生的事情來的，希望當面向你們表達謝意。」

這時卡爾才注意到站在後面一點的男人。他就是站在羅斯基勒那棟起火房子前的年輕人，那個把米雅救出來的肯尼士。眼前這位有點尷尬侷促的女子和當時那個縮成一團的可憐人眞是同一個人嗎？

蘿思和阿薩德向兩人揮揮手，卡爾遲疑了一會兒後也揮手致意。

「是的，請你們見諒。」年輕女子說。「我明白你們工作忙，但是我希望能夠親自謝謝你們救了我的性命。」

他們面對面四目相視，但卡爾腦子裡擠不出半個字，不知道應該講什麼。

「不用客氣，雖然我不是很樂意講這句話。」阿薩德就事論事說。

「我也一樣。」蘿思突然插了這麼一句。

在場其他人聽了哄堂大笑。

「妳沒事了嗎？」卡爾問。

米雅・拉爾森緊抿著嘴，做了個深呼吸。「我想知道那兩個孩子後來怎麼樣了？桑穆爾和瑪德蓮娜，對嗎？」

卡爾的眉毛微微挑起。「說實話，很難說他們過得好不好。兩個男孩已經搬走了，我想桑穆爾應該適應得還不錯，至於瑪德蓮娜和其他兩個妹妹，我聽說是教會的人在照顧她們。或許也還不錯，我不是很清楚，畢竟對孩子來說，失去父母是很痛苦的。」

她點點頭。「是的，這點我了解。我的前夫做了太多壞事，如果能為那個女孩做點什麼，我希望能給我機會。」她試圖擠出笑容，卻弄巧成拙。她自己也背負了太多重擔了。「對孩子而言，失去父母是很痛苦的事情。然而對一位母親來說，失去孩子又何嘗不心痛。」

馬庫斯碰觸她的手臂。「我們始終沒有停止調查此案，拉爾森太太。警方投入許多精神分析妳提供的資料，長遠來看，我們相信那些資料一定能夠帶領我們找到正確的線索。在這個國家，沒有人能到死藏著一個孩子的。」

她聽著這些話，頭垂了下來。應該還有其他的表達方式吧，卡爾心想。

這時年輕人開口說道：「我們只是想讓你們明白我們的感激之意。」他看著卡爾和阿薩德說。「但是，不安全感侵蝕著米雅，讓她越來越脆弱，這又是另外一回事了。」可憐的人。為什麼不能對他們坦誠相告呢？已經四個月過去了，小男孩始終下落不明，參與調查的單位沒有足夠的資源和人手進行調查，而現在很可能為時已晚。

「我們沒有太多有利的線索。」卡爾忍不住把話講開。「我們知道妳前夫的妹妹名叫艾娃，但是姓氏呢？沒錯，妳前夫的姓氏是什麼？很可能與他使用過的假名截然不同。我們連他真正的名字都不清楚，對於他的過往同樣毫無所悉，僅僅知道他父親以前是個牧師。更棘手的是，許多牧師的女兒都叫艾娃這個名字。當然，沒錯，我們知道艾娃大約四十歲左右，即使如此，符合條件的對象仍然不在少數。我們已經將班雅明的照片發給各個派出所與警察局，我的同事也通知了全國所有社會局注意此案，這就是我們目前所能做的。」

米雅點了點頭。看得出來她正努力別讓這個消息奪走希望。這點可以理解。

一旁的年輕人忽然遞出一束玫瑰花，說米雅會每天察看各種教會期刊和基督教報紙，希望某處曾經提及她前夫父親的名字。這是項龐大的工作，但如果她找到任何線索，會第一個通知他們。然後他把花送給卡爾，表達謝意。

他們離開後，卡爾感覺滿嘴苦澀，手裡捧著至少四十支的豔紅玫瑰。他眞希望自己沒有收到花。他搖了搖頭。不行，花不能放在他桌上，也不可以擺在蘿思和伊兒莎家裡，絕對不可以，誰知道到時又會出什麼紕漏。

他們經過索倫森的位置時，卡爾將花拋在她辦公桌上。「謝謝妳堅守崗位，索倫森。」他只說了這句，留下她滿臉錯愕與啞口無言的不樂意。

阿薩德、蘿思和他彼此對視一眼，然後走下樓梯。

「我知道你們腦子裡在想什麼。」他說。

他們必須盡快發函給國內相關機構，請求他們留意符合班雅明年紀、外表等特徵的小男孩，搜尋是否突然出現一個不屬於當地的孩子。上面的內容基本上與警方已經發布的公文差不多。

不過，他們會額外請求各個機構的主管親自負責此事。如此一來，此案會獲得優先處理權，並盡快朝正確的方向進行調查。

最近兩個星期班雅明至少學會了五十個新字，艾娃幾乎快跟不上他了。

不過他們兩個經常交談，因爲他是艾娃在這個世界上最愛的人。他們家現在是個貨眞價實的小家庭了，她的先生也有同樣感受。

「他們什麼時候會到？」這句話他今天問了不下十次。他已經忙碌了好幾個小時，打掃家裡、烤麵包，還有處理有關班雅明大大小小的事。爲了這次會面，一切必須完美無瑕才行。

她露出微笑。這孩子大大改變了他們的生活。

「他們來了，我聽到聲音。威利，你可以把班雅明抱過來嗎？」

她感覺到孩子柔嫩的臉頰貼在自己的臉龐上。

「有人來告訴我們是否可以把你留下了，班雅明。」她在孩子耳邊輕聲細語。「我相信不會有問題的。你想和我們住在一起嗎，親愛的？你想不想住在艾娃與威利的家裡呀？」

他緊緊依偎著她，叫了一聲：「艾娃。」然後咯咯笑了起來。

她感覺到他指著響起聲音的走廊說：「有人。」

她抱著他，整了整自己的衣服。威利建議她閉上眼睛，說那樣看起來比較不嚇人。然後她深吸口氣，默默向老天祈禱，又抱了孩子一下。

「沒有問題的。」她輕聲低語。

她認得對方溫暖的聲音，她們照慣例來處理一些程序，之前已經上門過一次了。

對方有兩個人，一一上前和艾娃握手。溫暖的手掌，很好。她們逗弄了班雅明幾句，然後在稍遠的椅子上坐下。

「好的，艾娃。我們已經徹底審核過妳的情況，在我們遇過的案例中，妳並不是典型的申請人。因此，或許妳會很高興聽到，我們決定忽略妳的失明狀況。以前我們也曾經同意讓一位盲人收養孩子，在基本態度與日常生活上，我們看不出有任何阻礙與不便。」

艾娃感覺心底彷彿有股泉源歡欣噴湧。她說沒有任何阻礙與不便，所以她的祈禱應驗了。

「雖然你們的收入相對比較少，卻儲蓄了許多錢，這點讓人印象深刻。到目前為止，你們證明了自己比其他人更有能力勝任。我們也注意到，妳在很短的時間內把自己養胖了，艾娃。妳先生說妳在三個月內增胖了二十五公斤，妳現在的氣色非常好。」

艾娃心中湧起一股暖流，甚至班雅明都感覺到了。

「艾娃，人好好。」小男孩說。她察覺到他向來訪的兩位女士揮手，威利之前說過那樣子的他顯得特別可愛。請上帝賜福給這孩子。

「你們這裡布置得溫馨舒適，正是孩子在成長中需要的環境，很適合孩子生活。」

「而且威利也找到了不錯的工作，這也是個優點。」另一個聲音說，她的聲音比較滄桑低沉。「不過，如果妳先生無法像之前那樣經常待在家裡，對妳來說不會有問題嗎，艾娃？」

「妳的意思是，我有沒有辦法一個人照顧班雅明嗎？」她微笑說。「我還是小女孩的時候眼睛就看不見了，而且我相信很多視力正常的人無法像我看得那麼清楚。」

「妳的意思是？」低沉的聲音問。

「最重要的難道不是去感受身邊人的狀況嗎？我能感受到這樣的東西。在班雅明自己都不清楚之前，我便知道他需要什麼。我從他人的聲音就能了解他們的情緒，例如妳目前就很開心，我相信妳打從心底露出笑容。妳是不是遇到什麼好事了呢？」

兩位訪客輕輕笑了一會兒。「既然妳提到了，沒有錯，我今天早上剛當了祖母。」

艾娃恭喜她，另外還回答了幾個實際的問題。雖然她眼睛失明，威利也一把年紀了，但相關當局無疑會受理他們的申請。他們已經順利進行到這個階段，最後一定會通過。

「我們暫時同意你們成爲寄養家庭，而且在我們查清楚令兄發生了什麼事之前，這個決定不會改變。不過，有鑑於妳的年紀，我們會將其視爲收養程序的預備措施。」

「妳有多少沒有令兄的消息了？」先前第一個開口說話的人問道。在兩方會談期間，這個問題已經問了第五遍。

「他三月將班雅明帶過來之後，就沒再和我們聯絡了。我們有不好的猜想，班雅明的母親可能已經過世。我哥哥之前告訴過我們，她病得很嚴重。」她在胸前畫了十字。「而我哥哥的性格有點陰鬱，因此我怕在班雅明的母親離開人世之後，他可能也跟著去了。」

「我們至今尚未查出班雅明母親的身分。妳提供的出生證明上面，她的身分證字號完全無法辨識。那份文件被弄濕了嗎？」

她聳了聳肩。

「嗯，有可能。我們拿到的時候就已經是那個樣子了。」艾娃坐在角落的先生補充說。

「顯然班雅明的父母只是同居的關係。至少透過令兄的身分證字號，沒能查出他已婚的狀況。他的作法實在讓人猜不透。我們目前僅知他幾年前曾經登記要加入狙擊軍團，不過之後所有與他有關的資料似乎憑空消失了。」

「是的。」她點點頭說。「正如剛才所說的，他的個性有點陰沉。即使是在我們面前，他也不太吐露自己的生活狀況。」

「但是他卻把班雅明託付給妳。」

「沒錯。」

「班雅明和艾娃。」小男孩說著滑下地板。她聽到他在地毯上跌跌撞撞往前走。「我的車車。」他說。「大車車，漂亮的車車。」

「嗯，我們看得出來他在這兒過得很開心。」低沉的聲音說著。「就他這個年紀來說，他真的很聰明。」

「是的，他像祖父。我父親是個聰明睿智的人。」

「噢，是的，艾娃，我們很清楚妳的背景。我知道令尊在附近當過牧師，從我們獲得的資訊來看，他十分受人尊重喜愛。」

「艾娃的父親是位了不起的男士。」後頭又傳來威利的聲音。艾娃不禁流露笑容，他雖然從未見過她父親，卻經常將這話掛在嘴上。

「我的熊熊，」班雅明說，「我的熊熊也很漂亮。熊熊有藍色的蝴蝶結。」

所有人都被他的童言童語逗笑了。

「我的父親按照基督教的教義教育我們。」艾娃繼續說，「如果當局願意給我們機會，讓他留在我們身邊，威利和我也打算好好培養班雅明的精神資糧。我們希望效法父親對待生命的態度。」她感覺到那些話很契合兩位來訪女士的心意，四下瀰漫著一股近乎誠摯的寂靜。

「你們必須參加爲有意願收養孩子的父母所準備的課程，上課時間是兩個週末。最後，我們會再評估是否同意你們的申請。我們不清楚那兒的上課情形如何，不過可以確定的是，兩位比起絕大多數的人在面對生命中重要的課題……」

她察覺到會談突然中斷，所有的溫暖、所有的誠摯，彷彿瞬間從房內消失無蹤，就連班雅明也停止嬉戲。

「那裡。」他說，「藍色的燈，有藍色的燈在閃。」

「警察在外面庭院停了下來。」威利說。「是不是發生什麼意外了？」

艾娃心想這事應該與自己的哥哥有關，忖度著會是什麼事，最後她的思緒被外頭走廊的聲音和威利越來越不高興的抗議聲打斷。

她聽見走進屋內的腳步聲，在場兩位女士站了起來，退到一旁。

「米雅．拉爾森，他在這裡嗎？」一個沒聽過的男人聲音問道。

接著是一陣低聲細語。她聽不清楚對話的內容，但依稀是一個男人的聲音正向剛才和她講話的兩位女士解釋著某事件。

走廊傳來威利的咒罵聲。他爲什麼不進來？

然後她聽見有人哭泣，是個年輕女子的聲音。哭聲一開始有點遠，但不一會兒來到了附近。

「看在老天的份上，發生什麼事了？」她對著房間內問。

她感覺班雅明走過來，抓著她的手，一個膝蓋跨到她腿上。於是她把他抱起來放在大腿上。

「艾娃．布雷門，我們是歐登塞的警察。和我們一起來的是班雅明的母親，她希望將孩子帶回身邊。」

她屏住氣息，不敢呼吸。內心向上帝祈求讓所有人都消失，祈禱她能趕快從惡夢中醒來。

一行人向她走近。她聽見那女子向班雅明講話的聲音。

「哈囉，班雅明。」她聽見聲音顫抖著。一個不應該出現在這兒的聲音。走開，走得遠遠的。

「你不認識媽媽了嗎？」

「媽媽。」班雅明重複了一次。艾娃感覺抱著她脖子的手在簌簌發抖。「班雅明怕怕。」

四周安靜了下來。好一會兒時間艾娃只聽見男孩的呼吸聲，這個她愛他勝於愛自己性命的小男孩的呼吸聲。然後她又察覺到另外的呼吸聲，同樣深沉，而且盈滿恐懼。她凝神傾聽，自己抱著男孩背部的手也開始抖了起來。她聽見對方的呼吸聲，最後也聽到了自己呼吸的聲音。受到驚嚇的三人深吸著空氣，對接下來會出現的狀況感到害怕。

艾娃強忍著淚水抱緊男孩，兩人彷彿融為一體，然後她鬆開了手，摸索到他的小手，緊緊握住。有好一段時間，她就這麼靜靜坐著，壓抑著不讓眼淚落下。最後，她伸出抓著男孩小手的手，聽見自己的聲音從遙遠的地方傳來。

「妳叫作米雅嗎？」

她聽見一聲小心翼翼的回答：「是的。」

「過來，米雅。過來我們這兒，讓我們摸摸妳。」

謝辭

誠摯感謝漢內・阿德勒・歐爾森無時無刻的鼓勵、腦力激盪與聰明睿智的意見。

此外，我想感謝艾爾瑟貝斯・瓦倫斯、弗雷迪・米爾頓、艾迪・基蘭、漢內・彼德森、米卡・許馬勒斯提和卡羅・安德森等人詳細又珍貴的評論，以及眼神銳利、簡直有三頭六臂的安・C・安德森。

同樣誠心感謝《非德里松報》的亨利克・格雷葛森，以及哥本哈根大學法醫遺傳系法醫研究所的副所長保・提斯德・西蒙森。

另外感謝吉特和彼得・Q・萊內斯以及丹麥作家與翻譯人員中心的熱情款待；也謝謝卡羅・安德森提供的狩獵專門知識，以及萊夫・克里斯滕森警官大方分享搜查經驗，並不吝賜教警務相關常識。

謝謝警局總局鑑識部門的楊恩・安德斯與副警長雷納・康斯格特撥冗賜教提點，以及哥本哈根警方喪葬基金會的克努德・V・尼爾瑟助理的親切接待。

最後，要向造訪我的網頁www.jussiadlerolsen.com，以及寫信到我的信箱jussi@dbmail.dk給我鼓勵的所有優秀讀者們，致上十二萬分的謝意。

將此書獻給我的兒子克斯。

名詞對照表

A

Adda　艾達

AIJ：Abram Ilija Jankovic
亞伯蘭・伊利亞・揚科維奇

Albertslund　艾柏斯倫鎮

Algade　艾爾格

Allehelgensgade　聖徒街

Allerød　阿勒勒

Alsing　阿爾辛

Amager　亞瑪格島

Amager　基爾

Amundsen &Mujagic
安普森與穆亞吉克公司

Ananda Marga　阿南達瑪迦

Anker HeegaardsGade
安克・希果街

Antonsen　安東森

Årup　厄魯普

Axeltorv　阿克瑟妥夫

B

Bak　巴克

Bakkegården　美坡農莊

Ballerup　巴勒魯普

Bankhead Road　班克黑路

Baobli　保伯利

Baoli　保利

Baptist　浸信會

Belganet　貝爾堅納

Belgrad　貝爾格勒

Benjamin　班雅明

Bente Hansen　貝蒂・韓森

BerlingskeTidende
《貝林時報》

Bernstorffpark
伯恩斯托夫公園

Bettina Bjelke
貝蒂娜・畢爾克

Bila　彼拉

Birkerød　柏克洛

Birger Sloth　畢格・徐洛特

Blekinge　布來金省

Bognæs　柏內斯

Bräkne-Hoby　布雷納霍畢

Brahma Kumaris
布拉瑪・庫馬利斯

BrandurIsaksen
布朗度・伊薩克森

Brønderslev　布朗德斯勒夫

Brønshøj　布朗斯霍伊區

Bryggen　布呂根

Bujutsukan　布久促坎

Frederiksværk 馮里斯維
Fünen 菲英島

G

GamlaKongavägen 舊康亞路
Gammel Dansk 老丹麥保藥酒
Gedenkhof 紀念中庭
Gewerbeaufsicht 庶務組
Gilliam Douglas
吉立安・道格拉斯
Gladsaxe 格雷薩克瑟
Glostrup 格羅斯楚普
Græsted 克雷斯登
Granton 格蘭頓
Großen Belt 大帶海峽
Gurkamal Singh Pannu
古咖瑪・辛・帕努

H

Haderslev 哈易斯勒夫
Hafezel-Assad
哈菲茲・阿薩德
HaldEge 哈爾德橡樹鎮
Hallabro 哈勒布羅
Halmtorvet 哈爾托夫
Halsnæs 海司尼斯
Halsskov 黑斯森林
HardyHenningsen
哈迪・海寧森
HareKrishna 哈里克里希納教
Heimdalsgade 海德斯街
Helmand 赫爾曼德
Helsingør 赫爾辛格
Henrik 亨利克
Hesselborgvej 黑塞堡路
Hillerød 希勒羅德
Holbæk 霍貝克
Holstebrovej 侯斯托布洛路
Holte 霍爾特
Hornbæk 霍內克
Hornsherred 宏斯鄉
Hundested 杭德斯特

I

I MesterensLys 主之光
IngvaldLieberkind
英維・李柏金
Inverness 印威內斯
Irma 伊兒瑪
Isabel Jønsson
伊莎貝兒・雍森
Isefjord 伊瑟峽灣
Ishøj 伊斯亥

J

Jægerspris 耶爾斯普立
Jannik 楊尼克
Jens Krogh 顏司・克蘿
Jesper 賈斯柏
John O'Croats 約翰峽角

John Studsgaard 約翰·史杜嘉
Jørgen 約根
Joshua 約書亞
JPP Beslag A/S 貝思拉格公司
Jsoef 約瑟夫

K

K. FrandsenEngros 法蘭森·恩洛斯
Kalle 卡樂
Karlshamn 卡爾斯港市
KarstenJønsson 卡斯滕·雍森
Kebnekaise 開布內峰
Kenneth 肯尼士
Kignæs 奇格尼斯
Kinder Gottes 上帝之子
KlaesThomasen 克拉艾斯·湯瑪森
Kong ValdemarsVej 瓦爾德馬國王路
Kongevejen 國王路
Kongstedsvej 孔斯德路
Königreichssaal 王國聚會所
Korsør 高薛
Kris 克里斯
Kristushuset 基督會所
Kulhuse 古扈斯

L

Langebro 嵐格橋
Langeskov 蘭恩森林
Lars Bjørn 羅森·柏恩
Lars Sørensen 拉斯·梭倫森
Laura Mann 蘿拉·曼
Lautrupvang 勞特魯凡街
Lautrupgårdschule 勞特魯苟學校
Leif Sindal 萊夫·辛德爾
Lejre 萊爾
Levring 雷寧
Liberia 賴比瑞亞
LillemorBengtsson 麗勒摩爾·班森
LindebjergLynge 林柏格·霖格
Lis 麗絲
Lisa 莉莎
LivetsOrd 生命之道
Lola 羅拉
Lønne 勒納
Luleå 盧勒
Lund 倫德
Lynæs 呂尼斯

M

MadsChristian Fog 馬茲·克里斯提昂·福格
Magdalena 瑪德蓮娜
Marcus Jacobsen 馬庫斯·雅各布森

Martin Holt　馬丁・霍特
Mia　米雅
Mikkeline　梅克琳
MikkelLaust　米克爾・勞斯特
Miranda McCulloch
　米蘭達・麥卡洛克
Miriam　蜜莉安
Mitteljütland　中于特蘭
Mjølnerpark　米耶納公園
MJ：Milica Jankovic
　蜜莉卡・揚科維奇
Mona Ibsen　夢娜・易卜生
Mormonen　摩門教
Morten Holland　莫頓・賀藍
Mustafa Hsownay
　穆斯塔法・淞尼

N

Næstved　奈斯維德
Netto　奈托
Nordseeland　北西蘭島
Nordskoven　諾斯孔
Nordvest　西北區
Nørrebro　諾勒布羅
Nordosten　諾歐斯頓
Nostradamus　諾斯特拉姆斯
NPFL　賴比瑞亞國家愛國陣線
Nyborg　尼柏格

O

Odense　歐登瑟
Odsherred　歐德鄉
Orkney　奧克尼
Orø　歐洛
Østerbro　奧司特布洛
Østskov　厄斯茲可夫

P

Panther Piss　豹尿威士忌
Pasgård　帕斯高
PeterVestervig
　彼得・魏斯特維
Pfingstbewegung　降靈節活動
Plantage Sjørup　戍洛普大農場
Poul Holt　保羅・霍特
Public Consult　公眾諮詢公司

Q

Quäker　貴格會

R

Rachel　蕊雪
Ravnstrup　拉文斯特普
René　雷納
Resen　列盛
Rigshospital
　哥本哈根大學附設王國醫院
Ringsted　凌斯泰德

RJ：Radomir Jankovic
拉多米爾・揚科維奇
Rödby　洛德畢
Ro’sTorv　駱司市場
Rødovre　洛德雷
Rønneby　隆內比
Rønneholtpark　羅稜霍特公園
Rørvig　洛維格
Roskilde　羅斯基勒

S

Sabbat　安息日
Samir Ghazi　薩米爾・迦齊
Samuel　桑穆爾
Sandalparken　檀香園
Sarah　莎拉
Satanisten　崇拜魔鬼的人
SathyaSai Baba
實諦・賽・巴巴
Schonen　旬納
Scientology　山達基教會
Seamus　塞穆斯
Simbabwe　辛巴威
Skibby　史基比
Skull Splitter　劈顱者啤酒
Slagelse　斯雷格瑟
Sofia　索菲亞
Sønderby　旬納比
SørenGormsen　索倫・苟牡森
Sørensen　索倫森
Sorø　索羅
Stenhusvej　史坦胡斯路
Stenløse　史坦洛瑟
Stevns　史蒂汶半島
Stockholmsgade　斯德哥爾摩街
Sundby　桑比
SupermarktLøvbjerg
洛夫伯超市
Svend　史文德
Sysser　西賽兒

T

Tårnby　坦比
Tåstrup　措斯楚普
The Fourth Way　第四道學派
Theodor Bondesen
泰奧多・邦德森
Thomas Laursen
湯馬斯・勞森
Thule　吐勒
Thyregod　堤勒苟
TJ：Tomislav Jankovic
托米斯拉夫・揚科維奇
Toftebakken　托夫特丘街
Tølløse　圖呂瑟
Torben Christensen
托本・克利思藤森
Tryggve　特里格費

Tuborg　圖柏格啤酒

U

Unification Church　統一教
Utterslev　烏特斯利

V

Valby　法爾比
Valde　韋爾德
Vanløsc　凡洛塞
Vedbysønder　維畢旬納
Vejle　瓦爾勒
Vestegn　菲斯坦
Vesterbro　維斯特布洛
Vestre　韋斯特
Vibehof　韋伯莊
Viborg　維堡
ViggaRasmussen
維嘉・羅斯慕森
Viggo Hansen　維果・漢昇
Vinderup　溫易魯普
Vrå　佛洛

W

Westjütland　西于特蘭
Wick　威克市
Willy　威利
Willers Schou　威斯勒・蕭

Y

Yding　余鼎
Ystad　于斯塔德
Yrsa　伊兒莎

Z

Zeugen Jehovas　耶和華見證人

BEST嚴選 039

懸案密碼3：瓶中信（限量電影書衣版）

原著書名／Flaskepost fra P
作　　者／猶希・阿德勒・歐爾森（Jussi Adler-Olsen）
譯　　者／管中琪
企劃選書人／王雪莉
責任編輯／李幼婷

發行人／何飛鵬
副總編輯／王雪莉
業務經理／李振東
行銷企劃／陳姿億
資深版權專員／許儀盈
版權行政暨數位業務專員／陳玉鈴
法律顧問／元禾法律事務所　王子文律師
出版／奇幻基地出版
城邦文化事業股份有限公司
台北市 104 民生東路二段 141 號 8 樓
電話：(02)25007008　傳真：(02)25027676
網址：www.ffoundation.com.tw
e-mail：ffoundation@cite.com.tw
發行／英屬蓋曼群島商家庭傳媒股份有限公司城邦分公司
台北市 104 民生東路二段 141 號 11 樓
書虫客服服務專線：(02)25007718・(02)25007719
24 小時傳真服務：(02)25170999・(02)25001991
服務時間：週一至週五09:30-12:00・13:30-17:00
郵撥帳號：19863813　戶名：書虫股份有限公司
讀者服務信箱 E-mail：service@readingclub.com.tw
歡迎光臨城邦讀書花園　網址：www.cite.com.tw
香港發行所／城邦（香港）出版集團有限公司
香港灣仔駱克道193號東超商業中心1樓
電話：(852)25086231　傳真：(852)25789337
e-mail : hkcite@biznetvigator.com
馬新發行所／城邦（馬新）出版集團
【Cite(M)Sdn. Bhd】
41, Jalan Radin Anum, Bandar Baru Sri Petaling,
57000 Kuala Lumpur, Malaysia.
Tel: (603) 90578822　Fax:(603) 90576622
email:cite@cite.com.my
封面設計／莊謹銘
排　　版／浩瀚電腦排版股份有限公司
印　　刷／高典印刷有限公司
■2012 年（民 101）11月1日初版
■2019 年（民 108）11月14日二版1刷

售價／380元

國家圖書館出版品預行編目資料

懸案密碼3：瓶中信 / 猶希.阿德勒.歐爾森(Jussi Adler-Olsen)著；管中琪譯 - 初版 - 台北市：奇幻基地, 城邦文化出版：家庭傳媒城邦分公司發行；2012.10（民101.11）
面：公分. -（BEST嚴選：39）
譯自：Flaskepost fra P
ISBN 978-986-6275-98-2（平裝）

881.557　　101019460

FLASKEPOST FRA P (MESSAGE IN A BOTTLE)
by JUSSI ADLER-OLSEN

ISBN　978-986-6275-98-2

廣　告　回　函
北區郵政管理登記證
台北廣字第000791號
郵資已付，免貼郵票

104台北市民生東路二段141號11樓

英屬蓋曼群島商家庭傳媒股份有限公司城邦分公司 收

請沿虛線對摺，謝謝

奇幻基地

每個人都有一本奇幻文學的啓蒙書

奇幻基地官網：http://www.ffoundation.com.tw
奇幻基地粉絲團：http://www.facebook.com/ffoundation

書號：1HB039X　　書名：懸案密碼3：瓶中信（限量電影書衣版）

請於此處用膠水黏貼

奇幻基地

讀者回函卡

謝謝您購買我們出版的書籍！我們誠摯希望能分享您對本書的看法。請將您的書評寫於下方稿紙中（100字為限），寄回本社。本社保留刊登權利。一經使用（網站、文宣），將致贈您一份精美小禮。

姓名：________________ 性別：□男 □女

生日：西元________年________月________日

地址：________________

聯絡電話：________________ 傳真：________________

E-mail：________________

您是否曾買過本作者的作品呢？□是 書名：________________ □否

您是否為奇幻基地網站會員？□是 □否（歡迎至http://www.ffoundation.com.tw免費加入）

請於此處用膠水黏貼

Denmark Police's Mystery

懸案密碼

Denmark Police's Mystery

懸案密碼